범우비평판 한국문학 38-❶

이돈화 편

시대정신에 합일된 사람성性 주의(외)

책임편집 조남현

종합출판 범우

국립중앙도서관 출판시도서목록(CIP)

시대정신에 합일된 사람성 주의(외) / 지은이: 이돈화 ; 책임편집:
조남현. -- 파주 : 범우, 2007
p. ; cm. -- (범우비평판 한국문학 ; 38-1 - 이돈화 편)

ISBN 978-89-91167-28-5 04810 : ₩15000
ISBN 978-89-954861-0-8(세트)

810.81-KDC4
895.708-DDC21 CIP2007000538

발간사

한민족 정신사의 복원

—범우비평판 한국문학을 펴내며

한국 근현대 문학은 100여 년에 걸쳐 시간의 지층을 두껍게 쌓아왔다. 이 퇴적층은 '역사'라는 이름으로 과거화 되면서도, '현재'라는 이름으로 끊임없이 재해석되고 있다. 세기가 바뀌면서 우리는 이제 과거에 대한 성찰을 통해 현재를 보다 냉철하게 평가하며 미래의 전망을 수립해야 될 전환기를 맞고 있다. 20세기 한국 근현대 문학을 총체적으로 정리하는 작업은 바로 21세기의 문학적 진로 모색을 위한 텃밭 고르기일 뿐 결코 과거로의 문학적 회귀를 위함은 아니다.

20세기 한국 근현대 문학은 '근대성의 충격'에 대응했던 '민족정신의 힘'을 증언하고 있다. 한민족 반만 년의 역사에서 20세기는 광학적인 속도감으로 전통사회가 해체되었던 시기였다. 이러한 문화적 격변과 전통적 가치체계의 변동양상을 20세기 한국 근현대 문학은 고스란히 증언하고 있다.

'범우비평판 한국문학'은 '민족 정신사의 복원'이라는 측면에서 망각된 것들을 애써 소환하는 힘거운 작업을 자청하면서 출발했다. 따라서 '범우비평판 한국문학'은 그간 서구적 가치의 잣대로 외면 당한 채 매몰된 문인들과 작품들을 광범위하게 다시 복원시켰다. 이를 통해 언어 예술로서 문학이 민족 정신의 응결체이며, '정신의 위기'로 일컬어지는 민족사의 왜곡상을 성찰할 수 있는 전망대임을 확인하고자 한다.

'범우비평판 한국문학'은 이러한 취지를 잘 살릴 수 있도록 다음과 같은 편집 방향으로 기획되었다.

첫째, 문학의 개념을 민족 정신사의 총체적 반영으로 확대하였다. 지난 1세기 동안 한국 근현대 문학은 서구 기교주의와 출판상업주의의 영향으로 그 개념이 점점 왜소화되어 왔다. '범우비평판 한국문학'은 기존의 협의의 문학 개념에 따른 접근법을 과감히 탈피하여 정치·경제·사상까지 포괄함으로써 '20세기 문학·사상선집'의 형태로 기획되었다. 이를 위해 시·소설·희곡·평론뿐만 아니라, 수필·사상·기행문·실록 수기, 역사·담론·정치평론·아동문학·시나리오·가요·유행가까지 포함시켰다.

둘째, 소설·시 등 특정 장르 중심으로 편찬해 왔던 기존의 '문학전집' 편찬 관성을 과감히 탈피하여 작가 중심의 편집형태를 취했다. 작가별 고유 번호를 부여하여 해당 작가가 쓴 모든 장르의 글을 게재하며, 한 권 분량의 출판에 그치는 것이 아니라 작가별 시리즈 출판이 가능케 하였다. 특히 자료적 가치를 살려 그간 문학사에서 누락된 작품 및 최신 발굴작 등을 대폭 포함시킬 수 있도록 고려했다. 기획 과정에서 그간 한번도 다뤄지지 않은 문인들을 다수 포함시켰으며, 지금까지 배제되어 왔던 문인들에 대해서는 전집 발간을 계속 추진할 것이다. 이를 통해 20세기 모든 문학을 포괄하는 총자료집이 될 수 있도록 기획했다.

셋째, 학계의 대표적인 문학 연구자들을 책임편집자로 위촉하여 이들 책임편집자가 작가·작품론을 집필함으로써 비평판 문학선집의 신뢰성을 확보했다. 전문 문학연구자의 작가·작품론에는 개별 작가의 정신세계를 더욱 구체적으로 살펴볼 수 있는 한국 문학연구의 성과가 집약돼 있다. 세심하게 집필된 비평문은 작가의 생애·작품세계·문학사적 의의를 포함하고 있으며, 부록으로 검증된 작가연보·작품연구·기존 연구 목록까지 포함하고 있다.

넷째, 한국 문학연구에 혼선을 초래했던 판본 미확정 문제를 해결하기 위해 최선의 노력을 기울였다. 특히 일제 강점기 작품의 경우 현대어로 출판되는 과정에서 작품의 원형이 훼손된 경우가 너무나 많았다. 이번 기획은 작품의 원본에 입각한 판본 확정에 특별한 노력을 기울여 근현대 문학 정본으로서의 역할을 다했다.

신뢰성 있는 전집 출간을 위해 작품 선정 및 판본 확정은 해당 작가에 대한 연구 실적이 풍부한 권위있는 책임편집자가 맡고, 원본 입력 및 교열은 박사 과정급 이상의 전문연구자가 맡아 전문성과 책임성을 강화하였다. 또한 원문의 맛을 최대한 살리기 위해 엄밀한 대조 교열작업에서 맞춤법 이외에는 고치지 않는 것을 원칙으로 했다. 이번 한국문학 출판으로 일반 독자들과 연구자들은 정확한 판본에 입각한 텍스트를 읽을 수 있게 되리라고 확신한다.

'범우비평판 한국문학'은 근대 개화기부터 현대까지 전체를 망라하는 명실상부한 한국의 대표문학 전집 출간을 목표로 한다. 따라서 권수의 제한 없이 장기적이면서도 지속적으로 출간될 것이며, 이러한 출판 취지에 걸맞는 문인들이 새롭게 발굴되면 계속적으로 출판에 반영할 것이다. 작고 문인들의 유족과 문학 연구자들의 도움과 제보가 지속되기를 희망한다.

범우비평판 한국문학 편집위원회 임헌영·오창은

알려두기

1. 이 책은 잡지 《개벽》에 실린 이돈화의 글을 묶은 것이다. 본명 이돈화와 필명 야뢰夜雷로 발표된 글만을 대상으로 하였으며, 익명으로 쓴 사설이나 창해거사滄海居士나 백두산인白頭山人 같은 필명으로 작성한 글은 제외하였다.
2. 한자식 표기는 현대어로 고치되, 필요한 한자어는 부기하였다. 종결어미는 가능한 한 그대로 두어 글쓴이의 의도가 손상되지 않도록 하였다.
3. 검열에 의해 삭제된 부분은 본문에 나온 기호대로 표기하고(예-○○, ××), 알아볼 수 없는 글자는 ㅁ로 표기하였다.
4. 현재의 표기법이나 의미로 파악되지 않는 단어나 구절은 원문의 표기대로 작성하였다.
5. 동일한 글임에도 잡지 목차와 본문의 제목이 다른 경우 본문의 제목을 기준하였다.

6. 본문 중 왕력王曆이나 태세太歲 뒤에는 서기를 괄호 안에 써 넣어 대조할 수 있도록 하였다.
7. 발표 연도와 게재지의 호수는 글의 말미에 밝혀 두었다.
8. 주석 작업 과정에서는 《한국민족문화대백과사전》(한국정신문화연구원, 1991), 《두산세계대백과사전》(두산동아, 1996), 《동아한한중사전》(동아출판사, 1998), 《민중국어사전》(민중서림, 1996), 《국립국어연구원 표준국어대사전》(두산동아, 1999), 《고사성이대사전》(임종욱 저, 고려원, 1997) 등을 참고하였다. 특히 천도교 경전의 풀이에는 《동학농민운동편》(한국정신문화연구원, 1996), 《천도교경전》(천도교중앙총부, 1969), 《신사성사법설》(천도교중앙총부, 1986)을, 사서四書 풀이에는 성백효 역주로 전통문화연구회에서 출판한 집주본을 참고하였다.
9. 표지의 저자사진은 이돈화의 저서 《신인철학》에 실린 것이다.

이돈화 편 | 차례

1921년 — 109

1925년 — 417

1926년 — 461

1920년

최근 조선에서 기起하는 각종의 신현상

인내천의 연구(1)

인내천의 연구(2)

인내천의 연구(4)

인내천의 연구(5)

최근 조선 사회운동의 이삼

신시대와 신인물

조선 신문화 건설에 대한 도안

조선인의 민족성을 논하노라

경신년을 보내면서

최근 조선에서 기起하는 각종의 신현상

개조의 소리가 널리 세계에 선포한 이래 처사의 명호를 얻고 있던 우리 조선사회에서도, '으아' 소리를 치고 활동하기를 시작하였다. 되든지 못 되든지 성하든지 패하든지 좌우간 무엇이든지 하여보려 하는 신현상이야 말로 흥미 있는 일이라 하겠다. 물론 각종의 신현상 중에는 정대광명한 것도 있으며 또는 허위망상의 것도 없지 아니하리라. 성취의 전망이 다대한 것도 있으며 실패의 예기를 미리 짐작할 것도 없지 아니하리라. 그러나 오랫동안 퇴굴에 곤피하였던 이 조선의 민중으로 무엇이든지 활동한다 하는 말이 좌우간 고맙고 감사한 일이라 아니할 수 없다. 그런데 내가 이 문제를 쓰고자 함에 당하여 홀로 생각한 바는 그들의 신현상을 문제로 잡아가지고 그에다 비평을 가하며 시비곡직을 판단코자 함은 아니었다. 물론 비평도 없어서는 아니 될 것이요 판단도 없어서는 아니 될 일이지마는 그러나 우리 조선의 신현상으로서는 비평에 아직 그 시기가 이르고 판단에 아직 그 기회가 되지 못하였다. 그러므로 나는 그들의 신현상을 사실로 또는 추상적으로 개괄적으로 하나하나 그의 이름이나 나타내이고 게다가 나의 희망을 두어 마디씩 첨부하려 함에 불과함이었다.

신종교의 발흥은 조선의 일대 신현상

유래由來 조선에는 유불 이교가 조선 종교적 사상의 이대 조류가 되어 왔다. 그러므로 유불 이교는 역대로 호상교체하여가면서 조선사상계를 지배하였었다. 그러나 조선에는 이제껏 완전한 신교信敎 자유가 없어 왔던 고로 조선인민의 대부분은 실로 철저한 신앙력에 의하여 종교를 믿었다 할 수 없다. 물론 유교에는 유교의 석학박사가 없는 바 아니요 불교에는 불교의 대오철저大悟徹底의 고덕高德이 없는 바 아니겠지마는 그는 지배자 되는 일부의 철저신앙 됨에 불과하고 인민의 대부분은 대개가 권세의 추이에 말미암아 자기의 신앙태도를 좌우하였나니 즉 정치적 세력에 따라 신앙의 형식을 교묘히 개절改節하는 인습이 있었다. 정치적 세력이 불교에 옮겨갔을 때에 인민은 이에 숭배심을 옮기었고 또 그가 유교에 옮겨갔을 때에는 또 이에 추세하였었다. 고려의 정치는 불교를 도왔던 고로 인민은 불교에 추이하였고 이조의 정치는 유교를 숭배한 고로 인민은 또한 이에 명리의 신앙을 붙여 왔다.

이처럼 조선에는 견고불발堅固不拔할 신앙력이 박약한 고로 그의 신앙중심을 용이하게 타에 이식할 수 있었다.

이조 말에 기독교가 서양으로 수입된 이래 조령朝令으로써 이를 엄금함에 불구하고 다수 민중은 이에 추향趨向하여 다수의 신도를 득하였을 뿐 아니라 기독교는 오히려 재래의 유불 이교를 압도케 되었나니 이 실로 최근 유불의 종교적 신앙력이 근본으로부터 박약한 소이를 증명할 것이 아니냐. 아니, 그 활동력의 쇠퇴를 척도할 것이 아니냐. 더구나 조선 신종교의 건설자로 유명한 동학선생 최수운崔水雲이 한 번 신신앙을 부르짖음에 팔성八城의 민중은 함함滔滔의 대세로 이에 가입케 되었나니 이것이 과연 조선인으로 유교의 정치적 압박과 불교의 퇴화적 신앙에 오랫동안 퇴굴되었던 결과가 아닐 것이냐. 아니, 다수의 민중은 온갖 폐단이 진진陳陳하고 여맥이 엄엄奄奄한 유불의 신앙하에서 도저히 원만한 위안을 얻기 불능함으로써 신신앙에 향하여 위안적 광명의 길을 개척코자 함일진저.

무릇 신신앙의 갈망은 특히 조선뿐이 아니요 세계를 통하여 공유한 현상이라 할지며 그리하여 이 신현상은 조선사회에서 더욱 그가 사실로 표현케 되었다.

최근 당국으로부터 유사종교 즉 준종교準宗教에 대한 자유포교권이 얼마간 관용케 된 이래 오랫동안 비밀한 속에서 신음하던 각종의 신앙단체가 우후의 죽순과 같이 발흥하기 시작하였다.

조선의 신종교로 가장 세력 있고 기초가 견고한 천도교로 말하면 특히 최근 종교적 신현상의 중에 들어 논할 바가 없다. 그는 이미 과거 풍상 수십 년에 스스로 분투하고 스스로 노력하여 이미 그 문호를 나타내인 지 오래며 이미 그 기치를 표명한 지 오래였다. 그는 이미 성가한 것이요 형성한 것이었다. 그리하여 시천교侍天教, 단군교, 대종교와 같음도 그 신도의 다소는 논할 것 없이 역사상 기초상 얼마간 풍상을 지내왔었다.

그리고 최근으로 발흥하는 여러 신신앙은 각종의 방식과 각종의 방편으로 각각 문호를 별립케 되었는데 최근 모 신문지상에 드러난 바로써 그 수를 계산힐지라도 십수여 종의 다수한 종파가 나타났다. 이른바 청림青林, 제우濟愚, 제세濟世, 경천敬天, 삼성무극三聖無極, 통천統天, 태을太乙, 천인天人, 인천人天, 중심中心, 무엇무엇하는 등 여러 종파이었다. 그들의 중에는 이미 문호를 세우고 천하에 광고한 것도 있으며 아직 암중비약으로 있는 것도 많은 모양이었다. 여하튼지 신종파의 발흥은 조선에 한 시세時勢거리라 하겠다.

생각건대 그들의 신종교의 중에는 각기 다소의 신도를 가졌을 것이며 다소의 신진리로써 현대를 지배코자 하는 자신도 없지 아니하리라. 그리하여 그들은 아직 연령에 유치한 까닭에 그 외형상 나타나는 여러 가지 조직과 설비가 불완전하다 할지라도 그의 내용에 복재伏在한 이상과 포부는 실로 신성한 종교적 의식을 가진 하에서 현대 민중을 종교적 신감화로 지도하리라는 자신이 없지 아니하리니 이 점에서 오인은 이들의 종교발흥에 대하여 은근히 찬하贊賀하는 바이노라. 그러나 오인으로 스스로 그들에 대하여 다소의 기우가 없지 아니하며 또한 다소의 요망이 없지 않으니 그 소이는 그들과 우리가 다 같이 조선의 민중 됨으로써요 조선의 발전을 다 같이 도모하는 공공한 의무심이 있음으로써이다.

첫째 오인이 그들에 대하여 다소의 기우라 할 것은 무엇일까. 오인은 처음부터 신종교 발흥에 대하여 일경一驚을 끽喫치 아니치 못한 소이는 전에 없던 신종교가 일시에 우후춘초雨後春草와 같이 나타남에 대하여 신성한 종교의 창건이 너무도 수월하고 너무도 다수한 까닭이었다. 역사가 유한 반만년의 장구한 세월의 간에도 세계를 통하여 불과 수십 종의 종교가 남아 있을 뿐이며 그리하여 그 수십 종의 종교는 다 같이 여러 풍상고초를 겪은 후에야 처음으로 금일의 현상에 이르렀거든 하물며 불과 수삭朔의 내에 불과 삼천리의 반도에서 졸연히 십여 수의 신종교가 나옴을 듣고 보니 이에서 처음으로 오인의 기우가 생기게 된 동기이었었다.

원래 종교라 함은 일시의 부기浮氣와 일시의 감정으로 그가 성립되며 또는 선포되는 것이 아니요 적어도 경건 심수深邃한 신비적 계시하에서 그가 발원치 아니하면 도저히 그 근저가 착절錯節치[1] 못하는 것이요 그리하여 그 신비적 계시가 신도의 열렬한 신앙으로 화하며 그 신앙이 화하여 특수의 도덕적 윤리적 행위를 나타내는 점에서 완전한 종교단체라 인정할 것이라. 만일 그렇지 않고 일시의 수단과 혹은 일시의 부허浮

1) 뒤엉킨 나무의 마디.

虛한 감정으로부터 이른바 '남이 하니 나도 하리라'는 호기심으로 섬김에 임하면 이는 실로 인위적 강인强因을 종교에 이용하는 것으로 세상을 망치고 백성을 현혹함이 심할 진저. 더구나 다른 시대의 신앙과 후시대의 미신으로 인민을 이끌어 반문명적 과굴窠窟에 지도함에 이르러는 이 실로 신명神明의 죄인이라 할지로다.

이것은 대개 한 가지로 동포를 애모하는 마음에서 나온 바 과도과민過度過敏한 오인의 편견적 기우라 할지라도 다소 신종교의 중에는 얼마간 이 기우의 중에 묻혀 있는 것이 없지 아니할는지도 알 수 없다. 이 점에서 오인의 절망切望하는 바는 그들의 신종교가新宗教家된 자가 정대한 신앙과 견고한 근기로써 시대에 맞는 교리를 선포하며 진리에 부합하는 신앙을 선전함을 요구하는 바로다.

끝으로 오인으로 더욱이 경이하는 한 가지 일이 있으니 무엇이뇨. 이들 신종교의 중에는 그 교조를 대개 동학의 원조되는 최수운 선생으로 삼지 아니한 것이 거의 없으니 즉 반수 이상은 한가지로 최수운 선생을 그의 원조로 삼았도다. 이에서 오인이 스스로 고려한 바는 수운 선생의 신종교 포교가 겨우 육십일 년이 되는 사이에 무슨 까닭으로 이들의 종파가 다출多出하였을까 함이니 오인의 냉정한 사고에 의하면 수운 선생의 포교 연대가 그다지 오래지 아니하였으며 또한 그 종지宗旨가 단순한지라. 이는 짧은 시일 또는 단순한 종지로 무엇이 그리 사분오열의 지경에 이를 리가 없지 아니한가. 생각건대 그 이유는 필연 선생의 순도殉道 후 여러 도제의 간에 혹은 과거 압박의 정치에 공축恐縮하여 잠시 해방의 시기를 기다리고 평화의 타일他日을 기하는 중에서 어느덧 금일에 이른 소이라 할는지. 여하튼지 그들이 한가지로 동일한 원조 동일한 이상을 포부하였는즉 각각 편견 고집을 버리고 원만한 조화를 꾀하여 유일의 종교 되기를 바라는 바이다. 현금 세계종교를 통일코자 하는 이때에 당하여 동근동본同根同本의 생으로 동치서결東峙西缺함은 결코 현대

이상이라 칭하기 불능하다.

각종 청년회의 발흥은 조선에 일대 신현상

어떠한 시대 어떠한 종족을 물론하고 그 흥폐융쇠興廢隆衰의 전조를 오로지 청년의 원기 여하로 점치는 것이다. 그는 청년은 항상 장래를 대표한 자임으로써라. 이 점에서 조선의 장래는 청년에 있고 따라서 조선청년의 발흥은 조선의 행복으로 보지 아니할 수 없다. 조선청년이야말로 과거에 억울한 감정을 참고 있었다. 인습의 억압 시세時勢의 구애로 그들의 건보健步는 거의 마비할 지경에 이르렀었다. 그들은 땅속에 칩복한 동충冬虫과 같이 양춘陽春의 내복來復을 절실히 기대한 지 오래였었다. 작금 신기운이 윤회함에 좇아 청년의 원기는 쾌히 회복되었다. 중앙은 경성으로부터 각 지방을 통하여 청년회라 칭하는 상당한 조직적 명사 하에서 그들은 활보를 옮기려 하였다. 그들은 아직 지나온 경험이 적고 또한 그에 대한 실력, 학식 등 여러 가지의 결핍이 없지 아니하리라. 달리 말하면 그들의 활동은 아직 부기적浮氣的이며 선동적이며 조류적이었다. 명확한 목표가 있어 나아감도 아니요 적절한 계통이 있어 나아감도 아니었다. 그들은 아직 방황적이며 배회적이었다. 이는 여명의 효두曉頭에 서 있는 필연의 일이요 과도의 초기에 있는 당연의 경험이었다. 오인은 그로써 결코 우려하는 바는 아니다. 다만 그들의 근기와 인내를 요할 바이며 실천과 이상의 병행을 요할 뿐이었다. 그들이 근기 있게 활동하고 인내 있게 끌어 나아가며 방식 있게 실천하고 계통 있는 이상을 품고 나아가는 간에는 장래에 상당한 효과가 나타날 줄로 오인은 깊이 믿는 바이다. 그리하여 그들의 실천 활동의 상에 없지 못할 두어 가지 조건이 있으니 그는 무엇이뇨.

제일은 일치행동一致行動을 요할 것이라. 원래 오인의 단소短所는 유시무종有始無終 유명무실有名無實하니만치 대大한 것이 없으며 그리하여 그 원인은 대개가 일치행동에 결핍한 내부의 파탄으로써 생기는 것이라 하리로다.

대개 각 개인이 집합하여 일치적 행동을 요하고자 함에는 각 개인의 단체적 즉 사회적 활동에 요할 만한 개성 계발을 요할 것이며 그리하여 각 개체를 일관할 만한 정대한 이상의 전도前途를 전시할 것이며 따라서 그 이상과 일치될 만한 목적이 선명하여야 할 것이라. 그러하나 그는 일조일석에 용이한 것이 아니니, 오인의 사고한 바로 말하면 일치행동에 긴급 또한 용이한 방법은 첫째 물질적 즉 육체적 어떤 기관 하에서 그를 통일케 함이 목하 최선한 방법이라 할지니 그는 제이로 요하는 바 활동의 무대가 있어야 할 것이다.

제이는 활동의 무대 및 기초를 공고히 할 것이라. 이는 명실상부상 반드시 없지 못할 바이니 만약 그 이름만 있고 그 이름에 부합하는 실체가 없으면 이는 사인死人의 시체와 같이 실체는 이미 지하에 들고 다만 이름자만이 세간에 남아 있음과 무엇이 다르리오. 고로 이미 청년회라 칭하고 조직적 명사를 붙였을진댄 이에 수반하는 활동의 무대가 있어야 할 것이다. 이에 활동의 무대라 함은 경제적 또한 영리적 의미를 포함하여 말하는 것이 아니요 순수정신 및 육체의 건전을 다할 만한 어떠한 기관이 있어야 하겠다함이다. 이를 구체적으로 말하면 체육기관을 설設함도 좋으며 간단한 신문잡지 종람소를 설함도 좋으며 (특히 지방) 강연 또는 연설기관을 설함도 좋으며 음악회를 설함도 좋으며 일요강습기관을 설함도 좋으니 이들의 제 기관 하에 일반의 청년이 일치 단합하여 (지방 지방) 구폐를 파괴하고 신사업을 건설할 준비와 예기를 도모할 것이며 제삼은 신구사상의 충돌을 근저로부터 해결할 것. 이상에 서술함과 같이 구폐를 파괴하고 신업新業을 건설코자 하면 오인은 먼저 현하의 대문제되는 신구사상의 충돌을 근본으로 해결치 아니함이 불가하다. 원래 신구사상의 충돌은 현대세계를 통한 유일의 사조라 할지라. 그러한데 조선에 이른바 신구 충돌이라 함은 남들은 이미 한 세기씩 반세기 이전에서 해결한 문제들을 우리는 겨우 이제야 논의케 되었나니 고로 이 사상을 일일이라도 속히 해결하여 완고의 진인陳人으로서 적당한 양해를 얻게 되어야 할 것이다. 그리하여 그의 해결방법은 청년 된 자가 솔선하여 제반의 사업에 착수하는 동시에 오등吾等의 부로父老로 먼저 이 시대는 청년의 시대라 자인하고 또 신뢰할 만한 신용을 얻어야 할 것이다. 무릇 노년의 미덕은 경험에 있고 청년의 미덕은 용단에 있나니, 경험의 여폐餘弊는 주저躊躇에 실失하고 용단의 여폐는 경박에 실하는 것이라. 고로 노년이 청년을 멸시하는 한 가지 일은 오로지 경조부박輕佻浮薄을 문제로 삼는 바라. 고로 청년 된 자가 이 점에서 자중자신自重自愼하여 용단이 있어도 경거에 실치 아니하도록 경험이 없으되 맹목에 귀歸치 아니하도록 이른바 '증증예불격간烝烝乂不格姦'[2]이 주의主義를 잡아 나아가는 동안에는 스스로 사회의 신임을 얻으며 풍기風氣의 주권이 돌아오리니 그러한 후에야 무엇이 신구 충돌을 근심할 바였으리오.

오인은 어디까지든지 각 지방 청년회의 발흥을 환영하며 그리하여 그의 자각이 있기를 바라며 전진이 있기를 바라며 사업의 호과好果를 얻기를 바라는 바로다. (미완)

—《개벽》 창간호, 1920. 6.

2) 《동몽선습》의 한 구절. '옛날 대순의 아버지는 완악하고 어머니는 모질어 일찍이 순을 죽이고자 하였으나 순이 효로써 화합하기를 힘써 점점 나아져 간악한 데 이르지 않게 하였으니 효자의 도는 이와 같이 지극했다.(昔者 大舜 父頑母嚚 嘗欲殺舜. 舜克諧以孝 蒸蒸乂不格姦 孝子之道 於斯至矣.)'

인내천의 연구(1)

1

새사람이 되어라. 새 사상을 넣으라. 새 지식을 배우라. 새 사업을 하라. 새 예술을 창조하라. 온갖 것을 새것으로 벌여 놓고 새것으로 구조하고 새것으로 장식하라. 나는 새것을 모앙하는 자이노라. 새를 동경하는 자로다. 새것이 있으므로 사람은 사람다운 가치를 나타내는 것이요 새것이 있으므로 세계는 세계다운 광채가 나는 것이다. 나는 과거의 역사적 모든 어진 이를 숭배하여 마지않노라. 내가 그들을 숭배하는 마음은 그들이 이미 나보다 선배 됨으로써가 아니다. 그들의 육체가 이미 없어지고 그들의 영자影子는 이미 우주의 간에 사라져 버렸다. 그들은 이미 낡은 인물이었다. 그러나 내가 그들을 숭배하는 것은 그들이 과거 그들의 시대에 여러 가지 새것을 창조한 까닭이었다. 백초百草를 맛보고 의약을 창조한 신농씨는 이미 이 세상에서 없어진 지 오래지마는 그의 정력이 뭉친 의약의 발달을 천고 후 금일에 오히려 우리에게 새 생명을 내게 하며, 규구規矩를 척도하여 주거舟車를 창조한 헌원씨는 이미 이 세상에서 떠난 지 오래지마는 수륙의 교통은 오천 년 후 금일에 더욱 발달되어가는 중이 아닌가. 그들은 실로 구舊한 신인新人이다. 석가도 새사람이며 공자도 새사람이며 야소도 새사람이다. 도덕을 창도한

'소크라테쓰' 도 새사람이요 감주甘酒를 창조한 의적儀狄도 새사람이다. 대도大道를 설파한 노담도 새사람이며 대악大惡을 주장한 도척도 새사람이다. 본능을 구가한 '니체' 도 새사람이며 이성을 부르짖은 '톨스토이' 도 새사람이다. 금욕주의의 '스토아' 파도 새사람이며 자연주의의 '루소' 도 새사람이다. 그들은 과연 새사람 노릇을 잘 하였다.

그들이 있으므로 인류는 인류다웠고 세계는 세계다웠다. 어느 민족이나 어느 국가를 물론하고 새사람이 있었으므로 민족이 민족다웠고 국가가 국가다웠다.

지나엔 지나의 새사람이 있었으며 일본엔 일본의 새사람이 있었으며 조선에는 조선의 새사람이 있었다. 내지 서양은 서양의 새사람이 있었고 동양은 동양의 새사람이 있어 왔다.

단군은 실로 조선의 새사람이었다. 그리하여 고주몽 박혁거세 같은 이도 다 같이 새사람이며 을지문덕 김유신은 군인으로 새사람이며 을파소[1] 천개소문[2]은 정치로 새사람이며 왕인, 최치원은 문학으로 새사람이며 귀선을 창조한 이순신, 정음을 창조한 세종은 더욱 새사람이었다. 신라의 예술과 고려의 자기는 조선의 새사람주의를 유감없이 발휘한 것이다. 조선이 조선 된 소이는 이들의 새사람이 많이 있었음이 아닐 것이냐.

그러나 내가 이제 쓰고자 하는 새사람은 원遠한 과거에 묻혀 있는 그들의 새사람이 아니며 따라서 정치, 문예, 학술, 군략으로의 새사람도 아니요 가장 근近하고 가장 위대하고 그리하여 종교적 사상으로 조선의 독창인 – 아니 동양의 독창인 – 광의로 말하면 세계적 독창인 인내천주의 창도자 최수운崔水雲 선생의 사상을 한말로 널리 세계에 소개코

---

1) 을파소(乙巴素, ?~203) : 고구려의 재상.
2) 연개소문(?~666) : 중국측 기록에는 그의 성씨를 '천泉' 또는 '전錢' 이라 하였는데, 이는 연淵이 당나라 고조高祖의 이름인 이연李淵과 같으므로 그것을 피하려고 한 때문으로 볼 수 있다.

자 함에 있다.

2

수운 선생은 조선 경주의 사람, 이름은 제우濟愚, 수운은 그의 호이러라. 근화槿花의 반도가 삼부로 분하였을 제 북은 고구려 중은 백제 남은 신라 정립鼎立의 세로서 천하를 이에 삼분하였다. 그리하여 북을 대표한 고구려는 무강武强으로 천하를 호령하였고 남을 대표한 신라는 문화로써 그 도가 일세를 풍미하니라. 신라의 문화는 실로 조선 문화의 정수이었었다. 그리하여 그의 문화는 일천 년의 장長한 세월에 반도의 금수병錦繡屛을 둘렀었다. 신라 문헌 가운데 나의 가장 숭배하는 이는 곧 고운孤雲 최치원崔致遠 선생이니 그는 신라 말엽에 태어난 천재이었었다. 그의 행적이야말로 유불선 삼교 합일을 사실로 표현하였었다. 그는 중년에 지나당支那唐에 가서 유학을 하였으며 또 불佛에 취就하여 불학을 통효하였으며 만년에는 세상을 떠나 지리산에 들어가서 마침내 선仙이 되었다 하는 그임으로써라. 그야말로 조선사적朝鮮史蹟에 일사상적一思想的 위인으로 볼 수 있었다. 고운이 죽은 뒤 천여 년 이조 철종 대에 고운의 고향인 경주에서 최수운 선생이 탄생하였는데 그도 역시 최씨의 사람이었나.

고래로 위인의 생은 대개가 기적으로 그 신성을 예증하였었다. 숙량흘이 니구산에 기도하여 공자를 탄생하다 하였고 야소의 모 '마리아'는 신령의 감화로 야소를 배태하다 하였다. 맹자의 이른바 전성후성前聖後聖이 기규其揆 일철一轍이라[3] 한 격언은 또한 기적의 상에도 유행하는 것이겠다. 수운 선생의 탄생에도 일층 기적의 표현이 있었다 한다.

---

3) 앞 성인과 뒤 성인의 도가 한 궤적 상에 있다는 의미. '전성후성' 의 유래는《맹자》〈이루장구하離婁章句下〉 제29장. '윤씨가 말하였다. "그 가(可)함에 맞게 함을 때라고 이르니, 앞 성인과 뒤 성인의 마음이 똑같다. 그러므로 만나는 바에 모두 극진히 선(善)하게 한 것이다."(尹氏曰 當其可之謂時 前聖後聖 其心一也 故所遇皆盡善)'

경전에 이르되 '선생의 부 옥공鋈公이 자못 문장 도덕으로 일도에 저명하여 다만 임천林泉에 소요함으로 낙을 삼을 새 일찍이 연로하되 무자無子함으로써 근심하였더니 하루는 우연히 기신하여 내당에 들어간즉 생면의 한 부인이 있거늘 그 내유를 물은즉 부인이 말하되 첩이 나이 삼십이 넘도록 금척리金尺里 친가에서 과거寡居하였더니 금일 오전에 홀연 혼도하여 정신을 막성莫省할 제에 양요兩曜가 품속에 입하고 또한 이기異氣가 몸을 당겨서 부지중 여기에 도착하니이다. 공이 심히 기이히 여기사 드디어 동거하였더니 마침 유신有身한지라. 태어나실 때에 천기 청명하며 서운瑞雲이 집을 휘감고 그 집 뒤의 구미산龜尾山이 삼일을 대명大鳴하니라' 하다.

기적은 식자의 미신으로 배척하는 바 기적의 기적 됨이 신비이냐 그를 미신으로 배척함이 식자인지는 이는 오인의 변명할 바는 아니다. 기적이 있을지라도 범인이 되면 곧 범인, 그가 없을지라도 위인이 되면 곧 위인일 뿐, 기적이 있어 위인이 있는 바 아니요 위인이 있는 고로 기적이 있는 것이다. 동일의 이치로 후인이 선생을 최고운의 후예라 하여 이를 특히 기록함도 고운과 수운이 서로 다 위인됨으로써이다. 수천을 헤아리는 경주의 최씨 특히 수운으로써 고운의 후예라 부르게 됨은 곧 상인常人의 상정常情일 뿐 공자가 말하되 이우犁牛의 자子라도 성騂하고 또 각角하면 가히 산천에 제祭치 못하랴[4]함은 바로 실로 배워야 할 바 격언이 아니랴. 세상의 고수瞽瞍[5]의 아비로서 순과 같은 아들을 생하는 자가 문득 많음을 보면 광영 있는 조선祖先에 의뢰하여 자명自名을 얻고자 도모함이 오인에게 어떤 이익이 있으랴. 세인이 통상 그 세계世系를 고대 현철 위인에게 비부比附함은 곧 오인 인류의 약점인데 평민주의의

---

4) 《논어》〈옹야장〉. '공자께서 중궁을 논평하여 말씀하셨다. "얼룩소 새끼가 색깔이 붉고 또 뿔이 제대로 났다면 비록 쓰지 않고자 하나 산천의 신이야 어찌 그것을 버리겠는가?"(子謂仲弓曰 犁牛之子騂且角 雖欲勿用 山川其舍諸)'

5) 중국 순임금의 아버지의 별명. 어리석고 사리에 어두웠기 때문에 붙여진 이름이라 한다.

대적大敵이니라. 그렇다면 수운 선생의 선생 된 소이는 최고운이 있음으로써가 아니요 시대의 시대가 있음으로써요 위인의 위인 될 뿐으로써라. 용경傭耕 진섭陳涉[6]은 왕후장상이 어찌 종種이 있으랴 하였고, 왕양명이 이르기를 오인의 마음인들 어찌 공자와 다르랴 말한 것은 다 같이 오인의 장려할 만한 격언으로 수운 선생의 사상사를 읽는 자 더욱 이를 각오할 필요가 있겠다. 고로 선생은 일렀으되 너희는 나를 믿지 말고 다만 한울만 믿으라 네 몸에 모셨으니 사근취원捨近取遠하지 말라 훈계하신 바 교육이 실로 만고의 교훈이 아니랴.

3

세계의 삼대성三大聖의 하나로 굴지하는 공자는 유시부터 준조樽俎를[7] 설하고 희유의 간에도 예의의 작법으로 유희하였다 함은 《사기》에 실린 바, 천고 후 오인으로 오히려 상고의 풍風이 다多한 공자의 풍을 유시로부터 규窺할 만하다. 그러나 상고는 보수니라. 차라리 퇴화니라. 유교를 국교로 한 지나의 문화가 취신개혁의 도에 준순천연逡巡遷延 함은 실로 공자의 유풍을 인습하는 폐단이 또한 없지 않다 말하기 어렵다. 그러나 이 어찌 공자의 죄랴. 사용하는 자가 능히 선변善變치 못한 까닭이었다. 온고지신이라 함은 공자의 이른 바 아닌가. 일신우일신日新又日新이라 함도 탕왕의 반명盤銘[8]으로 공자의 찬송한 바 아니냐. 논어를 이르고 논어를 모른다 함은 곧 통속의 격언으로 세상에 곡학부유曲學腐儒를 폄포貶褒함에 넉넉히 일조가 되리라. 유교의 문화를 수용한 이조의 오백년 배불숭유의 정치는 필경 문약허식의 폐단에 빠져서 이른바 사자士者가 숭고보수崇古保守에 퇴굴한 여폐는 마침내 형식에 구니拘泥

---

6) 고용되어 밭을 갈던 진섭. 《사기》〈진섭세가〉 참조.
7) 술그릇과 안주를 올려놓는 상.
8) 《서경》〈상서〉 제8장. 반명이란 탕왕이 목욕재계할 때 사용하는 대야.

하고 허명에 절도되어 몸을 망치고 나라를 폐함에 이르렀나니 뜻이 있는 선비는 능히 이에 발분충노치 아니하랴.

듣건대 수운 선생의 조선이 누대 유문석학儒門碩學으로 사림의 간에 그 명망이 높았다 한다. 부친 옥공도 또한 조선의 업을 계승하여 그 이름이 한 도를 뒤덮었었다. 이는 선생의 '가군출세家君出世 명개일도名盖一道'[9]라 한 일절로써 넉넉히 증명할 수 있다. 그러나 옥공은 다만 일개의 포의로 그 생을 종하였나니 고로 선생은 용담가龍潭歌에 '가련하다 가련하다 우리 부친 가련하다 구미용담 좋은 승지, 도덕문장 닦아내어 구미산하 일정각을 용담이라 이름하고 산림처사 일포의로 후세에 전傳탄말가' 탄식한 일절에 그 가운의 쇠붕함을 발표하셨더니라. 이와 같이 이조 말의 천하에 유위의 지사가 다 산림에 퇴은하고, 무위녹록無爲碌碌의 무리가 세도에 등登하여 아세유속阿世諛俗으로 척위尺位를 지킨 결과는 드디어 조선으로 도탄 중에 들게 하였었다. 국시가 일비日非하고 도덕이 일추日墜하여가는 사회현상을 관찰한 선생의 신식神識이 항상 앙앙불락하사 전부터 자탄하여 이르기를 '만근挽近 이래로 일세의 사람이 각자위심各自爲心하여 천리를 불순不順하고 천명을 불고不顧하니 마음이 항상 송연하여 향할 바를 알지 못하노라. 군君이 불군不君하며 신臣이 불신하며 부父가 불부하며 자子가 부자하도다. 오호라, 금세의 운이 척慽하도다. 유도불도儒道佛道 누천년에 운이 또한 쇠하였나니 인심이 위태롭고 도심道心이 미미하며 삼강이 상하고 오륜이 이弛하였도다. 이 세계는 공맹의 덕으로도 족히 건지지 못할 것이요 요순의 치治로도 족히 언言치 못할지니 반드시 상해가 많고 운명이 대혁할진저'[10] 하시고 이에 선생은 깊이 감격한 바 있어 종래 척당불기倜儻不羈의 소회를 위로하던 궁마의 유희를 폐하며 판천실업販泉實業의 뜻을 버리며 선도복수禪道卜數의

9) 《동경대전》〈수덕문修德文〉.
10) 《동경대전》〈포덕문布德文〉.

오誤를 깨닫고 천하를 주유하여 대산장곡大山長谷을 역방歷訪하며 유암거찰幽菴巨刹에 기적寄跡하사 천지자연의 묘취와 우주인생의 진체眞諦를 명상하심으로 그 뜻을 자위하셨느니라.

대붕이 날지 아니하면 그만이려니와 날면 능히 하늘에 충衝하고 잠룡이 일어나지 않으면 그만이려니와 일어나면 능히 풍운을 토하나니 역산歷山의 일 농부인 우순으로 일거에 만승의 서랑婿郎이 되며 재거에 천하를 부유케 함은 곧 운運의 행幸이며 시時의 운運이라. 오인은 오히려 대찬大贊할 재료가 적지 않다마는 곡부曲阜의 일개 야맹野氓인 공구와 유태의 일개 천생인 야소도 능히 만절萬折의 고통을 감내하여 만세의 사표師表가 된 바 사실은 천고 후 오인으로 실로 경건흠모의 감感을 금하기 불능하다. 오호라, 구름 속의 학이냐 조양朝陽의 봉鳳이냐.

거룩한 저 위인의 행적은 비록 배우고자 하여도 가능치 못하리로다. 시험 삼아 선생의 반생사를 읽어본 자가 어찌 공구와 야소에 양두讓頭하리오.

4

고래로 종교의 교조로서 득도의 처음에 대개가 명상의 수양이 없는 자 없으며 그리하여 그 명상 중에서 불사의不思議한 이직을 얻지 아니한 자가 희소하니라. 저 불석가佛釋迦는 고행 육년의 수행에 의하여 성도하였다 칭한다. 불타가 가야의 변두리 보리수 아래에 침사명상하여 일절 외계의 유혹을 돌아보지 않고 이상理想의 경境에 용왕매진하여 심리의 잡감雜感을 단리斷離하고 무상의 도를 성하였음은 의심할 바 없는 사실이었다. 그 명상의 간에 석가가 정신상 잡다의 곤란에 조遭한 상狀은 시적詩的으로 전하였는데 욕계의 마왕이 대분노의 상相으로 망량魍魎, 나찰羅刹, 야차夜叉 등의 권속을 보내어 대공대희大攻大戲를 시험하며, 혹은 염야요조艶冶窈窕한 마녀를 보내어 애정의 추파로 뜻을 희롱하고 미媚를 정

呈하여 이를 유혹하고자 하며 혹은 망량 마형은 제반의 위형요안威形夭顔을 정하여 궁전弓箭, 모삭矛槊, 봉추棒搥의 무기를 휴대하여 보리수 아래에 진집盡集하여 이를 위혁威嚇코자 하였으나 필경은 패배도산한 후, 이에 흑운이 이에 청晴하고 신광이 두루 십방을 조照하여 대천세계를 황요晃曜하여 공空에는 천화天花가 떨어지고 지地에는 묘향이 가득하였다 이르며,

서교의 기독도 또한 동양同樣의 역사를 전하였나니 그는 처음에 종교를 세우고자 할 때 세자洗者 요한의 허許에 도到하여 요단 하류에서 세례를 받은 후, 광야에 가서 침사명상의 중에서 사십 일을 보내니라. 마태전 제4장에 그 상狀을 기록하여 이르기를

예수가 성령의 인도로 악마의 시험을 받기 위하여 들판에 가시니라. 사십 일 사십 야를 불식독좌하니 악마가 그에게 와서 일러 이르기를, 네가 만일 신의 아들이면 이 돌로 면포麵包를 되게 하라. 예수 답하여 이르기를 사람은 면포뿐으로만 생하는 자가 아니라 한데, 이에 악마가 그를 끌고 성경聖京에 가서 전殿의 정상에 서게 하고 말하기를 네가 만일 신의 아들이면 나의 몸을 아래에 던지게 하여라. 야소도 이에 불응하였다 기록하여 다수의 시험을 치르는 중에 천사가 와서 보호하였다 적었고, 회회교조回回教祖 마호메트를 보건대 그는 일세 세진을 피하여 정사명상靜思冥想이 그 극에 달하매 천사가 와서 신의 복음을 내렸다 하니라. 사史에 기록된 바에 의하면

어느 날 밤에 마호메트가 히라산 상에 머물며 명상을 응凝할 때 문득 천사가 와서 한 권의 책을 휴래携來하여 마호메트로 그 책을 읽으라 명하니 마호메트가 이를 고사불청固辭不聽하다가 드디어 그 명에 의하여 이를 송誦하였다 함이 즉 코-란경의 초절이었다. 세계의 삼대종교의 교조로 모두가 그러하였고 기타 종교에서도 명상의 간에 방불髣髴히 신의 시현을 받음에 대하여 이르지 않은 것 없었더라.

오호라, 이것이 미신이냐 정신正信이냐. 환상이냐 각상覺想이냐. 오인이 공공空空히 국외局外에 앉아서 이를 미신이라 칭하며 환상이라 경단함은 너무 경솔한 듯하다. 만약 그의 정대한 비평을 가하자면 오인은 직접 석가, 기독, 마합묵馬合嘿 그 사람의 인격이 되며 그 사람의 경력을 소유하며 그의 응신적凝神的 전공을 거친 후에야 처음으로 그의 진위를 판단하리라. 오인은 항상 자기의 방촌의 지식을 가지고 무궁무극의 우주의 신비를 제 홀로 해결하였다 자처하는 자는 차라리 무식에 가깝지 아니한가.

경전에 의한즉 을묘(1855) 춘2월 3일 대신사大神師가 초당에 누워서 책으로써 눈을 가렸더니 때에 어느 승려 같기도 하고 속인 같기도 한 이인이 대신사께 절하고 말하기를, 제가 금강산 유점사楡岾寺에 머물며 백일기도를 마치고 우연히 탑 아래에서 소면小眠이라가 기起한즉 이서異書가 탑에 있는지라. 일견한즉 그 자획서의字劃書義가 진세塵世에 창견한 바요 범지凡智의 이해치 못할 바라. 고로 이 책의 해자解者를 구하고자 하여 거의 만지萬地를 편답하더니 공을 만남에 처음으로 이 책의 유전有傳을 알게 되리로소니, 청하건대 공은 그 진眞을 영회靈會하시어 천사天賜를 부負치 마소서. 대신사가 받아서 본즉 유불선가 유중流中에 아직 보지 못하던 바로 고무금무의 이서러라. 이인에게 일러 이르기를, 이직 책상에 놓아두라. 그 사람이 말하기를, 제가 삼일 후에 반드시 다시 오리니 공은 의회意會하소서. 이인이 과연 그 기한에 왔거늘 대신사 말하기를, 의회하였노라. 승이 배사하며 말하기를, 공은 실로 천인이로다. 그렇지 않다면 어찌 이 한 부의 진眞을 의회하리요. 공은 진장珍藏하소서 하고, 드디어 섬돌에 내려가더니 홀연히 불견不見이어늘, 대신사 처음으로 신령의 환상임을 지知하시다. 이 책이 과연 천서天書이며 서의의 대략은 인내천의 의이며 책 중에 또 사십구일 기천祈天의 의가 있는지라. 고로 서의에 의하여 드디어 그 의意를 해결하시다 하였다. 물론 우주의 간에는 별로 인격적 천사가 없으며 또한 인간 이외의 인격적 신인이 따로 존재할 것이 아니로다. 이른바 천사라 하며 이승異僧이라 함은 의심컨대 모두가 그 사람의 심령적 환상일 것이며 심령의 환상이 있어 능히 그 사람의 영지靈知와 신력信力을 견고케 함은 무릇 전성후성이 기규 일철임은 실로 기이치 아니한가. '니체' 의 사상적 영원윤회설은 이런 점에서 실로 신비적 탁식이 있다 할지로다. 그러나 대신사의 특히 전성前聖과 다르며 또 전성에 초월한 소이는 능히 이 이승의 천서로써 만족타 아니하고 스스로 사십 년 과거 원고原稿를 말살하고 차에 자력자수自力自修를 가한지 수년을 지난 후 경신(1860) 사월 오일에 이르러 상제와 직접 면회 담판을 개시하고 그에서 처음으로 깨달은 바 있다 자신함이니, 이는 대신사가 전성후성을 초월하여 완연히 통일 종주가 된 소이가 아닌가.

— 야뢰, 《개벽》 창간호, 1920. 6.

인내천의 연구(2)

1. 종교의 개혁의 필요

철학자 '흰길이만' 씨는 유래 종교의 쇠퇴 원인을 4종에 나누어 논하였는데

제1은 종교의 경전과 사회의 지식 및 도덕 진보의 충돌이니 곧 종교의 내용은 기초에 소위 신의 계시에 기원한 것인즉 절대적으로 동요함이 불가하다 사유하였더니라. 그러한데 개인의 지식과 도덕과는 원래 이 교회의 명령을 복종케 함을 부득하기 때문에 이에 충돌이 일어날 것이라 하였으며, 제2는 한 개인의 신조와 교회의 신조와의 충돌이니 즉 교회는 일개의 결사로 일정의 신조 및 예의가 없고는 하루도 존재함을 부득할지라. 어째서인가. 이 신자를 단결케 하는 수요須要의 결체임으로써라. 그렇다면 교회는 사람사람이 완전히 그 규정의 신조 및 예의에 협동케 할 일을 필요로 할 것은 사실이라. 그러나 실제에는 행하기 불능하나니 무슨 까닭인가 하면, 갑은 이 교의를 불취하며 을은 저 교의를 불취하고 각기 주관적 소신이 완전히 동일키 불능함은 인문의 진보상 부득이라 하였으며, 제3은 속인과 승려와의 충돌이니 즉 교회라 하는 것은 원래 질서상에 성립한 것임으로써 교의 의례를 통일하며 또 제반의 외면적 사무를 처리키 위함에는 스스로 특별의 상무원을 필요케

되는 것이라. 그리하여 이의 상무원의 임무에 해당한 자가 일반 신자에 대하여 큰 권력을 소유함은 대개 자연의 세가 아닐 것이냐. 그러한데 기독교의 교의는 문득 신의 앞에는 만인의 평등을 가르치고 또 인지점진人智漸進과 함께 경전의 해석은 또 승려의 손을 괴롭히지 않게 됨에 이르러 두 자의 사이에 필연적 충돌이 일어나게 됨은 이는 피치 못할 것이라 하였으며, 제4 교회와 국가와의 충돌이라 하여 유래 종교의 쇠퇴를 예언하였었다. 과연하다. 진보한 금일의 인지는 실로 철인의 식견이 아닐지라도 능히 그만한 오류를 피로披露할 만하다.

무릇 유래 종교는 그 연원이 대개 이삼천 년의 고석古昔에 있는 것이라. 고로 아무리 그 교리가 원만하고 신조가 뚜렷하다 할지라도 그가 자연히 진보한 시대 지식과 반행伴行치 못할 것이거늘 하물며 그 교조된 자가 입교 당시에 그 시대의 인심에 적합하도록 교리와 교조를 우언으로 세우며 비유로 끌어온 것이리오.

저 문예부흥운동 이래 학술의 발흥은 드디어 종교의 연구방법도 일층 심각하여진 까닭에 종교에 대한 신앙의 관념은 근저로부터 동요하게 되었다. 원래 문예부흥운동이라 함은 기독교적 사상의 반항으로 일어난 희랍적 자연주의의 사상이니 다시 말하면 영적 반항으로 일어난 육적肉的 사상이라 할지라. 이 사상은 18~19 두 세기에 함께 비상한 세력으로 종교를 대항하였도다. 이에 일세의 인심은 드디어 물질사상에 기울어져 우주와 인생을 유일의 물질로 조직된 것이라 단언한 학자까지 있었다. 저 독일의 '니체'와 같음은 극단한 육적 본능주의를 주창하여 기독교로써 일종 허위의 사기사詐欺師라 망단함에 이른 것으로써 가히 일반 사상의 일단을 규지窺知하겠다. 그러나 사람이 어찌 육뿐으로만 생활할 것이랴. 과학의 발흥으로 신앙의 중심을 잃은 그네들은 필경 귀의의 피안을 물질에 구하고자 하였으나 유일의 소득이 없이 모두다 실패에 귀착할 뿐이었었다. 이에 그네들은 회의하고 번민하였다. 물질

숭배의 효과는 끝내 불가지에 낙착하고 말았다. 불가지는 드디어 회의를 배태하고 회의는 드디어 번민을 배태하였다. 번민은 위안의 대적大敵이라. 위안을 잃고 영식靈識이 있는 인류로 어찌 한시인들 평안하랴. 그래서 그들은 다시 종교의 가치를 인식케 되었다. 이른바 세기말 회의 비애라 함은 곧 이를 칭한 것인데 회의 번민에 빠진 일대의 사상계는 한참동안 암흑의 중에서 헤매었다. 천운은 순환하는 것이며 역사는 조반繰返되는[1] 얼마동안 번민에 퇴굴한 인심은 거의 신앙의 가치를 갈망하여왔다. 그러나 그들의 이른바 신앙은 부취진진腐臭陳陳한 구신앙을 다시 요구하는 것이 아니요 오직 신진리로써 표현된 신신앙이었다. 다시 말하자면 여러 구신앙의 중으로 오직 불변의 진리를 적취하여 그를 융화케 하고 또 이에 과학적 사상을 조화하여 철학적 이상을 가첨하여 원만무결하게 된 현대적 신앙이었다. 그러면 현대적 신앙이라 함은 종교에 물어 교리에 어긋나지 않으며 과학에 물어 과학에 위반하지 않으며 철학에 바탕을 두어 철학에 적합한 신앙이겠다. 그리하여 그들은 신신앙으로써 종교의 통일을 도모코자 함은 확실히 현대사상이겠다.

그런데 종교의 통일론은 현대를 통하여 동서 일반이나 이제 그 사상을 대표할 만한 한 의견을 거증키 위하여 일본에 유명한 저 부전화민浮田和民[2] 씨의 장래의 종교론 일절을 소개하건대 씨는 이르기를,

'나는 장래의 종교는 대개가 이러한 조화하에서 출래하리라 생각하노라. 먼저 불교라든지 유교라든지 기독교라든지 하는 현재의 종교가 호상 접근하고 융화하여 결국 통일 결합한 신종교가 자연히 출래하리라. 그리하여 이 신종교는 불교의 방면으로 보면 불교의 진화한 것, 기독교의 방면으로 관찰하면 기독교의 발달한 것, 유교의 방면으로 보면

---

1) 반복되는, 되풀이되는.

2) 우키타 가즈오(浮田和民, 1859~1946) : 일본의 사회진화론자. 주요 저서로는 《사학원론》, 《윤리적 제국주의》등이 있음.

유교의 완성한 것이라 이를 만한 것으로 결코 서로 충돌함이 없으며 또 하나가 다른 것을 넘어뜨리고 자기 홀로 천하를 독전함이 없이 융화한 것 아니 됨에 불가하다. 원래 삼교가 공히 각각 특색이 있으며 장소長所가 있으므로 각 종교의 각기 장소를 흡수하여서 드디어 융화한 것이라. (중략) 원래 종교상 본존本尊은 불가사의의 실재이므로 이를 이상理想이라 이름은 가능하나 다만 실재라 이름은 불가한 것이며, 그리하여 이 무형한 이상의 감화에 말미암아 생활하기는 용이한 일이 아니었다. 석가, 공자, 기독과 같음은 이를 능히 행하여 그 이상을 후세에 전하였으나 이와 같음은 실로 상인常人의 능할 바 아니니 상인은 반드시 유형한 사물 혹은 인물을 통하여 처음으로 무형한 이상의 감화를 받게 되는 것이라. 그리하여 사물에 의하여 통현하는 종교는 열등의 종교이요 인물에 의하여 현현하는 것은 고상한 종교이었다. 실로 종교의 본존은 이상이므로 천天 혹은 신이라 칭하게 되었다. 그리하여 이를 실현하는 인물은 유래 이를 천의 아들 혹은 신의 아들이라 칭하게 되었다. 그러나 양자는 원래 하나로서 둘이 아니니 이상이라 이르며 이상의 화신이라 이를지라도 그 본체는 동일인데 그 하나는 추상적 이상이며 다른 하나는 구체적 이상 됨에 불과한 것이다.

다음으로 기독교의 진리에 따라 말할지라도 만일 초월론자와 같이 우주의 밖에 신이 있다 운하면 무신론자가 이를 반박함도 또한 무리는 아니겠다. 원래 우주에 내외가 있느냐 없느냐 또는 우주에 한계가 있느냐 없느냐는 인지의 능히 구할 바 못 된다. 그러나 신은 우주의 밖에 존재하여 우주를 지배한다 함은 도저 사람의 믿을 수 없는 억단미신이 아니겠느냐. 고로 불교와 같음은 일체를 공空으로 단함에 이르렀다.

그런데 오인의 아는 바 신은 우주의 내(외)에 존재한 신이니 기독은 이르기를 '너희들은 천공의 새를 보라' 또 이르기를 '들판의 백합화를 보라' 운함과 같이 천부는 천공의 새, 백합의 꽃에 의하여 보일 만한 자라 하노라. 그러한데 우주의 밖에 신이 있다 믿어 이와 교통을 구하며 이와 직접의 현현을 바람과 같음은 도리상 실증치 못할 신앙이니라. 그 실신實神은 만물의 중에 존재하며 아제我儕의 중에 존재하며 그리하여 아제는 신에 기대어 생生하고 또 동動하며 존存할 것이라 한다. 고로 만물의 중에 신을 본다 운함은 종교상 진리로 불자의 이른바 만물이 모두 불성이 있다 함과 일치한 것이로다.

그러므로 일신교라 운하며 범신교라 칭하는 구별은 어느덧 부족론不足論의 차별이라 하겠다. 만상萬象 즉 실재의 교가 아님이 불가하다.

대개 종교는 원래 윤리 이상 즉 초윤리의 근저가 필요하나 그러나 결코 윤리를 무시하는 것은 아니었다. 이제 유불기 삼교에 따라 보건대 이 윤리적 요소도 이미 구경究竟의 것을 훌륭히 구비하고 있다. 예를 들면 불교에 자비라 운하며 유교에 기소불욕물시어인己所不欲勿施於人이라 운하며 기독교에 박애라 운함과 같음은 어느덧 윤리의 극점에 있는 고로 아타我他, 피차에 별로 새로운 것을 조성키는 불가능할 것이로다. 이와 같이 지知의 요소는 갖추어 다할지나 그 응용의 방법이 금일의 문명과 도저 상반相伴치 못하는 것이라 할지로다.

대체 불로 말하면 견성각심見性覺心이라 하는 점에서 본능이 있으나 그러나 염세적으로 흐르는 경향이 있으며 또 유교와 같음은 현세적의 점에서 가취할 바 있으나 과도히 현생만 주장하는 고로 다소 퇴화적 기미를 면할 수 없으며 또 기독교는 그 사회활동과 공반共伴하는 경향은 좋으나 교의상 종종의 폐해가 이에 따르나니 일언으로 폐하면 각 교가 제가끔 장소가 있음과 함께 또 제가끔 단처短處가 있어서 도저 완벽이라 칭치 못할지라. 이에서 상호 그 장소를 파수하여 동화케 하는 때에는 처음으로 원만한 신종교가 되리라 생각하노라 (하략)' 하였다.

물론 씨의 논은 종교상으로 보아 각 종교의 장소를 적어도 인위적으로 융화코자 하였도다. 인위적이나 자연적이나 오인은 그 이상理想의 점에서 씨의 논리를 탄복하는 바이도다. 오인은 다시 생각하건대 종교의 신앙이란 결코 인위로 전제할 것이 못 되는 것이요 적어도 신비적 혹은 천계적天啓的 암시에 의하여 종교의 종교 되는 근거를 득하리라 자신하는 하에서 최수운 선생의 사상은 실로 신계적 대각神啓的大覺으로 초연히 종교 통일의 기초를 개시한 것이라 할지로다. 그는 선생 일대의 신앙과 및 그의 사상 행위로써 넉넉히 이를 증명할 것인저.

그러나 시대는 인물을 만들고 인물은 다시 시대를 만드는 것이라. 아무리 신계적 종교가라 할지라도 시대의 원조를 받지 못하면 도저히 그 사상을 전개키 불능하나니 예를 들면 지나 춘추시대에 백가의 이론이 비등할 때에 실천윤리가의 대공자가 출생함과 바라문교의 계급사상으로 교조를 세운 인도의 폐막 중으로 자유평등을 주창한 대석가가 출현함과 예언자의 횡수橫竪하는[4] 간에 일세가 모두 신의 아들을 갈앙하는 유태에서 야소가 출생함과 같음은 다 같이 시대의 산물이라 할지로다. 그러하면 대신사大神師의 이 종교통일의 사상도 또한 시대와 처소에 의하여 다소 그 영향을 받았을 것이로다.

문학박사 고교형高橋亨[5] 씨는 조선에 대한 삼교합일론의 역사라 이른 제목하에 대개 좌左와 같은 사상을 발표하였는데 이르기를,

유불선 삼교합일은 조선인의 철학과 종교에 대한 최고 이상이며 그 사색의 궁극이라 할지라. 고로 삼교합일은 조선 종교, 아니 동양 종교의 일대 간판이었었다. 천도교 시천교의 전신이 동학의 개조開祖 최제우 선생이 동학을 일으키자 그 표방이 이에 있었고 하상역河相易이 대종교를 개립할 새 또한 삼교 혼융渾融상에 교리를 세웠더라. 삼교합일을 말하건대 조선인에 향하여는 이 이상 고상하고도 심원한 사상은 다시

---

4) 종횡으로 가득 찬.

5) 다카하시 도루(高橋亨, 1878~1967): 일본의 조선사상사 연구가, 식민지 시기 일본이 정책적으로 장려했던 '조선학'의 권위자로서 서지, 민요, 민속, 한글 등에 관심을 두었고, 특히 조선 주자학 연구에 큰 영향을 미친 인물이다.

없다 할지로다. 따라서 조선에 대한 삼교합일론은 사상과 신앙의 최고처요 철학과 종교의 극치가 되어 정신적 세력이 지극히 광대하도다. 그러므로 천도교와 시천교는 매양 이를 이용함이 없지 아니하니라. 그리고 본론의 역사적 경력을 연구함에 유교와 불교의 성쇠를 인하여 이를 창하는 자의 있음이 부동하였나니 곧 불교가 성할 때에는 유교 측으로부터 삼교합일론을 창하였고 유교가 성할 때에는 승려 측에서 삼교합일론을 창하였나니 이는 실로 취미 있는 바 자료라 하리라. 현재에 이것이 천도 시천의 삼교합일이 되어 수백만의 신도가 있게 하였도다. 실로 삼교합일론이란 그 계통이 승려에서부터 생기었더라.

삼교합일론이란 무엇을 취함인고. 유불선 삼교가 각각 장처長處가 있음과 공히 단처가 있으나 삼교의 진수에 취하여 보면 서로 융통되어 가히 상착相鑿할 바 없나니 삼교의 무리가 그 원리의 대동은 내어버리고 서로 어긋나는 작은 차이에만 고집하여서 다툼이 어리석다 하였도다. 삼교합일론이란 삼교가 쟁론한 종말에 생김이 분명하며 또는 그 창도로 인하여 능히 삼교의 고집적 편견을 완화함에 족하리라. 삼교합일론은 지나 육조六朝의 사상계에서 시작하였으며 동시에 발흥됨은 누구나 아는 바이로다. 부대사傅大士가 양무제梁武帝를 아뢸 새 유관도리가사儒冠道履袈裟를 걸치매 제가 이상히 여기어 '유儒이냐' 문자 대사는 그 옷을 가리키고 '선仙이냐' 문자 대사는 그 신을 가리키고 '불佛이냐' 문자 대사는 그 가사를 가리켰으며, 또 장융張融은 임종에 유언하여 왼손에 효경, 노자를 잡게 하고 오른손에 소품법화경을 잡게 함과 동시에 그 저서 통원通源에 주옹周顒과 문답한 바 있나니, 도의 본체에 이르러는 유불선 삼교가 함께 한 극에 투投한 바요 그 다음은 그 흔적일 뿐이라고 논하여 삼교의 조화를 피하였으며 이 설이 송조 유학의 발달을 거친 후 명에 이르러 성행되었더라. 송렴宋濂 왕수인王守仁 등은 고치불술姑置不述하거니와 석釋으로써 기뻐하며 따르는 자가 전후에 배출하였나니 임조은林兆恩, 양신楊愼, 원굉도袁宏道, 원중도袁中道 등은 전자에 속하였고 감산 자익憨山藉益은 후자에 속하였도다. 요컨대 주周, 정程, 주朱, 융隆, 왕王의 학문이 출현한 이후로부터 유불선 합일론이 더욱 발흥케 되었으며 동시에 삼교에 통한 자는 비로소 지나 전사상을 통합함과 같이 인정케 되었더라. 조선은 원래 사상과 신앙이 오로지 지나의 영역됨으로써 지나로부터 삼교가 전래하였고 따라 삼교합일론을 수창한 자는 신라말의 최치원이니 최치원의 그 행적이야말로 삼교합일을 사실로써 표현하였더라. 곧 지나에 건너가 유학을 학하고 또는 불교에 친선하여 불학을 통효하였으며 만년에는 세속을 떠나 지리산에 들어가 마침내 선이 되었다 하는 그임으로써라.(미완)

— 야뢰, 《개벽》 2, 1920. 7.

인내천의 연구(4)

원래 대신사大神師의 이른바 천도는 이상理想의 구극究極 목적으로 진리의 최후원만最後圓滿이라 자신한 것이겠다. 오인이 이제 천도의 구극 이상을 연구코자 하면 먼저 대신사의 정신 원천을 해부할 필요가 있고 대신사의 정신 원천을 해부코자 하면 부득이 대신사의 친술한 《동경대전東經大全》, 《용담유사龍潭遺詞》 외에 각 교서에 산재한 편언척자片言隻字를 재료로 할지며 또한 그를 발표함에는 개괄적으로 그 사상 대체를 들어 개언槪言코자 하노라. 그러나 오인이 이를 논코자 함에 당하여 유감인 한 가지는 대신사는 각도覺道 후 겨우 오 년에 대구의 참변을[1] 당하였으며 또 이 겨우 5년의 광음光陰에도 이도異道의 지목을 받아 데반 풍신우읍風呻雨泣의 중에 그 사상적 활동을 매송埋送하였는 고로 대신사의 시대에는 아직 방식 있는 신앙, 통일 있는 교설이 없는 일이 이것이라. 간단히 말하면 대신사는 천도의 기초를 정하였을 뿐이요 우미화려한 건물이 없었도다. 이제 대신사의 기초적 사상이라 할 만한 것을 개괄하면

1) 1863년 조정은 동학을 사교로 규정하고 최제우를 체포하여, 1864년 3월 10일 대구 장대將臺에서 좌도난정左道亂政의 죄목으로 처형하였다.

갑. 종교적 기본관념

가. 천의 관념. 범신관汎神觀상에 입각한 인내천주의

나. 도의 관념. 만진리萬眞理를 인내천주의에 귀납하여 총합 조화한 유불선합일주의

다. 교의 관념. 인내천 관념에 입각한 영육일치주의

라. 종교의 최후목적. 인내천 관념에 입각한 천인합일주의

이 4대 정신은 대신사의 종교적 기본관념이라 할지라. 그러한데 〈가〉〈나〉〈다〉의 삼대 관념에 기초하여 즉 〈라〉 천인합일의 극치에 도달코자 하면 일정한 통로인 방식이 없지 아니함이 불가하니 고로 대신사는 나아가 수련의 방식을 정하였더라.

을. 종교적 수련방식

가. 인내천의 자력적自力的 영감. 삼칠성주三七聖呪

나. 인내천의 자력적 관성각심觀性覺心의 방법. 칠일 삼칠일 사구일 혹은 백오일의 기도

다. 인내천의 자력적 계율. 4대 계명

이 삼대 방식은 대신사의 기본적 수련 관념인데 무엇에든지 다른 힘에 의지하지 아니하고 자력에 신뢰하여 자천自天의 진정신眞精神을 발휘함에 있으니 고로 그 결과는 마음이 그 만능력萬能力의 주체적 위치에 있을 것은 물론일지라. 마음은 사람이 본래 하늘에 합일하는 계기이며 천지대도에 융화일치하는 진체로 교敎의 문화를 인계에 발휘하는 주인공이라. 고로 마음을 떠나서는 하늘이 없고 종교가 없음은 물론일진저. 고로 '인의예지선성지소교仁義禮智先聖之所敎 수심정기유아지경정守心正己唯我之更定'이라[2] 한 대신사의 선언한 경전 중 한 구절로 볼지라도 대신사

가 여하히 마음으로 만능력의 주체되는 소이를 명언하심이 아닐 것이냐. 그리하여 대신사는 마음이 만능력의 표상되는 소이를 각종의 부도符圖로써 유형적으로 일반 문제門弟에게 상시詳示코자 노심하였나니 이를 개거槪擧하면

영부靈符 (마음의 표상)

- 궁을弓乙 : 마음은 궁천을인弓天乙人 즉 천인합일된 표상 (인내천의 표징)
- 태극太極 : 마음은 만리萬理를 구비하였다는 표상 (인내천의 표징)

원래 마음은 무형이라. 무형인 고로 보통사람은 그 위대한 능력 즉 하늘의 위력을 유야무야의 중에 매송하는 고로 이에 대신사가 이 마음의 위대를 일반에게 설시說示키 위하여 이들의 영부로써 표상함에 불과한 것일진저.

이상은 대개 대신사의 종교에 대한 기본관념이라 할지라. 내가 조목을 따라 이를 간략히 논하면

인내천의 근본원리

오인의 사고로 보면 인내천은 즉 범신관상에 입각한 유신주의有神主義라 할지라. 고로 인人은 곧 대大한 천天의 가장 혹초酷肖한[3] 결정인 유형

---

2) 《동경대전》〈수덕문〉. '인의예지는 선성이 가르친 바요, 수심정기는 오직 내가 다시 정한 것이다.' '수심정기'는《동경대전》〈논학문〉과 〈수덕문〉에 각각 한 차례씩 나타난다. 한국정신문화연구원에서 인간한 《동경대전》(1911년 필사본)에는 '수심정기'가 '修心正氣'로 적혀 있다. 본문의 '正己'는 '正氣'의 오기인 듯하지만, '守心'과 '修心'은 속단할 수 없는 문제이다. 〈논학문〉의 다른 일절에, '오도는 무화니라. 그 마음을 지키고 그 기운을 바르게 하여 그 성품을 거느리고 그 가르침을 받으면 자연한 가운데에서 화가 나타나는 것이다.(吾道無爲而化矣 守其心正其氣 率其性受其敎 化出於自然之中也)' 라고 하여, 본문처럼 '守心'으로 표기한 경우도 있다.

적有形的 천이라 운하는 의미일진저. 인 혹은 인내천이라 하면 우주의 정신적 대주재인 신의 관념을 파괴한 무신론자라 오해하는 자가 있을지나 이는 결코 그렇지 않으니, 대신사는 차라리 유신론을 주창하여 일체의 우주의 만물이 신의 정신하에서 생성하였다 논하였나니 고로 동경대전 벽두에 이르기를 '개자상고이래蓋自上古以來 춘추질대사시성쇠春秋迭代四時盛衰 불천불역不遷不易 시역천주조화지술是亦天主造化之迹 소연우천하야昭然于天下也' 라[4] 함으로써 명확히 이 우주의 상에는 이 우주를 지배하며 통할하는 천주가 있음을 가리킴이 아닌가. 그러나 대신사의 소위 천주의 관념은 개체적 곧 인격적 상제를 이름이 아니요 범신적 즉 정신적 의미함인데 정신적 신이라 함은 일체 우주현상을 지배하는 영적 진선미를 개념함이라. 고로 위로 대천성진大天星辰 아래로 미진섬개微塵纖芥에 이르기까지 일체 이 신의 정신이 귀숙치 아니하는 곳이 없다 하는 관념이로다. 다시 말하면 벌레에는 벌레만한 정신이 있을 것이요, 날짐승에는 날짐승만한 정신이 있을 것이요, 사람에는 사람만한 정신이 있을지라. 그와 같은 이치로 지구에는 지구만한 정신이 있을 것이요, 태양계에는 태양계만한 정신이 있을 것이며, 마침내 대우주에는 대우주만한 정신이 있을지니 오인은 이 대우주의 대정신을 칭하여 천주라 하도다. 그리하여 이 대우주의 정신과 사람의 정신은 근본에서 유일의 실재가 되나니 고로 오인은 신을 대우주에서 발견함과 같이 개체아 즉 사람에서 또한 동일의 신을 발견할 만하도다.

그러한데 우주는 이 대정신의 진화발달로써 금일의 현상에 이르렀으리라. 즉 우주는 곧 일체물一切物인데 일체물은 곧 신이며 사람은 일체물 중 한 동물인데 동물은 일체물의 가장 진화한 것이며, 결국 사람은

---

3) 매우 닮은.

4) 《동경대전》〈포덕문〉. '무릇 상고 이래로 춘추의 질대迭代와 사시의 성쇠가 옮겨가지도 바뀌지도 아니하니 이 또한 한울님 조화의 자취가 천하에 소연昭然한 것이로되'

동물 중 가장 진화한 자로 즉 신의 가장 진화한 자로 만물의 영장이며 천지의 주인공 될 만한 자격이 이에 표현하였도다.

경신(1860) 4월 5일 대신사가 직접 하늘로 문답하였다 운하는 동경東經에 이 관념을 표명하여 이르기를 ‘불의사월심한신전不意四月心寒身戰 질부득집증언불득난상지제疾不得執症言不得難狀之際 유하선어홀입이중有何仙語忽入耳中 경기탐문즉驚起探問則 왈물구물공曰勿懼勿恐 세인위아상제世人謂我上帝 여부지상제야汝不知上帝耶 문기소연問其所然한대 왈여역무공고생여曰余亦無功故生汝 세간교인차법世間教人此法 물의물의勿疑勿疑’ 하라[5] 하신 일절로 보면 확실히 인격적 상제가 공중으로부터 대신사를 명교하신 듯하도다. 그러나 논학문에 써 있는 ‘오역송연吾亦悚然 지유한생만지제只有恨生晩之際 신다전한身多戰寒 외유접령지기外有接靈之氣 내유강화지교內有降話之敎 시지불견청지불문視之不見聽之不聞 심상괴아心常怪訝 수심정기이문守心正氣而問 왈하위약연曰何爲若然 왈오심즉여심야曰吾心卽汝心也 인하지지人何知之 지천지이무지귀신知天地而無知鬼神 귀신자오야鬼神者吾也 급여무궁무궁지도及汝無窮無窮之道 수이련지제기문교인修而煉之制其文敎人 정기법포덕正其法布德 즉금여장생소연우천하의則令汝長生昭然于天下矣’ 라[6] 한 일절에 인하여 이 점에서 대신사의 하늘의 관념은 대천大天의 정신되는 심령 즉 자기의 심천心天을 가리켜 말한 바 명백하도다. 이제 이 양절을 종합하여 보면 포덕

5) 《동경대전》〈포덕문〉. ‘뜻밖에도 4월에 심신이 한전寒戰한데 무슨 병인지 집증執症할 수 없고 말로 형용하기도 어려울 즈음에 어떤 신선의 말씀이 홀연 귀에 들려오거늘, 크게 놀라 벌떡 일어나 탐문한즉 대답하기를 ‘두려워 말라. 두려워 말라. 세인이 나를 일컬어 상제라 하거늘 너는 상제를 알지 못하느냐.’ 하였다. (찾아온) 소이를 물으니 이르기를 ‘나 또한 공로가 없는 고로 세간에 너를 내어 사람들에게 이 법을 가르치게 하려는 것이니 의심하지 말라, 의심하지 말라’ 하였다.

6) 《동경대전》〈논학문〉. ‘나 역시 송연하여 단지 늦게 태어난 것을 한스러워 할 즈음에, 몸에 심하게 한전이 들며 밖으로는 신령을 접하는 기운이 있고 안으로는 강화降話의 가르침이 있었으나 보려 해도 보이지 않고 들으려 해도 들리지 않으니 마음이 오히려 괴이스러웠다. 수심정기하고 묻기를 ‘어찌하여 이렇습니까?’ 하니, 대답하기를 ‘내 마음이 곧 너의 마음이다. 사람들이 어찌 그것을 알겠는가. 천지는 알아도 귀신은 모르니, 귀신이라는 것이 곧 나이니라. 너는 무궁 무궁한 도에 이르렀으니 그것을 닦고 연마하여 그것을 글로 지어 사람들을 가르치고 그 법을 바르게 하여 덕을 베풀면 너로 하여금 장생하여 천하게 소연하게 하리라.’ 하였다.’

문布德文에는 어떤 선어仙語가 귓속에 홀입忽入한다 운하셨으니 이는 어語가 밖으로부터 안에 들어온 것이요 논학문에 이르러는 안으로 강화降話의 가르침이 있다 하였으니 이는 화話가 안으로부터 밖에 출한 것이라. 겨우 수행의 문장에 불과한 사이에 무슨 까닭으로 이들 대모순이 있었을까. 대의大疑의 하에 반드시 대각大覺이 있음과 같이 이 모순의 중에는 실로 대진리가 복재하였도다. 즉 대신사는 우주의 대주재 되는 우주적 대정신 즉 대천과, 개체의 주재되는 개체적 정신 즉 자천自天을 동일한 영체靈體로 간파한 결과 자천 즉 심령의 감응을 대천 즉 상제의 신훈神訓으로 자신하였을지라. 고로 포덕문에 운한 선어라 함은 대천의 신계神啓와 같이 방편方便을 세우고 논학문에 운한 강화의 가르침이라 함은 즉 자천의 감응으로 귀결하였나니 이내 대천 되는 상제와 소천 되는 사람이 합일되는 계점契點일진저. 또 유사遺詞 중으로 탐고探考하고 보면, 이 이치가 더욱 적절히 표현되었나니 안심가安心歌 중 일절에 있는 '공중에서 외는 소리 천지가 진동한다' 말한 구절은 곧 상제가 대신사를 명하신 바이니 완전히 유체有體의 상제가 대신사를 면명面命하신 듯하도다. 그러나 도덕가道德歌 중 일절에 써 있는 '무지한 세상사람 아는 바 천지라도 경외지심 없었으니 아는 것이 무엇이며 천상에 상제님이 옥경대玉京臺에 계시다고 보는 듯이 말을 하니 음양이치 고사하고 허무지설 아닐런가 (중략) 천지 역시 귀신이요 귀신 역시 음양인 줄 이같이 몰랐으니 경전 살펴 무엇하리' 함에 이르러 전자의 이른바 인격적 상제는 일점의 흔적도 없어 파괴된 감이 있도다. 다만 이 두 구절만으로 대신사의 사상을 전단하고 보면 대신사는 완전히 무신론상의 일인이 될 뿐이로다. 그러나 그 하절에 이르러 '천리야 모를소냐 사람의 수족동정手足動靜, 이는 역시 귀신이요 선악 간 마음용사用事, 이는 역시 기운이요 말하고 웃는 것은 이는 역시 조화니라' 운함과 또 안심가 중 일절에 '하염없는 이것들아 나는 도시 믿지 말고 한울님만 믿었어라 네 몸에 모셨으니 사근취원捨近取遠 하단말가' 운한 구절에서 대신사의 인내천주의는 청천백일과 같이 드러났도다. 그리하여 대신사는 인내천주의를 주문 13자 '시천주조화정侍天主造化定 영세불망만사지永世不忘萬事知' 에[7] 간단히 표현하였나니 대전 주문해석장에 일렀으되 '시자내유신령외유기화侍者內有神靈外有氣化 일세지인一世之人 각지불이자야各知不移者也' 하시고[8] 무체법경無體法經[9]에 일렀으되 '시자즉각자야侍者卽覺者也 천주즉자천지의天主卽自天之意' [10] 라 하신 점에서 주문은 확실히 인내천을 상징한 법문이라 할 수 있도다. 대신사는 이와 같이 인내천의 대종을 세우시고 이로써 우주문제 인생문제 도덕문제 사회문제를 해결하시사 이르기를 오도는 후천오만년무극대도後天五萬年無極大道라 하셨도다. 이제 대신사의 인내천주의를 종교, 철학, 과학 삼부에 분하여 논하면

갑. 종교상으로 바라본 인내천주의

종교의 정의는 무엇이냐. 상대와 절대의 연쇄이며 신과 사람의 관계라 함은 나는 이 정의에 대하여 의의疑義가 없노라.

종교의 목적은 무엇이냐. 개인의 위안을 주며 사회의 평화를 도모한다 함은 나는 이 정의에 대하여도 의의가 없도다.

그러나 나는 나의 흉중에 큰 의안疑案이 있으며 큰 비난이 있나니 무

---

7) 경신년 4월 5일 수운이 득도한 뒤 덕을 천하에 펴기 위해 지은 13자의 본주本呪. 강령주 '지기금지원위대강至氣今至願爲大降' 까지 합쳐 21자 주문이 된다.

8) 《동경대전》〈논학문〉. '시侍란 안으로 신령이 있고 밖으로 기화가 있어 온 세상 사람들이 각자 알아서 옮기지 않는 것이다.'

9) 의암 손병희가 저술한 천도교서의 하나. 1910년 2월 경상남도 양산시 통도사 내원암內院庵에서 수련을 마치고 발표하였는데, 양한묵梁漢墨이 대필하였다. 이 책은 모두 9개항의 소제목을 붙였는데 성심변性心辨 · 성심신삼단性心身三端 · 신통고神通考 · 견성해見性解 · 삼성과三性科 · 삼심관三心觀 · 극락설極樂說 · 성범설聖凡說 · 진심불염眞心不染으로 주로 천도교적인 수행방법을 밝혔다. 동학농민운동과 갑진개혁운동을 주도했던 동학은 사회운동 쪽에 치우쳤으나 사회운동만으로 교단을 이끌어가기가 어렵게 되자, 종교적 수행에 치중하는 방침을 세우기 위하여 이 책을 저술하였다. 1책.

10) '시侍란 깨달았다는 것이요, 천주는 곧 자천自天의 뜻이다' 로 해석되는데, 《무체법경》에 보이지 않는다. 《무체법경》〈신통고〉에 '시천주의 '시' 자는 곧 천주를 깨닫는다는 뜻이다(侍天主之侍字 卽覺天主之意也).' 라는 구절이 있다.

엇이뇨. 종교의 세계 되는 즉 목적 되는 이상의 관념이 각수各殊한[11] 것이라.

시험 삼아 동서고금의 종교를 산래算來하면 종교 및 종파의 수는 다수이었었다. 그러한 이 다수의 종교는 각각 특수의 관념과 특수의 방식을 가지고 있었나니 즉 갑교로 을교를 바라보든지 을교로 다시 병교를 바라보든지 병교로 또 정무丁戊를 바라볼지라. 이들의 중에는 전연 빙탄불상용氷炭不相容의 이상이 포함하여 각각 별천지의 느낌이 있도다. 이에 각 종교는 각각 자기의 별천지를 고집하고 갑이 을을 바라보되 이는 마교라 하며 을이 병을 바라보되 이는 이단이라 칭하여 각기 자기의 관념한 바 종교의 천지로 우주지상의 진리라 하여 상호공격 함에 이르렀었다.

이에 오인은 각 종교의 중앙에 서서 어느 것이든지 불편불의不偏不倚하고 공평신성한 의식하에서 어느 것이 과연 참이며 어느 것이 과연 거짓이라 쉽게 판단할 수 있으랴. 가정상 만약 이를 공평히 판단하였다 하는 관념하에서 만약 갑으로 참이라 하면 을병은 불가불 허위가 되지 아니치 못할 것이요, 만약 을로 참이라 하면 갑병도 역시 허위가 되지 아니치 못할지라. 생각하여보자. 몇 천 년의 역사, 몇 억만의 신도를 갖는 당당한 종교가 어찌 허위로써 여러 사실을 부負하였으랴. 어찌 가망假妄으로써 이들 다수의 억조의 위안을 주었으랴. 만약 이들의 역사, 이들의 신도를 있는 사실로써 허위라 운할진대 나는 차라리 허위 그것을 진리로 간주치 아니치 못하리니 이것이 나의 큰 의안疑案이로다. 이제 이 의점을 대신사의 인내천주의인 천도에 의하여 다소 그 의단난점疑端難點을 해명하면 이르기를 우주의 일체진리, 일체사물, 일체활동은 모두 천도의 발휘에 불과하니 고로 천도는 비구비신非舊非新, 역구역신亦舊

11) 각자 단절된.

亦新, 비령비육非靈非肉, 역령역육亦靈亦肉, 비신비물非神非物, 역신역물亦神亦物, 비실비허非實非虛, 역실역허亦實亦虛, 비소비대非小非大, 역소역대亦小亦大라 하여 우주의 절대체絕對體를 그 범위라 하고 우주의 절대진絕對眞을 그 내용이라 간주하되 크게는 대천성진 작게는 미진섬개에 이르기까지 모두 천도 정채精彩의 발휘라 하고 반대로 인간계에 귀한 만종교의 교리가 모두 천도의 부분이며 만철학의 이론이 모두 천도의 이상이라 하며 만과학의 사실이 모두 천도의 과정이라 하여 무엇이든지 모두 천도의 발휘로 생각함과 동시에 무엇이든지 모두 진리의 표현으로 용인하였도다. 그러면 인내천주의의 종교는 즉 철학상 범신관적 종교이며 (미완)

— 야뢰, 《개벽》 4, 1920. 9.

인내천의 연구 (5)

(전호 갑항의 계속) 실재론자의 종교가 되나니 이 실로 인세의 최후 종교로 자처한 소이인저. 범신관적 또 실재적 종교가 무슨 까닭으로 인내천 종교가 되느냐 하면 오인은 이에 별로 자가自家의 의견과 동일한 흑암주육黑岩周六 씨의[1] 최후종교론 개략으로 특히 독자에게 소개코자 하노라. 씨는 이르기를

최후의 종교라 이르는 것은 나의 사고로는 인간의 만사는 점차 진화하여오는 고로 종교도 또한 최후로 창건된 종교가 참된 종교라 생각하는 바로다. 최후의 종교는 무엇이냐 환언하면 참된 종교는 무엇이랴 함에 대하여 비견鄙見을 진술코자 함이라. (중략)

무릇 세계의 중에는 신이 모든 자아의 종교에만 있다 말하며 그리하여 모든 자아의 신만이 진실하다 하나니 즉 종교 종교마다 각기 자기의 신이 정당한 신이라 하도다. 나는 그 중에 어떠한 신이 가장 정당한 신이 되랴 함을 의심하였노라. 여하튼지 세계에 존재하는 종교의 종파를 계산하여보면 실로 다수이었도다. 가령 그를 각 국 혹은 각 종족마다 한 종교가 있다 하고 볼지라도 모두 팔백 여로 셈할 수 있다. 만일 그와

1) 구로이와 루이코(필명 黑岩淚香, 1862~1920). 일본 메이지, 다이쇼 시대에 활동한 추리소설가. 번역가이자 저널리스트로도 활동.

같이 종교가 다수라 하는 가정 하에서 신을 믿음이 흡사 부첨富籤을[2] 판매함과 동양同樣일 것이었다. 만약 부첨이 팔백 본이 있다 할지라도 부첨은 오직 하나일 것이다.

종교도 또한 그와 동양으로 불교는 불교의 중에 진정의 진리가 있다 하며 기독교는 기독교에 진정 진리가 있다 하면 오인은 어떠한 첨籤을 뽑아야 될는지 알지 못할 것이다.

세계의 점점 진화하여옴에 좇아 각 종교상에 대한 양해의 태도도 또한 관용하여졌다. 그리하여 기독교이든지 불교이든지 다소의 진리가 있다 상호 관용하는 고로 타인의 의론을 서로 존경하게 되었다. 그러므로 현금의 종교계는 신을 전매적專賣的으로 자기의 소유라 억단치 아니한다. 이 점에서 금일은 어떤 종교를 믿는다 할지라도 그리 비진리 부적당이라는 악평은 받지 아니하게 되었다. (중략) 기독교는 신에 인격이 있다 말한다. 신을 사람과 같이 사고하는 고로 나는 이들의 미신은 마음에 들지 아니한다. 인격이라 하면 무엇이뇨. 즉 인류의 인류 된 본체인 고로 만약 신에 인격이 있다 하고 보면, 그는 이미 신이 아니요 사람일 것이다. 사람에 인격이 있다 하면 신에는 신격이 있을는지는 알 수 없으나 인격이 있을 것은 아니겠다. 그러나 기독교는 신에 인격이 있다 생각하는 고로 이에서 여러 가지 종종種種의 영배靈拜가 출래하는 것이다. 기독교 신자 중에는 자못 식자의 사람으로서도 기도는 확실한 효능이 있다 말한다. 신에 향하여 열심히 기도를 봉하면 그 원이 성취한다 말하였다. 자기의 기도로써 세간의 물질을 움직인다 믿는 사람이 금일 기독교계에는 많이 있다. 기독교 신자 중에는 기도로써 능히 자기의 소욕所欲을 달하리라 과신하는 폐가 없지 아니할 것이다. 그러나 그는 실제의 사실과 적합할 것이 아닐 것이다. 만일 신을 인격이 있는 자

---

2) 제비, 심지.

로 믿어 자기의 소망을 인격적 신의 능력에 의하여 해결하리라 하면 이에는 필연으로 실망의 경우가 없지 아니할 것이다. 실제 신을 인격으로 믿는 사람 중에는 자기가 신을 믿느니 만큼 신은 자기에게 친절이 부족함을 느끼고 신앙심이 양정凉靜하여지는 사람도 없지 아니하리라. 고로 나는 신을 인격자라고 믿는 그 끝은 실망하리라고 생각하노라. 인격이 소위 신을 인격이 있다 믿는 종교는 이는 결코 최후의 종교가 아니라 인지가 불충분한 시대에 존립한 종교니라.

그러면 세계에는 종교가 없어지랴. 신은 인격이 있는 자 아니라 하면 신은 절대로 없으랴 이르는 문제가 일어날지나 문제는 실로 커다란 문제로다. 나는 이에 이러한 까닭에 신이 있다든지 저러한 까닭에 신이 없다든지 단언키 불능하나 나의 생각한 바로는 여하튼지 세계의 중에 만사동작이 사람의 힘만 아닌 줄로 아노라. 사람의 힘은 극히 사소한 것이라. 제일 우리의 자신 신체를 볼지라도 신체의 중에는 심장이라 이르는 것이 자유로 신축하고 있다. 그러한데 그 즐통喞筒의[3] 힘은 무엇이랴. 부모로부터 유전한 것이랴 무엇이랴. 여하튼지 우리는 스스로 이 즐통을 사용치 못할 것이었다. 그러나 즐통은 공교한 장치로 간단없이 작동하여 우리의 신체에 피를 순환케 하는 것이다. 이것이 누가 시키는 것인가. 만일 자신 자체는 자기 몸의 힘에 의하여 될 것으로만 생각하면 심장도 또한 자기의 힘으로 작동케 할는지 알 수 없으니 심장은 자기 스스로 작동케 하는 것이 아닌즉 그는 누가 작동케 하는가. 이를 인간의 천성天性이라 하며 자연이라 말한다. 자연이 사람의 심장을 작동케 한다 하면 그 자연이라는 것은 우리에게 사상이 미치지 않는 이상異常을 가지고 있지 아니한가. 사람의 신체도 오히려 이러하나 밖을 보면, 눈의 달하는 곳은 어느 곳인지. 저 창공은 한계가 있을까 없을까.

---

3) 물을 대는 관.

만일 한계가 있다 하면 그의 앞은 무엇이랴. 만약 앞에 앞에를 향하고 간다 하면 실로 그 끝이 없을 것은 공간이라. 공간의 광대는 알려 하여도 오인의 사상 중에 입래入來하지 아니한다. 시간의 길이도 또한 그러하다. 시간이라 함은 어느 시에 시작되었는지 몇 만 년 전에 시작되었는지 그 이전은 이 세상에 시간이 없었던지 그 전은 무엇으로 있었던가 하는 생각이 일어날지로다. 공간과 시간은 아무리 하여도 인류의 생각에 입래치 아니한다. 학자가 각종으로 이를 설명하였으나 아무리 하여도 우리의 뜻에는 합점合點이 가지 아니한다. 이들의 설에 의하면 공간은 없는 것이라 한다. 물질이 있는 고로 공간이 있는 것이라, 생명이 있는 고로 시간이 있는 것이라 하나 여하튼지 공간 시간이 무엇이든지 알 수 없으나 있기는 있는 것이라. 이 실로 하등의 설명을 덧붙여 말하지 아니하면 오인의 의심은 도저 만족을 얻지 못할 것이라. 혹은 말하되 시간 공간을 이상히 생각하나 그러나 조금도 이상할 것이 없는 것이다. 시간으로 말하면 지금이든지 차후이든지 동일한 시간이며 장소로 말하면 이곳 저곳이 동일한 곳이라 말하나 여하튼지 그 시간 그 장소가 무한히 계속하는 것이 즉 무한이란 것은 이상한 바가 아니냐. 무엇이든지 우리의 마음이 무한이라 운하는 것을 합점할 만한 힘을 가지지 못하였는 고로 인간의 힘을 초월한 자가 이 세계의 중에 있느나 없느나 물으면 오인은 있다고 대답치 아니치 못할지로다. 단지 시간과 장소의 경우만으로도 사람의 지혜보다 이상의 것이 세계의 중에 있다고 단정치 아니치 못할지로다. 그러면 그러한 것을 과학과 같이 분석하여 알 만한 것이 아니니 우리와 같은 천학자의 말할 범위는 아니나 대개 물질이란 어떠한 것이냐 하면 '아돔'이라 하는 최극미분자로 구성되었다 한다. 소위 전자는 일극미분자로 되었다 하나니 이들의 전자는 어떤 물체의 중에 유영하고 있음에, 마치 넓은 우주의 내에 지구 태양 및 별이 유영하고 있는 모양과 같이, 물체 내의 한 전자와 다른 한 전자의 거리는 전자 하나의 대大로부터 비교한즉 지구와 태양의 거리 혹 지구와 다른 성구의 거리와 흡사하여 조금도 충돌치 아니하리라. '라치움' 과 같음은 전자를 방사하나니 그가 전자 방사함으로 그 물질이 곧장 소진하리라 할지나 그러하나 겨우 '라치움' 의 한 개 전자를 방사하는 분량은 이억 년을 지속한다 과학자는 말하였다. 그러하면 소小의 방면으로써 사고할지라도 그 소한 정도가 무한량이라 운치 아니치 못할지라. 사람의 지식은 도저히 이에 접속할 일이 불능하리라 하는 사고가 자연히 부래浮來하리라. 그러하나 이 무한량이라 운한 일도 어떤 학자의 설로 말한즉 이 역시 사람의 심중의 것으로 족히 의심할 바 아니라 하나니 예를 들면 2, 2는 4라 하는 수가 있으면 그 수가 모여서 끝내 백천억 무량수 불가사의가 된다 할지라도 그 소위 불가사의는 족히 의심치 아니할 바라 하나니 어떤 것이오. 여하히 백천억 불가사의라 할지라도 그는 2, 2는 4로부터 이루어졌은즉 만일 2, 2는 4가 족히 의심치 아니할 바에는 따라서 백천억 무량수도 족히 의심할 바 아니로다. 그러므로 인간 지식을 초월하는 것은 결코 없으리라 하며 또 그와 같은 이치로 빈변濱邊의 수타제水打際는 빈의 진사眞沙의 극소한 것만 병퇴竝堆하여 있다. 그리고 그 다음에는 그보다 큰 사리沙利가 있을 것이요 또 그 다음에는 또 그보다 큰 사리가 있어 다음 번 다음 번 물결의 깊은 곳에 들면 들수록 큰 돌이 있나니 그가 누구의 힘이냐. 이는 물론 물의 힘이라 하는 자연일 뿐이었다. 그가 괴이치 아니하면 인세의 만물이 그 힘의 상응으로부터 어떤 물체는 가벼워 뜨며 어떤 물체는 무거워 가라앉음도 또한 괴이치 아니하리라 운하나 그러나 그는 단지 인력의 표현만 이름에 불과한 말이 만약 그 근원을 추구하면 괴이타 운함은 도저 그칠 때가 없겠다. 기이하다 함은 무엇일까. 즉 사람의 지식에 초월하는 것이 그것이다. 사람의 지식에 초월하는 물物은 어디까지 지식이 진보할지라도 그 수가 다하지 아니하리라 우리는 단안함을 마지아니하노라.

이것이 신인지 아닌지는 알 수 없으나 만일 세계의 중에 괴이한 사리事理가 사람의 힘 이상의 것이 있다 하면 그것은 결코 한 물物만 아니요, 세계의 중에 있는 물은 무엇이든지 다 같이 기이한 것이 아닐 것이냐. 무엇이든지 사람의 지식을 초월한 것이 아닐 것이냐. 과연하니라. 인간의 만사만물이 이상하다면 어느 것이든지 이상치 아니할 것은 없을 것이다. 만일 사람의 지식을 초월한 그것으로 신이라 할 것 같으면 세간만물은 무엇이든지 신이 아님이 없을 것이다. 제군도 신일 것이요 나도 신일는지 알 수 없다. 이 '고푸' 와[4] 같은 물도 신일는지 알 수 없을 것이다. 이와 같이 신을 관래觀來하면 신은 진실로 변변치 아니한 것이라 할는지 알 수 없으나 천지만물은 실로 신의 표현은 표현인 것이다. 신이라 하는 것이 어떠한 물인지는 알 수 없으나 여하튼지 그 신의 표현이 사람의 눈에 소현所現되는 때는 삼라만상의 물로 되어 보이는 것이겠다. 이와 같이 말하면 세계의 물이 어느 것이든지 다 신의 표현으로 눈으로 보며 귀로 듣는 사람의 감각에 이移하는 물은 모두 신의 표현일 것이다. 그러하면 이는 자연히 범신론으로 귀착치 아니치 못하리로다. 범신론은 무엇이든지 신이라 운하나니 저 인격적 신을 숭배하는 설보다는 일보 진화한 설이라 할지라. 그러하면 범신론이 최후의 종교가 될 것인가. 아니라. 그뿐으로는 종교라 명목을 부릴 수 없는 것이다. 세계의 일체만상이 모두 신의 표현이라 하면 신과 삼라만상은 오분五分 오분씩 될 것인즉 고로 특별히 신을 숭배치 아니하여도 관계치 아니할 것 아니랴. 그러한데 구경세究竟世의 중에는 범신론과 일신론이 유행하는 금일인 고로 만일 범신론까지도 완전한 종교가 되지 못한다 하면 세상에는 종교의 입장이 없으며 신의 거처가 없을 것인가.

나의 이제 간단히 말하고자 하는 최후 종교는 마치 한가지로 범신론

---

4) '컵(cup)' 의 일본어 발음.

에 불과하도다. 만물이 모두 신이라 운함에 불과하도다. 그러나 나의 의논을 조금 견양見樣의 방법을 달리하고 보면 이에서 의미도 더하게 될 것이요 위자慰藉도 될 것이고 애愛도 출래하리라 생각하노라. 나는 기독교의 인격적 신은 결코 찬성치 아니하나 그러나 만일 사람의 위에 서서 사람의 힘에 초월한 것이라 하고 우리가 그를 어떠한 것이냐 상상할 때는 우리는 그를 무엇에 의하여 상상함이 가할 것인가. 우리는 세계의 중에서는 사람보다 영리한 것을 보지 못하였는 고로 만일 사람과 비교하여 그를 사고하면 그 사고에 의하여 얼마간 신의 성질을 알리라 하는 의심까지 났었다. 무릇 사람의 지식이라는 것은 완연 근사치 아니한 것을 사고하기는 도저 불능한 것이라. 가령 이에 허언을 능토能吐하는 사람이 있다 하고 보자. 허언을 토함에도 또한 범위가 있으므로 전연 인간과 격절한 허언을 토하기는 불능한 것이니라. 예하면 선향線香으로 부사산富士山의[5] 무너짐을 능히 지주支拄할 수 있다 하면 그는 물론 허언, 중대 허언이다. 그러나 이를 분석하면 허언이 아니다. 무슨 까닭이요 하면 세계의 중에는 선향이 있음도 사실이며 부사산이 있음도 사실이며 지주가 있음도 사실이 아닐 것이냐. 또 사람이 어떤 음곡에서 유령을 만났는데 그 유령은 얼굴에 눈이 세 개가 있으며 뿔이 아홉 개가 있고 다리가 하나뿐이라 하자. 그리고 보면 이 역시 허언됨에 무방하나 그러나 그도 또한 분석하고 보면 실로 진이 아니 없나니 즉 세계의 중에는 눈이 있음도 사실이며 뿔이 있음도 사실이며 다리가 있음도 사실임으로써라. 그러므로 세계에는 여하히 무근거한 허언이라 할지라도 분석상 하나도 진이 되지 아님이 없을 것이다. 그러므로 사람의 지혜는 자기가 아는 범위에서 무엇이든지 근사한 것을 구하지 못하면 그 이상에 나오기 도저 불능한 것이다. 시간 공간을 사람의 지식으로

5) 부사산(富士山) : 일본 후지산.

사고치 못하는 소이는 사람의 소견은 다 같이 유한한 것 뿐인저. 또 무한한 것은 시간 공간 두 가지만으로써 이는 아무리 사고하여도 오인의 마음에 입래치 아니하는 것이다. 그리하여 신이라 운함도 우리가 일찍 어떤 경우로든지 신과 부합한 일이 절무하였으므로 오인이 신이라 운함을 사고할 때에는 불가불 인간에서 최령最靈한 사람에게 표□을 삼고 이를 생각하여 보게 되는 것이라.

— 야뢰, 《개벽》 5, 1920. 11.

최근 조선 사회운동의 이삼

-조선교육회, 조선학생대회, 조선노동공제회의
취지 및 목적은 여하한가.

1. 조선교육회

오인은 전호에서 이미 우리 조선에서 일어나는 최근 신현상에 대하여 만강의 동□으로 그들의 현재를 환영하고 그들의 장래를 축하하였거니와 이제 그 현상을 계속적으로 쓰고자 함에 당하여 오인은 벽두로 우리 조선에 조선교육회가 출생함을 충심으로써 찬성하되 마지아니하노니 그 까닭은 동회의 취지와 목적이 조선에 가장 급무인 활동임으로써요, 가장 적당한 지도임으로써요, 가장 필요한 계발임으로써라. 동회는 그 취지 벽두에 선언하였으되 가령

> 사회의 완전한 발달은 그 사회를 조직한 각 개인의 원만한 발달을 기다린 연후에야 가히 기망期望하나니, 현하 우리의 사회 상태는 물질계 정신계 됨을 물론하고 위미혼동萎靡混同함이 극도에 달하여 상하가 한 모양으로 금전만능주의에 현혹하여 사리를 시도하는 외에 개인과 사회의 관계는 완연히 염두에 망각하고 온 반도半島의 정신은 다만 금일주의今日主義로 풍미함으로 순미한 구문화는 일타무여一墮無餘한 중에 이에 대신할 만한 신문화의 건설은 아직도 전도가 묘연할 뿐만 아니라 더욱이 세계적 사조의 대파란이 도천滔天의 기세로 전구全球를 흔동함에 제회際會하여 박약한 오인의 사상계는 완

연히 침로針路를 잃었도다.

이로써 보면 동회同會 착안의 제일점은 개성과 사회의 병행 발달을 도모함에 있다. 즉 사회의 발달은 개성의 계발에 있고 개성의 진보는 다시 사회의 향상을 재촉하는 점에서 동회는 우리 조선사회의 현재 혼돈 상태에 들어섬과 개성의 유물적 사욕에 빠짐을 기탄하여 이를 근본으로부터 광정할 목적으로 궐연히 분기한 소이라 하겠다. 원래 어떠한 사회를 물론하고 그 사회의 현상을 병적 상태로부터 증제하여 건전한 발달을 도모코자 함에는 먼저 그 사회에 최선 급무로 요할 만한 어느 기관 하에서 근본적 또는 기초적 개조를 요구하지 아니함이 불가하나니 이는 동회가 선견의 명으로써 우리 조선사회의 최선 급무인 인재양성을 벽두로 절규한 소이이었다. 가령

만근挽近 오인의 개조라 개선이라 하는 규성이 각 방면에 훤괄함은 기뻐할 현상이라. 이에 기인함인지 은행이나 회사가 족출簇出하여 사회의 빈약한 경제계를 윤활케 함도 물론 급하지 않음은 아니나 그러나 우리 사회의 근저적 개조를 기도코자 할진대 여간 형식적 외부적 제도의 일시적 개조로 도저히 능할 바 아니요, 먼저 일반국민의 문화정도를 향상케 하며 인재를 양성함이 없다면 이는 나무에 올라 물고기를 찾는 것과 다를 것이 없도다.

과연하다. 우리 조선의 금일 현상에 있어는 무엇이나 필요치 않음이 없으며 무엇이나 적절치 않음이 없으리라. 농업도 필요하고 상업도 필요하고 공업도 필요하고 종교, 학술, 문예, 어느 것이든지 필요치 않은 바 하나도 없다. 그러나 어느 것의 필요 어느 것의 적절을 불론하고 그 필요를 건설하고 그 적절을 창조할 만한, 곧 그 건설과 창조에 수응할 만한 인물이 없다면 그는 공중을 다져서 누각을 건설코자 함과 무엇이

다르랴. 이 점에서 동회가 조선의 계발을 먼저 인재양성으로 주관한 소이는 실로 통찰한 선견이라 할진저. 그러나 인재의 양성은 결코 우연한 감정과 일시적 흥분에 있는 것이 아니요 반드시 근기 있는 활동과 노력 있는 연구하에서 세계의 대운을 통찰하며 시대의 문화를 감상하며 민족의 정도를 해석하여 시대에 적합한 교화와 정도에 부합하는 계기로써 적당한 인도引導가 있지 아니하면 불가하니 이 동회가 이 점에 특히 착안한 소이인저. 가령

> 이제 세계적 대전란의 결과가 신문화의 운동을 야기케 됨은 특히 저명한 사실인즉 금일 우리의 사회를 침윤 중에서 만회할 유일의 방책은 다만 이 시대에 적응한 교육을 장려 진흥함에 전재하도다. 아, 금일 조선의 교육문제는 한가한 사람의 한담 재료가 아니라 우리 민족의 장래 소장消長에 관한 기점이며 사활에 관한 문제라. 현하 조선 내에 산재한 영성한 교육기관 중에서 순연한 우리 조선인의 재력과 노력으로 경영하는 것이 몇이나 있느뇨. (중략) 우리 반도 문화 발전의 만일을 보도補導키 위하여 온 반도의 부형으로 하여금 교육의 급무임을 촉성하는 동시에 교육에 관한 온갖 문제를 연구 해결코자 함이 결코 우연의 일이 아니라. (하략)

진화학자 따윈 씨의 이른바 적자생適者生 부적자사不適者死의 원리는 즉 사람은 시대에 적하면 생하고 부적하면 사할 뿐이라 함으로 해석하여도 또한 적절하니라. 동회가 조선 계발을 주장함에 이르되 '다만 이 시대의 적응한 교육을 장려 진흥함에 전재하다' 하고 그리하여 그는 '장래 조선의 사활 문제라' 하였고 나아가 '조선인은 이러한 중대 문제를 조선인 스스로 경영하며 노력하는 자가 거의 없다' 갈파함에 이르러서는 조선인 된 자가 한 번 맹성猛省하여 동회의 목적에 공명共鳴치 아니함이 불가하며 동회의 취지에 감복치 아니치 못 하리라. 그리하여

끝으로 결언하되 '교육에 관한 온갖 문제를 연구 해결코자 함이라' 단정함에서 오인은 처음으로 동회의 목적이 나변那邊에 있는 것을 철저히 이회理會하였다. 즉 동회는 세계 문화와 조선의 현하 및 장래의 과정 여하를 적당히 해석한 하에서 조선의 교육이상을 어떠한 상징으로 표본을 삼으며 따라서 그의 시조施措는 어떠한 방침으로 지남指南을 삼을까 연구할 것이며 그리하여 그의 실행방침은 그밖에 사회에 대한 교육적 여론을 진흥케 하고 내로 그 여론에 의하여 직접 교육 당국으로 더불어 그 선부善否를 선택하며 그 진위를 타협한 위에 한 걸음 한 걸음 피안에 향하여 교육의 향상을 촉진코자 함에 있다 하겠다.

대개 말하기는 쉽되 행하기는 어려움은 인세人世의 약점이라. 오인은 이 교육회의 이상과 목적을 이상과 같이 주관한 위에 동회의 실행 실천이 그 이상에 부합하도록 여행勵行하기를 절망切望하노라.

2. 조선학생대회

이상에 술한 바와 같이 오인이 조선교육회의 목적과 취지를 들어 그의 현재를 환영하며 또 그 장래를 축하는 소이는 은근히 그 이면에 조선학생의 현재를 위함이며 또 그 조선청년의 장래를 위함이 아닐 것이냐. 생각하라. 현재 오인의 모든 노력과 모든 활동은 다 같이 무엇을 위함일 것이냐. 일언으로 이를 폐하면 오로지 학생 청년의 장래를 위하여 백년의 대계를 튼튼히 세워주고자 함에 있다 하리라. 이 점에서 학생된 자가 사회를 제2의 가정으로 알며 제2의 향리로 알며 제2의 부형으로 인정하여 그 기대와 그 요망에 응할 만한 학업에 노력치 아니함이 불가하며 그리하여 그를 현대 청년적 수양상修養上 자각자성의 위에 그 의지를 튼튼히 세워야 할 것이다.

원래 우리의 사회는 아직도 여명의 초기에 방황하는 고로 청년 된 자가 가정에서 적당한 교훈을 들어보지 못하였고 또 그 사회상으로도 계통 있는 감화를 받지 못할 것은 사실이다. 오직 수양이라 할 것은 다만 학교 교육이라 하는 하루 몇 시간의 사장師長의 훈육 그것뿐이었다. 하루 몇 시간의 사장의 구두 훈련뿐으로 한 개인의 인격이 완전되지 못할 것은 맹자의 이른바 ‘일일폭지십일한지一日曝之十日寒之[1]라 한 격언에 의하여 넉넉히 증명할 것이 아니냐. 그러므로 현하 우리 조선의 학생 되는 자는 자기 스스로 자각하고 자기 스스로 자수하는 즉 자력적 공부를 요치 아니함이 도저 불가하도다. 그러나 자각자수라 함은 결코 용이한 사업이 아니니 그는 완전한 인격을 구비한 대인으로도 오히려 능치 못하거든 하물며 의지 미정未定한 청년에게 그를 실행과 방임함이리오. 그러므로 청년의 자각자수라 함을 다만 한 개인의 의지에 방임치 말고 어떠한 기관 어떠한 지도하에서 그를 실천 이행하면 반드시 상당한 효과가 나타날 것이니 오인은 이 점에서 조선유학생대회는 학생의 자각자수를 요하는 점이 가장 없지 못할 호개好個 기관으로 자신하였노라. 동회는 그 취지에 일렀으되 ‘근래 시대사조의 격변을 따라 각 지방에서 급’[2]을 짊어지고 도문都門을 향하여 운집하는 자가 발꿈치를 잇게 됨은 참으로 기뻐할 현상이다. 그러나 경성은 우리 조선 문화의 중심지인 동시에 청년 유혹의 중심지요 청년 타락의 발원지라. 온갖 문명의 시설이 갖추어짐과 같이 그 반면에는 온갖 유혹타락의 기관이 확장되어 감은 가릴 수 없는 사실이라. 그리하여 지방의 순결한 청년학생이 점차 도회의 감염됨을 따라 유학의 초지初志를 관철치 못하고 도리어 타락의 늪에 침륜하여 귀중한 자기의 일생을 그르칠 뿐만 아니라 나아

1)《맹자》〈고자상〉 제9장. ‘비록 천하에 쉽게 생장하는 물건이 있더라도 하루 동안 햇볕을 쪼이고 열흘 동안 춥게 하면 능히 생장할 것이 있지 않으니, 내가 임금을 뵈옴이 또한 드물고, 내가 물러 나오면 임금의 마음을 차갑게 하는 자가 이르나니, 싹이 있은들 내가 어떻게 할 수 있겠는가.(雖有天下易生之物也 一日暴之 十日寒之 未有能生者也 吾見 亦罕矣 吾退而寒之者至矣 吾如有萌焉 何哉)’

2) 급笈 : 여러 권의 책과 종이를 꾸려 짊어지는 지게처럼 생긴 책 상자.

가 일가와 사회에 막대한 손실을 끼치게 됨은 우리의 왕왕 목도하는 바이니 이것이 우리 학계의 일대 한사恨事가 아니리오' 하여 학생의 중도타락을 절절히 해부하였고 그리하여 인생의 전도를 험난한 항로와 같다 단정하고 그 항로의 예정을 완전히 성공코자 하면 오로지 자기수양 여하에 있다 하였으며 그리하여 그 수양은 자기의 자각을 할 것이라 한 점에서 오인은 동회의 취지에 만공의 동정을 표함과 동시에 조선의 전도가 일종 신성한 광명의 중에 묻혀 있는 듯하다. 그리고 동회는 그 목적을 표명하되 이르기를 각자 전문의 학업을 전심공구하는 여가에 동지가 서로 단회團會하여 취미를 담론하며 지식을 교환하며 환란을 상구하며 정의情誼를 상통하며 품성을 도야하며 지성至誠을 합하여 우리 학생계의 건실한 풍기를 확립하리라 선언하였나니 이 실로 조선 학생의 향상 진보하는 조짐이라 할지로다. 그러나 오인으로 부득이 일언을 바쳐 학생 제군에게 보내는 소이는 제군이 이미 구두로 선언함과 같이 '우리의 항로에는 무수한 암초도 있을 것이요 광란과 노도와도 싸울 것이요 고통도 있을 것이요 비애도 맛볼 것이요 질차跌蹉에 탄할 때도 있을 것이요 실망에 읍할 때도 있으리라' 하였으니 제군이 사실로 그를 맛보고 그와 싸울 때에도 제군의 흉중에 이미 예기한 이상理想과 같이 조차造次의 간에도 떨어지지 말며 전패顚沛의 하에도 이지러지지 말고 오직 건전과 인내와 노력과 완전으로써 경조망실輕躁亡失에 빠지지 않도록 사회를 위하여 백년의 대계를 건설하도록 진심할지어다.

3. 조선노동공제회

노동은 세계를 통한 대문제라. 고로 노동문제라 하면 누구나 그를 알게 되었고 따라서 그의 진의의와 진활동에 이르러도 상식이 있는 자가 거의 다 그의 약의略義를 설명하게 되었다. 세계적 노동문제라 하면 오인이 본지상에 재삼 첩첩喋喋하였고 그리하여 조선의 노동문제는 정도상 스스로 저 구미의 노동문제와 차이가 생길 것은 물론의 일임은 또한 본지상(〈세계 삼대 문제의 파급과 조선인의 각오 여하 참조〉)에[3] 약언하였으므로 이에 췌설치 아니하거니와 오인은 참으로 조선의 노동문제는 이 조선노동공제회에 의하여 적당한 해결을 얻을 줄로 확신하노라.

물론 이상과 사실은 저간에 거리가 자유自有한 것이라. 동회가 동회에서 선언한 취지와 목적을 철저히 실현될는지는 이는 별문제에 속하고 다만 동회의 취지와 목적이 조선 현하의 노동 상태에 적합한 점에서 오인은 쌍수를 들고 동회의 장래를 성심으로 축하노라. 동회는 그 취지 벽두에 만근의 철퇴로 계급적 불한당을 타파하여 이르기를

> 이름을 팔고 권세를 휘둘러 남의 힘을 식食하고 남의 노고를 의衣하여 고루거각高樓巨閣, 금의옥식錦衣玉食으로 일생의 안락을 단행하는 역사적 유물은 현대의 패덕이라. 이를 명고鳴鼓하고 확청廓淸함은 상제의 정의이며 성근히 작업하여 자력을 식하고 자로自勞를 의함은 인세의 정직이라. 이를 경대하고 부지함은 인도人道의 본체로다. 고로 노동이 신성하고 노동자가 존귀하다 함이 어찌 신의 거룩한 활성活聲이 아닌가. (중략) 명예도 노동자에게 황금도 노동자에게 안락도 노동자에게 주라고 상제께서 고대하시나니라.

우리의 과거는 이성의 소구訴求로는 심히 모순의 중에서 살아왔도다. 일변에는 배불러 죽는 자가 있음과 동시에 일변에는 주려서 죽는 자가 있었다. 그리하여 배부른 자의 경우는 아무 활동이 없고 아무 노력이 없고 아무 보조가 없었다. 아니 그뿐만 아니라 그들은 이상理想의 불한당으로부터 실지의 '불한당'에 승격하였다. 생각하여보라. 조선에 이

3) 《개벽》 2호(1920. 7) 사설. 세계 3대 문제란 '노동문제', '부인문제', '인종문제'를 말한다.

른바 사농공상이라 하는 사, 그 자의 행위는 대개 무엇을 하고 있었는가. 그는 철두철미로 유의유식遊衣遊食이 그의 명예직이었었다. 한율당시漢律唐詩를 배우고 사서삼경을 배우고 지벌地閥의 남인북인과 노론소론을 배운 후에는 그 다음에 활동은 사환仕宦이 그들의 유일의 정대한 활동이었다. 물론 사환의 열의야 무엇이 그른 것이 있으며 사환의 직무야 무엇이 불가할 바 있으리오마는 그들의 사환의 목적은 사환 그자의 근무보다도 그 이면에는 명성과 권력이라 운하는 두 가지의 기계로써 자기의 노후 장래의 생활계를 역도力圖하였었다. 그들은 사환 중에서 불쌍한 농민의 낱낱의 모든 신고辛苦를 편취하여 그 자손의 백년대계를 세우고자 함이 그들의 이상이었었다. 보라, 남촌북촌의 운무에 솟아 있는 양옥 내에 소위 조선 양반의 부호 몇 인이나 자기의 정당한 노력으로부터 재산을 도득한 자 있는가. 대어大魚는 중어식中魚食 중어는 소어식 소어는 또 소어식의 격으로 이말李末의 천하가 이른바 사자士者는 위로는 관직 요로에 있는 자로부터 아래로 초시도 부득한 부랑양반의 말류에 이르기까지 그들의 생활은 전부가 농공상의 노력자로부터 어떠한 압박적 조건하에서 강도적 제공을 받고 살아왔다. 그러한 악풍이 유행한 결과, 정당한 노력자도 자기의 생활을 활동할 원력을 잃어 버렸고 따라서 일반 인민은 유의유식으로써 무상안락, 무상의 수단으로 알아왔다. 그 결과 노동을 절대로 염기하고 노동자는 일종의 천역, 일종의 '못생긴' 자들의 하는 바 어육의 재료로 보아왔다. 결국 사회는 부패하고 쇠약하고 마비되어 부지불식간 금일의 현상이 되어왔다. 이제 이 조선에서 쇠약의 원기를 돌이켜 다소 건강의 상태에 회복하려면 무엇보다도 먼저 유의유식의 도배를 타멸하고 노심노력의 양반을 부조함이 실로 무상의 상책이라 할지니 이 점에서 조선노동공제회의 출래는 실로 천사복음이 반도에 하강하였다 할지로다. 그러한데 동회의 목적은 그 회명과 같이 노동자를 공제코자 함이 더욱 현하 조선 사정에 적합하

다 하겠다. 동회는 이르기를

노동자의 이해利害는 서로 같고 지위도 또한 서로 같도다. 자녀를 교육치 못하고 직업을 보장치 못하고 질병과 재난을 구제치 못하여 다만 사환使喚과 천대로 남을 위하여 양잠하였고 남을 위하여 석공 하였으니 스스로 가슴을 어루만지고 삼사三思하면 남을 미워함보다 자기를 자책함을 마지아니할 뿐이로다.

보라, 얼마나 억울하고 얼마나 비통한가. 오인은 실로 만곡의 눈물을 기울여 이에 동정치 않음을 득하겠는가. 동회는 그 억울과 그 비통을 해방키 위하여 목적을 선언하였으되

1. 지식계발
2. 품성향상
3. 환난구제
4. 직업소개
5. 저축장려
6. 위생장려
7. 기타 일반 노동 상황의 조사연구

이로써 오인은 동회의 목적을 철저히 알게 되었고 그리하여 그 목적이 오 조선 현하 노동 상태에 적합함을 알았도다. 그리하여 동회가 성심성의로써 노력하고 활동하는 간에는 조선의 현상을 사실적으로 개조하여 저 유의유식의 불한당의 무리를 일거에 초진剿盡하고 신성한 노동의 찬미가 사야四野에 들릴 줄로 깊이 믿노라. (미완)

—《개벽》 2, 1920. 7.

신시대와 신인물

1. 개조라 함은 인류의 영력靈力이 자연의 상에 작용함을 이름이라

무엇으로서 우주 개벽이라 칭하며 무엇으로서 세계 개조라 이를 것인가. 생각건대 우주는 영겁순환이며 세계는 항구상존이리라. 하리혜성이 와서 태양계를 파괴할지라도 우주의 본체에는 손익이 없을 것이요 상전이 변하여 벽해가 될지라도 지구의 본질에는 증감이 없을 것이다. 라마의 비행기가 동경을 방문하였을지라도 태공太空은 의연히 창창할 뿐이며 북해의 잠항정潛航艇이[1] 사명四溟을 횡략하였을지라도 대양은 여전히 왕왕할 뿐이었다. '연년세세화상사年年歲歲花相似 세세년년인부동歲歲年年人不同'[2] 오호라, 우주는 불변하고 세계는 상존할지라도 오직 변하여 무상한 자는 인사人事뿐이었다. 이에 개벽이라 칭하며 개조라 운할지라도, 우주와 세계 그것이 스스로 변복變復함을 가리켜 이름이 아니요, 다만 인류의 영력이 자연의 상에 작용하여가는 변화를 가리켜 말한 것이겠다. 그리하여 인류는 스스로 우주의 주인공이며 만물의 영장이라 칭하나니 이 점에서 인사의 신화를 가르쳐 우주의 개벽, 만물의

1) 잠수함.
2) 당나라 시인 유희이(劉希夷, 651~679)가 지은 시 〈대비백두옹代悲白頭翁〉의 한 구절. '해마다 피는 꽃은 서로 비슷하건만 해마다 보는 사람은 같지 않구나.'

개조라 칭하여도 또한 무방하리라.

원래 인류의 인류 된 진정한 가치는 실로 자기 해방과 자연 개척에 있다 하리라. 인류는 일면으로 자기의 고유한 재능을 발휘하며 다른 일면으로 혼돈한 자연계를 개척함에 따라 인간계의 발전이 점차 향상 진보를 시작하였다. 석기시대는 동기시대로 변하며 동기시대는 철기시대로 변하며 철기시대는 증기시대, 증기시대는 또다시 전기시대로 변함에 좇아 인류의 권위는 일층 그 속도에 가속도를 가하였다.

그리하여 현대과학은 인간계의 위대한 패권으로 물질적 개조에 독특의 효과를 주奏하였었다. 근대 증기의 발명, 전력의 발명, 발동기의 발명 등은 지구상 현저한 변화를 주었다. 그 결과 태양은 의연히 동으로 출하여 서로 몰하며 달은 여전히 규칙적으로 영휴盈虧를 계속할지라도 지구상에 존재하는 인간 생활의 개조는 급격히 변화하였다. 대개 문명의 정도는 교통의 편리를 요하며 따라서 그 속도를 재촉하는 것이라. 근대 교통의 능률은 비상非常의 세력을 가지었다. 거의 최근 반세기 간에서 육상에는 10배의 가속도를 더하였으며 해상에서 5배의 가속도를 증하였다. 그리하여 교통의 빈번은 또한 그만한 가속도로 인간생활의 영향을 주게 되었다. 그러나 이는 대체상 해륙의 증력蒸力, 교통의 발달을 표준함에 불과한 바요, 만약 이에 전신전화의 가속도, 혹은 비차비선의 가속도를 첨가하고 보면 실로 몇 십 배 혹은 몇 백 배의 가속도를 증가하였다 할지라도 과언이 아니니 이 실로 인류의 영력이 자연의 상에 작용하여 천지만물의 변복을 줌이 아니냐.

2. 자연압박의 정복이 다시 인류 자가압박의 정복으로 변하여 오는 과정

물질의 변화는 스스로 정신의 영향을 주게 하는 것이요, 정신의 위력은 다시 물질의 개선을 촉구하는 것이라. 인류는 개벽 이래 몇 만 년 자연의 압박을 반항하여 자연 개척을 노력하였다. 인류는 전 인류의 힘을 합하여 자연이라 칭하는 대적을 타승打勝하고 자연을 정복하며 자연을 이용하여 전 인류라 칭하는 인류 자기의 행복을 획득하였었다. 인류는 이에서 자긍이 생기고 자찬이 일어났다. 그러나 가석하다. 인류는 비록 자연의 정복으로 인류 자기의 권위를 구가하나 그러나 타물의 압박과 저항을 타승한 인간계는 능히 자가의 압박과 당착을 해결치 못하였다. 만리장성을 쌓은 진시황은 비록 이족異族 되는 흉노의 우환은 제각除却하였으나 그러나 자가 소장蕭墻의[3] 화는 알지 못하였다. 인류는 비록 만리장성적 권위로써 자기 이외의 우환은 제각하였으나 그러나 자가 소장 이내의 모순과 불공평, 불합리한 모든 사실은 한각閒却하였었다. 즉 타물의 압박은 제각하였으나 자가의 압제는 알지 못하였었다.

오히려 인류는 개벽 이후 금일에 이르는 사이 일면 자연의 압박을 저항하면서 일면으로 자가의 압박을 받아 왔다. 인지가 발달치 못한 야매野昧시대에는 압박도 또한 치세의 한 위력이 되었었다. 부락시대에는 완력의 압박이 있었으며 추장시대에는 추장의 압박이 있었다. 그리하여 그것이 점차 정복자의 압박, 승려의 압박, 귀족의 압박, 무인의 압박, 관료의 압박, 금권의 압박으로 변하여 왔다. 원래 압박이라 하는 것은 강한 자가 약한 자들을 박해함을 말하는 것이다. 그리하여 강자가 다만 자기의 강한 힘이 있을 뿐으로만은 압제가 되지 못하는 것이요, 강자가 한갓 자기의 강한 힘을 표준한 주의주장만 중히 하고 약자의 도리를 무시하는 점에서 처음으로 압제가 생기는 것이었다. 인류는 몇 천년 간 영웅이라 칭하는 전제적 미명하에 다수의 압제 즉 완력적 영웅주의, 군국적 영웅주의, 자본적 영웅주의의 압박을 받아왔다. 그리하여 최후의 압박은 독일의 '카이제루' 식의 압박을 받았다. 무력으로써 타

3) 문병門屛이나 군신이 회견하는 곳에 설치한 가림을 뜻하는 말에서 바뀌어 집안, 내부를 뜻하는 말로 쓰임.

민족을 압박하며 그의 정치, 경제, 문화로써 타민족의 정치, 경제, 문화를 압박하려 하였다. 이와 같이 인간 세계는 압제에 압제를 조반繰返하는 간에 인류는 어느덧 압제에 피권疲倦하였다. 압제를 증시憎視하였다. 고로 세계 인류의 과거 5년의 대전은 다만 독일의 압박에 대한 전쟁뿐이 아니요 전 인류의 과거 압박적 대항전으로 보아도 또한 과언이 아니겠다. 그럼으로써 세계대전 이후 독일의 압박이 패배함과 동시에 전 세계의 독일주의와 유사한 압제의 유물도 한가지로 거꾸러졌다.

3. 영웅적 압박시대가 평민적 평화시대로 변하는 금일

대개 과거에 존재한 인류의 여러 가지 압박은 소수주의의 영웅적 압박주의로 볼 수 있다. 일인의 위대한 힘이 만인의 약자를 마술화로 심복케 하여 이에서 압제의 권력을 발휘케 되는 것이다. 옛날 진시황이 시서를 금하여 만인을 어리석게 함은 오로지 영웅적 압박수단이었다. 그리하여 '나파륜奈破侖'[4], '카이제루'도 또한 진시황의 후철後轍을 답습한 자라 하리라. 원래 압제에도 일종의 미가 있는 것이라. 압제는 즉 힘의 표시니 힘은 즉 미의 일종이었다. 힘의 표시로 생긴 강자에게는 그 용모에든지 그 완력, 그 지력의 어느 것이든지 타인을 압박할 만한 우수의 힘을 가진 것이었다. 그 우수의 힘이 여러 차례 인류숭배의 물物이 되어 온 것은 적어도 미개시대의 인류가 힘의 미에 현혹한 실지 증거이었다. 그리하여 인류는 자기의 자유의 혼을 다른 개인의 힘의 미에 매각하였다. 나옹奈翁 1세가 '에루빠'에 상륙할 때에 불국의 인민은 이에 열광의 태도를 바쳤으며, 독일 황제의 압제주의를 돕기 위하여 자가 연래年來의 주장을 포기한 독일의 사회민주당이 있음을 보아도 인류는

---

4) 보나파르트 나폴레옹 (Bonaparte Napoléon , 1769~1821). '拿破侖' 으로도 표기.

힘의 미에 현혹하는 예외성이 있다 하여도 과언이 아니겠다. 그러나 허위는 항상 정의의 정복자가 되는 것이라. 과거 여러 시대에 영웅주의의 힘의 미적 압제에 피권한 인류는 금번의 대전으로부터 힘의 미를 철두철미 부인케 되었다. 군국적 힘의 미, 자본적 힘의 미는 인류 압박의 최고 악마로 생각게 되었다. 이른바 평민주의는 다만 정치상에만 사용하는 것이 아니요, 경제상, 의지의 상에도 활용케 되었다. 일언으로 폐지하면 세계 만민은 금번 대전의 경험에 의하여 일체 행복을 영웅주의의 상에서 구하지 아니하고 평민주의의 상으로 구하고자 하였다. 즉 다수의 행복을 일인의 힘에 의하여 구하고자 아니하고 다수의 힘 즉 자기자기의 힘으로 구하고자 하였다. 군국주의, 자본주의의 영웅적 압박주의는 결코 다수 평균의 행복이 되지 못하리라 각오케 되었다.

대전 중 연합국의 최후 승리는 결코 몇 명의 군인에 의하여 도득圖得한 것이 아니요 인민 전체의 힘과 전체의 정신이 합하여 그 공을 주奏하였다. 그리하여 그들은 국가의 안녕 보존은 다만 군벌 및 자본의 힘에 있지 아니하고 완전히 다수 민중의 힘과 정신에 있음을 깨달음과 동시에 대전 이후의 행복과 평화도 또한 소수의 군벌과 자본가에 의하여 해결코자 아니하고 다수 민중 즉 자기 스스로의 힘에 의치 아니하면 불가할 줄로 알았다. 그리하여 세계는 날로 평민주의로 변하여 가며 평민시대로 화하여 가는 중이었다.

4. 평민주의에 요구하는 신인물은 여하

이렇듯 세계가 평민주의로 화하여 간다하면 필연의 결과 세계는 반드시 이에 따르는 평민주의의 활동을 요구할 것이며 따라서 이에 응하는 평민주의의 신인물의 배출을 요구케 될 것은 당연의 이치가 아니랴. 그러면 이 신시대에 필요할 만한 신인물은 또한 여하한 자이랴. 즉 오인의 요구하는 바 신시대의 신인물은 이상에 술함과 같이 결코 만인의 힘을 독전獨專한 영웅 그 인물(자본적 영웅, 군국적 영웅주의도 포함)이 아니니 오인은 결코 이 지구의 상에 나파륜의 재생과 '카이제루'의 재흥을 희망치 아니하노라. 오인의 이른바 신인물은 차라리 범용에 있으며 평상에 처한 신인물이니 범용인데 범용 그대로 자기의 힘을 철저히 발휘하며 평상인데 평상 그대로 자기의 재능을 철저히 표현하는 인물이었다. 신시대는 결코 영웅주의의 시대가 아니었다. 만인이 공동으로 힘을 표현하는 시대이며 만인이 공동으로 재능을 표현하는 시대였다. 다시 말하면 신시대는 만인이 일인의 힘, 일인의 재능에 의하여 피동하는 시대가 아니요, 만인이 오직 자기의 의지대로 자기의 역능대로 활동하는 시대였다.

생각건대 금번의 대전은 어떤 의미에서 단시일 간 백 년 전 불국혁명과 나파륜의 전쟁을 일거의 하에 실현하였다. 더욱 세계적으로 실현하였다. 그리하여 과학의 진보와 사회의 발달로 볼지라도 백 년 전 세계는 금일의 세계와 결코 비교 대조치 못할 저정도低程度이었었다. 그러한데 대인물 대천재의 출현한 점으로 보면 금일의 세계는 차라리 백 년 전 세계에 비하여 소인발호小人跋扈의 상태에 불과하였나니 제일 금차의 대전에는 육지에 나파륜이 없으며 바다에 '넬쏜'이 없었다. 불국혁명 전쟁 당시에 있어서 미국에는 오히려 화성돈華盛頓[5] 이하 건국의 제호걸이 배출하였었다. 그리하여 그 영토는 금일 미국의 반분에 불과하였으나 그 인물에 이르러서는 도저 금일 미국이 미치지 못할 만한 영웅호걸이 많았다. 이와 같이 대인물의 출생하는 점에서 금일의 세계가 옛날의 세계에 비하여 요원히 손색이 있음에 불구하고 그 사회 발달한 점으로 금일의 세계는 백 년 전 세계에 비하여 우월한 진보발달을 이룬 소

5) 조지 워싱턴(George Washington, 1732~1799).

이는 또한 무슨 까닭이뇨. 요컨대 백 년 전 구미와 금일의 세계는 과학의 진보, 사회의 발달에서 도저 비교치 못할 정도이나 그러나 위대한 천재의 출현에 대하여는 오히려 고대 희랍과 지나의 전성기 혹은 백 년 이전의 구미에 비하여 점차 저온도가 되어가나니 이를 일본 현대에 비하여 볼지라도 또한 이 현상의 유무를 확실히 증명할 수 있다. 일본 유신 초에 암창岩倉 대구보大久保, 이등伊藤, 대외大隈, 산현山縣 등에 비하여 금일 후등後藤, 가등加藤, 원原, 미기尾崎, 견양犬養 등은 도저 대조키 불능하며 하물며 그들도 또한 명치 초기의 유물임이리오. 금일 제국대학은 천하의 수재를 양성한 지 오십 년이나 오히려 한 사람의 대인물이 불출하였었다. 그러나 금일 일본사회의 발달진보는 명치 당초에 비하여 몇 백 배의 차이가 생김이 아니냐.

이 실로 사회는 진보하나 인물은 심소甚少하며 국민은 발달하나 대인물은 정출치 아니함이었다. 생각하라. 이는 다행이냐 불행이냐 진보이냐 퇴화이냐. 오인은 생각하노니 인물은 적을지라도 사회가 진보하면 이는 인류의 행복일 것이며 대인물은 불출할지라도 국민이 발달하면 이 국가를 위하여 경사가 아니랴. 그러하여 이는 인류 향상의 구경이며 사회 신보의 결괴라 할지로다.

대개 사회의 발달은 필경 기형적으로 한 사람의 대인물을 산출하기보다 차라리 평균한 인물을 다수 나오게 함이 이익이며 또 자연의 기세, 필연의 이치라 할진저.

원래 영웅의 산출은 이 인력으로 좌우할 바 아니요 천부와 시세와 경우에 따라 우연한 기회로 착주着做치 아니치 못할지니 이는 사회가 발달할수록 영웅이 적어져가는 이유리. 어째서이뇨. 발달한 사회는 사회 일반이 균세均勢의 시대와 균세의 경우를 만듦으로써 일반 사회가 공통히 발달 향상함으로써라. 고로 문명한 사회 발달은 결코 일개 영웅의 힘에 의하지 아니하고 무수무명無數無名 영웅의 힘과 재능에 의뢰치 아니함이 불가하니 다수의 힘과 다수의 지는 실로 일인 영웅의 힘과 일인 영웅의 지를 압도하는 것이겠다. 국민이면 국민 전체, 민족이면 민족 전체의 힘과 재주가 이상적으로 일인의 힘과 지로 화함에 미쳐 세계문명은 그 서기庶幾할진저.

영웅주의를 숭배치 말라. 영웅을 숭배하여 개체 개체가 각기 자기의 힘과 지를 버리고 그에 의뢰하며 또 신탁함은 이 현대 평민주의의 대적이며 균세均勢주의의 모역자니라. 영웅은 실로 위대하니라. 그러나 영웅의 위대는 다수 무명영웅의 결정結晶으로 생긴 것이 아니냐. 소나무의 장대長大는 실로 아름다우니라. 그러나 국화의 색도 또한 아름답지 아니하냐. 대리석의 입물立物은 실로 아름다우니라. 그러나 '세멘트'의 건물은 더욱 위대치 아니하냐. 소나무는 소나무의 천부대로 국화는 국화의 본능대로 돌은 돌의 자질대로 모래는 모래의 본질대로 각기 천부와 본능대로 각기 천여의 재능을 발휘하며 고유의 본능을 완전히 함에서 처음으로 만물의 만물된 가치가 나타나는 것이로다.

이와 같이 오인의 요구하는 바 신인물은 결코 고상에 있지 않고 평범에 있으며 고원에 있지 않고 비근에 있으니, 평범은 평범대로 그의 재능껏 비근은 비근대로 그의 역량껏 그를 표현하며 또 발휘함에 있으며 그리하여 이러한 신인물이 각 방면을 통하여 다출함은 실로 문명의 문명된 가치라 할지니 그는 정치 방면도 그러하며 사상 방면도 그러하며 교육, 학술, 또 역시 예술적 방면도 또한 그러하여야 할지로다.

5. 신인물의 구비할 만한 자격은 여하

마지막에 오인으로 일언코자 하는 바는 이와 같은 신인물은 각기 종사하는 방면 여하에 불구하고 반드시 신인물로 구비할 만한 중요 또 공통할 만한 자격이 있어야 할지니 이제 그 신인물의 전체를 통할 만한

근본자격을 일언하면

제1은 자주자립의 인물이니 이는 실로 우리 조선사회에 있어 더욱 절실히 요구하는 바 조건이었다. 원래 우리 조선은 지나支那식의 윤리제도와 가족제도의 의하여 자개自個의 독립발전의 실력이 부족하니, 부모는 아들에 의뢰하며 아들은 부모에 의뢰하고 스승은 제자에 의뢰하며 제자는 스승에 의뢰하며 구습인은 지나식에 의뢰하며 신습인은 서양식에 의뢰하여 함함滔滔 의뢰로써 그의 생명을 삼아왔다. 그러므로 오인의 이른바 신인물은 구폐에 구니拘泥치 아니하며 또 신폐新弊에 좌우치 아니하고 자주적 행동과 자립적 의사로 취할 것을 취하며 버릴 것을 버리어 인간 만사의 처리를 오직 자기의 힘으로 해결하리라 하는 저들 인물이 아니면 불가하리라.

제2는 실제적 지식이니 이상에 술함과 같이 오인이 아무리 자주자립의 의사가 있다할지라도 만일 그에 부대할 만한 실제가 없으면 그는 한 맹목한 목강한木强漢에 불과할 것이다. 고로 일기一技의 지知와 일재一才의 능能이라도 실제로 알고 실제로 연구하고 실제로 실행함에서 처음으로 신인물의 자격을 가졌다 할진저. 금일 우리 조선민족 중에는 실제적 재능을 배운 자 몇 사람이나 있느뇨. 오인이 비록 오인의 희망이 여하히 절실하다 할지라도 실제에 이르러 그 희망에 요할 만한 신인물이 없으면 그는 병자로서 진미를 요구함과 무엇이 다르리오.

제3은 세계적 지식을 통한 인물이니 이는 생각건대 아직 조선의 지식 정도와 다소 거리가 먼 듯하나 그러나 금일 세계는 점차 지도가 축소함에 따라 세계의 어떤 방면 어떤 사실을 물론하고 직접의 사실 감화를 줌으로써라. 오인의 실내에 반짝이는 등화는 이름을 '람프'라 하고 오인의 정원에 숨어 있는 식물은 이름을 '보푸라'라 하나니 이와 같이 한 줄기의 빛과 한 그루의 나무도 오인으로 세계적 지식을 요케 하거든 하물며 한 민족을 지배하는 사상이며 활동이랴.

제4는 신념의 견고한 인물이니 신심이라 함은 결코 유래종교의 신앙심을 가르쳐 이름이 아니요 오인의 요하는 바 신념은 자기로 자기의 재덕을 확신하며 자기로 자기의 역량을 확신하면서 마침내 자기에 대한 목적물 성부成否 여하를 확신하여 착착着着히 실행의 보를 옮기는 바 신념을 이름이니 예하면 '스테분손' 이 하나의 발동기기를 발명함에 15년의 공력을 요하고 '왓트' 가 증기비밀기계를 제조함에 30년의 공부를 씀에는 실로 저간에 일종 신비적 신념이 발동하였을 것이 아니냐. 이와 같이 오인은 일사일업을 성취코자 할지라도 일종 신념의 발동을 반드시 요할 것이니 이 신념 발동이야말로 그 사람의 성공장래를 확실히 점칠 것이겠다. 만약 그렇지 않고 만일 일시의 감정과 일시의 부기浮氣로 사事에 임하면 그는 실패에 자처한다 하여도 과언이 아닐지요, 그리하여 이 신념의 발동은 결코 상제의 명교가 아니요 오직 자기의 재능의 궁전에 복재한 신명의 계시임을 망각치 말지어다.

6. 신인물이 각 방면에 배출하기를…

오인은 금일 이와 같이 신시대를 해석하며 또한 이와 같이 신인물을 요구하며 그리하여 정치, 법률, 학술, 문예, 종교, 사상, 교육, 어떤 방면을 물론하고 모두 이들의 신인물이 있기를 희망하며 따라서 오인은 우리 조선사회에 일개의 영웅이 나오기보다 평균한 각 개의 신인물이 각 방면에 배출하기를 절망하는 바로다.

—《개벽》3, 1920. 8.

조선 신문화 건설에 대한 도안

1. 사실로부터 사실

누가 이 우주의 간에 지구가 있음을 거짓이라 하랴. 생물이 있음을 거짓이라 하랴. 사람이 있음을 거짓이라 하랴. 이것은 모두가 사실이외다. 사람의 장난이라는 것은 매우 재미스러운 것이외다. 만일 이 지구상에 나 한 사람만 같으면 아무 변화도 없이 먹을 것 먹고 잠잘 때 잠자고 그러다가 죽어버리면 그만이지마는 내가 있자 남이 있고 가정이 있고 국가가 있게 된 까닭에 일에 일이 생기고 활동에 활동이 생기게 되었습니다. 이미 일이 많아지고 활동이 넓어지다 보니 거기에는 스스로 우열이 생기고 현우賢愚가 있게 된 것이외다. 남보다 내가 잘 되려는 욕망과 남보다 내가 잘 살려는 생각은 인류의 본능성이외다. 이에 스스로 우승열패의 법칙이 일어나게 되었습니다. 이 경쟁 중에 불행히 우리 조선사람은 열자劣者에 하나가 되고 말았습니다.

이제는 생각하니 한탄도 쓸데없고 원망도 쓸데없다. 오직 기사회생의 유일의 방법은 맹렬히 깨닫고 분연히 일어나 하나하나 실지 건설에 착수치 않아서는 안 될 것뿐이외다. 병든 사람이 고통에 못 이겨 얼른 자살할 용기가 나지 않거든 섭양과 치료에 전력을 다하여 완인完人을 회복하도록 힘쓰는 것이 상당相當한 일이외다. 우리는 남보다 떨어짐에 수백 리 도정을 뒤섰으니까 그것을 따라가자면 전체의 힘을 다하여 걸음을 빨리 걷든지 그렇지 않으면 경로를 찾아 얼른 가든지 두 가지일 뿐이외다.

이 세상 살림살이란 것이 명목만은 대단히 많습니다. 그러나 실지로 먹고 사는 방면은 농공상 세 가지 외에 다시없을 것이외다. 세 가지가 발달하면 발달할수록 우리의 생활은 풍부하여지는 것이외다. 우리 조선은 본래가 농업국이니까 농업은 되나 안 되나 남부럽지 않다 하고 상공업은 공空이 되고 말았습니다. 조선사람이 세계의 열패자 된 까닭은 생각건대 상공업에 열패자라 하는 말과 한가지외다.

그리고 정치 · 법률 · 종교 · 문학 모든 것이 패자 중 하나입니다. 말하자면 조선은 오직 농업 하나 가지고 살림살이를 하는 모양이올시다. 우리의 할 일이 이와 같이 많습니다. 앞길을 생각하면 생각할수록 묘연히 흘러가는 장강長江과 같습니다. 이것까지는 사실의 사실입니다.

2. 걱정보다 먼저 결심

그러나 동포들이여 걱정을 마시오. 걱정 많은 사람이 걱정만 하면 마음만 더욱 분란하여집니다. 되면 되고 말면 말고 그대로 내버려두고 한잠 실컷 자시오. 그리고 일어나는 길로 세수하고 우선 결심부터 합시다. 속담에 시작이 반이라는 말과 같이 결심이 반이올시다. 결심을 이와 같이 합시다.

제1은 우리에게도 천부의 모든 양능良能이 있다 확실히 믿으시오.

제2는 자기의 일은 오직 자기가 할 것이라 믿으시오.

제3은 사람의 행복은 오직 노동함에 있고 성패이둔成敗利鈍에 있지 않다 믿으시오.

제4는 사람의 행복되는 노동을 사실로 표현케 하기 위하여 우선 직업에 나아가리라 결심하시오.

제5는 나의 성공은 십년 이후에 있고 현재에 있다고 급급히 굴지 마시오.

가정으로 이러한 결심이 필요합니다. 우리는 지금 결심의 시대를 당하였습니다. 우리는 지금 죽음과 결심 두 가지를 놓고 어느 것을 취하려 하고 취후의 한 판단을 내려야 합니다. 죽지 아니하려면 살고 살려면 결심하고 그리하여 실지로 모든 일에 착수할 준비와 예산을 내어야 합니다.

3. 신문화 건설의 제일보로 지식열

이와 같이 결심한 뒤에는 먼저 지식을 요구하는 열熱이 있어야 합니다. 일이야 성공하든지 패하든지 먼저 지식은 있어야 됩니다. 지식이 없는 경영은 아무리 하여도 맹목에 빠지는 것이요, 지식이 없는 활동은 필경 모순당착에 떨어지고 마는 것입니다. 우리는 무엇보다도 먼저 지식의 요구가 있어야 하겠습니다. 지금 우리 조선사회에 앉아 지식을 얻으려하면 실로 어려운 일의 하나일 것이나 그러나 지금 나의 지식욕구라 하는 것은 특히 전문적 지식을 이름이 아니요 보편적으로 누구든지 실지에 부합할 만한 보편적 지식을 말하는 것입니다. 그리하여 그를 요구하는 방편으로 나는 우리 동포가 누구든지 우선 신문잡지의 가치를 이해하고 그를 구독함이 최선 급무라 할 것입니다. 우리 동포 가운데에는 아직도 신문이 무엇인지 잡지가 무엇인지 알지 못하는 사람이 얼마나 많은가요. 저 분냉선진의 민족이 지식을 요구하는 열은 처음 듣는 우리 조선사람은 한번 놀랄 만합니다. 구주는 그만두고 일본으로 말할지라도 무릇 동경에서 발행하는 산문잡지 종류가 130여 종에 과하고 그 부수가 3,391,300여 부에 달하며 기타 지방 대도회에 발행하는 것과 또 제 전문과학계, 실업 방면, 각종 학계 강담록, 제 단회보 등을 합계하면 실로 가경可驚할 만합니다. 이를 우리 조선 현상에 비교하면 어떻다 말할 수 없이 차이가 있습니다. 조선에는 이즈음 겨우 서너 종의 신문과 오륙 종의 잡지가 있을지라도 그나마 구독자가 적은 까닭에 스스로 폐지의 지경에 이르게 됩니다. 어찌 한심하고 가통하지 아니합니까. 우리는 우선 신문을 보고 잡지를 읽어야 하겠습니다. 아니 그 마음이라도 두어야 합니다. 될 수만 있으면 강제일지라도 신문잡지를 배달케 하였으면 하는 생각이 납니다. 그러므로 나는 조선 문화건설의 제일보로 신문잡지 구독열을 고취합니다.

4. 신문화 건설의 제이보로 교육 보급

이것은 구구히 장황한 말을 하고자 아니 합니다. □□든지 다 아는 일이요 누구든지 다 부르짖는 말이니까 내 할 말이 도로 동포들의 느끼는 일이니까 다 같이 실지 착수에 나아갈 뿐이라 하고 부대조건으로 한마디 이에 가첨할 것은 서당교육의 개량입니다. 우리의 생각대로 말하면 면마다 소학교 하나씩이나 있어야 하겠고 두세 군을 합하여 고등학교 하나씩은 되어야 좋을 생각이 있습니다. 그러나 마음대로 하려면 떡에 꿀까지 겸하여 먹을 일이지마는 만사 우리의 의견대로 되지 못하는 조선 형편이라 그러므로 목하 구급의 책으로 나는 서당교육을 개량하여 비록 원시적 교육일지라도 교육 보급을 시킴이 문화건설의 필요한 급무라 하겠나이다. 나의 계안으로 말하면 심히 간단합니다. 우선 두세 촌이 합하여 서당 하나를 경영하되 초가집이나마 아동 백여 명 가량 수용하도록 지어 놓고 교사 두 사람 가량이면 여간한 보통교육을 받게 함이 가능하리라 독단합니다. 왜 그러냐하면 수신修身교육 같은 것은 교사가 통일적으로 교수하고 그 나머지 다만 문자적 교육 같은 것은 기왕 서당교육 제도에 의하여 수반首班 생도가 몇 분 교수의 책임을 지고 나가면 그럭저럭 어떻게 될 것 같다고 생각합니다. 어찌하였든지 지금 현상에 상응한 정도 아래에서 가장 편리하도록 첩경되도록 서당교육을 개량하여 보통교육의 보조가 되게 함이 목하의 급무일 것이라 합니다.

5. 신문화 건설의 제삼보로 농촌 개량

제가 일찍 영동을 지나다가 한 모범 농촌 같은 것을 보기는 하였습니다. 아직 완전타 할 수는 없으나 조선의 현하 형편으로는 그밖에 더할 수 없다고 나는 생각하였습니다. 이제 그 촌의 대략 형편을 소개하건대, 제일 그 촌에 들어서면서 도로이옵디다. 도로가 십자로 정연히 되어 마치 시가지 한가지옵디다. 그리 도로 양편에는 병목竝木이 밀립하였는데 심은 지가 오륙 년 혹은 이삼 년 가량에서 지나지 아니하옵디다. 그 촌의 호수는 140호가량이나 되어 보이는데 서편 쪽 산 밑으로 향하여 개량 서당이 있는데 학도가 40명가량이나 되옵디다. 서당을 연하여 가지고는 무슨 공실公室 같은 것을 달아 지었는데 그것들은 촌회의실, 저축조합실, 종자개량시험과 잠업시험, 농우 및 계돈종 품평장, 신문잡지 공람소, 산림 및 목초 보호 같은 것인데 거기에 대하여는 별로 특무원이 있는 것이 아니라 일요일이면 촌민 전체가 그 서당으로 모여 와서 한 시간쯤 강연을 듣고 그 다음에는 농촌 발달에 관한 모든 일을 보고들은 대로 이야기 겸 시작하여가지고 그 중에 제일 조선 현상에 적당하다 인정한 것이면 촌민 일동이 이의없이 채용하여 그날부터 실지착수하는데, 그 중에 한 예를 들어 말하면 이삼 년 전 어느 날에는 계돈종 개량 및 과수재배의 토론이 나서 그가 낙착이 되자 촌민들은 이의없이 그대로 시행케 되었는데 그 구입 방법은 우선 저축조합 금전을 대출하여가지고 그를 구입하였는데 매 호에 개량종 닭 두 마리, 돼지 한 마리, 과수 네 그루씩을 분배하였더이다. 그것이 지금에 와서는 상당한 수입이 있게 되어 매년 몇 천 원의 총계를 보게 된다 합니다. 만사 이와 같은 방법으로 실행하는 고로 그 촌은 기름기가 돌고 광영이 나타나는 듯하옵디다.

이것은 대개 농촌개량에 대한 나의 소견을 일술함에 지나지 아니하나 전조선의 농촌이 그만치나마 현재의 개량이 있었으면 얼마나 행복이겠습니까. 그런데 이제 농촌개량에 대하여 제일 장애되는 것은 완고한 노인이올시다. 그들은 답답히 '우리는 그러지 않고도 옛날부터 살았다는' 몰상식한 어조로써 그저 어제대로만 작년대로만 옛날대로만 살고자 합니다. 농촌개량에 실지착수하려면 그들부터 조처하지 않고는 아니 됩니다. 내 말대로 하려면 노인소년 할 것 없이 반대하는 자는 강제로라도 실시케 하였으면 좋을 일이지마는 그도 사실이 못 되는 것이요 그러지 않자니 개량의 전도가 요원합니다그려. 그런데 최후 일계로써 한 가지 할 일은 그러한 완고배에게는 효유曉喩[1] 보다도 모범이 효력이 있나이다. 우선 촌 중 유지가가 단합하여 실지로 모든 것을 개량하여가면 아무리 목석같은 사람이라도 실지의 이익을 보고는 아니 감화할 수 없고 실지의 편리와 행복을 보고는 아니 따라오지 못합니다. 맹자가 일찍이 등문공滕文公에게 예법을 대할 때에 몸소 신身으로부터 먼저 하라 하였나니 우리는 이 교훈에 의지하여 만사를 몸소 실행함이 개량의 제일 방법으로 아옵니다.

6. 신문화 건설의 제사보로 도시중심주의

도시라 함은 사회의 중심이 됩니다. 일반의 모범, 일반의 교화가 도

1) 알아듣게 타이름.

시로부터 우러나오고 도시로부터 시작이 됩니다. 그런데 이에 도시라 함은 다만 경성, 평양, 대구, 부산 등 대도회를 칭함만이 아니요 각 지방의 부군府郡 소도회를 합하여 하는 말이올시다. 도시중심주의라 함은 먼저 연락과 교통을 의미한 말이올시다. 대도시는 소도시를 연락하고 소도시는 각 촌락을 연락하여 문화의 활동을 민속히 하는 방법이올시다. 물론 행정상으로 보면 대도시에 대한 소도시, 소도시에 대한 각 촌락이 정연히 연락되어 있습니다. 그러나 행정 이외에 여러 가지 문화적 교화에 이르러는 아직 연락이 없어 왔습니다. 그러므로 남과 북, 동과 서가 정치상에는 통일이 있으나 사상상에 아직도 봉건시대적 상태를 가지고 있습니다. 그러한데 도시중심주의에는 도시가 선각자 되는 위치에 있으며 문화의 원천이 되어 있을 것은 물론의 일입니다. 예하면 근경에 각종의 강연대가 지방에 순연함과 같은 것은 일종 도시중심주의로 볼 수 있습니다. 그리고 아직 완성이 되지 못한 일이지마는 지방에는 청년회가 있고 경성에 청년연합기성회가 나게 된 것도 도시중심주의의 하나이며 조선교회와 같은 것, 기타 각종의 지방통일을 범위로 하여 일어나는 것도 다 도시중심이라 할 것이외다. 그런데 그것이 아직 혹종의 사정하에서 철저한 실시를 보지 못함은 실로 유감한 일이지마는 만시가 시작이 반이라 이만치 활동이 되고 이만치 각성이 생긴 오늘날이니까 불원의 장래에 모든 것이 점차 서광을 따라 더 일어날 줄로 아옵니다. 그러나 아직 한 되는 것은 조선에는 아직 도시중심주의에 대표적 중심중진中心重鎭이 될 만한 인물이 결핍한 것입니다. 아니 인물은 있겠지마는 그 인물은 사회에 올연히 두각을 나타낼 만한 시기가 오지 아니하였습니다. 조선은 아직 혼돈적 과도기라 그러므로 누구든지 수

2) 수서양단首鼠兩端 : 구멍에서 머리를 내밀고 나갈까 말까 망설이는 쥐라는 뜻으로, 머뭇거리며 진퇴나 거취를 정하지 못하는 상태를 이르는 말.

서양단주의首鼠兩端主義를[2] 취하기 전에는 이고무사二股武士가 되기 전에는 자기의 주의주장을 철저히 드러낼 시기가 돌아오지 아니하였습니다. 그만치 알고 아직은 우리 같은 군소 필두객筆頭客이 서서히 개량의 보를 옮겨 나아가옵시다.

7. 신문화 건설의 제오보로 전문가

이제는 각종의 전문가가 많이 나야 됩니다. 우리 조선에 전문가에 필요야말로 가동주졸街童走卒이라도 다 격절激切이 느끼는 바입니다. 새삼스럽게 이 사람이 말하지 아니하여도 누구든지 다 아는 일이니까 구구히 장황한 말을 하지 않겠습니다. 이에는 전문가 되는 결심과 수단방법으로 나의 생각한 바 한마디를 그들에게 전하려 합니다. 우선 전문가 되려는 사람은 전심력을 자심自心에 목적한 바 한 일에만 집주集注할 뿐이요 심신을 함부로 아무데나 난용을 말라 하는 부탁입니다. 이즈음 우리 조선사람은 심신이 공히 부산한 중에 있는 형편입니다. 그러나 전문가 될 양반은 오직 자기의 전문하는 과학에 전심하여 후일에 대성을 기하도록 힘쓰는 것이 우리 민족에 이익이 될 것입니다. 일찍이 일본에 모 의학박사가 의학실험에 착수한 지 몇 년 동안에 일로전쟁이 종결된 것도 알지 못하였다 하는 일화가 있습니다. 국가에 대사가 있어 흥망성쇠가 일시에 달린 것도 알지 못하고 자기의 학리만 연구한다 함은 너무도 과도한 듯하지마는 그러나 전문가 되는 자격은 그만한 정력의 집주가 없고는 도저히 성공키 어려운 것입니다. 바라건대 우리 조선청년은 전문의 과학에 전심력을 집주하여 남만한 발명, 남만한 창조가 있은 연후에야 거의 문화의 단壇에 올랐다 할 것입니다.

8. 신문화 건설의 제육보로 사상통일

전문의 사업이라 하면 물론 여러 가지입니다. 이에는 정치도 있을 것이며 법률도 있을 것이며 의학도 있을 것이며 농공상도 있을 것이며 내지 종교, 문학, 예술 무엇에든지 있습니다. 그리하여 그 각 전문가들은 각기 자기의 배운 바 재능과 이상으로써 이 민족을 지배하고 이 사회를 천명闡明코자 힘쓸 것은 당연한 이치입니다. 예하면 법률가는 법률로써 일체를 규율코자 할 것이요 종교가는 종교로써 일체를 교화코자 할 것입니다. 그러하는 간에 각기 주의주장에 있어 갑의 주의와 을의 주장이 서로 부합치 않는 까닭에 서로 충돌이 일어날 것입니다. 이것은 특히 업무에 대한 전문가를 이름이 아니요 순수 사상적 주장과 정신상 주의에서 더욱 심합니다. 나의 본 주의주장이 그의 본 주의주장과 서로 충돌이 일어나게 되는 것은 일반사회의 현상이며 특히 미개한 사회의 더욱 심한 것입니다. 이에서 사상의 통일 즉 사상의 조화가 있어야 합니다. 그런데 충돌이 일어나게 되는 원인은 대개가 감정이며 편견반지片見半知이며 또는 방면과 경우가 상이한 입각점으로부터 시선이 서로 다른 까닭이올시다. 그런데 이것을 조화하는 방법은 결코 중심인물의 주동적 감화가 아니면 도저 불능합니다. 중심인물이라 함은 지식과 사상이 원만함만 아니라 아무쪼록 공뇌公腦를 가진 인물이 아니면 아니 됩니다. 원래 사람이란 누구든지 공뇌가 없는 사람이 없나이다. 다만 그가 편견사지偏見私知의 가리운 바 되어 나타나지 않을 뿐입니다. 공뇌라 하는 것은 일언으로써 말하면 일반인의 공통한 사상을 말한 것입니다. 비유하건대 신체의 중에는 각 기관이 있어 손은 손의 작용이 있고 발은 발의 작용이 있고 뇌는 뇌의 작용이 있지마는 필경 그 작용을 통일케 하는 힘을 주는 혈액입니다. 만약 각 기관에 분포되는 혈액이 그 원질의 상위相違가 있다 하면 필경은 그 작용에도 상위가 나게 될 일이지마는 동일한 혈액이 동일의 작용을 각 부분에 주는 고로 각 부분은 비록 작용의 방면이 다름에 불구하고 필경은 신체라 운하는 개성의 공동비익共同裨益을 내게 되는 것입니다. 이와 같이 사회현상의 각 부분이 비록 주의주장이 다름에 불구하고 그를 원만히 통일케 하여 상호조화를 얻게 하며 상호비익을 주게 하는 것은 이른바 공뇌라 하는 것이 명명冥冥의 작용을 주는 까닭입니다. 사위四圍의 주의주장이 상이한 경우 중에 입하여 공뇌의 힘이 강한 중심인물이 그를 통일케 하는 유일의 수단은 각 개인의 공뇌를 흥분케 하여 자기의 주의주장과 융화케 하며 접근케 하며 근사케 함에 있나이다. 비록 접근치 아니하며 근사히 되지 못할지라도 그 효과의 전도는 동일한 경우에 낙착할 것입니다. 여하튼지 현재 우리 조선사회에는 사상통일을 제일 급무로 보지 아니할 수 없나니 각각 그의 편지반해片知半解를 버리고 원만한 조화를 얻기를 바라옵나이다.

결론

말은 대단히 쉽습니다. 한 시간 동안에 조선 신문화를 건설하기는 하였습니다. 말대로 되었으면 어지간하다 하겠습니다. 비록 문화의 초보이지만. 이제 이를 도안으로 표하면 좌와 같사옵니다.

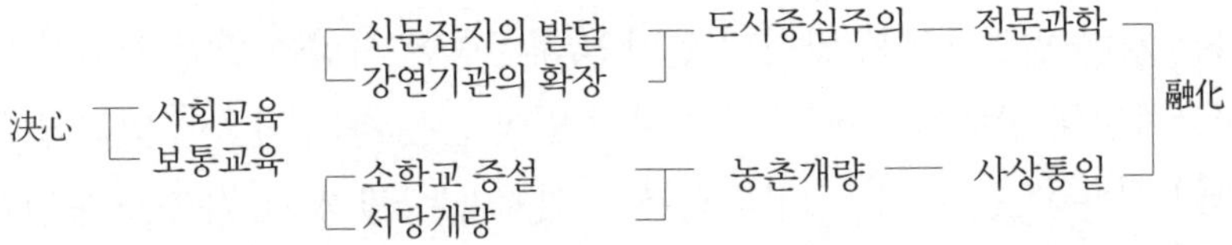

—《개벽》 4, 1920. 9.

조선인의 민족성을 논하노라

1. 민족적 특성

세계의 어떤 민족을 물론하고 이미 민족으로서 세계의 다른 민족과 대립이 된 이상은 그에 따라 민족과 민족의 간에 대립할 만한 정신적 혹은 성질적인 어떤 물物이 고유케 되는 것이다. 그는 언어, 풍속, 종교, 도덕, 습관 등 모든 것에 다 같이 특수의 차이가 나타날 뿐 아니요, 그 민족으로서 민족 전체를 대표할 만한 즉 언어, 풍속, 종교, 도덕, 습관을 총 대표하여 그로써 융화되고 순화된 어떤 종류의 특성이 그 민족의 간에 스스로 표현케 되는 것이라. 개인으로서 개인성의 특질이 각각 다름과 같이 민족도 또한 민족으로의 특성이 각각 다르나니 그를 칭하여 그 민족에 대한 민족성이라 통칭하는 것이다. 각 민족은 각각 그 민족에 존재하는 특수의 민족성을 가졌음으로써 그 각 민족성에 인하여 나타나는 문화의 빛도 또한 다소 특수의 색채를 발휘함은 실로 피치 못할 선천적 약속이라 하여도 과언이 아니로다.

이에 갑을병 각 민족이 동일한 문명의 조류를 받았을지라도 그 문명이 각각 그의 민족성에 의하여 조화되며 단련되며 융화되며 영화靈化되는 간에는 이에 방식과 조직과 색채가 판이한 특종의 문화를 낳게 됨은 비유하건대 동일의 비, 동일의 빛을 받은 각 식물이 각각 그 식물성에 말미암아 복숭아나무에 복숭아를 맺으며 배나무에 배가 이루어지며 살구나무에 살구가 생김과 동일하나니 고로 그 민족의 문화에 대한 장래 및 과거를 연구코자 하면 먼저 그 민족성의 여하를 고찰함이 필요한 경로라 할 것이다.

동일한 희랍希臘, 라마羅馬의 문명조류가 현대 구주 각 민족의 간에 유입하는 시기 영국은 영국성의 문화, 불국은 불국성, 독일은 독일성, 노국은 노국성, 미국은 미국성 각각 그의 특수한 문화적 색채를 띠게 하였고 동일한 인도, 지나의 고대 문명이 동양의 여러 나라에 보급함에 미쳐 일본은 일본성, 조선은 조선성, 지나는 지나식, 인도는 인도식의 문화가 생기게 되었나니, 이는 민족으로서 다소 특수한 민족성을 가졌음으로써이라.

일찍이 모 외국인이 동양 삼국의 고대 예술에(특히 불상조각) 취하여 일언하되 지나는 순후純厚에 선善하고 일본은 색채에 능하고 그리하여 조선의 예술은 이 양자를 겸전한 관觀이 있다 하였나니 이는 지리적으로 관찰할지라도 그럴 듯한 고찰이라 할지라. 원래 조선은 지나의 예술을 받아 그를 일층 미화한 후 일본에 전하였던 고로 조선의 예술은 스스로 이 양자를 겸전하였다 할지로다. 이와 같은 관찰이 능히 동양예술관에 적중한 여부는 별문제로 하고 여하튼지 동일한 문명을 받은 삼국의 예술이 스스로 그에 대한 다소의 차이가 생기게 됨은 사실이며 그리하여 그 차이는 각각 그의 민족성에 따라 표현케 될 것도 의심할 바 없는 일이니 그러면 각 민족은 그 민족성이 있어 처음으로 민족의 민족 된 가치를 나타낼 것이요 민족의 민족 된 표창表彰이 있다할 것이 아니냐.

2. 조선민족의 민족성은 무엇이냐

이와 같이 세계 각 민족은 각각 그 민족적 정신에 특수한 발휘가 있다 하면 이제 그를 민족심리학상으로 관찰하여 우리 조선민족에게는 무엇이 가장 조선민족을 총대표할 만한 민족성이 될까. 다시 말하면 조선민족에게도 민족적으로 다수한 미점美點과 악점惡點이 교착하여 있을지라도 그 중에 가장 여하한 특성이 조선민족의 정신화를 대표할 만한 특성이 될까. 이를 일언하여서 사회비판을 구함도 또한 한인閑人의 한사가 아닐 것이며 그리하여 그를 전체 민족의 활동상에 도약케 하여 민족적 권선징악의 미덕을 발휘케 함도 필요하니 그러한 후에야 가히 민족의 진의의가 나타날 것이요 또한 장래 문화의 진가치가 표현하리로다.

오인이 유태인을 말할 시에는 스스로 그의 금욕성金慾性을 연상케 되며 인도인을 말할 시에는 스스로 그의 형이상적 이상심을 연상케 되며 지나인을 말할 시에는 스스로 그의 근검심을 연상케 되며 그리하여 일본인을 말할 시에 충심, 불국인을 말할 시에 진취심, 영국인을 말할 시에 진실보수의 심을 연상케 되나니 이와 같이 각 민족과 또 그의 민족적 특성은 상호연상적 표현이 된다하면 조선민족은 그 민족의 특성으로 어떠한 성질을 연상케 될까. 물론 조선은 역사가 장구한지라 스스로 언어가 다르며 풍속이 다르며 종교도덕이 다름으로써 그로 민족의 민족 된 특점을 가졌다 할지라도 끝내 필경 그 언어, 풍속, 종교, 도덕을 대표할 만한 정신화적 특성이 없지 아니치 못할지니 그를 일언으로 폐하면 여하한 것이라 할까.

오인은 일찍이 모 외국잡지에서 동양인의 심리를 평한 중 '지나인은 직심直心, 일본인은 충심, 조선인은 선심善心이라' 쓴 구절을 별견한 일이 있었나니 오인은 그로써 능히 동양 세 민족의 심리를 대표한 관찰이라 추천하는 동시에 더욱이 조선인의 민족성을 적당히 고찰하였다 자인하노라.

과연 조선인의 민족성은 선이니라. 선 한 자로 능히 조선인의 미덕을 발휘할 만하니라. 조선인은 선으로 능히 동방군자의 국이 되었던 것이요 반도예의의 방邦이 되었던 것이요 의관문물의 찬연한 도덕적 민족이 되었더니라. 고로 조선인을 논하면 반드시 선을 연상치 아니치 못할 것이요 선을 논하면 또한 반드시 조선인을 연상치 아니치 못할지니 조선인의 미덕은 거의 이 선 한 자로써 능히 그 정신화 방불하였다 할 것이다.

그런데 조선인의 민족성인 이 선심은 실로 역사적 심원한 근거로부터 우러나온 것이니 아니 유사 이전에서 조선인은 이 '선'의 이상을 동경하였던 민족이라 할지나 그는 단군신가 중에 '선'의 이상을 찬미한 점으로 보아도 능히 이를 증명할 수 있나니,

어아어아 우리 한배금 높은 은덕 배달국에 우리들이 백천만년 있거마세 어아어아 '선심'은 활이 되고 악심은 관사貫射이라 우리 백천만 인 활줄같이 바른 '선심' 활줄같이 일심이라 열탕같은 '선심' 중에 일점설一點雪이 악심이라

이는 단군신가 중 일절인데 이와 같이 조선인의 '선심'은 그 발원이 역사 이전에서 시작하여 단군 시에는 이미 종교적으로 순화되었으며 고구려 시에는 이미 군가로 사용함에 이르렀다.

조선인의 '선심' 주의는 민족적 특성이 되어 사천년의 장구한 광음과 함께 순화되었는 고로 조선인에는 교화敎化 중 모든 것에 속한 것이 선으로써 표방치 아니한 것이 없다. 인人을 찬함에 선인이라 하며 행을 찬함에 선행이라 하며 사事를 찬함에 선사라 하며 언을 찬함에 선언이라 하며 왈 적선積善의 가에 반드시 여경餘慶이 있다 하며 왈 복은 선에 연하여 생한다 하며 그리하여 자손을 가르침에는 반드시 선하라 하며 도제를 훈함에 반드시 선하라 하며 유소幼少를 도導함에 반드시 선하라 하나니 이 실로 조선인의 미덕이며 미풍이었다. 자랑거리며 광채이겠다. 오인이 이제 신문화의 수입을 주창하며 신도덕의 건설을 절규하는 금일에 제하여 아무리 구도덕·구인습이 여지없이 파괴를 당한다 할지

라도 이 '선' 한 자는 영원히 보존하며 영원히 향상케 하며 영원히 미화케 하여 우리의 찬란한 미풍을 보존하고 그리하여 그로써 신문화의 건설을 더욱 조장케 하며 더욱 대성케 하기를 절망하노라.

3. 선의 진의의를 오해치 말라

오인은 선언하노니 오조선민족에는 민족성으로서 이 '선심'이 있음이 오인에 대한 약점이 아니요 그가 있음으로써 조선인의 조선인 된 미점이 있다 하면 오인은 어디까지든지 이 '선'의 진의의를 정당히 해석할 필요가 있지 아니하랴.

근대 오조선인은 선을 너무도 소극적으로 해석하며 퇴굴적·비열적으로 해석한 점이 많이 있다. 도식무위를 가리켜 선이라 하며 퇴굴자약을 가리켜 선이라 하며 천치적 무능을 가리켜 선이라 하며 무주의 무주장을 가리켜 선이라 하였다. 이는 실로 이말李末 문약의 교화가 선을 오해하여 이에 이르게 함에 급급하였다. 고로 조선민족은 당초 선으로 흥하고 다시 선으로써 쇠하였다 하여도 과언이 아니라. 즉 단군고구려의 전성시대는 선으로써 흥하였나니 이상에 술함과 같이 단군은 선의 신가神歌로써 그 민을 발달하였고 고구려는 선의 군가로써 그 민을 강성케 하였다. 그리하여 이말에 이르러는 선을 소극적 퇴굴적으로 오용한 결과는 필경 인민으로 퇴굴무위에 함陷케 하였다. 그러하면 선의 진정 의의는 무엇에 있느냐 오인은 이를 일언하여서 오조선민족성의 미점을 들고자 하노라.

원래 우주 진리는 진선미로서 표현되었으며 인심의 표현도 또한 진선미의 빌휘임은 나시 췌언贅言을 요할 바 아니었다.

원래 인의 심은 하나의 영체이나 그 표현하는 방면과 활동하는 계급에 의하여 스스로 세개의 다른 결과를 낳게 하나니 즉 심의 과학적 방면으로 나타날 때는 이를 진이라 칭하며, 종교 도덕적 방면으로 나타날 때에는 이를 선이라 칭하며, 예술적 방면으로 나타날 때에는 이를 미라 칭케 되는 것이다. 이들의 의의 하에서 만일 '선' 을 종교, 도덕적 방면으로 보게 되면 그 중에 스스로 인仁이 있으며 애愛가 있으며 자비가 있으며 인도가 있으며 정의가 있으며 평등이 있으며 자유가 있게 될 것이라. 즉 '선' 이 종교적 방면에서 인 · 애 · 자비 등 성질을 가지고 나타나는 것이요, 도덕적 방면에서 인도 · 정의 · 평등 · 자유의 성질을 가지고 나타날 것이다. 고로 선은 선 그것의 구체적 의미에서 인하여야 하며 애하여야 하며 자비하여야 하며 인도정의를 실행하여야 하며 평등자유를 주창하여야 할 것이다. 이에 응하는 자는 이 곧 선이 될 것이며 이에 반하는 자는 이 곧 악이 될 것이다. 고로 선은 결코 소극이 아니며 퇴굴이 아니며 비열이 아니며 도식자약이 아니니 어디까지든지 정진자수精進自修치 아니 함이 불가하며 어디까지든지 도덕적으로 용왕매진勇往邁進치 아니 함이 불가하니 고로 오인은 선의 성질적 방편상 좌의 몇 조건을 첨부하지 아니하면 완전한 선이라 운치 못 할지라 단언하노라.

1. 선은 생활상 모든 방편을 선으로 활용케 함을 이름이라 함. 오인의 원래 주창하는 바는 사람의 설정한 바 모든 행위와 방편은 다 같이 사람의 생활을 최선으로 향상키 위하여 그를 설정하였으며 또 그를 활용하는 것이라 단정하는 것인 고로 선도 또한 생활상 방편을 선히 향상케 함에서 그 의의가 특히 표현된다 함이니 가령 이를 종교 도덕학상 의미로부터 해석하면 오인은 아래와 같이 단언함을 마지아니하노라.

어떤 이유로 이와 같은 조직을 가진 우주가 유有하냐. 또 어떤 이유로 이와 같은 성정性情을 가진 인생이 유하냐 함은 이 만고철인의 미해결의 문제라. 오인은 감히 이를 관지關知하지 못한다. 다만 오인이 사실로 아는 바는 이와 같은 성정을 가진 사람이 이와 같은 조직을 지닌 우주의 간에 존재하여 일야영영日夜營營 생활의 지속과 만족의 획득을 꾀하고자 함은 사실의 사실로 인정하는 것이다. 때로 사람은 우주의 근저를 구하고자 하며 때로 귀신의 의지를 엿보고자 하며 또 때로 만유의 목적을 알고자 하나 필경컨대 이들은 모두 그의 고유한 성정을 기초로 하고 생활을 지속하며 만족을 획득하고자 하는 방편에 불외不外한 것임을 단언하여 두노라. 그는 종교도 그러하고 도덕도 그러하고 또한 역시 정치 · 법률 · 경제 · 과학 모든 것이 다 그러함을 단언하리라. 이와 같이 단언한 하에서 선이라 함을 고찰하면 선은 사람이 고유한 성정을 기초로 하여 그의 생활을 지속하며 만족을 획득코자 하는 유일의 방편으로 그는 어디까지든지 생활의 향상적 근본의의를 떠나 결코 선의 진정 의의가 없으리라 하며

2. 선은 퇴굴이 아니요 활동이라 함. 이상에 술함과 같이 선이 이미 사람의 생활을 지속하며 만족을 획득코자 하는 최고의 이상적 방편이라 하면 선은 성질상 퇴굴이 아니요 활동의 활동이니, 침寢하면서 복을 구함이 이는 선이 아니며 안식하고 행운을 원함이 이는 선이 아니며 우유優遊하면서 생애를 도모함이 이 선이 아니며 퇴굴하여 무료를 즐김이 이는 선이 아니니 고로 선은 어디까지든지 대大히 동動하며 대히 취取하며 대히 식食하고 대히 락樂함에서 진정한 선의 의의가 나타날 것이라 하노라. 만일 '선'을 근대 오조선인과 같이 무활동한 퇴굴무위, 안식우유로써 자단한다 하면 그는 이미 멸망의 도이어니 무엇이 우리 생활의 향상적 방편이 되리오. 고로 선을 위함에는 고인의 이른바 '살신성인'의 대활동으로 자아를 위하며 가정을 위하며 사회를 위하며 국가를 위하여 최선히 노력하고 최선히 활동하는 자가 되지 아니함이 불가하나니 이들의 의미에서 현대노동문제와 같음은 선의 의의를 사실로 표현하는 것이라 하리니 무슨 까닭이오. 노동문제는 활동을 본위로 하여 침식무위의 사회적 불한당을 배척함으로써라. 고로 오인은 독선자존獨善自尊하는 도학선생과 자고독락自孤獨樂하는 선인도객은 결코 선을 위하

는 자라 칭하기 어렵고 오로지 일야영영하는 노동생활, 자자근면孜孜勤勉하는 지사의 행위야말로 진정한 '선' 을 계속한다 할지로다.

3. 선은 약이 아니요 자강自强이라 함. 독일의 열광적 철인 니체는 일찍이 선악을 판단하여 '강즉선强則善, 약즉악弱則惡' 이라 하였다. 이는 물론 과격의 언이라. 오인은 이로써 선악의 표준을 삼을 바 아니나 그러나 저리這理에는 일종 신성의 교훈이 복재하였음은 잊지 말지어다.

무릇 선의 중에는 철두철미 무조건의 강을 의미하였다 함은 아니나 약의 중에도 또한 여럿의 죄악의 분자가 없지 아니함으로써 보면 선은 어떤 의미에서 순수 약의 분자를 총제摠除한 자강의 정신을 가졌다 할지니 다시 말하면 선은 우優로서 볼 수 있으나 열劣로서 볼 수 없음과 같이 강으로서 볼 수 있으나 약으로서 볼 수 없나니 이 점에서 강즉선 약즉악의 교훈도 해석상 적당한 진리가 포함하였다 할지라. 이상에 술함과 같이 선은 철두철미 사람의 생활방침의 향상 방편을 말한 것이며 그리하여 그 향상 방편은 철두철미 활동을 본위로 하여 나온 것이라 하면 선의 의미에는 스스로 자강의 의미가 갖추어졌다 할지니 자강하였는지라 능히 생활을 향상케 하고 자강하였는지라 능히 최선의 활동을 계속할 것이 아니겠느냐.

자강이라 함은 물론 자기의 인격을 완성하였다 하는 의미니 아니 자기의 인격을 완성하기 위하여 스스로 용진불식勇進不息함을 이름일 것일지라. 고인의 이른바 '계명이기자자위선鷄鳴而起孳孳爲善' 이라 함은 자강을 이른 것이며 '천류불식川流不息' 이라 함은 이 자강을 이른 것이며 '정진불퇴精進不退' 라 함은 이 자강을 이른 것이니 인人이오 자강이 무無하고 어찌 타他를 화化하며 또한 타를 애愛하며 타를 제濟하리오. 고로 오인은 자강하기 위하여 지知를 구치 아니치 못할 것이며 덕을 수修치 아니치 못할 것이며 체를 양養치 아니치 못할 것이니, 지를 구하며 덕을 수하며 체를 양함은 이 곧 자강인데 오인은 지를 구하기 위하여 부모처자를 떠나 만리이역에 기려羈旅[1] 생활을 함도 가하며 덕을 수하기 위하여 범정범욕을 끊고 극기반성을 강위強爲함도 가하며 체를 양하기 위하여 안식퇴굴을 배척하고 들판에 주走하며 산에 분奔함도 가하나니 어찌 구구히 불원유不遠遊의 고규古揆를 고수하며 또 어찌 구구히 두족정중頭足正重의 인습에 자수自囚할 소냐. 그리하여 그의 배운 바와 얻은 바를 가지고 세世를 제濟함에 급급하며 사람을 가르침에 근근하면 이 자강의 본의에 달한 것이니 선의 도道는 이에 이르러야 그 서기庶幾라 할진저.

'선'의 정의定義로 돌아오는 세계현상

금후의 세계는 반드시 도덕승리의 세계가 되리라. 도덕으로 세계를 지배하는 세계가 되리라. 그러한데 이에 도덕이라 하면 세인이 걸핏하면 인습진부因襲陳腐의 관을 가지고 이를 대할 수 있으나 그러나 본래 도덕이라 운한 말은 고인의 사고와 같이 고정적 편협의 것을 가르쳐 말한 것이 아니므로 어디까지든지 시세와 수반하며 진보와 병행하는 인생의 일상행위를 지칭하여 말한 것임을 잊지 말지어다. 오인은 항상 인생의 일상행위라 하면 그를 통례 비근용이卑近容易한 것이라 생각하나 그러나 일상이라 하여 결코 비근용이함이 아니니 즉 오인의 일상행위는 아직도 완전히 '선' 그것대로 표현하지 못한 것은 사실이라. 그러한데 이 도덕이 지금에 문득 유력한 현상으로 나타났다 함은 하등의 이유에 연유한 것이냐 하면 그는 근래 정치 · 경제 · 법률 · 가정사회의 모든 문제가 이 경향으로 나타남을 보았음으로써니 이른바 '국제연맹'이라 하며 '노동문제'라 하며 '부인문제' '인종문제'라 함은 다 같이 도덕을 표상하고 일어난 것이며 이른바 '데모크라시'라 하며 '인도정의'라 하며 '자유평등'이라 함은 다 같이 도덕을 방편으로 하고 나타난 것이라. 다

1) 타향에서 임시로 삶.

시 말하면 장래의 모든 현상은 선을 표상으로 하며 선을 방편으로 하고 나타날 것이니 철인의 이른바 '천지우주는 날로 선을 향하여 진화한다' 함은 대개 저리這裡의 소식을 누설한 것이라 하리라.

호르론 박사는 〈전후戰後의 세계〉라 제한 논문의 중에 구주문명은 자살적 문명이라 자단하여 왈 만일 이와 같은 자살적 문명이 계속하여 금도今度의 전쟁과 같은 참독이 이삼 회가 계속 조반繰返하면 구주의 천지는 머지않아 이와 같은 자살적 문명을 지니지 않은 황색 혹은 흑색 인종에게 점령됨에 이르리라 하였음은 확실한 사자후이라 할 수 있다. 즉 박사는 구주에 있는 물질적 문명이 과거와 같이 계속하면 구주의 천지는 물질적 문명을 갖지 않은 타인종에게 점령되리라 함이니 이와 같은 감상은 오직 호르론 박사뿐 아니요 다른 인도정의를 주장하는 모든 식자와 일반의 인민은 다 같이 이 정신의 지배를 받는 것인즉 만일 이와 같은 관념이 날이 갈수록 팽창하면 금후의 세계는 실로 물질문명의 세계가 아니요 확실히 도덕승리의 세계가 될 것이 아니랴. 그러한 후에야 선의 진정승리가 각 방면의 활동에 의하여 사실로 나타날 것이니 오호라 지상의 천국도 거의 허탄이 아니라 가추可推할 지로다.

조선인의 자랑거리

조선인은 과거 세계현상으로 보아 확실히 열패자의 하나였다. 특히 물질문명의 패자였다. 물질로써 빈혈자이였다. 고로 조선인의 금후 행로는 먼저 물질문명에 착수치 아니함이 불가하니라. 물질을 연구하고 발달하여 인과 함께 향상하며 인과 함께 발전치 아니함이 불가하니라. 과학에 전념하며 인공에 전문하며 기계를 만들며 공예를 연구치 아니함이 불가하니라. 그러한 후에야 조선인의 조선인된 생존권을 얻으리라. 그러나 조선인이 금후로부터 아무리 물질문명에 전념한다 할지라도 그로써 세계의 열강에 웅비하여 물질문명의 조선이라 하는 휘호로 세계의 패명覇名을 얻기는 불능하리라. 다만 물질문명은 직접 생활의 방침을 향상하기 위하여 인과 함께 견진병행肩進併行하기는 가하다 하려니와 그로써 인의 선각자가 되며 선진자가 되기는 어느덧 시세의 허치 못하는 바이니 즉 조선인이 지금으로부터 경천읍귀驚天泣鬼의 재주로 물질문명이 세계를 능가한다 할지라도 그로써 세계의 자랑거리가 되지 못할지라 무슨 까닭이오. 금후의 세계는 물질문명의 세계가 아닐 것임으로써라. 그렇다 하여 나는 결코 물질문명을 배척하는 자는 아니니 세계인이 모두 물질문명을 배척할지라도 오직 조선인 하나는 물질문명을 열배熱拜치 아니하면 불가하리라. 그는 조선인이 조선인의 생활을 인과 함께 향상키 위함이며 인과 함께 병행키 위함에 불과한 것이요 특히 조선인으로써 장래 세계에 문화적 방명芳名을 후세에 남길 대원인은 조선인의 민족적 특성 되는 '선심'을 선히 해석하고 선히 활용하여 선심주의로써 세계의 비인도 부정의를 정복함만 같지 못하나니 고로 장래 조선의 자랑거리도 '선심'이며 장래 조선문화의 웅비, 세계의 대원인도 또한 '선심'이니 조선인이여 고유한 선심의 미덕을 발휘하여 오로지 자강불식自彊不息하라. 조선인이여 신의 영광이 선심의 상에 항상 조림照臨하였음을 잊지 말지어다.

본제는 우리의 가장 중대한 문제와 동시에 중대히 연구할 필요가 있으므로 본호에는 오직 사회여론을 환기키 위하여 그 문제만 나타냄에 불과하온 바 기회를 보아 다시 구체적 연구를 중重코자 하나이다.

— 《개벽》 5, 1920. 11.

경신년을 보내면서

오호, 세율기모歲聿其暮로다. 삼각三角에 돌이 유瘐하고 한강에 물이 낙落하니 대지 산하는 맑게 천지의 진오眞吾를 나타나이고 우주만상은 잠잠히 건곤의 선원禪院에 들어가겠다. 그리하여 백설이 건곤에 가득한데 오직 남산의 소나무가 남아서 사시四時의 봄빛을 띠고 있는 이 경신의 세모歲暮를 보아라. 오호라, 이제로부터 이 경신 일 년의 광음도 어느덧 역사의 최후가 되어 과거라 운하는 최종의 교상에서 불귀의 영결을 우리에게 고하겠다.

철인은 말하되 '사람은 태어나서 바로 죽음에 향하여 맥진驀進한다' 하였다. 과연하다. 일일의 끝은 이는 일일의 죽음이며 일년의 끝은 이는 일년의 죽음이니 사람은 각각시시 죽음에 향하여 나아가며 월월년년 죽음에 향하여 달아나겠다. 그러하다가 운이 다하고 수가 다하면 인생은 이에 나아감을 끊고 달음을 멈추고 영원히 영혼의 세계로 들어가나니 오호라, 인생의 일대가 실로 유수와 같도다.

'만물정관개자득萬物靜觀皆自得'[1]이라 함은 과연 진리의 일부를 벽파하

---

1) 중국 북송의 대유학자 정호(程顥, 1032~1085)가 지은 시 〈추일우성秋日偶成〉의 한 구절. '만물을 고요히 바라보니 모두가 자득하여'

였다 할지라. 가만히 생각건대 인생이 주마와 같은 의식으로서 유수와 같은 광음을 소유消遺하고자 하면 스스로 자득이 없으면 불가하겠다. 부유蜉蝣[2] 일일의 생활도 일일의 풍류를 가짐과 같이 인생 칠십의 풍류도 또한 스스로의 자득이 있은 연후에야 그의 그 일생을 허송치 아니하였다 할 것이요 또한 그 가치를 민멸泯滅치 아니하였다 할 것이다. 원래 자득이라 함은 이 자각을 의미함이며 자각이라 함은 그 이면에 스스로 취미를 포용하였나니 고로 인생은 이는 이론이 아니요 취미니라. 인생의 자득은 취미의 다과에 의하여 능히 판정할 것이겠다. 고로 취미가 없는 인생은 이는 고목의 한아寒鴉요 이는 사막의 여행자니라. 년을 보냄도 한 취미이며 년을 맞이함도 한 취미이며 그리하여 늙음도 한 취미이며 마침내 대사大死하여 영면에 귀함도 한 취미의 대취미이었다.

장수壯叟가 일찍이 묻는 자에게 답하여 이르기를 '도는 시닉屎溺에도 있다'[3] 하였나니 사람이 실로 저리這裡의 취미를 파래把來하면 능히 '만물정관개자득'의 경지에 우뚝 서서 천하의 사사물물이 촌호寸毫 의혹의 속박이 없이 생사를 초월하여 수요壽夭를 관계치 아니하고 가장 안심낙도의 가운데에서 능히 최선의 생활을 계속하리라.

무릇 천지는 영원무궁하겠다. 하해가 만고를 갈마들며 다하지 않으며 산악이 천세를 통하여 괴괴하며 일월이 영휴盈虧에 의하여 소장消長이 없나니 저간에 처하여 인생 일대의 활동도 또한 이 부진무궁不盡無窮과 함께 시진민멸澌盡泯滅치 아니할 것은 다시 말을 하지 않을 것이거늘 세상에 구구악착의 중생이 수요와 부빈의 문제에 방황하여 이로써 일우일희 일락일비 함과 같음은 그윽히 민연불감憫憐不堪할 것이라 하리니 요는 생하여서 부귀를 초월하며 요수를 돈망頓忘하고 오직 취미의 활동으로 최선의 노력을 다할 뿐인저.

---

2) 하루살이.

3) 《장자》〈지북유〉에 나오는 동곽자東郭子와의 대화. '壯叟'는 '莊叟'의 오기인 듯.

이에 오인은 이 경신의 세모를 만나서 우리 동포 형제와 함께 일대 육니忸怩의[4]감을 금치 못하는 소이는 오인의 평생 기약한 바 사업이 많음에 따라서 실행한 바 활동이 이에 따르지 않음에 불구하고 도연히 수명만 또 일년을 손실하니 이와 같이 도과徒過하면 내 십년의 인생이 또한 일장춘몽에 불과할지라. 어찌 반성치 아니함이 가할소냐.

공자가 일찍이 가르쳤으되 '조문도朝聞道면 석사夕死라도 가야可也라' 하였으니 오인은 이를 읽을수록 스스로 피차 생사의 감感을 초월하여 오직 활동의 상에 절대의 가치를 둔 감이 없지 아니하도다. 고로 공자가 스스로 선언하되 '여余는 노老의 장지將至를 부지不知하노라'[5] 하였으니 공자야말로 광음의 유수를 관계치 아니하며 연령의 노소를 불구하고 종신 활동으로서 인생의 절대가치라 인정하였었다. 이른바 사십이불혹四十而不惑 오십이지천명五十而知天命 육십이이순六十而耳順 칠십종심소욕불유구구七十從心所欲不踰規矩라 함은 이 실로 연령의 노소를 잊은 향상진화의 대활동이 아니겠느냐. 생각하라. 활동이 단순하고 수양도덕이 간명한 고대의 고인도 이와 같거든 하물며 사회 사정이 복잡하고 세계문화가 교착한 금세의 인간이랴. 또한 하물며 만사가 진체陳滯하고 개혁의 사업이 산적한 우리 조선인일까 보냐. 오인은 모름지기 '부지노지장지不知老之將至'의 교훈에 의하여 노소가 공히 연령의 차별을 잊으며 세모歲暮, 세신歲新의 감을 떠나서 오직 활동의 상에 인생의 전가치를 두지 아니함이 불가하도다.

원래 우리 조선인은 조로早老의 국민이었다. 연령으로써 조로하는 자가 아니요 활동으로써 조로하는 국민이니라. 구상유취의 소아가 혼인을 맺고는 어느덧 '어른'으로 자처하고 이십 세의 청년이 자녀를 낳고는 어느덧 부모의 지위를 찾고 삼사십 세 장년이 손자를 낳고는 어느덧

4) 부끄러워하는 모양. 수줍어하는 모양.
5) 《논어》〈술이〉 제18장. "(도를 깨달으면 즐거워) 장차 늙음이 닥쳐오는 것도 모른다."

노인으로 자처하여 자기 스스로 퇴로退老를 선고하나니 고로 조선인은 연령상 조로의 국민이 아니요 활동상 조로의 국민이니라. 아니 활동상 조사早死의 국민이니라. 조선인이 된 이 점에 맹연猛然 반성치 않으면 불가하겠다.

서언西諺에 이르기를 '칠십의 청년이 있고 이십의 노년이 있다' 하니 칠십이라도 신체 건강하여 오히려 활동이 있는 자는 칠십에도 청년 됨이 무방하고 이십이라도 도식무위하여 활동이 없는 자는 이십에도 노년 됨이 또한 과언이 아니라. 노년은 노년의 활동이 있을 것이요 청년은 청년의 활동이 있을 것이니 이에 어찌 연령의 관계를 말할 바이리오.

또한 인생의 노老라 이르며 소少라 이름은 생래가 이미 경과한 연월을 세어서 이름일 뿐이니 오호라, 기왕의 연월을 도산徒算함이 이는 무의미에 속한 것이 아니냐. 세속에서 죽은 아이의 나이를 계산하는 자에게 치소痴笑를 주나니 그러하나 살아 있는 사람의 과거 연령을 계산함도 또한 도로徒勞에 불과하니라. 과거의 연령은 족히 신뢰할 바가 아니요 오직 믿을 만한 것은 미래 연령의 다소뿐이니 즉 금일 이후의 수명장단 여하에 의할 뿐이로다. 소한 자라도 반드시 장수하리라 족히 한限하지 못할 바요 노한 사람이라도 반드시 차후의 수명이 금일에 마치었다 단언치 못할지니 소한 자도 불행에 의하여 요절함이 있으며 노한 자도 명수命數에 의하여 몇 년의 수壽를 보전하는 자가 있나니 이 점으로 보면 불씨佛氏 소위 노소부정老少不定의 일언이 능히 차변此邊의 소식을 통한 것이라 하리라.

이와 같이 노소가 공히 노소부정한 것이라 하면 수를 즐기는 점으로 말하면 노소가 다 같이 무한의 희망을 앞에 두고 스스로 백년의 사업을 수행할 것이라 믿고 용맹히 나아가지 아니함이 불가하며, 반하여 죽음을 두려워하는 점으로 말하면 노소가 공히 어느 시에 명이 다할는지 계산하지 못할 것이므로 이 점에 크게 주의하는 바 없음이 불가하니 오인은 능히 이 뜻을 완미하면 이에 노소에 큰 차이가 없음을 알 것이요 오직 큰 차이가 있는 것은 노소 각 개의 건강이며 결국 활동의 유무로써 연령 장단을 판단할 것뿐이니 '뻬곤'[6]의 이른바 '연령의 수에서 소애少艾한 사람이라도 만일 자자孜孜하여[7] 광음을 조금도 잃지 아니하면 시수時數에서는 대개 노성老成하였다 이를 것이라' 하였나니 오인은 노소가 공히 연수의 다과를 불계하고 다만 시수의 다과를 논하여 연수의 생활을 하지 말고 시수의 생활을 함이 가하겠다. 이 곧 오인이 경신을 보내면서 제일의 감상된 바니 오인은 이제 과거 일 년의 시수 생활을 회고하여 그의 공적을 일언하면

오호, 일 년의 광음이라 하면 물론 보잘것없는 시간이라 하겠다. 천지의 무한과 우주의 무궁에 비교하고 보면 말할 것도 없는 일순의 광음이라 하겠다. '백년百年이 순식만세망瞬息萬世忙이라' 운한 이태백의 어법으로 말하면 하잘 것 없는 단시간이라 하겠다. 그러나 다시 생각하면 시간이라 하는 것은 본래부터 무엇에 비교하여 가지고 그 장단을 논할 것이 아니라 하겠다. 시간의 장단이란 오직 주관적 상태에 있는 것이요 비교적 상태에 있는 것이 아니었다. 아무리 짧은 시간일지라도 어떤 경우에서 길다 하면 무한히 긴 것이요 아무리 긴 시간이라도 어떤 의미에서 짧다 하면 무한히 짧은 것이겠다. 하루살이의 일일 생활도 비교상태에 있어보면 비록 무한히 짧다 하겠으나 그러나 하루살이 자체로 보면 제법 자기 풍류를 완성하리 만한 긴 광음이 될 것이요 대춘大椿[8] 팔천

6) 프란시스 베이컨 (Francis Bacon, 1561~1626)
7) 힘써서.
8) 대춘大椿 : 중국 고대의 전설상의 큰 나무. 8,000년이 봄이고 8,000년이 가을이어서 3만 5000년이 사람의 1년에 해당한다는 장수의 나무로, 사람의 장수를 축하할 때 쓰는 말.

세의 세월이 어떤 의미에서 비록 길다 하겠으나 그러나 대춘 자체로 보면 아직 자기의 계획을 종결치 못한 유감이 없지 아니할 것이다. 고로 사업의 완성자로 보면 '조문도朝聞道면 석사夕死라도 가可할 것이요' 만사가 과도기에 있는 자로 보면 '인생불만백人生不滿百 상회천세우常懷千歲憂'를 부르짖어도 또한 불가할 바 없다. 이 점에서 우리의 과거 일 년의 광음은 길다 하면 긴 것이요 짧다 하면 짧을 것이다.

인생 오십 년의 일대로 보면 일 년의 광음이 적지 아니한 시간이라 하겠고 사업 천추의 계획으로 보면 과거 일 년과 같이 짧은 시간은 다시없다 하리라. 무슨 이유로 과거 일 년의 광음이 이와 같이 짧은가 하면 그는 과거 일 년 간 오인의 활동이 비교적 홀망惚忙하였으며 비교적 복잡하였음으로써라.

생각하라. 오인은 과거 일 년의 간에서 무엇을 하고 왔는가. 즉 오인은 무엇으로써 인생 일대의 오십 분의 일 되는 이 경신의 귀한 시간을 소비하였는가. 오인은 그를 한번 회고하며 반성하여 그로써 경험을 삼고 그로써 회잠回箴을[9] 삼아서 희망이 다대하고 포부가 광원한 신년의 신생활에 들어감이 가하겠다.

회고컨대 어느덧 삼 년의 광음, 세계대전이 종결된 끝날부터 개조운동을 시작한 세계 억조는 전대미문의 파괴적 행동과 창조적 활동을 시작하여서 금일이라 운하는 시간에 이를 적에 비록 구체적 사실을 우리에게 보편적으로 실현치는 못하였건마는 비록 철저적 답안을 우리에게 공통적으로 부여한 바는 적지마는 그러나 우리는 그들의 부르짖음과 움지거림에 의하여 그로써 얼마나 억조의 미몽을 깨쳤는가 억조의 자

9) 공자가 안회顔回에게 가르친 사물잠四勿箴. '사물四勿'은 네 가지 삼가야 할 일로 예가 아니면 보지 말라, 듣지 말라, 말하지 말라, 움직이지 말라는 가르침을 말한다. '잠箴'은 아픈 데를 치료하는 침이 원래의 뜻으로 교훈이 될 만한 뜻이 담긴 글을 이른다.

립을 주었는가. 이 점에서 과거 일 년의 광음은 실로 영원히 기념할 가치를 역사상에 남겨 두었다 하여도 과언이 아니겠다.

특히 우리 조선인에 있어서는 몇백 년 이래 인습에 잠든 꿈을 하루아침에 돌파하고 적어도 신생활이라 하는 참신한 이름이나마 듣게 되었다. 그래도 제법 인도정의의 소리도 들어 보았고 평등자유의 부르짖음도 응하여 보았고 사회문제도 나서 보았고 부인문제도 토의하여 보았다. 하나도 완성된 것은 없지만 그래도 시작이 반이라고 이름 가진 것은 되나 안 되나 시작은 하여 놓았다. 되고 안 되는 것은 운명에 있고 노력에 있고 시간문제에 있는 것이니까 후일을 기다릴 밖에 없는 일이지마는 그래도 시작은 하고 기초는 잡아 놓았다. 남이야 비웃든지 찬성하든지 가타든지 부타든지 어쨌든 하노라 함이 과거 일 년의 자랑거리며 깨었노라 함이 과거 일 년의 자랑거리며 살았노라 함이 과거 일 년의 자랑거리였었다. 이 점에서 과거 일 년은 실로 위대한 광음이며 기념할 만한 광음이다.

금일에 앉아서는 누구나 다 아는 일이지만은 그러나 후일 기념거리로 오인은 이 위대한 과거 일 년간의 공과功果 대개를 들어 일언하려면

제1 언론계. 몇 십 년 동안 맹아원 속에 묻혀 있던 우리 조선사람에게 비록 초보이지마는 비록 불완전이지마는 처음으로 입을 열어 말도 하여보고 붓을 들어 글도 써 보기는 경신의 신神이 우리에게 다多한 혜택이 아니냐. 비록 반쪽 말 반쪽 글이지만은 그나마 동포로 더불어 한가지로 속살거리고 동포로 더불어 한가지로 통정하여 보기는 과거 일 년에 우리에게 남겨준 적공이 아니겠느냐. 신문상에는 《동아》《조선》《시사時事》 등 이삼의 새 신문이 창간되어 춘추를 그리며 세계를 축도하며 고금을 신축하여 비록 단시일의 효과이지마는 동포의 자각이 얼마나 이로부터 늘었는가. 잡지상에는 신문조례에 의한 개벽의 창간으로

부터 서광曙光, 서울, 신청년 등 언론잡지이며 노동문제에 대한 공제共濟이며 여자문제에 관한 신여자이며 학생계에 대한 학생잡지이며 문예에 관한 창조, 폐허 등이 병립하여 신문화의 건설을 주창하였었다. 조선의 신서광이 이로부터 나게 되었다. 비록 그 중에는 물론 경제상 내용상 불완전한 것도 없지 아니하며 불건전한 것도 없지 아니하리라마는 그러나 그는 과도기에 피치 못할 일이요 창조운동에 회수치 못할 파란이니까 우리는 그로써 한심한 사정이라 낙심할 것도 아니요 무가내의 현상이라 자기自棄할 바도 아니다. 비록 일일의 활동이라도 일일의 효력은 우리에게 준 것이요 일월의 부르짖음이라도 일월의 가치는 우리에게 준 것이 아니겠느냐. 사정에 할 수 없고 시세에 허치 못하는 일은 실로 가통한 일이요 가석한 사실이라 하겠으나 그러나 그마만한 활동도 없었던들 우리는 무엇으로써 시세를 영합하는 민족이라 일렀을까. 이제로부터 우리의 다만 결심할 일은 우리가 직접 그들 신문잡지의 후원자가 되어 그들의 계획이 실패하지 아니하도록 또한 그들의 활동이 가치 있게 계속하도록 민중의 자각을 재촉할 것뿐이었다.

그다음 언론의 일부 되는 강연 사업으로 보면 중앙은 경성으로 시작하여 13부 각 도 각 군에 민중의 자각으로 우러나온 각종 단체의 각종의 연설, 각종의 강연이 금일까지 계속하여 왔다. 기독교의 기독교강연단, 천도교의 청년회강연단, 학생계의 학생강연단, 각지 청년 단체의 청년강연단, 기타 신사숙녀의 강연이 풍동운흥風動雲興의 기세로 울연히 계속하였나니 혀의 효력도 이에 이르러 거의 위대한 힘을 가졌다 운치 아니치 못하겠다.

제2 각종의 단체집합. 장삼이사, 조풍모우로 떨어져 칠령팔락七零八落의 기세로 헤어져 있던 우리 조선사회가 금년 이래 일조에 단합의 효력을 알고 홀연 집합활동을 개시하였다. 각 종교에 종교청년단체가 일어나며 예하면 천도교청년회, 기독교의 엡 청년회, 불교청년회, 유교의 대동사문회大東斯文會, 유도진흥회儒道振興會와 같음이 그의 일례라. 그들의 중에는 물론 금년 이전에서 청년단합의 맹아가 생긴 것이 없지 아니하나 그러나 그 대부분은 금년 이내에 그 형식을 완성케 하였으며 그 활동이 조직 있게 되었다. 기타 종교 이외 사회적 단체로는 교육사업에 있어서는 조선교육회, 노동계에 있어서는 노동공제회, 노동대회, 체육계에 있어서는 체육회, 웅변계에 대해서는 웅변회, 여자계의 각종 단체, 기타 유민회維民會 등 단체가 있어 금일까지 계속하여 오는 중이며 나중에 특히 대서특필할 만한 것은 경성에 각종 청년회로부터 13도 각 군에 있는 사회청년단체니 조선에 있는 각지 청년단체야말로 경신의 연기年紀에 있어 가관할 만한 활동이었었다. 이전 같으면 화류장에나 출입하고 협잡권술이나 연구하고 그렇지 아니하면 고리대금이나 추축追逐하고 아리아욕我利我慾에 몰두하던 청년들까지도 일조에 번연히 회개하고 맹연히 자각하여 뜻있는 동류로 더불어 사회를 위하여 부르짖으며 동포형제를 위하여 분주하는 양을 볼 때에 누가 우리 조선사람으로써 퇴굴자약의 민족이라 하겠는가, 도식무위의 무리라 하겠는가, 태타퇴화怠惰退化의 인민이라 하겠는가. 그들이 과거에서 무자각 · 무자강 · 무의미의 생활로 지내게 된 것은 그 시대의 사정이 그러함이요 그 당시의 경우가 그러함에 불과한 바요 그들의 자체에는 본래부터 인류의 인류된 권위를 품고 있었던 것이 아니겠느냐. 물론 금일 그들의 각종 단체의 중에는 어느덧 외계의 저항과 내용의 흠결로써 다소 위미부진萎靡不振의 상태하에 신음하는 것이 없지 않다 할지라도 그는 과도의 역류 중에 들어 있는 조선 현상하에 당연히 맛보는 일이라 조금도 걱정할 것이 없고 다만 미래에 활동할 예기적 준비로 다소의 시험적 효과를 나타내었다 하겠고 또 그 실패는 성공의 기基라 그들의 금일 실패의 경험은 다른 날 대성공의 종자로 보지 아니할 수 없는 것이며 또한 기초의 건전한 것으로 보면 이미 근반根盤이 이루고 경험을 쌓은 것이니까 미래영원의 희망을 비단鼻端에 걸고 희망이 위대한 신유辛酉의 신광음 속에 활발히 나아갈 것이니 오인은 쌍수를 들어 그들의 장래를 축할 것 뿐이었다.

제3 종교계. 그리하여 종교계에 이르러는 평화의 신서광을 동반하여 각 종교계의 활동은 세계를 통하여 일대 신현상이라 하겠으나 특히 조선의 종교계는 더욱이 놀랄 만한 진보를 나타내었다. 우선 조선의 신종교 되는 천도교로 말하면 일년 이내에 어느덧 배 이상의 교도를 얻었다 하고 기독교도 또한 그러하며 그 외 각 교도 상당한 효과를 얻었다 하니 그로써 가히 전후戰後 인심의 영향 여하를 알만 하며 또 그 종교의 세력이 전쟁의 신을 대표하여 세계 인심을 지배함을 알 수 있을지로다.

여하튼지 과거 일 년은 우리 조선인으로 보면 어지간하게 진보가 있었다 하겠다. 사상의 진보한 점에서 과거 수십 년을 통히 합쳐 놓아도 경신 일년을 따라오지 못할 만하다. 신문잡지 구독열이며 청년자제의 교육열이며 집회단합의 단결력이며 어느 점으로 보든지 다소의 진보가 없지 않다 운치 못할 것이다.

그러나 동포들이여 이만한 것으로써 결코 자각이라 운치 말지어다. 진화라 운치 말지어다. 이는 아직 방 안에서 대양항행을 계획함에 지나지 않는 것이요 망원경 안에서 월세계의 여행을 기도함과 한가지였다. 우리의 일은 아직도 전前으로 전에 있고 장래의 장래에 있다. 신유의 신광음을 목전에 두고 거기에 영원의 희망이 뭉쳐 있다. 즉 금년의 기초한 모든 경영과 미창未創한 모든 사업이 신년의 신광음을 따라 우리 가정에 광림光臨할 것이니 동포들이여 구년의 감을 서러워 말지어다. 연령의 다소를 관계치 말지어다. 오지 활동에 활동을 가하여 쉬지 말지어다.

—《개벽》6, 1920. 12.

1921년

의식상으로 관한 자아의 관념-인내천의 연구(7)
의문자에게 답함-인내천의 연구(8)
사람은 과연 전지전능이 될까?-인내천의 연구(9)
조선청년회연합회의 성립에 취就하여
민족적 체면을 유지하라
사람성性의 해방과 사람성의 자연주의
'페이엘빠하' 의 〈사람론〉에 대하여
생활상으로 관觀한 경제관념의 기초
혼돈으로부터 통일에
최근 사회의 신현상을 보고 도덕심의 수립을 절망切望함
생활의 조건을 본위로 한 조선의 개조사업
생활의 조건을 본위로 한 조선의 개조사업(속)
시대정신에 합일된 사람성주의
신조선의 건설과 아동문제

의식상으로 관觀한 자아의 관념
— 인내천의 연구 (7)

1

전호에까지는 이미 종교상에 관한 인내천주의를 일언하여왔다. 이제로부터는 철학상에 나타난 인내천주의의 일단을 기록하고자 함에 제際하여 먼저 생각나는 것은, 즉 먼저 사고할 만한 문제는 의식문제라 하겠다.

우리가 신이라 하며 불佛이라 하며 대아라 하며 소아라 하며 또는 종교라 하며 철학이라 하며 기타 정치 · 학술 · 경제라 하는 모든 것, 즉 인간 만사를 사고하는 힘은 무엇으로써 기초를 삼는가. 다시 말하면 자아라 이르는 자가 이 세상에 나타나서 모든 것을 연구하고 모든 것을 창조하는 자는 무엇일가. 오인은 어떻게 사고할지라도 인세의 모든 사실은 사람 자기의 의식으로 창조치 아니한 것이 없고 사람 자기의 의식으로 건설치 아니한 것이 하나도 없다 단언하리라. 노자의 이른바 '무명만물천지지시無名萬物天地之始 유명만물지모有名萬物之母'[1)]라 대후大吼한 철의哲義를 빌려 만물의 근본원리를 일언하면 만물의 이름은 사람 자기

1) 《도덕경》 제1장. '무명천지지시無名天地之始 유명만물지모有名萬物之母 (무명은 천지의 시작이요 유명은 만물의 어미라)' 의 오기.

의 창조한 바이며 만물의 활용도 사람 자기로 자용自用하는 바가 되지 않음이 하나도 없으리라. 오인이 신이라 칭하며 불佛이라 명함도 요컨대 다 같이 사람 자기의 창조에 인하여 건설되지 아니한 것이 하나도 없겠다.

물론 신앙상 의미에서는 혹은 이로써 이적異蹟의 표현이라 칭하며 혹은 신비적 계시라 칭하리라. 그러나 어떻게 이적이라 하며 신계라 할지라도 사람 자기의 의식이 없고는 무엇으로써 그를 인상印象하며 그를 의신依信할 수 있으랴. 결국 인간 만사로 시작하여 모든 불사의한 이적 · 신계일지라도 다 같이 사람의 의식적 작용됨에 불과하리라 논단함에 그치리니 이 실로 의식의 문제가 직접 철학상 인내천의 문제가 되지 아니치 못할지로다. 그렇다면 의식이라 함은 어떠한 것일까. 또는 의식과 자아의 범위가 어떠한 것일까. 또 의식과 전 우주의 관계가 어떻게 될까. 이를 논구함이 적어도 금일 종교 연구상 일대 참고가 될 것이며 또는 범신관상에 입각한 인내천주의의 입장으로서 가장 적당한 연구 범위가 되리라 자신하노라.

2

우선 의식이라 하는 것을 사고함에 제際하여 먼저 생각나는 것은 의식계라 하는 것이 어떠한 관계로 생겼을까 함에 당착케 되나니 이는 실로 철학상 대문제라. 어떤 사람이든지 그를 가벼이 각득覺得하였다 칭하기 어려울 것이다. 그러나 오인은 종종의 의식학적 연구상으로부터 오인의 소신하는바 일단을 이에 들건대

의식의 기원에 대하여 근세 학자의 연구한 바에 의하면 의식이라 이르는 것은 결코 어떤 시대에 돌연히 성립된 것이 아니니 점차 그 기원을 추구하여보면 의식은 홀로 유기물에만 존재한 것이 아니라 한다. 물론 유기물이라 하면 식물까지 포함한 것이니까 식물에도 또한 의식이

있다하는 것은 물론이었다. 식물에는 다만 의식의 표현 정도가 형저迥低함[2]으로써 보통 오인이 의식이라 칭하는 것보다 저도의 의식을 가졌을 뿐이었다. 그러고 보면 식물뿐 아니라 점차 무기물에 이르러도 오인이 상상키 불가능한 비상한 저정도低程度의 의식이 없지 아니치 못할 것이었다. 그러므로 의식이라 함은 어떤 시대에 돌연히 출래한 것이 아니요 도저 해석이 불능하리 만한 요원의 정도에 붙어 있을 것은 당연한 이치였다.

'네케리' 라 하는 과학자는 일렀으되 '모든 물질은 다 같이 감정 즉 의식을 가지고 있나니 물질에 이른바 거력拒力, 흡력吸力이라 함은 곧 감정의 작용인데 물질의 거력, 흡력은 오인 인류의 애증의 감정에 상당한 것이었다. 사람에는 다 같이 애증이 있나니 애는 즉 물질의 인력이며 증은 즉 물질의 거력으로 볼 수 있다. 그러므로 사람의 감정이라 운하는 것은 오인 인류의 육체를 조직한 세포라 운하는 물질에 복재伏在한 것이다. 즉 세포를 조직한 원자에 감정이 있음으로써 원자에 있는 감정이 집주하여 세포의 감정상태가 되는 것이었다. 원래 사람은 하나의 세포국細胞國임으로서 무량수의 세포의 감정이 상집相集하여 한 개인의 감정이 되는 것이었다. 고로 사람의 애증심은 무수한 세포의 집합적 감정 작용에 불과한 것이다. 이에 감정의 원인은 유기체의 세포에 존재하며 세포의 감정의 근원은 이를 조직한 원자에 있다 함이 '네케리' 의 사고한 바이었다.

그로 인하여 사고하면 의식이라 운하는 것은 비상히 희박한 상태에서는 무기물에도 존재한다 함이라. 원래 무기물과 유기물을 엄밀히 구별함은 일개의 속견이라 할지니 어째서인가, 무기물과 유기물은 이시의 표현정도 문제뿐임으로써라. 고로 의식은 당초부터 발달한 인류에

---

2) 아득히 낮음.

만 특유한 것이 아니요 인류출생 이전으로부터 의식의 원천이 우주의 간에 존재한다 이르지 아니치 못할 것이다. 즉 이 우주에는 인류출생 이전부터 물질이 있음과 동시에 그 물질에 표현하는 의식이 병행하였다 할지니 다만 사람은 그 물질을 사람 자체의 영양물로 하고 점차 발전하여 고도의 의식을 결정케 하였을 뿐이었다. 이 점으로부터 사고하면 우주의 간에 의식계 즉 정신계는 물질계와 병행하는 것이었다. 세계는 한 방면은 물질계이며 또 한 방면은 의식계이다. 이 물질계와 정신계는 유일의 우주 활동에 말미암아 운행하는 것이었다. 이 운행에는 반드시 목적이 있는 것이니 목적이라 함은 아직 미정한 명사이나 모든 만물이 다 같이 불완전으로부터 완전에 향하여 진행하는 그것이 즉 그의 목적이겠다. 이처럼 모든 만물이 다 같이 완전에 행하여 진행한다 하면 사람은 더욱 자기의 완전을 구하고자 함이 사람 자기의 목적일 것이다. 신 '칸트' 파의 이른바 완기설完己說이라 함은 즉 자아의 완전을 기하는 목적인데 이는 사람이 의식적으로 대우주의 진화의 목적과 합치하고자 하는 운동을 이른 것이다. 사람의 행동은 필경 복잡하나 그러나 구경컨대 사람은 인격수양 · 인격발전이라 하는 활동 이외에 별로 위대한 것이 다시없으리라. 석가의 6년 고행도 이 인격의 최고표준을 구함이며 야소가 신의 아들로 자처함도 또한 인격의 최후 발전의 이상을 이름일 것이요 공자의 '칠십종심소욕불유구七十從心所欲不逾矩' 라 함도 인격의 최후를 예상한 말에 불과한 것이었다. 이와 같이 사람은 자기의 불완전한 인격을 완전한 인격에 도달키 위하여 날마다 분진奮進 또 분진하는 것이었다.

다시 말하면 사람은 완기의 최후 목적을 기하기 위하여 의식이라 이르는 신성한 기계를 가지고 전후의 혼돈계를 개척하는 것이다. 물론 사람의 사위는 암흑하고 혼돈한 것뿐이다. 아생我生 이전도 혼돈이며 아사我死 이후도 혼돈일 뿐이다. 다만 자아의 관념하에서 사실이라 인정할 범위는 의식의 한계뿐이었다. 혼돈으로부터 생겨나서 혼돈에 돌아가는 이 인생이 오직 의식이라는 등을 가지고 암흑한 혼돈을 이리저리 비쳐가며 진행할 것뿐이었다. 그러므로 사람의 가지계可知界라 칭함은 이 의식계를 이름이요 불가지계라 함은 의식 이외의 광대무변의 혼돈계를 가리켜 이른 것이었다.

이 점에서 혼돈계를 무제한한 사막에 비한다 하며 우리의 의식계는 그 사막의 일부를 개척하여 옥토를 조성한 것과 다름이 없으리라.

그런데 오인의 평생 아는 바 사실은 자기 의식계 이내의 것뿐이요, 즉 오인의 아는 바 의식계는 과학으로써 능히 이를 추상할 것뿐이요 불가지계 즉 의식 이외의 세계는 이를 종교적 직각直覺으로 생각할 밖에 없다. 다시 말하면 가지계를 곧 과학계라 하면 불가지계는 곧 직각계 즉 종교계라 말할 수 있다.

이와 같이 사람이 현재 범위를 양분하여 가지고 하나를 가지계라 칭하고 다른 하나를 직각계라 논하면 오인은 항상 가지계로부터 직각계에 접촉하여 인격의 완성을 요구키 위하여 무한의 이상계를 바라고 나아가지 아니함이 불가하나니 이는 사람에는 자연히 신앙의 본원本願이 있는 소이이라. 모든 종교가 다 불가지계 즉 직각계에 사람을 안내키 위하여 비래를 설법하며 사후 문제를 논하였음은 이는 사람이 가지계로부터 직각계에 접촉코자 하는 필연의 욕구인데 다만 그 수단과 방식으로써 진리의 본체를 억설抑說코자 하였음이 과거 종교의 종교적 행위이었다.

그리하여 인내천적 종교에 이르러서도 마찬가지로 가지계에서 직각계에 접촉하여 인류 본원의 욕구에 위안을 득코자 함은 일반이나 그러나 인내천주의에 입각한 종교적 행위는 될 수 있는 데까지는 어리석은 종교적 수단과 방식을 떠나 아무쪼록 참된 방식과 참된 수단으로 자기 인격의 완성을 구하고자 함이 그 중요문제라 하겠다.

인내천주의로 보면 사람은 누구나 아직까지 미성품이라 볼 수 있다. 즉 사람이 사람된 본자격과 본성품을 발휘코자 하면 아직도 공전空前의 노력을 요할 전도가 요원하다 함이다. 모든 영웅, 모든 성인도 다 같이 미성품으로 지내왔었다. 사람이 지금까지 미성품으로 있게 된 소이는 상술한 가지계와 불가지계의 관계로 인하여 생겨난 소이니 즉 사람은 아직도 자기의 협착한 의식계로부터 대우주의 대의식에 돌입하여 그와 융합하며 그를 응용하기까지는 즉 사람으로 사람의 완성품 되기까지는 전도가 요원타 할지로다.

인내천주의의 안목으로 바라보면 아我의 작은 의식계와 우주의 거대한 의식계는 본래부터 한 계통하에 존재한 것이라 하나니, 아니 사람의 의식과 만물의 의식이 다만 한 계통하에 존재할 뿐만 아니라 차라리 사람의 의식은 우주의 최고의식의 중심으로 보게 된다 하나니 이 점에서 사람은 직접 하늘과 합일할 만한 소질이 있다 할지라. 다시 말하면 사람이라 하는 자아의 중에 본래부터 소아 즉 개체아와 대아 즉 절대아의 본질이 있다고 보는 것이 인내천주의의 의식활동이라 할지로다. 이에 사람은 소아로부터 신 즉 절대아를 체현케 하여 대우주의 대의식계와 명합일치冥合一致 함이 인격의 최상발달이라 할 수 있나니, 무릇 사람은 본래 대우주의 의식계 그대로가 사람 자기의 개체화로 된 까닭이었다. 대우주의 대의식이 소아의 개체화 되였던 것이 다시 소의식으로서 대의식에 합하며 유한으로서 무한에 통하며 즉 소아로서 대아에 화합함이 인내천 종교의 생각하는 바 최후 교화라 할 것이었다.

— 야뢰, 《개벽》 7, 1921. 1.

의문자에게 답함

— 인내천의 연구 (8)

1

인내천이라 하면 누구든지 처음 듣는 사람은 이상히 생각하기가 당연한 일이요 의아가 날 것도 상사의 일이다. 그는 인내천이라는 말이 가장 무세력한 조선에서 더구나 새로 된 종교 즉 천도교로부터 나온 까닭이겠다. 물론 인내천은 해석상 천고 이전의 옛 사람의 문자상에도 그 의미의 발표가 없지 아니하였나니 예하면 '천지만물天地萬物이 개비오신皆備吾身'이라 한 말이든지 '삼계유심三界唯心'이라 한 법언法言이든지 혹은 '만물萬物이 개유불성皆有佛性'이라 한 불훈佛訓과 같은 고인의 사상도 어떤 의미에서 다 같이 한 인내천주의로 볼 수 있다. 그러나 그들은 아직 그를 구체적 또 노골적으로 발표한 바가 없었고 또 그 진리는 고상유원하여 속이俗耳에 얼른 알아보기 어려움으로써 세인의 주의를 직접 야기치 못하였다.

천도교 원조 최수운 신사가 '시천주조화정侍天主造化定 영세불망만사지永世不忘萬事知'[1]라 하는 간단한 13자의 주문으로 한 번 인내천주의를 부르짖음에 일세의 여론은 이에 집주하여 조선 종교계 사상적 혁명이 이

1) 〈인내천의 연구(4)〉의 각주7) 참조.

로써 비등케 되었나니 혹은 이로써 이단사설의 고취자라 하여 이를 배척하는 파, 혹은 이로써 인세 최후의 진리라 하여 그를 독신하는 파 혹은 중립의 태도로써 시비곡직의 판단이 없이 중간에 방황하는 파 등 각자의 향배운동이 일어나게 되었다. 더구나 작금 이래 천도교의 명성이 점차 천하에 광포됨에 좇아 그의 종지宗旨인 인내천주의는 더욱 세인의 주의를 환기케 되었으며 또 그 의혹을 야기하게 되었다. 특히 일신교적 구신앙을 가진 일부 인습적 종교신자에게는 의외의 의구를 품게 되었다.

내가 먼저 번 〈현대사조와 인내천〉이라는 문제하에서 모 지방에 가서 인내천과 관련된 의미의 강연이 있었는데 그 지방 기독교신자 중 일파는 간담이 서늘하리만치 경외하였던 모양이었다. 그리하여 그들은 인내천에 대한 반박적 강연으로 〈두려운 한우님〉이라는 문제하에서 인격적 상제의 존재를 경전의 말로써 증명하고 인내천주의가 높으신 '한우님'에 대하여 너무도 무례 실경자라는 의미로써 일반에게 득의의 강연이 있었다 함을 추문하였다. 그리고 나는 그들의 중으로부터 종종의 질의를 받아왔다. 이제 그들의 질의 중 중요한 부분을 들어 참고상 일반 종교계에 존재하는 종교 관념을 일언하고 인하여 그들의 인내천에 대한 의문을 일언하건대

제1. 그들의 질의자 중에는 종교상에 있는 하늘 즉 '신'에 대한 사상 관념이 유치하다 할 것이다. 그들은 아직도 이천 년 이상의 고인의 소박한 종교 관념을 그대로 아무 가멸없이 유전하여 가지고 있다. 그 교조가 진리를 우언비사寓言比辭에 가탁하여 태고 박소朴素한 인심을 지배하던 교훈을 아무 해석이 없이 다만 우언비사 그대로만을 직접 진리의 본체로 알고 믿는 모양이다. 제일 신에 대한 관념부터 그러하다. 그들은 우주의 간에 다만 인격적 상제만 있음을 알고 다시 범신관적 신이 있음은 온통 명자名字도 듣지 못한 모양이다.

원래 신에 대한 관념 발전을 종교상으로부터 이를 소고遡考할 때는 다신, 일신, 범신의 3부로 논해볼 수 있나니 다신이라 함은 태고 아매한 인민이 수 · 화 · 목 · 석을 숭배의 대상으로 삼은 것이라. 곧 그들은 수 · 화 · 목 · 석을 각각 신개체神個體의 독립적 존재로 생각하여 물상의 배후에 각각 그 물상을 지배하는 신이 있다 하여 그를 숭배하였음이 곧 다신교이었다. 그리하여 일신이라 함은 저 다신의 반항으로부터 일어난 종교 관념이니 그들은 우주의 간에 다만 일신이 있음을 주장하였다. 상제라 운하는 유일신의 인격적 조물주가 만물을 창조하였다 함이다. 그러므로 일신교의 관념으로써 우주인생을 관래觀來할 때는 우주의 간에는 다만 상제라 운하는 인격적 조물주만이 영원의 실재이요, 기타 만상은 다 같이 허상이며 환영뿐이라 하였다. 사람이 면포麵包의[2] 가루로 면포를 제조함과 같이 인격적 상제는 전지전능의 힘으로 만물을 자유로 창조하였다 한다. 사람 자기까지도 상제의 힘으로 제조된 일종 허상 환영이라 하였다. 끝으로 범신교의 관념이라 함은 일신교와 같이 인격적 상제를 불인하고 우주 전체 그것을 영구 실재로 보는 동시에 실재 그것을 직접 신으로 보는 관념이라. 그러므로 범신관은 만물은 신의 제조된 것이 아니요, 신의 표현한 것이라 하나니 이 점에서 범신관은 물즉신物卽神, 신즉물神卽物, 영즉육靈卽肉, 육즉영肉卽靈, 즉 물심공통, 영육일치주의에 입각한 것이라. 물심을 통일하고 영육을 일치케 하는 만수일리萬殊一理의 실재가 즉 범신관의 신이었다. 이상과 같이 만약 만상을 직접 신의 표현이라 하면 사람 자기도 또한 신의 표현이라 운치 아니치 못할지니 이는 곧 범신관의 목표라 하겠다. 그러한데 일신교의 신과 범신교의 신이 다 같이 우주의 간에 일신이 있다 함은 동일하나 그러하나 그 소위 일신이란 것을 관념함에 이르러는 양자가 각기 부동하니 전자

2) 밀가루.

는 그를 인격적으로 생각하고 후자는 그를 만유신격적萬有神格的을 생각함이라. 그리하여 인내천주의는 범신관상에 입각하여 만유신격을 인정하면서 더 나아가 만유신격 그것을 인격적 인내천상에 귀납케 하여 그 교지를 세운 것이었다.

이상에 기술함과 같이 다신 · 일신 · 범신의 관념 중 어떤 것이 가히 최후 종교적 진리가 있을까 함은 이는 오인의 답할 바가 아니요, 오인의 종교상 관념으로 논하면 삼자 중 어떠한 것을 물론하고 다 같이 종교적 소질을 가졌다 할지며 다만 그 교리의 우열 · 적부는 시대가 이를 판단할 뿐이라 할지로다.

2

그러한데 세상의 종교가 중 혹자는 인내천주의가 완전한 종교적 소질을 갖추었는가 아닌가 의심하는 자가 있나니 그는 다만 유래 인습적 또 소박적 종교 관념상, 인격적 신의 신앙으로부터 유래한 편벽한 종교 관념에 지나지 않으니 어째서인가. 그는 다만 인습에 묻혀 시대에 맡겨진 새로운 종교의 종교적 소질을 통견달관洞見達觀치 못한 폐단에서 나온 것이라 할지로다.

시험 삼아 유래로 이른 바 종교적 소질이란 □을 들어서 인내천적 신종교의 종교적 소질에 비교 대조하건대

1. 초인적 세력의 신앙. 초인적 세력이라 함은 어떤 종교에서든지 사람 이상의 대능력자, 즉 천 · 신 · 불 등이 있다 하여 그를 귀의의 본체로 하고 이를 신앙함이니 그는 고등인 종교에만 그러한 것이 아니요, 열등 종교, 즉 수 · 화 · 목 · 석을 숭배하는 것도 그에 사람 이상의 세력자가 있다 하는 의신依信으로써 그를 신앙함이다.

2. 희망. 어떤 종교를 물론하고 희망의 관념으로써 이를 믿지 아니하는 자가 없나니 사람은 초인적 세력에 의하여 자기의 희망을 달성코자

함이 이 곧 종교적 신앙이었다. 그러한데 희망의 종류를 나누어보면 이를 건강 · 부 · 연戀 3종으로 볼 수 있나니 종교적 신앙은 이 3종의 희망에 계係하여 그 생명을 유지하는 것이라 하리라.

3. 경건의 념. 이미 초인적 세력이 오인의 희망을 달성한다 하는 신념이 있는 이상은 그에 따라 초인적 세력에 대한 경건의 신념이 생길 것은 자연의 순서일 것이며

4. 구제의 신념. 초인적 세력이 미약한 자기의 일생 재앙을 구제하리라 확신함으로써 이에 기도의 종교적 방식이 생기는 것이며

5. 희생의 정신. 초인적 세력이 자기를 구제하고 자기의 행복을 다대케 하리라 믿는 관념으로 희생의 정신이 이로부터 생기는 것이니 예하면 열등의 신앙이 우돈을 죽여서 목석에 제사함도 일종 희생의 정신으로 볼 수 있으며 고등신앙에 이르러는 금전을 희생하여 의무와 자비를 베풀며 오락을 폐하여 조행操行을[3] 바르게 하며 영화를 버리고 안빈낙도에 자안自安함이 다 같이 종교적 희생의 정신이라 할지며

6. 인애仁愛. 신앙이 점차 일신적 위력을 느끼면서 처음으로 만물 동근同根의 의義를 깨달아 인애의 마음으로 동포를 사랑하며 만물을 기르나니 예하면 유교의 인, 불교의 자비, 기독교의 애 등은 다 같이 종교적 인애의 정신이니 종교는 이 인애의 정신에 따라 종교적 대감화를 이 세상에 전하는 것이라.

이상은 유래 종교의 소질을 일언하여 종교 구성의 근본 부분을 명언하였다. 그러한데 인내천 종교에 이르러서도 마찬가지로 그 소질에 이르러서도 이상 여섯 종의 부분을 포용하였음은 물론이나 그러나 그를 신앙하고 관념함에 이르러서는 크게 유래 종교와 그 취지가 다르나니 즉 유래 신앙은 이를 타력적 관념에 붙였으나 인내천은 이를 자력적 관

3) 몸가짐. 품행.

념으로 활용하며 유래 신앙은 이를 자기 이외의 것으로 생각하나 인내천은 이를 자기 이내의 고유로 바라봄에 신구의 상이한 점이라 하리라.

3

제1 초인적 세력이라 함은 인내천의 관념으로 보면 이를 자기 이외의 허상에 가탁치 아니하고 자기 이내의 실재로 보나니 즉 자기의 의식을 대우주의 대의식의 계통으로 생각하고 그의 위대한 초현인적超現人的 세력에 귀의코자 함이라. 원래 인내천주의라 함은 그 표현한 의미에서 이미 초인적 세력을 가리켜 말함이라. 어째서인가. 인내천으로써 사람을 관래할 때는 사람은 근본부터 만유덕상萬有德相을 가진 무한향상의 복능伏能이 있다 하나니 이 무한향상의 인성 복능은 이를 현인現人(현상의식의 사람)에 비하여 초인적 세력을 가졌다 함이라. 고로 인내천주의는 인성 복능의 위대한 세력에 의하여 자력적으로 무한의 인격 개발을 노력하는 주의니 이 점에서 인내천은 초인적 세력의 종교 소질을 합리적으로 포용한 것이며

제2 희망이라 함을 인내천의 관념으로 보면 인내천은 초인적 세력인 즉 인성 무한복능의 활용을 얻어 모든 희망을 달성코자 하는 바니 인내천주의로써 인세의 모든 희망을 관래할 때는 모든 것이 다 같이 인과율에 탈선되는 것이 없다 하나니 선인선과 · 악인악과는 우주의 법칙이라. 그러므로 사람이 자기의 희망을 달성코자 하면 어디까지든지 자력적으로 인성의 무한복능에 귀의하여 인과의 법칙을 창조함이 곧 인내천주의의 요령이다. 사람은 인과율에 의하여 무한복능의 원천을 일일이 개척함으로써 수많은 희망의 도달 목적을 삼음이 이 곧 종교적 최신의 노력이라 할지며

제3 경건의 념을 인내천의 관념으로 보면 이는 자중自重 · 자경自敬 · 자신自信 · 자호自護의 뜻이니 인성에 이미 무한복능의 덕성이 잠재함을

안 이상은 비록 일분일초의 간이라도 자신을 경시치 못할 것이며 자기를 홀대치 못할 것이다. 모름지기 자경 · 자성 · 자신의 힘으로써 자기의 무량광대한 복능성을 계발치 아니함이 불가할 것이며

제4 구제의 신념을 인내천의 관념으로 보면 인내천에서는 어디까지든지 자기로써 자기를 구하며 자기로써 자기를 판단하는 주의니 즉 자기의 위대한 복능성에 의하여 인성 현재의 약점을 제거하고 자력으로 무한향상 진화를 도모하는 것이며

제5 희생의 정신을 인내천 관념으로 보면 인내천은 이미 자력적 종교의 정신인 까닭에 자기의 덕성수양 및 인격향상을 위함에는 금전 · 오락 · 영화 모든 것을 희생함에 불린不吝할 뿐 아니라 결국에 살신성인의 고상한 관념을 가진 것이라 할지며

제6 인애를 인내천 관념으로 보면 인내천주의의 필연으로 출래하는 사인여천주의事人如天主義는 사람을 평등자유의 상에 두고 사람을 섬기되 하늘과 같이 하며 만물을 사랑하되 자기와 같이 하나니 그 인애의 관념이 철저함은 도저히 열거한 종교에 비교해볼 것이 아니라.

이상은 유래 종교적 소질을 인내천의 상에 귀납하여 일언하여서 독자의 참고에 제공함에 불과하나 인내천에 대한 여러 가지 의문은 다음 호에 다시 일언코자 하노라.(미완)

— 야뢰, 《개벽》 8, 1921. 2.

사람은 과연 전지전능이 될까

— 인내천의 연구 (9)

이 글은 내가 일찍이 어떤 의문의 사람으로 더불어 문답한 바 그대로를 이에 실어 인내천을 의疑하는 일반 인사에게 일람을 주고자 하는 바인데 문답의 중에 혹은 해학의 재료에 가까운 것이 있으나 그러하나 독자는 비근의 이裡에서 혹은 진리의 진면을 접하면 행심幸甚할 뿐.

1. 상일주재常一主宰의 유무

문자問者가 이르기를 "고래의 종교가 거의 다 우주의 간에 상일주재를 말하지 아니한 것이 없나니 나의 생각에는 아무리 하여도 이 우주에는 우주를 총 관리하는 주재가 없지 못하리라 하노라. 즉 만물이 모두 신이라 할지라도 구경은 그 만물의 신들을 총괄하는 대주재의 신이 없지 못하리라 하노니 귀의貴意는 어떠한가."

답하여 이르기를 "군은 만물을 모두 신이라 신信할지라도 이들 개개의 신의 유무를 연구코자 함이 아니요 그 신의 전체를 알고자 함이로다. 일찍이 사람이 있어 종에게 과실을 사오너라 한대 종은 시장에 가서 복숭아 · 오얏 · 배 · 은행 · 포도 등 제종의 과실을 사서 돌아오니 주인이 종을 질책하여 가로되 이들 복숭아 · 배 · 은행 · 포도의 유는 나의 소망이 아니니라. 나의 요하는 바는 과실을 원하는 것이다. 즉 과실이라 이르는 일체를 총괄한 것을 원함이요 개개의 과실은 나의 소망이 아니라 하였다 하니 군의 소망하는 바도 또한 이와 같은 것이 아니냐."

문자 이르기를 "군은 일신과 다신의 차를 알지 못함과 같도다. 다신은 각 개체를 이름이요 일신은 그 각 개체를 총 관리하는 자를 이름이니 나의 애愛하는 바는 일신이요, 나의 증憎하는 바는 다신이니라."

답하여 이르기를 "군의 이른바 일신을 애하고 다신을 증한다 함은 군은 곧 개인을 증하고 인류 전체를 애한다 말함과 같도다. 군은 이李를 증하고 김을 증하고 박을 증하고 최를 증하고 마침내 인류라 운하는 전부를 총괄한 추상체를 애한다 함과 무엇이 다르냐. 군이여 생각하라. 전체는 개개를 개괄한 것이 아니냐. 개개를 버리고 전체가 없는 것이 아니냐. 우리가 만일 눈을 불애不愛하며 입을 불애하며 귀 · 코를 불애하며 사지를 불애하며 백체百體를 다 불애하고 오직 그 이목구비 사지 백체를 총괄한 신체만 애한다 하면 이 큰 모순이 아니냐. 일신一身이라 함은 곧 오관 · 사지 · 백체를 총괄한 전체가 아니겠느냐."

문자 이르기를 "군이여, 군은 오의吾意와 진실한 요령을 체득諦得하라. 군이여, 우리들이 생식生息하는 세계는 질서의 세계가 아니냐. 인因이 있으며 과果가 있어 업보의 이理가 엄연하나니 그러면 여하히 사고하여도 이 이理의 원천이 없다 말하기 불능하니라. 나의 일신적 존재라 함은 이 원천을 이름이니 이 원천은 곧 법계法界의 주이며 만중萬衆의 귀처이며 중생의 아비이며 백선百善의 근본이며 무생무멸, 부증불감의 체體니라. 그리하여 그가 우리들 만행萬行의 규規가 아니겠느냐."

답하여 이르기를 "군은 아무리 하여도 유래 종교에서 믿는 바 인격적 상제를 말함 같도다. 군이여, 만일 우주의 간에 인과율을 지배하는 인격적 상제가 있어 군과 나와 같은 개적個的 실재이라 하면 우리들과 그는 동일 정도에 재在하거니 천상계의 인격적 상제가 인간계의 인격적 사람과 하등의 관계가 있으리오. 이 실로 인류 의식의 편계소집偏計所執으로부터 나온 것이 아니냐."

문자 이르기를 "군이여. 나는 결코 인격적 상제의 신자가 아니니라. 나의 소요하는 신은 일체의 진선미의 근원되는 만물구경의 이치니라. 군이여, 오인으로 만일 일체의 진선미의 근원 되는 만물구경의 이치가 없다하면 오인은 여하히 진리를 구할지라도 어디에서 진리의 정규定規를 득하겠느냐."

답하여 이르기를 "군이여, 군의 의사와 나의 의사가 이제야 점차 접근하여 옴을 나는 심히 기뻐하노라. 군이 이미 인격적 상제를 불신하고 일체 진선미의 구경되는 만물구경의 진리를 믿는다 하면 그 점에서 군의 의사와 나의 의사가 호상 일치한 한 가닥 통로를 발견케 되리라. 그러나 군의 소위 일체 진선미의 구경되는 만물구경의 진리라 함은 이 필경 오인 의식계의 표현이니라. 생각건대 우주는 이는 큰 활정活精이니라. 오인의 눈에 다만 공막空漠히 비치는 공간은 바로 무한의 실물인데 천만년의 후와 지금과, 억조 리의 밖과 안에 몇 천만 가닥의 무선전신을 두며 현이 없는 금선琴線을 포함하며, 종횡으로 상하로 좌우로 사면팔방으로 여기저기에서 울리며 저쪽에게 나에게 전하여 무수의 통신이 왕래함은 곧 우주 대활정인 심령계心靈界의 현상이니라. 이 점에서 오인의 심령계와 우주의 심령계는 오직 일관의 영맥靈脈 중에 있느니라. 그리하여 오인의 심령계는 바로 우주의 중심이 되어 모든 인과율과 모든 규범의 소출하는 바이니 오인의 심령계는 즉 군이 필요로 하는 일체 진선미의 근원이며 백선의 근본이며 무생무멸 · 불비부증不漏不增의 본체니라. 그러므로 오인이 선언하는 신이라 하며 불이라 함은 곧 심령계의 현상을 지칭하여 일컬음이니 오인의 심령계를 버리고 따로 신이 없으며 불이 없느니라. 다시 말하면 우주와 나, 나와 만물은 모두 유일의 심령계의 표현이며 그리하여 그 심령계의 중심은 우주 도처에 존재치 아니한 데가 없나니 인간계에 있어 우주의 중심을 구하고자 하면 사람의 심계心界가 곧 그 우주의 중심이 되나니 만사만리가 모두 사람의 심령계의 표현이니라."

2. 사람은 능히 전지전능이 될까

문자 이르기를 "오인은 생각건대 이 일체 진선미의 근원되며 만법의 원천되는 이 심령계는 아무리 하여도 그가 전지전능 되지 아니치 못할지니 곧 그 심령계는 전지전능으로 만물을 창조하였으며 만법을 응용하는 자가 될지라. 그러한데 군의 소언所言과 같이 우주와 만물, 만물과 내가 함께 유일 심령계의 표현이며 그리하여 그 심령계의 중심을 만일 오인의 심계라 가정하면 오인은 필경 전지전능의 힘을 가졌을 것이거늘 사실은 이와 불연하여 오인은 한 알의 쌀, 한 터럭의 실도 능히 오인의 힘으로 창조키 불능하며 좌우키 불능한 것이 아니냐."

답하여 이르기를 "군이여, 우주는 모두 인인과과의 금강망金剛網이니라. 우주의 심령계와 오인의 심령계는 일관一貫의 영맥靈脈으로 통한 것이며 그리하여 그 심령계의 본원은 오인의 심리가 곧 그의 중심이라 할지나 그러하나 그 창조의 힘에 이르러서는 모두가 인과의 율법에 의치 않은 것이 하나도 없나니 비유컨대 동일의 비로되 도桃에 도실桃實을 결結하며 이李에 이실李實을 결하며 행杏에 행자杏子를 결함과 같이 대우주는 유일의 심령계가 만상의 간에 행하나 그러나 만상의 진화는 각각 그 인과율에 의하여 인因으로써 과果를 조造하며 과가 다시 인이 되어 인인과과 호상의 관계를 이루어서 이에 창조의 힘이 생겨나느니라. 우주가 당초 무하유[1]의 일물로부터 진화를 시작하여 양의兩儀를 조판하며 태양

1) 무하유지향無何有之鄕의 준말. 사람이 손대지 아니한 자연 그대로의 세계.《장자》〈응제왕편應帝王篇〉, 〈소요유편逍遙遊篇〉에 나오는 말.

계를 조직하며 만물을 조성함에 이른 소이는 이 실로 심령계에 인과율이 존存한 소이이니 오인은 이 인과에 대하여 일호의 가감을 증삭增削키 불능하나니라. 이를 다시 가장 비근의 예로써 일언하면 오인이 공기를 호흡하며 혈액이 순환하며 음식을 흡수 및 배설하며 신체 각 부의 조절이 있는 모든 작용을 이를 능히 오인의 힘으로 좌우치 못하는 소이는 이 실로 인과의 율이 신체의 간에 엄존한 소이이니 오인이 이 인과의 율을 멸시하고 이를 위반키 불능한 것이요 또는 위반코자 하여도 또한 부득이하나니 이와 같이 우주만상의 간에 인과율이라는 것이 유행하여 일호도 그 규칙의 위반이 없으며 그리하여 그 인과율이 생한 소이는 만유의 진화가 있음에서 나옴이니라. 만일 세인의 소신하는 바와 같이 설사 우주의 간에 인격적 상제가 있어 그가 전지전능의 힘으로써 전 우주를 관리한다 할지라도 그 상제가 결코 인과의 율을 무시하고 자기 전능의 힘으로 만물을 창조치 못할지니 즉 전지전능의 상제가 우주의 간에 있다 가정할지라도 그가 능히 인과의 율을 도외로 하고 만물을 창조치 못함은 오인이 인과의 율을 도외로 하고 만물을 창조치 못함과 동일하나니 오인이 만일 오인의 심령계에 들어가 정연한 우주의 규칙을 체관諦觀하면 만인만과가 모두 오인의 심령계를 통하여 천연의 법칙이 되며 자연의 이법이 되어 만물 각자의 상에 만물 각자의 인과율이 결체되었느니라."

문자 이르기를 "군이여, 오인은 아무리 하여도 이 우주의 간에 복재伏在한 전지전능의 힘을 부인키 불능하나니 시공의 무한무궁, 물질의 불생불멸, 만법의 무루무증無漏無增이 다 같이 전지전능의 힘이 아니냐"

답하여 이르기를 "내가 결코 전지전능의 힘을 부인하는 것이 아니니라 오인이 무한무궁을 사유함은 이 오인의 심령계가 무한무궁함이며 불생불멸을 사유함은 이 오인의 심령계가 불생불멸함이며 무루무증을 사유함은 이 오인의 심령계가 무루무증함으로써이니 오인이 만일 오인의 심령계를 제각除却하고 보면 오인은 무엇으로써 무한무궁을 사유하며 불생불멸, 무루무증을 추구하겠는가. 군이 항상 우주의 전능전지를 말하는 소이는 곧 군의 심령이 전지전능 되는 소이니라. 군의 심령이 근본에서 전지전능인지라. 그 근본적 전지전능이 군의 사유에 표현하여 군의 이 질문을 발케 하는 소이이니라. 그러나 군이 전지전능의 힘으로써 무슨 까닭으로 한 알의 쌀을 창조키 불능하며 한 터럭의 실을 창조치 못하는가 하면 곧 인과율이 그 간에 복재한 소이니라. 오인의 인군단체人群團體에 스스로 규칙을 제制하며 법률을 조造하고 다시 스스로 그 규칙과 법률에 복종하여 일호도 사월私越치 못함과 같이 심령계의 전지전능이 능히 인과율로 화하였으나 그러나 그 전지전능이 인과율에 대하여 일호도 사월치 못하나니 이에서 처음 대우주의 대법칙이 정연불란整然不亂하나 화복응보의 이理가 이에서 생하며 선악향배의 이理가 이에서 생하였나니 오인이 다만 심령계의 전지전능 되는 소이만 인認하고 그 전지전능계에 인과율이 유행함을 알지 못함으로써 이에서 스스로 인격적 상제를 연상케 되고 사람 그자의 위력을 자망自忘함에 이르렀느니라."

— 야뢰,《개벽》9 (임시호), 1921. 3.

조선청년회연합회의 성립에 취就하여

1. 희소식 중 희소식

회고컨대 어느덧 반년여의 광음 — 조선사회에 이 개벽 잡지가 탄생할 당시는 정히 조선 각지에 청년단체가 불 일듯 하던 그 시절이었습니다. 생각건대 사고적요四顧寂寥 하던 황량한 폐허 속에서 전에 없던 청년단체가 우후죽순과 같이 일어나보기도 조선 개벽 이래 처음 일이요 청년단체가 일어나자 따라서 그의 좋은 반려 되는 이 개벽 잡지가 출생한 일도 또한 우연치 아니한 운회運會라 할 수 있나이다.

장수 나자 용마 난다는 속언과 같이 청년단체가 일어나자 이 개벽 잡지가 있음은 신이 우리 조선에 주신 일대 문화적 서광이라 할 것이요 일대 풍화적 혁신이라 할 만한 명명冥冥 중 합계合契와 암암 중 약속 하에서 이제껏 여러분은 이 개벽을 애독하고 개벽은 여러분을 위하여 충분치 못한 말이나마 충심껏은 성심껏은 아는대껏은 어떠한 공헌을 하고자 노력하였나이다.

꽃이 열자 풍우가 많음은 인간의 상사라. 여러분과 이 개벽 잡지가 동일한 기운機運하에서 숙련치 못한 수단과 건강치 못한 체질로 여름의 낮 · 겨울의 밤 · 풍풍우우민민수수風風雨雨憫憫愁愁의 세파를 한가지로 지내올 때에 이 개벽은 여러분을 위하고 여러분은 이 개벽을 위하여 깊은 우정을 두고 깊은 연애를 맺어 부지불식간에 한 골육이 되고 한 혈통이 되었나이다.

그래서 본 개벽은 달이 갈수록 여러분 청년단체의 희비의 감을 접촉할 때마다 호號를 따라 한가지로 울어도 보고 한가지로 웃어도 보았나이다. 여러분과 한가지로 울며 한가지로 웃음이 이 개벽의 무상한 낙을 삼고 호를 열閱하여 금일까지 있어왔나이다.

그런데 그간에는 물론 여러 청년단체로부터 종종의 희소식이 없지 아니하였지마는 특히 근일에 이르러 희소식 중 희소식이라 할 만한 반가운 전함을 듣고 나서는 이 개벽은 한번 크게 웃고 스스로 수무족도手舞足蹈 함을 마지아니하였나이다. 그는 무슨 일이냐 하면 조선 각지의 청년단체가 조선청년회연합회라 하는 아름다운 명목하에서 거룩한 연합의 사업이 있은 일이올시다.

2. 조선청년회연합회는 조선 유사 이래 초유의 일

천지간 모든 일이란 나뉨과 같이 고독하고 미약함이 없고, 모임과 같이 화락하고 위대함이 없는 것이 올□ 아무리 천지의 주인공이 되고 만물의 영장이라 하는 사람일지라도 자기 홀로 무인고도에 독처獨處하고 보면 하잘 것 없고 보잘 것 없는 일개 가련한 동물에 불과할 것이지마는 내가 있자 남이 있고 내 남이 모여 사회를 이루고 사회가 모여 세계를 조직함에 이르러 이에서 처음으로 파탈건곤擺脫乾坤 · 진감우주振撼宇宙의 큰 위력이 나타나는 것이올시다. 그러므로 한 국가나 한 민족이나 한 사회가 나 같이 모임이 강한 자는 흥하고 모임이 약한 자는 쇠퇴하나니 이 실로 천지의 진리요 만물의 공칙이라 할 것입니다.

시험 삼아 우리 조선인의 과거의 일을 생각하고 보면 모든 일이 다 죄악의 한 분자가 아님이 없지마는 죄악 중 큰 죄악이라 할 만한 것은 단합의 힘이 특히 미약하였던 것이올시다. 남선南鮮은 북선을 천대하며 양반은 평민을 열시劣視하며 남인, 북인이 상호 구적仇敵이 되었으며 노론, 소론이 피차 사갈이 되어 '선중인舟中人이 개적국皆敵國'이라 할 만한 현상을 가지고 지나왔음이 과거 우리 조선의 큰 죄악이었나이다. 땅은 삼천리에 불과하고 백성이 2천만에 불과한 민족으로 너나가 구수仇讎가 되고 피차가 사갈이 되었거니 무엇으로써 백성을 다스리고 세상을 홍할 바가 있었으리요. 그러므로 우리 조선 청년이 금일에 앉아 번연히 회오悔悟하고 활연豁然히 대각大覺할 바는 천하가 모두 우리 동포요, 사해가 모두 우리 형제라 하는 대덕성大德性을 가지고 우선 같은 민족 되는 조선 동포의 지방적 관념과 반상적班常的 차별과 당색적 피아경쟁을 일소하고 남북 공히 손을 잡으며 피아 공히 문吻을 접하여 이천만이 단□한 한 가정을 이룰 일이니 종교사업도 그 연후의 일이요 문화사업도 그 연후의 일이며 나아가 수제치평修齊治平도 그 연후의 일이며 모든 활동이 다 같이 그 연후의 일이라 할 것이올시다. 그러한 연후에야 정말로 조선 청년이 각오가 있다 할 것이요 조선 현재에 서광이 비치었다 할 것이외다.

작년 8월 이후로 각종 신문지와 및 본지의 상에 조선청년회연합기성회朝鮮青年會聯合期成會라 이름하는 단체가 누누이 보도되었음은 세인이 아직 기억에 남아 있으리라. 그는 우리 조선의 청년 선각자 선생님들이 과거 조선의 당색적 죄악을 통각하고 현재 우리의 청년단체로 다시 그 죄악에 복철覆轍을 밟지 않도록 또는 각 지방에 산재한 소단체가 무경험한 무실력한 현상으로 유명무실에 빠지지 않도록 그를 후원하며 그를 부조하여 영원의 공적을 이루도록 청년회연합을 기성코자 하는 활동이었나니 오인은 그 당시부터 만강의 열정으로써 이 회의 기성 목적을 암축하였나이다. 오호라, 뜻이 있으면 일이 경성竟成하는 것이라. 동회가 부단의 노력으로써 반년의 활동을 계속한 결과 다행히 지난 12월

1일로써 기성의 목적을 달하여 조선청년회연합기성회라는 미완전한 명사로부터 조선청년회연합회라 칭하는 완정의 명사를 얻게 되었나니 이 실로 조선 유사 이래 초유의 성황이 아니오리까. 남이야 헐든지 기리든지 또는 그의 장래가 건강할는지 쇠퇴할는지 그는 별문제에 속한 것이지마는 어쨌든 금일이라 하는 금일 현상에 앉아서는 그만하기가 다행한 일이요 그만하기가 '용' 한 일이라 아니할 수 없나이다. 작일에 있던 것이 금일에 파괴하기도 당사當事며, 금일 파괴된 것이 명일 재건하기도 상사이라. 그는 인세의 모든 일이 다 그러하고 천지간 모든 활동이 다 그러한 것이니까 이를 진화의 과정으로 보고 이를 과도의 필연으로 알아도 또한 무방한 일이니까 이 점에서 동회가 장래 어떠한 악운명에 조우되어 비록 불행을 당한다 할지라도 그는 진화 또는 과도의 과정상 실패는 성공의 어머니라 하는 계명하에서 조선의 장래에 보다 이상의 행복을 주고자 하는 신의 시험이라 돌려두고 다만 금일까지는 금일까지의 동회의 성공을 민묵泯默에[1] 부付할 수 없으며 동회의 목적과 사업을 일언치 아니할 수 없는 것이니까 이 점에서 오인은 동회의 목적을 조선의 서광이라 보지 아니할 수 없고 동회의 사업을 조선의 발전이라 말하지 아니할 수 없나이다.

3. 조선청년회연합회의 범위 · 목적 · 사업은 어떠한 것인가

시험 삼아 동회를 조직한 각지 청년회의 가입단체를 일람하건대 북은 백두산의 절정으로부터 남은 한라산의 고봉에 이르기까지 자못 조선 13도를 망라하여 백이삼십 군(별표와 같음)의 청년단체를 통일하였으며 그 인물에 이르러는 조선 현대의 명사를 일괄하였고 그리하여 동

1) 입을 다물고 말을 하지 않음.

회의 목적은 동회 헌장 제2장 제3조에 일렀으되 본회는 본회의 주의, 강령에 의하여

(1) 조선인의 각 청년단체를 연합하며

(2) 각지의 이들 청년단체를 조직 및 발달케 함으로써 목적함

이라 하였고 또 그 사업에 이르러는 동회 헌장 제3장 제4조에 일렀으되 본회의 목적을 달성키 위하여 좌측에 적은 사업을 행함이라 하였는데

(1) 각 청년단체의 호상친목에 관한 회합의 임시개최

(2) 풍기風紀개량

(3) 잡지와 필요한 도서의 간행

(4) 강연 · 강습 또는 야학의 개최

(5) 청년 취학상 편의도모

(6) 운동회의 임시개최

(7) 산업단체의 조직장려 및 이에 대한 제반 조사연구

(8) 생활개선에 대한 필요한 제반사업

이라 하는 조선현상에 가장 적절하고 가장 필요한 활동을 표현하였느니라. 물론 목적과 사업이란 그를 실행 여하에 의하여 그 효과의 다과를 볼 일이지마는 어쨌든 시작이 반이라고, 시작이 이마만큼 될 일도 우선 답답하던 속이 시원하여지고 컴컴하던 마음이 환하게 열리나이다.

4. 조선청년회연합회에 대한 오인의 희망

오인은 일부러 장황한 말을 하지 아니하려 합니다. 쓸데없는 권고를 하지 아니하려 합니다. 실력에 넘친 희망을 하지 아니하려 합니다. 만일 오인의 말과 오인의 권고와 오인의 희망으로 모든 일이 성립된다 하면 오인은 침식을 폐하고라도 권고를 가하고 희망을 기술하겠나이다. 그러나 적어도 조선청년회연합회라는 삼천리를 통일하고 이천만을 대

표한 문화적 단체가 구구한 한 개인의 권고와 희망에 좌우한다 하면 그는 너무도 조선을 멸시함이 과하고 따라서 당당한 조선 청년단체의 자격을 무시함이 크다 하겠나이다. 조선의 토지가 아무리 협착하고 조선의 민중이 아무리 암매暗昧하다 할지라도 그래도 삼천리를 망라하고 이천만을 대표한 당당한 뜻있는 청년의 단체가 유명무실에 마친다할 것 같으면 그야말로 운명이며 정수定數라 할 수밖에 없나이다. 이미 조선의 계발이 시작된 일이요 조선의 발전이 기원된 일이니까 이제로부터 동회의 거룩한 활동과 거룩한 지도하에서 조선 문화는 일사천리의 기세로 흘러갈 줄로 생각하나이다. 그러나 광부지언狂夫之言도 성인聖人이 택언擇焉이라 하였나니 비록 구구한 필부의 일언일지라도 참고상 혹시 타산의 석이 되고 보면 만일의 다행이 있다 하는 하에서 일언을 이에 첨가하여서 동회의 표정을 대신하고자 하나이다.

나는 우선 이러한 생각이 들어갔나이다. 이미 조선청년회라 하는 아름다운 단체가 생겨는 놓았다. 좋기는 한량없이 좋은 일이다. 이미 무한히 좋은 일이 성립된 이상이니까 이것으로부터는 그가 영원히 유지하여 나아가고 또는 그 목적과 사업대로 실행은 하여야 하겠다. 그리하려면 그 회의 소질素質 되는 회원 자체가 어떠한 관념을 가져야 할까 함이 나의 가진 생각이었습니다. 즉 동서남북 삼천리 지방단체를 집합한 조선청년회니까 각기의 지방단체가 어떠한 통일 관념을 가져야 필요할까 함이 나의 첫째 생각이었나이다. 이 점에서 나는 생각하기를 각기의 지방단체 또는 각기의 회원전체가 같이 다

소아小我를 버리고 대아大我를 보라

하는 일언을 주고 싶습니다. 세상에 무슨 단체를 물론하고 단체력을 빌어 발달되는 일이라는 것은 단체 그것을 직접 소아의 아에 대한 대아의 아로 보지 아니하여서는 아니 되는 것이올시다. 물론 사회학상 사회와 개성이란 병행 발달하는 것이니까 대아의 발달을 도모하려면 소아

의 발달을 도모치 아니하여서는 안 될 일이지마는 그러나 소아가 오로지 자기의 사욕을 위하여 대아의 발달을 돌아보지 아니하고 보면 필경은 대아의 쇠퇴와 공히 소아 자기까지도 자멸함에 이르는 것입니다.

원래 우리 조선인은 하잘것없는 근시안으로 소아의 구제에만 급급하고 대아의 보호에는 등한한 습관성이 많았나이다. 이로 인하여 의무심이 부족하며 자선심이 없으며 공동단합의 사업이 없게 되나이다. 부자는 수전노가 되고 말며 지사는 명예 간판이 되고 노인은 시기猜忌쟁이가 되고 청년은 자만아가 되고 마나이다. 보시오. 근래 조선에서 일어난 공익사업이나 혹은 각종 단체가 적지 아니하나 그들이 나중에 유명무실에 마치고 마는 것은 대개가 대아를 버리고 소아에만 집착하는 폐해에서 우러나온 일이라 하겠나이다.

이렇게 말하면 독자 여러분께서 어찌 알는지 알 수 없으나 나는 여러분의 참고상, 우리 조선에 있는 천도교 신자의 단체적 행동에 대하여 일언을 소개하고 싶습니다. 그는 물론 종교상 신념에 관한 단체이니까 보통의 단체와 비교하여 말하기는 근본부터 상위되는 일이지마는 그러나 단체적 의무심에 이르러는 우리가 한 참고상 그를 한번 연구할 필요가 있다 하나이다.

벌써 수삼 년 전 일이옵니다. 관북關北 모군에 한 납세관리가 그 지방 인민에게 납세의 의무를 설명할 때에 '제군은 약간의 납세에 인하여 생활이 곤란하다 운치 말라. 제군은 근검저축의 방식에 민활하면 가히 막중한 납세에 지체치 아니하리라. 보라. 천도교 신자는 매식 한 수저의 쌀을 취하여서 막대한 종교사업도 유지하여 가는 것이 아닌가. 제군도 만일 천도교 신자와 같은 신념과 방식을 가지면 무엇이 납세에 곤란하리요' 운한 설명으로써 그 지방의 인민에게 커다란 각오를 주었다 하는 말을 들었나이다. 과연 그러하올시다. 우리가 만일 모든 단체행동에 천도교 신자와 같은 신념과 방식을 가졌다 하면 한 단체의 유지에 무엇이 곤란할 일이 있겠나이까. 그를 천도교 신자의 안중에는 평생 천도교라 하는 대아를 높이 보고 개아個我라 하는 소아를 적게 보는 까닭에 매식 한 수저의 쌀을 취하는 성력誠力으로써 그 교회의 공공사업을 유지하여가는 것을 보면 단합의 힘이 얼마나 위대한 것을 가히 알 것입니다. 그와 같이 나는 조선에 있는 모든 청년단체가 조선청년회라 하는 대아를 높이 보고 비록 한 수저의 쌀, 한 푼의 돈이라도 성력 있게, 근기 있게 그 단체에 대한 의무를 준행하면 그 목적과 사업에 대하여 무슨 난사가 있다 하겠나이까.

그러나 아무리 완전무결한 단체이라 할지라도 그중에 다소 파탄이 있게 될 것은 면치 못할 인세의 한 조건이라 할 수 있나이다. 아무리 조직과 조화가 완전히 되었다 하는 우리의 육체일지라도 다소 국부의 질병을 면치 못하여 그를 제거할 만한 병원과 의원이 곳곳에 임립林立함을 보게 되거든 하물며 개체 개체를 단합한 한 단체이며 단체 단체를 연합한 총단체이리요. 다수의 의사를 연합하고 다수의 정신을 연결한 기관이니까 그중에는 필경 여하한 고장으로 인한 국부적 질병상태가 있게 될 것은 자못 예기할 만한 인세의 상태로 볼 수 있다 하는 관념하에서 나는 이를 치료하기 위하여 때때로 그 각 단체에게

신정력新精力의 주사注射를 주라

주장하나이다. 이상의 기술함과 같이 사람의 단합사업에는 다소의 국부적 파탄을 면치 못할 뿐만 아니라 사람은 신경적 근본성질상 사업적 흥미에 대하여 평생 일률의 활동만 부여하면 신경이 점차 이에 관한 마비상태를 드러내 이에 타력惰力이라 운하는 마해魔害가 생겨나니 비유컨대 무소내無小大가 최초에는 강도強度의 신축력을 가졌다 할지라도 이를 한 방법으로 장구하게 사용할 때는 마침내 신축력이 마비함과 같이 사람의 신경도 또한 천률일편의 활동을 부여할 뿐으로 시시교체하는 흥미를 주지 못하면 마침내 그 신경적 활동이 마비하여 그 사업에 대한

흥미적 신축을 감하는 것이니 이에는 때때로 신정력의 주사를 주어 그 흥미의 신축을 강하게 하는 것입니다. 그를 세속에서 이른바 수단과 방법이라 하는 것이니 인간 만사는 실로 이 수단과 방법에 의하여 거의 운명을 유지한다 하여도 과언이 아닙니다.

총명하신 청년단체 제위諸位에게 너무도 실례의 말씀 같지마는 다수한 단체 그 중에는 처음에 어떠한 흥미를 가지고 단체에 가입한 후에 장구한 연월 간에는 혹시 당초의 흥미를 잃고 끝내 위미부진萎靡不振한다든지 또는 중도에 퇴회가 되는 불미한 일도 없지 아니할 것이니까 이에는 신정력의 주사로 그 활기와 그 흥미를 진작케 하여 조선 유사 이래 초유의 단체로 유시극종有始克終의 미과美果를 득케 함이 오인의 희망이라 합니다.

신정력의 주사라 하면 물론 모든 사업이 다 그것이라 할 수 있나이다. 조선청년회연합 헌장에 게재한 사업 범위 중 친목에 관한 회합도 그것이며 잡지의 발행도 그것이며 강연과 야학도 그것이며 운동회의 개최도 그것이올시다. 사업 중 대부분은 대개가 신정력의 주사로 볼 수 있나이다. 그러나 그를 실행함에는 그 실행 여하에 의하여 현저한 효과의 차이를 나게 되는 것입니다. 아무리 웅장봉미熊掌鳳尾라도 요리법에 서투르면 맛이 없는 것이요 상하床下에 묻혀 있는 마른 가죽신일지라도 조미에 의하여 훌륭한 감미가 생기는 것과 같이 여러 사업을 진행하는 중에 앉아 그에 통일적 강도의 흥미를 주고 못 주는 것은 즉 통일적 활력을 주고 못 주는 것은 특히 주사하는 약력藥力과 또는 그 방법 · 배치 · 기간 · 장단, 여러 가지의 조화에 달렸다 하겠나이다. 나의 지금 하는 말은 특히 동회 유지상 동회의 단체 실력 또는 권리를 확립키 위하여 하는 말이니까 이상에 적힌 즉 사업적 정력 주사 이외에 좀 더 정력 주사방법을 재미나도록 넓혀가지고 나부懦夫도 입立케 하며 타자惰者도 진進케 하도록 모든 활동에 가미加味거리를 넓히라 말하고 싶습니다.

그러나 이와 같은 신정력의 주사법으로 회 전체의 통일적 활력을 주고자 하면 그에는 반드시 회 전체의

중앙집중권이 튼튼하여야 하리라

합니다. 즉 중앙이 중심이 되어 그로부터 모든 문화가 발사하도록 모든 사상이 지배되도록 노력을 가하여야 합니다. 물론 조선청년회연합회니까 그 연합의 중심은 경성이 될 것이며 따라서 그 집행기관도 중심되는 경성이 될 것입니다. 그러나 집행기관이 중심이라 하여 다만 그뿐만으로는 중앙집중권이라 말할 수 없습니다. 나의 이른바 집중권이라 함은 직접 실력의 집중을 이른 것이니 즉 재산적 실력, 인물적 실력이 중앙에 집중되어 중앙이 능히 각 지방을 지배할 만한 실제적 원동력을 가져야 하겠다 하나이다. 만일 중앙에 재정적 또는 인물적 실력이 부족하여 모든 사업이 찬연구비燦然具備치 못하면 무엇으로써 연합의 실효를 들겠나이까. 이 점에서 조선의 부호된 자는 진실로 조선을 위하는 마음으로 조선청년회연합회를 위하여 물질적 후원이 있기를 간절히 바라며 따라서 각 지방의 단체는 각기 실천 의무를 다하여 조선청년회라는 대아의 발달에 먼저 노력하기를 바라나이다.

— 《개벽》 7, 1921. 1.

민족적 체면을 유지하라

1. 사회적 영구평화의 기초

'로빈손 크루소'와 같이 무인절도에 고독히 산다 할 것 같으면 그야말로 천상천하에 유아독존일 것이다. 그에게는 아무 관계도 생길 것이 없고 아무 문제도 날 것이 없다. 드러누워서 몸부림을 하든지 일어나 엉덩춤을 추든지 오직 자기의 임의일 뿐이다. 살아도 세상에 이익될 것이 없고 죽어도 시대에 손해날 것이 없겠다. 그에게는 다만 만사휴의萬事休矣의 일언으로써 대할 밖에 없다. 그러나 사람이 적어도 사회의 일원으로 사회적 생활을 하며 사회적 은택을 입고 사회적 행복을 받는 이상에는 그에 따라 사회의 봉공奉供이라는 즉 사회를 위하여라는 공평한 도덕성을 가지지 아니하여서는 아니 되겠다. 자연주의가 어떻게 한 세상을 풍미할지라도 본능의 만족이 어떻게 세계에 발호할지라도 개인과 사회의 상호적 조화는 어디까지든지 유지 향상치 아니치 못할 것이다. 이것이 곧 사회적 도덕성이라 하는 것이다.

사회란 무엇이뇨. 개인과 개인의 집합이며 가족과 가족의 관계이며 민족과 민족의 연쇄이다. 그리하여 사회적 도덕이란 세계 각 민족을 일원으로 하고 그의 균등의 조화를 구하며 균등의 발달을 도모하며 균등의 행복에 도달함에 이 곧 사회도덕의 극치일 것이며 따라서 그 도덕의 극치를 요하고자 하면 각 민족은 각기 자민족 자체의 세계적 균등발달의 동일선상에 나아가기로 노력하며 세계적 균등조화의 수평선상에 도달하기로 감위敢爲치 아니함이 불가하나니 즉 세계 각 민족은 도덕상에서 각기 균등의 체면을 보지하여 호상협조공보互相協助共保의 정의를 가지지 아니함이 불가하겠다. 우자優者도 사회도덕상 자기의 체면을 유지함에는 함부로 열자劣者의 체면을 손상치 못할 것이요 열자도 또한 자기의 체면을 유지함에는 도덕상 및 문화상 균등의 체면을 보지하도록 노력치 아니함이 불가하겠다.

옛날 맹자가 제선왕齊宣王에게 왕도를 설명함에 이르기를 불인인不忍人의[1] 심心이 곧 왕도王道의 시始라 하였나니 과연하다. 개인이나 민족이 한 가지 각기 인도상人道上 불인인의 마음으로써 각자 체면을 유지하여 인류 공통의 행복을 보전케 함은 이것이 곧 세계 영구평화의 기초라 할 것이다.

2. 민족의 체면이란 무엇이뇨

나무의 열매를 먹으며 사람의 고기를 먹으며 소巢에 기거하며 동굴에 사는 저 만인蠻人 생활에는 아무 체면을 물을 것이 없다. 그에게는 역사가 없으며 도덕이 없으며 생활의 양식이 없으며 활동의 가치가 없나니 그들에게 체면이라 할 것은 유일의 완력이 그것이며 유일의 성욕이 그것뿐이었다. 강이 약을 삼키고 양양자득揚揚自得함으로써 영예를 삼으며 대가 소를 먹고 준준자동蠢蠢自動함으로써 쾌사라 하나니, 그 형편에 무잇 체면 유지를 책임질 것이 있으며 체면 손상을 질책할 바 있으리오. 그러나 세계의 한 민족으로 오히려 세계상 타민족과 대립하여 역사를

1) 《맹자》〈양혜왕상〉 제7장. '왕도의 요점은 불인한 마음은 미루고 불인한 정사를 행함에 불과할 뿐이다.(王道之要 不過推其不忍之心 以行不忍之政而已)'

졌으며 문화를 가졌으며 종교 · 도덕 · 습관 · 풍속의 찬연한 문물을 세운 자에게는 체면이 스스로 생기는 것이요 체면 유지가 스스로 나게 되는 것이었다.

오히려 민족적 체면이라는 것은 문명의 진보를 따라 그 가치를 점차 인식케 되는 것이니 예전에 나라를 쇄하고 계界를 봉하여 민족의 교통이 두절한 당시에 있어서는 개인의 체면은 있었으나 민족의 체면은 없어왔다 하여도 과언이 아니었다. 즉 호상 개인 개인의 체면의 유지에는 급급하였으나 민족적 전 체면을 총괄함에는 한각閑却하였다. 그는 민족으로써 서로 대립이 없고 교통이 없어온 까닭이었다. 저 지나민족이 이족異族으로써 만이蠻夷의 악명을 붙이고 오연자대傲然自大하였으나 한번 타민족의 교통이 뚫어진 이후에는 처음으로 자기 민족적 체면의 시대위時代違 됨을 알고 이에 신지식을 구하며 신풍화를 고취하며 신제도를 설비하여 민족의 체면을 유지하기에 급급하였다. 어찌 지나뿐이리오. 세계 각국이 다 그러하였고 각 민족이 다 그러하였다. 그에서 세계의 문화는 향상되고 민족의 발달은 진보하는 것이었다.

우리 조선민족은 홀로 지나의 문화를 수입한 이래 각종의 사상풍화를 유일의 지나에 모방하여 왔음은 사실이 오인에게 증명하는 바이라. 그 까닭에 이내 조선민족적 사상이라 하는 것도 또한 지나의 쇄국봉토적 인습에 금고禁錮되어, 이른바 소중화의 이름에 민족적 체면을 유지하였고 동방 군자국의 칭호로 민족적 자랑을 삼아왔다. 그러므로 세계가 지나민족이 있음은 주의하였으나 조선민족이 있음은 등한하였다.

일자一自 수십 년 이래 반도의 문호가 개방됨에 좇아 세계는 동양의 한 민족으로서 조선민족이 있음을 알았고 그리하여 조선은 세계의 한 문명 구방舊邦으로 당당한 사천 년 역사를 가졌음을 알았다. 대전 이래 사해의 풍화가 일변하고 세계의 사상이 일벽一闢함에 미쳐 조선의 이름은 한층 세계에 널려졌으며 따라서 조선민족의 체면은 한층 세계의 주목을 야기하게 되었다.

조선민족은 어느덧 옛날의 체면으로 그대로 살 수는 없게 되었다. 적어도 세계적 공통체면을 가지지 아니하여서는 안 될 것이다. 풍속 · 습관 · 종교 · 도덕 · 문예 · 학술, 모든 것에 민족의 체면을 유지치 아니하여서는 안 될 것이다. 일동일정一動一靜이 모두 다 세계적 체면에 손상이 없어야 되겠고 일변일진一變一進이 모두 다 세계적 체면에 부합하여야 되겠다. 세계라 이르는 큰 안목은 눈을 크게 뜨고 각 민족의 태도를 부감俯瞰하고 있다. 갑은 미개, 을은 반개, 병은 문명 하면서 일일이 각 민족의 진보발달을 계산하고 있다.

우리는 지금으로부터 민족적 체면을 유지하여야 되겠다. 만일 그 체면을 바로 유지하지 못하고 모든 비문명 시대위의 행동을 한다 하면 조선민족은 영원히 세계적 체면으로부터 퇴적되어 갱신更新의 도를 얻지 못하고 말 것이다.

옛말에 이르기를 신목神目炯이 여전如電이라 하였으니 우리의 머리 위에는 신목이 항상 형형炯炯함을 잊지 말지어다. 한 개인 자기의 행동이라 하여 가벼이 민족의 체면을 손상치 말며 일개 업業 자기의 활동이라 하여 홀홀히 민족의 체면을 멸여蔑如하면 이는 실로 민족의 죄인이며 민족의 비도匪徒라 북을 울리며 공격함이 가할진저.

3. 민족적 체면에 관한 모든 행위

갑. 습관상으로 본 민족의 체면. 적어도 민족적이라 하면 습관이 실로 귀중한 가치를 시고 있겠다. 만일 민족의 결합으로부터 습관의 승삭繩索을 제각하고 보면 그 민족은 민족적으로의 몇 푼의 가치를 잃고 말 것이다. 의식주도 한 습관으로 볼 수 있으며 의관, 문물도 한 습관으로 볼 수 있으며 윤리, 도덕도 한 습관으로 볼 수 있다. 이러한 습관의 결합이 곧 그의 민족적 의미를 표시하는 것이겠다. 그러므로 각 민족은 민족적 습관을 잘 유지하고 잘 개량하여 처음으로 그 민족의 결합이 튼튼할 것이요 처음으로 그 민족의 체면을 유지한다 할 것이 아니냐. 이 점에서 만일 어떤 민족이 시대위의 악습관을 그대로 가지고 있다 하면 그것은 하루 바삐 개량하여서 민족의 체면을 유지하여야 할 것이다.

물론 우리 조선민족에게도 습관의 결합이 튼튼한 까닭에 세계의 한 민족으로 대립함을 가득可得한 것이며 그리하여 그 습관 중에는 선습도 있으며 악습도 있을 것은 물론이며 선습의 중에도 시대 진보에 따라 점차 시대에 떨어진 것도 없지 아니하다.

우리 동포의 중에는 아직도 구습에 묻힌 '상투'를 그대로 가지고 있는 이가 많이 있다. 그것이 첫째 세계적 체면에 떨어진 일이다. 만일 '상투'가 있어가지고야 조선민족은 반듯이 조선민족의 체면을 보전한다 할 것 같으면 우리는 깎았던 머리도 다시 기르고 '상투' 쟁이 소리를 다시 들어도 아깝지 않겠지마는 전 세계가 '단발'로써 첫째 형식의 문명을 삼는 이 세상에 앉아 신체발부는 수지부모라 불감훼상이라 하는 태곳적 소리만 지르고 보면 이는 부모에게는 효도가 될는지 알 수 없으나 민족의 체면에는 큰 손상이 될 것이다. 외국사람이 '상투'를 사진박아가지고 세계에 돌릴 때에 우리 민족의 체면은 얼마나 손상이 될는지 모르겠다.

어찌 '상투' 뿐이랴. 시대에 떨어진 모든 습관이 다 그러하다. 외국사람이 처음으로 조선에 들어올 때에 첫째 놀라는 것은 독산禿山과 왜옥矮屋[2]이라 한다. 밝아동이 독산에 토굴같은 모옥茅屋의 불결한 상태를 보고는 '저거도 사람이 사느냐고' 조소한 일이 적지 아니하다 한다. 물론 독산과 왜옥이라 하는 것은 수십 년 이래 정폐政弊로써 내려온 경제적

---

2) 민둥산과 오두막집.

퇴굴주의로 생긴 것이니까 일조일석에 그를 개량하여 민족적 체면을 유지하기는 어려운 일이지마는 그러나 비록 모옥삼간에 산다 할지라도 그를 청결히 수리하고 그 주위에 백양목 몇 주씩도 심어두었으면 보기에 그다지 추솔치 아니할 것이다. 곧 될 수 있는 정도에서는 자기의 생활향상을 위하여 또는 민족의 체면을 위하여 개량발전의 도를 취하지 아니함이 불가하다.

그리고 제일 외국인에게 체면손상을 받게 되는 것은 시간의 경제라 하는 것이다. 금전상 경제 같은 것은 직접 물질적 가치의 문제이니까 일조일석에 인력으로 가능치 못한다 할지라도 시간경제와 같은 정신적 도덕적 문제에 이르러는 한번 주의만 단단히 하면 가능할 일이거늘 그를 경경히 생각하는 까닭에 민족적 신용을 그로써 추락케 하는 일이 많이 있다. 1시에 정한 일을 3시, 4시로 연장하기가 상사요 금일로 약속한 사실을 명일 또 명일로 밀기가 예투이었다. 무엇이라 지정치는 아니하나 모든 신용을 이로 인하여 추락케 하여 드디어 '조선인무신용'의 악평을 세계에 전파케 된다.

이상은 대개 한 예를 듦에 불과하나 어쨌든 우리는 인습상에 모든 체면을 손실하는 일이 적지 않다. 유의유식遊衣遊食의 폐단도 그것이요 미신사설迷信邪說을 해탈치 못함도 그것이요 자제교육을 무시無視함도 그것의 하나이다. 우리는 하루 바삐 이 습관으로부터 벗어나 깨끗이 민족의 체면을 유지하여야 하겠다.

을. 신현상과 민족의 체면. 작금 신기운이 윤회함에 따라 조선민족은 확실히 묵은 깍지를 한 벌 벗고 새 사람이 된 현상이 나타난다. 모든 정신적 활동이 가히 일신一新의 관觀이 없지 아니하다. 그리하여 이로부터 조선민족의 체면은 쾌히 한 계제의 향상이 있다 할 수 있다. 그러나 이것은 단순히 사물의 한 측면만 관찰한 말이요 다른 한 측면으로부터 보면 암흑이 아직도 남아 있고 죄악이 아직도 횡행하는 점이 없지 아니하다. 모단체 모단체는 우후죽순과 같이 일어났으나 그들의 중에는 시대 위의 야심野心을 가지고 민중을 지도코자 하는 무리도 없지 아니하며 또는 선량한 단체, 정대한 모임이라 할지라도 당초부터 예산없이 홀기돌립忽起突立 하다가 실력의 결핍, 경제의 관계로 조기모폐朝起暮廢의 현상에 이르며 또 그를 잘 유지한다 할지라도 중간에는 무의미한 야심에 소구所驅한 바 되어 내용의 파탄을 일게 하나니, 선차先次 어떠한 모임에서 ○○○회의 내부의 파탄한 사정을 그 간부 두 사람이 공공연히 일반에게 경쟁적으로 광고함을 듣고 나는 그때에 낯이 어떻게 화끈화끈 하던지 혹시 외인外人이나 이 자리에 섞이지 아니하였나 하고 재삼 사위를 둘러보았다. 이러한 현상을 외국 사람들이 듣고 나서는 필경은 '저것들이라' 는 명사하에서 멸시의 웃음이 나지 않겠는가. 아지 못하게라. 이것이 민족의 체면을 유지하는 것인가 민족의 체면을 파괴하는 것인가.

작년 이래 조선에는 잡지경영 열이 일시 성대하여 수개월 이래에 십여 종의 잡지가 있어왔다. 그러나 그 잡지의 종류 중에는 혹 1호에 그치며 혹 2호, 3호에 그치며 그냥 수명이 길다 하는 것이라야 겨우 6, 7호에 이르러 중지 상태를 가지고 있다. 이러한 현상은 물론 그를 경영하는 당국자의 죄악은 아닐 것이다. 시대의 저항, 경제의 돈핍, 구독자의 부증不增, 여러 가지 원인하에서 그들은 눈물을 머금고 그를 중지하는 부득이의 경우에 이르게 된 것이었다. 그런데 이를 민족 전체의 체면상으로 보면 큰 불명예가 될 수 있다. 왜 그러냐 하면 우리 이천만의 민중이 그래도 어지간히 깨었다 할 것 같으면 그만한 십여 종의 잡지를 유지치 못할 리가 없다. 원래 신문이나 잡지는 독자로 자본을 삼으며 독자로써 기초를 삼는 것이니까 독자만 많으면 유지에 무엇이 어려울 바 있으리오. 우리 동포의 중에는 한 자리에서 술값 2원, 3원을 낭비하기는 남아의 상사로 아는 자가 많으나 1개월에 3, 40전에 불과한 잡지한 권을 보는 사람은 희소하다. 원체 우리 민족에는 지식 열이란 것이 불완전하며 그가 불완전한 까닭에 잡지의 구독자가 적으며 독자가 적은 까닭에 그를 경영하는 명색이 조기모폐의 현상에 이르나니 이가 과연 조선민족의 체면이 될까 불체면이 될까.

신현상의 물결에 따라 조선에서 일대 가관할 만한 활동은 이른바 신종교이었었다. 우리는 일년 중 불과 수월 이내에 십수여 종의 신앙 단체가 일어남을 보았다. 나중에는 나다 못하여 숭신인조합崇神人組合이라 하는 무당교까지 일어났다. 그리하여 그들의 신신앙 중 대부분은 오로지 야심으로써 민중의 미신을 이용하여 자기의 사욕을 채우고자 하는 무리가 적지 아니하였다. 혹은 권세의 축축逐逐으로써 종지宗旨를 삼으며 혹은 '유진인자해도중출有眞人自海島中出'로써[3] 교지를 삼는 자도 있으며 혹은 계룡산으로써 극락정토를 삼는 자도 있다. 그러나 그들은 우치愚蚩한 무리의 지식의 결핍으로 나타난 소위이니까 일종 용서할 점이 저간에 복재하였다 돌려두고라도 소위 20세기 진보한 종교라 운하는 기독교의 중에도 이들 불상不祥한 미신의 분자가 있어 일어탁수의 불상지조不祥之兆를 일으킴에 이르러는 실로 용서치 못할 대죄악이라 하겠다. 벌써 수월 전이다. 기독교회의 모 목사가 수무유병手撫瘉病·기신생자祈神生子의 미신설로써 적지 아니한 의연금을 모았으며 또는 적지 아니한 신도를 얻었다 한다. 조선에 기독교가 있음은 어떤 점에서 조선민족의 아름다운 체면이라 하겠거늘 이들의 무리는 전혀 옳지 못한 미신의 설로써 기독교회의 전체를 오손汚損케 함에 이르러는 이를 가인可忍치 못할 악행이라 할 수 있나니, 아지 못하게라. 이들의 종교 및 종교가가 조선민족 체면에 이득이 될까 해가 될까.

나는 어느 때 참고상 조선풍속집이라 한 서책을 보다가 이른바 '조선

3) '진인이 있으니 해도海島 중에서 나타나리라.'

에도 미풍이 있다' 하는 구절을 보고 아주 괘씸한 생각이 일어난 일이 있었다. 조선인에도 미풍이 있다니 그게 무슨 가증편사可憎偏私한 필법일까. '에도' 라니, 그러면 조선인은 만사 만행이 다 같이 악풍 악행뿐인 줄 알던가 하는 생각이 들어갔다. 그것이 무슨 남의 민족 체면을 손상하는 필법일까 하고 고약한 생각이 없지 아니하였다. 이것은 다만 한 예를 든 것이지마는 전편全編을 통하여 그러한 구절이 많이 있으며 또한 다른 서책의 중에서도 그러한 구절을 간간이 본 일이 있다. 이는 실로 민족 체면을 돌아보지 못하는 악필법이라 할 수 있다. 그러나 그는 선인鮮人 이외의 사람이 일편의 감정으로써 나타낸 필법이니까 우리는 다만 일소에 붙일 밖에 없지마는 더구나 우리 동포의 수중으로부터 작성된 각종의 문자 중에는 약간의 민족의 체면을 손상하는 책자가 없지 아니하다. 예컨대 구소설을 (아니 고담古談)씀에는 그 배경을 전혀 명나라 아무 황제라거니 혹은 송나라 무슨 시대라거니 하여가지고 게다가 제법 소설이라 하는 이름까지 붙여 종로 대서점에 천연히 벌여 놓은 것을 볼 때에 식견을 가진 자 누가 상심치 아니 하겠는가. 재지才智가 부족하면 그만두거나 그렇지 아니하면 비록 일문일자일지라도 민족의 냄새가 나고 민족의 이익이 될 만한 문자를 구성하여 봄이 거의 민족적 체면을 돌아보는 자라 하겠거늘, 일이 이에서 나지 않고 조선 현하의 무지한 아녀자의 구소설 끽호喫好의 습성을 이용하여 이를 모리牟利[4]의 도모를 삼고자 하나니, 아지 못하게라. 이것이 민족적 체면의 가한 일일까 차라리 불가한 일일까.

부랑자라 하면 조선에 한 명물일 것이다. 남들은 무슨 일을 경영하기에 늙음의 장차 이름도 알지 못하고 덤비는 이 시대에 그들은 아무 소업所業이 없이 식색으로써 유일의 목적을 삼다가 나중에 계획이 궁해지

4) 이익만을 꾀함.

고 재산이 다하면 문득 투기의 사업에 투신하다가 필경은 사기와 협잡으로 동포를 속이고 외인에게 수치를 사며 혹은 신종교나 신사회의 명칭을 가지고 사기의 업에 종사하며 그렇지 아니하면 그들의 태반은 절도로 변하는 폐단도 없지 아니하나니 일전에 나는 어느 양반의 자식이 절도죄로 4차 감옥생활을 한다하는 말을 들었다. 그리고 그들의 말경은 태반 걸인이 되며 따라서 그의 처자까지도 필경은 돌아갈 곳이 없게 되어 종로가상에서 방황하는 형상을 보나니 이러한 사실이 많아 갈수록 우리 민족적 체면에 향상이라 할까 차라리 퇴화라 할까.

소문에 의하면 구주문명의 사람은 무지열등의 사람을 외국에 보내지 아니한다 하나니 이는 곧 그 민족의 체면을 보지키 위함이라 한다. 이러한 말을 듣고 나는 우리 조선인의 외지재류 동포에 대하여 스스로 쓸데없는 염려가 나는 일이 많이 있다. 재류동포의 중에서 혹시 인도에 벗어나는 비행을 감위한다 하면 그야말로 민족의 체면에 대관계가 있을 것이다. 만주로 돌아온 우인友人의 말을 듣건대 우리 동포 중에 혹 불량한 형제 중에서 지나인을 사기하고 기타 외국인에게 협잡하는 무리가 간혹 있다 함을 듣고 나는 크게 염려하였다. 만약 그가 사실일 것 같으면 그는 민족체면손상에 적지 않은 죄악을 졌다 할 것이다. 바라건대 우리의 외국재류 형제는 개인의 체면을 버리고라도 삼가 민족적 체면을 돌아보아 일체의 행동에 조선민족의 광채를 나타내도록 노력할지어다.

4. 형제여, 각기 민족적 체면유지에 노력하라

말하기는 쉬워도 실행하기는 심히 어려운 일이다. 적어도 한 민족의 체면을 유지하려면 전 민족의 도덕적 향상을 기다리지 아니하면 안 될 것이다.

이상에 두어 가지 실례를 들어 민족 체면유지를 간단히 말하였거니와 한 민족의 체면을 유지함에는 결코 한 개인의 영웅과 수 개의 지사의 힘으로 하지 못하는 것이다. 비록 그 민족에 영웅이 없고 호걸이 없다 할지라도 보통 민중의 균등의 발달만 있으면 가히 그 체면을 유지할 수 있다 선언하리라.

형제들이여. 나는 재언하노니 금일의 조선은 어느덧 옛날의 조선이 아니니라. 세계 민족의 하나 되는 조선인이니라. 사해동포의 하나 되는 조선인이니라. 이 점에서 더욱 체면유지가 필요하니라. 아니 체면을 유지치 아니하여서는 아니 되겠다.

형제들이여. 개인의 자기는 소아로 보고 민족의 전체는 대아로 보라. 그리하여 일행일동一行一動을 삼가 대세에 영합하도록 할 것이며 일사일물을 시대에 적합하도록 노력하여 삼가 민족의 체면을 손상치 아니하도록 노력하라.

—《개벽》8, 1921. 2.

사람성性의 해방과 사람성의 자연주의

1

사람은 흡연恰然히 무제한의 신축을 가진 '무소대'와 같아서 늘이면 한정없이 늘일 수 있고 줄이면 또한 한정없이 줄일 수 있는 동물이라 하겠다. 즉 고상하다 하면 한정없이 고상한 동물이요 비열하다 하면 또한 한정없이 비열한 동물이라 하겠다. 어째서인가. 사람은 본래 그 인격상에서 극히 범위롭고 자유로운 소질을 가졌음으로써이다. 한 선善이 발동하면 문득 한 사회와 한 세계를 광제하는 자도 사람이며 한 악惡이 맹아하면 문득 한 가정과 한 단체를 산망散亡케 하는 자도 사람이다. 만일 공자와 야소를 사람성의 선한 자라 하면 걸주桀紂[1]와 도척盜跖은[2] 사람성의 악한 자라 하겠다. 사람성은 능히 선할 수 있으며 능히 악할 수 있는 신축자재伸縮自在의 진기품이라 하겠다. 그리하여 그 선과 악은 다만 일심섬홀一心閃忽에 좌우하는 것이며 일념조차一念造次에 진퇴하는 것이니 이 곧 사람성은 무한능력의 범위를 가졌음이며 무한 자재의 신축을 가졌음으로써이니라.

---

1) 포악한 왕의 상징. 걸桀은 중국 고대 하夏왕조의, 주紂는 은殷왕조의 마지막 왕이다.
2) 중국 춘추 전국시대의 전설적인 도적.

사람은 종교생활에 있어서 무한무극을 동경하며 전지전능을 추구하며 불생불멸을 희망하나니 이 곧 사람은 사람의 본질상에서 이미 무한무극을 동경하리 만한 범위를 가졌음이며 전지전능을 추구하리 만한 이상을 가졌음이며 불생불멸을 희망하리 만한 항구성을 가졌음으로써이다.

이와 같이 사람성이 그 본질에서 이미 무궁성을 가졌음으로써 그 무궁성이 미화하는 곳에 이 곧 종교가 되며 학술이 되며 도덕이 되며 예술이 되는 것이었다. 그리하여 종교, 학술, 도덕, 예술 등 모든 것의 창조력이 발달되면 발전될수록 사람은 사람성의 무궁해방을 의미하는 것이며 그가 쇠퇴하면 쇠퇴할수록 사람은 사람성의 무한구금을 증명할 것이다. 이 점에서 사람은 사람성의 무궁해방을 절규할 필요가 있으며 사람성의 무궁자재를 허할 필요가 있다 하리라. 그리하여 사람성의 무궁해방은 사람이 사람 스스로의 완전을 구하는 도이며 사람이 사람 스스로의 철저를 기하는 이성이라 하리라. 그러함이 사람이 사람의 본래 자연에 합코자 하는 필연적 요구에 의한 것이라 할지라.

2

이에 사람성의 무궁해방이라 함은 사람이 사람 자기로 자승자박한 진부한 깍지를 벗어버리고 사람성의 본래 무궁한 본연의 광채를 발휘하라 이름이니 비유컨대 박옥璞玉이 외재적 추솔麤率한[3] 돌의 깍지를 벗고 내재적 본연한 순수 옥성玉性을 나타냄과 같이 사람은 비사람적인 수아獸我의 깍지를 벗고 사람 본연적한 사람성 그대로의 발휘를 기다리지 아니하면 안 되는 것이다. 그러함이 곧 사람의 본목적이요 또 그렇게 됨이 곧 사람의 본책임이라 하겠다.

---

3) 거칠고 경솔한

사람은 이미 문화사상에서 여러 번 묵은 깍지를 벗고 사람 본자연의 면목을 나타내려고 노력하면서 오는 중이다. 석기시대가 동·철기시대로 변하며 철기시대가 전기시대로 변함과 같음은 이 사람이 물질상으로 '깍지'를 벗는 증거이며 희랍문명이 라마羅馬문명으로 변하며 문예부흥, 종교개혁, 과학의 승리 등에 따라 중세문명이 근세문명에게 자리를 양보함과 같음은 이 사람의 정신상으로 '깍지'를 벗어오는 증명이었다. 그리하여 현재는 또 근세문명이 다시 일대 고민의 중에서 또 한 번 '깍지'를 벗고 새 면목을 내고자 노력하는 금일에 있다. 근래에 이른바 민중의 각성과 혹은 자유평등의 선전, 이른바 계급타파의 운동, 이른바 사회개조의 부르짖음과 같은 것은 다 같이 금일의 사람이 근대문명의 '깍지'를 또 한 번 벗어버리고 새로 이만큼 진화되었다는 새 광채를 드러내려 하는 운동에 지나지 아니하겠다.

원래 각 시대의 문명에는 그 각 시대의 문명이 오랫동안 침전함에 따라 그에 스스로 그 시대적 우상의 깍지를 쓰게 되는 것이었다. 그래서 각 시대의 민중은 그 우상의 깍지를 벗고자 노력하며 또 그 '깍지'를 벗는 곳에 일단의 문명이 다른 일단의 문명으로 전진하게 되는 것이다. 구주歐洲의 중세기는 사람들이 공지共知함과 같이 인습에 몽상하던 시대였나니 당시의 구주 민중은 이 인습적 폐해로부터 개성의 해방을 얻고자 하여 일체의 운동이 이에 육속하였었다. 제1파는 문예부흥이 되며, 제2파는 종교개혁이 되며, 제3파는 계몽시대, 비평시대 등 학술의 자유 창도가 되며, 제4파는 미국독립전쟁, 불국혁명 등 정치상의 자유 요구가 되며, 제5파는 경제상 자유 요구가 되어 중세의 인습적 구각舊殼을 해탈하고 소위 근세문명이라 하는 신문명을 건설함에 이르렀다. 그러나 이 근세의 물질적 문명도 시대의 유파와 함께 침류하는 간에 그에 스스로 모든 우상의 사구沙丘를 조성함에 이르렀나니 예하면 공업의 발달과 함께 사회적 빈부의 차이와 국가적 군국주의와 같음이 그의 일례이었었다. 그리하여 금일에 있는 이 대개조의 운동은 근세문명의 모든 우상의 사구를 배경으로 하고 정신적 내지 물질적에서 얼마쯤 그 우상의 사구가 붕괴되었으며 또는 현재 붕괴하는 중에 있어 오겠다.

3

가만히 생각하니 고래로 이러한 사회적 내지 정신적 대동란에 취就하여는 거의 그 귀추를 예기하기 어려움은 사실이나 그러나 그 대체에 있어서는 자연이라 하며 천진天眞이라 하는 이상체理想體를 목표하고 나아감을 피치 못할 역사적 증명이라 하겠다. 고래로 사람의 개조와 인심의 해방을 역설한 위인들은 반드시 자연을 근저로 하였음을 보아도 명백한 사실이라 하겠다. '루소' 도 그러하였으며 '꿰테'[4]도 그러하고 '톨스토이' 도 또한 그러하였다. 이와 같이 고금의 개조운동이 한가지로 자연을 목표로 하고 나아가는 중이라 하면 금일 우리 시기에 있는 이 대개조운동도 또한 스스로 자연에 귀착치 아니치 못할지니라. 즉 금일에 있는 이 대개조의 운동은 사람성의 자연을 목표로 하고 나아가는 중이라 하리라.

그러하면 오인의 이른바 자연이라 함은 무엇이냐. 오인은 먼저 이 자연관에 취就하여 극히 조잡한 개괄을 시도하면 서양문화사상에 나타난 고대문화 즉 희랍문화는 자연과 이상을 합일케 한 것이며 중세문화 즉 기독교의 문화는 자연과 이상을 격리케 한 것이며 근세문화에 이르러서는 자연을 이상의 중에 포섭코자 한 것이라 할지라. 즉 근세의 과학적 문화는 자연을 어느덧 중세기의 사람과 같이 그를 이상에 배반하는 것 혹은 염리厭離할[5] 만한 것이라 함이 아니며 그렇다 하여 또 지금의 자연은 고대인과 같이 맹목적으로 자연과 이상을 동일시하는 것도 아

---

4) 괴테 (Johann Wolfgang von Goethe, 1749~1832).

5) 불교 용어. 세상의 고통을 혐오하고 떠남. 세상을 버림.

니었다. 이에서 근대의 사람은 자연과 이상의 간에 참신한 한 신로新路를 열게 되었나니 즉 자연은 이상에게 정복된 그 중에 스스로 포용하여 있다 생각함이 곧 그것이었다. 대자연의 대비밀을 폭로코자 하는 인류의 기도는 어느덧 기계로 또는 추리로 그를 공공연히 실험 고찰케 되었으며 다시 그 결과를 응용하여 확실히 인생의 비익裨益을[6] 얻는 길을 열었다. 이와 같이 자연은 인생에 이용되어 인생의 이상과 합일함을 얻었으나 그러나 이 이용이라 함이 단지 보통적 이용이라 하는 의미에 그치고 보면 그는 진정한 합일이 아니요 오직 우연적 현상에 불외할 것이다. 고로 자연을 진실로 이상의 중에 포괄코자 하면 자연은 필경 이상과 떨어져 존재치 아니하리라 운하는 것, 환언하면 자연이 이상에 말미암아 조성되었다 하는 입장에 서지 아니치 못할 것이다. 자연이 만일 객관적으로 독립존재를 보保한다 하면 이에 대하여 이상은 단지 외부로부터 이에 합하든지 혹은 서로 대치하든지 하는 두 길에 나갈밖에 없으나 그러나 이상에 술함과 같이 자연은 필경 이상에 말미암아 생한 것이니 환언하면 이상을 입立한 나, 즉 주관의 소조所造라 하면 그에서 '자연 즉 이상'의 의미가 처음으로 성립될 것이다. 물론 자연과 이상이 일관하였다 하는 설은 고래로 전혀 없었던 것은 아니었다. 자연은 곧 정령의 열급劣級에 속한 것으로 이에서 점차 고등한 계급에 이름에 따라서 정신이 완전히 실현된다 함은 곧 그 근저로부터 양자를 합일케 한 것이나 그러나 그가 십분 그 합일의 기초를 세우지 못한 결과가 의연히 이원적 입장으로 나뉨을 면치 못하였으나 이에 반하여 자연을 나의 소조所造한 자라 함에 이르러는 처음으로 자연의 중에서 이상이 실현된 소이를 가득할지며 그리하여 자연론은 결국 자아론에 기초하여 그 단서를 일으키게 될지며 따라서 자연주의가 이상주의에 합일함을 가득할

---

6) 보태어 도움. 유익함.

지니 이것이 근세에 있는 유력한 자연관의 일단이었다. 이렇게 논한다 하여 오인은 자연을 완전히 몽환허상으로 보는 것은 아니었다. 물론 현실의 자연은 어디까지든지 현실의 자연이니 이에 관한 연구는 원래 순연한 객관적 방법이었다. 그러나 그 자연이란 그것의 자연근본적 의미를 논함에 당하여는 이상以上과 같은 자연이상일치주의상에 자아적 주관주의를 취하지 아니함이 불가하다.

이 점에서 오인의 소위 자연이라 함은 반드시 저 산야전원적 자연에만 한한 것이 아니요 사람이나 사위事爲나 모든 것의 그대로의 천진天眞을 일러 그로서 자연이라 함을 이름이니 즉 모든 것의 미퇴靡頹, 가장, 허식을 벗은 본연 그것의 자연을 이름이었다. 다시 말하면 산야전원적 자연이 자연 그대로의 이상에 의하여 천연의 발육을 받음과 같이 사람은 사람적 자연 그대로의 이상에 의하여 사람성의 무궁을 계발(자연정복도 의미함)하며 사람성의 자연주의(인성의 자연과 현실의 자연의 일치점)를 표현함을 이름이었다.

4

고로 사람성의 자연주의라 함은 곧 사람도 자연의 일원이므로 즉 사람도 저 산야전원적 자연과 일치성을 가졌음으로써 저 산야전원과 같이 가장이 없이 허식이 없이 압박이 없이 자유롭게 광활하게 생활함을 의미함은 물론이나 그러나 사람성이라 함은 다만 저 산야전원적인 고정적 자연이 아니요 어디까지든지 사람다운 자연 즉 사람으로서의 자연을 이름이다. 이상에 술함과 같은 이상적 주관에 의하여 일체의 자연이 다 같이 자아의 소조所造라 하는 근저적 자연주의에 입立한 자연이다. 옛날에 자사子思가 천도를 설함에 '연비우천鳶飛于天하고 어약우연魚躍于淵'이라 하였느니 이 곧 자연주의의 대도이었다. 솔개는 하늘에 날고 물고기는 못에서 뛴다 함은 솔개와 물고기가 다 같이 대자연의 말미암아 그 소所를 각득各得하였다 찬탄함이라. 그러면 사람도 솔개가 하늘에 나는 것과 같이 물고기가 못에 뛰는 것과 같이 대자연의 도道에 말미암아 그 소所를 득한 연후에야 처음으로 사람이 사람다운 성의 발휘를 득하였다 할지라.

그러므로 사람성의 자연이라 함은 일반의 사람을 몰아 다 같이 농촌에 돌아가게 하며 전원에 숨게 하는 은사적隱士的 자연주의를 취하게 함이 아니었다. 사람성의 자연주의는 노자주의의 태고 박소적朴素的 자연주의가 아니다. 일반 민중을 몰아 무지몰식의 자연에 돌아가게 함은 아니었다. 또 희랍주의의 자연관과 같이 본래 계급적 향락주의의 성질을 띤 것도 아니었다. 희랍에서는 약간의 계급을 노예로 하여 일상생활의 비역卑役에 취就케 하고 참의 문화적 인사는 □□ 쇄사瑣事에 뜻을 기울인 바 없이 예술학문 등을 독득獨得케 되었다. 그러므로 사람성의 자연관은 자연과 사람과의 진정한 관계를 음미하며 문화와 자연의 진정한 교섭을 고찰하여 문명을 불배不排하며 문화를 불척不斥하고 공동생활의 속에서 개인의 본연을 해방하고 오인의 중에서 내재적으로 자연을 질식케 한 제종의 편견과 인습과 허위를 탈각케 하여 본래의 천진을 회복케 하는 주의이었다. 공동생활의 중에서 학자도 있으며 상인도 있으며 공장도 있으며 관리도 있으며 노동자도 있는 중에서 그 등의 학자 · 상인 · 공장工匠 · 관리 · 노동자 등 각자가 각자의 직업 중으로 각자의 자연을 회복케 하는 주의였다. 학자는 붓을 집執한 대로, 상인은 산반算盤을 집한 대로, 공장은 기계를 집한 대로, 관리는 직무에 취就한 대로, 노동자는 노동하는 그대로 각자의 천연을 음미하여 하등의 허위와 가식이 없이 자연에 유익遊弋하는 도법이었다. 학자가 자신의 학리를 사백邪白함이 이 자연이 아니며 상인이 물가를 에누리함이 이 자연이 아니며 공장이 기계의 제조를 불가치하게 함이 이 자연이 아니며 관리가 공으로써 사를 취함이 이 자연이 아니니 부자연은 즉 인성의 불구화된 것이라. 사람성의 자연주의는 사람성을 불구로부터 구출하여 사람 본연의 능력이 있는 대로 불왕不枉하며 불패不悖하여[7] 솔직히 양성하는 방법이었다. 사람성을 가장 자유로 활活하리 만치 가장 적당의 장소에 두리 만치 조화케 하는 것이라. 종래 우리 사회의 허위라 할 만한 점은 사람의 내면적 개성 여하를 불문하고 함부로 지배자의 위치를 가지고 있었으며 함부로 주인의 권위를 발휘케 되었다. 사람성의 자연주의에 있어서는 잡연한 인위적 구식搆飾으로부터 지순한 본질 그것을 명확히 감별치 아니하여서는 안 될 것이다. 주관적 사상이며 객관적 사상됨을 물론하고 일체로 평등한 적나라한 본연의 상에 두지 아니함이 불가하다. 일체의 편견과 에누리와 불합리와 불공평을 엄정한 평가의 철추鐵槌의 하에서 분쇄치 아니하면 안 될 것이다. 미신과 인습과 허세와 인작人爵으로 얽힌 일체의 귀족주의를 부수고 적나라하게 평등한 사람 자신의 상에다 새로운 평가를 가하지 아니함이 불가하겠다. 이 진실한 평가의 아래에는 무가치한 공후백작도 일락하여 가상街上의 걸식이 될 수 있으며 유가치한 가상의 걸식도 일약하여 일국의 총리대신의 지위를 득함을 가득케 될 것이다. 다시 말하면 이 사람성 자연주의에 있어서는 풍성한 천품天稟의 소질을 가졌으며 우위한 성격의 광명을 방사하는 자가 가장 강력 있는 왕자王者이었다. 성의 남녀를 물을 것도 없으며 외용外容의 여하를 물을 것도 없으며 인작人爵의 유무를 물을 것도 없다. 다만 유위有爲의 재능을 구하였으며, 내면적 교화를 쌓았으며, 식견이 있으며, 창조적 노력이 있으며, 견고한 신심과 정직심이 있으며, 건전한 심신이 있는 자가 사람성 자연주의의 주석柱石이며 기초이며 중견이었다. 그는 지배자되며 피지배자됨을 불문할 것이다. 오직 사람성의 자연이 있음과 없음을 물을 뿐이었다. 구래의 사회에서는 다만 지배자만 있었

7) 굽히지 않게 도리어 어그러지지 않게.

고 피지배자는 공적空的이었었다. 주인되는 자는 어떠한 경우를 불문하고 종된 자보다 위대하다 사고하였다. 주인된 자는 여하히 반천치적이라도 그가 오직 실재이며, 종된 자는 여하히 반신인적이라도 그는 불실재이었었다. 그리하여 무위녹록無爲碌碌의 무리가 지배자의 위치에 있고 유위악악有爲諤諤의 선비가 반대로 구학에 구르게 되었다. 세습의 허위가 당당히 호령의 권한을 가졌으며 황금의 힘이 안빈을 국척跼蹐[8] 하였으며 미신적 권위가 정신正信의 도를 파괴하며 사이비 학자가 참된 학자로 자과自誇하며 위선가가 성인의 대우를 받으며 하등의 실력이 없는 작가 시인, 악가樂家가 평연히 대가와 같은 취급을 받았었다. 이 하등 무평가한 부자연의 유행이냐.

5

이와 같이 사람성의 자연주의는 사람성을 기초로 하고 모든 인류를 그 사람성의 기초의 상에 귀납케 하여 이에 진정한 평가를 내려 평등의 행복을 부여케 하는 주의이었다. 즉 사람이면 사람의 인격상 사회적 평등의 대우를 받으며 정치상 동등의 권리를 소유케 하는 것이었다. 그리하여 그 소위 평등은 사람을 엄정한 평가 하에 두고 허식이 없고 가분假扮이 없는 평등을 부여하는 것이었다. 즉 우자偶者는 우자의 천부를 가지고 열자劣者는 열자의 천직을 가진 하에서 동일한 인성적 평등대우를 받게 함이었다. 원래 사람은 사회상 차이를 가짐과 함께 그로부터 받는 보수에 다소의 차별이 생길 것은 당연의 일일지라. 평등이라 하여 만일 사람이 함께 동경동직同耕同織치 아니함이 불가하다 하면 이는 사회를 재차 반야蠻野의 상내에 회복케 하는 자연이니 고로 사회적 차이가 혹시 종의 불평등이 생길 것은 물론이었다. 그러나 이는 다만 경험적 내

8) 몹시 두려워서 몸을 웅크림.

용에 취就하여 말함이요 인격상 즉 사람성 자연주의의 문제는 아니니 여하한 사람일지라도 그가 진실로 인격 되는 한은 모두 동등의 가치를 소유한 자이었다. 그리하여 소위 인격이라 함은 사람사람이 문화에 대하여 참여할 만한 자격으로부터 정한 것이니 그 자격 그 자신에는 사람과 사람의 간에 하등 차별을 정할 것이 아니었다. 여하한 직업을 가진 사람일지라도 그 각자의 직업에서 전력을 다하면 인격 즉 사람성이 발현하는 것이다. 삼촌三村 학구學究가 되어 몇 사람의 아동을 교육할지라도 대학교수가 되어 수만의 영준英俊을 지도할지라도 다 같이 그 사람성의 발휘임은 물론이며 그리하여 그 사람성 즉 인격적 평등을 가졌음은 말할 것도 없다. 불구자가 되어 누항에서 초혜草鞋를 삼을 것이라도 정치가가 되어 국제연맹에 서서 세계를 권서捲舒할지라도 다 같이 사람성의 발휘임은 물론이며 그리하여 다 같이 사람성의 대우를 향수할 것도 당연의 일이 아니리오.

그런데 과거에 있어서는 이 사람성의 자연주의를 멸시하고 인위로써 자격과 부자격자를 전도하여 사회지배의 착오를 낳게 하고 또 그 자격의 공평분배를 받은 사회라 할지라도 왕왕 경험상 차별에 구니拘泥하며 혹은 형이상학적 가상체를 세워 이들의 인격적 평등을 불여不與함과 같음은 다 같이 금일 사회의 폐해를 양성케 한 소이라 할 것이다.

그런데 이에 주의할 만한 일도 오인은 전 인류의 평등을 사람성 자연주의의 상에 세움과 동시에 일면으로는 무법무식견한 평등자연주의를 배척치 아니함이 불가하니 오인이 만일 평등관 자연주의를 취한다 하여 저 노자주의와 같이 일반의 사회를 사실상 다수를 점한 열악자의 수평선으로 인류를 인하引下한다든지 또는 순수 객관적 되는 저 산야전원적 자연의 수평선상에 인류의 정도를 인하 부합케 하면 이는 도저히 세계의 진화향상을 도모하는 문제가 아니요 오히려 인류를 몰아 맹목연동盲目蠕動의 구덩이에 빠지게 함일지라. 그러므로 평등은 사람성의 자연주의의 상에 둔다 함은 일반인류로써 다 같이 그 시대에 있는 가장 고도의 문화의 상에 인상引上케 하여 그에서 수평선의 표준을 구하는 방법을 취하지 아니함이 불가하겠다. 이와 같은 평등에서야 처음으로 민중의 의표儀表되는 천재의 존재를 인정케 될 것이며 문화가 자유로 발전하여 사람성의 자연주의에 접착함을 가득할지며 따라서 사람성을 무궁으로 개방케 하는 동시에 온 인류가 그의 이상理想한 바 천국과 극락주의를 차세此世에 건설함을 가득할지라.

6

오인은 지금에야 겨우 사람성의 무궁해방주의를 사람성의 자연주의의 상에 둠을 가득하였다. 상술함과 같이 사람성이 자유로 신축함을 가득한다 하면 오인은 일부러 사람성은 소극적 인하케 하여 수아적獸我的 자연주의에 부합케 할 필요가 없도다. 오히려 사람성을 적극적으로 무한히 인상케 하여 오인의 항상 이상하는 신적 천국에 입入함을 가득케 할 것이 아니리오.

세인이 모두 앎과 같이 저 '랏셀'[9]은 모든 인류의 활동을 충동에 귀歸케 하고 그리하여 충동에는 소유충동(축재, 권력, 전쟁에 대한 것)과 창조충동(지식, 애愛, 예술에 대한 것)의 둘로 나누어 후자의 해방을 역설하였다. '랏셀'의 주장은 현대에서는 너무도 소유충동이 도량跳梁하여[9] 창조충동을 압제하였는 고로 될 수 있는 데까지는 전자의 분야를 협소케 하고 후자의 활동을 강케 할 필요가 있다 역설한 것이었다. 과연하다. 사람의 활동이 타 동물의 활동과 다른 표점은 오로지 정신적 창조적 활동에 있는 것이라. 저 벌의 생활과 개미의 생활이 여하히 조직적이며 여하히 규칙적이라 할지라도 저들은 다만 본능의 명령대로

---

9) 버트란트 러셀 (Bertrand Russell, 1872~1970)
10) 제 멋대로 날뜀.

충동적 기계적 생활을 조반繰返함에 불과하나니 그러므로 저들에게는 정신적 진보를 보지 못하고 백 년 전이나 천 년 전을 물론하고 동일상태를 가지고 있으나 이에 사람적 생활에는 이상에 의하여 축성한 향상정신이 팽창하였으므로 그 점에서 사람 그 자를 보다 좋게 보다 위대케 보다 아름답게 향상케 할 만한 창조적 정신이 살아 있는 것이니 그러므로 오인의 소위 무궁성의 해방이라 함은 그 사람 본래에 내재한 향상적 정신을 무궁히 진전케 함을 가득할 수 있겠다.

오인의 내재적 정신적 활동 즉 사람성의 활동은 본래가 창조적이 됨으로써 일각도 정지한 것이 아니요 시시각각으로 변화하여 이가 생장하며 축적하며 성숙하여 대자연의 총화적 책임을 지고 무궁무진히 나아가는 것이었다. 그것이 즉 인류문화의 조류이며 사람성의 무궁해방이었다. 그리하여 사람성의 대자연주의에 부합하는 곳에 인류는 처음으로 그 목적을 달하였다 할 것이니 인세人世의 최종 이상이 이에 성립되었다 함을 오인이 대담히 선고하노라.

—《개벽》10, 1921. 4.

'페이엘빠하(Feuerbach)'의 〈사람〉론에 대하여

최근 세계를 통하여 '칼 · 막쓰' 학 등의 연구가 왕성하여감에 좇아 오인은 스스로 '페이엘빠하' (1804~1873)의 사람중심의 철학적 사상을 회상치 아니치 못하게 되었다. 그 이유는 '막쓰' 및 '엔겔쓰' 등의 학설의 배주背柱의 대부분이 '페이엘빠하' 의 사상을 받은 바 많았음으로써라. 이에 따라 오인은 '페이엘빠하' 의 사상이 근대 소위 문화적 해방적 생활상에 얼마나 큰 영향이 있는지를 규지窺知할 수 있다.

이에 오인이 '페이엘빠하' 의 사상을 들어 일언코자 하는 바는 그의 학설 중 가장 힘 있고 중요한 사람적 철학개념을 그의 종교관 상으로부터 그 대의를 일언코자 하는 바이었다. 그리하여 나로써 그의 학설을 특히 독자에게 소개코자 하는 소이는 그의 인생관이 실로 해방의 도정에 선 우리에게 다대한 비익裨益이 있으리라 자신함이니 독자가 다행히 이 논을 파리芭離의 변물邊物로 생각치 아니하시면 이는 필자의 본의에 있는 충정을 양해하였다 할진저.

'페이엘빠하' 는 독일사람이니 그는 서낭한 형법학자 '안젤임, 페이엘빠하' 의 제 사자이었다. 씨의 학업의 경력은 '하이델불이' 에서 신학의 이수로부터 후에 수도 백림伯林에 다다라 저 유명한 '헤겔' 의 제자가 되었다. 그리하여 그의 사상중심이 신학으로부터 철학, 신으로부터 이성에 옮기기는 스승되는 '헤겔' 의 강연이 그에게 위대한 영향을 미치게 하였다.

그는 처음에 그 스승 '헤겔' 의 사상을 그대로 인수한 점이 있었으나 후에는 점차 그의 연구가 깊어 감에 좇아 드디어 '헤겔' 을 반대하고 독립적 철학을 건설함에 이르렀다. 그의 저서 중 《근세철학사》 1833년, 《헤겔의 반대》 1835년, 《라이쁘 닛쓰 철학의 설지발전說旨發展의 비판》 1837년, 《톨쑤 -트의 관념론비판》 1838년 등은 다 같이 정신의 독립자주를 역창하고 물질은 의식적 본질의 현상에 불과하며 또 관념의 복합에 불외하다 하며 정신은 실재의 가장 깊은 근저를 가진 것으로 따라서 감각은 이차적인데 정신이라 하는 중심적 태양으로부터 나와서 세계를 비추는 것이라 운함과 같음은 다 같이 그의 사변적 관념론의 약동이라 하겠다.

그런데 그는 1830년대의 말경으로부터 그의 사상은 제3차로 전향되었다. 그는 이미 내적으로든지 외적으로든지 '헤겔' 을 이탈하였다. 그리하여 이 전향을 현저히 외적으로 규정한 것은 그가 도회생활을 버리고 멀리 '불꾸별이' 라 하는 시골로 옮겼다. 그는 그곳에서 도회의 학구생활로부터 떨어져 자연을 벗 삼는 생활로 들어갔다. 그는 이에서 자연을 친자親炙[1] 할 만한 일, 추상과 사변에 '사람' 을 맹아盲啞케한다 주창하였다. 그리하여 그는 처음으로 백림의 국가철학이 안중眼中에 살撒한 사진沙塵을 자연의 천泉에 말미암아 깨끗이 세탁하였다.

그는 이 외적 추이와 함께 다시 내면에서 일층 깊이 '헤겔' 철학을 전회케 한 것은 실재를 파착把捉함에 이르러 범리론汎理論에 대립한 감각론, 자연론의 창도 등이었나니 그는 일렀으되 참으로 실재에 관한 학문적 확신을 얻고자 함에는 오인은 먼저 감각적 사위事爲에 종사치 아니

1) 스승에게 가까이 하여 몸소 감.

함이 불가하나니 그 이유는 감각적 성질이 진정 오인의 본질됨으로써라. 진리와 실재와 감성은 원래 동일한 것이다. 감성은 곧 진리이며 실재이다. 그리하여 우리는 자연의 영역에서는 진리의 인식에 도달함을 가득하나 철학적 세계에 있어서는 이를 구득키 불가능할 것이라 하였다.

1

이 점에서 '페이엘빠하' 와의 철학은 경험적으로 구체적 실재, 즉 감각적 실재 그것이라 할 것이며, 그리하여 감각적 지식에 가장 중요한 것은 사람이었다. 그런데 그 소위 사람은 개념적 이상적의 '사람' 이 아니요 육체적 현실적 사람이니 즉 이 육체적 사람이 일체의 척도가 된다 하는 것이었다. 그는 말하되 진실하고 불가의의 실재, 이성의 주체는 오직 이 '사람' 그자뿐인데 자아는 실로 이성이 사유하는 것이 아니요 사람 그자의 사유하는 것이었다. '사람' 은 가장 실재의 실재이었다.

원래 '헤겔' 의 철학은 사상 즉 실재라 하면서 일면 사상과 실재를 분리하여 사상을 주체로 하고 실재를 객체로 보았으나 '페이엘빠하' 는 실재와 사상을 완전히 합치케 하였으며 그리하여 그 합치의 요점은 '사람' 을 그 근저에 두게 되었다. 사람을 이 합치의 주체로 하고 영해領解하는 때에서 겨우 그 의의와 진리를 지닌 자라고 하였다. 이와 같이 사람에게 모든 근저를 두고 사고할 시에는 그에서 처음으로 사상과 실재 또는 객관과의 대립은 스스로 호상소산互相消散한다[2] 하였다. 어째서인가. '사람' 이라 하는 중에 다 사상과 실재의 합치를 부여하였음으로써이다. '사람' 은 사람을 제외하고 별도로 의지, 사유, 법률, 종교, 절대 등을 설명할 만한 근저가 없다. '사람' 이야말로 자유, 자아, 절대의

2) 서로 사라져 흩어지다.

존재 본거이었다. '사람' 이 항상 객관적으로 칭호하고 표명하는 모든 대상은 필경컨대 저 '사람' 스스로의 본질을 표현함에 불외하다. 즉 이하에 술코자 하는 신이라 칭하는 그자도 또한 사람의 최고의 힘, 최고의 본질, 달리 말하면 최고의 감정, 최고의 사유로 평가하는 것에 대한 명칭에 불외한 것이었다.

그리하여 나 이외의 다른 사물 존재의 확실성은 나 이외 다른 '사람' 의 존재로부터 처음으로 그를 알게 되는 것이다. 그러므로 대상의 개념은 본시적本始的 개념에 불외한 것이다. 나는 너에게 의존하고 너는 나에게 의존하나니 네가 없으면 내가 없는 것이었다. 즉 실재의 개념은 '전 사람' 을 근거로 한 것인데 단지 감각만이 아니요 감정 즉 애愛에 근거하여 발생하는 것이다. 이에서 인식론의 기초는 대개 애에 있는 것을 알게 된다 하였다.

이와 같이 감각 및 감정은 나 이외의 대상의 존재에 대하여 예하면 우인友人의 존재에 대하여 진眞의 본체론적 증거를 공급하는 것이다. 우리는 다른 '사람' 을 의식함에 따라 처음으로 세계를 의식하는 제일보에 서게 되는 것이다. 즉 세계의 의식은 너에게 의존하였나니 너와 '다른 사람' 이 나와 세계와의 간에 유대가 되어 있는 것이다. 그리하여 타아他我의 존재가 확실함에 말미암아 다시 일층 일반환경의 존재를 유도하여 오게 되는 것이다. 즉 환경은 감정적에서 확실한 것이요 직접 지각에 기基하며 사유에 따른 것이 아니었다. 이와 같이 되어야 우리가 '사람' 및 그 육체의 중에서 파악한 것이 직접 실재에 귀歸케 되는 것이다. 그러므로 나는 진실한 본질이니라. 어째서인가. 나는 감정적 본질이므로 육체는 나의 본질에 속하고 또 육체가 나의 본질 그것이었다. 그리하여 공간은 단순한 현상의 형식 사유의 법칙이 아니요 본질의 조건 존재의 법칙이니라. 이 중에 내가 존재함은 참으로 생약生躍하는 본질의 최초 기호이니라. 이곳에 내가 존재하고 그곳에 네가 존재하여 서로 외존外存한 고로 양자는 합일함이 없이 쌍방에 존재를 가득하는 것이다. 시간도 또한 같은 모양으로 단순한 지각의 형식이 아니요 생활의 형식, 생활의 조건이니 하등의 상호변기운동相互變起運動, 관계, 발전이 없는 곳에는 하등 생활, 하등 자연이 없느니라.

2

이상은 '페이엘빠하' 철학의 사람주의의 개의를 일언하였거니와 그러나 그의 사람주의의 철학은 그 종교론에 나아가 가장 명료개절한 표명을 보게 되었다. 순서상 먼저 '사람' 성 본질에 관한 그의 관찰을 일언하면 사람성의 본질을 특히 일반 동물과 대비하여 규정할 만한 것은 무엇이냐. 이르되 '의식', 특히 엄밀한 의미에 있는 의식이었다. 엄밀한 의미인 의식이라 함은 사람의 종속種屬 및 사람 본연의 성질이 사유의 대상됨을 가득하는 것에만 있는 것이니 즉 단지 '사람' 만이 이 의미의 의식을 가진 것이었다. 그리하여 이 의식 즉 종속을 사유의 대상으로 함을 가득함이 이 곧 '사람' 이 학문의 능력을 가지게 된 소이였다. 즉 학學이라 함은 필경 종속의 인지라 하겠다. 이에 반하여 다른 동물은 저 자신은 개체로 의식하나 한 종속으로의 의식은 가지지 못하였다. 동물은 일중一重의 생활뿐으로 내적 생활과 외적 생활이 하나임에 대하여 사람은 이중의 생활을 위하여 내적 및 외적 면면의 생활을 하는 것이며 그리하여 그 내적 생활이라 함은 사람의 개인적이 아닌 일반적 성질에 관계를 가진 생활이었다. 다른 동물에 있어서는 어떠한 외적 되는 다른 개체가 없고는 그 종속과 관계하는 동작을 하지 못하나 '사람' 에 이르러서는 다른 개인과 관계가 없을지라도 능히 종속을 사유함을 가득하나니 즉 '사람' 은 저 자신이 동시에 종속이었다. 요컨대 '사람' 의 의식은 사람의 종속, 사람의 본질적 성질이 사람의 개인성과 같이 그 사유의 대상이 되어 있는 것이었다.

다시 이와 같은 엄밀한 의미에 있는 의식은 그 본래 성질에서 무한됨이 그 특징이며 그리하여 우리가 무한 그것을 의식함은 의식의 무한을 의식함에 불외한 것이다. 또 무한 그것의 의식에서는 의식하는 주체가 그 대상적으로 저 스스로의 성질상 무한을 가지게 되었다. 그리하여 종교는 일반적으로 표명되는 무한자의 의식이었다. 고로 종교는 '사람' 저 스스로의 무한적 성질상으로 가지고 있는 의식에 불외하다. 이에서 종교의 유무는 '사람' 과 다른 동물의 본연의 차이를 보여준 것이니 즉 종교는 사람의 특유인데 사람 자기의 성질에 대하여 가지고 있는 의식됨에 불외한 것이다.

이와 같이 '사람' 성의 특질은 자기로서 무한을 사유하는 의식을 가졌음으로 이에 말미암아 사람과 동물과의 내면적 상이한 구별이 나게 되는 것이다. 이에서 또 종교를 결缺한 다른 동물과 종교를 소유한 사람의 근저적 차별을 알 것이다. 그러면 다음에 사람성을 구성한 요소는 무엇이냐 하면 그는 이지理知와 의지와 감정 그것뿐이었다. 즉 이 삼자가 '사람' 에게 속하여 사유하며 의욕하며 애호하는 것이니 그것이 사람으로의 절대적 성질이며 또 그 존재의 근저를 이룬 것이다. 사람은 이 삼자를 소유로 한 것이 아니요 이 삼자가 사람의 성질을 조성한 요소이었다.

사람은 대상이 없고는 따라서 아무 것도 없게 되는 것이다. 사람은 그 대상에서 목적 실현이라 하는 유일의 주요한 동작을 가지었다. 그러나 그 소위 대상이란 것은 저 자기 스스로가 객관화된 성질에 불외한 것이다. 만일 하나의 대상이 동일 종족의 각개에 공통됨에 불구하고 그가 종종 상이한 상태로 나타난다 하면 그는 개인상태의 변형한 것 즉 그 자신의 성질의 상이로부터 나온 것이겠다. 흡연恰然히 태양이 제 유성遊星에 대한 공통과 대상이었으나 그러나 태양은 수성과 금성 등의 제 성에 대하여는 지구와 상이한 조건을 들고 있는 대상이니 즉 제 유성은 동일의 태양을 대상으로 함에 불구하고 그 본질에 취就하여는 각각 스스로의 태양을 가짐과 같은 형편이었다. 필경 유성과 태양의 관계는 그 유성과 그 유성 자신의 성질의 관계에 귀착될 것이다. 같은 모양으로 사람은 그 스스로가 사유한 대상에서 자기를 알게 되는 것이다. 즉 대상의 의식은 자기의 의식이었다. 우리는 대상에 의하여 사람을 알며 대상에서 그의 성질이 명료케 되며 그리하여 이 대상은 그의 표명한 성질이며 그의 진객관아眞客觀我이었다.

이와 같이 사람에 있어서 절대적 되는 것은 그 스스로의 성질이니 고로 대상의 힘은 그 스스로의 성질의 힘이었다. 감정의 대상의 힘은 감정의 힘 그 자신이며 이지의 대상의 힘은 이지 그 자신의 힘이며 또 의지의 대상의 힘은 의지 그 자신의 힘이었다. 예하면 음악에 의하여 감동되는 것은 감정에 의한 자로 음향 중의 요소는 감정에 말미암아 자아내는 것이니 즉 감정은 감정을 전하는 자로 그 자신의 성질에 의하여서만 동작하는 것이다. 의지의 경우 지력의 경우도 또한 이와 동일하다. 그리하여 의식은 그 스스로가 대상되는 사물의 중에 성립하여 의식된 사물을 떠나서 존재한 것이 아니었다. 또 의식은 자기 스스로의 완전한 자기증명, 자기확정, 자기자애인 데 완전한 성질의 특징을 이룬 것이었다.

우리가 이지, 감정, 의지 등 일반사람의 성질에 대하여 이를 유한적이라 규정코자 함은 이는 망단이 아니면 오류이었다. 우리는 한 개인으로 자기를 유한이라 감지하나 그러나 그는 사람이 그 종속의 무한무궁을 감정사유의 대상으로 하고 인지하기 위하여 자기의 유한을 의식함에 불과한 것이다. 즉 '사람'은 그 자신에서 유한한 자가 아니요 오히려 그 자신에서 무한하여 무궁성의 신을 자기의 중에 포용함에 불구하고 다만 우리가 자기의 유한을 말함은 자기 이상의 다른 존재를 인지하는 까닭에 불외하다. 만일 우리가 우리로서 유한적 자라 하면 그 유한적인 이성사유의 중에 무한무궁이라는 자가 나타날 까닭이었다. 다른 동물의 눈, 다른 동물의 성질은 그 욕구 이상에 달하지 못하나 우리는 우리 스스로의 성질이 그 소질에서 이미 무한의 의식을 포용하였고 무한의 신을 달통한 것이었다. 시인이 자기의 작품을 스스로 악시惡詩라 자혐함은 그 지력 성질의 무한한 까닭인데 자기의 작시를 완미라 하는 자에 비하여 멀리 그 지력성질의 무한정임을 표시한 것이었다.

이와 같이 네가 무궁자를 사유한다하면 이는 너의 사유의 힘이 무궁함을 확지確知할 것이며 또 무궁자를 느낀다 하면 이는 너의 감정의 힘이 무궁함을 확지할 것이다. 이지의 대상은 그 자신에서 객관화한 이지이며 감정의 대상은 그 자신에서 객관화한 감정이니라. 그러므로 일반 사유, 감정, 의지의 대상은 각각 그 스스로의 성질의 중에 존재한 객관적 표명에 불외한 것이다. 즉 '사람' 성의 주관적 표명인 동시에 또 그의 객관적 표명이 되는 것이다. 고로 '사람' 은 그 진眞의 성질을 초월키 불능한 것이다. '사람' 은 상상에 말미암아 다른 소위 고급의 개개물을 인지하나 그러나 그 인지는 결코 그의 종속, 그의 성질을 파탈한 인지는 아닐 것이다. '사람' 이 다른 개개물에 부여한 바 실재 조건되는 적극적 구경의 빈사賓辭는 항상 그 스스로의 성질에서 추출한 결정, 혹은 성상性狀에 불외하겠다.

3

이와 같이 이미 '사람' 성의 본질을 알면 즉 사람이 가지고 있는 일체의 대상이 다 같이 자기의식의 동작에 귀착된다하면 종교적 대상에 대하여도 또한 같은 모양의 기술에 귀착할 것이다. 즉 이상 주체와 객체의 관계가 일반적이라 주장한 것을 종교에 대하여도 또한 같은 모양의 관계에 귀착케 될 것이었다.

감관지각에 있어서는 대상의 의식을 자아의 의식과 구별함을 가득할지나 종교에 있어서는대상의 의식과 자기의 의식은 완전히 일치한 것이니 즉 감관적 대상과 종교적 대상을 비교하면 감관적 대상은 사람의 외방에 있으되 종교적 대상은 사람의 내부에 있는 것이다. 그리고 후자는 우리에게 가장 친밀한 대상이었다. 성 '화꾸쓰덴' 은 말하였으되 '신은 감성적 구상적 자보다도 일층 우리에게 접근한 것이며 보다 이상의 관계를 가진 자이니 고로 우리는 일층 이를 알기 쉬운 것이라' 하였나니 감관의 대상은 잡다하나 종교의 대상은 선택한 대상이었다. 즉 가장 우승優勝하며 또 최고의 존재이였나니 그는 실로 신적神的과 비신적 가치와 비가치의 판별을 예상한 자이었다. 그러나 이 경우에 있어서도 어떤 주체의 대상은 그 사람 스스로의 성질이 객관적으로 된 것에 불외하다 이른 명제를 사용케 되나니 즉 사람의 사상 및 성향이 이미 그렇게 됨과 같이 '사람' 의 대상되는 신도 또한 같은 모양일 것이다. 즉 사람이 가진 가치를 사람의 신도 가짐에 불과하다. 신의 의식은 자기의 의식, 신의 인식은 자기의 인식이었다. 그러므로 어떤 일개인과 그 일개인의 신은 일치가 되나니 신은 필경 사람의 표현한 자아, 또 표현한 내적 성질이었다.

무릇 사람은 자기에게 가장 강하게 인상된 자가 신적 존재의 인격화로 나타나는 것이니 즉 종교는 세계에 취就하여 일체를 그 대상으로 포장하고 세계 및 사람에게 있는 의식 이외에 어떤 물物도 이에 가진 바가 없다. 종교의 대상은 사람이 사람 자기를 대상으로 한 것이 됨에 불외하다. 그리하여 종교의 흥미는 그 대상에 사람이 사람 자기와 다른 것을 느낌에 임한다 할지나 그러나 또 그 대상은 신이 사람적 속성을 가졌다 하는 점에서 다시 큰 흥미를 느끼게 되는 것이니 만일 신이 사람과는 별개적인 성질을 가졌나 할 것 같으면 신의 실재 비실재는 사람에 대하여 하등의 의의가 없을 것이다. 우리는 종교에 의하여 만족을 구함은 사실이다. 그러나 만일 신이 사람과 별종의 존재라 할 것 같으면 우리는 여하히 신에게서 만족을 구하며 평화를 얻어낼 수 있으랴.

모든 것의 존재는 다만 그 자신의 요소, 그 자신의 성질조건에서만 평화를 경험하는 것이며 따라서 사람이 신에게서 평화를 도득하고자 함은 사람이 신의 대상으로부터 그의 진眞 성질에 도달코자 함으로써라.

만일 '사람'이 인격자가 아닌 신을 사유한다 하면 그 신은 우리의 오성의 객관적 성질일 것이다. 순수, 완전한 신적 성질은 오성되는 자기의 의식이니 오성이라 함은 중성적 되는 순수 비정적非情的된 예지의 빛이었다. 오성은 또 종속種屬과 관계를 가진 힘인데 심정은 특수의 사정, 개개의 '사람'을 표현함에 대하여 오성은 일반적 사정, 보편을 표현하는 자 곧 초인간적, 환언하면 인간성의 초인간적 힘이라 하겠다. 이 오성에 말미암아 사람은 자기로부터 또 자기의 주관적 존재로부터 자기를 추상적 되게 하는 힘을 가지고 있다. 신으로의 신, 곧 유한적, 사람적, 현상적이 아닌 자로의 신은 다만 그 오성에 사유의 대상이 된 때에서 나타나는 것이었다. 이 경우에서 신은 비육체적 비형질적인 추상적 소극적 존재이었다. 신은 오직 추상에 말미암아 알게 되나니 곧 대상에 의하여 알게 되는 것이었다. 어째서인가. 신은 다만 사유력의 객관적 성질에 불외함으로써이다. 신으로의 신, 별언하면 순수 사유적 존재, 이지의 대상으로의 신은 이와 같이 구극에 있어서는 그 자신에 대상된 이성에 불외하다. 형이상적 존재로의 신은 그 자신에 만족한 예지이다. 역언하면 그 자신을 절대적 존재라고 사유한 예지가 곧 형이상적 존재로의 신이었다. 따라서 신에 대한 형이상적 빈사賓辭는 그것이 사유, 예지, 오성에 속한 것이라 인정된 때에서 겨우 진眞의 설명어가 될 것이다. 필경 신의 척도는 너의 오성의 척도이며 신을 유한이라 함은 너의 오성이 유한함으로써이며 신을 무한이라 함은 너의 오성이 무한함으로써이겠다.

그러나 이상에 술한 종교에 있는 신의 의식은 '사람' 자기의 의식을 가르친 것이라 함은 종교적 개인들에 있어서는 이것이 이해되지 못하고 오히려 이 양자의 일치성에 대한 맹목무지가 종교의 기본적 특성이 되어 있다. 그러면 '종교는 사람 자기의식의 최초 또는 간접의 형상이라' 하는 것이 표상에 적합한 말이라 하겠다. 종교가 항상 사람 종족의 역사에 있어서든지 또 개인의 역정歷程에 있어서든지 철학보다 선행하는 것은 이 사실의 유래에 인한 것이니 사람은 먼저 자기의 성질을 자기 이외의 자로 보며 흡사 또 타에서 부흥된 자와 같이 생각하나니 이 소아小兒가 자기의 성질을 자기의 밖에 것으로 봄과 같이 종교는 인성이 소아적 상태에 있을 때의 오성이었다. 초기의 종교에 있어서는 사람은 자기 스스로에게 객관성을 부여하였을 뿐으로 아직 대상을 자기 스스로의 성질로 승인함에 이르지 못하겠다. 사람이 자연생활시대에 있는 사이에는 그 신은 단순한 자연신 곧 자연력의 인격화한 자이었었다. 그들 초기의 사람은 종교의 대상을 밖에 의화擬化하여 가지고 이를 그들 스스로의 가운데에서 나오게 할 능력이 결핍되었던 것이다. 후기에 미쳐 종교는 점차 그 진보한 계단을 취함에 이르나니 신인의 대립은 사람 자기의 성질과 사람의 대립을 만족히 함에 이르렀다. 필경 종교에 있어 일체의 진보는 보다 심오히 진입하는 자기의 인식에 불외하나니 이와 같이 종교의 대상은 그 본질에서 사람 성질의 표현에 불과한 것이었다.

4

종교, 적어도 기독교는 사람이 그 자신, 곧 그 자신의 성질(곧 그 주관적 성질)에 대한 관계이었다. 그러나 이 관계는 그 성질을 그 자신으로부터 관칠된 것이었다. 고로 신적 존재는 '사람' 적 존재에 불외하다. 혹은 오히려 정화된 '사람' 의 성질 개개인의 한계로부터 자유되게 하며 객관적 되게 하는 '사람' 의 성질에 불외하다. 곧 자기를 타와 다른 존재로 생각하며 존경하는 것에 불외하다. 고로 신적 성질의 전속성全

屬性은 사람 성질의 속성이었다. 종교의 내용 본질은 사람이 자기로부터 분리한 곳에 있는 것이다. 곧 사람이 신을 자기의 대우對偶로 하고 자기의 전방에 둔 것에 불외하겠다. 그리하여 신은 무한, 사람은 유한의 존재라 하였고 신은 완전 사람은 불완전, 신은 전능 사람은 약소, 신은 영항永恒 사람은 잠유暫有, 신은 신성 사람은 죄악의 자라 하였다. 그러나 이 대우는 그 본질에서 사람과 그 성질과의 상이에 불외한 것이다. 만일 신적 성질이 사람적 성질과 진실로 상이한 것이면 양자의 분리는 발생키 불가능할 것이다. 어째서인가. 분리는 그 성질에서 하나이며 또는 하나됨을 득할 만한 간에 있어서만 존재한 것임으로써라. 인하여 사람이 신과 분리한 것이라고 느끼는 그 스스로에 본유생득本有生得일 것이었다.

무릇 속성도 없으며 빈사賓辭를 불유不有한 것은 사람에 대하여 하등의 의의가 없게 될 것이다. 곧 그는 우리에게 대하여 존재치 아니함과 동일케 될 것이다. 지금 우리가 신으로부터 그 성질을 취거取去하면 신은 사람에게 대하여 아무 것도 없음과 동일케 되고 말 것이다. 참으로 종교적 신자가 되어서는 신은 무성질의 것이라 칭함을 가득치 못할 것이니 어째서인가. 신은 그 사람에 대하여는 적극적 존재임으로써라. 그러므로 신을 정의치 못할 것이라 하며 또는 불가지라 함은 근대 불신심의 산물인데 신의 성질을 불가지라 함은 종교를 부인하는 무신론자에 불과할 것이다. 또 신이 종교적 사람에 있어서 신되기 위함에는 사람적의 속성 빈사를 가지지 아니하여서는 안 되는 것이다. 그리하여 사람의 성질이 다수한 특수성을 가짐과 같이 신의 속성 빈사도 또한 무수잡다한 것이다. 신의 빈사에 취就하여는 이를 둘로 나누어 볼 수 있나니 곧 그 일은 일반적 빈사이며 그 이는 인격적 빈사이었다. 일반적 빈사라 함은 형이상학적의 것을 이름인데 이들은 다만 종교의 외면적 지점됨에 그치고 종교의 진眞의 특이성을 보여준 것은 아니었다. 그리하여 종교의 본질을 형작形作한 것은 제이의 인격적 빈사이니 예하면 신으로서 사람의 아버지, 도덕적 입법자, 신성자라 함과 같은 것이었다.

필경 신의 성질은 근본에서 사람의 성질이며 또는 종속種屬의 성질의 현현에 불외한 것이다. 그리고 사람에 있어서 자기 존재적 최고 실재가 곧 사람에게 있는 신이었다. 만일 신이 조류에게 표현될 때에는 그 신은 우익羽翼을 가진 실재가 될 밖에 없다. 어째서인가. 조류는 날개를 가진 자 이상에게 수혜함을 알지 못할 것임으로써라. 그러므로 "네가 신적 속성으로 애愛를 믿는 것은 네가 너 자신을 자애하는 까닭이며 네가 신은 지혜인자智慧仁慈의 자라 믿는 것은 네가 너 자신의 가운데에서 인자지혜 이상의 승자를 알지 못하는 까닭이며 네가 신은 존재한 것인 고로 신은 주체라고 믿음은 너 자신이 존재한 고로 나 자신이 주체된 까닭임으로써니라." 이와 같이 사람은 사람적 사유로부터 신의 존재와 성질과 동형적으로 생각함에 불외하며 그리하여 신의 존재와 그 성질의 관계에 있어서는 주체의 존재 확실에만 의존할 것이요 주체와 빈사의 구별은 오직 존재와 본질의 차이됨에 불과하며 따라서 성질을 부정함은 본체를 부정하는 것이니 사람으로부터 만일 그 속성을 추거抽去하면 그 주체가 없음과 같이 전지전능이 신에 관한 빈사도 신이 주체를 언표한 것에 불외하니라.

또 신의 실재의 확실성은 다만 신의 성질의 확실성에만 의존하였음이요 그 자신 직접이 확실한 것은 아니니 기독교도에 있어서는 기독교의 신만의 존재가 확실하고 또 타 교도에 대하여는 타 교도의 신만의 존재가 확실하다 믿게 되나니 즉 그들은 자기의 모시는 성질이외에 신을 인정키 불가득함으로써라. 필경 신의 빈사의 실재가 신의 주체의 실재에 대한 유일의 증거이었다. 신의 빈사라 함은 그 본질에서 사람 자기의 성질의 현현에 불외하니 다시 요약하면 종교의 본질은 사람의 본질, 종교의 내용은 사람의 내용, 신은 즉 사람의 객관적 투영이며 따라서 종교의 역사, 신의 역사는 사람의 역사에 불외하겠다.

그러나 실제의 종교생활에 있어서는 우리 사람의 다수는 신의 속성을 사람적의 것이라 사유치 아니하고 신을 우리와 별도로 존재하며 참으로 생활하는 인격적 실재라 하나니 오성으로 이를 논하면 본래의 '이메-치'[3]됨에 불과하는 신의 속성이 종교적 감정에 대하여는 참으로 인격적 실재가 되어 있겠다. 이는 즉 종교가 본연으로 감정적 산물됨이며 감정이 신에 대한 기관器官된 소이임으로써이었다. 그리고 종교적 생활 내지 신학에 있어서는 신과 사람의 일치성을 부정하고 사람을 경멸시함이 심하였었다. 무슨 까닭이요 하면 이미 신과 사람을 대립케 한 이상에는 신을 풍부케 하기 위하여 '사람'을 빈약타 하였으며 신을 진여실재眞如實在하기 위하여 사람을 공허가분空虛假扮한 자라 하지 아니함을 부득하게 되었다. 그러나 이와 같이 신인을 대립함에서 사람의 중에서 잃은 것은 신에게 귀속되었으며 신의 중에 보존되었나니 즉 '사람은 자기 스스로의 중으로부터 취거取去한 것 및 자기 스스로의 중에 포기한 것을 신의 속에서 비교키 어려우리만큼 보다 높은 것, 보다 충실한 것으로써 하여 향락코자 함에 불과하겠다. 즉 사람은 그 평가에서 최고라 한 것을 신에 귀속케 하고 신에 귀속한 것을 자기의 중에서 부정하나니 약언하면 사람은 신과 관계에 있어서 그 자신의 지식, 그 자신의 사유를 부정하고 그들의 것을 신의 속에 보류하여 둔 것이었다. 이와 같이 종교는 다시 사람의 성질로의 선을 부정하고 사람을 사악한 자라고 폄하며 신을 유일의 선한 위치에 봉공케 되었다. 이와 같이 종교의 세계에 있어서는 사람과 신을 대립케 하였다. 그러나 이 사람과 대립한 신은 사람이 자기를 객관적으로 투사케 하여 도로 자기를 대립케 한 것에 불외하며 따라서 신과 사람의 대립에서 사람은 표면적으로

---

3) 이미지image.

하급의 것에 저하케 하였으나 실은 이에 의하여 최고급자로 승양昇揚케 된 것이다. 즉 종교는 의식으로 부정한 것을 다 같이 신의 속에서 무의식적으로 회복되었나니 고로 신의 활동은 즉 사람 자신의 활동에 불외하다.

5

이와 같이 종교의 본질, 신의 본질이 단지 사람 성질의 객관적 투영에 불과하다 하면 사람은 여하히 종교적 대상을 그릴 수 있으며 또 신을 믿기에 이른 것인가. 즉 종교적 신앙을 낳게 하는 동기, 또는 근거가 무엇이랴. 이에 대한 성찰해명에 취就하여 '페이엘빠하'는 종교에 있는 사람의 실천적 흥미 및 창조적 요소를 심리학적 근거에 입하여 천명하였다. 그는 이에서 종교가 근본으로 사람의 실천적 흥미에서 발생한 일, 신이 사람 심정의 원망 및 시적 상상에서 소산한 것이라고 술하였다.

약언하건대 종교는 본질적으로 실천적 목적 및 기초를 가진 것이었다. 종교를 생기게 한 본능은 행복에 대한 본능이었다. 사람이 신을 믿음도 단지 격동과 감정을 가진 이유만이 아니요, 또한 행복에 대한 본능을 가진 까닭이며 사람이 성복聖福한 실재를 믿는 것은 단지 성복의 개념을 가지고자 함이 아니요, 또한 스스로 성복코자 하는 까닭이며 사람이 완전한 실재를 믿는 것은 자기 스스로가 완전을 기하는 까닭이며 사람이 불멸의 실재를 믿는 것은 자기 스스로가 불멸을 욕구하는 까닭이었다. 만일 사람이 하등 욕구도 가지지 아니하였다 하면 상상과 감정이 있을지라도 하등의 종교, 하등의 신을 신앙함에 이르지 못할 것이었다.

필경컨대 종교의 신앙은 상상의 욕구, 원망願望에 기초하였을 것이다. 신은 상상력에 불외한 것이다. 즉 상상력에 따라 객관화된 사람의 원망 및 이상이겠다. 이미 말함과 같이 사람은 신의 가운데에서 자기의 성질을 관조하나니 그 성질은 진실 유한적 성질이 아니요 사람의 원망과 같은 감정에 의하여 무궁화된 자기의 성질을 관조하는 것이겠다. 종교적 신앙은 그 욕구의 만족을 구하는 심의心意의 자기확신이었다. 원망이 없고는 하등의 종교도 없고 하등의 신도 없고 그리하여 또 원망이 없고는 하등의 사람도 없다. 종교에서는 원망을 상상력으로 파지하고 그리고 신앙을 이에서 충실코자 하나니 즉 종교에 있는 신앙은 사람이 원망 및 필요로부터 인도된 상상력에 불외한 것이었다.

이에서 기적의 본질도 알게 되는 것이다. 즉 기적은 초자연적 원망의 실현이니 물론 상상의 상에 있는 실현이겠다. 위급을 느끼며 곤란에 조우한 때 사람은 재화를 면코자 하는 곳에서 기적이 일어나나니 고대의 신학은 기적을 자연의 질서에 대한 신의 전능의 동작이라 설명하였다. 그러나 그 신의 전능의 힘이라 함은 사람의 원망의 힘, 상상의 힘에 불외하다. 기적은 항상 기적에 관한 신앙에 추수하는 바 되나니 이 신앙이 곧 기적의 기원이 되는 것이다. 만일 상상의 힘이 소쇠消衰하여 신이 하등의 기적을 베풀기 부득하면 종교적 관조가 이에 그치고 신신信神의 마음도 이에 끊어짐에 이르나니 어째서인가. 신은 신앙에 근저하였고 원망과 상상에 기초하였으므로 이를 믿는 자의 심정적 주관 이외에는 존재치 아니함으로써라. 요컨대 신의 신앙과 기적의 신앙은 하나이며 또 인격적 신은 신의 사람적 성질이 실천적 물적으로 표현된 것에 불외하다. 신은 신 스스로의 때문에 인격화한 것이 아니요 사람의 종교적 감정에 존재한 필요 요구가 기신起神의 원인이었었다. 고로 인격신은 필경 신화한 사람의 표현에 불과하다. 그리하여 신이 사람에게 강하하였음은 사람이 신에 고양할 필연적 선행先行이었다. 신은 '사람'이니라. 사람은 사람의 중에서 그 자신을 보이기 전에 사람은 이미 신의 중에 소재하였으며 또 그 스스로가 신이었더니라.

기도에서 다시 종교의 사람적 본질과 실천적 흥미는 일층 명료히 이를 찰지察知키 가능하나니 기도에 있어서는 원망의 경계를 잡아 늘이어 행복의 추구를 하게 되었다. 이에서 우리는 신이 사람의 비탄 요구의 관여자라 하였으며 또 우리의 수소愁訴를 청취하는 것이라 하였다. 신은 사람을 애愛하나니 애는 동정이 없는 곳에 존재치 아니하며 그리하여 동정은 동일 성질됨을 예상케 되는 것이다. 즉 기도는 인격적 신의 관념과 같이 신과 사람의 성질 일치를 표명한 것이다. 신은 사람을 애愛하는 것이요, 그리하여 그 신의 애는 객관화된 사람의 애에 불외한 것이다. 기독교에 있는 인격적 신, 기념 이들의 전제에는 신에게 사람적 성질이 보존되어 있다. 신은 사람을 사랑한다. 신과 사람은 부자父子로써 표현되었다. 곧 사람성에 대한 제 관계가 신에서 또한 제거치 아니하였음을 엿볼 수 있게 되었다.

공희제사供犧祭祀도 또한 같은 모양으로 사람의 원망의 발로에 불외하다. 공희제사의 근거는 귀의의 감정, 죄업의 회한에 있다. 그 목적하는 바는 효험의 향수享受 확보이었다. 또 공희제사는 종교의 본질을 보여줌과 함께 신과 우리의 원망을 서로 관계케 하는 방법이었다. 기독교가 종교의 사람적 본망本望을 보이게 한 것은 말을 불사不俟할지라. 기독은 주관적의 전능자이며 완전히 심리의 원망의 실체이니 그 인격신의 개념은 신의 사람적 성질의 폭로이며 삼위일체의 비약秘鑰은 사람의 사회생활에서 나와 너와 관계의 중에 볼 수 있는 것이다. 기독교의 신이 사람성질의 완전되며 또 순정醇正된 객관화됨과 같이 기독교의 천국은 완전히 원망의 충실하는 장소임을 의미하는 것이었다. 우리는 종교의 신앙에서 자기의 항구恒久를 원망하나니 환언하면 만일 '사람'이 당초부터 불사영생한다 하면 하등의 종교도 없을 것이었다. 우리는 신의 신앙에서 불멸을 희망하나니 불멸을 부정함은 곧 신을 부정함과 한가지라. 곧 영혼불멸설은 종교 최종의 교의이며 최후 원망을 표언한 유언장이었다.

7[4)]

이와 같이 그는 신의 초세계적 초자연적 초사람적 성질을 그 기초되는 사람성의 중에 환원케 하였다. 그가 종교를 분석하며 음미하는 도정에 있어서 종교의 초정初程이나 중정中程이나 또 종정終程을 물론하고 다 같이 '사람'적이었었다. 사람은 그 최고 실재되는 그 신을 사람 자기의 중에 두고 보게 되었다. 일개인으로의 그 자신의 중에 둔 것이 아니요 그의 본질적 성질 또는 그의 종속種屬의 중에 두게 된 것이다. 개인은 종속의 표현이 아니요 오직 개인과 종속과의 차이를 의식하는 것이다. 그리하여 이 차이의 느낌 중에 종교의 근저가 횡선橫亘하였다. 사람이 자기 이상의 것에 귀복歸服코자 하는 것은 이 필경 자기의 성질의 완전한 전형을 원망함에 불외하다.

또 종교의 본연한 입장은 실천적 또는 주관적인 것이며 종교의 목적은 사람의 안상安祥, 구제, 구극의 경복慶福이라 하는 실제적 근거가 천명되었다. 이미 누누 조반繰返함과 같이 신이 사람 성질의 표현이라 하면 우리는 종교의 본질적 기초를 사람으로부터 떠나 위 혹은 밖에 구함이 불가하다. 곧 종교 본연의 확지確地는 필연으로 이를 우리 스스로의 중에서 발현할 밖에 없다.

—《개벽》 10, 1921. 4.

4) 6의 오기.

생활상으로 관觀한 경제관념의 기초

1. 욕망의 향상과 욕망의 개조改造

사람은 다만 '빵' 뿐으로만 살지 못한다 함은 이 실로 사람을 가르쳐 욕망이 큰 동물이라 해석하여도 또한 무방하겠다. 사람은 욕망이 큰지라 그러므로 다만 '사食' 한 사건에만 만족치 아니하고 나아가서는 종교 철학적 생활, 문학 예술적 취미를 요구케 되나니 사람의 사람된 진가는 실로 이에서 나타난다 하리라.

사람성性은 원래 타 동물에 비하여 욕망의 충동이 거대한 동물이라 하겠다. 지나간 욕망의 만족을 잊고 새로운 욕망의 만족을 구하고자 급급하는 동물이며 과거 행복의 희구를 달하고 나면 또 다시 미래 행복의 경애境涯를 개척하고자 자자孜孜하는 동물이었다. 안분지족安分知足이라 함은 사람의 본능과 완전히 모순된 말이요 소욕자락小慾自樂이라 함은 사람의 본성을 잠월潛越한 행위라 할 수 있다. 사람이 누가 양주학楊州鶴[1]을 싫다 하리오. 사람은 족함을 알고 다시 새로운 족을 구하며 낙을 알고 다시 새로운 낙을 요하는 곳에 사람의 위력이 이에 나타나는 것이

---

1) 많은 욕망을 아울러 채우려는 것을 비유하는 말. 예전에 여러 사람이 모여서 각자가 뜻을 말하는데, 한 사람은 양주자사楊州刺史가 되고 싶다 하고 또 한 사람은 재물을 많이 갖고 싶다 하고 또 한사람은 학을 타고 올라가고 싶다 하니, 한 사람이 "허리에 10만 관貫의 돈을 두르고 학을 타고 양주에 오르고 싶다." 하여, 세 사람의 욕망을 아울러 바랐다는 옛이야기에서 나왔다.

요 사람의 가치가 이에 표현되는 것이다. 사람이 다만 한 지족知足과 한 안락에 자처하여 다시 그 이상의 지족과 안락을 구하는 본능이 결핍하였다 하면 그야말로 금수와 무엇이 다를 바가 있으며 목석과 무엇이 차지差支될 바가 있으랴. 노자가 사람을 가르쳐 욕欲이 무無하라 하며 맹가孟軻가 사람을 가르쳐 인욕人慾을 알遏하라 함은[2]이 사람을 몰아 사람의 본능되는 욕구를 전멸하고자 함이 아니요 차라리 사람의 본능적 충동을 보다 이상의 지족 보다 이상의 행복의 곳으로 인도코자 함이 아니겠느냐.

나는 일찍이 어떤 정차장에서 정각의 기차가 20분간 만착晩着하게 되었을 때에 승객 중 한 사람이 기차의 정각 어김을 분개하여 '교통의 기관이 이와 같아서야 어찌 문명의 생활을 도득圖得할 수 있으랴' 하고 노호함에 대하여 다른 한 사람이 '아니다. 우리 조선祖先시대에 몇백 몇천 도정이라도 도보하던 형편에 비하여 기차가 아무리 몇 시간 혹은 며칠간 만착한다 할지라도 또한 편리치 아니한가' 하고 답함을 듣고 나는 바로 전자의 말에 좌단左袒함을[3] 마지아니하였다. 무슨 일이든지 용서라 하는 것은 한 예외에 불과한 것이다. 한 위안방법에 불과한 것이다. 과거를 회回하고 미래의 망望이 없는 자는 퇴화의 악마에 불과한 것이다. 물론 과거의 조선시대에 비하여 금일 우리시대의 생활은 이보다 몇백 보 퇴보한다 할지라도 오히려 제반의 능률이 유여有餘할 것은 사실이다. 그러나 사람이 용서에 용서를 가하고 위안에 위안을 구한다 하여 과거의 안일무위로 퇴화한다 하면 사람은 마침내 목식소혈木食巢穴의 상태에 환원할 외에 다른 도리가 없을 것이었다.

나는 누누 항언恒言함과 같이 세계의 자기 민족의 역사가 가장 장구하다 자랑하는 국가가 과연 미래의 진보가 속速할까 부否할까 함을 의문

2) 《맹자》〈양혜왕하〉제5장. '인욕을 막아 천리를 보존한다(遏人慾而存天理)'.
3) 남에게 동의하는 일. 편듦. 가세함.

하는 바니 사람은 역사가 길다 하면 기니만치 과거 인습에 구속됨은 이는 피치 못할 일이라. 이는 개인으로나 민족이 다 같이 그러한 현상을 가지고 있음으로써라. 개인에 있어서 노년이 청년보다 진보의 힘이 지둔遲鈍한 까닭은 노년 자기의 역사가 청년에 비하여 장구하므로 미래적 신욕망이 과거라 운하는 경험에게 말살된 증거가 아니리요. 민족에 있어서도 역시 그러하나니 현재의 애급 혹은 중화 · 인도 · 토이土耳 그들 각 민족은 과거의 역사가 장구하였음에 불과하고 도리어 신진의 국가의 지배를 받게 됨은 또한 이 이理에 불과한 것이라 할지라. 현재의 미국인이 가장 짧은 역사의 국가로 능히 세계의 패권을 지배하는 소이는 이 청년이 신진의 예기로써 욕망의 힘이 증대함과 동일하다 간주하여도 또한 무방하리라.

어쨌든 사람은 향상을 목적으로 삼는 것이며 향상은 정력의 성왕을 요하는 것이며 정력은 욕망의 활기를 기다리게 되는 것이었다. 사람은 욕망의 활기에 의하여 그 개인이나 그 민족의 전도 행복을 점하나니 오인은 삼가 욕망의 가치를 개조하게 하고 욕망의 범위를 향상케 할 필요가 있다 하겠다.

오인은 항상 우리 조선민족의 보편직 결짐을 논거하고자 할 때에 무엇보다도 먼저 일고하지 아니치 못할 바는 욕망이 극히 협소함이니 조선인은 자래로 산림적 처사생활로써 처세의 고상주의高尙主義라 하였음이 가장 우리의 결점이며 그렇지 않으면 방임오세放任誤世로써 남자의 쾌사快事라 하였음이 우리의 불상지조不祥之兆이었었다. 소부巢父 허유許由는 조선인의 이상적 인물이며 죽림칠현은 조선인의 숭배적 호한이었다. 그리하여 누항곡굉陋巷曲肱의 중에서 낙역재기중樂亦在其中이라[4]한 안회顔回야말로 조선인의 가장 신앙적 인물이었다. 사士로 칭하면 일지부동一指不動하고 오직 단사표음簞食瓢飮으로써 그 낙을 삼은 연후에야 거의 인간 최후의 정절을 지켰다 함이다. 일언이폐하면 안빈낙도는 조선 사자士者의 유일의 미덕됨과 동시에 조선인의 보편적 폐해라 할 수 있다. 물론 사자된 자의 미덕은 여하한 빈고를 인내하여 가면서라도 자기의 덕행을 닦으며 자기의 연구를 더할 것은 사자 본래의 천직이라 할지나 그러나 천하의 미덕이 어찌 홀로 사자에만 있으리요. 사자에는 사자의 미덕이 있다 할 것 같으면 농자農者에는 농자의 미덕이 있을 것이요 상자商者 공자工者에는 또한 상자 공자의 미덕이 있을 것이다. 그러하여 그 소위 미덕은 그 각 전문에 대하여 각각의 미덕이 특수한 방식으로 표현할 것이다. 만일 사자의 미덕을 안빈낙도로 가정한다 할 것 같으면 농자의 미덕은 농업의 향상이 될 것이며 상자 공자의 미덕은 상공의 향상이 되어야 하겠다. 그러함에 불구하고 조선인은 과거에서 오직 사자의 안빈낙도의 미덕만으로 천하의 미덕을 삼았는지라. 그러므로 상자는 있으나 상의 미덕이 없으며 농공이 있으나 농공의 미덕은 없어 왔다. 이 점에서 조선인 전부 욕망은 일개 사자라 운하는 '안빈낙도' 적 협소한 욕망에 피구被拘한 바가 되어서 금일에 이르렀다. 그러므로 조선인이 자제를 학교에 통학케 하는 관념은 그 부모된 자가 자제에게 지식을 열어 인격의 향상을 도모하게 하리라는 관념보다 자제로서 사자(관리)가 되게 하리라 욕망하는 관념이 많나니 이 실로 조선인 다수의 욕망이 전도된 것이며 그리하여 또 협애악착狹隘齷齪하게 된 소이라 할지라. 오인이 방재方在 조선인의 생활을 향상케 하고자 하면 반드시 이 오류된 욕망을 개조하게 하며 향상케 할 필요가 있나니 그러면 우리들 조선인의 욕망은 여하한 방면으로 개조하여 또 향상케 하랴.

---

4) 《논어》〈술이〉. '공자께서 말씀하셨다. "거친 밥을 먹고 물을 마시며 팔을 굽혀 베더라도 낙은 또한 그 가운데 있으니, 의롭지 못하고서 부하고 또 귀함은 나에게 있어 뜬구름과 같으니라." 子曰 飯疏食飮水 曲肱而枕之 樂亦在其中矣 不義而富且貴 於我如浮雲'

2. 생존과 생활의 별別을 먼저 알라

이상에 술함과 같이 우리들 조선인이 먼저 욕망의 개조와 욕망의 향상을 도모하고자 하면 오인은 먼저 생존과 생활의 별別을 알라 절규하나니 생존과 생활의 별을 알지 못하는 자는 이는 금수이며 야만이니라. 생존이라 함은 다만 생명을 가진 동물이 겨우 생명을 유지함에 그치는 것을 의미함이요 생활이라 함은 다만 생명을 유지함에 그치지 아니하고 나아가서는 모든 생활의 향락을 증대하게 하는 방침을 이름이니 즉 사람이 다만 '빵' 뿐으로만 산다 하면 이 곧 생존의 의미에 불과한 것이로되 생활이라 함은 다시 '빵' 이상의 고등의 욕망을 향수하는 의미이었다. 식물과 금수는 어떤 의미에서 그 천부의 생존권은 동일하다 할지라도 그 생활이라는 문제에 이르러서는 양자가 극히 격원한 차별이 있으며 또 타 동물과 인류는 그 생존권은 동일하다 할지라도 그 생활에 이르러는 인류의 생활과 금수의 생활이 소양霄壤[5]의 현수懸殊가 있겠다. 그리하여 인류와 인류간에 있어서도 여하히 생존하든지 그 생명을 유지하는 점에서 동일하다 할지라도 인류의 욕망을 만족하게 하는 점, 즉 생활의 문제에 이르러 인류 호상의 간에 지대한 차별이 생기게 되는 것이있다. 야만인의 생활과 문명인의 생활이 그 근본에서 상이함이며 부국인의 생활과 빈국인의 생활이 그 정도에서 상이함이며 동일한 부국인, 동일한 빈국인일지라도 또 그 개인 개인의 생활이 상이하게 됨은 사람이 곧 생존과 생활의 구별이 있는 소이라 할지라. 오인이 현재 미국인의 생활과 일본인의 생활 정도를 비교하여 보며 또 일본인의 생활과 조선인의 생활은 비교하여 보면 어떤 사람이든지 저간에 몇 십 배의 차위가 생김을 알 수 있을 것이었다. 미국인이나 일본인이나 조선인이나 그 사람된 점에서 동일하며 그 사람된 생명을 유지하는 점 즉 생존

5) 하늘과 땅. 격차가 심함의 비유.

하는 점에서 동일하나 그러나 그 생활의 본위에 이르러서는 실로 소양의 현격이 생기게 되나니 그가 능운충소凌雲冲霄의 양옥에서 기와起臥하는 대신에 이는 폐동퇴옥廢棟頹屋의 속에서 엄奄하며 그가 학술 문예 예술 등 고등한 향락을 누리는 대신에 이는 한 주발의 막걸리에 거의 그 육체적 위로를 받고 있는 형편이 아닌가. 대개 사람의 욕망이라 하는 것은 늘이면 한정 없이 늘일 수 있는 것이요 줄이면 또한 한정 없이 줄일 수 있는 것이다. 욕망이 고원함에 따라서는 비행기의 생활도 오히려 만족치 못하여 화성계의 교통을 구하며 달세계의 여행도 감행하게 되는 것이요, 욕망이 축소함에 따라서는 석간초옥石磵草屋의 생활도 오히려 불능하여 마침내 토굴을 구하며 목소木巢를 경영하게 되는 것이다. 즉 욕망이 크면 클수록 그 제한을 알지 못함과 같이 작으면 작음에 좇아 또한 그 제한이 없게 되나니 이 곧 욕망의 다소는 진화와 퇴화의 분기점이라 볼 수 있다. 우리 조선인은 몇 백 년이래 극단한 문약에 퇴굴되어 욕망이 극히 축소케 된 결과는 모든 생활의 방식이 점차 퇴화를 시작하여 마침내 금일의 상태를 형성함에 이르렀다. 지족이라 하여 사람으로 퇴굴에 처하게 하였고 안분安分이라 하여 백성으로 타면惰眠을 탐하게 하였으며 검박한다 하여 거주의식이 야비野卑에 퇴락하게 되었으며 질소質素한다 하여 인심人心으로 둔박준동鈍朴蠢動에 그치게 하였다. 그리하여 그 생활상태가 줄어들 만치 줄어들고 말았다.

어쨌든 조선인은 그 생활정도를 늘려야 하겠다. 현재의 생활정도를 10배나 혹은 20배를 늘려야 하겠다. 현재 조선인이 이 생활정도 이 모양대로 가지고 있어서는 문화건설이고 문명향상이고 다 쓸데없는 말이겠다. 밥이라는 것이 그 모양이고 옷이라는 것이 그 모양이고 거주라는 것이 그 모양이고 모든 생활이라는 것이 다 그 모양 되고 나서야 어느 겨를에 고등한 문화적 사업을 건설할 수 있으랴. 주리고 차고 있을 데 없고 나서야 무슨 경황에 다른 생각이 날 리가 있을까 보냐. 고인이 일렀으되 의식衣食이 족한 후에 예절을 안다 하였으니 의식이 부족한 인민에게 어느 겨를에 모든 건설을 설명할 경황이 생기리오. 그러므로 현재의 조선인으로서 가장 실지적 급무라 할 것은 무엇보다도 먼저 경제적 관념을 가져야 하겠다. 그리하여 생활의 향상을 도모하여야 하겠다. 현재 조선인 일개인에 대한 일 개월 평균생활비가 5원에 지나지 못하는 것은 통계표상으로 넉넉히 증명할 수 있다. 일개인이 일 개월 평균 5원의 물질적 가치를 가지고 어느 겨를에 문화를 말하고 문명을 도모할 여가가 있으랴. 그 5원이 적어도 6, 7배 10배 이상에 달한 뒤에야 거의 조선인의 혈관에 생혈이 순환된다 하리라.

우리가 만일 생존과 생활의 구별이 없이 못 되면 못 되는 대로 살고 없으면 없는 대로 살다가 그러다가 정말 못 되고 정말 없게 되면 한가지로 손목을 맞잡고 바다에 나아가 빠져 죽기로 작정을 대면 아무 근심도 없고 아무 문제도 생기지 아니할 것이지마는 그러나 적어도 우리 민족의 장래를 위하여 광명이라는 것을 열어주고 행복이라는 것을 준비하려면 우리는 지금으로부터 맹연히 각성하여 안빈낙도하는 안연의 퇴굴주의를 버리고 촉수성금觸手成金하는 도주공陶朱公의[6] 경제수단을 배워야 하겠나. 현새의 조선은 안연의 조신이 되지 밀고 도주공의 조선이 되어야 하겠다.

3. 경제라는 것은 무엇인고

경제라는 것은 무엇이뇨. 이 곧 생활을 향상케 하는 수단과 방침에

---

6) 중국에서 부자의 대명사로 불리는 사람 중 가장 대표적인 인물. 도주는 월나라 구천句踐의 신하였던 범려范蠡의 늙었을 때 이름이다. 구천이 오나라 부차夫差를 꺾는 데 큰 공을 세운 범려는 상장군에 임명되지만, '구천이 환난은 같이 할 수 있지만, 태평성세를 함께 구가하기는 어려운 사람' 임을 알고 관직을 버리고 제나라로 간다. 도陶 지방에서 이름을 주朱로 바꾼 그는 유통업을 시작해 큰돈을 벌게 되었고, 그곳 사람들은 그를 도주공이라 불렀다. (《사기》〈화식열전貨殖列傳〉)

불외한 것이다. 다만 생존이라 하고 보면 비록 경제의 수단을 요하지 아니한다 할지라도 생활의 문제에 이르러는 일동일정一動一靜이 다 같이 경제적 의미를 포함치 아니한 것이 없겠다. 원래가 경제라는 것은 세 가지 표준이 있을 것이다. 한 가지는 수출이 수입보다 많은 것이니 그리고 보면 경제상황이 넉넉하여질 것이요 한 가지는 수출과 수입이 평균한 것이니 이는 경제상 조화를얻었다 할 것이요 한 가지는 수출이 수입보다 적어짐이니 이와 같은 국민은 날로 경제의 곤란을 면치 못할 것이겠다.

그런데 우리는 우리 조선에 있는 수출과 수입이 과연 평균을 얻게 될 것인가 아닌가를 통계로써 알기 전에 우리는 먼저 자기의 일신과 자기 일인의 가정생활을 돌아보면 우선 우리의 경제상태 여하를 알 수 있을 것이다. 발에 '양말' 을 신었으며 손에 장갑을 끼었으며 몸에는 옥양목을 둘렀으며 겉에는 외투를 입었으니 양말 · 장갑 · 옥양목 · 외투 · 시계 · 안경 · 개화장開化杖[7] · 목도리 · 모자 · 요대腰帶 그 모든 것이 다 누구의 손으로 나온 것인가 한번 조사하여 보라. 우리의 물건이라고는 다만 위장 속에 파묻혀 있는 식물食物 이외에는 아무 것도 없다. 우리의 몸에 있는 제구 중에 일 대 팔구는 다 밖으로부터 수입한 것뿐이다. 그리고 가정에 돌아와 보라. 가마 · 냄비 · 석탄 · 사발 · 등유 · 침구 · 행리行李[8] · 궤자机子 · 교의交椅 · 석자蓆子 등이며 심지어 벽의 도배까지도 우리의 물건이 하나나 있는가. 그리고 건축물 · 기계 · 공장 모든 것은 다시 말할 것도 없다. 우리는 조그마한 벽돌 하나를 쌓을지라도 외국 사람의 손을 빌지 않고는 도저히 여망이 없이 된다. 이래伊來 경성에서 교회당 혹은 학교 · 관아 · 회사 등 제 건물을 건축 혹은 수선할 때에 일본인의 손이나 혹은 지나인의 손을 경유치 아니하고는 하나도 되는 것

---

7) 단장(短杖).
8) 여행할 때에 쓰이는 물건. 행장(行裝).

이 없다. 이러한 형편에 다시 경제상태를 논할 용기가 있으랴. 나는 우리 조선인의 생활적 경제상황을 알고자 할 때에 결코 소극적 방법을 쓰라 할 용기가 나지 아니한다. 즉 우리의 금일 현상이 이보다 더 먹지 않고 더 입지 않고 더 쓰지 않고 이보다 더 검박하여 가지고 소극적 경제수단을 이용하라 할 용기가 나지 아니한다. 아무리 못사는 살림살이라도 그만치는 먹고 그만치는 입고 그만치는 쓰고야 생활의 꼴이 될 것이니까. 경제야 되든지 안 되든지 최하도로 그만한 형편은 유지하여야 하겠다. 그러므로 나의 이른바 소위 조선 경제라 할 것은 적어도 적극의 방법을 취하여 자작자급의 도를 강구치 아니함이 불가하다하며 그리하여 그 자작자급의 방법으로는 먼저

산업개발

의 길에 나아가지 아니함이 불가하다 한다. 한 평의 토지라도 개간하고 한 그루의 나무라도 식수하고 한 품의 수공이라도 창조하여 스스로 만들고 스스로 공급하는 도를 취하여야 하겠다.

방법이야 좋든지 아니든지 조선은 농업국이니까 현재 및 장래에 취하여 조선 유일의 기본재산이 될 것은 오직 농업이라 하여도 과언이 아니라. 그러므로 우리는 현재의 농업상태를 더욱 향상케 하여 현재보다 몇 분배分倍의 수익을 얻게 하도록 힘써야 하리라. 듣건대 조선에는 현재의 논 중 용이하게 관개개선을 행할 것이 40만 정보[9]이며 밭의 지목을 변환하여 논으로 할 만한 것이 20만 정보이며 초생지의 개간 및 간석지의 개척을 시행할 만한 것이 20만 정보가 된다 하며 그리하여 산림지의 총면적이 약 1,588만 정보 중에 성림지가 겨우 3할이라 한다. 이루써 부면 조선의 농업 전두는 가히 전두양양하다 할지니 농업가 된 자가 일층 개량 향상의 책을 잡으면 가히 풍세豊歲에 족足을 낙樂할 것이

9) 면적의 단위. 1정보는 3000평.

요 흉년에 주림을 면할 것이다. 그러나 적어도 한 민족의 살림살이가 다만 천혜의 은택인 농업 한 사건에만 전뢰全賴한다 하면 이는 반신불수의 생활이 되고 말 것이다. 사람은 '밥'이 있음과 동시에 옷이 있어야 하는 것이요 일반의 가구가 있어야 하는 것이요 따라서 생활을 풍부케 하는 모든 수출품이 있어야 할 것이다. 거기에서 처음으로 공업의 필요를 느끼게 되는 것이요 상업의 발달을 요하게 되는 것이었다. 현세에서 내로라고 자과自誇하는 소위 문명국이라는 것은 다 같이 공업국과 상업국 됨을 보아도 공상에 얼마나 경제상 중심이 되었음을 알 것이 아닌가. 요컨대 조선 금후의 사활문제는 유일의 경제의 족足 부족不足에 있다 할 것이며 그리하여 경제의 족 부족은 오로지 산업계발에 있다 하리라. 약언하면 경제라 함은 먼저 생활의 요구이었다. 즉 위와 부腑의 요구하는 문제이었다. 사람은 비록 '빵'으로만 살지 못한다 할지라도 우선 '빵'을 먹고 나서야 무엇을 갱신하는 도를 구할 수 있으리라. 그리하여 '빵'의 출처는 다만 생산의 여하에 있는 것이며 생산의 여하는 국민 전체의 상당한

계획 있는 생활

을 하지 않음이 불가하겠다. 종래 우리 조선민족은 생활에 대하여 십분의 요구를 가지지 못한 민족이라 하겠다. 따라서 생활에 대한 예정계획이 없는 민족이라 하겠다. 그날그날 지나갔으면 인생생활이 이에 멎을 뿐이라 생각할 뿐이요 5년 10년 혹은 20년 후에는 지금보다 우승한 생활이 출래하리라 하는 예정 있는 계획 하에서 계획 있는 준비를 가지지 못하였다. 그러므로 우리는 쌀값이 고등하든지 물가가 앙상되어 생활을 지대하기 어려운 경우를 당하면 극히 소극적 방법을 취하여 도회를 버리고 지방으로 들어가며 들을 버리고 산에 들어가 소극에 극소극을 취하는 민족이었다. 그는 조선개방 이래로 몇 십 년간 도회지에 점차 조선인 호수가 감하여 가고 외인外人의 호수가 증가함을 보아도 가히

알겠다. 저 구미의 사람이 생존의 욕구가 번성하여 어떠한 생활의 와권渦卷 중이라도 돌입하여 분투하는 용기를 가진 반대로 우리 조선민족은 될 수 있는 대로까지는 현대생활로부터 탈리하여 도리어 원시상태로 퇴각하고자 하는 형편에 있다. 이 곧 외국인이 조부造富의 본능이 있는 대신에 조선인은 감빈甘貧의 본능이 있다 하리라. 염담恬淡[10], 과욕寡欲, 탈속하는 곳에 다소의 묘미가 없음은 아니나 그러나 생존경쟁이 격렬한 금일에 시세와 공명하려면 공고한 의사로써 분투적 국민이 되지 아니함이 불가하며 더욱이 사려주밀하여 몇 십 년 후에는 여하한 성공이 있으리라 하는 정당한 계획을 세워 착착 향상하는 민족이 되지 아니함이 불가하다. 생각건대 금후의 세계경제는 더욱 격렬히 될 이 추秋를 당하여 오인은 모름지기 계획 있는 경제적 생활을 경영치 아니함이 불가하리라. 원래 경제적 생활이라 함은 소극적으로 검박히 먹고 검박히 입음을 의미할 뿐 아니요. 적극적으로 모든

노동의 능률을 증진

하게 함이 참된 경제적 생활이라 할지라. 그러면 노동(정신적 및 육체적)의 능률 증진이라 함은 무엇을 의미함이랴. 이에 대하여는 제일로 신체를 건강히 하지 아니함이 불가함은 다시 말할 것도 없다. 체력이 약한 데에는 다시 능률의 유무를 물을 것이 없다. 고로 체력건강이 이는 능률을 높이는 기초조건의 일이며 그 다음에도 사람은 사지백체四肢百體가 총히 적용적適用的 되지 아님이 불가하다. 손가락 · 귀 · 눈 · 수족의 활동이 될 수 있는 대로 적용적이 되며 그리하여 또 신속히 일에 임하는 활기계活機械가 되지 아니함이 불가하며 또 그 정신적 요소로는 성실하며 열심이며 또 근면치 아니함이 불가하다. 즉 육체적으로는 백체백체가 도무지 유용한 사업에 활용되도록 발달되며 정신적으로는 견인

---

10) 마음이 편하여 욕심이 없음.

성실堅忍誠實의 정력이 충일치 아니함이 불가하겠다. 다음으로 능률향상의 방법으로는 용의주밀用意周密을 요하게 되나니 예하면 문서계라 하면 제반의 정돈이 일거수일투족에 적의適宜히 배치되도록 정례케 하는 것이니 호모호護模糊는[11] 어느 곳에 둠이 적의하며 협鋏은[12] 어디, 우편절수는 어디, 엽서는 어디, 전보용지는 어디, 봉투권지는 어디, 먹과 붓은 어디에 둠이 적당하랴 하는 등의 준비를 정제하여 편리 또 신속하도록 용의함이 가하겠다. 이들은 비록 사소한 일에 속한 듯하나 그러나 만사만위萬事萬爲에 다 같이 이와 같은 용의를 다하면 저리這裏에 스스로 능률의 향상이 있게 되는 것이었다. 다음에는 또 사무로써 적당한 분류를 베풀어 각각의 맡음을 균형히 할 것이니 예하면 밭에 쓰는 삽이라 할지라도 너무 크지도 않게 하며 너무 작지도 않게 하여 손 맞게 제조 사용함이 필요할 것은 물론이었다. 불편한 기구로써 수일을 일한 업무와 편리한 기구로써 수일을 일한 업무를 비교 대조하면 양자의 간에는 현저한 능률의 고하를 발견하리라. 어쨌든 경제생활과 공히 필요반수할 것은 능률의 향상이 되지 아니치 못할지니 능률의 향상을 도외로 보고 경제의 향상을 도모하고자 함은 이는 금전이 없이 여행을 강제함과 다름이 없다하겠다. 마침내 경제생활과 분리치 못할 한 가지는

업무에 대한 쾌락

을 느끼게 함이니 사람사람이 능히 자기 소업에 대하여 복무적 쾌락을 느낌에서 처음으로 진眞 경제적 취미를 얻었다 할 것이라.

오히려 인생행복의 두 적은 고통과 퇴굴이었다. 그리하여 고통을 벗어나고자 하면 퇴굴이 생기고 퇴굴을 면하고자 하면 고통이 되나니 사람의 다수는 대개 이 양유兩有의 간에 유영하겠다.

대개 빈곤은 고통을 생기게 하고 부유는 퇴굴을 생기게 하나니 빈자

---

11) 고무풀, '호모護謨' 혹은 '호모護模'는 고무(gum)의 음역.
12) 가위.

가 능히 그 생활에 고통이 없게 되고 부자가 능히 퇴굴이 없게 하여 양자 공히 적당한 활동을 얻도록 하려면 각인 공히 자기의 업무의 중에서 천연의 쾌락을 발견하여 자기의 기능이 업무와 공히 융화하며 순화케 함만 못하니 이 곧 경제생활에 없지 못할 신비의 힘이라 할지라.

원래가 개인이나 민족을 물론하고 그 개인이나 그 민족이 장래 위대한 발달을 이루고자 하면 4대 원동력의 본원을 기대하지 아니하면 불가하나니 4대 원동력이라 함은 곳 체력, 부력富力, 지력智力, 덕력德力의 4자일 것이다. 세간은 이 4대 원동력의 원만한 요소에 의하여 개인은 우자優者가 되며 국가는 위대케 된다 하리라.

가만히 생각하면 우리 조선인의 소질을 이 4대 원동력에 비교하고 보면 우리들 조선인은 능히 체력이 있으며 능히 지력이 있으며 능히 덕력이 있음은 타민족에 결코 양두하지 아니하리라. 이 점은 상제 귀신이 보호를 가하고 있다하여도 과언이 아니겠다. 그러나 경제적 생활 즉 부력의 양성에 나아가 우리 조선인은 근본적 결함이 이에 있다하여도 과언이 아니리라. 조선인은 실로 덕력 지력에서 자고로 자신자뢰自信自賴할 점이 많다. 부력에 이르러는 그를 경멸시하는 풍화와 교습이 있어왔나니 이 실루 조선인의 미덕됨과 동시에 조선인의 일대결점이었디니라. 조선인은 유태인과 정반대이며 중화인과 정모순이었다. 조선민족은 금전이라 하는 불결의 물에 대하여 촌호의 추태가 없어 왔나니 이것이 조선인의 자랑거리며 동시에 조선인으로 금일 이후 혹은 현재에서 생존의 빈약을 부르게 하였으며 생활의 입장을 위태하게 한 까닭이었나니 오인은 특히 이 점에 주의를 기울여 경제적 관념을 분기하게 할지이다.

— 《개벽》 11, 1921. 5.

혼돈으로부터 통일에

혼돈-몽롱-방황, 개화-문명-문화,

의뢰-고립-자립, 개척-정돈-통일

1. 혼돈, 몽롱, 방황

현재 우리 조선사람이 아직도 과도기에 있음은 누구나 다 아는 일이다. 만사가 과도하면서 나아가는 중이다. 경험과 사실을 돌아볼 여가가 없이 목적과 수단을 가릴 이성이 없이 나아가기로 전력함이 이 과도기의 특징이며 용기이었다. 흡연恰然히 청년 사업가가 실패와 성공을 작량할 여가가 없이 활정活精의 충동에 끌리어 무한히 전진함으로 쾌락을 삼는 것과 한가지였다. 그러므로 과도기에 있는 모든 활동은 실패 반드시 실패 아니며 성공 또한 성공이 아니니 성공과 실패가 교차하여 과도의 경로를 형성하면서 자연으로 경經을 삼고 본능으로 위緯를 삼아 앞에 앞으로 나아가는 것이 과도기의 행정行程이었다. 저간에는 물론 이성과 경험의 간섭이 전무하다 함은 아니나 그러나 이미 과도기라 하면 경험의 힘보다 충동의 힘이 많으며 이성의 작량보다 본능의 지배가 많은 것은 피치 못할 필연의 세勢라 하리라.

그러기에 과도기의 중로에 있어서 누구나 흔히 맛보는 일은 혼돈, 몽롱, 방황이라 하는 것이겠다. 용마를 탄 청년용장이 적군을 따라 생소한 진지를 한없이 돌격저분함과 같이 임하는 곳마다 혼돈, 몽롱, 방황을 당하면서 이상理想이라 하는 한 줄의 생맥生脈에 달려 무한히 전진할 뿐이었다. 일찍이 '가륜포哥倫布'[1]가 신대륙을 발견하고자 하여 처음으로 대서양 해안에서 출범할 때에 일반의 선인 등은 대개가 혼돈몽롱한 의사로써 다만 가륜포의 열렬한 신설信舌에 의하여 경험 없고 주의 없는 항해를 하였을 뿐이었다. 그러므로 그들은 마침내 방황무정의 생각으로 강경히 가륜포를 대항하였던 것이다. 과도기에 있는 일반의 민중이라 하는 것은 가륜포 휘하의 선인과 같이 대개가 처음은 혼돈몽롱의 걸음으로 문화의 와류 중에 나서게 되는 것이요 다음은 방황으로써 그 문화의 진위를 의심하게 되는 것이요 마침내는 자각으로써 그 문화의 실천을 맛보게 되는 것이었다. 이 점에서 우리 조선인이 아직도 과도기라 하는 도정에 있다 하면 누구나 아니 일반민중은 아직도 혼돈, 몽롱, 방황의 기분을 벗지 못하고 의구와 방황으로써 자각이라 하는 권외를 탈출하고자 하는 노력 중에 있다 하리라. 시험 삼아 오인으로 그 일례를 들면 현재 우리의 중에는 아직도 음양력陰陽曆이라 하는 이중의 환세를 하고 있나니 즉 양력설을 지내고 나서는 음력설을 또한 섭섭히 지낼 수 없다 하여 아울러 음양 두 설을 하나도 유쾌히 지내지 못하고 음과 양 두 중간에서 방황하는 중에 지내온다. 우리는 이 한 사실로써 넉넉히 우리의 현재가 여하한 정도에 있음을 증명할 수 있다. 즉 우리의 현재는 음과 양 두 설을 다 지워버리지 못함과 같이 신과 구, 또 신의 신, 구의 구, 모든 사상의 모순당착 그대로를 아울러가지고 그 중간에서 우물우물하고 있는 중이다. 새 것은 세계 대세라 하여 이것에 좇을 수밖에 없이 되었고 낡은 것은 이미 정든 것이니까 기왕 버린 물건인 줄로 알면서도 졸연간 그를 떨어버릴 용기가 나지 못하였다. 그래서 무엇이든지 아울러 가지고 수서양난首鼠兩端의 생활을 하고 있다. 동일한 가정, 동일한 단체의 중에도 상립喪笠을 쓴 상주가 있음과 동시에 상표喪票를

---

1) 콜럼버스 (Christopher Columbus, 1451~1506).

붙인 상인喪人도 있고 말과 가마를 타고 장가시집을 가는 사람이 있음과 같이 인력거와 자동차를 몰아 혼례식을 거행하는 사람도 있으며 평의 참의 등 새 관제가 있음과 같이 참봉 장의 등 구관례도 있으며 무당 복수 등 옛 미신이 있는 동시에 백백도白白道[2] 훔치교[3] 등 새 미신이 아울러 있으며 망건 장사가 있음과 동시에 모자 장사도 있으며 신소설이 유행하는 동시에 구소설도 유행하며 학교가 있음과 같이 서당도 있는 등 모든 것이 다 이와 같은 모순당착의 현상 중에 진행하고 있다. 우리는 이 현상을 가르쳐 혼돈, 몽롱, 방황이라 한다. 물론 혼돈, 몽롱, 방황기라 하는 것은 과도시대에 있어 피치 못할 일이요 또 그 과도의 준령을 넘지 않고는 통일의 시기를 얻지 못할 것은 말할 바도 없는 일이지마는 그러나 이 혼돈기가 오랫동안 정체되면 정체될수록 되는 만큼 신문화의 건설이 지체될 것이니까 우리는 어떠한 방법으로든지 그 방황기를 단축시키도록 힘써야 할 것이다. 그런데 지금 우리 조선사람이 현재가 과도기에 있다 함은 그 뜻이 결코 과도하려는 초기에 있다 함이 아니요 그 종기에 들어가는 길이라 함이니 즉 과도기를 초중종 3기로 나누어 본다 하면 우리는 어느덧 초기, 중기를 지나 종기적 과도시대에 들어가려고 노력하는 중에 있다 하리라.

2. 개화, 문명, 문화

대개 우리 조선사람이 처음으로 과도적 혼돈기에 들어서기는 역사상 약 30여 년이 되었다. 즉 조선사람은 지금으로부터 약 30년을 표준하고 신구혼돈기에 들면서 어느덧 삼도三度의 깍지를 벗어왔다. 이 점에

---

2) 1923년에 차병간車秉幹이 경기도 가평에서 창시한 종교로 동학 계통의 백도교白道敎에서 파생되었다.
3) 동학농민운동이 실패한 뒤 구세제민救世濟民의 뜻을 세우고 전국을 떠돌던 증산甑山 강일순姜一淳이 죽자(1909), 부인 고판례가 흩어진 교인들을 모아 1911년 정읍 대흥리에서 다시 조직한 증산교의 교단.

서 나는 우리 조선에 있을 금일 이후의 활동을 과도의 초기에 들어가는 노정이라 함을 말하고자 한다. 우리가 처음으로 개화의 말을 듣고 개화라 함을 입으로 불러보기는 갑오년으로써 제1기를 삼지 아니치 못할지니 누백 년간 타면惰眠에 묻혀 인습에 꿈꾸던 일반 민중이 속俗 소위 동학난이라 칭하는 민중적 개혁당의 활동에 좇아 일반사회는 처음으로 퇴굴의 와혈로부터 타면을 들어 '이것이 웬일이냐' 하는 뜻을 두게 되었다. 따라서 일청전쟁이 일어남에 이르러 개화의 소리가 점점 민간에 높아졌다. 물론 갑오 이전에 있어서도 일부 지사정객의 개화당이 없음은 아니나 그러나 그는 극히 일부 정치가의 신구충돌에 지내지 아니한 것이요 온 민중이 다 같이 사상적 동요를 일으켰으며 변태적 심리를 가지게 된 것은 적어도 갑오의 연대가 이에 이르게 함이라. 몽롱하나마 개화라 칭하는 용어가 민간에 유행하기를 시작하여 그를 찬동하는 사람도 생겼으며 그를 반대하는 사람도 있게 되었다. 의미를 알고 불렀든지 모르고 불렀든지 어쨌든 이 개화 개화라 하는 용어 한마디가 과도기의 초기를 형성하였음은 피치 못할 사실이었다. 이와 같이 개화하는 말이 10년간 민중적 신용어로 유행하는 간에 세월은 어느덧 갑진甲辰(1904)이라 하는 제2기의 과도기에 들게 되었다. 일로日露의 풍운이 한번 동양을 석권함에 이르러 개화라는 빈말로만 10년간 모든 개혁에 유예준순猶豫逡巡하던 민중은 실지로 개화건설의 착수를 시작하였다. 갑오에 동학의 이름으로써 민중적 개혁운동을 개시하였던 일반민중은 어느덧 진보회進步會라 칭하며 일진회一進會라 칭하며 대한협회大韓協會라 칭하며 혹은 서북학회西北學會, 기호학회畿湖學會 등의 모든 신명칭으로써 정지 혹은 사회적 건설에 착수하고자 하였다. 오인은 이를 칭하여 과도중기에 들어가는 길이라 하노라. 아직도 상투를 자르면 목을 자름과 같이 알던 조선사람으로 하루아침에 20여만의 단발자를 보게 되었으며 따라서 신정치, 신교육, 신교통 등 모든 설비가 실지로 나타났다. 자동적

이던지 피동적이든지 그 결과가 악하든지 선하든지 어쨌든 조선사람은 갑진에 이르러 두 번째 깍지를 벗고 새 무대에 오르게 되었다. 철로를 타며 전차를 타며 신문을 보며 잡지를 읽으며 학교를 다니며 연설을 하며 양옥을 세우며 양복을 입는 등 모든 것이 새것을 표준하고 일어났다. 그러는 동안에 어느덧 개화라 하는 말이 변하여 문명이라 하는 신용어가 되었다. 개화 문명 두 가지의 용어가 그렇게 서로 차이나는 의미를 가진 것은 아니지마는 여하튼지 개화가 변하여 문명이라 하는 용어가 되기는 진보의 일 계단이라고 볼 수 있다. 다시 말하면 갑오의 정도를 대표로 한 개화라는 용어가 갑진의 정도를 대표로 한 문명이라 하는 용어로 변하게 됨으로써 금일에 이르렀다.갑진으로부터 금일에 이르는 간 18년간에 조선의 현상은 급격히 변하여 모든 것이 소양霄壤의 차이를 나게 하였다. 더구나 세계대전이라 하는 공전空前의 대영향은 온 세계의 사조를 변동케 함과 동시에 우리의 조선사람도 종내 제2기의 과도를 지나 금일 제3기의 과도기에 들려 노력하는 중에 이르렀다. 별언하면 조선인은 갑오에서 갑진에 이르는 10년간 제1기의 깍지를 벗었으며 갑진으로부터 금일에 이르는 간 십유여 년은 제2기의 깍지를 벗었으며 그리하여 금일로부터 이후는 제3기의 깍지를 벗고자 노력하는 중에 있다 하리라. 최근 양 3년 이래 각종 단체의 울흥이며 청년의 향학열이며 부형의 교육열이며 신문잡지의 진보이며 여자해방의 운동 등 모든 각성의 길이 공전의 활기를 가지고 진전하는 중에 있다. 그리하여 이제껏 문명이라 칭하던 용어가 세계 대세를 응하여 문화라 운하는 용어로 변하는 중에 있음은 특히 주의할만한 일이다. 그런데 개화 문명 문화 세 가지의 용어는 본래부터 그 의미상에서 큰 차이가 있음은 아니나 그러나 어떤 나라를 물론하고 그 용어의 진보적 형적을 추구하면 반드시 개화라 하는 말이 먼저 생겼으며 둘째는 문명이라 하는 말이 대를 이었고 그 다음에는 문화라는 말이 유행하게 된 것은 실로 우연치 아니한 일이라 하겠다. 대개 학자들이 이 세 개 용어를 취하여 해석하는 말을 들으면 왈 개화, 문명, 문화라 함에 본래 의의상 큰 차위가 있는 것은 아니다. 그러나 그 용어의 발전한 형적으로 보면 다소의 차이점이 없지 않다 하나니 즉 개화는 미개하였던 사회가 처음으로 형식상 혹은 정신으로 눈을 열었다 함이니 이를 하루의 과정으로 말하면 욕명미명欲明未明한 효두라 하는 말과 흡사함이요 문명이라 하는 것은 정신이나 형식에 찬연한 문물이 전개하였다는 의미일지나 그러나 대체 문명이라 하면 저간에 정신으로보다 물질적이라 하는 편이 과중하여졌다 하는 의미이며 문화라 함은 그의 반동으로 정신적에 치중되는 말이라 함이 대개 일반 보편의 용인이라 하면 조선에 있는 개화, 문명, 문화라 칭하는 세 용어의 세 과정도 또한 저개這個의 의미가 없지 않다 운치 아니치 못할지라. 물론 조선은 물질상에 있어서는 개화라 하며 문명이라 하여 거기에 구별을 붙일 만한 발달이 과거에 있었던 것은 아니로되 그러나 대세에 응함에 따라 우리로 하여금 부득이 용어나마 이 삼계단의 변천을 얻게 된 것으로써 볼지라도 갑오 이래 근 40년의 역사에 현저히 삼대 변천이 있었음은 명백한 사실이라 하겠다.

가만히 생각하면 이 세상에는 무엇보다도 사람의 사상과 같이 변천무상하는 것은 없다 하리라. 아니 사람의 사상으로부터 우러나오는 형식과 창조력이 날로 우리의 안전에 나타남을 보면 곧 우리가 이제 30년을 전후로 하고 정신상으로나 형식상으로나 그 변천한 차이점을 상호 비교 대조한다 하면 과연 놀랄 만한 일이 적지 아니하리라. 우선 형식상에서 도포를 입고 망건을 걸고 큰 갓을 쓰고 긴 대를 들고 갓신을 신고 식후 7보하던 사람에게 양복을 입고 모사를 쓰고 구두를 신고 권연卷煙을 피우고 운동보運動步를 옮기는 사람에 비하면 전후가 꼭 같은 한사람이로되 흡연히 타국과 타국인이 상대한 감상이 없지 아니하며 더욱이 사상상에서 만약 30년 이전의 산림학자의 사상과 금일 청년의 신사상을 정면으로 대조한다 하면 그 얼마나 놀랄 만한 현상일까. 나는 근래에 소위 신구사상의 충돌이라 하는 점에서 문제인 노소老少사상을 정연히 간래看來하면 저간에 호상책임의 전도한 점을 발견하였나니 중에 일례를 들면 이왕에는 부형이 자제를 편달하여 가면서 서당교육을 받게 하던 대신에 지금은 자제가 부형에게 강청하여 학교 취학을 하고자 하는 것이며 이왕에는 노장老壯이 청소青少의 음주를 금하던 것이 지금은 청소가 도리어 노장의 주벽을 악습시하는 것이며 이왕에는 부로가 자제로 하여금 종교(유교)행세를 하라 훈계하던 것이 지금은 자제가 부형을 권하여 종교(일반종교)의 신자됨을 희망하는 등 모든 것이 어떤 점에서 이왕과 지금이 호상 전도한 형편에 있다. 이것이 대개 세사의 변천을 말하는 것이며 따라서 조선인의 30년간 진보한 증적을 역력히 알아볼 수 있다.

대개 조선인이 지금껏 과도의 종기에 있어 아직껏 몽롱방황의 기분을 벗어나지 못하였다 함은 그의 주요원인이 다수할지나 그러나 그를 추상적 개괄적으로서 일언하게 되면 30년 이전 묵은 깍지를 쓰고 신시대에 들어온 노년의 사상과 금일의 금일사상을 가지고 신시대에선 청년의 사상에 호상경정互相逕庭이[4] 나게 됨이며 따라 동일한 청년의 사상이라 할지라도 신지식에 대한 아무 역사적 지도가 없이 돌연히 신사상에 접촉된 조선 청년임으로서 가정으로 부형의 훈유訓諭를 신용시하지 못하게 되었고 사회로 선배의 지도를 철안시鐵案視하지 못하게 된 결과는 필경 금일의 조선으로 아직도 몽롱, 방황의 기분을 떠날 각오가 없이 대세의 동기에 응하여 겨우 금일 문화라 칭하는 도정에 오르게 되었나니 우리가 이제 과도의 종기라 하는 이 준령에 세워 첫째로 각오치 아니치 못할 것은 우리가 될 수 있는 한에는 이 삼도탈곡三度脫殼의 호기

4) 서로 크게 차이가 남.

회에 있어서 과거로부터 묻어온 이 혼돈, 몽롱, 방황이라 하는 삼불상三不祥을 해탈하고 깨끗이 신사상의 통일을 도모치 아니함이 불가하다. 우리로부터 이 삼불상을 탈하고 견고한 의지로써 전도를 개척한다 하면 우리의 금일은 흡연히 장도항해에서 의구 방황하던 가륜포의 선부 등이 수초의 부래를 발견하고 처음으로 신대륙이 장차 가까웠음을 자각함과 같이 특연特然한 자신이 누구의 활동상에나 사실로 나타나리라.

3. 의뢰, 고립, 자립

말하기는 쉬워도 행하기는 어려움이 대개 세사의 보통이다. 몽롱을 버리고 방황을 버리고 특연한 신조로써 문화의 전도를 개척하라 하면 듣기에는 대단히 쉬운 일 같지마는 사실에 이르러는 어려운 일의 하나 됨에 내하奈何하리오. 그가 어려운 일의 하나 되는 까닭은 여러 가지 원인이 있을지나 대개는 우리의 사상 중에 부패한 분자가 아직 남아 있음으로써라. 누가 공기에 물을 넣지 못한다 하면 그를 곧이들을 사람이 있으랴. 공기에 물이 들지 아니함은 아직도 공기의 중에 남아 있는 물건이 그대로 있음일세가 아니겠느냐. 우리가 누구나 특연한 신조로써 문화의 전도를 개척한다 떠드나 그러나 그가 아직 완성의 기가 요원하여 보임은 그 사상의 중에는 아무리 하여도 문화개척사업과 반대되는 부패의 분자가 남아 있음으로써일지라. 우리로서 우리 조선사람의 최근 이삼 년간에 나타난 모든 활동을 보면 그 활동의 중에는 반드시 가결可缺치 못할 자립의 힘이 튼튼치 못한 것을 발견하였으며 그리하여 그 자립의 힘이 튼튼치 못한 까닭은 그 이면에 은연히 의뢰와 고립의 발동이 강한 까닭임을 알았다. 원래가 의뢰와 고립이라 함은 전혀 성질이 상이한 모순적 양 측면인데 우리 조선인은 그 모순된 양 측면을 둘 다 아울러 가지고 있게 되었음은 한 기괴한 현상이라 하겠다. 원래 우리 조선인의 의뢰심이라 하는 것은 역사상 적지 않은 원인을 가지고 있어 왔지마는 우리는 구태여 그를 장황히 말할 필요가 없으며 또한 말하여 상서롭지 못한 일이니까 다만 일언으로써 우리 조선사람은 의뢰심이라는 것을 떼기 전에는 철저한 자주력이 생기지 아니할 줄로 생각할 뿐이다. 붕우를 사귐은 좋으나 붕우에 의뢰하여 자기의 이익을 도모하고자 함은 이는 불가하며 자제를 교육함은 좋으나 자제에게 의뢰하여 자기의 일생존망을 이에 두고자 함은 이는 불가하며 외인과 수교함은 좋으나 외인을 의뢰하여 자기의 일을 위임케 함은 이는 불가하며 사주팔자를 연구함은 무방하나 사주팔자에 미혹하여 만사를 이에 좌우함은 이는 불가하며 종교를 믿음은 좋으나 이적에 침닉하여 자조를 잃음은 이는 불가하며 만사 운명에 의탁함은 안분상安分上 혹 무방하나 운명이라 하여 활동을 예정함은 크게 불가하나니 성공과 의뢰는 실로 무상의 대적이라 오인은 모름지기 유형상 의뢰이나 무형상 의뢰임을 불문하고 총히 배척하여 자조자위의 정신을 가지지 아니함이 불가하다.

일찍이 주자가 일렀으되 학자를 가르침이 취인醉人을 붙드는 것 같아서 일방으로 넘어짐을 받친즉 다시 반대방면으로 넘어져 도저 자립을 얻기 어렵다 하였나니 과연 지당한 말이라 할지라. 우리의 중에는 의뢰를 배척한다 하면 문득 고립을 취하여 만사를 자기의 독력으로 독전獨專하리라 오신하고 갑을 배척하며 을을 내치며 드디어 협동조화의 힘을 잃고 일이 실패함에 이르러는 문득 사람을 원망하며 붕우를 탓하고 혈혈연孑孑然히[5] 산림처사를 행하는 자가 대개 그러하나니 이 실로 고립의 죄라 할지라. 이미 사람을 사회적 동물이라 인정한 이상은 어디까지든지 사회로 더불어 힘을 합하여 사회가 나에게 주는 혜택과 내가 사회에게 주는 역량을 호상 조화협동하지 아니함이 불가하거늘 일이 이

5) 외로이.

에 불출不出하고 혹은 전혀 통일을 떠나서 자기의 독력으로써 역발산기개세力拔山氣盖世를[6] 부르고자 하나니 이 어찌 커다란 오해가 아니리오. 과거에 있어서 우리들 조선인이 심히 고립을 취한 원인은 그 일은 계급의 관념이며 기타는 지방적 관념이었나니 이 양 관념의 여독은 아직도 우리의 감상 중에 남아 있어 사람으로써 사람을 구별하며 지방으로써 지방을 구별하며 혹은 동일단체의 중에도 질투 혐기로써 통일을 도모치 못하는 등은 다 같이 고립의 죄라 운치 아니치 못할지라. 미안한 말이지마는 우리의 사상적 죄악은 실로 의뢰와 고립에 있다 함을 나는 원려遠慮없이[7] 말하고자 하노라. 의뢰치 않으면 고립하고 고립치 않으면 의뢰하나니 무슨 일이 쇠패하게 되면 호상책임을 전가함으로써 그 일을 더욱 쇠패케 하며 무슨 일이 성왕할 때는 호상책임을 고립케 하여 또 그 일을 쇠패에 이르게 함은 우리가 누누이 우리 사회에서 보는 일이라.

무릇 의뢰와 고립은 자립의 양대 적이라. 누구든지 자립심이 풍부한 자는 결코 의뢰와 고립을 취하지 아니하나니 자립은 즉 의뢰도 아니며 고립도 아닌 순수협동과 전공專工의 양 조화성이라. 협동은 얼른 보면 이는 의뢰와 같되 의뢰가 아니며 전공은 오해하면 이는 고립과 같되 고립이 아니니 협동으로써 전공을 버리지 아니하며 전공으로써 협동은 무시하지 아니한 연후에야 거의 자립의 정신을 가진 자라 할지라. 그러면 자립이라 함은 혹 일개인과 혹 일 단체가 타의 여러 개인과 타의 여러 단체의 중에 개재하여 각자 전공을 전심하면서 동시에 각 타의 전공과 협동하여 자개自個의 완성을 기함과 같이 따라서 자타 공히 생존번영을 도모하는 묘법이라 할지라. 비유하건대 오인의 신세가 사지와 백

---

6) 초패왕 항우의 힘과 기개를 칭송하는 데에서 나온 말. 힘이 산이라도 빼어 던질 만하고, 기(氣)는 세상을 덮을 만하다는 뜻. (《사기》〈항우본기〉)

7) 먼 앞날을 걱정하지 않고. 장래를 생각하지 않고.

체로 구성하여 사지백체가 각자의 전공의 힘이 있음과 동시에 그 각자의 전공의 힘은 전신체全身體라 하는 협동의 정신을 균수均受한 후에야 처음으로 건전한 신체를 얻음 같이 일 사회나 일 민족의 일도 또한 이와 같아서 그 일 사회 그 일 민족의 중에 각자 전공의 개인과 각자 전공의 단체가 각자 전공에 전심전력함과 동시에 그 일 사회 그 일 민족의 협동정신을 가지지 아니함이 불가하나니 가령 현재 우리 조선민족문화라 할지라도 그 조선민족된 자의 각자 개인과 각자 단체가 서로 각자의 번영을 오로지 도모함과 동시에 그 이면에는 항상 조선민족이라 하는 정신적 이상으로써 호상협동의 행위를 가지지 아니하면 결국 각자 개인과 각자 단체는 의뢰와 고립이라 하는 편에 경도할지라. 가령 우리 민족이 비록 적다 할지라도 또한 학자도 있으며 관리도 있으며 실업가도 있으며 종교가도 있으며 법률가도 있는지라. 그 학자, 관리, 실업, 종교, 법률가 등이 호상의 전공에 의하여 호상의 번영을 도모함과 동시에 호상협동의 정신을 잃지 않은 후에야 거의 자립의 힘이 있다 할지라. 그런데 협동의 정신이라 함은 일정의 이상체理想體의 충동을 받지 아니하면 도저 그 역域에 달하기 불능하나니 고로 우리의 각개 전공이 그 전공으로 협동의 정신을 이루고자 하면 먼저 조선민족의 문화라 하는 이상체를 일이관지一以貫之의 마음으로 조화하며 융화하며 영화靈和하여 각자 자립의 정신으로 민족의 정신을 단결케 하여 갑의 하는 업과 을의 하는 업이 서로 그 업무는 다를지라도, 병의 활동과 정의 활동이 서로 그 방면은 다를지라도 결국 민족의 문화라 하는 점에 이르러는 한가지로 일치의 협동적 영향을 믿게 한 연후에야 이로써 자립적 개인이라 할지며 이로써 자립적 민족이라 할지라. 이에 반하여 갑과 을, 병과 정이 각기 통일의 이상이 없이 각자 고립의 태도로써 칠령팔락七零八落의[8] 세에 돌아간다 하면 그 결과는 아무리 하여도 의뢰에 떨어지지 아니하면 고립에 묻힐 뿐이어니 어느 겨를에 문명을 논하며 문화를 말하리오.

4. 개척, 정돈, 통일

이와 같이 우리가 자립의 정신을 수립케 한 연후, 다음은 개척, 정돈, 통일의 순서를 가지지 아니함이 불가하니 비유하건대 한 농부가 황무지를 개간하고자 할 때에는 먼저 개척이 있어야 하는 것이다. 나무를 베며 풀을 뽑으며 흙을 간 후, 다음은 토세土勢를 정돈케 하며 다음은 지세地勢를 통일하여 밭과 논의 연락을 지키게 함이 가함과 같다. 만일 우리 조선현상을 한 황무지라고 가정한다 하면 우리는 우리 조선에 먼저 개척자가 많이 있기를 바라는 바이다. 촌寸[9]을 얻음도 왕의 촌이요 척尺[10]을 얻음도 왕의 척이라 함과 같이 촌을 개척함도 우리의 이익이요 척을 개척함도 우리의 이익이 될 것이었다. 2천만이 다 1촌씩을 개척한다 하면 2천만 촌을 얻을 것이요 2천만이 다 1척씩을 개척한다 하면 2천만의 척을 얻을 것이라. 그러나 2천만이 어찌 다 개척자되기를 바라리오. 적게나마 우리 조선에서 몇십 명 몇백 명의 개척자를 얻는다 하면 그로 인하여 생기는 조선문화적 수익은 실로 적지 아니할 것이다.

대개 개척자라 하는 것은 그 범위가 한정이 없는 것이었다. 크다면 일 세계의 개척자도 있으며 적다면 일 촌 일 향의 개척자도 있나니 그러므로 종교가에는 종교의 개척자, 문학가에는 문학의 개척자, 사상가에 사상의 개척자 등이 있음과 동시에 어떤 경우에 이르러는 각기 전문의 개척자를 통일한 개척자가 먼저 여러 군소의 개척자를 조성케 하는 예도 없지 아니하다.

대개 성쇠盛衰는 인간의 상례라. 성이 극極하면 쇠가 이르고 쇠가 극하면 성이 복復하나니 그리하여 그 성쇠가 인간에 연면連綿하는 소이는 즉 개척자가 때를 따라서 생기는 까닭이있다. 이를 종교의 측면으로써

8) 뿔뿔이 흩어져 갈피를 잡을 수 없음.
9) 길이의 단위. '치' 라고도 하며 1자의 1/10에 해당함. 계량법에 따르면 1.1930inch, 3.0303cm.
10) 길이의 단위, '자' 라고도 하며 1촌의 10배.

보면 중국 춘추의 당시에 제자백가가 의논으로 공리空理를 공담空談하는 극단에 실천대윤리가實踐大倫理家 공자가 생긴 것이며 인도의 바라문婆羅門이 계급의 경쟁이 극단의 쇠퇴를 이루었을 때에 평등자비를 주장한 석가釋迦가 나옴과 같음은 그의 일례라. 그리하여 그 당시에는 이들 대개척자에 말미암아 쇠운을 일전하여 성운에 회복하게 한 것이었다. 어찌 공자 석가뿐이리요. 사상, 문학, 교육, 실업에다 이들의 개척자를 기대한 연후의 일이니 루소도 그의 일인이며 사옹沙翁도[11] 그의 일인이며 니체도 그의 일인이며 톨스토이도 그의 일인이라. 동서고금에 무수무량의 개척자가 다 같이 때에 응하며 기회에 연緣하여 일어남으로써 크게는 일 세계, 적게는 한 민족으로써 사상의 전기를 얻게 하였으며 정신의 개혁을 도모케 한 것이었다.

그러므로 한 민족의 사상이 오랫동안 부패침전하여 고질에 고질을 이룬 적퇴積堆는 결코 구구한 소개척자의 수단으로 도저히 그를 파괴키 불능한 것이요 반드시 저간에 용전호도적龍顚虎倒的 대개척자의 풍력風力과 신부神斧를 바라지 아니함이 불가하나니 비유하건대 수십 년간 퇴적한 진부의 진애를 세척하고자 함에는 구구한 일리강우一犁降雨의 힘으로 능하지 못하는 것이요 반드시 노도격류의 홍수를 주입한 연후에 가능케 되나니 이는 동서의 문화사를 들어 가히 이를 증명할 만하다.

우리 조선인은 유래 중국식의 침전한 사상은 이미 기백 년 이래의 고질을 이룸이 오래인지라. 과연하다 하고 이 기백 년의 고질을 세탁하고자하여 그에 상응한 대사상가를 기다릴 수밖에 없는 일이라 하면 우리 조선에는 그 고질을 세탁할 만한 대개척자가 대개 어떤 사람이 될까. 우리의 냉정한 두뇌로써 이를 평한다 하면 우리는 인내천주의人乃天主義의 수창자 최수운崔永雲으로 그의 일인이라 함을 마지아니하노니, 이렇

11) 셰익스피어 (William Shakespeare, 1564~1616).

게 말하면 세인 중 혹은 그를 지칭하여 일 동학의 원조뿐이며 일 천도교의 교조뿐이요 전체 조선민족에게는 하등의 관련이 없다 논하는 자가 있을지 알지 못하거니와 오인의 사고로써 말하면 최수운의 사상은 전 조선 민족의 사상개척자이며 전 세계 인류의 사상개척자임을 단언하고자 하노니 무슨 까닭이뇨. 전 조선은 혹은 전 세계는 직접 간접으로 점차 그의 사상과 접근하여 오며 융화하여 옴으로써라. 어찌하였든지 적든지 크든지 옳든지 그르든지 금일에 앉아서 아직도 최수운으로 조선 신사상가의 개척자라 함을 주저하는 자가 있다 하면 그는 실로 사실에 맹목한 질투가라 운치 아니치 못할지라. 그의 사상이 한번 일어나매 조선의 사상계는 각종의 파동으로 격렬한 변화를 일으키게 된 것은 조금이나마 식견이 있는 사람이면 누구나 이에 반대의 용기가 나지 못하리라. 그러므로 오인은 그를 가르쳐 순조선인 개척자라 함을 마지아니하며 다음은 기독교의 수입이 조선의 한 개척의 길을 열었다 하리니 기독교는 그 사람으로는 개척자가 조선에 나지 못하였으나 동교가 본래 구주문명을 선구로 한 점에서 교회의 힘으로써 능히 개척자의 일 위치를 점득하였다 할 것이라. 그리하여 개인으로 제제의 개척자 즉 문학 실업 교육 등으로부터의 개척자는 아직 금일 이후의 일이라 할지니 이 점에서 오인은 조선청년 되었음이 전도양양한 행복이 있다할 것이며 그리하여 조선청년된 자가 스스로 개척자의 기개로써 모든 방면에 진격한 활동으로 나아감을 바라는 바이라.

이와 같이 각 방면에 개척자가 울흥함을 예기함과 같이 따라 필연으로 반행할 것은 정돈사업이라 할지라. 이상에 술함과 같이 현재 조선에 있어서 각종의 혼돈, 봉동, 방황의 기분중으로부터 신과 구, 신의 신과 구의 구, 이들 복잡한 사상 중에서 일 건전한 사상을 묘출하여 이를 지급至急히 정돈할 필요가 있다 하노니, 만일 이들 사상의 정돈이 없이 전도를 맹목적으로 개척한다 하면 진보삽체進步澁滯의[12] 폐가 실로 크다 할지라. 그러면 이들의 사상 중으로부터 이를 정돈하는 방식은 무엇에 있느냐 하면 이는 물론 철저한 혁신적 교육의 힘을 바라지 아니함이 불가하나 그러나 교육은 10년 이후의 일이라 급속히 이를 정돈한다 할 수 없는 일이요 또는 다만 교육의 힘뿐으로써 정돈을 완기한다 할 수 없는 일이니까 사회가 이를 담임하여 사회의 힘과 사회의 풍기로써 이를 고취함이 목하의 급무일지라. 그러나 조선에 있어서 사회의 정돈을 사회로써 기성한다 하면 오인은 이를 교회의 힘이 아니면 도저 불능하다 할지니 무슨 까닭이오. 조선의 현상은 아직 교회의 힘을 초월하여 그를 지도할만한 대사상가가 없으며 대문학가가 없음으로써라. 고로 조선문화의 정돈사업은 하나도 교회요 둘도 교회라 함을 선언하노니 만일 조선의 현상도 이보다 더 진보하여 개인 각자의 자립의 정신이 완성되었다 하면 그때에는 물론 교회의 힘을 기대치 아니하고도 만사가 정돈할 시일이 도래할는지 알지 못하나 금일에 있어서는 일사일업을 물론하고 교회의 힘을 빌지 아니하고는 도저히 성공을 보기 불능함은 어떤 이든지 목전에 역력히 간과함이 아니리요.

가령 이에 조그마한 일 개량조건이 있다하라. 이를 일개인의 학자의 필력이나 또는 구설로는 도저히 조선인의 전심리를 전기하기 불능하되 이를 교회의 힘으로써 기성한다하면 비록 소수의 일부분일지라도 즉시 다소의 효과를 얻을 것은 사실의 사실이다. 이와 같이 하여 각 교회와 교회 각 단체와 단체가 모든 혁신의 사업을 정돈하고 그 정돈한 자를 다시 통일케 하여 2천만의 민중이 동일한 이상체 정신하에서 각자 전공을 힘써 나아가면 10년 이후의 조선은 오인이 결코 목目을 괄括하고[13] 상대하리라 단언하노라.

— 《개벽》 13, 1921. 7.

---

12) 나아감이 막히거나 부진함.

13) '목目'을 '괄刮' 하고의 오기인 듯.

최근 사회의 신현상을 보고 도덕심의 수립을 절망切望함

-도덕의 결함은 민족의 수치-체육계와 도덕- 교육계의 현상과 도덕-
-철학계의 현상과 도덕-자치기분과 허위의 기분과의 도덕-도덕의 승리-

1. 도덕의 결함은 민족의 수치

한가지의 종속種屬과 역사를 가졌으며 한가지의 언言과 문文을 가졌으며 한가지의 풍속과 습관을 가진 민족으로서 서로 힘쓸 일을 더욱 힘쓰며 서로 나아갈 일을 더욱 나아가며 서로 발전 향상할 일을 더욱 발전 향상케 함은 이 곧 그 민족의 번영을 도모하는 길이며 그리하여 그 민족의 번영을 도모함은 곧 그 민족의 원소되는 개인의 번영을 도모하는 술術이라. 우리가 이제 한가지로의 조선민족으로 전 민족의 영화를 목표로 하고 한길같이 나아가기로 맹세한 이상은 이에는 반드시 잊지 말아야 할 만한 2개 조건이 있나니 즉 하나는 공덕이 있는 자면 공평히 이를 찬양할 일이며 하나는 과실이 있는 자면 공평히 이를 책선하는 법이 곧 그것이라. 어떠한 사회를 물론하고 사회적 제재라 하는 즉 사회의 여론에 의한 도덕적 상벌이 다소간 없는 바 아니건마는 그러나 사회의 여론에는 그 사회의 개화정도 여하를 따라 공과의 간에 여론이 공평치 못함이 있으며 철저치 못함이 있으며 공사의 분석이 명확치 못하여 드디어 사회의 심리가 일정의 방향이 없이 혼돈상태에 필함必陷하는 폐가 없지 아니하나니 이 사회도덕상 가장 주의할 일이며 더욱 우리 조선과 같이 과도시대에 있는 사회로서는 더욱 주의에 주의를 가할 일이다.

작금 우리 사회에는 만사가 여명기에 있으며 계몽시대에 있어 날로 울흥하고자 하는 신사업이며 개척하고자 하는 신활동을 볼 때에 누구나 만공의 열감을 가지고 이를 대하지 아니치 못할 것이나 그러나 저간에 오인으로 일종 우려의 감이 없지 못한 바는 우리 조선인의 도덕적 결함이니 즉 우리 조선의 금일 현상은 구도덕의 쇠퇴와 공히 신도덕이 또한 수립치 못하였는지라 그 결과 여명기에 있는 모든 신활동에 도덕적 결함을 원려없이 나타나게 되며 또 도덕심의 수립을 격절激切히 감동케 되는 자가 많으니 시범하여 최근 우리 사회의 신현상을 일간이래一看以來하건대 가히 써 통책痛責할 만한 자도 적지 아니하며 가히 써 경하할 만한 자도 없지 아니하겠다. 과반래過般來 사회의 이목을 경驚하던 체육계의 분요紛擾사건이며 교육계에 일어난 동맹휴학이며 고학계苦學界에 일어난 현상이며 허위기분의 유행 등 모든 것이 우리 사회의 도덕심의 결함을 증명치 않는 것이 없으며 그리하여 최근 가하加賀할 만한 신현상으로는 유소년의 지도기관이며 자치기분의 맹아 등은 반면으로 우리에게 점점 도덕생활의 필요를 전제로 하는 것이니 즉 최근 우리 사회의 신현상 중에는 상祥과 불상不祥을 물론하고 아울러 우리의 도덕적 결함을 보이는 동시에 더욱 도덕심의 수립을 절실히 감동케 하였나니 차제에 사회는 일층 도덕적 여론을 명확히 하여서 민중적 도덕사상의 통로를 전개할 필요가 있도다.

대개 문화라 하는 것을 개괄적으로 2개 방면에 나누어본다 하면 하나는 물질방면이라 할 것이요 하나는 도덕방면(정신방면)이라 할 것이다. '럿셀'의 이른바 소유충동, 창조충동이라 함도 어떤 의미에서 전자를 물질방면이라 할 것이요 후자로 도덕적(광의의 도덕) 방면이라 하여도 또한 무방하나니 인세의 이상적 생활은 이 양 방면의 원만무결을 도모한 점에서 처음으로 행복을 논한 것이었다. 그러나 세간에는 용이하게 양주학楊洲鶴을 얻지 못하는 것이라. 물욕이 발달되는 곳에 도덕이 쇠퇴되고 도덕이 융성되는 곳에 물욕이 저감되는 것이니 철인哲人이 항상 근대문명을 저주하는 까닭은 근대의 사회발달이 도덕의 융성보다 물질의 발달이 번성하여 왔음으로써라. 만일 근대의 문명이 물질의 발달된 만치 도덕적 풍교風教가 보급되었으면 그야말로 이상향의 건설을 지상에서 실현하였다 할지나 그러나 그들은 불행히 도덕적 결함이 있었던 것이라. 금일에 이르러 사회의 개조를 부르게 됨은 즉 그의 물질발달의 방면을 전기하여 도덕생활의 균형을 얻고자 함이었다. 여하튼지 이미 일개의 민족, 일개의 국가로서 이 세의 간에 개재한 이상은 비록 물심의 이면을 다 겸전치 못한다 할지라도 적어도 양자의 일은 반드시 없지 아니치 못할 것이라. 만일 이에 일 민족이 있어서 이 양자 중 하나도 가짐이 없는 자라 하면 그 민족은 물질에 실패자 됨과 동시에 도덕의 실패자 된 양실兩失의 미개자가 아니겠느뇨. 비유컨대 빈자가 비록 금전은 없다 할지라도 인격이 위대하면 능히 개인된 체면을 유지할지나 빈자로서 게다가 인격까지 없다 하면 그야말로 현세에 있는 생존권을 잃은 자라 운치 아니하겠느냐. 일 민족도 또한 이와 같아서 비록 물질의 발달은 없다 할지라도 도덕의 풍교가 융고하면 가히 그 범範을 만방에 드리울 것이거늘 이제 양자 공히 전실全失에 돌아갔다 하면 그 민족은 실로 세계에 있는 생존권을 잃은 자가 되리라.

우리 조선민족은 고래 물질로의 문명보다 도덕으로의 문명이 융고하였나니 우리는 고래 예의도덕의 역사를 가졌으며 동방군자의 휘호를 가진 지 오래인지라 유교의 현실적 도덕과 불교의 철학적 도덕을 조화한 조선민족의 풍교는 실로 세계 도덕사상에 일 광채를 더할 만 하였는 것이라 우리는 이로써 민족의 체면을 유지하였으며 민족의 안선을 지켰던 것이니 만일 조선민족의 미점美點으로부터 도덕적 풍교를 제각한다 하면 오인의 생활은 문득 공곡空殼이며 사막이 되고 말 것이었다. 세계 유신의 기期에 있어서 우리는 불행히 물질문명의 향복은 얻지 못하였다 할지라도 그래도 자신상 당당한 문명의 민족으로 처하는 까닭은 그 이유는 다름 아니라 우리의 배후에 4천년의 융고한 도덕생활에 있었던 까닭이었다. 그러나 금일에 이르러는 이미 구도덕의 가치가 타락되었는지라 외래의 사상이 일차 우리의 생활과 접촉하는 사이에 모든 정체로 생긴 진부와 인순因循으로 생긴 파탄이 구도덕으로부터 층생첩출層生疊出케 되어 사회 각 방면으로부터 불상不祥의 조짐을 노출케 되었나니 이 실로 대세이며 필연이라. 일개인의 힘과 졸지의 시간으로 어찌하지 못한다 할지라도 우리에게는 본래 선천적 도덕성이 풍부한 민족이라 일조단행一朝斷行의 힘을 가지고 가히 파괴할 것을 선선히 파괴하며 수립할 것을 헌헌軒軒히 수립할 만한 소질을 가진 자이니 우리의 금일 급무는 신도덕의 수립으로써 그 선두를 삼을 것이며 그리하여 그의 수립은 사회 각 방면으로부터 생기는 신현상에 나아가 원려없이 통일있는 여론을 건설함이 가장 필요하니 이 점에서 오인은 먼저 일언으로써 최근 사회의 신현상에 취하여 도덕적 고찰을 하나 주고자 하는 바이었다.

2. 체육계와 도덕

덕지체德智體 삼육三育이라 함은 원래가 교육의 근본이니 이 삼자는 인격의 원만을 도모하는 길로 중에 일이 없으면 문득 인격의 결점을 생기게 하는 것이라. 원래가 우리 조선에는 신교육을 받음이 그 일자日字가 오래지 못하였으므로 무엇이나 완성의 영역에 달하기는 아직 금후의 일에 속한 것이라. 그러므로 현재에 있어는 필연으로 교육상에 기다幾多의 결점이 숨어 있음은 말할 것도 없는 바이지마는 행인가 불행인가 교육계의 중에 숨어 있던 이 결점이 노골로 사회에 선고되기는 특히 체육계의 사건이었나니 즉 최근 우리 교육사회의 도덕적 결함을 사실로써 폭로하기는 이른바 체육계의 분요사건이었다. 일세一世가 모두 앎과 같이 전반 체육계에서 생긴 소위 배재생培材生의 난동과 성서주일학교城西主日學校의 추태는 한가지로 우리 사회의 도덕적 결함을 천하에 선언하였다 하여도 과언이 아니었다. 이제 오인이 이 체육계의 불상사를 일언하게 된 까닭은 오인은 구구히 일개 배재 성서의 죄책을 추문하고자 함이 아니오 적어도 이 사건이 우리 사회로부터 생긴 것이니까 사회된 자가 당연히 그 결점을 반성치 아니함이 불가하며 토구하지 아니함이 불가하며 정돈치 아니함이 불가하다 함으로써이다.

이제 체육계로부터 생기는 일반의 폐해원인을 정연히 사고하건대 대개가 체육적 덕성 결함으로부터 생긴 것이 많으니 좌에 몇 가지의 예를 들어 일언하건대

제일은 체육에 대한 정신교육에 결함이 생긴 것. 체육이라 하는 것은 다만 신체의 건장을 도모하는 길에뿐 그치지 아니하며 경기적 재능을 구하는 기술에만 그치지 아니하고 나아가서는 사회협동의 정신을 조장하며 호걸기豪傑肌의 기개를 기르며 활동적 품성을 높이게 하며 공용公勇에 겁내지 않는 담력을 양성하는 등 실로 인격에 지대한 관계를 가지고 있는 것이라. 그러므로 체육이 효과는 다만 기술이라는 일긴 술법뿐 취하는 것이 아니요 반드시 기술 이외의 체육의 도법을 망각함이 불가하나니 이 곧 체육과 덕육은 호상연쇄를 요할 필요가 생기는 것이라. 체육에 만일 체육의 도를 망각하고 부덕의 행위를 감행함에 이르면 그의 효과는 문득 반대의 방면에 달려 협동의 정신을 분열로 변하며 호걸기의 기개는 사기邪氣로 변하며 활동적 품성은 난폭으로 변하며 공용의 담력은 익칙한 쟁투로 변하여 일호의 차가 실로 천리의 어긋남에 이르나니 교육가 된 자가 어찌 가신可愼치 아니하리오.

그러나 왕왕 체육계의 상태를 보건대 교육가 된 자가 먼저 체육의 정신적 도법과 덕성을 기르기보다 경쟁승부의 기술과 승강을 가르침에

급급하나니 예하면 야구의 경기시합을 가르침에 야구의 도법을 진술하니보다 먼저 상대자의 승부를 격평激評하여 비록 부도부덕不道不德의 일을 감행할지라도 대수對手를 이긴다 하면 이에 야구의 도가 다하였다 하나니 그러므로 선수의 협잡과 난폭의 행동을 감행하여서라도 상대자를 이긴다 하면 무원려하게 의기가 양양함은 실로 체육의 도를 알지 못한다 할지라. 이것이 곧 체육의 결함을 생기게 하는 제일 원인이며

제이 '엠파이' 의 불인격.[1] 일찍이 학생대회에서 배재 문제에 대하여 강연을 개최하였을 때 모 강사의 체육계의 폐풍을 말한 일절에 일렀으되 '제일 야구계에 분요를 생기게 하는 원동력은 대개가 '엠파이' 의 인격 부족으로 생기는 폐가 많다' 함을 들었나니 즉 '엠파이' 라는 것이 본래가 인격상 덕성의 결핍으로써 왕왕 공을 버리고 사를 돌보는 자가 많음에 인하여 문득 양편의 분경紛競과 불평을 야기케 됨은 오인이 왕왕 이를 본 바라. 그러므로 야구시합과 같은 때에는 '엠파이' 의 기능을 취하니 보다 먼저 그 인격을 취함이 가하나니 즉 그의 인격이 기능과 병행하는 사람을 취함이 가하며

제삼은 응원대의 덕성이니 대개 양편의 시합에 양편 모두 응원대가 있어서 성히 자기편을응원하여 줌은 물론 당연한 일이겠지마는 혹시 응원측으로 부도덕한 악구난언惡口亂言을 발하여 다른 편의 감정을 상하게 함은 크게 불가하나니 그 결과 양편의 감정이 악화하여 드디어 분요를 낳는 간접 사실이 많은지라 예하면 일찍이 조선체육회의 주최로 배재운동장 내에 야구시합을 개최하였을 때 배재편 응원단체는 불교측에 대하여 '중놈아 중놈아' 라는 부도덕한 악어惡語를 토하여 일반 군중의 악감을 줌과 같은 것이라.

제사는 주최자 측의 주의부주도니 이는 덕성의 문제에 관련하니 보

1) 심판(umpire).

다 주의의 문제에 관한 것이라. 오인의 사고思考로 말하면 주최자 된 자는 미리 도중의 만일을 고려하여 먼저 각반 주의를 주밀히 할 필요가 있다 하나니 예하면 사전에 미리 선수의 협잡 유무를 정사精査한다든가(그는 사실 불능이라 할지라도 될 수 있는 대로는) 양편의 감정을 시찰한다든가 또는 만일 불행의 일이 있을 때에는 이를 여하한 수단으로 응급함이 가하다든가 하는 등의 주의를 예선주도預先周到히 함이 당연한 것이거늘 이래 주최자 측의 동정을 보건대 이들의 주의가 원만히 되지 않은 감이 없지 못한 것 등이었다.

이상의 술한 몇 가지 예는 다 같이 체육계의 덕성 결핍으로 생기는 것이니 체육계의 지위에 당한 자는 모름지기 반성을 촉구할 필요가 있다 하노라.

마침내 일언할 바는 전반 배재 성서의 불상사와 종교도덕의 문제이니 당시 이 사건에 취하여 사회의 여론을 보건대 왈 성서와 배재가 모두 종교(기독교)학교 됨에 불구하고 이들 불상不祥의 일을 행하였음은 무슨 까닭일까 함이라. 속이지 말자는 교훈을 받았으며 타인을 사랑하라는 등의 계명을 가진 종교학교로서 우선 남을 속이기 위하여 선수의 협잡을 한 추태이며 일반 군중을 향하여 난폭의 기擧에 출出한 폭동은 실로 자기네들의 신앙과 정반대의 감상이 없지 않다 함은 여론의 당연한 귀착이라 할지며 그리하여 이 한 사실이 능히 도자도아자아적道自道我自我的 불원만불철저不圓滿不徹底의 신앙력이 박약함을 알 것이며 또한 종교신자들의 도덕성 결핍으로 인한 질투심의 맹아와 평등애를 차별애로 변케 하는 편견벽식偏見僻識을 유감없이 설명한 것이니 종교가 된 자가 이에 인하여 반성의 은감殷鑑을 얻으면 이 종교계의 대행大幸뿐이라 하리라.

오인이 이에 체육과 도덕의 관계를 일언케 됨은 신흥하려 하는 우리 체육계의 장래를 위함이며 더욱이 몇 백 년 이래 체질을 마비케 하던 우리 민족으로 역녀기力女肌의 용력과 호걸기豪傑肌의 기개와 협동생활의 정신을 부활케 하고자 하는 성의를 일언으로써 폐함에 불과하도다.

3. 교육계의 현상과 도덕

지난 달 의전학교醫專學校로부터 학생의 동맹휴교가 있은 이래 문득 경향京鄕 각 학교로부터 이들 불상不祥의 풍이 유행하여 우리 교육계에 적지 않은 영향을 미치게 하였음은 사회가 한가지로 아는 바거니와 오인은 이제 교육계의 이 현상을 보고 무엇이라 가부의 비평을 이에 내릴 만한 경우가 아니므로 다만 과도시대에 있는 우리 사회에 이들 현상이 다소간 없지 못하리라 예기한 하에서 소조疎粗하지마는 그러한 바의 원인에 나아가 도덕적 고찰로써 교육계에 취하여 일언하고자 하는 바에 불외하다. 대개 교육계에 있는 이 불상의 원인을 고핵考覈하여 보면 일은 시대의 만든 바이며 이는 감정의 충돌이며 삼은 설비의 관계이며 사는 선동적 유행에 있는 등이라 할지라.

첫째, 시대의 만든 바라 함은 적어도 시대가 그 제일의 원인이 되었다 함이니 교육계가 아직 유치하고 몽롱하던 옛적에 있어서는 비교적 이들의 일이 적었으나 그러나 시대의 진보를 따라 인심人心의 각오가 생기며 그리하여 인심의 각오는 먼저 교육의 필요에 착안케 되었으며 교육의 필요를 절실히 느낌과 동시 피교육자로 점차 교육기관에 대한 완불완을 고찰할 만한 지식이 열리게 되었으므로 전일에는 아무 비판이 없이 지내오던 피교육자로서 홀연히 자기네의 받은 바 교육이 시대의 요구로는 모든 점이 그렇게 철저치 못하다 하는 관념과 불평이 제일의 기초가 되어 있음이라.

둘째는 감정의 충돌이니 이에는 실로 지대한 원인이 숨어 있다 하리라. 일찍이 모 명사의 말에 '금일의 학교는 기차와 같으니 선생은 마치 차장과 같으며 학생은 승객과 같아서 사제의 간에 학교에 있을 때에는 겨우 차장과 승객의 관계만한 연쇄를 가지고 있다가 일차 학생이 그 학교를 퇴출한 이상은 승객이 하차만 하면 차장과 관계를 끊음과 같이 냉정 또 소박하다' 하였다. 과연하다. 금일에 소위 사제간의 관계는 실로 말할 수 없는 냉정한 사이에 있다 하리라. 옛날의 교육은 소위 군사부일체라 하여 제자가 스승에 대함이 마치 자대부子對父의 관계와 같이 극히 밀접하였으나 시대는 단순 간박한 고대생활을 허하지 않는지라 이에 사제간의 관계도 점차 소원하여 제자와 선생의 관계는 다만 학교 규칙이라 하는 몇 개 조목 하에 유지될 뿐이요 정지情地와 의의義誼라 하는 도덕적 관계는 일호도 발견할 여지가 없이 되었다. 이가 설사 시대의 만든 바라 할지라도 선생된 자가 다만 이 현상을 시대가 시대라 하여 정적 교육의 방면을 만시蔓視하고 순수 지적 교육의 방법만 취하는 결과는 드디어 사제의 간에 피차 노상 행인의 태도를 만들어 선생된 자가 일시 과실이 있을 때에는 제자가 문득 반항의 태도를 보이게 되며 제자가 또한 과실이 있을 때에는 선생된 자가 아무 애정의 고호顧護가 없이 냉정히 이를 박절케 되는지라. 어시호於是乎 사제의 정의情誼가 이로 인하여 악감정의 충돌이 일어나기 쉬우니 근래 학생의 동맹휴교가 사제간 감정충돌로부터 일어난 것이 역시 적지 않았나니 저 의전휴맹과 같음은 마치 그의 일례이라. 만일 선생된 자가 평소에 있어서 덕성과 사랑으로써 생도에 임하였다 하면 사람이 목석이 아니거든 어찌 일시의 감정으로야 문득 선생에 대한 반항 배척을 시도하리오. 선생된 자가 평소에 있어서 이미 무애정의 냉박한 교육을 베풀었는지라 그 평소 악감정의 몰아간 바는 문득 기회에 인하여 폭발되는 것이 아니겠느냐.

다음은 설비의 부족이니 위에 일언함과 같이 현금 우리의 교육기관에는 시대와 반행치 못하는 점이 한두 가지가 아니니 교사의 설비, 교과용의 준비 등 모든 것이 시대에 어긋난 감이 없지 아니하므로 날로 각성하여 가는 청년의 교육관념과 스스로 충돌이 나지 아니치 못하게 되었다. 그러나 설비부족으로 인한 학생휴교문제는 일반학교의 공통한 점이라 할지라도 대개가 교회로 된 사립학교에 그 수가 많음은 가히 주의할 만한 일이니 원래 교회학교에는 선교를 중심으로 한 교육이므로 완전한 학교설비의 점으로는 불가불 다소의 결점이 없지 아니치 못하게 되었는지라. 어시호 학식을 선두로 하고 신앙을 둘째로 삼는 학생의 비난이 생기게 됨은 또한 피치 못할 것이니 근래 각지의 교회학교로부터 동맹휴교가 많이 나타남은 대개 그의 원인이었다.

다음은 선동적 기분이니 대개 사회의 심리라는 것은 어떤 점에서 군중심리와 흡사하여 한 곳에 파동이 일어나면 문득 그 영향이 전 사회에 미치기 쉬운 것이라. 더구나 이 사회적 군중심리는 특히 기혈이 성왕한 청년학생에게 감수하기 쉬운 것이므로 근래 조선에서 누차 일어나는 동맹휴교사건도 또한 사회심리적 선동기분을 대동하지 아니한 것이 전무하다 운치 아니치 못할지니 한번 의전교의 문제로 인하여 동맹휴교가 일어난 이래 몇 달 내에 경향京鄉 각 학교의 동맹휴교사건이 반기함으로써 보아도 넉넉히 이 기분의 유행을 증명할 것이 아니리오. 물론 이들 불상사가 일어나는 원인에 이르러는 그 이면에 다소 유래의 근저가 없지 못할지나 그러나 그 근저가 평소의 사이에 있어서는 인심의 타성과 함께 칩면蟄眠상태에 있다가 한번 어떤 기회의 충동을 받은 후에는 문득 그 결함이 절묘히 감정의 상에 도약케 되어 마침내 측정하지 못할 사변을 야기케 됨은 이 인간사회의 통유通有한 일이니 국局에 당하는 도道는 모름지기 이 사이의 기밀을 통함이 가하겠다.

오인은 이제 우리 교육계의 이 불상사에 대하여 교육의 근저를 도덕적 기초의 상에 확립하기를 희망하는 바니 교육자와 피교육자 됨을 물론하고 모두 원만의 덕성을 발휘한다 하면 저간에 비록 적은 불평과 적은 장애가 있다 할지라도 그는 우후춘설과 같이 따듯한 화기의 담소 중에서 자연의 해결을 볼지로다. 가령 학교의 설비가 시대와 반행치 못한다 할지라도 학교 당국 된 자가 당연한 도덕적 의무의 관념으로 될 수 있는 대로(즉 경제의 미칠 수 있는 한까지) 이를 급히 실시함이 가하며 설사 사정의 불허로 이를 급히 실시하지 못한다 할지라도 피교육자에게 그 원인과 경우를 절절히 상시할 것이요 그리하여 당국자가 이미 그러하였음에 불구하고 피교육자된 편이 무리하게 요구를 강결한다 하면 이는 평소의 감정상 충돌에서 일어난 것이니 즉 덕성의 교육이 보급치 못한 사정이니 이 졸지에 어찌하기 불능한지라 후회한들 어찌 급及할 바이리오. 여하튼지 금일 교육계의 가장 급한 사정은 도덕적 감정교육을 먼저 실시함이 금일의 폐막弊瘼을 단절함에 보다 이상의 가능력을 가졌다 하리라.

4. 고학계의 현상과 도덕

세계에 가장 빈궁한 조선청년으로 남과 같은 학식을 얻기 위함에는 무엇보다도 자기의 노력을 쓰는 고苦 일자로써 이를 해결할 수밖에 없겠다. 이 점을 먼저 각성한 조선청년은 작년 이래 고학생갈돕회라 하는 단체가 조직되어 각종의 노동으로써 겨우 학비를 지판支辦하여가면서 부단의 용기를 다하는 중이며 또 그 사회로서 고학생을 위하는 단체가 조직되어 점차 향상의 기분이 보임은 오인은 만강의 동정을 표하면서 일언을 이에 기寄하고자 한다.

이제 오인은 이 부단의 용기를 가진 고학생 청년에게와 및 그 고학생을 위하는 단체를 위하여 일언하고자 하는 바는 사회 각종의 사정이 오인으로 부득이 이 일언이나마 기記하지 아니치 못하게 되었음이니 우선 고학생 제군에 대하여 먼저 주의를 재촉할 바는

첫째 의뢰의 기분과 자강의 근기根氣를 구별하여 심리를 견고히 가지

며 품기를 고결케 하라 함이니 원래가 자기의 자력이 없이 순수히 사회의 힘을 의뢰하여 학식을 얻고자 함에는 무엇보다도 먼저 자강의 정신을 가져야 할 것이다. 만일 자강의 정신이 없이 순수히 사회를 신뢰한다 하면 그 이면에는 부지불식간 의뢰성이 맹아되기 쉬우나니 한번 의뢰성이 맹아하는 곳에는 문득 타락이 생겨 낙망도 이로부터 생기는 것이며 염세비관도 이로부터 생기기 쉬운 것이라. 우선 자강의 정신을 가지라 함은 자기의 노력적 보수로써 자기의 학업을 계속하리라 하는 견고한 결심을 가져야 하나니 이러한 결심이 없이 한갓 사회가 자기를 애긍히 생각하여 달라는 비열한 정신을 가지면 이는 큰 오해이며 큰 실패가 되리라. 물론 사회가 고학생 되는 자기를 위하여 애고愛顧함은 사회로의 당연한 사회적 책임이라 할지나 그러나 그는 사회가 사회로서 할 일이요 고학생 자기로써 애걸할 바가 아니니 고학생 된 자가 모름지기 자강자결의 기풍을 사회에 표현케 함이 제일이며

둘째는 사회의 동정을 잃지 않도록 주의할 것이니 이상에 술함과 같이 고학생 된 자가 일면 자강의 기풍을 기름과 동시에 사회의 동정을 잃지 아니하도록 하여야 할 것이다. 여하히 아름다운 일이라 할지라도 그가 오랫동안 계속되는 사이에는 부지불식간 폐단이라는 것이 나는 법이라. 이즈음 사회로부터 점차 고학생에 대하여 염기厭忌의 풍이 나타남은 실로 유감천만이라 할지니 그 이유는 대개 사회가 고학생에 대한 구제방침이 철저치 못한 자기당착으로부터 나온 일이겠지마는 고학생 되는 그 자체에도 또한 그 결함적 책임이 전혀 없지 않다 이르지 못하리라. 이제 사회로부터 고학생에 대한 비난의 말을 듣건대 왈 상당한 재력이 있는 자로 고학생을 자작하는 자가 있다하며 왈 부랑소년의 자격으로 고학생을 가장한 자가 있다 하며 왈 고학생(가식의 고학생)이 주사酒肆에 출입함을 보았다 하며 왈 고학생이(매약생賣藥生) 매약하고자 하여 아무데나(주사 청루를 불구하고) 원려없이 출입한다는 등 여

러 가지 비난이 있다. 물론 이들의 비난은 대개 풍설에 지나지 아니할지며 설사 있다 할지라도 극히 일부 부랑소년의 소위에 지나지 않는다 할지라도 어쨌든 이들의 풍설이 사회에 유행케 됨은 실로 고학계의 대타격이 될지니 이와 같이 되는 사이에는 사회가 고학생을 염피厭避할 악풍이 생길는지 실로 우려불감憂慮不堪할 일이다. 나는 어떤 날 승석乘夕에 한 고학생이 한 갑의 약을 팔고자 함에 180여 명에게 애걸하여 겨우 20전 가치의 약 1봉을 파는 것을 보고 이로써 고학계의 현황을 위하여 심히 동정의 눈물을 금치 못하였으며 또한 사회가 무리한 풍설(혹은 사실인지)에 기울어 애매한 고학생에게까지 그 염기의 영향이 미치게 됨을 알았다. 여하튼지 고학생 된 자는 일층 그 기풍을 쇄신하며 고결강의高潔强毅한 기상으로 사회의 동정을 구하기를 바라는 바이다.

마침내 고학생을 위하여 조직한 단체와 및 그 고학생의 관계에 취하여 일언하노니 원래가 사회가 고학생을 위하여 그 구제방법을 철저히 강구하며 그리하여 그를 사실로써 증제의 방법을 취함은 사회 자기의 정당한 의무라 할지라. 오인은 이들 단체의 조직이 일흥日興하기를 열망하는 바이어니와 그러나 이들 단체의 중에 불미한 소문이 사회에 누출됨은 이 실로 가인加忍치 못할 사실이니 저 소위 영제구제회永濟救濟會라 명칭하여 고학생 구제를 전제로 하고 사리를 모謀함과 같은 사실이 있어 정당한 구제단체에까지 혹은 사회의 의혹이 미칠는지 하는 점에 이르러는 실로 통한한 일이라 하겠다. 그리하여 각 고학생을 구제하기로 목적하는 단체 중에는 호상 연락이 없는 결과 질투와 의혹의 생각을 일으키는 풍이 없지 아니하나니 예하면 일찍이 고학생갈돕회로부터 고학생구제회에 대하여 관계를 끊는다는 의미의 신문광고를 냄과 같은 사실은 이 완전히 양 단체의 간에 연락을 결한 소이라 할지라. 오인의 소문에 의하면 고학생갈돕회는 현재의 고학생을 위하여 방금의 구급을 베푸는 단체이며 고학생구제회라 함은 현재의 구급에 머물지 아니하고 영원의 고학생을 위하여 장구의 방침을 취하는 단체라 하니 이 양 단체의 병립은 실로 고학계의 이상적 조직이라 하겠거늘 피차 공통의 양해가 없는 결과는 사회로 하여금 고학계에 대한 의혹을 일으키게 함이 심하니 바라건대 사회는 호상 원만한 덕성을 길러 민족 전체의 미점을 나타내기를 절망하는 바이다.

요컨대 조선의 현상은 고학이 없지 못할지요 도리어 고학의 기풍을 장려함은 빈한한 조선교육의 일대 특전이 될 만한 형편에 있어 고학계는 모름지기 도덕적 근기로써 만민의 본이 되기를 바라는 바이다.

5. 자치의 기분과 허위의 기분

최근 우리 사회에서 가장 축하할 만한 현상으로는 자치(광의)의 기분이 성왕한 것이니 예하면 현재 경성에서 발기 진행중의 사립 피避병원의 설립[2]이며 위생조합의 설치[3] 등이 그것이다. 이들 자치의 기풍이 유행하여 사회가 자기의 일을 자기로써 처판處辦하는 도에 취하면 사회는 그 서기庶幾라 할지라. 그러나 광의의 자치 의미로서 특히 대서특필할 만한 것은 유소년의 지도기관이니 예하면 천도교청년회天道教青年會의 경영하는 곳인 천도교소년회天道教少年會와 같음은 유사 이래의 아름다운 조직이라 할지라. 참고상 이제 동회의 목적과 사업 및 개략을 일언하건대 왈 이 회는 회원(소년, 8세부터 17세까지)의 헴수를[4] 늘이고 덕성을 치며 신체의 발육을 꾀하여 쾌활 건전한 소년을 짓기로써 목적함

---

2) 피병원이란 주로 전염병 환자를 수용하는 시설을 말함. 경성부 피병원 설립에 대해 1921년 2월부터 논의되기 시작하여 그해 9월에 설립 합의를 보았다. 그러나 주민들의 반대로 병원 부지를 선정하지 못하다가, 1923년 8월, 세브란스병원 구내에 전염병실을 두고 '경성부민병실京城府民病室' 이라 부르기로 하였다. 《조선일보》기사 〈避病院 증설의 필요가 無한가〉(1921.2.16), 〈避炳院 설립에 대한 회합〉(1921.4.21), 〈사립避병원 문제 해결. 세부란쓰 병원과 공동 경영하여 전염병 유행할 때에 환자를 수용〉(1923.8.3) 참조.

3) 1920년에 호열자가 유행한 결과로 조선인 동리에 위생조합이 설립된다.

4) '헤아림 수' 인 듯.

이라 하였고 사업의 방면으로는 유락遊樂, 담론談論, 학습學習, 위열慰悅의 4부를 두었는데 유락부는 유희와 운동을 행하는 것이며 담론부는 담화와 강론을 행하는 것이요 학습부는 사회의 실제를 학습하는 것이요 위열부는 소년 호상 간의 위열을 행한다 하였나니 이 곧 동회의 목적 및 사업이었다. 그리하여 동회 회원은 불과 1월 이내에 삼사백 명에 다수의 소년을 얻어 착착 그 목적과 사업을 실행하여 나아가는 중이니 우리 조선사회에서 이와 같은 사회개조의 근본적 기관이 자치적으로 설립된 것은 실로 미美사업중 미사업이라 하지 아니치 못할지로다. 그러나 우리 사회에서 이들 미사업과 반행하여 당연히 제거치 아니치 못할 일은 허위의 기분이니 우리의 중에 혹시 허위로써 성공의 한 수단으로 생각하는 기풍이 없지 아니함도 실로 유감이라. 예하면 조석을 걱정하는 빈자로써 결연히 수십 수백 원의 의손義捐을 모 회에 보조한다 허인虛印하며 강연석에 무근거한 만장의 기염을 토하여 일시 군중을 미혹케 하며 아직 조선 사정에 완전히 적합치 아니한 수중파월水中把月의 이상을 초草하여 민중으로 소정의 방향을 잃게 하는 등, 모든 허위의 기풍이 사회에 유행하는 관觀이 있나니 오인은 모름지기 취장절단取長絕短하여 실지 실익적 도덕적 기풍을 기름이 가하겠다.

6. 도덕의 승리

벽두에 일언함과 같이 우리는 비록 물질에서 실패자가 된다 할지라도 먼저 도덕에서 성공되기를 희망하나니 원래 도덕이라 함은 완고한 도학자이 생가하는 바와 같이 고금에 고정히는 것이 아니요 시대를 따라 변천하며 사리에 응하여 순화하는 것이니 그러므로 오인의 이른바 금일의 도덕이라 하는 것은 결코 고학자의 사고함과 같은 일정불변의 도덕이 아니요 또는 공상요원한 도덕이 아니라 실제에 있는 일상의 행위를 위하여 도덕이라 칭하는 것이니 예하면 체육에는 체육의 도가 있을 것이요 교육에는 교육의 도가 있을 것이요 고학에는 고학의 도가 있음과 같은 것이라. 그리하여 사회의 각 부분은 각각 그 도덕을 수립하여 마침내 통일무결한 도덕이 일 민족의 사이에 확립한 연후에야 거의 도덕적 민족이라 이를 것이라. 현대는 도덕 부활의 세계라. 도덕의 풍이 융성한 민족이 먼저 현대의 가장 높은 권위를 가지게 될 것이니 우리들은 삼가 도덕의 승리를 얻기를 절망하는 바로다.

—《개벽》 14, 1921. 8.

생활의 조건을 본위로 한 조선의 개조사업

-이 글을 특히 민족의 성쇠를 양어깨에 짊어진 청년제군에 부침

- 소년의 조선반도- 생활의 조건과 종교의 신조信條-

- 생활의 조건과 도덕의 관념- 생활의 조건과 예술-

- 생활의 조건과 노동문제- 생활의 조건과 연애문제 기타-

1. 소년의 조선반도

우리 조선의 금일을 칭하여 소년의 조선이라 이르랴 노년의 조선이라 이르랴. 나는 우리 조선의 현재를 일러 소년의 조선이라 함을 마지 아니한다. 장강長江의 초발원初發源과 같이 만리의 전정前程을 둔 조선이며 일양一陽의 초동기初動機와 같이 삼춘三春의 장래를 예기한 조선이며 그리하여 성철영걸聖哲英傑의 자격을 준비하고 있는 수재와 같이 소년의 조선반도임을 선언하고 싶다.

형제들이여, 조선은 노성老成의 조선이 아니요 소년의 조선임을 영원히 잊지 말지어다. 형제들의 머리 위에는 대천성신大天星辰이 찬연하며 형제들의 발아래에는 대지산하가 울창하며 그리하여 형제들의 눈 속에는 형형한 동자가 있으며 흉중에는 열렬한 더운피가 있으며 정신에는 활발한 산 혼을 가졌나니 이 곧 우리 소년반도를 개조할 자본이며 소년반도를 혁신할 기초이거니 우리에게 다시 무슨 우려가 있으며 비참과 공포를 가실 여지가 있으랴.

형제들이여, 형제들의 배후에 사천 년 역사가 있다 하여 구구히 그것뿐으로 형제들의 영광을 삼지 말라. 과거의 문화는 조선祖先의 문화요 형제들의 문화가 아니며 역사의 사실도 조선의 사실이요 형제들의 사실은 아니었다. 형제들의 문화와 형제들의 사업은 현재 형제들의 혼으로 창조하며 형제들의 피로 정돈하며 형제들의 손으로 자아낼 뿐이니 형제들은 모름지기 신생新生의 동경과 부활의 기개로써 삼가 소년의 소년인이 될 것이며 소년의 소년반도를 되게 하여야 할 것이다.

나는 일찍이 어떤 철인이 사람의 생사를 논함에 '사람의 생사는 일종의 귀환작용歸幻作用이라' 한 구절을 본 일이 있었다. 귀환작용이라 하는 것은 사람의 사후 정력은 결코 소멸함이 아니요 항구히 사회적 정신과 융합하여 영원히 귀환작용을 계속한다 함이니 예하면 전대 억조의 정력은 현대 억조의 정신과 융합활동하고 현대 억조의 정력은 다시 후대 억조의 정신과 융합일치하여 항구 활동하는 작용을 일러 귀환작용이라 칭하는 것이었다. 오인이 만일 이 말의 중에 일종의 진리가 있다 하면 이 이理를 연장하여 전 민족 혹은 전 세계의 영고성쇠도 또한 이와 같은 이유 하에서 귀환작용을 계속한다 이르리라. 즉 우리 조선祖先의 문화가 어떠한 정도程度에서 그 시대에 적합하리만치 발달의 극치에 도달하고 보면 그 문화로부터 스스로 노성의 색채를 띠어 가면서 그 자체에서 폐해와 삽체澁滯가 생겨 드디어 괴멸하고 다시 근저로부터 일종의 신맹아가 돋으면서 다른 일종의 신문화를 그 기초의 상에 건설하는 작용을 오인은 문화의 귀환작용이라 할 것이었다. 이 원리를 구주문명의 조류에 비추어 보면 저 고대 앗시리아 유태 애급의 문명이 일변하여 희랍문명이 된 것이며 희랍문명이 다시 라마羅馬문명으로 변한 것이며 라마문명이 근대문명으로 전한 것이며 근대문명이 다시 일층 금일 일종의 신문명으로 전기轉機하고자 하는 작용은 이 곧 세계문화의 귀환작용이라 할 것이며 그리하여 일 민족의 성쇠영고는 곧 그 일 민족적 문화의 귀환작용이 되는 것이니 이와 같이 일 민족이나 일 세계의 문화가 다 같이 구르고 또 변하여 일 문화가 다시 다른 일 문화로 영전榮轉하는 사이에 영원의 창조와 영원의 건설이 부단히 계속되는 것이었다.

이 원리로써 보면 우리 조선의 금일은 문화의 귀환작용의 초보에 들어가는 중이니 우리 조선에 있어서는 고대 단기檀箕의 문명에 삼국시대의 문명으로 변하였으며 삼국시대의 문명이 고려문명, 고려문명이 이조문명으로 변하였으며 그리하여 금일은 세계조류의 문명이 우리 조선祖先의 문명과 융합하여 일층 크고 일층 새로운 문명이 귀환작용에 의하여 건설의 두서를 노출하는 천고일우千古一遇의 대기회에 접착하였었다. 이상에 술함과 같이 일 문명이 그 시대에서 어느덧 발달의 극치에 달하고 보면 그 문명 자신의 병적 현상으로 도리어 괴멸하는 쇠운에 들고 그 이면으로 일종의 다른 일 문명이 맹아하나니 우리 조선은 근대 누백년 이래 문화의 극단한 소극적 변화를 이루어 안으로 적극적 개선이 없었고 밖으로 시대적 순응이 없었던 결과는 드디어 그 문화 자신으로부터 자괴의 비운을 이루어서 금일의 쇠퇴를 이르게 한 것이라. 그러므로 조선의 근대 현상은 쇠함이 그 극이며 퇴함이 그 극이었다. 이제 다시 보다 이상의 쇠를 부를 여지가 없으며 보다 이상의 퇴를 둘 여백이 없는지라. 이제로부터 귀환작용의 원리에 의하여 쇠衰가 전轉하여 성盛에 오르는 노정에 있으며 노老가 화하여 소少에 돌아가는 작용에 이르렀나니 우리 형제는 실로 소년의 소년인이며 우리의 빈도는 실로 소년의 소년반도이었다.

이와 같이 우리에게 이미 귀환작용의 움이 돋았다 하면 그의 맹아는 날로 신선한 생명에 의하여 부지불식의 성장력이 배태되었으리라. 물론 우리의 중에는 아직도 부패의 냄새와 퇴굴의 기가 둘러있다 할지라도 그는 이미 죽어 가는 사람의 최종의 호흡에 지나지 않을 것이요 그 기분의 중에는 공중의 신아新芽와 같이 신생의 원기를 가지고 귀환작용의 동맥이 쉬지 아니함을 묵묵의 이裡에 점득占得할 수 있으리라.

우리에게 이미 귀환작용의 동맥이 순환하게 되었다 하면 오인은 이를 청년의 원기에서 기다릴 것이며 청년의 산 혼에서 그의 맥박을 진찰하게 될 것이다. 그들의 산 원기와 그들의 산 정신 속에는 소년의 조선이 눈을 뜨고 있을 것이요 소년의 조선이 혼을 깨고 있을 것이다. 그들에게는 새 조선의 새 문화가 날로 성장하여 갈 것이다. 그러므로 우리 조선의 장래는 그들의 산 정신에 의하여 모든 것을 개조하게 될 것이었다.

내가 이제 조선의 개조사업이라 적고 종교를 논하며 도덕을 논하며 예술 및 기타 모든 것을 추상적으로나마 일언하고자 하는 것은 그 뜻이 다른 데에 있음이 아니요 우리 조선은 소년의 조선인 까닭이며 소년조선은 청년의 원기에 의하여 건설될 것임으로써이며 그리하여 청년의 원기는 정신개조에 의하여 철저히 그의 자각이 날 것이며 정신의 개조는 종교 도덕 예술이라 하는 정신적 각성 여하에 의하여 건설될 것임으로써라.

우리 조선사람이 어느덧 정신문제라 하는 추상적 개조문제에 이르러는 점차 혐기의 풍이 유행하며 또는 중요시, 철저시하지 아니하는 경향이 있었음은 나는 이를 크게 우려하노니 어째서인가. 조선인은 아직도 정신개조라 하는 위대한 힘을 맛보지 못한 결과가 이로써 인격의 해방을 완전히 얻지 못하였으며 따라서 모든 개조사업의 파탄을 생기게 하는 것이라. 원래 인류가 정신을 중요시하는 것은 생활의 조건에 대개 십이분 정신의 건전을 바라지 아니하는 자가 없음으로써이거늘 세인이 왕왕이 옛 도학선생의 생각한 바와 같이 정신과 생활조건을 구별하여 정신현상은 생활조건에 관계가 없다 하는 가정을 전제로 삼는 폐해는 드디어 조선인으로 형식을 주로 하고 실지를 객으로 하는 여폐를 축성하게 되었다. 즉 조선인은 아직도 만사를 일종의 연극으로 보아 성패이둔成敗利鈍을 실력실지라 하는 정신기초에 두지 아니하고 허식, 가장, 요행, 경우境遇, 투기投機, 조명釣名이라 하는 형식상 색채에 의하여 분장하는 것은 이 대개가 우리에게 건전한 정신건설이 없음으로써이다.

형제들이여, 나는 다시 중언부언하노니 우리 조선사업의 건설에 아무리 그 시기가 절박하였다 할지라도 형제들의 기본자재되는 정신이 불건전한 이상은 모든 사업의 건설이라 하는 것은 이 모래 위에 집을 지음과 다름이 없을지라. 우리가 저 소위 문명사업이라 하는 모든 건설사업을 볼 때에 그 외형에 나타나는 외외巍巍한 형식으로써 다만 그들의 허식, 가장, 요행, 투기라 하는 일시의 충동으로 생길 것이라 오해하여서는 이 커다란 모순이 되나니 표表는 리裏의 과果라. 외형의 위대는 어느덧 그 정신의 위대를 증명하는 것이니 우리는 삼가 외형으로써 정신을 망각하지 말지어다.

그런데 정신의 개조는 스스로 종교의 개조를 예기하는 것이며 도덕의 개조를 요하는 것이며 예술의 개조를 요하는 것이니 저 구주문명이라 하는 현대문명에 이들의 정신개조로부터 산출한 것임은 오인은 영원히 이를 잊지 말아야 할 것이다. 그리하여 우리의 개조사업도 이들의 종교개조 도덕 예술의 개조사업으로부터 점차 걸음을 옮겨 나아가는 동안에는 반드시 생활조건도 이와 병행하여 개조될 것이며 따라서 소년반도에 소년의 신생활이 전개되리라.

2. 생활의 조건과 종교의 신조

하고何故로 이러한 조직이 있는 우주의 간에 하고로 이러한 성정을 가진 인생이 있을까. 이는 아직 오인의 지력으로 판단할 능력이 없다. 다만 우리의 생각 중에 실제로 없지 못할 유일의 조건은 어찌하여 났든지 이왕 이 세상에 난 이상은 죽을 때까지 사는 것이 사실이며 이왕 살기로 목적할진대 보다 이상의 질 살기를 구하는 것이 원칙이었다. 즉 잘 살기 위하여 모든 생활의 풍부를 구할 것이었다. 이 곧 인생의 선천적 약속이며 본능적 충동이라 할 것이다. 그러므로 생활이라 하는 것은 결코 허식이 아니며 치레가 아니며 수단이 아니며 과도가 아니며 우연이 아니요 인류의 생명이라 하는 고상한 원천으로 솟아 나오는 귀결의 실재이며 기정의 행위이며 필연의 목적이 되는 것이라. 이 점에서 사람이 있으므로 생활이 있다 하기보다 차라리 사람이 있기 위하여 생활이 있다 함이 더욱 적실할 것이다. 즉 사람은 자기가 있는 증명으로 생활을 영위함이 아니요 자기를 살리는 목적으로써 생활을 경영한다 하리라.

원래 생활이라 하는 것은 다만 먹고 입음뿐이 생활이 아니며 다만 일하고 만드는 것뿐이 생활이 아니라 광활한 의미에서 법률, 정치, 과학, 경제 같은 것이 다 생활의 조건이며 종교, 도덕, 예술과 같음이 다 같이 생활의 범위에 드는 것이었다.

이제 내가 종교와 생활의 관계를 일언하고자 하는 것은 종교도 역시 생활의 범위 안에 있는 정신적 욕구에 지나지 않는 이상에는 종교와 생활의 관계를 한층 더 밀접케 할 필요가 있다 하는 충정에서 나온 것이니 이 곧 세계 금일의 큰 문제이며 더욱 조선 현상에 말지 아니치 못할 큰 사실임으로써이었다.

세상의 종교신자 중에는 왕왕이 종교를 오해하여 종교는 그 근저를 현실에 둔 것이 아니요 절대적으로 내세를 위함이라 경단輕斷하는 자가 있나니 이는 심히 피상적 견해라 할지라. 물론 종교가 그 욕구를 내세에 두었으며 그 희망을 미래에 붙였음은 말할 것도 없지마는 그러나 우리가 내세를 욕구하며 미래를 희망케 되는 것은 결코 내세의 생활, 미래의 희망을 위하여 그를 신앙함이 아니요 그 실은 현생의 정신생활의 결함을 보충키 위하여 스스로 내세의 희망을 끌어오게 되는 것이니라. 세상에 아무리 절대적 내세만 위하는 신앙이 있다 할지라도 그들이 내세를 위하여 현실의 정신을 신앙에 공헌케 되는 것은 그들의 현재 정신생활이 그만치 결함이 있으며 모순이 있으므로 그를 보충키 위하며 그를 위안키 위하는 정신적 충동으로부터 위대한 신앙의 힘이 나오게 되는 것이다. 가령 이에 염세자살자가 있다 하면 그가 세상을 비관하고 몸을 죽인 점에서 외형상 순수 내세를 위함이거나 혹은 현생의 고통을 없애기 위함과 같으나 그러나 깊이 그 근저의 유래를 고찰하면 이와 같이 극단한 자살자의 행위일지라도 그 실은 현생을 위하여 즉 현생의 만족을 위하여 극단의 행위를 감행하였다 함에 귀결케 되나니 어째서인가. 그가 현세에 있는 자기 정신생활상 고통을 소멸키 위한 점에서 즉 자살자가 여하한 방법으로라도 현재 자기 생활의 만족을 얻고자 함에는 자살이 가장 최선의 행위라 생각한 점에서 그가 내세를 위하는 점보다 현실(비록 일 찰나일지라도)을 위하는 점에 많다 할지라. 이러한 원리 하에서 우리가 종교를 믿어 내세를 희망하는 것도 기실은 신자 그가 현재 생활의 정신상 만족과 풍부를 얻기 위하여 신앙생활을 추구함에 불과한 것이다. 그러므로 종교도 또한 현실생활 조건의 만족을 구하며 현실생활의 결함을 풍부키 위하여 발생한 최후의 진리라 하여도 또한 과언이 아니겠다.

이와 같이 종교도 이미 인생의 현실생활의 이익을 주기 위하여 생긴 것이라 하면 필연의 결과 생활을 떠나 종교가 없으며 생활을 떠나 신앙이 없을 것이다. 즉 오인의 현실생활을 무시하며 현실생활과 관계가 없는 신앙은 아무 존재의 가치가 없을 것이다.

종교와 생활이 이러한 밀접의 관계를 가지는 고로 따라서 현실생활의 변동은 스스로 신앙생활의 변화를 이루게 하나니 즉 종교의 가치도 필경은 현실생활의 진보를 통하여 그 내용의 신앙 관념을 변개하게 하며 또는 진보케 하는 것이었다. 그러므로 과거시대의 유익한 신앙일지라도 현실생활의 변동에 의하여 현대에 무익케 된 것도 없지 아니할 것이며 그 과거시대에 무익타 하던 신앙일지라도 현대생활의 의의를 따라서 또한 유익케 될 것이 없지 아니할지라. 이 점에서 종교가 된 자가 먼저 현실생활의 내용을 상세히 고찰할 필요가 있으며 따라서 종교생활을 현실생활과 적의適宜히 순응케 할 필요가 있는 것이라.

현재 우리 조선 내 종교는 이를 3부로써 나누어 볼 수 있나니, 하나는 고유의 종교니 유불 양교가 즉 그것이며, 둘은 외래의 종교니 기독교 신교 등이며, 셋은 신종교니 천도교 대종교 외 10여 종파 등이 즉 그것이라. 이제 이 3부로 정립한 종교를 그 종교 자체의 내용교리의 장단 여부는 근본부터 말할 필요가 없고 오인이 다만 일언하고자 하는 것은 그들의 각 교가 우리의 생활과 어떠한 관계를 가졌는가, 환언하면 현재생활과 현재의 종교는 얼마만한 가치를 가졌는가 함을 일고하여 종교적 신앙을 일층 깊이 우리 생활에 의의를 두고자 함이었다.

대개 현대의 각 종교를 시대의 자연현상으로부터 보면 각 교 모두 그 내용상 다소 혁신 개조할 점이 없지 아니하나니 이 곧 시대적 생활과 신앙적 생활상으로부터 필연으로 생기는유물이라 할지로다.

제일은 각 교 모두 시대와 경우에 의하여 생기는 폐이니 예하면 우리 조선에 있는 유불 두 종교는 활동상 모두 퇴굴과 완벽頑僻에 치우친 점이 많아서 세계 대세에 순응치 못함과 같은 것이며 기독교는 외래의 신세新勢로 민풍을 개신하는 점이 많으나 지리와 역사의 관계상 자연 민족적 역사적 사실을 무시하는 폐가 없지 아니하며

제이는 각 교의 교리로부터 나오는 폐이니 원래 유불기儒佛基 세 종교 모두 2천 년의 긴 역사를 가졌는지라 그 결과 2천 년 이전에서 생활조건과 적합케 되었던 모든 교훈은 자연히 2천 년 이후의 우리의 생활조건과는 더구나 나날이 격변하는 금일의 생활조건과는 자연히 적합치 못한 점이 많은지라 예하면 유교의 윤리교훈인 삼강오륜과 같은 것은 금일의 생활도덕의 변화에 의하여 다소 적합치 못한 것이 한두 가지가 아니며 또 기독교 불교 두 종교의 모든 교훈도 또한 현대생활에 적응치 못한 점이 한두 가지가 아닌 것은 모든 학자들이 이를 증명하는 것이었다.

제삼은 각 교의 편견으로부터 나오는 폐이니 대개 종교 신자 중 일부 폐해는 각기의 편견고집으로써 내가 믿는 것을 절대 유일의 진리로 혹

신酷信하고 타인의 소신을 이는 이단 혹은 마교 등의 명사로써 호상 수화불상용水火不相容의 지경에 이르게 됨은 이 실로 가증한 암굴우상의 현상이라 할 것이며

제사는 각 교의 신구신앙의 충돌이니 신구의 충돌은 일반사회 또는 세계적 유행품이라 할지나 그러나 그가 종교 신앙상에서 더욱 현저한 경향이 생김은 피치 못할 사실이라 하겠다. 시험 삼아 각 교의 내부 형편을 보면 각 교 모두 청년과 노년의 사상충돌로부터 많은 삽체가 생기게 되는 것이라. 대개가 어떤 교에든지 노년인 구교도는 신앙의 본위는 튼튼하나 시세에 암매暗昧하여 퇴굴에 자처하는 폐가 많으며 그와 반대로 청년인 신교도는 신앙의 본위는 미약하나 시세에 순응하는 장처가 많은지라 이와 같이 노소간 각기 일장일단을 가지고 내부의 충돌이 날로 격렬한 모양이었다.

이상에 술한 외에도 다소간 시대와 서로 어긋나는 폐가 없지 아니하나 그러나 개괄적으로 대개가 이 범위에 포용된 것이라 할지라. 각 교 모두 이와 같은 폐가 없지 못하므로 생활조건과 신앙의 본위에 적지 아니한 경정逕庭이 있게 되어 생활조건을 종교의 힘으로 개선함에 원만한 활기를 낳지 못하나니 우리가 만일 특히 우리 조선인이 만일 가장 생활조건과 큰 관계를 가진 종교 신앙상에서 이러한 폐단을 제각除却치 못하면 우리의 개조사업이라는 것은 적지 아니한 삽체가 있을 것이라. 이제 오인의 사고한 바 생활조건을 기초로 신앙관념을 추상적이나마 아래 같은 두어 가지 조례를 들어 일반의 참고에 이바지하도록 할진대

1. 어떠한 교를 믿든지 그 믿음 자체는 극히 가하며 그리하여 그 믿음을 견고히 할 것

2. 자기의 믿는 종교로써 타인의 믿는 종교를 질투시하며 또 증오시함은 결코 현대 신앙의 본위가 아니니 각 교 모두 아량과 덕성으로 호상존경의 풍을 기를 것

3. 신을 믿든지 불佛을 믿든지 전혀 내세를 위한다 하여 현세를 죄악시하며 악마시하는 폐를 제거할 것

4. 자기의 믿음을 현대 혁신적 생활조건과 모순이 없이 할 것이며 나아가서 자기 신앙의 힘으로써 현재의 생활을 보다 이상으로 향상케 할 힘을 양성할 것

5. 자기의 신앙하는 교리의 내부에 항상 자유비판을 가하여 그 교리를 시대적으로 해석하며 시대적으로 인도하기를 힘쓸 것

6. 신앙을 철두철미 자아중심주의自我中心主義의 기초에 서게 하여 신앙의 힘으로써 자아의 인격을 향상케 하도록 노력할 것

7. 천국 혹은 극락이라 하는 이상향 건설을 이 세계의 상에 인하引下하도록 할 것 즉 천상의 이상을 지상의 사실로 화하게 할 것

이상 몇 가지 조건을 구비하였다 하면 오인은 어떠한 종교를 믿든지 그 신앙은 직直히 소년반도의 신앙됨을 확보할 수 있겠다. 그리하여 그러한 신앙은 가장 장래를 많이 가진 청년신앙가의 자각이 날로 늘어감에 있는 것이니 소년반도의 정신개조를 필요로 하는 사람은 먼저 이 점에 착안하여 종교의 신앙을 생활의 조건과 반행하도록 개조함이 목하의 급무라 할 것이다.

3. 생활조건과 도덕

오인은 개벽 8월호에 이미 조선인의 도덕심의 수립을 절망한다는 기사를 약술한 바 있거니와 이에 특히 일언하고자 하는 것은 반도의 청년과 반도의 신도덕의 관계를 논하여 도덕적으로 생활개조를 절실히 할 필요가 있다 함을 개술概述하고자 하는 것이다.

원래 도덕이라 하는 것은 고대인의 생각한 바와 같이 고금천재古今千載에 고정부동하는 물건은 아니었다. 그러기에 도덕이라 함을 일언으

로써 말하면 우리의 생활조건이 즉 도덕이 된다 하여도 또한 과언이 아니었다. 적게는 의식주거로부터 크게는 국가 사회에 미치는 모든 영향이 즉 그의 도덕이라 함이라. 고로 개인엔 개인의 도덕, 가정엔 가정의 도덕, 국가, 사회, 세계에는 국가, 사회, 세계의 도덕이 자유自有한 것이니까 이 곧 도덕이 우리 생활조건과 항상 병행하는 것이었다. 만일 도덕이 우리의 생활조건을 떠나 별도로 존재한 물이라 하면 그와 같은 도덕은 이 세상에 존재할 하등 가치가 없을 것이겠다.

도덕이 이미 우리의 생활조건과 병행한다 하면 필연의 결과로 생활의 변화는 따라서 도덕의 변화를 이루게 할 것은 말을 불사不竢할지라. 만일 생활이 급변함에 불구하고 도덕은 여전히 천고불변이라 하면 그는 경제의 현상이 변함에 불구하고 물가는 여전히 지속된다 함과 같음이라. 그러므로 생활과 도덕은 형영形影의 서로 따름과 같아서 수유須臾라도 가히 이離치 못할 것이라 하겠다.

우리 조선의 도덕이라 하는 것은 본래 유교의 도덕이 그의 근본 기초였나니 유교의 도덕은 누구나 다 아는 바와 같이 항상 과거를 표준한 도덕이라 선왕의 법이 아니면 행하지 아니하며 선왕의 말과 행동이 아니면 사용하지 못하리라 단정한 도덕이라. 그러므로 그 성질이 극히 소극적이며 극히 퇴굴적이었나니 누백년래 이러한 소극적 퇴굴적 도덕만 지켜온 조선민족은 어느덧 창조의 힘을 잃고 말았으며 활동의 기를 막고 말았다. 그러므로 우리가 이제로부터 합시대적 생활조건을 짓고자 함에는 무엇보다도 먼저 이 도덕의 관념을 개조하여 소극으로부터 적극에 나아가는 길을 열지 아니함이 불가하며 퇴굴로부터 진보에 나아가는 원기를 기르지 아니함이 불가하겠다. 다시 말하면 소년반도의 금일의 도덕은 활동주의의 도덕이 아니면 금일의 생활조건과 병행치 못하리라 이르리라. 이제 오인의 사고한 바의 또는 가장 취할 만한 바의 도덕적 관념은 아래와 같은 조건 하에 실시되어야 할 것이라 규호叫呼

함을 마지 아니 한다.

제일은 자주적 도덕이니 자주적 도덕이라 하는 것은 도덕의 관념을 절대로 인격주의의 상에 두지 아니하면 불가하다 함이라. 과거와 같이 도덕을 한 명령적 기계적으로 수행하여 타의 명령을 따르며 타의 지배만 따르며 행하게 되지 아니하고 반드시 자기라 하는 개체의 인격을 주로 하여 그 주체로부터 우러나오는 도덕이라야 가히 금일의 도덕이라 할 것이다. 그러므로 인격주의의 도덕은 자기로 능히 도덕을 이해하며 도덕을 비판하며 도덕을 자주하여 자기의 일을 능히 자기로 판단하는 도덕이 되지 아니함이 불가하겠다. 예하면 생도가 학교규칙을 복종함은 이는 도덕 됨에 이의가 없으나 그러나 학교의 규칙이라 하여 생도가 그를 맹목으로 기계적으로 복종하니보다 일층 그 규칙을 생도 자체의 정당행위로 자인하여 비록 학교의 규칙이 없다 할지라도 생도된 자는 반드시 그러한 규율을 지키지 아니하면 안 되리라 하는 자주의 도덕관념을 기르게 하는 것이 가하며, 국민이 국법에 복종함은 이는 도덕 됨에 이의가 없으나 그러나 국법이라 하여 국민이 그를 맹목적 기계적으로 복종하니보다 일층 나아가 국민 자체가 자각의 힘으로써 비록 국법이 없다 할지라도 능히 그만한 인민의 집단에는 그러한 행동이 필요하리라는 자주의 관념으로써 법률에 우선하여 도덕적으로 국민 전체의 행복을 조성케 함이 이 곧 자주의 도덕이라 할 것이다. 이를 정치의 발달로써 비교하건대 과거 군주전제의 시대에는 국민이 자기의 국사를 자기들의 힘으로 능히 처판處判치 못하고 일개인 전제군주의 힘에 의하여 기계적 맹목적으로 그 국법을 복종케 되었으나 금일의 입헌시대에 이르러는 국민이 자기의 지와 힘으로써 자국의 일을 인민 자체가 처리케 되었나니 도덕도 또한 이와 같아서 과거의 도덕은 인민의 자주력이 없이 고인의 유훈 혹은 선조의 유법을 맹종함에 지나지 아니 하였으나 금일은 정치상에 입헌을 실행함과 같이 도덕에도 또한 입헌을 주로 하지 아니치 못할지니 즉 자주주의의 도덕에서는 자기 스스로가 입법자가 되며 사법자가 되며 행정자가 되어 자기의 일을 자기로 능히 처판할 만한 도덕의 주체가 되어야 할 것이다.

제이는 합시대적 도덕이니 합시대적 도덕이라 함은 이상에 술함과 같이 도덕은 항상 생활조건과 병행하는 이유로 태고의 생활에는 태고의 도덕이 필요함과 같이 금일의 생활에는 또한 금일의 도덕이 필요하나니 시사試思하라. 우리의 생활이 이미 선조의 생활과는 천만리의 거리가 생겼음에 불구하고 이에 병행하는 도덕뿐이요 즉 선조시대의 도덕이 필요하다 하면 그는 전혀 시대에 맹목한 자라 이르지 않겠느뇨. 그러므로 합시대적 도덕이라 하는 것은 결코 습관에 맹종하며 선조시대의 행하던 일이라 하여 이를 완수하여서는 아니 될 것이다. 예하면 선조시대에는 국가도덕상 국민과 군주의 간에 쓰던 도덕관념은 금일에 이르러는 전부 혹은 일부의 절대 변천이 있음과 같은 것이며 또 가정도덕상에서 과거에는 선조중심이었던 도덕이 금일에 이르러 자손중심주의로 변하였으며 부부도덕에서 부婦는 절대로 부夫에 사수정조死守貞操이었던 도덕이 금일에 이르러는 부인해방주의에 인하여 부인의 권리를 남자와 평등으로 인상하고자 하는 것이며 사회도덕상에서 과거에는 노동자가 절대로 자본주에게 맹종하던 습관이 금일에 이르러는 노동본위로 인하여 노자勞資의 조화를 규호하는 것과 같은 등은 다 같이 옛날의 도덕과 금일의 도덕의 사이에 정반대의 변천을 생기게 한 것이라. 이와 같이 도덕의 관념이 생활의 조건과 축년逐年 병행함에 불구하고 일부 완고자류頑固者流같이 도덕은 이 천고불변이라 하여 선왕의 법이 아니면 행하지 아니하며 선왕의 말과 행동이 아니면 따르지 아니한다 함은 실로 멸망성을 예기한 인종이라 운치 아니치 못할지라. 오인은 모름지기 시대적 생활과 병행하는 도덕을 창조하며 시대와 순응하는 도덕을 기르지 아니함이 불가하나니 다시 말하면 도덕의 개조를 시대에 병행케 하여야 할 것이었다.

제삼은 공동의 도덕이니 공동의 도덕이라 하는 것은 도덕을 일개 개인의 생활조건으로 보지 말고 적어도 국민 전체의 생활조건 혹은 세계 전 인류의 생활조건으로 간주하여 도덕의 범위를 세계 공통적 조건으로 하면 도덕의 활용을 세계 동화적 진리로 응용케 하는 것이었다. 예하면 금일 세계를 통한 인도정의의 소리와 같음은 이 결코 일개인 혹은 일 국가에 관한 도덕이 아니요 국제적으로 도덕의 미를 생활조건의 상에 표현하고자 함이니 금일의 도덕은 부락시대 혹은 쇄국시대의 단편적 생활조건만 병행하던 도덕이 아니라 비록 일개인의 행위라 할지라도 그가 문득 세계적 혹은 국제적 생활조건과 반행하는 실례가 많나니 그러므로 나 일개인의 몸은 다만 나 일 가정의 몸 혹 나 일 국가의 몸이라 하니보다 차라리 전 세계의 몸이 되나니 이 점에서 나 일개인의 도덕상 행위는 다만 나의 일 가족 또는 일 국가에만 그침이 아니요 어떤 의미에서 전 세계의 도덕상 행위가 된다 이를 것이라. 공동의 도덕이라 하는 것을 간단히 일언으로 요언하면 조화의 도덕이라 하는 의미이니 예언例言하면 전술한 남녀의 도덕이라 할지라도 기왕에는 남존여비로 있던 것을 그를 조화하여 남녀평등주의의 도덕을 써야 함과 같이 노동자와 자본주의 간에 도덕도 그러하여야 하고 강자와 약자 간의 도덕도 그러하여야 하고 우자와 열자 간의 도덕도 그러하여야 할 것이었다. 이 곧 공동의 도덕이니 이러한 도덕이 아니면 현대의 생활조건과 병행치 못할 것이라.

이와 같이 금일의 도덕은 적극적 향상적인 활동주의의 상에 두지 아니함이 불가하며 그리하여 그 조건을 철두철미 생활조건의 상에 두지 아니함이 불가하겠다. (미완)

—《개벽》15, 1921. 9.

생활의 조건을 본위로 한 조선의 개조사업(속)

생활의 조건과 예술-생활의 조건과 노동문제-생활의 조건과 연애문제 기타

- 예술에는 다만 한 가지의 원칙과 목적이 있나니 즉 하등의 인상을 베푸는 그것이며 수단을 가리지 않고 힘이 왕일旺溢하는 인상을 베푸는 그것이다. 그래서 그것은 모든 취미와 비평의 법규에 역동逆動하는 것이다.(쫀 바로-스)
- 노동은 생명의 충실로 넘쳐 나오는 희열이 되지 아니치 못할 것이다. (에드와드 카펜타)
- 연애라 함은 다만 사람이 새 사람을 낳는 충동을 이름이 아니다. 이로 인하여 사람은 한 대를 지내는 때마다 그 영혼을 확대케 함을 의미하는 것이라.(엘렌 케이)

4. 생활의 조건과 예술

아자백亞剌伯은 고력苦力이 힘에 넘치는 노동을 할 때에 그들은 반드시 노래를 불러 그 고력으로부터 나오는 고통을 잊어버리고 영영營營히 그 노동을 감능堪能한다 하나니 그러한 예는 다만 아자백의 고력에만 있는 것이 아니요 우리 조선 농군들이 밭과 들에서 산가山歌를 부르며 농악을 연주하여 유쾌히 그 노동을 하여 하는 것이며 비애에 싸인 시인이 고상한 시운을 도발하여 그 정의 아픔을 완화케 하는 것이며 많은 군중의 감정을 융화키 위하여 음악으로 회석會席을 정돈케 하는 등은 다 같이 사람의 육체 및 정신의 고통과 충돌을 예술적 정서로써 내부의 평화를 도모케 하는 고상한 방법이라. 그러므로 예술이라 하는 것은 사람의 선천적 약속으로부터 우러나오는 평화의 표현이라 할 수 있나니 고상하든지 비열하든지 누구나 예술적 감정을 가지지 아니한 사가 없으며 따라서 예술적 동경을 품지 아니한 자가 없는 것이었다. 사람은 예술적 감정에 의하여 건조한 정신이 처음으로 윤택하여 지는 것이며 예술적 동경에 의하여 냉적冷寂한 생활이 처음으로 풍부하게 되는 것이다.

애급埃及을 생각하고는 금자탑을 연상하며 강남江南을 생각하고는 이백李白을 연상하나니 이 곧 예술은 고인과 금인의 정서를 가깝게 하는 것이며 자연과 인생을 관통케 하는 것이다. 예술은 실로 천고의 선지先知를 장악에 들게 하며 오호五湖의 연월烟月을 십 리에 돌아오게 하는 신비적 마력을 가진 것이다. 그러므로 예술의 발달은 문득 생활의 취미를 늘게 하는 것이요 생활의 묘미를 감촉케 하는 것이었다.

누구나 다 맛보는 바이지마는 우리 조선사람의 생활에는 개인에나 가정에나 사회에나 모든 데에서 하도 쓸쓸하고 하도 냉락冷落한 정황을 맛보게 되나니 우리의 생활에는 아무 예술적 운취를 가미하지 못하였는지라. 부부가 서로 대함에 고상한 애정의 결합을 매개할 예술이 없으며 부자 형제 붕우가 서로 대함에 고상한 천성의 친親을 관통할 예술이 없으며 사회 민중이 서로 대함에 인정의 애를 융화결합할 기관이 없는지라. 부부가 습관으로써 그 애정을 유지할 뿐이요 예술적 묘취妙趣로써 그의 결합을 인도치 못하며 가정 친족이 의義로써 그 친의親誼를 지킬 뿐이요 예술적 정서로써 그 내부의 결합을 도발치 못하였으며 사회 민중이 법률로써 그 평화를 유지할지언정 예술적 융화로써 그 통일을 보지하지 못하였나니 이 곧 우리 조선 근대에서 예술의 생활을 계속치 못한 결과이며 예술적 정서를 도발치 못한 까닭이었다.

우리 조선사람은 역사상 예술의 장기를 가졌음은 사실이었으나 불행히 근대에 이르러 경학산림의 무리가 스스로 도학우상에 구속된 바 되어 일반의 예술을 사람의 천기로 학대하여 생활의 조건 중에서 예술의 취미를 제각한 결과는 오인의 가정은 문득 한암寒巖이 되었으며 오인의 사회는 문득 사막으로 화하였다. 사고냉냉四顧冷冷하고 부앙적요俯仰寂寥한 금일의 상태를 이루었다. 이의已矣라. 오인은 금일 이 4천 년이나 오래된 폐허에 세워 아무리 '당시가무지當時歌舞地 불설초리리不說草離離'를[1] 부른들 하등 효과가 있으리오. 금일로부터 우리의 갱신의 도는 예술의 부흥으로써 조선개조의 서광을 삼지 아니함이 불가하나니 우리가 아무리 많은 개조사업이 났다 할지라도 우리의 생활 취미가 금일과 같이 냉락하고 쓸쓸하고 보면 우리는 무슨 활기에 의하여 정력의 용출을 기다리리오. 오인은 우리 조선인으로 예술의 생활을 부흥키 위하여 아래에 같은 두어 가지 예를 들어보건대

첫째 문학의 진흥이니 원래 일 민족이나 일 국가를 근본으로 개혁하고자 하면 그 민족으로부터 먼저 대문학적 천재의 출산함을 기다리지 아니치 못할 것이라. 무슨 까닭이오. 문학의 혁신이 없고는 민족의 정신을 근본적으로 정돈치 못한 것임으로써라. 그는 선진의 모든 국가가 필연의 경험으로 쌓아온 불변의 원칙이니까 별로 다시 말할 필요가 없거니와 우리 조선에 있는 개조사업도 또한 문학적 혁신을 기다리지 아니하고는 근본적 혁신을 기대하지 못할 것이라. 우리는 아직도 일 국어의 정돈이 없으며 일 국문의 통일이 없는지라 어느 겨를에 귀신을 울게 하는 대사조, 건곤을 정돈케 하는 대사상이 산출할 수 있으리오. 최근 우리 사회에는 신시新詩의 저자와 신소설의 저자가 여간 없지 않은 바 아니로되 그들은 아직 방향 미정한 도중에서 시련적 초보에 방황할 뿐이요 사회의 대부분은 아직도 건조무미한 사막 중에서 유익游弋 힐 뿐이니 고로 문학의 혁신은 목하 우리 사회의 근본적 개혁을 요하는 점이며

다음은 미술의 진흥이니 우리 조선인이 고래로 미술의 장기가 특저特著하였음은 누구든지 공인하는 바이거니와 이제로부터 우리의 미술적 천재를 부활케 하여 조선인의 건축, 조선인의 조각품이 우선 조선인 자기의 사회나 자기의 가정을 장식하여야 할 것이다. 시험 삼아우리 사회의 건축품이나 일반의 미술품을 조사하여 보면 하나노 우리 손으로 창조한 것이무엇이 있는가. 더욱이 통절할 일은 조선 고대의 미술이 불교

1) 《고문진보古文眞寶》〈금곡원金谷園〉. '당시 노래하고 춤추던 곳에 풀이 수북이 자라리라 생각하지 않았는데'

에 말미암아 건설되었음에 불구하고 금일에 이르러는 불교 자체에서 그 불우佛宇와 및 그의 미술품이 외인外人의 손에 의하여 건설케 되었나니 이 한 가지 예로써 능히 만 가지의 사실을 증명하고도 또한 남는 것이 있으리라. 그리하여 우리의 생활이 얼마나 퇴보에 또 퇴보이었음을 증거할 수 있으리라. 우리는 자금自今으로 미술의 부흥을 촉구하여 조선인의 선천적 미술의 천재를 부활케 하여야 할 것이며

다음은 음악의 부흥이니 예악사어서수禮樂射御書數라 하여 고래로 악은 생활의 화평을 조장케 하는 천품天品이 되었으나 그러나 우리 조선에서는 저 도학배道學輩의 몰상식한 배척에 인하여 음악은 일종 광대의 천품賤品으로 생각하여 왔다. 그래서 가정에나 사회가 항상 쓸쓸한 기분 중에서 서로 만나면 반목상질反目相嫉하는 것으로 유일 능사를 삼아 왔다. 만약 음악이 발달되어 가정에도 이를 쓰게 되며 사회에도 이를 쓰게 되면 기분간幾分間 가정의 평화를 이로 인하여 도득圖得할 것이며 사회의 평화를 이로 인하여 얻을 것이라. 기계와 기계의 마찰을 기름으로써 원활케 함과 같이 사람과 사람의 충돌은 음악으로써 능히 조화를 얻을 수 있으며 그리하여 건조한 생활에 윤택한 맛이 들게 하며 냉락한 감정을 활발한 기氣로 들게 함에 가능할지라.

다음은 연극의 진흥이니 과도시대이나 정돈시대이나 민중오락의 기관으로써 전 민중의 감화를 감정상으로 쉽게 인도하는 것은 연극에서 지냄이 없음은 누구든지 아는 바이라. 더욱 현재 우리 정도와 같이 아직 유치한 민중을 신문화의 와류 중에 들게 함에는 무엇보다도 연극의 필요를 느끼지 아니할 수 없거늘 아깝다 조선인은 아직 연극의 가치를 불인하고 연극은 천한賤漢의 일종 장난거리로 돌려보내나니 이 실로 조선의 진보가 아직 지지遲遲한 까닭이며 따라서 연극 자체가 천태를 아직 벗지 못하고 일반의 신용을 널리 얻지 못한 까닭이었다.

이상에 말한 두어 가지의 말은 사람의 생활에 직접의 관계를 가졌을

뿐이 아니라 문화건설상 지급히 진흥할 필요가 있나니 그 진흥의 방법에 있어서 각 방면의 기관이 모든 것을 예술화로 하여 나아감이 가장 큰 득책이 될 것이라. 예하면 종교를 예술화로 발전케 할 것이며 교육을 예술화로 설시設施케 할 것이며 도덕을 예술화로 향상케 할 것 등 모든 생활의 조건을 예술화로써 향상케 한다 하면 십 년 이후의 조선은 가히 써 근본적 해결을 얻으리라 자신하노라.

5. 생활의 조건과 노동문제

노동문제라 하는 것은 세계의 대간판이며 또는 현대의 가장 큰 연구의 대제목이므로 세계의 학자 달인이 그의 뇌장腦漿을 기울여 가면서 초사하는 바이며 그리하여 본지의 상에도 누누이 그 성질, 연혁, 범위 등의 고찰을 발표한 바 있었으므로 이제 새삼스럽게 본 문제를 장황히 거론할 필요가 없음은 물론의 일이었다. 그러므로 이에 조선인과 노동이라 하는 소제목 아래 일언의 진술이 있고자 하는 것은 결코 광범한 노동문제에 신 연구를 사회에 제공하고자 함이 아니요 다만 우리 조선인이 과연 노동계에 대한 병진竝進의 자격이 있는가, 즉 조선인이 현대의 노동정신과 병행할 만한 소질이 있는가, 그리하여 그 소질에는 어떠한 폐막弊瘼이 숨어 있는가 함을 일언하여 우리 조선인의 노동적 소질에 관한 반성의 정신을 촉구하고자 함에 불외하겠다. 이제 노동적 소질과 조선인의 성질상 인습적 관계를 두어 가지 조건으로 아래와 같은 표준을 세우고 보면

제1. 조선인은 노동적 정력精力이 부한가 빈한가(노동과 정력의 관계)

제2. 조선인은 노동의 신성을 이해하였는가 아니하였는가(노동의 취미趣味)

제3. 노동적의 전문적 기술을 가졌는가 아니한가 (노동과 분업)

제4. 조선인은 노동적 지식이 있는가 없는가 (노동의 인격향상)

제5. 조선인은 노동적 경제관념이 있는가 없는가 (저축의 미풍)

등을 일언하여서 우리 조선인으로써 노동 그것보다도 먼저 노동의 주체되는 노동자(이에 노동자라 함은 정신적 육체적 됨을 불구하고 다만 일꾼되는 이들을 들어 이름임)의 정신개조를 철저히 실시할 필요가 있다 함이라.

먼저 조선인과 노동정력이라 하는 말은 무엇이냐 하면 나는 노동이라 함은 사람의 정력발동으로 인정하고 우리 조선인에는 정력의 발동이 얼마만한가 함을 일언하고자 함이라. 원래 사람의 사업이라 하는 것은 정력의 결정으로부터 우러나오는 것이니 그러므로 정력이 빈약한 사람은 사업이 따라 미약하며 정력이 성왕한 사람은 사업이 따라 성왕하는 법이라. 그런데 정력을 두 가지로 나누어 본다 하면 하나는 정신적 정력이니 저술가 혹은 예술가 같은 정신 사용의 정력을 일러 말함이요 하나는 육체적 정력이니 즉 육체 사용의 정력이라. 이제 이 두 가지 정력의 분량이 조선인에게 얼마만한 가능을 가지고 있는가 하면 '타민족에 비교하여' 유감이지마는 우리에게는 이 정력의 분량이 타민족에 비하여 자못 부족한 형편이 없지 아니하다. 우선 육체적 정력에서 우리 민족에게는 저 중국인과 같은 고력苦力적 감능성堪能性이 결핍하였음은 사실이었다. 고력의 유무가 직접으로 육체적 정력을 표준할 수 없다 하더라도 어쨌든 우리의 육체적 노동자 중에는 중국 고력과 같은 노동의 감당력이 결핍하였다 할 것이다. 어찌할 수 없어 육신의 노동을 감행한다 할지라도 항상 부득이라 하는 요피불능要避不能의 근보僅保의 힘으로 겨우 그 노동을 지속할 뿐이요 중국인과 같은 근기 있는 힘으로 성의 있는 노동이 없나니 여기에서 벌써 근면의 능률이 저 중국인보다 저락되었다 할 수 있으며 또 그 정신노동에 관한 저술사업이라든가 예술사업이라 할지라도 우리는 저 외국인과 같이 생명과 전 노력을 희생하여

가면서 연구와 마찬磨鑽에 몰두하는 자가 한 명이나 있는가. 경우로 말하면 우리의 문명 정도가 타인보다 몇 백 보 낙후된 것이니까 연구의 힘도 또한 그의 비례로 나아가지 않으면 안 될 형편에 있으면서도 사실에는 그렇지 아니하여 모든 정신적 사업을 한 행세거리 한 치레거리로 형식에 중지하는 것은 목하의 사실이 이를 증명할 것이 아니냐. 이 곧 우리의 정력 불충분이 외면에 표현되는 일 증거라 할 수 있다. 원래가 정력이라 하는 것은 근면으로부터 저축되는 것이며 근면은 개성의 단련으로부터 나오는 바의 것이거늘 우리는 아직도 개성의 단련이 불충분한 결과는 마치 체육이 없는 군대와 같이 일 전투에 문득 곤피를 느껴 다음 전투에 문득 전패顚沛하나니 그러므로 우리 조선인과 노동문제는 먼저 노동적 정력양성으로써 제일 본위를 삼지 아니치 못할지며

다음 조선인은 노동의 신성을 이해하는가 하면 우리 사회에는 아직도 노동 신성의 관념이 철저히 섰다 할 수 없나니 그 이유는 우리가 누백 년래의 인습으로부터 묻어온 소위 양반행세가 성질 인습상에 은연한 세력을 가지고 있음이라. 원래 선鮮의 양반은 냉수를 마시고 생활할지라도 노勞하며 동働 이라 하는 것은 최대의 기물忌物로 알았나니 그러므로 양반이라 하는 말은 어떤 의미에서 놀고 먹고 놀고 입는 것의 별명으로 보아도 또한 과언이 아니었던 것이라. 이러한 악습을 누백년간 길러 온 결과는 금일에 이르러도 아직도 그의 사상이 철저히 개혁되지 못하였도다. 바로 말하면 노동을 신성하다 하는 것도 아직 거리가 요원한 말이니 어째서이오. 노동은 사람의 생명변체生命變體라 노동이 없으면 생명이 없으며 생명이 없으면 사람이 없는 것이니 그러므로 노동은 신성이 아니요 곧 생명이며 곧 생명의 동작으로부터 우러나오는 희열이라 할 수 있나니 이와 같이 중차대한 의의를 가진 노동으로써 억지의 신성 두 글자의 권위를 빌어 사람에게 강권한다 함도 또한 철저치 못한 사상이라 할지어늘 하물며 우리는 아직도 노동 신성의 지위에도 달할

경애境涯에 이르지 못한 점은 실로 우리 사회의 노동발흥이 전도요원하다 운치 아니하리오.

다음 조선인과 노동의 전문적 기술이니 일언이폐하면 노동(정신적 및 육체적을 포함)은 즉 전문적 정력의 발동이라 할 수 있나니 노동에 만일 전문적 기술이 없다 하면 그 노동은 아직도 원시적 상태에 배회하는 노동계라 할 수 있다. 공업적 노동, 농업적 노동, 내지 예술적 노동, 저술적 노동이 찬연히 병행하여 각기 전문적 노동정력을 발휘한 후에야 처음으로 사업의 향상을 기할 수 있을 것이거늘 우리의 사회에는 아직 이 전문의 형식을 갖추지 못하여 이에 한 사람의 식자가 있다 하면 그 사람을 교육가로도 볼 수 있으며 학자로도 볼 수 있으며 정치가로도 볼 수 있으며 실업가로도 볼 수 있게 되었다. 또 그 육체적 노동에 이르러도 역시 그러하나니 이러한 형편에야 어느 겨를에 노동의 상태를 말할 수 있으며 노동의 능률과 분배와 동작을 평론할 수 있으리오.

다음에 조선인의 노동적 지식과 노동적 경제관념을 일언하자면 우리의 중에는 노동을 신성하다 인정치 못하며 또 그 결과로 노동이라 하는 것을 인간의 필연작용으로 알지 아니하고 부득이 또는 부득이이라 하는 강제적 조건 하에서 노동자의 자격을 인정하는 고로 노동자라 하면 문득 문맹이며 무상식의 하천업下賤業으로 사고하게 된 결과는 노동적 지식이라든가 하는 신시대의 풍조를 아직도 염연恬然히 염시厭視할 뿐이니 저 영국과 같은 민족에서 노동자로부터 대의사代議士가 나오며 국무대신이 나옴과 같은 정도에 비교하고 보면 실로 무엇이라 명칭하기 가치可恥하도다.

이상의 말한 두어 가지 조건은 다만 우리 조선사람의 생활조건 위에 노동의 관념을 부가한 일언경고에 지나지 아니하나 그러나 관념이 없으면 실행이 생기지 아니하나니 순서상 우리 조선에서 노동의 위력을 맛보고자 하면 먼저 노동에 대한 관념을 개조하여 생활의 조건과 노동의 관념을 항상 일치하여 나아가기를 절원切願하노라.

6. 생활의 조건과 연애문제(결혼의 해방)

근래 우리 신진의 청년남녀 중으로부터 흔히 연애신성론을 부름을 보았다. 시에나 소설에나 또는 사실로나 그 현상이 점차 높아 간다. 남녀차별이 극단으로 장애를 이룬 이 조선에 있어 연애의 신성을 말하게 되는 것은 실로 세사의 진보를 알게 되는 것이며 또는 우리 조선사람도 세계적 문화에 참여할 각오가 생겼다 할 수 있다.

혹자는 금일 청년남녀의 이 현상을 보고 일대 변괴로 아는 이들이 없지 아니한 듯하나 그는 족히 거론할 바 아니요 다만 오인의 원려없는 사고로써 보면 연애문제는 그 이면에 스스로 여자의 해방을 의미하는 것이요 여자의 해방은 세계의 대세로 시대문화의 필연적 귀결이니까 우리도 남과 같이 살림살이를 시대적으로 하여 보리라는 예산과 목적을 세우지 아니하였다 하면 모르거니와 이미 신생활의 진의의를 깨닫고 모든 것을 세계와 함께 병진하려는 각오가 생겼다 하면 얼마동안 폐막弊瘼이 된다 할지라도 영원의 장래를 위하여 여자의 해방을 근저로부터 해결치 아니함이 불가하며 그리하여 여자해방의 일 조건되는 연애문제를 이상적 해부에 의하여 그에 통일 있는 사고를 붙이지 아니함이 불가하겠다.

원래 연애라 하는 것은 그 연애 자체에는 여자의 해방이 있거나 없거나 인성의 본능으로 나온 선천적 약속으로 볼 수 있다 하겠지마는 그러나 우리가 연애의 신성론을 주창게 된 까닭은 과거의 사회조직의 여자구속주의에 치우쳐이 인성의 본능되는 선천적 약속을 자유로 발휘치 못하였는 고로 신진의 각자覺者로부터 이 선천적 약속을 자유로 이행하리라 하는 동기 하에서 먼저 연애의 신성을 부르짖은 듯하다. 그러므로 연애라 하는 것은 과거시대와 같이 남녀 양성의 간에 담을 쌓고 간격을 두고 거기에 간섭을 요하며 지시를 요하는 어떤 간접의 관계를 포용되었다는 의미가 아니요 철두철미 양성의 자유를 허하여 자기들의 자유로써 자유의 연애를 욕구하게 하는 의미이었다. 만일 우리 사회에서, 아니 인간세계에서 이미 양성의 자유를 허한 지 오래였으며 그리하여 양성의 연애를 자유로 허여한 지 오래였던 것이라 하면 우리가 무슨 까닭으로 연애의 신성을 논할 여지가 있겠느뇨. 다시 말하면 우리 인류가 연애의 신성을 주창케 된 원인은 제1은 인류성의 해방을 의미한 것이며 제2는 양성의 성욕을 자유로 발육케 하는 의미이며 제3은 성욕을 연애자유에 의하여 신성케 하고자 하는 의미이겠다. 그리하여 그 연애 자체에 대한 신성의 체면이라 할 것은 성질상 내용에서 연애의 신성은 제1로 애愛를 근본으로 한 것임이며 제2로 희생의 정신을 가졌다 함이며 제3으로 용서성을 가졌다 함이며 제4로 정조를 의미한 것이라 할지라. 이와 같이 연애의 신성론은 자유적에서 인류성을 해방하는 효과가 있으며 구체적 성질상에서 애, 희생, 용서, 정조 등 모든 미덕을 포용하고 하는 말이라. 과연타 하면 이 의미에 있어서는 누구든지 연애의 신성을 반대할 자가 서무庶無할지나 그러나 연애의 이면에는 왕왕 이들의 미적 성질을 파괴하고 몰풍살정沒風殺情의 추태가 노현露顯하는 폐가 없지 아니하나니 이 금일 신진의 청년남녀로 가장 주의할 점이며 더욱이 우리 조선과 같이 해방의 초두에 선 남녀 양성은 굳건히 연애의 내부적 성질을 이해하여 신생활의 미풍을 발휘치 아니함이 불가하겠다. 연애의 내부적 성질을 이해하라 함은 무엇이냐 하면

제1, 연애의 신성은 애에 있다 함은 누구나 이의가 없는 것이니 어째서인가. 애는 종교상 혹은 도덕상에서 큰 권위를 가짐과 같이 연애상에도 동일한 신성의 체면을 가지고 있다 함이라. 즉 이성이 다른 이성을 애하여 백년의 애우愛友를 맺음은 이 곧 연애의 신성한 점이라 할 것이

다. 그러나 연애상에 있는 그 소위 애라 하는 것이 절대적으로의 신용을 의依하여 부부가 되었다 할지라도 도중에 어떠한 관계로써 이혼의 비경을 당하게 됨은 오인이 왕왕히 보는 바라. 이에 연애 상에 있는 애를 그렇게 절대의 가치가 있다 하지 못하게 되나니 그러므로 연애의 신성을 보수保守하고자 하면 필연으로 연애상에 있는 애를 영구적으로 견수堅守치 아니함이 불가하며

제2, 연애의 신성은 희생에 있다 함은 누구나 이의가 없는 것이니 어째서인가. 도덕상 의의義誼상에서 타인을 위하여 자기의 희생함을 신성타 함과 같이 연애상에도 한 이성이 다른 이성을 위하여 자기를 희생하는 것이 또한 신성타 운치 아니치 못할 것이었다. 즉 일남일녀가 서로 연애하는 사이에 서로 희생의 정신을 가지고 진정의 애를 발휘함으로써라. 그러나 연애에 있어서 자기를 희생하는 것이 그렇게 신성의 가치가 있을까 함은 의문이니 오인의 생각한 바로 말하면 연애를 위하여 희생하는 정신을 연애 이상의 다른 사업에 희생할 수 있다 하면 그 희생이야말로 실로 신성의 가치가 있지 아니할까 함이라. 예하면 청년남녀가 연애에 말미암아 서로 자살을 따른다 함은 이 곧 희생의 일종이라 할 수 있으나 그러나 그와 같은 자살적 정신이 희생을 연애 이상인 나른 사업에 전용한다 하면 그야말로 신성의 가치를 발휘하였다 할지니 그러므로 양성의 연애는 생활조건의 신성을 보전하는 점으로써 토구討究할지언정 생활조건을 파괴하는 희생의 정신으로 인용함은 결코 불가하나니 즉 연애에 말미암아 생활조건에 보조가 없는 것은 결코 연애의 신성이라 이르지 못할 것이며

제3, 연애의 신성이 용서와 정조에 있다 하나니 그 까닭은 도덕상에서 타인의 죄를 용서함이 미덕이 됨과 같이 연애상에도 연인이 타인의 과실을 용서함은 일 미덕이 된다 함이며 또 그 연애의 신성을 정조에 있다 함은 연인과 연인이 서로 신성의 연애에 의하여 일부일부一夫一婦

의 정조를 지키는 것이 곧 그의 신성을 유지한다 하는 까닭이라 할지라. 그러나 연애상에서 과연 용서와 정조를 철저히 실행되어가느냐 하면 사실은 결코 그렇지 아니하여 마침내 용서와 정조라는 것이 도리어 원한실망에 유랑하는 폐를 보게 됨은 오인은 이를 소설가의 의장意匠으로만 보게 됨이 아니요 사실로서 사회상에서 누누이 나타나는 일이 되나니 그러면 용서와 정조가 연애상에 골자가 될 여부는 자못 의문에 속한 것이라.

이상에 술한 연애의 신성여부 즉 애, 희생, 정조 등의 문제가 과연 연애의 신성을 유지할 것인가 또는 연애의 신성이 능히 신생활의 조건에 유조有助가 될까 함은 아직 고려의 중도에 있다 할지니 어째서인가. 연애의 신성을 그 연애 자체에서 본다 하면 다시 이의와 여론이 없을 것이나 그러나 연애를 생활상 조건에 끌어와 본다 하면 연애 그것이 과연 생활조건에 절대의 위력을 줄까 하는 의문은 자못 아직 풀지 못한 문제 중에 있다 할 것이다.

즉 연애의 신성조건 되는 애, 희생, 용서, 정조 등이 연애상에 절대의 가치를 보지하지 못한다 하면 따라서 연애 그것도 또한 생활조건에 절대의 가치를 준다 할 수는 없는 것이다. 더구나 연애의 신성을 의뢰하여 유위有爲의 청년남녀의 정력을 연애문제에 매송埋送할 뿐이라 하면 그 어찌 생활의 대폐해가 아니리오.

그러므로 나는 연애신성을 절규하는 일면에 연애 그것을 생활조건상에 끌어 놓아 가지고 우리의 생활조건에 진보가 되고 유조가 되는 것은 그의 신성을 확보할 책임을 줌이 가하며 이에 반하여 생활조건에 유해 또 무익한 것이라 하면 아무리 그 사물 자체는 그 자체에서 신성의 성질을 포용하였다 할지라도 시대상 혹은 경우상또한 정도와 표준상에서 그를 배척하지 아니할 수 없는 것이니 금일 이 과도시대의 조선에 처한 청년으로 깊이 반성고찰할 필요가 있다 하며 그리하여 그 반성고찰한 결과로 연애의 신성을 더욱 더욱 생활조건에 유조케 하며 생활조건에 향상케 하도록 노력함이 가하겠다.

— 《개벽》16, 1921. 10.

시대정신에 합일된 사람성주의

1. 사람주의의 본령

신화시대는 이미 멀어졌으며 낭만시대는 또한 사라졌고 현대라 하는 현대는 어느덧 현실의 영역에 돌아오고 말았다. 마치 집을 잃은 외로운 아이가 멀리 이역풍토에 유랑하다가 어떤 동기에 말미암아 고향을 찾고 부모를 만나 따뜻한 자가의 생계를 경영함과 같이 시대의 정신은 오랫동안 신화의 미신에 방황하고 낭만의 공상에 배회하다가 이제야 처음으로 자기의 고향되는 현실의 세계로 돌아와졌다. 우리는 이것을 칭하여 현실시대라 한다. 그러므로 이 현실시대에 나타나는 특징이라 할 것은 신화시대와 같이 초인간적인 신의 세력을 맹신함도 아니며 낭만시대와 같이 위대 천재의 공상을 발휘하는 시대도 아니요 전 인류라 칭하는 온통의 사람들이 각각 자기의 서식하는 유기적 집단을 칭하여 자아를 실현케 하는 시대이었다. 즉 각 사람이 사회적 체재의 하에서 각각 개체의 의의를 완성케 하는 생활이었다. 그는 전혀 이웃 사람의 교호를 떠난 고독한 자아의 활약도 아니며 또는 전혀 개체를 몰각한 집단의 완성도 아니요 오직 사회적 생활에서 생장한 각 개의 개인들이 그 사회적 생활을 통하여 자아를 실현케 하는 생활이었다. 그러므로 현실시대의 특징 즉 현대문화주의의 특징은 신의 전능을 바라지 아니하며 위인의 전권을 허락치 아니하고 억조 각자 스스로가 신이 되며 영웅이 되는 것이라. 요컨대 전 세계의 전 인류는 처음 신화적인 초인간적 신의 숭배로부터 고쳐 낭만적인 영웅숭배 시대를 지나 마침내 현실 즉 신과 영웅을 다 같이 사람 자기의 중에서 구하는 시대에 이르러 왔다.

이와 같이 실현實現시대의 이상이라 할 만한 것은 모든 요구를 사람 전체에 두고 그 전체로 토대를 삼아 전체 각자의 자아가 자아의 실현을 힘 있게 나타낸다 함이니 그러므로 이 시대에 있는 인류의 노력과 효과는 모든 허위와 미망과 의타와 사대와 인습과 부패와 저주를 깨끗이 쓸어버리고 오직 사람이라 하는, 새 종자로써 모든 진리의 묘대苗代를 삼게 되나니 일언으로써 이를 폐하면 현실시대는 사람으로써 기초를 삼으며 사람으로써 건물을 삼으며 사람으로써 장식과 경영을 삼는 시대이었다.

사람들은 어느덧 신화이며 공상을 믿을 여지가 없으며 따라서 구구히 우주의 조직을 물을 필요가 없으며 사람 자기의 성정까지도 오해할 여지가 없다. 다만 우리들이 사실로 굳건히 믿을 바는 이러한 성정을 가진 '사람'이 이러한 조직을 가진 우주의 간에 있어 일야영영日夜營營 생활의 지속과 만족의 획득을 도모하는 그것뿐이겠다. 물론 사람이 때로는 우주의 근저를 구하려고도 할 것이요 또 때로는 귀신의 의지를 알려고도 하며 만유의 목적을 알려고도 할지나 그러나 필경컨대 이러한 요구 등은 다 같이 사람이 사람 자기의 고유 성정을 기초로 하고 생활을 지속하며 만족을 획득하는 방편에 불외한 것이라고 함도 또한 무방하겠다.

이와 같이 사람이 자기고유의 성정을 기초로 하고 생활을 지속하며 만족을 획득함에는 여러 가지의 방편을 요구케 되나니 정情의 방편으로 종교와 예술을 성립하는 것이며 지知의 방편으로 과학이 성립되는 것이며 의意의 방편으로 도덕이 성립되며 기타 실제 일용의 욕구로서 정치, 경제법, 율법 등의 모든 조직이 나타나게 되는 것은 어느 것이든지 사람이 자기의 생활 만족을 지속하고자 함이 아닌 것이 없는 것이다. 그리하여 그 여러 방편으로부터 보편적인 이상이 성립되어 그가 항상 사람의 지배적 방식을 가지고 있게 되나니 예하면 종교에 있는 신의 관념이며 도덕에 있는 위인의 행적이며 예술에 있는 자연의 모방과 같음이 다 그것이었다.

그러므로 사람의 관념 중에 묻혀 있는 모든 이상, 예하면 우리 이상 중에서 나타난 신에 있는 신비라든가 위인에 있는 이적異蹟이라든가 자연에 있는 절묘絕妙라든가 하는 것은 물을 것도 없이 사람이 사람 자기의 만족을 얻기 위하여 필연으로 설정된 것이며 그리하여 사람에게 이 이상의 설정이 있게 된 것은 사람이 영원한 장래에 있어 사람 자기의 노력으로써 그의 이상향에 달하고자 하는 사람 본래의 위력을 전제로 한 바에 불외하거늘 사람들이 과거시대에 있으며 이상과 사실을 심히 격원하게 한 결과는 이에 이상의 가운데로부터 모든 폐해를 생기게 하여 모든 공상과 미망과 허위가 이에 생김을 면하지 못하였다. 예하면 신과 사람의 구별, 또 동일한 사람의 가운데에도 이인異人과 상인常人의 구별, 천종天縱의 사람과 인생의 사람의 구별 등은 문득 모든 인류의 고유능력을 자포자기에 타락케 하고 말았다. 즉 전체 사람들은 사람 자기 능력의 중으로부터 신의 전 능력을 제각하고 또 위인, 천재의 능력을 별별히 한 까닭에 전체 다수의 인류는 자기 고유의 능력을 멸시하고 의뢰와 기원과 차탄과 회의로써 공공연히 인생 일대를 공영공송空迎空送할 뿐이었었다. 그러한데 이에 현실시대의 사람은 이와 같이 이상과 사실을 별별시하는 것이 아니요 사람의 속으로 생긴 모든 이상은 사람 자기들의 고유능력의 발휘라 하여 그의 실현을 노력하는 시대이니 이 시대의 인류는 사람 자기 생활의 욕구를 의뢰와 기원에 기인하지 아니하고 협동과 실행에 호소하며 차탄 회의에 그치지 아니하고 희열과 자각에 의하여 모든 이상을 사람 자기들이 손수 건설하는 시대에 이르렀다.

이제 이 현실시대에 나타나는 사람주의의 본령을 간단히 조목으로 제시하면 아래와 같으니

제1. 사람주의의 본령은 시대의 요구로써 시대의 정신을 체현하여 사람의 의의를 철저케 하는 일

제2. 사람주의의 본령은 모든 사람의 이상은 사람 자기들을 토대로 하고 일어난 것이니 고로 이상과 사실을 다같이 사람 자기들의 생활만족에 부합케 하는 일

제3. 사람 자기들의 이상을 실현하고자 하려면 전우주의 위력과 감능堪能을 사람 자기의 가운데에 체인體認하여 사람 자기의 권능으로써 모든 복능을 증진케 할 일

이상에 술한 삼대 강령은 즉 사람주의의 본령이니 적어도 금일 이후의 사람이라는 것은 이 삼대 강령에 의하여 자기들의 항상 말하는 이상의 낙원을 건설할 것이었다.

2. 사람주의는 곧 사람성의 무궁을 증명하는 것이라

예로부터 사람의 정의를 들어 보건대 종교가는 이르되 사람은 독獨히 신의 창조한 자이니 고로 사람의 모든 의무는 오직 신의 봉공으로써 일을 삼음이 인생의 진면이라 믿어 왔다. 예하면 이스라엘 신화 중에 인류의 원조를 아담이라 하고 아담은 곧 신의 창조자라 하였나니 세계 인류는 거의 다 이들의 신화를 믿어 왔다. 그런데 근대 '따윈' 의 종원론種源論이 일어남에 미쳐 구주 사상계에 내혁명이 일어나자 그 세력은 철학, 종교, 도덕, 예술, 과학의 모든 방면에 뻗쳐 이 '따윈' 의 소설所說에 영향을 받지 아니한 것이 없었다. 인류는 하등동물로부터 점점 발달 진화한 것인데 간단으로부터 복잡에 나아가는 것이라 하였다. 이 학설이

일어남에 미쳐 사람의 정의는 일대 변동이 생겨 구습의 종교가는 인류가 하등동물로부터 진화하였다 하면 얼마쯤 사람의 신성한 가치를 감살함이 아닌가 사고하는 무리도 아직까지도 없지 아니하겠다. 그러나 가만히 생각하면 사람이 하등동물로부터 진화하였다 하는 진리의 하에 가장 취미 있는 사람성의 위력을 감격할 수 있나니 어째서인가. 사람성이 이와 같이 진화의 위력이 있음으로써 사람성의 무궁을 증명할 것이며 따라서 사람은 장래가 무궁한 진화를 가진 자라 할 것이었다. 만일 사람으로서 고정불변인 신의 창조적 토만土饅이라 하면 사람은 실로 고인의 사고한 바와 같이 가련한 동물이며 무가내하無可奈何의[1] 집착체라 할 것이나 그러나 사람이 무궁한 진화에 의하여 이만한 정도가 있게 되었으며 또 장래가 이만한 이상에 진화할 가능성이 있다 함에서 사람은 처음으로 사람의 취미가 생기며 사람의 활기가 있게 되는 것이다. 이 곧 사람성은 본래부터 무궁함으로써라. 저 유명한 독일의 '훼이엘 빠하'는[1] 일렀으되 '우리의 이지, 감정, 의지 등 일반 사람의 성질에 있어서 이를 유한적으로 규정하고자 함도 망단妄斷이 아니면 이 오류誤謬이니 우리는 자기 일개인으로 앉아 자기를 유한한 자라고 감지하나 그러나 그는 사람이 그 종속種屬의 무한무궁을 감정사유의 대상(대상이라 함은 객관적 인식)으로 인지하기 위하여 자기를 유한이라 의식하였음에 불과하다. 그러므로 사람은 그 자신에서 유한이 아니요 무한이니 즉 무궁성의 신을 자기의 속에 가지고 있음이라. 다만 우리가 자기의 유한을 말하는 것은 구태여 자기 이상의 다른 존재를 인지키 위함에 불외한 것이니 만일 사람이 본래부터 유한적이라 하면 그 유한적인 이상 사유의 중에 어찌하여 무궁한 신의 이상이 나타날 이유가 있으리라' 운. 과연하다. 사람성은 본래부터 무궁하니라. 사람성의 무궁의 이치를 진화

1) 어찌할 수가 없는. 어떻게 할 도리가 없는.
2) 포이에르 바하. 〈'페이엘빠하(Feuerbach)'의 〈사람〉론에 대하여〉(《개벽》10, 1921. 4.) 참고.

의 이치에 비추어 소구하여 본다 하면 상상컨대 신은 본래 무하유의 일물인 신 자체로서 진화를 시작하여 양의兩儀[3]가 되었으며 만유가 되었으며 마침내 생물이 되었으며 최종 사람이라 운하는 가장 영묘불가사의의 동물까지 되어왔다 하리라. 그러므로 사람 본체는 즉 사람의 법성은 어느덧 무궁 이전으로부터 여러 가지의 진화의 과정을 경과하여 금일 이만한 시대를 형조形造한 것이 아니겠느뇨. 그리하여 이로부터 다시 장래에 미루어 볼지라도 사람의 진화는 또한 무궁하여 만세 억만세 전지무궁傳之無窮에까지 영원한 진화성을 가지고 있을 것이니 이것이 곧 사람성은 본래부터 무궁한 까닭이었다. 그러므로 사람주의는 사람성의 무궁을 확신하여

'불완전으로부터 점차 완전에 나아가는 향진보주의이었다'

사람들이 혹시 말하는 바(종교가의 망칭妄稱) 이 세상으로 말세라 하며 멸망의 기가 가까웠다 하는 등은 이 실로 우주진화에 대한 가장 불경의 용어니 이들 불경의 말은 실로 인류의 진보성을 마비케 하는 악마의 소리라 할지라. 사람이 이미 절대진화의 성性을 가진 이상은 그 진화의 성이 어느 시대 어느 세기를 표준하여 단멸斷滅한다 함은 결코 이치에 부합한 것이 아니다. 물론 사람의 진화 사실은 혹 시대에 있어서 그가 정체함도 있으며 그가 퇴화함도 있는 것은 이 곧 사실이었으나 그러나 그는 인류의 진화성의 단멸이 아니요 도리어 진화를 촉진케 하는 반동성의 발동이니 역사가가 인류의 역사를 가르쳐 나선적으로 진화한다 함이 곧 이를 이름이었다. 인류는 이와 같이 진화로서 법칙의 가운데 가장 큰 법칙을 삼음으로써 인류에 있어서 완전이라 하는 것은 어느 때까지든지 끊임이 없다 하여도 과언이 아니니 인류에게 완전이 없다 함은 이 곧 인류가 진화성 무궁을 가졌음으로써라. 만일 인류가 이미

3) 천지. 음양. '의儀'는 우주의 대법大法을 가리키는 용어.

완전의 영역에 달하여 다시 진화의 여지가 없다 하면 인류는 이에 자멸할 것이라. 인류는 어디까지든지 진화할 가능성을 가졌으므로 항상 현재의 경우를 부족하다 하고 다시 만족에 만족을 구하여 영원무궁히 향상진보하는 것이었다.

역사가 있어 온 이래 금일과 같이 가장 개조의 소리가 높은 시대는 없나니 이는 과거에 있어서 모든 불완전을 고쳐 완전히 정리하고 다시 창조의 힘으로 생신生新의 국면을 열고자 하는 운동이라. 우리가 항상 말하는 바 빈부의 차별이라지 귀천의 계급이라든지 하는 것은 이 곧 불완전의 현상의 하나이니 이 불완전을 각성한 현대인은 다시 비교적 완전한 경역境域을 짓기 위하여 진화적 창조력을 다시 한번 힘 있게 펴는 중이었다.

현대 철인 '럿셀' 은 항상 충동의 본능을 두 조로 나누어 소유의 충동으로써 인류 부패의 원인이라 하고 창조의 충동으로써 인류 진화의 원동이라 하여 힘 있게 창조충동의 가치를 절규하였나니 이에 이른바 창조충동이라 함은 이 곧 사람성의 무궁을 확정하고 사람은 무궁히 창조의 본능이 있다 명언함이라. 그러므로 사람이 항상 창조의 새 정신을 가슴에 품고 있는 것은 개인이나 민족, 사회나 이에서 흥하고 이에 반하는 것은 이에서 망하나니 우리 조선인과 같이 누백년래 소유충동에 침닉하여 조금도 창조충동의 활기를 얻지 못한 자는 스스로 자체의 소극적 중력에 의하여 점차 소극의 방향으로 퇴보하게 되는 것이었다.

우리가 누누 선언함과 같이

'사람은 자기 잘하니 만치 그만치 잘되며 자기 잘못하니 만치 그만치 못되어지는 동물이라'

함은 우리는 항상 잊지 말아야 할 것이다. 사람은 결코 신을 원망할 자가 아니며 운명을 저주할 자가 아니요 오직 반성하여 자기성性을 도발할 뿐이니 이제 오인의 본 바의 사람주의의 상에 나타난 사람성의 무

궁을 아래와 같이 귀결하면

제1. 사람은 무궁성을 가졌음으로써 사람의 본질은 영원진화하는 것이라 할지며

제2. 사람성은 항상 불완전으로부터 완전에 나아가기 위하여 부단의 창조충동을 일으키는 것이라.

하는 이 두 개의 조건으로써 오인은 사람성의 추상을 방불히 함에 이르렀다 하면 사람은 누구나 이 두 개의 조건을 위반하면 반드시 패망을 예기할 것이요 이 두 개의 조건을 체행體行하면 회생의 도를 이에 잉득剩得할 수 있나니 사물과 사람의 차이점도 이에서 구별이 될 것이요 사람과 금수의 차별점도 또한 이에서 기점을 이룬 것이겠다. 저 초목금수와 같음은 천 년 전 옛날이나 천 년 후 금일이나 그 행위와 생활이 고정불변통함에 반하여 사람의 생활은 엄청난 변동이 생기게 됨은 어찌 다른 이유가 있으리오. 사람에게는 오직 신축자재한 진화성을 가졌음으로써 잘하는 사람에게는 잘하니 만치 그만치 잘되는 법이요 못하는 사람에게는 못하니 만치 그만치 못 되어 가는 법이라. 이 원리를 철저히 깨달은 자가 살고 멸시하는 자가 망하니 과연 그렇다하면 나는 우리 형제에게 이와 같은 단안을 주고자 한다.

사람은 잘하니 만치 잘되는 동물. 조선인도 선진문명의 한 사람, 그러므로 조선인도 저 잘하니 만치 잘될 수 있는 소질 즉 인류의 보편성을 가졌음

이라는 삼단논법으로써 조선인 된 자가 먼저 사람성의 무궁을 각오하여 인생의 영원무궁한 진취미를 체득諦得함이 우리의 금일 각오할 최고 요점이라 할지라.

3. 사람주의는 사람성의 자연을 발휘하는 주의

이상에 술함과 같이 사람은 이미 무궁성을 가졌음으로써 사람의 행위는 무궁적이 되지 않음이 불가하며 사람의 사실은 무궁적이 되지 않음이 불가하나니 사람의 일언일동은 그 영향이 실로 무궁에 파급하여 신명적神明的한 자취를 우주의 간에 남겨 두며 기묘한 파동을 인세의 간에 흐르게 하는 것이라. 그러므로 사람은 사람 그대로를 표현할 것이라 함은 사람은 무궁히 창조하고 무궁히 진행하여 '사람성 자연주의' 에 달하라 함이었다. 즉 사람은 사람으로의 자연에 돌아오라 함이었다.

일찍이 '룻소' 가 '자연에 돌아오라' 절규한 것은 천고의 교훈이 되어 오는 일이지마는 나로서 '룻소' 의 이 말을 빌어 그에 개정을 요한다 하면 나는 '모든 인류는 다 같이 사람성의 자연주의에 돌아오라' 함을 마지아니하겠다. 원래 사람으로서 자연에 돌아오라 함은, 사람을 몰아 초목에 돌아오며 금수에 돌아오라 함은 아니요 사람의 법칙을 자연의 법칙과 동일히 하여 사람의 소극적 가능성으로서 폐막弊瘼된 허위, 질투, 쟁분爭奮, 원증怨憎, 부패적 모든 부덕을 쓸어버리고 자연의 현상과 같은 천연적 법칙을 모방하라 함이겠다. 이러한 교훈은 고인의 도덕적 교화의 중에서 오인은 누누이 보는 바이니 예하면 자사子思가 성性의 자연을 말함에 '연비우천鳶飛于天 어약우연魚躍于淵'[4]으로써 형용하였으며 노자老子가 무위자연으로써 그 교지를 삼음 같은 것이 다 그 종류이었다. 그러나 우리의 이른바 사람성의 자연주의라 함은 오직 자연의 법칙을 모방함으로써 자연주의라 함이 아니요 일층 나아가 사람성의 무궁을 그대로 발휘하고자 하는 적극적 자연이니 즉 사람성을 자연 이상의 대자연에 근거를 두고 그 대자연의 원천을 달하기 위하여 무한창조의 힘으로써 무한의 개척을 의미한 자연주의이었다. 사람이 가지고 있는 대로

4) (《시경》〈대아〉) '솔개는 날아 하늘에 이르고 고기는 못에서 뛰놀도다'

의 능력 가지고 있는 대로의 덕성을 그대로 전체로 응용하기 위하여 아니 응용되기까지 항상 창조하며 정돈하며 향상발전케 하는 주의이었다. 예하면 우리가 과거시대에 있어서는 신과 사람을 구별하여 놓고 신이 능한 것은 사람이 불능이라 자기自棄하며 신이 영領한 것은 사람이 불감不敢이라 하던 것을 지금에 이르러는 신이 능할 것이란 사람도 가능하다 하며 신의 영할 것이란 사람도 가령하리라는 대용단으로써 신인합일의 이상을 달하고자 하는 종지와 같음이 곧 그것이라. 과거에 있어서는 사람이 자기의 이상으로 창조한 이상을 자기로 응용치 못하고 십분의 구는 아니 전부를 신의 찬탄사에 돌려보내고 기실 사람 자기는 공공연한 허각虛殼으로 있어 왔다. 예하면 인도정의, 박애자비, 평등자유와 같은 위대한 미덕은 오직 신, 혹은 신의 사명을 띤 위인뿐이 가능한 것이요 일반의 민중은 감히 이를 실행하기 불능할 것이라 자단하여 계급적 차별적 관념으로써 사람성의 본능을 소극적으로 감살함과 같음은 실로 사람성의 자연주의에 위반함이 심한 것이니 그러므로 사람성의 자연주의는 사람의 가지고 있는 온통의 미덕(예하여 정의인도, 평등자유, 박애자비 등)을 그대로 사람 자기들이 체득하고 응용하라 함이었다. 그러한 후에야 사람은 사람으로의 자연이 될 것이었다. 이러한 의미 하에서 오인은 이르되

사람성의 자연주의는 인류의 평등을 향상적으로 기성期成하는 것이라 함을 단언하고 싶다. 원래 금일 세계의 정치이며 교육이며 경제이며 법률이라 하는 등이 거의 다 그 목표는 평등이라 하는 점에 두고 나아가는 중에 있다. 그러므로 온 세계 민중의 불평이라 하는 것은 다시 말할 필요도 없이 불평등이라 하는 것이 그 내제의 원인이 되어 있다. 얼른 생각하면 소위 평등이라 하며 동권同權이라 하는 것은 원래 모든 사정 즉 어떠한 사정에 대하여도 관통할 것은 아닌 듯하다. 그 까닭은 사람은 사회상 차이가 있음과 같이 그로부터 받는 보수에도 또한 차별이 있

을 것은 그러할 일이라. 만일 금일의 사람으로 동경동직同耕同織치 아니함이 불가하다 하면 이는 인류로 하여금 다시 야만의 성에 복귀케 하는 것이었다. 이에서 사회적 차이가 어떤 종류의 불평등 부동권不同權을 부득불 버리지 아니치 못하게 하였다 함은 사회진화의 법리상 당연한 일이라 생각할지나 그러나 이는 다만 경험상 내용에 취하여 운할 만한 일이요 근본적 문제 곧 인격적 문제에 이르러는 어떠한 사람일지라도 그의 인격이 있는 이상은 다 같이 동등의 가치를 보존하며 또 응여應與할 만한 것이라. 그리하여 이른바 인격이라 함은 사람이면 누구나 문화에 대하여 참여할 만한 자격을 가르쳐 정한 것인 고로 필연으로 그 자격 그 자신에는 누구든지 하등의 차별이 있을 것이 없겠다. 여하한 직업을 하는 사람일지라도 자기의 직업에서 자기의 전력을 다한다 하면 그의 인격은 곧 그의 전력에 인하여 발현될 것이다. 예하면 문학에 종사하는 사람은 문학, 교육에 종사하는 사람은 교육, 심지어 마정차부馬丁車夫에 종사하는 사람일지라도 그들의 사람이 각각 그의 직업에 전력을 다하면 그의 인격은 즉시 발현될 것이라. 누구나 이미 이 인격을 구유具有한 이상에는 한가지로 평등의 가치를 얻을 것이었다. 그러나 과거시대에서는 이들의 인격 존재를 용인하지 않기 때문에 금일의 인류로서 모든 불평등을 규호叫呼하게 되었음이었다.

이제 오인의 말하는 바 사람성의 자연주의에서 평등을 주장하는 그 원인은 이 인격을 기초로 하고 인격으로부터 평등을 정하지 아니함이 불가한 것이라 함이다. 그런데 사람성 자연주의의 평등관념에서 크게 한번 주의치 아니치 못할 것은 평등이라 하여 그 평등의 목표를 사회상에서 사실상 다수를 점한 열악자의 수평선상으로 그를 인하한다 하면 이는 도저히 세계의 개조를 적극적으로 인상치 못할 것이라. 그러므로 평등을 이미 인격으로써 그의 표준선을 삼았는지라. 이 점에서 인격의 향상은 어느 때든지 향상하면 향상되니만치 그 시대의 정신에 표준을 두게 됨으로써 일반 민중의 평등은 스스로 시대에 있는 고등의 문화에까지 인상할 수 있다는 적극적 방식이 되나니 이 곧 사람성의 자연주의는 인류의 평등을 향상적으로 기성하는 것이며 다음은

사람성性의 자연주의는 인류의 자유를 인격적으로 융합케 하는 것이라

말하고 싶다. 원래 사람은 한 면으로써 사회적 생활을 가지고 있으며 한 면으로는 개인적 욕구를 강경히 아는 고로 이 양자의 사이에는 스스로 모순된 두 개의 행위를 가지고 있다 하여도 과언이 아니겠다. 이를 구주 근대주의로 말하면 전자는 톨스토이주의라 하는 것이요 후자는 니체주의라 하는 것이니 이 양 개의 사상은 같이 극단에 잠겨 중용을 잃은 것이라 할지며 그리하여 양자 모두 중용을 잃은 까닭은 인격의 원만성을 통관通觀치 못한 까닭이라 하겠다. 그러므로 사람성 자연주의의 자유라 하는 것은 사람의 내용상 인격으로부터 각 개인이 각개 인격의 자유를 체득하여 마침내 나의 자유로써 사람의 자유와 융합케 하는 방침이었다. 이를 다른 방면의 말로써 일언하면 인격상 각 개인은 자기의 사상과 의지와 따라 연구와 토의를 자유로 독립케 하여 어떤 종교에 구니拘泥치 말며 어떤 학설에 편경偏傾치 말고 오지 공공정정公公正正의 사상으로써 각개 자기의 인격을 도야향상케 함이 곧 그 사람의 인격상 자유이라 할 것이다. 과거시대의 모든 사람은 이러한 자유가 없었던 고로 모든 것이 창조로서 심히 지지하였으며 향상으로 심히 주저하였었다. 이제 한번 사람이 각각 자기의 인격상 자유의 토구討究와 자유의 발표를 자기 스스로가 능히 할 만한 의지가 견고하다 하면 즉 그러한 인격이 모든 사람에게 구비하였다 하면 자기가 이제껏 믿던 노력이 동요를 얻지 않고 그대로 있을 것이 얼마나 될는지 모를 것이요 자기가 이제껏 믿던 신조가 다소간 개정을 요하지 아니할 것이 서무庶無하리라. 따라서 인세의 모든 인습으로부터 온 것 모든 정체와 폐막으로부터 온 것이

하나도 개조를 요하지 아니할 것이 거의 없으리라. 그러한 일을 생각할수록 사람성의 자연주의에서는 인성의 자유계발을 힘쓰지 아니치 못할 필요의 조건이 반행伴行하나니 사람이 그 천성에서 이미 그 자유를 얻었다 하면 따라서 사람성에 묻혀 있는 모든 미덕을 자유로 토구하며 자유로 건설할 동기가 묻지 아니하여도 스스로 올 것은 명백한 이치가 아니겠느뇨.

근세의 초에 영국의 대철大哲 '뻬곤'은 이미 마음의 자유해방을 주장하였으되 사람의 심중에 있는 네 개의 우상을 파괴함이 사람으로서 마음의 자유를 얻는 시초라 함도 또한 사람성의 자연주의의 일부를 설파함에 불외한 것이다. 소위 네 개의 우상이라는 것은 누구나 다 아는 바와 같이 종족우상, 동굴우상, 시장우상, 극장우상 등이 그것이라. 종족의 우상이라 함은 인류 일반에게 공통한 미신이니 어느 종족됨을 물론하고 공통으로 가진 미신을 가르쳐 한 말이요 동굴우상이라 하는 것은 각 사람의 기질과 경우에 인하여 생긴 편견이니 사람은 기질경우의 편견을 말미암아 동굴에 들어있는 선인과 같이 조금도 다른 기질경우를 양해하지 못하여 드디어 동굴미신을 생기게 한다는 말이요 시장우상은 각 사람이 각각 교제상 사용하는 어언言語에 맡겨 이로부터 생기는 오류를 말한 것이요 극장의 우상은 각 사람이 각각 자기의 소신하는 바 학설의 영향을 받아 마치 배우가 가장으로 기技를 연기함과 같은 현상의 미신을 일러 말함이라. 생각건대 어느 시대에서든지 사람성이 자연한 발전을 해하는 것은 대개 이 네 종의 우상에 다하고 말 것이다. 과연하다. 사람이 능히 이 네 종의 우상을 해탈하면 과연 능히 인심의 자유향상을 얻을 것은 물론의 일이었다. 그러나 사람이 아무리 이 네 종의 우상을 해탈한다 할지라도 그 해탈이 아무 표준이 없이 맹목적으로 나아간다 하면 거기에는 스스로 모든 적은 우상을 파괴하고 도리어 큰 우상을 건설할 폐도 없지 아니하나니 그러므로 마음의 해탈 즉 사람성의 자유에는 사람성의 자연주의를 표준하여 가지고 내내 사람성의 무궁한 범위와 사람성의 무궁한 발전을 항상 염두에 없애지 말아야 할 것이다. 고인의 이른바 대인大人은 천지로 그 덕을 합하고 일월로 그 명明을 합하고 귀신으로 그 변화를 합한다[5] 함이 거의 저간의 소식을 통한 자라 할지니 금일의 사람은 이들의 성적 자유를 오직 대인에 한하여 얻을 뿐만 아니요 세계인류가 공통적으로 일반적으로 일체가 되며 일위一位가 되어 그 자유의 실현을 힘쓰지 아니함이 불가하나니 이것이 이른바 사람성 자연주의의 자유표현이라 할 것이며 다음은

사람성의 자연주의에는 모든 이상의 건설을 사실로 화할 수 있는 것이라

함을 단언하나니 종교의 신조도 사람성에 근거를 삼고 할 것이며 도덕의 발전도 사람성을 근거로 할 것이며 기타 법률, 정치, 교육, 경제 등 모든 건설을 다 같이 사람성을 근거로 하고 하여야 할 것이다. 즉 사람성을 근거로 한 연후에 모든 건설이 이상과 같이 발전되리라 단언할 수 있다.

생각건대 우리 사람이 신화시대를 지나오며 낭만시대를 지나오는 동안에 사람들이 스스로 지어 놓은 모든 신화와 우언과 비사比辭 같은 공상이 지금에 와 다른 방식을 가지고 그 공상과 유사부합한 발전이 있어오나니 예하면 동양 구식의 속간俗間에서 축천축지縮天縮地라 하는 술법을 미신하였던 것이 금일에 이르러 세계의 발전은 그와 유사부합한 발달이 있나니 즉 철도의 발달은 축지술에 방불하고 비항飛航의 발생은 축천술과 유사함과 같은 것은 즉 그 예의 하나이었다. 그러므로 현실시내인 금일은 과거에 있는 모든 이상을 작작 사실로 화하여 간다 할 수 있다. 곧 사람성의 창조력이 발아하는 곳에 일사일물이 이상으로부터

---

5) 《주역》〈역서易序〉. '여천지합기덕與天地合其德 여일월합기명與日月合其明 여사시합기서與四時合其序 여귀신합기길흉與鬼神合其吉凶 연후然後 가이위지지역야可以謂之知易也'.

사실에 나아가지는 법이다.

마침내 일언할 것은 오인은 시대의 정신이 이미 사람주의에 돌아왔음을 선언하고자 한다. 누천년 이래에 시대의 정신은 신으로 살았으며 낭만으로 살았던 것이 이제야 최후의 각성으로 사람 자기에게 돌아왔다. 그리하여 그 정신의 이른 곳에는 사람의 근저가 더욱 깊어지며 사람의 의의가 더욱 오묘하여 사람의 가치와 사람의 진면이 우러를수록 더욱 높고 미彌할수록 더욱 심深함을 깨달았다. 그리하여 우주의 근저는 곧 사람의 근저이며 따라서 신의 의지 불佛의 의지는 곧 그 사람의 의지인 것을 알아보았다. 더욱이 모든 이상과 모든 행위는 하나도 사람성을 빼고 창조된 것이 없음을 알았다. 그리고 보니 사람 자기의 가치가 얼마나 신성융고한 것을 알게 되었다.

원래 고대(신화시대 낭만시대)의 사람들은 대개가 천박한 인생관으로써 사람을 해석함이 많았다. 더욱 우리 조선인의 근대는 보잘 것 없는 인생관으로 금일주의 찰나주의에 사람주의를 부합케 하여 사람의 근저를 천박히 하였으며 사람의 주의를 비열케 하였다. 따라서 사람성의 창조력과 발전력은 날로 위미萎靡하여 갔을 뿐이었다. 그러므로 세계인이 특히 우리 조선인으로 한번 신생新生의 국면을 열어 사람다운 생활을 열고자 하면 무엇보다도 먼저 사람 자기의 가치를 바로 알아야 할 것이요 그리하여 사람 자기는 우주로 더불어 근저가 같으며 신과 불의 의지로 더불어 그의 의지가 동일한 까닭을 깨달은 후에야 처음으로 우리의 활동이 근기가 있게 될 것이요 우리 생활이 취미 있게 되리라.

—《개벽》 17, 1921. 11.

신조선의 건설과 아동문제

1. 항상 10년 이후의 조선을 잊지 말라

어느덧 10여 년 전 일입니다. 내가 관북 어떤 학교에 있을 때에 생도 한 사람을 부모의 동의가 없이 단발을 시켰더니 미리 짐작하였던 바와 같이 그 생도의 부모가 각기 곤봉을 들고 학교 문 앞에 와서 당국자 되는 나의 이름을 부르면서 참악한 행악을 하던 일이 아직도 귀에 남아 있습니다. 그런데 지난달에 내가 어떤 요무要務를 띠고 그 지방을 순회하다가 아는 사람에게 그 생도의 형편을 물어본즉 그 지방 사람들이 일구여출一口如出로 하는 말이 그때에 문제되었던 생도는 지금 모 군청의 판임관으로 있으며 그의 부모는 당시의 잘못을 후회할 뿐만 아니라 한번 나를 만나면 사과도 하고 겸하여 자기 자식의 출신의 전도를 열어준 공로를 톡톡히 한번 갚아야 하겠다고 벼른다 하는 기별을 들었습니다.

세상일이란 대저 이러합니다. 10년 이전에는 악수惡讎로 알던 일도 10년 이후에는 그를 공로로 알게 되는 것이올시다. 그것이 대개가 세사의 변천을 말하는 것이요 인심의 진보를 알게 되는 것입니다.

무슨 일의 성취되는 법이란 마치 춘원春園의 풀이 당장에 보면 아무 성장이 없이 그냥 그대로 있는 것 같지마는 만일 며칠을 걸러 가보면 엉뚱하게 무성함과 같이 세사의 변천하는 법도 또한 이와 같아야 한 달

두 달 1년 2년 동안에는 별로히 진보된 기색이 나타나 보이지 아니하지마는 10년이라든가 혹은 몇 십 년이라 하는 많은 세월을 떼어놓고 그 전후를 본다 하면 실로 몰라보게 진보가 되는 것이올시다. 우리가 지금 다만 우리의 현재만 본다 하면 아무 진퇴 여부를 알지 못하지마는 만일 지금으로부터 몇 십 년 이전의 옛일을 가져다 우리의 현재에 비교하고 보면 누구든지 놀랄 만한 변천이 있었다 말하지 아니할 수 없습니다. 우리가 만일 10세나 혹은 15, 6세 되는 청년에게 갑오년(1894)의 형편이나 혹은 갑진년(1904)대의 형편을 일러주면 그들은 그것이 거짓말이나 아닌가 하고 의심할 일이 열에 칠팔은 될 듯합니다. 내가 어떤 때에 종로를 나서니까 어떤 남도 양반 하나가 큰 갓을 쓰고 도포를 입고 거리에서 방황하는 것을 보고 오고 가던 아해들이 손가락질을 하여가면서 구경하는 일을 보았습니다. 우리들은 이왕 일상 보던 의관이니까 아무 수상한 생각이 없지마는 그를 처음 보는 신성한 아동의 안목에는 마치 몇 만 리 밖에 있는 타국 사람이 다른 타국 사람을 처음 대하는 감상이 있는 듯이 보일 것입니다. 이것은 물론 조그마한 예를 들어 말하는 것이거니와 어쨌든 사람의 사회라는 것은 선으로든지 악으로든지 어느 편으로든지 변하여 가는 것이 원칙이며 그리하여 시대의 조류가 급할수록 그 변하는 도수가 빠른 것이올시다. 그럼으로서 우리가 여기에 영원히 잊지 말아야 할 한 가지는 첫째 세사는 변하여 가는 것이라 하는 것, 둘째 그 변하는 속도는 시대의 조류와 당사자 되는 모든 민중의 활동과 비례되는 것, 셋째 변하여 가는 공적의 효과는 이가 적극적으로 되며 소극적으로 되는 두 가지의 기로가 있는 것의 세 조건입니다. 적어도 만일 이 세 조건이 진리에 가까운 것이라 하면 우리는 시대와 같이 변하여 가는 것이 원칙이며 기왕 변함이 원칙이라 할진대 아무쪼록 적극적 방면을 향하여 가장 높은 속도로 진보하는 것이 사실상 이익이 될 것입니다. 이와 같이 시대에 합리되는 진보가 과거 우리 중에 있어 오며 계속하여 그 진보가 미래에 일층 높아진다 하면 10년 이후의 조선은 또 한 번 몰라보게 변화할 것입니다. 우리가 지금에 앉아 10년 이전의 조선을 보고 그 유치하였음을 비소非笑함과 같이 10년 이후의 조선사람은 현재 우리 조선을 돌아보고 그만치 유치한 정도를 조소하게 됩니다. 그리하여 10년 이후의 조선사람이 현재의 조선사람의 정도를 돌아보고 조소하는 분량의 다과는 직접 10년 이후 조선이 얼마만치 진보된 여부를 알게 됩니다. 즉 10년 이후의 조선사람이 현재의 우리 정도를 조소하는 분량이 많다 하면 많으니 만치 그만치 당시의 조선이 진보된 것이요 만일 조소할 사건이 하나도 없다 하면 없으니 만치 그만치 부진보된 것을 증명할 것입니다. 사실이 만약 이와 같은 원리로 돌아간다 하면 우리는 10년 이후 조선이라는 것을 크게 중요시하지 않으면 아니 됩니다. 즉 10년 이후의 새 조선을 만들기 위하여 지금으로부터 기초를 닦으며 재료를 준비하여야 됩니다. 다시 말하면 우리는 10년 이후의 조선이라는 것을 피안의 낙원으로 보고 현재의 모든 고통을 달게 받으며 모든 희생을 거름하여 희열과 느낌으로써 서서히 모든 준비를 장만할 것뿐입니다.

고인이 일렀으되 백년도 순식간이요 만세도 빠르다 하였나니 우리가 10년이라는 광음을 그렇게 길게 생각할 것이 아니요 우리 일생이 반드시 닥칠 만한 가장 가까운 시기임을 알아두어야 합니다. 알고 보면 10년이라는 것이 실로 순간에 당착이 됩니다. 30세 되는 이는 40세이면, 50세 되는 이는 60세면, 60세 되는 이는 70세면, 80세 되는 이는 90세면 문득 10년 이후의 새 조선을 볼 것입니다. 현재의 살아 있는 사람은 누구나 10년 이후의 조선이 그렇게 멀지 아니합니다. 이와 같이 10년이라는 것이 멀지 않은 세월이라고 보면 우리의 하는 모든 일을 적어도 10년을 1기로 삼지 아니 하여서는 아니 됩니다. 즉 10년이라는 것을 한 도수度數로 삼고 10년이라는 세월 안에 한 가지 사업씩 성취하지 아니하면 아니 됩니다. 10년 이후에는 이 일이 반드시 목적대로 성공되리라 하는 원려와 근기와 실행을 가지고 그 준비를 지금부터 하여두지 아니하면 아니 됩니다. 나는 평소 우리 조선사람 중에서 항상 이러한 말을 많이 들은 일이 있습니다. '아 – 내가 10년 전부터 그때부터 이 공부를 시작하였더라면 지금은 면무식이나 되었을걸.' '아 – 내가 몇 해 전부터 그 사업에 착수하였더라면 지금은 부자가 되었을걸' 하는 등의 말은 상인常人의 항다반으로 하는 말입니다. 보통의 사람이란 대개 이러합니다. 일이 지나간 뒤에 그 일을 후회하는 감정은 발달되었으나 일전에 멀리 그 일에 대한 준비를 하는 이는 심히 적습니다.

이 점에서 우리가 지금 앉아 10년 이전의 일을 생각하여 본다 하면 개인 자기의 일에나 사회 민족의 일에나 후회 나고 단장斷腸할 일이 많이 있을 것이올시다. '아 – 교육을 10년 이전부터 힘썼더라면 오늘날이 꼴이 되지 않을걸.' '아 – 산업을 10년 이전부터 경영하였더라면 오늘 이러한 빈궁을 면할 것' 등은 개인으로나 사회로나 있어 한가지로 후회하고 애끓는 일이 아닙니까. 우리가 만일 10년 이전의 일을 돌아보아 이렇듯 후회가 난다 하면 우리는 단연히 10년 이후의 일을 생각하여 모든 것을 사실로 하여 가지 않으면 아니 됩니다. 즉 10년 이후의 '나'를 위하여 현재의 '나'를 개조하여야 합니다. 조반을 굶은 불쌍한 노동자가 저녁밥을 위하여 고픈 배를 억지로 참고 하루의 노동을 감능함과 같이 우리는 10년이라는 광명을 자못 하루의 조석과 같이 생각하여 고픈 배를 억지로 참고 각골정심刻骨精心으로 10년의 시간을 황금화하게 되면 10년 이후의 조선은 실로 괄목하고 대하게 될 것입니다.

2. 신조선의 준비는 무엇보다도 아동문제를 해결함에 있음

이와 같이 우리가 10년 이후의 새 조선을 위하여 그것의 건설을 위하여 모든 것을 지금부터 준비하여 둘 필요가 있다하면 그 필요는 무엇에나 다 적절치 아니할 것이 없겠습니다. 크다 하면 일 민족 전 사회의 일로부터 적다 하면 일 가정 일개인의 일에까지 대소정세大小精細를 가릴 것이 없이 다 같이 지금부터 준비를 시작치 아니하여서는 아니 됩니다. 내 자신의 학식과 재산을 얻음도 그러하며 일 가정의 생활을 풍족케 함도 그러하며 나아가서는 일 동면 일 국가의 융성을 구함도 그러합니다. 그리하여 그를 철저히 단행함에는 일자一字의 식識과 일림一林의 식植과 일자一子의 교敎와 일업一業의 영營이 모두 다 10년 이후를 표준하고 10년 이후에는 우리의 이만하던 생활이 얼마만한 비례로 진보되리라는 예산과 도량과 가정으로 우선 원려 있는 사량思量과 근기 있는 의지와 감능한 실행으로써 대사일번大死一番, 대오철저大悟徹底적 수단을 취한다 하면 인세가 한령고목이 아니거든 무엇이든지 기사회생되지 않을 것이 어디 있으며 전화위복이 되지 아니할 것이 어디 있겠습니까. 그러나 일에는 원래 표와 리가 있으며 근根과 엽葉이 다르며 선과 후의 차이가 있나니 그러므로 일에 임한 자가 먼저 심원의 고찰을 요할 것은 무슨 일에든지 그 일에 반드시 근본적으로 개조할 것과 고식적으로 미봉할 것의 두 가지의 완급을 가려 좋게 처변치 못하면 그 활동은 문득 도노徒勞에 몃을 뿐이올시다.

이러한 의미 하에서 우리가 지금 우리 조선 현하의 개조사업을 고찰한다 하면 어느 것이든지 다 같이 근본적 개조를 요하지 아니하는 것이 하나도 없는 듯합니다. 그리하여 모든 근본적 개조의 사업 중에 근본적의 근본적 될 것은 먼저 인물의 개조이겠습니다. 일의 성패는 경영에 있으며 경영의 선부善否는 인물에 있으며 인물의 실부실은 오로지 교육의 힘에 있나니 그러므로 인물의 양성은 모든 근본적 사업 중 가장 큰 근본사업이 되겠습니다.

이와 같이 조선의 개조사업이, 아니 세계의 개조사업이 먼저 인물 개조에 있다 하면 그 개조의 목표는 '사람' 본위에 있는 것이요 그리하여 사람의 개조 본위는 완전히 아동문제에 있다 합니다. 곧 아동을 해결함이 곧 장래 세계를 해결함이요 장래 모든 문제를 해결하는 근본적 해결이 될 것입니다.

이른바 세계의 4대 문제라 하는 것은 노동문제 부인문제 인종문제 아동문제를 가르쳐 말함이니 아동문제가 이렇듯 세계적 4대 문제가 됨으로써 보아도 아동의 연구가 오늘날 얼마나 중차지대함을 알 것입니다. 한 가정의 장래를 감당할 자도 아동이며 한 국가의 장래를 감당할 자도 그들의 아동입니다. 현재의 미결한 문제를 해결할 자도 그들의 아동이며 현재의 미완전한 사상을 완전히 할 자도 아동입니다. 우리가 지금 생각하며 우려하며 희망하는 모든 것도 저들의 신성한 아동에게 미루어 기어코 목적을 달할 날이 있을 것입니다. 우리는 저들의 아동이 있음으로써 우리의 현재가 비록 불완전할지라도 불철저할지라도 모든 것이 여의치 못하더라도 그들이 있는 이상에야 다시 무슨 걱정이 있으며 낙담과 실망이 있겠습니까. 그들의 장래 활동은 우리의 현재 활동의 연장이며 그들의 장래 경영은 우리의 현재 경영의 계속입니다. 이러한 의미에서 우리는 우리의 장래를 완성키 위하여 아동으로써 사람다운 모범을 짓게 하여 주며 장래 모든 책임을 지게 할 만한 인격을 양성케 하여야 합니다.

이상에 말함과 같이 우리가 10년 혹은 몇 십 년 후의 새 조선을 건설키 위함에는 그 준비를 지금으로부터 시작하지 아니하면 안 된다 하면 우리는 장래의 우리 조선을 위하여 장래의 조선민족인 저들의 아동을 우리의 현재보다 더욱 중요히 보며 중차대하게 생각하여 그들의 장래를 위하여 주밀한 용의를 가지지 아니하여서는 아니 됩니다.

우리가 호號를 따라 누누이 말함과 같이 우리 조선사람은 항상 장래를 가벼이 하고 현재를 중히 하며 더욱이 현재보다 더 뒤에 있는 과거를 중히 생각하는 고로 우리는 우리의 과거에 지낸 선조는 존경하나 우리의 미래에 있는 자손은 한푼의 가치로도 알아주지 아니하였습니다. 그러기에 조선사람이 아동을 대하는 관념은 자못 미약하였습니다. 다만 아동은 아동이니 그들의 하는 일은 모두 장난이라 이름하여 어른의 뜻에 맞지 않는 일이면 맹목적으로 배척하고 질타하고 강제하며 모욕하였음이 어른 대 아동의 관계였습니다. 물론 아동은 아동이요 어른은 어른이라 따라서 아동의 하는 장난과 어른의 하는 일이 서로 같지 아니할 것이며 더욱이 아동의 생각과 어른의 생각이 피차 합하지 아니 할 것도 사실은 사실입니다. 그러나 일이 같지 아니 하며 생각이 합하지 아니 함으로써 아동은 아동대로 천대하며 어른은 어른대로 취급한다 하면 즉 아동과 어른 사이에 아무 연맥이 없고 감화가 없다하면 그럴수록 이 사회는 점차 멸망에 빠지고 말 것입니다. 속어에 어른의 '밑동은 총각이라' 하는 농담이 있습니다. 과연 그렇습니다. 어른의 밑동은 아동입니다. 아동이 자라 어른이 되는 것이며 어른의 과거는 곧 아동이었습니다. 그러므로 원체元體되는 어른으로 사람다운 어른을 만들고자 하면 먼저 어른의 밑동되는 아동으로 사람다운 아동을 만들어야 합니다. 어려서 '굽은' 나무는 커서 꼿꼿이 되지 못하며 근원이 흐린 물이 흘러서 맑은 이치가 없음과 같이 어려서 불완전한 아동이 자라서 완전한 어른이 될 리가 없습니다. 그러므로 어른의 사회 어른의 계급이 사람답게 되려면 먼저 아동의 사회의 아동의 계급이 사람답게 되어야 합니다. 현재의 우리 조선사람 중 우리들의 어른의 사회가 이와 같이 허위가 많으며 결함이 많은 것을 이 곧 우리들의 어른의 죄가 아니요 어른의 밑동되는 아동시대의 죄입니다. 우리들은 이미 아동시대에서 불완전한 아동으로 지내왔는지라 그의 죄악은 문득 우리 어른 시대의 지금에 와서 당시의 모든 결함이 사실로 나타나게 된 것입니다.

이와 같은 사실이 만일 진리라 믿을 것 같으면 우리는 우리 조선의 장래의 어른들을 위하여 그 어른의 밑동 되는 현재의 아동을 잘 지도하며 잘 보호하는 것이 신조선의 신조선 될 근본적 해결책이며 기초적 준비술이라 할 것입니다.

3. 신조선의 기초되는 아동문제는 여하히 해결할까

위에 일언함과 같이 아동문제라 함은 다만 조선적으로 된 것이 아니요 실로 전 세계의 4대 문제 중 하나인즉 전 세계 사람이 합하여 본 문제의 해결을 기다리지 아니하면 안 될 것이지만 그러나 정도와 사실에 의하여 조선에 있는 조선의 아동문제는 특수의 방침과 별개의 수단을 가리지 아니하면 안 될 것입니다. 그런 고로 우리들의 아동문제는 너무도 원시적임으로써입니다. 남들은 이미 연구에 연구를 더하고 해결에 해결을 더하여 신국면으로부터 다시 일층 높은 신국면을 열고자 고심하는 이때에 우리들은 아직도 아동이라 하는 그것에 대하여 문제나마 성립되지 못한 금일이니까 남과 같이 제법 단계를 밟아 해결의 책을 강구할 수는 없습니다. 다만 지급한 목전의 폐해를 교정하는 일 방법으로 선전적이지마는 두어 가지 아래와 같은 문제를 예로써 보이건대

갑. 우선 아동 존경의 풍을 길러라. 우리가 우리의 배후에 있는 선조의 공적을 위하여 선조 존경의 풍을 기름이 도덕이라 할진대 그와 동일한 이유로 우리는 우리의 장래에 있는 자손의 희망을 위하여 그들에게 또한 존경의 풍을 양성함이 도덕의 일 조건이 될 것입니다. 아니 선조의 공적 이상의 공적을 그들의 자손에게 신탁하기 위하여 우리의 사업 이상의 사업을 그들의 자손에게 의뢰하기 위하여 우리는 당연히 그들을 흠앙하며 그들을 존경치 아니 하여서는 아니 됩니다. 나는 이왕 이러한 말을 들은 일이 있었습니다. '외국 유명한 어떤 아동 연구 학자가 있어 같은 어른들에게는 감히 오만한 태도를 부리지마는 문득 아동을

대하는 때에는 그는 머리를 굽혀 공손히 인사하고 말을 나직이 하여 그들의 응대 진퇴를 순응하는 모양이 자못 광객狂客과 같은 행위를 함을 보고 그의 벗이 그 연고를 물은즉 그는 침음양구沈吟良久에[1] 대답하는 말이 아동이라는 것은 참으로 신성합니다. 결코 현재 우리 어른들과 같이 비교 대조할 것이 아닙니다. 우리의 어른들은 이미 모든 인격이 판명되어 그 이상에 더 높이 볼 가치가 없지마는 저들의 아동의 중에는 장래 영웅이 될 자도 있으며 성현이 될 자도 있으며 학자 철인 대부大富 대귀大貴의 자격을 가진 자도 없지 아니할 것입니다. 곧 저들은 미래의 영웅 호걸 학자 철인입니다. 나는 이러한 일을 생각할수록 아동을 대하면 자연히 숭배할 생각이 납니다' 하고 말하였다 합니다. 과연 옳은 말씀이올시다. 저들 아동의 중에는 장래 우리의 사회를 대신하여 건곤을 정돈하며 우주를 진감振撼할 인물이 묻혀 있는 것입니다. 생각이 한번 이에 이르고 보면 우리가 어찌하여 저들의 아동을 천대할 수 있겠습니까. 우리가 진실로 자기의 민족을 신성하게 보며 자기의 사회를 신성하게 본다 하면 따라서 장래 자기의 민족이며 장래 자기의 사회를 요리할 저들을 신성하게 보아야 합니다.

우리는 참고 겸 지금 우리 조선 사람들의 아동에 대한 태도의 일례를 들어 봅시다. 우리들이 우선 아동에게 대한 말버릇이 무엇입니까. 아동에 대한 가장 높은 말이 '이애 이리 오너라 저리 가거라' 함으로부터 '이 자식- 망할 자식' 더 심하면 '이 - 종간나새끼' '이 질알벼리깨 같은 새끼' (함경도지방의 방언) 등의 말로써 아동에게 대하게 됩니다. 참으로 필단筆端으로 쓰기 엄청난 어법이 한두 가지가 아닙니다. 그러므로 우리 조선 아동은 처음으로 먼저 배우는 말이 상말입니다. 생각하여 봅시다. 사람의 감정을 발표하는 말버릇부터가 이와 같이 불인도不人道

---

1) 무엇을 한참 생각함.

부덕행不德行이 되고 나서야 다시 모든 관계가 순조로 진행할까.

우리 사회에는 부모가 자제를 대하는 태도는 물품주가 물품을 다루는 태도와 방불하나니 물품주가 자기의 경제상 관계를 위하여 물품을 귀중히 봄과 같이 우리의 부형은 논리상 혹은 가족 관계를 위하여 자제를 귀중히 보게 됩니다. 자제의 인격 자제의 개성을 위한다는 점보다 자제로부터 받는 대우 혹은 장래 가정을 위한다는 관계상으로부터 자제를 귀하게 보게 됩니다. 그러므로 자제가 옳든지 그르든지 부모 자기의 뜻에 합하고 보면 자제의 인격의 장래에야 어떠한 영향이 미치든지 그만입니다. 그러므로 가정에 있는 아동은 오직 부모의 기계적 사용이 있을 뿐입니다.

그리고 우리 사회에서 학교가 생도를 대하는 태도는 경찰이 관계자를 취급하는 태도와 방불합니다. 선생이 생도에게 대한 말법이라든가 그들의 과실을 책할 때에 태도라든가 그들을 명령하며 지도하는 방법이라든가 거의 다 흡사합니다. 내가 일전 어떤 소학교에를 갔더니 그때 마침 어떤 생도 하나가 무슨 과실이 있던 모양인데 선생되는 한 사람이 초달편楚撻鞭을[2] 가지고 나서면서 하는 말이 '이놈 한번 겪어 보아라' 하고 나서는 위엄이 어른 되는 나의 마음도 어찌 송구한지 몰랐습니다. 그리고 다음에 어떤 생도 하나가 선생에게 무슨 물품을 청구하는데 선생은 조금도 화기和氣의 빛이 없이 '이놈– 저리 가 – 저 방에 있어 –' 하고 박정히 말하는 태도가 곁에 있던 내 마음에 어찌 서운하든지 몰랐습니다. 어쨌든 이것저것 할 것 없이 현재 우리 조선 학교에서 선생이 생도를 다스리는 방법은 경찰이 범인을 다스리는 태도에서 별로 다름이 없어 보입니다. 그러기에 그들의 통상 구중口中으로 하는 말이 '무지한 아동은 때리는 것이 제일 교훈이라' 합니다. 글 모르는 것도 때리고

2) 회초리.

욕하면 그만 장난하는 것도 때리고 욕하면 그만 만사가 오직 때리고 욕하면 그만 효과가 나는 줄로 압니다. 그들은 마치 과거 저들이 초학初學 훈장에게 배워온 그 버릇을 또한 신교육상에 실시하는 것이니까 물론 선생은 강하고 제자는 약하니까 어른은 강하고 아동은 약하니까 욕하고 때리기만 하면 당장 순종하는 효과는 있을 것이올시다. 그러나 당장 순종하는 재미를 좋다 하고 아동의 개성을 멸시하며 인격을 몰라본다 하면 그 교육이야말로 참으로 효과가 없을 뿐만 아니라 인도의 위반함이 그 죄가 크다 할 것이며 더욱 민족의 장래를 위하여 한심한 일이 아닙니까.

다음 우리 사회에서 사회가 아동을 대하는 태도는 마치 주인이 노복을 대하는 형편과 같습니다. 어른이 아해들을 보기만 하면 '이리 오너라 너 – 담배 한 갑 사오너라. 술 한 병 받아오너라' 하고 절대의 명령을 내립니다. 만일 그 아동이 여일령시행如一令施行으로 그 명령에 잘 복종하면 칭찬의 말이라고 하는 법이 '놈 – 착하군' 이놈 뉘 집 자식이냐?' 한다. 그렇지 않고 그 아이가 명령을 잘 순종치 않고만 보면 '저런 고약한 놈의 자식보아. 그것이 뉘 집 자식이냐. 망할 자식도 있다' 하고 타매합니다. 심하면 선뜩 주저없이 뺨을 치기가 예사입니다. 내가 일전 제동齋洞 네거리에서 안동安洞 4가를 향하고 가는 도중에서 이러한 일을 당해 본 적이 있었습니다. 조그마한 양화옥洋靴屋에서 중동中東학교의 모자를 쓴 나이나 14, 5세 되어 보이는 소년 학생이 양화를 수선하다가 어찌 어찌하여 가격의 관계로 승강이 되더니 양화점 주인이 무참히 소년 학생의 뺨을 치고 때리며 '이 자식 – 어린 자식이 어른에게 함부로?' 하고 야단하는 변을 본 나는 우리 사회가 실로 사회적 약육강식의 원시적 상태를 면치 못하였다 하였습니다. 이와 같은 일은 우리 사회에서 항다반으로 보는 일입니다. 이러고야 어찌 아동의 장래를 선량히 도와줄 수 있으며 또는 그의 장래 희망을 무엇에 붙일 수가 있겠습니까.

이와 같이 아동을 압박한 결과는 아동에게 어떠한 악영향이 있느냐 하면 첫째는 아동의 개성 발달을 막음이 심하며 둘째는 아동에게 인권 자유와 활기를 꺾어 아동으로 하여금 겁병을 치게 하며 무위의 공포와 위축의 기를 양성케 됩니다. 지금 우리 조선 사람들이 겉으로 자체만이 늘큰하고 무맥無脈할 뿐만 아니라 정신까지 무활기 무돌력無突力한 태를 나타내는 것은 도무지 아동시대에 사회적 압박으로 나온 죄악이라 할 수 있습니다. 그러므로 나는 신조선 건설의 제일보로 아동 존경의 풍을 양성하여 그의 개성을 존중히 하며 그의 인권적 자유와 활기를 도와주어 완전한 인격의 사람 본위의 아동을 양성함이 무엇보다 먼저 할 일이라 합니다.

을. 아동보호기관을 설치할 것. 위와 같이 아동 존경의 풍을 양성하여 가정에서나 학교에서나 사회에서나 그의 풍교를 순치馴致케 하려면 아동보호기관을 설치함만 같음이 없습니다. 들은 바에 의하면 미국에서는 각 중요한 도시에 아동학대폐지협회라는 것이 성립되어 그로써 아동을 보호하여간다 합니다. 이제 그 협회의 목적하는 바 일단을 들어 보면 동협회에서 협회의 사업으로 아동의 학대를 폐지하고자 목적할 뿐만 아니라 아동의 몸과 마음을 장해障害케 하는 사회의 모든 상태까지 처리케 된다 합니다. 예하면 어떤 유희는 아동의 몸을 장해케 하는 것이니까 그는 폐지하여야 할 것이라든가 또는 어떠한 처소에는 어른들이 아동의 장래에 방해될 연극적 놀음이 있으니 그것을 금하여야 한다든가 어떠한 곳에는 아동들이 집합하는 공가空家가 있어 거기에서 아동들이 좋지 않은 유희를 하는 모양이니 그 가정을 훼철케 한다든가 하는 등을 처리한다 합니다. 미국과 같이 비교적 보다 이상으로 아동을 존경하며 아동을 보호하는 나라에서 더욱이 아동학대폐지라 하는 회가 있음이 필요타 하면 조선과 같은 원시적 상태에 있는 아동사회에는 더욱이나 그러한 협회가 있음이 말할 것도 없이 필요한 일이라 하겠습니다.

지난달 계명구락부啓明俱樂部에서 아동에게 경어 사용 문제를 당국에 제출하였다는 말을 듣고 우리는 대단히 동 구락부의 유지함을 탄복하였습니다. 바라건대 그와 같은 기관에서 일층 더 노력에 노력을 가하여 아동보호기관 같은 것을 설치함이 시의에 적당할 줄로 믿습니다.

병. 소년지도기관과 빈아貧兒교육방침. 아동문제의 일부로 소년문제를 일언하려 합니다. 소년은 곧 아동의 일부입니다. 비교적 큰 아동을 가르쳐 소년이라 할 것입니다. 그러므로 소년의 지도기관은 곧 아동의 지도기관입니다. 그러나 소년은 비교적 아동 중 큰 아동이라 하는 의미에 있어 소년지도기관을 특설함이 필요합니다. 문명한 각 국에 있어는 소년단체라는 것이 각종의 형식으로 많이 있는 것은 누구나 다 아는 일입니다. 그러기에 영국에는 소년의용단少年義勇團이라 하는 대장부적 명패를 가진 단체까지 있습니다. 조선과 같이 아직 계몽시대에 있는 형편으로는 더욱이 소년의 모임이 지극히 필요합니다. 조선에는 최근 경성에서 천도교소년회라는 것이 생겨 매우 좋은 성적으로 진행합니다. 동 소년회에서는 순수히 사람 본위의 의미를 가지고 소년의 지력, 덕성, 체육을 목적하고 그것의 완성을 기한다 하니 나는 이와 같은 의미의 소년단체가 조선 각지에 성왕하여지기를 간절히 빕니다.

나중에 할 말씀 할 것은 빈아貧兒교육입니다. 이것은 특히 자선을 목적한 유지 또는 단체가 그들의 빈아를 구제하는 한 방책으로 더욱 많은 힘을 써야 할 것입니다. 될 수만 있으면 무의무탁한 고아를 무조건으로 양성할 뿐만 아니라 나아가서 너 광의의 의미를 취하여 일체 의 빈아에게 월사月謝를 받지 않고 서책을 대여하는 등의 제도를 세워 평등의 교육을 받게 함이 지당합니다.

다시 십 년 이후의 조선

다 아시는 말씀을 간단히 이야기 삼아 한마디 한 데 지나지 않습니다. 그러나 내가 이 문제를 쓴 동기는 알고 보면 그 의미가 심히 깊은 데 있습니다. 내가 머리에 10년 이후의 조선이라 하고 다시 마지막에 10년 이후의 조선이라 한 것을 표명한 것은 총명한 여러분이 먼저 그 뜻을 양해하시려니와 조선사람은 너무도 금일주의 찰나주의에 갇혀 조금도 장래를 위하는 근기 있는 경영이 없음이 큰 흠이며 따라서 현재의 우리들의 어른의 이 심법 이 기력 이 체면을 가지고는 모든 것의 건설을 근본적으로 시설하기가 너무도 그 재료가 박약하다는 신조 하에서 은근히 저들의 아동의 장래를 바라보고 10년 이후의 조선은 저들의 손에서 새 것이 되어 나오리라 하는 기쁨과 느낌으로 이 문제를 널리 뜻있는 천하 형제동포에게 제안하는 바이올시다.

—《개벽》18, 1921. 12.

1922년

오인의 신사생관

여론의 도

공론의 사람으로 초월하여 이상의 사람, 주의의 사람이 되라

인류상대주의와 조선인

진리의 체험

오인의 신사생관

–의식과 사생–생명과 사생–영혼과 사생–

1. 이 글을 쓰게 된 동기

오인은 건전한 개인이 되고자 하며 건전한 민족이 되고자 하면 먼저 건전한 인생관을 가져야 할 것이며 따라서 건전한 인생관을 얻고자 하면 먼저 건전한 사생관死生觀을 가져야 할 것이다. 생각건대 사람의 감정상 무엇보다도 절실한 자극을 주는 것은 사생관념과 같이 큼이 없으며 사람의 활동상 무엇보다도 위대한 활력을 주는 것도 또한 사생관념과 같이 큼이 없으리라. 그러므로 고래로 위인의 행적이 다 같이 사생을 달관한 점에서 건곤일척乾坤 擲의[1] 대공적이 생겼나니 오인은 이를 석가에서 보았으며 이를 기독, 공노孔老와 같은 위인에서 보았으며 기타 영웅호걸 지사열부에서 보았노라. 그와 정반대로 사생을 달관치 못하는 점에서 모든 불상의 조兆가 발생하나니 오인은 그를 무위준동無爲蠢動하는 겁약자에서 보았으며 오인은 그를 자포자기하는 자살자에서 보았노라. 그러므로 개인으로나 민족으로서 건전한 사생관을 가지게 하는 것은 어떤 시대를 불론하고 다 같이 필요한 것이며 더구나 현대와 같이 사상의 동요가 많은 시대가 더욱 필요하며 또 일층 조선민족과 같

1) 운명과 흥망을 걸고 전력을 다해 마지막 승부나 성패를 겨룸. 당나라 시인 한유韓愈의 시 〈홍구를 지나며過鴻溝〉에서 유래.

이 철저한 인생관이 없는 이에게 더욱 필요할 것이다. 그러나 사생관이라 하는 것은 실로 용이한 문제가 아님과 동시에 그를 또 용이하게 어떠한 것이 사생관의 제일 정의이라 함을 세간에 설파하기는 실로 난문難問의 난문이니 그는 동서고금의 철인이 많은 뇌장腦漿을 교絞하면서도 아직 일치한 학설이 없음으로써 보아도 가히 알 일이겠다.

지금 우리 조선 사람 가운데 아니 세계의 모든 인류를 통틀어 놓고 그들의 가지고 있는 사생관을 대략 들어보면 대개 이러하나니

첫째는 사람의 신체를 일종의 기계로 보아 그 기계가 쇠퇴함과 공히 육체적으로나 정신적으로나 아무 계속이 없다 하는 파 (이 파에 속한 사람은 식자로는 과학자 일류의 물질론자이며 기타는 맹목적으로 그저 그렇다 하고 지내는 일반의 무종교신자 중 일류들)

둘째는 사람의 신체 중에는 일종의 영혼이라 하는 정신적 개체가 있어 육체가 죽음과 함께 영혼이 체외를 탈출하여 어디인지 돌아가는 것이라 믿는 파 (이 파에 속한 사람은 전체가 구식의 종교를 아무 해석도 없이 맹신하는 파)

셋째는 영혼의 실재 여하 또 생명 및 의식의 실재 여하에 대하여 회의의 태도로써 부단히 그를 연구하는 파 (이 파에 속한 사람은 대개가 철학자, 유일의 고등한 식견을 가진 자 및 종교를 정신正信하고자 하여 부단의 개조를 절규하는 파)

사생관의 파류派流를 구분하면 구분할수록 실로 다종다양이나 그러나 그의 모든 것을 합쳐 놓고 갈라 본다 하면 대개 이상에 말한 3파에 속한 것이라. 이제 이 3파에 속한 이유 가운데 어느 것이 진이며 어느 것이 위인지는 아직 별문제에 속한 일이요 다만 우리의 생각할 바는 무엇이든지 가히 써 믿을 만하여 이를 믿는 자에게는 이익이 되나 해가 되나 오히려 물을 바가 없다 할 것이나 그러나 우리 중에 제일 모든 생사관 중에서 어느 것이든지 가히 취할 만한 진리가 없다 하는 것이 있으

면 우리는 일층 나아가 새로운 인생관의 영역을 개척하여야 할 것이요 따라서 유래의 인생관을 맹신하는 사람일지라도 그 신앙이 이미 시대에 뒤졌으며 진리에 합하지 않는다 하면 번연飜然히 개오改悟하여 한가지로 신인생관의 영역을 밟아 참되고 새로운 신앙을 가지게 됨이 이 개인으로나 민족으로나 다 같이 당연한 바 의무가 될 것이요 또 당연한 이익을 받게 될 것이다. 이에 우리는 비록 간단하나마 아래와 같은 사생관 몇 마디를 들어서 천하에 감정이 같은 자와 한 가지로 새로운 찬미를 부르고자 하노라.

2. 의식상으로 본 생사관

어찌하여 이러한 조직이 있는 우주의 간에 어찌하여 이러한 성정을 가진 인생이 있게 되었는가. 또는 어찌하여 이러한 만물이 생성이 있으며 또한 그의 사망이 있는가. 우리는 그와 같은 광막한 문제를 토구하기 전에 누구든지 먼저 쉽게 인생문제의 일단을 알아볼 만한 것은, 아니 인생문제를 해결하는 방법으로 가장 쉽게 단서를 잡을 것은 먼저 자아의 존재라는 것을 잊지 말아야 할 것이라 한다. 어찌하여 났든지 기왕 나라 하는 일개인이 이 세상에 존재한 것은 무엇보다도 큰 사실이 될 것이며 그리하여 무엇보다도 큰 사실이 자아의 존재가 된 이상은 자아를 떠나 별다른 방면으로부터 모든 사실의 존재를 토구할 여지가 없을 것이었다. 다시 말하면 모든 진리를 토구하는 순서상 우선 자아라 운하는 큰 사실을 멸시하고는 다른 사물의 진실성을 알아볼 방편이 없을 것이나. 그 까닭은 우주만상의 존재는 먼저 자아의 존재로부터 출생한 것임으로써이었다. 즉 자아가 있음으로써 천지우주의 존재를 연상케 됨으로써이었다. 우리의 안전眼前에 나타나는 모든 객관적 현상은 자아라 운하는 주관이니 그를 사색하며 그를 요리함으로부터 처음으로 우주라는 것이 있게 되며 만물이라 하는 것이 있게 되었다 함은 아무나 먼저 그러한 생각을 가지게 될 것이다. 이에서 우리가 선결문제로서 토구의 순서상 가장 없지 못할 것은 자아의 의식이라 하는 것이니 의식은 곧 만리만사의 존재적 기초가 되는 것이라. 우리가 종교상 의미에서 신을 믿으며 불佛을 우러르며 진리를 말하며 실재를 논구하는 것도 다 같이 의식의 발원이 아닌 자 없나니 의식의 창조적 표현이 그가 즉 신이 되며 불이 되며 진리가 되며 실재가 되는 것이다. 석가가 열반묘법涅槃妙法을 설함도 야소가 천당지옥을 말함도 모두가 그들의 의식적 창조라 하는 외에 털끝도 다른 것이 있을 것이 없겠다.

이와 같이 만사만리의 존재적 기초가 우리의 의식이라 할 것 같으면 우리가 현재 말하는 이 생사문제라 하는 것도 또한 의식 표현의 일종이라 할 것이니 즉 의식이 자아의 존재를 관념하는 일 방편으로 자아의 시초를 생이라 하며 자아의 종말을 사라 하는 것이겠다. 이 의미에서 우리의 이른바 생사관념이라 하는 것도 일종의 의식적 요리에 지나지 아니한 것이니 영혼의 유무 정신의 멸불멸 유령의 윤회전생輪回轉生 등 고래 구구한 사후관념도 또한 그들의 의식적 활동의 일종이 있음은 명백한 이유이었다. 영혼이야 있다든지 없다든지 또는 영혼이 있다 하면 그가 천당으로 가든지 못 가든지 그렇지 아니하면 그가 윤회전생을 하든지 못 하든지 어찌 되었든지 의식이 그러한 관념을 짓게 한 것은 분명한 일종의 사실이며 그리하여 의식이 그러한 관념을 짓게 된 동기는 자아로써 자아의 생활 만족을 요구하는 방편으로써 된 것도 또한 어긋남 없는 사실로 볼 수 있다.

이와 같이 우리의 생사관념이 일종 의식적 창조에 불과한 것이라 하면 우리는 의식의 근본 의의를 해석함이 곧 그의 생사문제를 해결하는 일단이 될 것이니 비유컨대 천파만도千波萬濤의 파란波瀾의 그러한 까닭을 알고자 하면 먼저 그의 근원되는 대해大海의 본연성을 알아야 할 것임과 같이 생사문제를 알고자 하는 일단으로는 먼저 그 생사문제를 짓게 한 의식의 본원을 앎이 가장 득책이 될 것이다. 그러나 의식 문제의 연구는 실로 용이한 일이 아니니 이것은 고래로 많은 철인의 뇌장을 썩힌 광박한 문제이므로 우리는 이 짧은 지면에 많은 선철先哲의 의견을 소개할 여지도 없으며 또는 다단다기多端多岐한 근저를 다 들어 말할 필요도 없으므로 이에 간단히 평소에 생각한 바 몇 마디를 들어 말하고자 한다.

근세 학자의 연구한 바에 의하면 의식이라 하는 것은 이것이 결코 어떤 시대에 돌연히 출래한 것이 아니며 그리하여 점점 그의 구경을 추구하여 보면 의식은 오직 인류뿐만 가진 것이 아니요 일반의 유기물은 다 같이 의식이 있으며 더 널리 말하면 유기물뿐이 의식을 가진 것이 아니요 무기물에까지도 의식이 있다 한다. 이 의미에서 유기물 중 한 초목과 같은 자연물에도 또한 의식이 있다 함은 물론의 일인데 다만 그 의식의 정도가 우리 인류보다 낮은 정도에 속한 것이라 인정할 뿐이었다. 즉 보통 의식이 아닌 저도低度의 의식을 가졌을 뿐이라 하겠다. 그리하여 식물뿐이 아니요 점차 무기물까지 소급한다 하면 거기에도 또한 비상한 저低 정도의 의식을 가졌다 하나니 이와 같이 의식이 일체 만상물에 다 같이 있다 하면 의식이라 하는 것은 우주의 고유한 실재체이요 어떤 시대에 돌연히 출래치 아니한 것은 명백한 이론이겠다.

'네께리'의 연구에 의하면 모든 물질은 다 같이 감정을 가졌다 하나니 즉 의식을 가졌다 하였다. 그는 일렀으되 대개 물질에는 어느 것이든지 거력拒力 인력引力이 있나니 거력 인력을 또한 일종의 감정으로 볼 수 있는 것이라. 즉 거력 인력은 우리 사람으로 말하면 애외 증에 상당한 것이다. 사람은 누구나 애증의 감정이 있는데 애는 곧 인력이며 증은 곧 거력과 상당한 것이라 하였다. 생각건대 사람에게 있어서 가장 격렬한 감정은 연애라 하는 것이니 연애의 소구所驅에는 부모의 훈계

붕우의 충고도 다 소용이 없고 오직 비상非常의 충동으로써 마침내 자살을 따르는 경우까지 왕왕함은 인간 사회에서 누누이 보는 일이었다. 그와 같은 양으로 물질의 거력 인력도 또한 어떠한 제지로써도 그 힘을 금단치 못하는 것이라. 만일 강하게 하여 그를 제지하고자 하면 문득 파열이 생기고 마는 것이니 이것이 물질에도 감정이 있는 이유이며 물질에 감정이 있음은 곧 그 의식이 있는 증거이었다. 그런데 우리 사람의 감정이라 하는 것이 그 근본이 어느 곳에 있느냐 하면 그는 우리 사람의 육체조직의 단위인 세포에 있다 한다. 즉 세포를 조직한 물질의 원자에 있다 하였다. 원자가 조직되어 세포가 되었으며 세포가 조직되어 육체가 되었으므로 우리 사람의 육체는 일종의 세포국細胞國인데 개개의 세포의 감정은 그가 결국 우리 일개인의 감정으로 표현케 되는 것이다. 즉 우리 일개인이 감정으로 무엇을 애하며 무엇을 증하는 것은 곧 무수 세포의 집합 작용의 결과라 하겠다. 그 결과는 한두 개의 세포로 그러한 것이 아니요 무량수의 세포의 욕망에 일치하여 목적이 방면으로 활동하는 곳에 애증의 분별이 이에서 나게 되는 것이라 하였다.

이와 같이 우리의 감정의 원인이 유기체인 세포에 있으며 세포의 감정은 그를 조직한 원자에 있다 하는 것은 비상히 재미있는 학설이며 따라서 의식문제를 해결하는 호개好個의 재료라 할 것이었다.

이상에 말함과 같이 물질의 거력 인력은 사람의 애증과 같은 일종의 감정이라 하면 의식은 다만 유기물에만 존재한 것이 아니요 비상히 희박한 상태에서 무기물에도 그가 존재할 것이라. 원래 유기물과 무기물을 엄밀히 구별함은 일종의 속견俗見이니 과학적 분류상 그를 어느 정도에까지 구별을 세우게 됨은 이 연구상 편리를 좇은 것에 불과한 것이요 결코 엄밀한 의미의 구별은 아니라 할지라. 차별의 방면으로 보면 양자의 사이에 물론 구별이 생길 것이나 그러나 평등의 방면으로 보면 양자의 사이에 또한 공통한 방면이 존재한 것이었다. 차별의 방면에서 유기체는 체體의 내부로부터 발전이 되며 무기체는 체의 외부로 증가케 되는 것이니 즉 무기체 중 결정체와 같음은 외부로부터 물질이 집성하여 가는 것이었다. 그리고 결정체가 결정체의 개체로써 조직되었음도 마치 사람이 세포의 개체로써 조직됨과 한가지였다. '네께리'는 일렀으되 결정체는 또한 유기체와 한가지로 자식을 생산한다 하였음도 더욱 재미있는 말이니 그가 외부로부터 작은 결정체가 점차 집성되게 되는 것은 마치 사람이 자기의 정력으로써 자손을 생성케 함과 한 가지 큰 이유라 하였다.

이와 같이 유기물과 무기물의 구별이 엄밀한 의미가 아니라 할진대 의식이라 하는 것은 결코 발달된 사람에만 있는 것이 아니며 또한 사람의 의식은 사람으로의 어느 시대에 돌연히 출래한 것이 아니요 사람 이전 먼 태곳적부터 그가 전래한 것으로 생각지 아니하여서는 아니 될 것이었다. 다시 말하면 의식은 광박한 의미에서 일체의 만상이 다 같이 그를 가지고 있으며 그리하여 그 의식은 영원무궁 이전에서부터 점차 고도의 발달이 되어 마침내 우리 사람의 의식이 된 것이 아닐까 보냐. 이러한 의미에서 사람의 의식은 필경 대우주의 대의식을 그대로 품부稟賦[2]한 것이라 할 것은 이론상 당연한 일이라 하겠다.

의식학자는 사람의 의식을 구분하여 이를 가지계可知界와 불가지계의 두 가지로 나누어 보았나니, 가지계라 함은 우리의 현재 가지고 있는 지식계 즉 육근六根으로써 경험하여 얻은 바 의식이며 불가지계라 함은 현상식現象識 이외에 현상식과 접촉된 광대무량의 대의식계를 일러 말함이라. 그리하여 사람은 점차 가지계로부터 불가지계를 개척하여 나아가는 길이니 그러므로 가지계와 불가지계라 하는 것은 결코 절대의 구별이 있는 것이 아니요 다만 이를 이미 개척한 부분과 아직 개척치

2) 타고난 성품.

못한 부분을 구별하는 점에서 우리의 현상식을 가지계라 칭한다 하면 현상식 이외의 것을 불가지계라 이를 따름이었다. 비유하건대 광대무량한 황무지에서 그 일부를 이미 개척하여 양전良田을 지은 부분과 아직 개척치 못하여 황무 그대로 있는 부분을 갈라 전자를 자아의 소유라 하고 후자를 아직 천연의 소유라 인정함과 한가지 이유라 할 것이었다. 그러나 토지에 대하여 개척한 부분과 미개척한 부분이 본래부터 구별이 되어 있는 것이 아니요 일망무제의 산야가 그대로 연속하여 있음과 같이 우리의 의식계도 또한 지계와 불가지계가 그 사이에 결코 구분한 지역이 있을 것이 아니요 본래부터 평등일미平等一味의 법계法界가 그대로 우리의 의식계가 되어 있는 것이라. 그러므로 우리가 만별萬別을 지어 볼 것이 아니었다. 고인의 이른바 대인大人은 천지로 더불어 그 덕을 합하며 일월로 더불어 그 명明을 합하고 귀신으로 더불어 그 변화를 합한다 함에 대개 저간의 소식을 통한 자라 할 것이다.

우리의 의식계가 가지계와 불가지계를 융화하는 점에서 우주와 개인이 절대의 구별이 없게 된다 함은 그는 단지 의식계의 일만이 그러한 것이 아니요 나아가서는 현상의 변화 사실까지도 또한 그러한 예를 발견케 되나니 이제 개인과 우주가 근본적 구별이 없는 예의 이삼 조건을 들어 보면

제일은 전술과 같이 우리의 신체는 사백조라 칭하는 많은 세포가 조직되어 마침내 개아個我라 칭하는 개체가 되었으며 또 다른 일면으로는 아我라 운하는 개체는 일종 유기적 세포의 자격으로 사회를 조직하여 세계를 이루고 우주를 이뤘는지라. 이 점에서 아我 한 사람의 개체는 일면으로 소우주인 세포와 밀접의 관계를 가졌으며 다른 일면으로는 대우주인 세계 만상과 밀접의 관계를 가졌나니 이것이 개인과 우주 간에 절대의 구별이 없는 첫째 증거이며

다음에 오인은 식물食物에 의하여 생명을 지속케 되는 점에서 우리의

신체는 내부적 구조를 위하여 부단히 외부적 식물을 흡수케 되는지라. 즉 오인은 외부로부터 물질을 흡수하여 자아의 개체를 구조하며 또 내부로부터 쓰지 않는 물物을 배설하여 외부의 수요를 공급하는 점에서 내부와 외부의 관계에 절대의 구별이 없겠다. 특히 공기와 같은 것은 시시각각으로 내외관계를 밀접케 함이 크며 더욱이 오인의 신체 내에 있는 것은 하나도 외계의 물이 아님이 없음으로 오인의 신체 중에 있는 유기체는 무엇이나 다 무기체의 물이 아님이 없나니 이것은 개인과 우주의 사이에 구별이 없는 둘째 증거이며

다음에는 혈통상 관계이니 오인의 혈통은 영원한 시간에서 과거의 선조의 혈액이 흘러 오인 현재의 신체가 되었으며 또 오인의 혈통은 미래 자손에 전하여 가므로 오인의 혈통은 무제한 연쇄의 일부분이니 이것은 개인과 우주 구별이 없는 셋째 증거이며

다음에 오인의 정신상 관계이니 현재 오인의 정신상 내용을 이룬 것은 태반 외부로부터 감수한 객관적 요소가 많은 것이라. 즉 오인의 지식은 주관과 객관의 두 요소가 결합한 점에서 오인의 정신상 관계도 또한 외계의 관계가 밀접하여 뗄 수 없는 것이라 할지니 이것은 개인과 우주의 구별이 없는 넷째 증거이었다.

이와 같이 개인과 우주는 절대적 구별이 없게 되어 내부 외부가 정연한 통일을 가지고 있으며 그리하여 이 통일을 질서 있게 자아화하는 오인의 생명과 및 의식의 두 가지 활동이 있음으로써니 그러므로 오인의 생명과 의식은 하나요 둘이 아니라 할지며 그리하여 의식계는 우주에 방박磅礴한[3] 정신적 실재로 그가 오인의 개체로 표현하여 선히 개체와 우주의 연맥조섭緣脈調攝하는 힘을 가진 것이었다. 의식계가 이와 같이 광대무량의 실재체라 할 것 같으면 오인의 생사라 하는 것은 의식상 단

---

3) 뒤섞어서 하나로 함. 가득 참.

지 표현 불표현의 관계뿐일 것이다. 즉 대우주의 대의식이 개체로 표현하는 점에서 자아라 운하는 자가 성립된다 할지라. 그리고 보면 자아의 의식은 광활한 의식에서 근본부터 생사의 요질要質을 가진 것이 아니요 그 자체에서 차라리 영원무궁성을 가졌다 하리니 그 이유는 생명의 활력을 보면 더욱 명백한 일이 되겠다.

3. 생명상으로 본 생사관

오인의 생사문제와 직접 실제의 관계를 가진 자는 생명으로 볼 수 있나니 무슨 까닭이오. 생명의 멸불멸은 곧 그의 생사문제가 되는 소이임으로써이다. 그러므로 오인은 생사문제를 연구하는 일단으로 첫째 생명의 본원을 명백히 알 필요가 있음은 다시 논할 필요가 없다. 그러나 생명의 본원이라 하는 것은 실로 묘원현수妙遠玄邃한 원리를 가졌으므로 경각간 도저히 그의 본원이 여하하니라 말하기 어려운 것이니 이에는 단지 생사상 상대의 의미로 본 생명관을 대략 들어서 생사의 관계 여하를 대강 일러두고자 하는 것이다.

유래로 생명의 정의를 말한 철인이 한두 사람이 아니므로 이것은 일일이 이에 논증할 수 없으며 따라서 누구든지 생명의 원리를 간단명료히 표백表白한 사람은 심히 적으므로 여기에는 생명의 정의를 무엇이라 발표할 수 없으나 그러나 이에 한두 개의 예를 들어 말하면 철학자 '세린크' 는 일렀으되 '생명은 개체화한 경향이라' 하였나니 즉 개체 개체가 분화하여간 결과, 개체성이라 하는 것이 명확히 되었다 함이었다. '쓰펜차-' 는 말하되 '생명은 내적관계가 개체가 외적관계에 대한 부단의 조절이라' 하였다. 이 두 가지의 정의는 생명론 중에 가장 최승점이라 하겠으나 그것으로써 생명의 최후 정의로는 볼 수 없다. 그리고 예부터 생명에 대한 이론에 이르러는 여러 가지 이론이 많이 있으나 이를 대체로 개괄하여 본다 하면 네 가지 구별이 있나니 제일은 활력론活力論, 제이는 의활력론擬活力論, 제삼은 반활력론反活力論, 제사는 신활력론新活力論이라 하는 것인데 이것을 다시 간단히 두 부분으로 나누어 본다 하면 기계론과 활력론 두 가지로 볼 수 있다 하리라. 즉 하나는 생명을 일종의 기계로 보는 것이며 다른 하나는 생명을 정신적 활력으로 보는 것이다. 그런데 이 두 가지의 이론 중에 어느 것이 가장 진리에 근사한 것인가를 알기 위하여 우선 기계론에 대한 비난의 점을 두어 가지 들어 보면 첫째 기계론은 오인의 생명을 일종의 기계라 보는 결과 필경 오인에 있는 정신현상을 여지없이 멸시한 감이 없지 아니하나니 오인의 신체는 결코 육체적의 기계작용뿐만 가진 것이 아니요 정신적 현상이 더욱 명료한 활동을 하여 있음은 피치 못할 사실이니 예하면 가장 비근한 현상을 들어 말한다 할지라도 오인의 있는 애증의 감정 또는 연애의 감정과 같은 것도 기계론으로서는 도저 그 해석이 불충분할 것이다. 그리고 기계론자는 항상 세용불멸勢用不滅의 설을 주창하여 생명을 기계적 작용으로 돌려보내고자 하나니 예하면 세용불멸의 점에서 오인이 밖으로부터 흡수한 물질은 내부에 동일한 세력을 주는 것이라 함이 우선 생명을 기계로 보게 된다 하는 것이나 그러나 세용불멸도 실제에 이르러는 결코 그렇지 아니하나니 비근한 예로써 말하면 실제 오인의 사이에는 식물食物을 다수 흡수하는 사람이라도 정신이 힘이 박약한 자가 많으며 그와 반대로 식물을 적게 흡수하는 자라도 도리어 정신의 활력이 성왕한 사람이 많음을 보면 도저히 세용勢用을 평등으로 인정할 수 없는 것이다. 즉 전체를 기계적 자급으로 볼 수 없는 것이었다.

다음은 오인의 생명은 '자기경영'이라 하는 점에서 최대의 특징을 가지고 있는 것이다. 즉 사지백체 오장육부의 제반의 부분을 추호의 차이가 없이 통솔하여 가는 힘은 실로 정신의 활력에 합한 것인데 생명의 생명되는 본원은 이에서 위력이 표현하는 것이었다. 전에 술함과 같이 오인의 신체는 실로 사백조라 운하는 다수의 유기적 개체로서 조직된 것이라 하면 필경 그 사백조의 개체 개체를 통솔하여 융화케 하는 자는 무엇이라 할까. 이로써 만일 기계적 작용으로 본다 하면 도저히 그 해석을 얻지 못할 것이다. 이에서 오인의 정신의 힘이라 하는 것이 더욱 현저한 사실로 나타남이 아니겠느뇨. 만일 오인의 신체를 아무 의식도 없는 일종의 기계로 본다 할 것 같으면 구식의 종교가와 같이 오인의 개체는 필경 누구에게든지 피제조자被製造者가 되지 아니치 못할 것이니까 그에는 구경 인격적 신을 인정치 아니치 못할지라. 기계론자가 과연 인격적 신을 인정한다 하면 그는 자가당착이 심대한 자라 할지라. 어째서인가. 기계론자는 무엇보다도 먼저 우주의 유일의 주재를 믿지 아니함으로써이다. 그러면 오인의 신체는 활력적 생명을 인정하지 아니하고는 무엇으로써 그 존립을 얻는다 이르겠는가.

다음에 기계론자는 인생의 목적이라 하는 것을 멸시하는 감이 있다. 이미 사람의 생명을 일종의 기계적 작용으로 보므로 결국 인생은 아무 무목적한 물품과 공인共認하는 폐가 없지 아니하다. 진화론에 의하면 오인의 육체는 어떤 시대에 돌연히 이와 같은 백체구전百體具全한 조직을 가졌음이 아니요 진화의 법에 의하여 영원무궁 이전으로부터 진화에 진화를 가하여 금일 이만한 정도에까지 왔으며 또 금일로부터도 앞으로 또한 영원 진화의 여지가 있다 하나니 예하면 '메치니코'[4]의 학설 중에 오인의 신체 중에는 아직도 부조화한 점이 많이 있으므로 앞으로 많은 진화의 과정을 지나지 아니하면 완전한 결과를 얻지 못한다 하였나니 이와 같이 오인의 생명이 과거에서 영원한 진화가 있었으며 또 미래에 또한 영원한 조화의 진화가 있다 할 것 같으면 인생은 무슨 까닭으로 이와 같은 진화의 진화를 계속하고 있는가. 이는 필경 인생이

4) 메치니코프(mechinikov, 1845~1916) :러시아의 생물학자. 병리학, 면역학 분야에서 뛰어난 업적을 남겼으며, 1908년 노벨상을 수상함.

불완전으로부터 완전에 달하고자 하는 일종의 목적적 운동이 아니겠느뇨. 만일 인생이 아무 목적이 없이 일종의 기계적 작용뿐이 그들의 최후 활동이라 하면 이들의 기계적 작용이 무엇에 의하여 영원 이전으로부터 순서 있는 자기발전이 계속하여 왔으리요.

이상에 말함과 같이 생명을 단지 기계적으로 간주하는 것은 인생의 진이의眞理義를 해석치 못하였을 뿐이 아니라 또한 이치에 합하지 아니한 것임은 현대의 철학으로는 누구나 다 같이 공인하는 말이니까 이에 구구한 예증을 매거할 필요가 없고 이제로부터 순서상 단안을 내릴 것은 우리의 생명이 이미 기계적이 아님이 명백한 이상 즉 우리의 생명은 근본에서 활력적 운동을 가지고 자기를 경영 발전한다 하면 우리의 생명은 그 활력을 어디로부터 얻어내었을까. 즉 우리의 생명원천은 그 연원이 어느 곳에 있을까 함을 말하지 아니치 못할지니 이에서 우리는 우주의 생명이라 하는 것을 연상치 아니치 못하게 되었다. 즉 우주의 생명을 인정치 아니하고는 오인의 생명의 원천을 인정치 못할 것이다. 물론 오인의 생명이라 하는 것은 선조로 전래한 것은 사실이나 그러나 다만 오인의 생명을 단지 선조의 전래적 물物뿐으로만 인정할 수 없는 것이다. 어째서인고 하면 우리의 현재 생존하던 지구는 최초 태양으로 분가할 제 심한 고도의 열을 가졌다 하나니 그리고 보면 그 당시에는 아무 생명의 유전을 줄 생물이 없었을 것이다. 이 점에서 생명의 본래에 대한 학설은 구구히 많게 되었다. 혹자는 생명의 최초 창조는 전기의 민활한 작용이라 하며 혹은 자연으로 발생된 자이라 하며 심한 자는 우리의 생명의 전래는 타 성계星界로부터 전래한 것이라 하는 골계滑稽적 이론까지 있다. 생명이 전기로 되었든지 자연으로 되었든지 또는 다른 세계로부터 전래하였든지 어찌 되었든지 태초 무하유의 일물로부터 생명이 창조케 되었음은 이를 써 대우주의 활정活精으로 보지 아니치 못할 것이었다. 즉 대우주의 활력이 없다 하면 우리는 무슨 활력에 의하여 그 생명의 활동을 얻을 수 있게 되리오. 그리고 현재 우리들의 생명 발전하는 재료는 거의 다 외계로부터 외계의 물物을 흡수하여서 그를 유지하여 가는 것도 또한 우주의 활력을 수입하여 살아가는 것에 불과한 것이다. 그러므로 우리의 생명은 대우주의 대생명 그 것이 그대로 표현한 것으로 보아도 또한 실수의 말은 아닐 것 같다. 어찌 우리의 생명뿐이리오. 일체의 만물이 정연한 질서와 생생의 활기로써 시시각각이 발전하여 가는 힘은 다 같이 대우주의 전 활력의 전 표현으로 볼 수 있는 것이다. 인생이나 만물이나 다 같이 우주의 활력 하에 있어 전 우주의 전 목적을 자기네 스스로가 완성하고자 하는 것이겠다. 더욱이 인생이라 하는 동물은 만물 중 가장 진화한 생명의 활력으로써 우주의 중심이 되어 있게 되는 점에서 사람은 그 자체가 본래부터 영원무궁한 것이라 운치 아니치 못할 것이었다.

이와 같이 오인의 생명은 곧 그의 우주적 대생명의 표현이라 할진대 생명의 본체는 결코 절대 독립적 고립체가 아니요 비교적 의미의 독립 활동이며 연쇄적 계속적 의미의 독립 활동이라 할지라. 이와 같이 오인의 생명이 절대적의 것이 아니라 하면 오인의 사死도 또한 절대적의 것이 아닐 것은 자명한 이치가 아니겠느냐. 생이 절대적이 아님과 같이 사도 또한 절대적이 아니라 함은 생사는 일종의 연속적 활동으로 볼 수 있다 함이니 즉 생은 우주의 활력이 개체화로 표현하는 때를 이른 것이요 사는 그 활력이 다른 방법으로 다른 수단 하에서 계속적 활동을 하는 것이라 단안할 수 있다. 그의 증거로는 종교적 견지에서 물론 절대의 불사설不死說을 주장하나 그러나 그것은 별문제에 속한 일이요 가장 사실적인 과학적 견지에 있어도 그의 증거는 또한 적지 아니하나니 예하면 단세포 불사설과 같음도 그의 하나이라. '와이쯔만' 은 일렀으되 오인의 다세포체는 해산하나 단세포는 영구불사하는 것이라 하였고 '헷겔' 과 같은 사람까지도 부분적 사를 주장하여 왔다. 오인의 선조는 비록 그 형체는 변하였다 할지라도 어떤 의미에서 오인의 체내에 그의 생명이 존속하여 오는 것이며 또 오인의 생명도 또한 미래의 자손에 의하여 그의 활동이 존속하여 가는 것이라. 즉 인류의 생명은 무제한으로 인류와 인류의 간에 영원히 존속하여 가는 것이다. 특히 유전성의 전래와 같음은 그 등의 사실을 증명하고 있는 것이며 더욱이 민족적 유전으로부터 온 민족성이라 하는 것은 확실히 선조가 민족적으로 자손에게 존속하여 가는 증거라 함은 '뷘드'의 이른 말이었다. '뿌로체쓰'는 사람의 생사로써 일종의 귀유歸幼작용이라 하였나니 귀유작용이라 하는 것은 사람의 사회에는 일변으로 사인死人이 계속됨과 같이 다른 일변으로는 신인新人이 출생하나니 이 곧 사람의 귀유작용인데 사회는 그 작용에 의하여 점차 쇄신이 되어 가는 것이다. 통틀어 말하면 사람은 개체 개체의 경계를 구별하고 보면 생사의 분별이 있으나 그러나 그를 만일 인류 전체의 상에 두고 보면 사람은 결코 절대적 생사가 있는 것이 아니요 영원무궁의 변천으로써 그 생명이 전환하며 그 공적이 변환하며 그 정력이 전환하여 장강長江 대류가 일파일파一波一波 계속 무궁함과 같이 그가 연속 장류長流하여 가는 것이겠다. 더구나 오인의 생명은 대우주의 전 생명을 그대로 품부稟賦하였다 하는 짐으로써 오인의 생사는 필경 전 우주의 대목적을 위하여 영원무궁의 상에서 생명의 변환 창조력을 계속 발휘하여 나아가는 것이니 생비절대生非絕對이며 사비절대死非絕對이라. 오직 운運을 따르며 명命에 응하여 묵묵히 대우주의 대목적과 일치 융화하여 나아가는 일 뿐이겠다.

4. 영혼설과 사생문제

오인은 사생을 의식적 방면으로 보았으며 생명적 방면으로 보아 이미 대우주의 활력이 오인의 의식이 되며 생명이 되었음을 약술하였거니와 이제 다시 영혼문제로써 사생에 대한 관념을 일층 밝히고자 하는 소이는 고래 정령 혹은 영혼 또는 유령 등 설로써 사람의 불사를 주창한 사람이 많았음으로써 영혼이라 함은 어떠한 것인가를 일언하여 필경 사생의 결국점結局點을 종결하고자 함이었다.

제일 영혼이라 함은 무엇이냐 함에 대하여 오인은 '쏄케-라쓰'의 말을 빌어 일언으로써 '사람에는 고대학자의 믿음과 같은 영혼은 없다' 함에 주저치 아니 하노라. 고대의 학자는 흔히 사람의 심중에 영혼이라 하는 별개물이 존재함을 믿어 사람이 죽음과 함께 그 영혼은 몸속을 탈출하여 어디에든지 돌아감과 같이 생각하였다. 그를 칭하여 고대인은 유령이라 하며 정령이라 하며 혼백이라 하였나니 금일의 진보한 학설은 도저 그들의 미신을 믿기 불능함에 이르렀다. 이에서 물질론자들은 대담히 자가의 주창을 고집하여 왈 필경컨대 영혼은 오인의 신체를 조직된 물질의 작용이라 하여 이를 일종의 기계적 작용으로 보아왔다. 그들은 사람의 육체를 시계와 같은 기계로만 경단하여 시계가 없으면 작용이 없음과 같이 인체의 조직이 해산하면 또한 그의 작용인 영혼이 없다 하나니 이 설은 대개 상인常人의 귀에 청해聽解키 용이한 설이었다. 그러나 오인은 이상 양자의 설이 다 같이 오류이었음을 명언하고자 한다. 즉 고대인이 영혼으로써 일종의 정신적 개체라 보았음을 부인함과 동시에 또한 물질론자가 영혼으로써 일종의 육체적 기계작용이라 함도 부인하노라. 원래가 육체의 작용은 생명이 있은 후의 일이거늘 이제 영혼으로써 육체의 작용이라 할 것 같으면 영혼의 유불유有不有는 우선 문제가 될 것도 없으며 또한 그의 멸불멸을 말할 여지가 없겠다.

생각하라. 생명이 있은 후 육체의 작용이 있는가 육체가 있은 후 생명의 활동이 있는가를. 만일 생명으로 육체조직의 작용이라 할 것 같으면 오인이 제일 완전한 육체를 제조한다 하면 생명이 이에 따라 생길 것이거늘 사실은 그렇지 아니하여 육체가 원만구족圓滿具足한 시체에도 생명이 떠남을 보면 생명은 육체의 결과가 아니요 실로 그의 원인이며 본원이니라, 그러므로 육체가 있으므로 생명이 있음이 아니요 생명이 있음으로써 육체가 생기며 또 생명이 멸함과 함께 육체가 퇴頹하는 것이었다. 만일 생명으로 육체의 결과라 하는 물질론자가 금일에도 오히려 이 세에 존재한다 하면 그 논은 세계불통의 물질론자라 할 것이라. 그러므로 오인이 만일 진眞의 영혼이 어느 것인가를 알고자 하면 먼저 생명의 영묘 불가사의함을 알아야 할지라.

오인은 단언하노니 생명이 육체의 작용이 아니요 차라리 그의 원인이라 하면 영혼은 더욱 육체의 작용이 아니며 따라 생명의 결과가 아닌 것을 재삼 일러두고자 한다. 그러면 영혼이라 함은 무엇이뇨. 이 곧 만물 생명의 원력元力이며 생명발작의 원리이며 활력이니라. 고로 영혼이 있음으로써 생명이 있고 생명이 있음으로써 육체가 생기고 육체가 있음으로써 작용이 생기는 것이겠다.

그러면 영혼의 근본은 어디에 존재할 것인가. 오인은 앞에서 의식과 생명의 원리를 약술함에 누누 물질계는 일종의 의식계라 하였으며 따라서 전 우주는 활력의 표현인 것을 논하여 사람만이 의식이 유함이 아니며 또한 유기물만이 의식이 유한 것이 아니요 심지어 무기물까지도 저정도低程度의 의식이 있다 함을 논하였다. 그리고 물질의 근저 되는 원자의 세계는 실로 무한한 활력의 세계이며 따라서 우주의 방박한 근저는 오직 일개 무한의 활정에 불과한 것이라 논하여 두었다. 그리고 전술함과 같이 물질에 인력과 흡력이 있음은 사람에게 애증심과 혹사酷似한 것인데 물질의 동력은 도무지 일종의 심心의 작용이라 할 것 같으면 이 의미에서 우리 인생류人生類 일반의 심도 또한 심의 일종으로 그 근원은 우주의 활정이 신경조직적으로 표현한 것이라 할지라. 그러므로 대우주의 대활정이 신경조직으로 표현하면 이가 생류生類 일반의 심이 되어 나타나며 그가 또 단순한 물질에 표현하면 다만 거력拒力 흡력吸

力과 같은 동적 표상으로 나타나게 되는 것이니 이 점에서 우주의 대활정은 능히 사람의 영혼이 되며 영혼은 사람의 생명이 되며 생명은 육체가 되며 육수肉髓는 작용이 되어 육근六根의 활동이 이에서 개시된다 할 것이었다.

대개 금일의 물질학과 정신학은 결코 절대적 다른 성질을 가진 것이 아니라 함은 학자의 설에 일치하는 바이니 물질을 연구하여 최극미분자의 경境에 달하고 보면 그 경에 있는 물질은 어느덧 물질이 아니요 일종의 활력으로써 영묘한 작용을 하는 것이라 함은 금일의 과학자가 누구나 용인하는 바라. 물질의 극미분자는 일종의 활정체活精體로 그에는 거력 흡력이 있어 스스로 자개自個 의식을 가지고 있나니 그러므로 물질의 극단은 이 물질이 아니요 활정이며 활정의 표현은 이 물질이며 일반의 생류生類인데 심心이라 하며 의식이라 하는 것은 필경 활동의 표현 정도를 말함에 불과한 것이겠다.

원래 생류는 도무지 물질에서 나며 물질에서 자라며 물질에서 노사老死 하나니 물질이 없으면 생류가 없게 됨은 명백한 이유이거늘 오인이 만일 물질에 심이 없으며 의식이 없으며 생명이 없다 하면 물질 이외에 어떤 물物도 가지지 아니한 오인에게 어찌하여 심이 있으며 의식이 있으며 생명이 있으리오. 그러므로 의식이라 하며 생명이라 하며 동작이라 하는 것은 단지 생물 전유의 물이 아니요 물질 일체의 공유이며 그리하여 그 작용이 고상하고 비열함은 오로지 물질조직의 고하에 기인하며 그 정도의 차이가 있을 뿐이다. 따라서 생물만이 활한 것이 아니요 물질은 모두 활물活物이라 하겠다. '볼젠' 은 이르되 전 우주는 활한 것이라 하고 '케- 라쓰' 는 만물은 모두 생동한다 하였고 '훼히넬' 은 지구는 활하여 능히 생류를 분만한다 함과 같은 교훈은 나같이 저간의 소식을 누설한 것이라 할지라.

그런데 이 물질의 활력은 보통 세인이 생각함과 같이 무의미 무감각한 것이 아니요 차라리 대의미 대감각을 가진 것이라 할지니 어째서인가. 우주의 총 활동은 다 같이 일정의 목적에 의하여 나아가는 것임으로써라.

보아라. 유아가 능히 어머니의 유방을 탐하나니 이는 누구의 소사所使이냐. 거미가 능히 거미줄을 짜나니 이는 누구의 소사이냐. 벌과 개미가 능히 사회의 생활을 하나니 이는 누구의 소사이냐. 식물이 능히 방향을 아나니 이는 누구의 소사이냐. 물질이 능히 애증이 있나니 이는 누구의 소사이냐.

이 물질의 근저에는 활정이 있는 까닭이며 따라서 활정에는 의식의 작용이 있음이 아니리오. 논의가 이에 이르면 오인이 보통 자연현상을 무의미 무감각이라 칭하는 것도 기실은 무의미 무감각이 아니요 실로 대의미 대감각이라 할지며 이 대의미 대감각이 물을 구駈하며 물을 기르며 사명使命하며 국육鞠育[5] 하여서 천지우주의 대현상이 이에서 나타나는 것이라 할지라.

이 이치를 일고一考하면 오인은 이에 영혼이라는 것이 어떤 것임을 알 수 있을지며 또 영혼의 영구불멸의 이치가 말하지 않아도 자명하게 될지라. 불가佛家에서는 사람의 생명을 수포水泡에 비유하였나니 만일 사람의 생명을 수포와 같다하면 이 생명의 본원 되는 우주의 활정은 큰 바다와 같은 것일지며 따라서 수포가 멸하여 대해에 돌아옴과 같이 오인의 영혼은 영원히 우주의 활정이 되어 대의미 대감각으로 더불어 그 운명을 함께 할 것이라 하리라. 의사의 말을 들으면 사람의 신체는 7년마다 그 조직하였던 물질이 전혀 일변한다 하였다. 즉 7년 전의 나의 육체는 이미 흔적도 없이 소멸하여 버렸나 하는 것이다. 그러면 사람의 생전에서도 몇 번의 육체변환을 하고 있는 것일지라. 그러나 나의 나

---

5) 기름. 양육함.

된 소이의 것은 7년 전이나 혹은 10년 20년 이전에나 또한 금일이나 의연히 나의 감각을 보존하여 가졌나니 즉 나라 운하는 감각은 육체의 변환됨을 불구하고 의연히 금일 나의 마음에 기억되어 있나니 이는 곧 오인의 생명이 영혼으로 되었으며 영혼이 대활정으로 표현한 증거가 아니리오. 이 이치를 연장하여 만일 나의 사후에 나는 우주 대활정에 돌아온다 할지라도 금일의 내가 나의 심중에 나를 보존함과 같이 나는 영원히 무의미 무감각 즉 대의미 대감각의 속에 그가 보존되며 기억되어 영구불멸할 것이었다.

위에 말한 이유를 정확히 밝히기 위하여 오인은 아래와 같은 결론을 짓고 보면, 제일 우주라 하는 그것은 근본에서 대활정의 요소인데 물질은 그의 표현이며, 제이는 물질은 조직체의 여하에 의하여 그가 무기체도 되며 유기체도 되며 또 유기체의 중에도 사람 및 다른 동물의 차별이 있게 되는 것인데 다만 인류는 그 진화적 과정상에 있어서 가장 높은 활정의 표현을 얻은 자라 할 것이며, 제삼 오인은 죽음과 함께 육체가 물질로 돌아오는 것인데 육체가 물질에 돌아온다 하는 말은 곧 그의 영혼이 활정에 돌아온다 하는 것이며, 제사 자아의 정신적 관념은 영구 대활정의 의식에 기억되어 영구불멸하는 것이라 단언함이라.

이상에 모든 말을 총괄하여 오인의 생사관을 보아온다 하면 오인은 우주의 활력적 표현으로 실로 영구불멸체를 가졌다 하리라. 아니 오인은 본래부터 불생불멸의 본체로서 다만 거기에 생사변화의 과정이 있게 되는 것은 우주의 그 자체가 동적이며 영적이 되며 목적적이 됨으로써 영원무궁의 대활정이 부단히 표현하며 침몰하여 영구의 목적을 향하여 전진하는 것이라 할지라.

그러므로 오인의 본래는 우주만상과 한가지로 일야시각日夜時刻으로 찰나 찰나 영구의 목적을 향하여 부단의 창조를 하여가는 우주 간 대활정이라 할지며 그리하여 오인의 생사는 연쇄적 활동의 계속으로 본래의 대목적을 달하기 위하여 영원히 떨쳐 나아가는 대활정의 조류라 할 것이니 만물의 만물된 실 취미가 실로 이에 있으며 더욱이 인생의 인생된 대흥미도 또한 이에 있다 하리라.

—《개벽》20, 1922. 2.

여론의 도

1. 사회의 여론이란 무엇이뇨

인종의 신체는 사백조의 세포로 된 일종의 세포국細胞國이라 함은 생리학자의 이른 말이었다. 그러므로 인류 일개인의 감정은 이 무수세포의 감정이 집합하여 일개체의 감정이 되었으므로 이 사백조의 세포가 어떤 방면을 향하여 일치성을 발휘하는 곳에 사람 일개인의 욕망과 일개인의 진전적 방면이 열려 나아간다 하였다. 사회학자들은 이러한 이론을 사회의 원리에 인용하여 사회로서 일종의 유기적 개체라 하였다. 곧 오인 일개인의 신체가 무수 유기적 세포로 됨과 같이 오인의 사회도 또한 무수 유기체인 개인으로 조직되어 일종의 유기적 발달을 이루는 것이라 하였다. 만일 이 원리로서 진리에 상당한 것이라 하면 오인은 사회로서 기계적 집합체로 볼 수 없고 일개 독립적인 유기적 활동기능으로 통일의 힘, 통일의 정신, 통일의 의지를 가진 활물이라 할 수 있으며 그리하여 그 통일적인 힘, 정신, 의지는 무수 개체적 감정의 집합체로서 이 무수 개체의 정신이 일치성을 발휘하는 곳에 사회의 위력이 이로부터 나게 되는 것이라 할지라. 이와 같은 의미에서 사회성과 개성은 항상 병행 발달하나니 개성의 향상은 문득 사회의 발달을 촉진하는 것이요 사회의 발달은 돌이켜 개성의 향상을 촉진케 하는 것이라 할지라.

그러므로 발달된 사회에야 처음으로 발달된 개성이 있게 되는 것이요 또 발달된 개성의 집합에야 처음으로 발달된 사회가 성립되는 법이었다. 개성의 발달이 아직 완전치 못하든 태고의 인민은 따라서 사회적 생활이 유치하였으며 그가 유치함에 말미암아 사회의 발전이 미약하였으며 그의 발전이 미약할수록 사회적 힘, 사회적 정신, 사회적 의지가 심히 유치하였을 것은 다시 논할 필요가 없겠다.

문명의 사회라 함은 그 정신이 어떤 의미에서 사회적 힘, 사회적 정신, 사회적 의지의 발달을 일러 말한 것이니 교통 기관의 발달, 경제의 융통, 교육 도덕의 향상, 학술문예의 현실, 사상교화의 조류가 세계적으로 공통이 되며 융화가 되어 가는 현상을 가르쳐 오인은 이를 사회의 힘, 정신, 의지의 발휘라 할 것이었다. 사회가 이와 같이 힘, 정신, 의지의 독립적 발휘를 유기적으로 힘 있게 진전케 하는 방식과 기초는 무엇보다 사상을 통일히 함에 있으며 그리하여 그 사상을 통일케 하는 진개眞個의 활동은 형식상 여론이라 하는 것을 표방하고 나서는 것이다.

2. 진정한 여론은 진정한 개성의 발달을 기대치 아니하고는 안 되는 것이다

여론이란 무엇이뇨. 오인은 이에 진정한 평가를 경하輕下키 불능하나니 무슨 까닭이오. 진정한 여론은 진정한 개성의 발달을 기다리지 않고는 안 될 것임으로써라. 돌아보건대 현대의 모든 일이란 대개가 여론적으로 그 진위를 판단하는 경향이 있나니 예하면 정치를 가르쳐 여론 정지, 혹은 여론 도덕, 또는 여론 무엇이라 함과 같음이 곧 이것이라. 정치도 여론에 의하여 행하며 도덕도 여론에 의하여 건설하고자 함이 현대 문명한 사회의 보통 행하는 경향이었다. 그러므로 여론이라 하는 것은 어떤 의미에서는 곧 민중적 경향이라 하는 말이니 민중정치, 민중도덕, 민중경제, 내지 민중문학, 민중예술이라 함과 같이 민중의 요구와 민중의 희망에 의하여 모든 것을 판결하고자 함과 같은 경향이 곧 그것이라. 그러므로 여론에 이른바 세계적 여론이라 하며 한 국가 한 사회의 여론이라 하여 다수한 민중이 자기네의 기대한 희망 혹은 자기네의 염기厭忌하는 바 사실을 요구하며, 혹은 배척하는 절규를 일러 오인은 이를 여론이라 하며 그리하여 여론의 존중은 곧 민중의 존중이며 여론의 가치는 곧 민중의 가치로 볼 수 있는 것이었다.

이와 같이 여론의 진정한 기초가 곧 그의 민중이었으므로 여론의 진위는 곧 그 민중의 진위를 판단할 수 있으며 여론의 강약을 예기할 수 있는 것이다. 민중이 유치하면 여론이 유치하고 민중이 현명하면 곧 그 여론이 현명할 것은 마치 형영形影의 상수相隨와 같아서 형形이 크면 영影이 크고 형이 작으면 영이 작음과 같은 것이다.

민중의 성聲은 신의 성이냐 혹은 악마의 성이냐 절규한 철인의 말은 어떤 의미에서 진리의 일부를 통파痛破한 것이라 할 수 있나니 무슨 까닭이오. 일반 민중이 그 민중 자체로서 신성한 요구의 의지 발표라 할 것 같으면 그의 성은 신의 성이 될 것이요 이에 반하여 그들의 요구와 배척이 진리에 위반된 것이면 이 곧 악마의 성이라 할 수 있나니 그러므로 민중은 그 민중 자체로서 직접 신이 될 수 있으며 또 직접 악마가 될 수 있는 것이다.

춘추시대에 있어 실천윤리주의를 절규한 공부자孔夫子로써 정鄭에 위圍케 하며 위衛에 곤困케 하며 내지 '상가지구喪家之狗'의 악평을 부여한 자는 이 민중이 아니고 무엇이냐. 유태에 있어 만인의 복음을 전함으로 기임己任을 삼는 야소耶蘇로서 십자의 형을 받게 한 것은 이 민중이 아니고 무엇이냐. 내지 최근 조선에 있어 '포덕천하布德天下 광제창생廣濟蒼生'으로 몸을 바친 최수운으로서 대구大邱의 형을 받게 한 자는 이 민중이 아니고 무엇이냐. 공자로서 겨우 72인의 진각자를 얻었으며 야소로서 겨우 12사도의 동지자를 얻게 되고 일반 민중은 거개 격렬한 반항과 혹은 회의 비방의 태도를 가진 것은 이 당시의 사회가 그만치 유치한 것을 알 것이요 그리하여 당시의 사회 여론이 그만치 암매暗昧하던 것을 추상推想할 수 있을 것이다. 이 점에서 사회의 여론이라는 것은 그 사회를 구성한 민중 각개의 개성의 발달 여하를 따라 그 여론의 진부의 가치가 판명되는 것이니 개성이 발달하면 발달될수록 여론의 가치가 정대한 것이요 개성이 유치하면 유치할수록 여론의 가치가 저하하는 것이다.

3. 우리 조선에 진정한 여론이 있어 왔는가

우리 조선은 누백년 이래 민중의 의사를 멸시하여 왔으므로 민중으로의 자각과 민중으로의 여론이 발달되지 못하였던 것이라. 강하게 하여 민중의 성聲이라는 것을 비부원인比附援引한다[1] 하면 유가儒家 일문의 전제적 성토와 권리사용의 당파적 그것 외에는 하등의 여론이 될 것이 없어 왔다. 사문난적이라 하여 명고이공지鳴鼓而攻之하던 유문儒門의 완벽頑癖이 그것이며 노소남북이라 하여 당파적 사리를 경쟁하던 그것만이 조선사회의 성가聲價를 나타내었을 뿐이요 민중으로의 진정한 여론은 오랫동안 침묵 속에 묻혀 있었다. 그러므로 일반 민중은 자가自家로의 자각이 없고 전제 계급의 지휘 하에서 사혐私嫌 혹은 사리私利로써 비정당한 성토를 공포하면 일반 민중은 아무 사량과 분별이 없이 문득 그에 풍미하고 말았다. 그 때문에 사회에는 정당한 여론이 유행치 못하여 아미타불이 애매히 악마의 반적에 들게 되며 이매망량魑魅魍魎이[2] 도리어 천신의 지위를 점하게 되었다. 군자가 실의하고 소인이 득세하는 악

1) 가까운 것을 끌어 옴.
2) 도깨비

영향이 사회의 고질을 이루어왔다. 그의 일례로는 지난날 김옥균 씨 일파가 국가를 위하여 개화의 기를 듦에 미쳐 사회 상하는 그들로서 문득 반역의 죄악자로 몰아 마침내 흉한의 독수에 무참한 최후를 맞게 하였다. 당시에 일반 민중은 아무 자각과 자량自量이 없이 그들을 반역자라 성토하였음이 유일 능사이었었다. 내가 왕년 충청도 태인泰仁에 갔었을 시에 당 지역의 완고한 유생 한 사람이 우리 개벽 잡지를 배척한다는 소문을 듣고 그 이유를 물은즉 그 유생의 대답이 개벽 잡지에는 반역 김옥균을 기재하였고 도리어 동방의 대현인 노론의 영수 송시열 같은 이를 내지 않는다는 조건이라 함을 들었다. 이 한 예로써 우리는 당시 사회가 얼마나 여론이 유치 암매하였음을 알 것이요 따라서 금일 우리 조선 사회가 아직도 완전한 자각적 여론이 없는 것을 알 것이다. 이러한 것은 물론 일부 유생의 무자각 몰상식한 일이니까 거론할 필요가 없거니와 어쨌든 우리 사회는 완전한 여론을 얻어들어 보기는 아직도 금일로부터 일이라 하겠다.

작금 우리 사회의 각오가 늘어감에 좇아 소위 여론이라 하는 것도 대단히 많아진 모양이다. 적다 하면 한 개인의 비평으로부터 크다 하면 한 단체, 한 사회의 비평이 혹은 암중비약으로 혹은, 공중 연설로써 성왕하게 되었나니 작년에 있어는 배재학당 운동문제로, 금년에 있어는 사회장社會葬 문제[3] 같은 것은 가장 현저한 경향이라 하겠다. 이제 오인은 최근 우리 사회에서 일어난 여론 중에 어떠한 것은 가한 것이며 어떠한 것은 부한 것이라 함을 말하고자 아니한다. 다만 조선인으로서 공정한 여론이 있기를 바라며 또는 공정한 여론이 있어야 하겠다 함을 주장할 뿐이다. 그리하여 공정한 여론은 사회 민중의 각 개체의 자각을

3) 사회장이란 사회적으로 지도자적 역할을 하였고, 또 사회에 기여한 공적이 큰 사람이 죽었을 때 지내는 장례를 말한다. 이 글에서는 1922년 1월 21일 사망한 운양雲養 김윤식金允植의 사회장 문제로 일었던 찬반 여론의 대립 사태를 가리킨다.

요할 뿐이라 하겠다.

4. 여론의 도덕

상商에는 상의 도덕이 있으며 정치에는 정치의 도덕이 있으며 교육에는 교육의 도덕이 있음과 같이 여론에는 여론의 도덕이 있는 것이다. 아니 여론이야말로 진정한 도덕성으로 나오지 아니하면 결코 여론의 가치를 안보치 못하는 것이다. 여론이라 하여 문득 개인의 시비심을 양성하며 혹은 사회의 분규를 초래함과 같은 행위를 양조釀造한다 하면 이 실로 여론이 도리어 사회에 해독을 줌이 크다 할지로다. 이제 여론에 대한 오인의 관견을 아래와 같이 두어 마디 기록하면

첫째, 사회는 일정한 주의목적主義目的의 표본이 앞으로 서 있어야 하는 것이니 이 곧 여론의 도에 첫째로 택할 만한 일이다. 일정한 주의목적이라 함은 위에 말함과 같이 사회가 이미 일종의 유기적 독립체로서 자기의 경영과 자기의 발달을 도모한다 하면 반드시 그 경영을 성대케 하며 그 발달을 진전케 할 목적과 주의가 미리 서가지고 있어야 할 것이니 예하면 조선문화건설이라 하면 그 문학의 건설이 어떤 주의 하에 어떤 방침을 취하여야 되겠다는 목적을 확립치 아니하면, 그 소위 여론이라는 자는 키를 잃은 파선破船과 같아서 마침내 부득요령에 그치고 말 것이다. 사회는 자기 경영의 튼튼한 주의와 목적이 서 있음에서 만약 그 주의와 목적에 위반되는 행위가 있고 보면 문득 굉대宏大한 여론이 일어나 그를 제재하고 그를 반항케 되는 것이라. 이 의미에서 여론은 사회의 객관이 되며 주의는 사회의 주관이 되는 것이니 주관적 주의를 달하기 위하여 객관적 여론을 일어나게 함이었다. 그러므로 여론은 필연의 조건이며 부득불의 절규이니 마치 아동이 주리면 울고 배부르면 웃음과 같이 여론은 사회의 자연한 순세順勢에 의하여 그가 발생치

아니함이 불가한 것이며

둘째, 여론 그것은 평소 사회에 대한 관찰과 수양을 게을리 하지 말아야 하나니 만약 평소에 대하여 그 여론의 목적물이 어떤 방면으로 진전하고 어떤 조건으로 종결할 것을 고찰치 못하고 경경輕輕히 그에 판단을 내리며 시비를 가하면 크게는 전 사회의 대경영이 실패에 돌아가고 적게는 일개인의 명예를 손상함이 크다 할지라. 그러므로 진정한 비판은 먼저 사회를 관찰하는 소양이 있어야 할 것이다.

셋째, 여론 그것은 공과 사를 확실히 구별하여야 하나니 만일 개인의 사혐 사감으로 감히 사회의 여론이라 하여 사람을 중상하며 공기公器를 농락하면 실로 그 죄가 크다 할지라. 이 점은 특히 우리 조선인으로 크게 주의할 요목이니 조선인은 너나할 것 없이 공에 소홀하고 사에 편경하는 폐가 없지 아니한지라 걸핏하면 지방별로 쟁론이 일어나며 당파별로 이의가 생겨 공에 익益한 자라도 사에 불리하면 문득 분요의 동기를 장만함에 급급하나니 이 조선인의 누백년 이래의 흘러온 습관이므로 사해일가주의四海一家主義 천하동포주의를 절규하는 금일에 있어도 더욱이 자기네의 입으로 그 주의를 창도하는 사람이면서도 그 행사와 실지를 보면 문득 사리 사쟁에 치우쳐 동포와 동포가 서로 사갈시하는 폐해가 없지 아니하나니 이에 특히 일례를 든다 하면 근자 사회장 문제로서 사회의 여론이 일어날 제에 그 여론으로써 이미 여론의 목적한 바 사실이 이미 달하였음에 불구하고 인引하여 그 세를 더하여 사회의 공기되는 모 신문의 비매동맹회非買同盟會 또는 매장운동이라는 극단의 행위를 감히 사회에 제출한 것으로 보면[4] 이는 당초에 공으로서 표방한 여론이 도리어 사로서 종결을 맺고자 하는 실수가 아니리오. 일개인 혹

4) 운양 김윤식의 사회장 문제는 1922년 1월부터 2월에 걸쳐 민족주의 계열과 사회주의 계열 청년 단체 간의 논전의 대상이 되었다. 또한 《매일신보》와《동아일보》의 대립으로도 번져 《동아일보》 불매운동, 매장운동을 일으키기도 했다.

은 몇 개인의 반사회적 행위가 있다 하면 그 사람의 행위를 들어 논책함은 물론 말할 일이지마는 연하여 사회의 공기인 그 물物에까지 비매동맹 혹은 매장운동이라는 괴수단을 행하고자 함은 이 실로 공심의 여론이라 경단輕斷키 어렵도다. 오인은 결코 여론인 그 물에 대하여 시비를 말함이 아니요 다만 그 여론을 중심한 인물 그네들이 아무쪼록 여론의 가치를 존중히 하여 삼가 공의 용두로써 사의 사미를 짓지 말기를 바라는 바이로다.

넷째, 여론 그것은 결코 질투, 비방, 중상적 기분을 가지지 말 것이라. 소위 승기자염勝己者厭이라 하는 것은 새로운 말이 아니지마는 인심의 일부에는 스스로 이들의 악분자가 절무絕無하기를 기期키 어려운 것이라. 사람들은 본래 자기의 영예를 사회에 널리 얻고자 하는 수단으로는 문득 타인의 기득한 영예를 탈취하여 자기에게 가하고자 하는 악수단을 농弄함에 마치 자기의 빈궁을 구제하고자 하여 타인의 소유를 침범함과 다름없는 심행心行을 감위敢爲하나니 이러한 심행은 일변하여 문득 질투 비방 중상적 기분을 가지고 나타나게 됨이라. 원래 개성의 발달이 유치한 사회일수록 비방, 중상적의 부도덕의 기풍의 유행이 많나니 우리 조선에 유래의 악습인 지방별의 질투심이며 당파별의 비방심은 스스로 개성의 중독이 되어 소위 사회의 행세거리라 하는 것이 태반은 사람을 중상함으로써 그 쾌快를 삼게 되도다. 더욱이 조선의 현재는 모든 것이 미완정 불확정한 형편이므로 다시 말하면 조선사회의 금일 형편은 몽롱체, 방황체, 중간성적中間性的 지위에 있는 일이 많으므로 한 개인으로나 한 단체가 명료한 기치를 가지고 나의 주의는 무엇이라 선시宣示키 불능할 어리 형편과 여러 사정이 많이 복잡한 금일이라. 이미 그러한 애매모호한 사정이 사회의 풍기를 이루었는지라. 이에서 수서양단首鼠兩端의 태도를 취하는 무리는 자기의 혹종 권리와 혹종 세력의 허명을 도득키 위하여 무한의 설과 무리의 사실을 날조하여 그를 선전함으로써 기임己任을 삼는 바 없지 아니하나니 사회는 삼가 이점에 주의하여 그 여론으로써 질투의 악선로를 탈케 하여 공공정정한 신명의 위력을 가지게 함이 가할 것이며

다섯째는 여론과 인물이니 여론은 여론 그것으로서 위력이 있는 것이 아니요 여론의 배후에는 공평한 정의가 있음이 그 가외한 것이니 그러므로 여론이 여론다운 여론을 성립케 함에는 먼저 인물 그것의 인격을 보아야할 것이라. 만일 그 여론을 주장하는 주간 인물이 평소에 있어 아무 소양과 식견과 덕성이 없고 보면 그 여론의 가치는 그 인물과 함께 소멸 내이하고 말 것이라. 예하면 혹종의 사람이 자기 일개인의 권영權榮을 도득할 야심으로 혹종의 기회에 투投하여 여론을 흥기하여 일시의 세력을 얻는다 할지라도 하루아침 그 야심이 파정되는 날이면 그 여론은 문득 일종의 농락물의 추상醜像을 남길 뿐이요 사회는 그로 인하여 적지 않은 가치를 잃고 말 것이었다.

붙여 일언할 것은 청년기와 여론이니 청년기의 아직 개성이 완전한 발달을 이루지 못한 자로서 일종의 호기심의 피구被驅한 바 되어 여론적 탁류 중에 투입한다 하면 부지불식간에 그 심리가 질투 교만 중상적 악덕화惡德化로 되어 문득 청년의 미덕을 잃을 우려가 없지 아니하나니 사회는 이 점에 주의하여 삼가 장래 사회의 중임을 맡을 청년으로 이 폐에 빠지지 않도록 주의함이 가하도다.

결 론

이상에 구구한 몇 말은 이를테면 사실상 지엽에 걸린 말이요 근본적 문제로 원려없이 우리 민족의 여론으로의 부활하는 조건을 말하라 하면 나는 위에 말함과 같이 개성의 발달을 촉구할 수밖에 없다 할 것이요 그리하여 그 개성의 발달을 여론적으로 향상케 하려면 민족적 도덕

성을 근본적으로 개조치 아니하면 불가하다 하나니 우리 동양인 특히 조선인은 도덕이라 하면 대단히 고원난행高遠難行의 물로 알아서 인사人事와 도덕의 격리한 생활을 하여 왔다. 인사 곧 도덕이며 도덕 곧 인사인 까닭을 알지 못하였다. 그러므로 사람은 으레 질투성을 가져야 될 것이요 비방심을 가져도 관계치 않다 생각하게 되었다. 이미 도덕이 자기의 행하는 일과는 먼 곳에 있다 생각하는 고로 자기의 행위가 비록 도덕에 어길지라도 인사로서는 부득이 그러할 일이라 생각하고 만다. 아니 생각은 고사하고 그것이 옳은지 그른지도 선택할 만한 직접 행위의 도덕성 감화가 없어 왔다. 그러기에 만약 산림학자로서 혹종의 폭행을 하였다 하면 그는 도덕에 범한 자라 말하되 일반의 민중의 한 사람인 평민으로 그러한 행위를 할 때에는 으레 상행할 일로 인정하고 만다. 그 까닭은 산림학자는 특히 도덕을 맡아 있는 자요 일반 평범한 민중은 직접 도덕의 소유자로 보지 않는 까닭이었다. 여기에서 민중으로서 민중적 도덕이 발달되지 못하였다. 이미 민중으로서 민중적 도덕이 성립치 못하였는지라 공중이 모임에 공중으로의 덕성이 결핍하며 단체를 조직함에 단체로의 덕성이 원만치 못하며 기타 가정 사회 전 민족에다 같이 이 도덕성의 결핍을 고하지 않는 자 없도다. 그러므로 우리 사회에 만반 결핍이 많다할지라도 그 만반의 결핍을 완성케 하는 근본적 문제는 하나도 도덕이요 둘도 도덕이라 할지니 민중으로서 도덕에 접근케 하여 민중화의 도덕 민중화의 교화가 민족성으로 더불어 꽃이 되며 열매가 되는 곳에 이에 처음으로 정대한 여론이 나오며 정대한 권위가 나며 정대한 실행력이 생긴다 할지라. 바라건대 형제여 일심이 되며 일체가 되어 일단一團 순풍화기春風和氣로써 이천만의 혈액을 따뜻이 하며 이천만의 기운을 화기롭게 할지어다. 형제들의 부활의 도는 오직 이에 있도다.

—《개벽》 21, 1922. 3.

공론의 사람으로 초월하여 이상의 사람, 주의의 사람이 되라

공론과 이상– 이상이란 무엇인가– 우리의 이상은 무엇인가–
개성의 위력은 사회성에서 생겨남– 생명무궁주의–
생명무궁주의와 민족개조

남들이 흔히 우리를 일러 말하되 조선인은 공론空論뿐이요 실제가 적다 하나니 이는 남들의 말뿐이 아니요 우리들이 우리들의 행사行事를 생각하여 보아도 스스로 그렇다 수긍함을 마지아니하나니 우리는 과연 공론에 우승優勝한 구변과 철저한 이해력을 가졌고 실제에서 그렇지 못함이 이 대개 무슨 까닭일까?

공론이라 하는 말은 어떤 의미에서 이상理想이라 하는 의미로 변통할 수 있나니 이는 공론이 실제의 사실과 다름과 같이 이상에 또한 실제의 행사와 적합치 아니함으로써라. 즉 공론에서 이상이 표현되고 이상이 있음으로써 공론이 열리게 되는 까닭이었다. 그러나 이것은 양자의 간에 사실에 대한 공통의 폐해를 들어 보인 말이요 결코 그 실질을 논구한 정견은 아니니 공론과 이상은 형식에서 유사하되 실질에 이르러는 실로 소양霄壤의 구별이 있는 것이라. 무슨 까닭이요. 누구든지 능히 공론은 첩첩喋喋할 수 있으나 이상은 확립키 어려운 것이며 또 누구든지 공론으로써 실제를 천행踐行치 못하나 이상으로는 능히 성사成事를 최촉催促할 수 있을 것임으로써라. 환언하면 사실의 진행은 이상에 따라서만 될 것이요 결코 공론에 의하여 좌우할 것이 아닌 연고이었다. 이 점에서 우리 조선인으로 공론이 많다 하는 말은 이를 이상이 많다 하는 말과 구별하여 본 것이요 실행이 적다 하는 말은 어떤 의미에서 이상이 천박하다 하는 말로 들어야 할 것이다. 과연 우리 조선인으로 진정한 이상이 있다 하면 이에 따라 진정한 주의가 있을 것이요 진정한 주의가 있다 하면 이에 따라 또 진정한 실천이 있게 될 것이니 조선인 된 자가 참으로 실제의 사람이 되고자 하면 먼저 공론의 사람으로부터 일약一躍 하여 이상의 사람이 되어야 할 것이며 또 이상의 사람으로부터 일진하여 주의主義의 사람이 되지 아니함이 불가하나니 그러면 이상이라 함은 무엇이뇨.

'참된 자유의 사람은 자기로써 조성한 이상을 숭배할 뿐이라' 함은 철인 '럿셀'의 가르친 말이었다. 즉 자기로써 최선한 이상을 건수建樹 하고 그 이상의 지배하에 세워 모든 현실을 통일하여 감히 이 실로 참된 자유의 사람이라 함이었다. 그러면 자기로써 건수한 이상은 무엇이 될까.

오인은 누누 항언함과 같이 사람 자기네의 모든 살림살이의 제구諸具는 정신적 됨과 물질적 됨을 물문勿問하고 한가지로 사람 자기네의 이상적 산출이었음을 재언再言하고자 하노니 사람은 여하히 하여도 자기네의 성질, 습정習情 경우를 떠나 별다른 창조력을 돌연히 현출現出치 못하는 것이겠다. 우리가 가장 신비적이라 말하는 종교의 진수인 천계天啓 혹은 신시神示라 칭함도 이 또한 사람 자기네의 이상의 외에서 별다른 의미의 신시를 파래把來함이 아니요 사람이 자기네의 성정으로부터 가장 보편적이며 또 융원고결隆遠高潔한 이상의 선행을 가르쳐 이른 말이니 즉 사람의 이상 중 가장 미화 또 상징화한 부분을 나른 소소粗疎한[1] 부분과 구별하여 전자를 신비 혹은 천계라 하며 후자를 평범 혹은

1) 거친.

비근卑近이라 이르는 것이다. 예하면 우리가 석가, 기독을 일러 이를 불佛이라 하며 신의 아들이라 칭함은 이 또한 석가 기독을 숭배하는 오인의 이상이 일층 그를 미화케 하며 그를 상징화한 정신적 산출물 됨에 지나지 아니하는 것이다. 그러므로 신자의 신념 중에 있는 석가, 기독과 실제의 석가, 기독과는 멀리 그 정도의 차위差違가 나는 것이니 이를 오인이 칭하여 상징주의라 하며 이상의 미화라 하는 것이었다. 어찌 기독, 석가뿐이리오. 영웅의 숭배, 재자才子의 추모도 역시 그러하니 나파륜奈破崙, 화성돈華盛頓 숭배하는 자의 두뇌 중에 있는 정신적 나파륜, 화성돈과 실제 당시의 나파륜, 화성돈과는 적어도 거리를 둔 별물別物이 되지 아니치 못할 것이겠다. 즉 우리의 이상 중에 있는 나파륜, 화성돈과 실제의 나파륜, 화성돈은 적어도 정도의 상위相違가 있겠다 하는 말이다. 그렇다 하여 오인은 이 정신적 산출로 된 이상체 그 물物로서 이를 허위라 하며 공상이라 하여 배척함은 결코 불가한지라. 이는 실로 사람성의 약점이 아니요 도리어 사람 정신의 위대를 증명하는 것이니 사람은 이 정신적 상징주의, 이상적 미화주의에 의하여 사람 자기네의 창조력을 도약케 하며 그들의 살림살이를 찬란케 하는 것이었다.

소석小石이 진주패眞珠貝의 중에 들어가면 진주충眞珠蟲은 자신의 액液을 비출하여 소석을 포용하여 필경 일직천금一直千金의 보주寶珠를 산출케 하나니 사람의 이상적 미화도 또한 이와 같아서 사람들은 과거 자기네의 손으로 창조한 어떠한 작은 사실일지라도 이것이 한번 이상의 와류 중에 들어가고 보면 우리는 이상적 정신적 비출액으로써 그를 포용하는 사이에는 그 사실은 일층 이상화하며 일층 미화하며 일층 상징화하여 인간세계의 모든 선행 先行 사건의 모범을 짓게 하는 것이니 이것이 결코 사람 정신의 환영으로 된 증거가 아니요 사람의 정신이 장래의 창조력을 얻기 위하여 그 스스로가 객관화됨에 불과한 것이었다.

자연주의자는 흔히 이상으로 허위 또 환영이라 하여 일격의 하에 이를 박멸하고자 함은 이 큰 오해이니 그들은 현실의 세계와 이상의 세계를 유일의 실재상에 두고자 하는 점에서 문득 이상으로서 허위라 단정함에 이른 것이다. 물론 실재적 가치로써 보면 이상은 공무空無한 것이라 사람의 정신력으로 산출한 기량뿐이었다. 즉 정신상 척도로 추상推想한 제도와 정의뿐이었다. 그렇다 하여 이상으로서 문득 공론이라 귀결하고자 함은 이 이상의 이상된 본질을 망각한 우견이니 이상은 결코 공론이 아니요 광의의 의미에 있어는 세간의 일이 대개 이상의 제도로 된 것이 아님 없나니 가령 오인이 자기의 생활상 모든 제도를 통일키 위하여 수리數理를 인정하며 논리를 참이라 하며 기타 도덕을 공인하며 종교를 신앙함과 같음은 다 같이 일종의 이상이니 어째서인가. 대개 수리라 하며 논리라 하며 도덕이라 종교라 함은 결코 그 실질에서 실재적 형식을 가진 것이 아니요 다만 오인의 개념상 세계에서 무형한 절대가치를 안보하였을 뿐임으로써라. 즉 이들 추상적 진리는 경험의 세계를 통일 조화하는 점에서 절대의 가치를 둔 것이며 그리하여 오인은 이들의 추상적 진리를 가르쳐 이상이라 말하는 것이었다.

그리고 보면 이상은 사람 정신의 환영이며 허위가 아니요 실제에서 오인의 실제생활을 통일하여 가는 밀접이 관계가 있는 것은 저 수리, 논리, 내지 종교, 도덕에 경험의 세계와 직접의 관계를 가짐과 동일하니 고로 오인은 이르되 이상은 현실의 선행先行이며 현실은 이상의 표현이라 할지라. 즉 이상이 없이는 현실을 정돈치 못할 것이요 현실이 없이는 이상의 위력이 선행하지 못하는 것이라 하리라.

이와 같이 현실을 통일하여 가는 힘이 전혀 이상의 힘의 여하에 있다 하면 오인은 어떠한 일을 물론하고 그 일에 대한 성공과 결과의 미를 수득收得하고자 하면 적어도 위대 또 견실한 이상을 건수치 아니함이 불가하나니 가륜포哥崙布의 열렬한 이상이 필경 신대륙을 발견함과 같이 오인은 어떠한 이상의 힘에 따라 처음으로 자기네의 기대하던 전도를 달하리라 확신하리라.

만약 묻되 우리들의 현재 가지고 있는 이상이 무엇이 될까 함에 대하여는 오인은 자못 회의의 태態와 비관의 염念을 품지 아니치 못하나니 그는 우리들의 하는 일이 대개 철저한 주의가 없으므로 그를 추상推想할 수 있는 것이다.

이에 보건대 우리 조선인의 개성으로 가장 힘 있게 동경하는 이면의 이상은 무엇인가. 이르되 안일이며 이르되 명예며 이르되 권세이니 즉 이 삼대 관념이 곧 우리들의 이상적 중추가 되어 있음이라. 즉 의식족衣食足으로부터 안일을 구하고자 하는 이상이며, 활동으로부터 명예를 얻고자 하는 이상이며, 농락적 수단으로 권세를 얻고자 하는 이상이었다. 물론 세계의 어떠한 사람을 물론하고 이 삼대 욕망의 지배를 받지 않는 자 없을지로되 그는 다만 실제적 욕구에 속한 문제뿐이요 이상에 이르러는 멀리 이 욕구 이상의 일대 고상 우미優美한 혹물或物을 가지지 아니하여서는 결코 장래가 있는 민족이라 이르지 못할 것이라. 의식족을 구하는 욕망이 다만 안일을 득하고자 하는 목적뿐이며 활동을 개시하는 동기가 다만 명예와 권세를 득하고자 하는 목적에 그치고 만다 하면 즉 그것만이 인생 전면이라 하면 사람은 실로 가련한 동물이라 하는 밖에 다른 도리가 없겠다.

이와 같이 안일, 명예, 권세의 이 삼대 욕구가 우리 조선인의 최고 이상이 되었는지라. 어시호於是乎 그 이상으로 발하는 모든 행위는 곧잘 무주의 무정견한 부평적浮萍的 생활을 조반繰返 또 조반하나니 아침에 모 주의를 표방한 것이 저녁에 전혀 그 주의와 반대되는 다른 주의로 개종하며 갑자기 당당히 모 정견을 선언한 자가 돌연 그 정견과 상위한 행위를 감행하고도 염연무치恬然無恥하나니 보라 우리 조선인 중에 일정의 주의로 십 년을 계속한 자가 몇 사람이나 되며 일정의 정견으로 일생을 조반한 자가 몇 개인이나 되느뇨. 다만 사리사욕의 이해충동에 인하여 외로 대국大局을 무시하며 내로 양심을 기만하여 우리 민족 신문화의 만년대계를 그릇되게 하는 자가 자주 있지 아니한가?

예전에 조왕趙王이 조괄趙括로서 대장을 삼음에 미쳐 괄의 어미가 그 불가함을 왕께 역간力諫하니 왕이 그 이유를 묻건대 어미가 이르되 '병兵은 사지死地어늘 괄括이 이언易言하니 괄括로써 장將하면 반드시 조병趙兵을 패敗하리로소이다'[2] 하였나니 어찌 용병의 일뿐이리오. 천하의 만사가 이언易言으로 되는 것이 결코 없는 법이라 반드시 주의注意에 주의를 더하고 정견에 정견을 더하여 일정한 이상을 확립하며 그리하여 이 일정한 이상으로부터 우러나오는 주의主義를 대정한 후에야 처음으로 실제적 행위가 나게 되는 것이다. 그러므로 실제의 배후에는 반드시 주의가 있는 법이요 주의의 배후에는 반드시 확실한 이상이 있는 법이며 그리하여 이상과 주의는 '이언' 으로써 되는 바가 아니거늘 불행히 우리 조선인은 '이언' 에 능한 사람이 되었는지라. 속언에 이른바 독장수 구구법九九法[2]으로 앉아서 한울에 올라 별도 따며 바다에 들어가 진주도 캐는 공론의 사람이 되었나니 이언 곧 공론으로 곧 천하를 권서捲舒하고 풍□을 토탄吐呑하는 것이었다. 조괄이 이언으로써 조병을 패함과 같이 조선민족의 부패를 이루는 것은 결코 운명이 아니며 또는 외래적 항력이 아니요 기실은 조선인의 공론이 조선인 자기들의 부패를 이루게 하는 것이다. 아 조선인이여 어찌하면 공론의 사람으로부터 이상의 사람이 되며 이상의 사람으로부터 다시 주의의 사람이 될까?

이상주의! 나의 가르쳐 이상이라 하며 주의라 함은 어떠한 것을 의미함인가? 나의 이른바 이상과 주의는 개인 개체의 분열한 이상과 분열

---

2) 춘추전국시대 진나라와 조趙나라 간의 싸움에서 조왕이 명장 조사趙奢의 아들 괄을 대장으로 임명하려 하자, 그의 모친이 아들을 신뢰할 수 없는 이유를 남편에게 들었던 대로 왕에게 간하며 만류한 일. (《사기》 〈염파 · 인상여열전廉頗藺相如列傳〉)

3) 독장수셈. 허황된 계산을 하거나 헛수고로 애만 쓰는 것을 이르는 말. 옹산甕算.

한 주의를 절규함이 아니요 적어도 조선민족의 공통될 만한 이상이며 보편될 만한 주의를 가르쳐 하는 말이니 즉 조선민족으로 민족적 이상 민족적 주의가 있어 그 이상과 주의가 발휘되는 곳에 민족적 도덕, 민족적 종교, 민족적 예술 기타 모든 것이 그의 지배하에 향상 발전을 얻게 될 것이라 함이라. 그러한 후에야 개성의 정신이 개조될 것이요 개성의 활동이 개조될 것이요 또는 개성의 사업이 근기根氣있고 노력이 있는 창조하에 신조선의 서광을 얻어 볼 수 있으리라.

위에 일언하였거니와 날로 우리들이 우리들을 비평하는 것과 같이 또는 우리들의 밖에 다른 외국 사람들이 우리들에게 비평을 주는 말과 같이 우리들은 지식에서 기술에서 종교에서 도덕에서보다 정신상으로 나타나는 근기, 근검, 절제, 노동적 원기, 창조적 법성 등 정력상 문제에서 다른 외국 사람보다 다소 불완전한 점을 누누이 발견케 된다 하나니 말하자면 같은 학교에서 꼭 같은 우등 졸업생으로 같은 지식과 같은 기술을 가지고 같은 사회에서 같은 사무를 보는 사람일지라도 실제의 활동에 이르러는 우리의 모든 행동은 저들 외국 사람에 비교하여 다소의 손색이 있다 하는 말을 들었도다. 나는 일찍이 어떤 간담회 석상에서 경무당국자로부터 스스로 증명하는 말이 경찰상 모든 애매한 사실이 나타나게 되는 것은 이 조선인 경찰의 빙공영사憑公營私하는 불완전의 점에서 생기는 일이 많다 하는 말을 들었으며 또는 같은 청부업자라도 중국인 혹은 일본인은 신용할지라도 결코 조선인에게는 허투루 계약을 체결하기가 대단히 미안하다 하는 것은 우리 조선인의 입으로 흔히 나오는 말이며 심지어 인력거꾼까지도 조선인의 인력거는 책임상 관념이 없다 하는 말이다. 어쨌든 우리에게는 물질상 정신상에나 또는 상류와 하류를 물론하고 공통한 무슨 결함이 있는 것은 피치 못할 사실이다. 형제여 이것이 대개 무슨 까닭일까?

지식이 남보다 부족하며 기술이 남보다 부족한 사람이 남에게 낙후되는 것은 물론 천지의 공리이다. 다시 책할 바 없거니와 그러나 남과 같은 재능을 가졌으면서 꼭 같은 재능을 가진 개성이 다른 개성에 비교하여 여지없는 결함을 나타내는 것은 저간에 가인可忍치 못할 큰 비밀이 숨어 있다 할지니 이 가인치 못할 큰 비밀은 개성의 배후에는 개성의 힘을 지배하는 사회성이 있음을 잊지 말아야 할 것이었다. 즉 개성의 배후에 그 개성의 발전을 지도하며 최촉하며 편달하는 사회성이 있는 연고이니 그러므로 일 개체의 개성을 완전히 발휘하자면 스스로 사회성의 완전을 기대치 아니치 못할 관계가 있는 것임으로써라. 즉 조선의 공통적 결함은 조선인된 개성의 잘못이 아니요 개성의 배후에 개성을 지배하는 사회적 위력이 박약한 까닭이었다. 이를 다시 노골적 구체적으로 말하자면 이에 가령 동일한 지능을 가진 조선인과 영국인이 있다 하자. 그리하여 이 동일한 재능을 가진 양 개성이 동일한 처소에서 동일한 사무를 본다 할지라도 조선인의 주의적 능력, '예하면 근기, 근검, 책임 관념 등' 이 영국인에 비하여 다소의 차위가 생기는 것은 이 결코 조선인된 개성이 영국인된 개성에 비하여 열등됨에 기인함이 아니요 그 각 개성의 배후에 있는 조선인된 사회성이 영국인된 사회성에 비하여 발달이 저열한 까닭이니 즉 각 개성은 동일하되 무형으로 개성의 발전을 지도하며 개성의 감화를 흥하는 사회성이 피차 상이한 점에서 양자의 차위가 스스로 생기게 되는 것이었다. 비유하건대 이에 두 사람의 아동이 있어 체질, 품성이 동일함에 불구하고 갑은 을에 비하여 그 행동이 활발치 못함은 이 곧 아동의 배후에 있는 가정보호의 관계에 따라 피차 원기의 차이를 생기게 한 것과 동일하나니 속어에 실모失母의 아이는 원기가 없다 함이 곧 그것이다. 그리고 보면 우리 조선인으로 이상의 방면에 앉아 가장 사고를 부여할 것은 자기 각 개인의 개성을 발전함과 함께 사회성의 발달을 도모치 아니함이 불가하나니 즉 사회성으로 이상적 되게 하며 주의적 되게 하지 아니함이 불가하겠다.

대개 어떠한 민족을 물론하고 각 민족에는 반드시 민족성이라 하는 것이 있나니 민족성은 곧 조선민족의 사회성이라. 이 점에서 조선인으로써 사회성을 완전케 하려면 먼저 민족성의 향상을 도모할 것이요 그리하여 민족성을 향상케 하려면 민족성의 근본정신 되는 민족적 공통생명 철리哲理에 집착할 필요가 있다.

민족적 공통생명 철리라 함은 무엇인가. 민족의 생시生始를 의미함이며 민족적 생의 발전을 의미함이며 민족적 초인주의를 의미하는 말이니 일개의 민족이 그 민족으로 동일한 생명의 충동에 따라 모든 습성, 제도, 풍화風化를 통일하면서 전 민족의 소성素性을 미화함은 이 완전히 민족적 생명의 철리를 가진 것이었다.

철인의 말에 의하면 생명은 일 실체이니 이 실체는 자기를 천취만양千趣萬樣으로 변화케 할 만한 가능적 성질을 갖추었다 한다. 하나로부터 많음에 간단으로부터 복잡에 불완전으로부터 완전에 무한무궁히 자기를 발전케 하는 실체라 하겠다. 물론 그의 시초는 무궁무한의 우주의 본체로서 이 지구에 있어서는 몇 억만 년의 예로부터 생생발전生生發展하여 마지아니하는 것이니 그는 단세포체의 간단한 생물로부터 혹은 식물이 되며 동물이 되고 동물은 나뉘어 혹은 곤충이 되며 새가 되며 혹은 짐승류가 되었다. 이 불가사의의 힘을 갖춘 생명은 종종의 경우에 응하여 자기를 변화하여 오다가 드디어 사람이라 하는 영적 동물을 조성함에 이르렀다. 무슨 까닭으로 필경 사람을 조성케 되었을까 함에 이르러는 이 생명이 생명 자기를 관조하며 생명 자기를 요해了解키[4] 위한 까닭이었다.

원래 생은 맹목적 충동적이니 고로 생명은 과거에서 다수의 실패를

---

4) 분명히 깨달음. 분명히 앎.

보았으며 무용의 희생을 많이 하였다. 고로 이 생명은 필경 맹목적 충동적을 피하여 예지적 영식적靈識的이 되기 위하여 사람의 뇌수라 하는 최고 기관을 조성함에 이르렀다. 오인의 뇌수는 생명의 활동을 조정하며 그의 목적을 발달키 위하여 조성된 최고의 기관이었다. 오인은 이 기관에 의하여 오인의 활동을 합리적 되게 하며 생명의 방향을 정당히 행하게 하도록 노력하는 임무를 가졌으며 그리하여 생명은 또 현재인으로부터 다시 초인적 어떤 물物을 조성키 위하여 노력 진행하는 중에 있나니 즉 사람으로부터 초인 즉 신에 향하여 나아가는 중이라 하리라.

이상의 말은 철인 바나-토, 쇳의 초인설의 대의이니 오인은 깊이 그 의미의 무궁함을 느끼지 아니할 수 없도다.

생명이 이미 무한 이전으로부터 종종의 변화를 경유하여 필경 사람을 창조케 한 것은 생명이 자기를 관조하며 자기를 요해키 위함이라 할진대 오인은 이러한 의미를 취래하여 자기의 생명으로 능히 자기를 관조하며 자기를 요해하는 영지靈智를 가져야 할 것이니 만일 그러한 관조와 그러한 요해가 없다하면 생명은 문득 원시적, 맹목적, 충동적 활동으로 환원하여 그러한 개성이나 그러한 민족성은 스스로 퇴화자멸의 길에 드는 밖에 다른 이치가 없다 할지로다.

대개 우주의 원리는 다만 진화와 퇴화 그것뿐이니 진화치 못하면 퇴화, 퇴화치 아니하면 진화 이 양도兩途의 외에 별로 다단多端의 이법이 없는 것이다. 생명이 세계 인류의 영식으로 나타나 무궁무한의 진행을 촉促하여 장차 초인적 경애에 향하는 중임은 이 우주의 이법에 피치 못할 원리이나 그러나 그 생명의 발전은 가장 생의 의식을 선히 발전하는 방면을 향하여 진선하면서 그의 반면으로는 점차 불완전한 자를 퇴화케 하여 인류와 인류의 사이에 스스로 금수와 인류의 차별 정도를 보게 될 것이라. 학자 간에 인류의 선조는 원류猿類라 하나니 인류가 함께 원인猿人으로 존재할 때에는 원숭이와 사람의 차별이 없었을 것이나 그러나 동일한 원인의 중에 가장 생의 의식을 선善히 발전하는 자가 이 금일의 인류로 향상케 되어 어시호 원숭이와 사람의 일 계급을 조성됨과 같이 금일의 인류도 또한 사람과 초인의 경계를 형성하는 날이면 우주의 사이에는 고쳐 새로운 생물적 일 신계급新階級이 나게 되면서 동물학상에 하나의 신항목을 삽입케 할지라. 이 실로 몇 백만 년 혹은 몇 천만 년 후의 일에 속할 일이 될는지는 아직 알 수 없다. 그러나 그 운동은 어느덧 금일로부터 시작하여 서서히 단서를 열어 나아가게 되리라. 오인은 이러한 원리를 자기 개인의 중에서 관조하며 또 자기 민족의 중에서 관조하여 자기의 생명으로써 일층 예지적 되게 하며 일층 의식적 되게 하여야 할지라. 그리하여 우리들의 민족적 생명으로써 부단의 노력을 다하여 우주에 가장 앞서 나아가는 최고 생명을 조성하여야 할지라.

생각건대 우리 조선인과 같이 생명에 대한 관찰이 천박한 자가 없나니 즉 자기 생명에 대한 지속적 관념 영구적 성질을 완전히 망각하고 다만 찰나주의 충동주의에 의하여 그날그날로 불완전한 그 생활을 보수이과保守以過하면서 부지불식간 퇴화의 선을 그리고 있는 것이라. '죽어지면 그뿐이라 함이 우리 조선인의 이상이며' '살아생전에 잘 먹고 입고 쓰고 그러다가 죽고 보면 만사 휴의休矣라 함이 또한 우리 조선인의 이상이었다' 우리 조선인은 생명적 철리로 산다 하기보다 생명으로부터 우러나오는 기량으로써 살아 나아갈 뿐이라 할지라.

형제여 잊지 말지라. 생명의 영구무한적 원동력을. 우주의 최고 생명이 인류의 생명으로 나타났으며 인류의 생명이 흘러 십육만 분의 이천만이 되는 우리 조선민족의 생명이 되었는지라. 우리 민족의 민족적 생명은 먼 옛적 배달倍達의 선조 선조로부터 그가 일전一轉하며 재전하며 천전만전千轉萬轉 내지 무량수의 윤전輪轉을 계속하여 기氣가 응凝하고 혈血이 결結하여 일대 민족적 영천靈泉을 이뤄 놓았는지라. 백두, 금강, 지리, 한라의 영맥이 그의 골수가 되었으며 압록, 대동, 한수, 낙동의 영천이 그의 혈맥이 되었겠다. 그의 골수와 혈액은 무궁생명의 도약에 의하여 자자손손이 일파 이파 내지 천만 무량수의 파류波流를 이루어 필경 전지무궁傳之無窮에 달할 것이니 선조의 생명은 곧 나의 생명이며 나의 생명은 다시 자손의 생명이 되어 연면부절連綿不絕할 것이다. 비유하건대 장강대하가 영구장류永久長流함과 같이 우리들 민족의 일대 생명은 근화반도를 근거로 하고 우주의 최고원리에 의하여 무한의 생의 철리를 도발케 하는 것이라.

우리는 항상 생사문제를 사고함에 미쳐 문득 생과 사를 절대로 분정分定하는 오류에 빠지게 되나니 이는 우주생명의 원리인 생명의 본원을 알아보지 못함에서 나온 것이라. 생명으로써 우리의 생사관을 간래看來하면 생과 사는 결코 절대문제가 아니요 다만 생명의 조류가 일층 완전한 공효功效를 거두기 위하여 즉 불완전으로부터 완전에 나아가기 위하여 일 방면으로부터 다른 방면에 윤회하는 것이며 일 방식으로부터 다른 방식에 이전하는 것이라. 이 점에서 우리의 생명은 결코 우연의 생멸이 아니요 영구무한한 다함없는 영천이 민족적 대생명을 통하여 무궁무궁히 흘러가는 것이었다.

형제여 우리가 만일 이러한 생명의 철리에 집착하여 공인公眼으로써 민족적 계통을 착래한다 하면 우리의 개성은 민족적 사회성에 의하여 더욱이 그 발전을 재촉할 것이요 따라서우리의 생명의 원천으로부터 우러나오는 모든 도덕상 행위, 창조적 법성은 굳건한 근저를 얻어 무한의 진보를 이뤄놓을 것이다. 즉 우리의 개성의 가운데에 묻혀 있는 금일주의, 찰나주의가 여지없이 전복되고 생명무궁주의가 우리 개성의 근저를 이뤄놓을 것이었나.

우리의 중에는 무슨 일에 착수하든지 그 일의 준비를 생명무궁주의에 의하여 발원치 못하는 고로 그 일의 진보는 문득 근기가 없으며 기반이 없이 박약한 명예심과 고식적 안일주의 회색적 농락수단으로 그

끝을 맺고 마나니 우리가 만일 적어도 생명무궁주의에 의하여 만사에 귀歸한다 하면 우리의 근기가 이대로 천박할 수 없으며 우리의 활동이 이대로 빈약할 수 없으며 기타 모든 혁신사업이 그대로 침묵을 지키고 지낼 수가 없을 것이었다.

우리는 시험 삼아 이러한 생각을 한번 하여 보자. 우리의 생명이 만약 70년이라 하는 기간을 연장하여 천년 혹은 만년을 살 수 있다하면 그 때에는 우리 사상이 어떻게 변동되며 모든 사회현상이 어떻게 변동될까 함을.

우리는 다만 70년이라 하는 수명을 미리부터 예상하고 있는 고로 사람들은 (특히 금일주의今日主義를 가진 조선인) 문득 70세라 하는 단기간을 범위로 하고 일행 일동을 그 범위에서 초월치 못하여 사업을 경영하되 위로 10년 내외 성공을 예기하되 위로 10년 20년이라 하는 단기간을 표준하고 천박 또 경조輕躁한 활동으로 강인과 편달 규칙의 제재制裁, 경우境遇의 피동被動으로 근근이 그날그날을 경과하겠다. 즉 우리의 하는 일이 무형적으로 70년 일생이라 하는 표준을 초월치 못하는 고로 즉 '70년 후 죽어지면 만사어아萬事於我에 무관無關이라' 하는 표준을 세운 고로 그의 일하는 근기와 정력이 '무한년 대 70년'의 비례로 그만치 무기력하고 그만치 무활동하게 되는 것이었다. 그러나 제일 우리의 생명을 연장하여 가정상 천년만년의 수명을 얻는다 하면 우리의 활동은 어찌될까? 그때에는 필경 우리의 생활범위를 천년만년의 장기간을 표준하여 일사일위一事一爲가 적어도 그 기간 내에 유지하리만치 영구한 근기를 확립할 것이 아닌가?

이러한 이법理法을 추상推想하여 우리는 지금 생명에 대한 관념을 한번 전기轉機할 필요가 있나니 즉 아래와 같은 공리公理로써 우리는 바로 생명무궁주의에 접촉할 수 있다 하노라.

제일. 아我 일개의 생명은 영구전윤永久轉輪하여 다른 개체로 전환하면서 민족적 대생명의 파류에 부침하는 것.

제이. 민족적 대생명은 그 민족을 구성한 각 개체의 생명의 대원천인데 이 대생명의 원천은 무한개체의 생명을 지배하면서 사람으로부터 초인적 활력을 여與하면서 영구불멸하는 것이라.

오인은 이상의 이대 개념을 능히 파지할 수 있다 하면 이에 따라 오인의 사상정신을 문득 영구적 개조될 것이요 그리하여 오인의 활동은 영구적 근기와 영구적 정력 하에서 개시되리라 자신하노니 오인의 믿는 바 민족개조의 신념은 대개 이러하도다.

—《개벽》 23, 1922. 5.

인류상대주의와 조선인

1. 최근 주의할 만한 이대 사실

한실漢室의 명신 제갈량諸葛亮이 일찍이 자기의 소신을 말하여 이르되 '나의 평생은 오직 내 스스로가 알 뿐이라' 하였나니 오인은 제갈의 이 말을 빌어 이르되 조선인의 행복은 먼저 조선인으로서 조선인 자기를 선善히 해석함에 있다 함을 마지아니하노라. 즉 조선인된 우리는 먼저 조선의 현재를 선히 해석하며 장래를 선히 추측할 필요가 있으며 그리하여 그에 대한 선후책善後策을 철저히 강구하며 따라서 선후책에 대한 주의 주장을 절규하여서 최후의 목적을 인류 전반으로 더불어 함께 해결함에 있다 하리라.

조선인으로 먼저 금일의 조선을 선히 해석하라 함에 미쳐 나로서 이를 보건대 현재 우리 조선인으로 가장 크게 주의를 요할 것은 오직 이대 가공할 사실이 있다 하나니 하나는 내부 즉 동포 간에 대한 일이요 다른 하나는 외부 즉 세계 대세에 대한 일이었다.

첫째 내부에 대하여 크게 주의할 문제는 동포 호상의 쟁투이니 과거의 사실로 보든지 현재의 경우로 보든지 상인常人의 보통 심리로 보든지 이러한 처지와 기회로 있어는 동포 상쟁의 악사惡事가 일어나는 것은 다소 피치 못할 일이므로 우리는 이 시기에 있어 먼저 이 현상에 대하여 크게 주의를 가하여야 하겠다 하는 말이다.

대개 동포 간에 쟁투가 일어나는 원인은 두 가지의 기회가 있나니 하나는 쇄국시대에 있어 외인과 접촉이 없는 때에 일어나는 것이요 하나는 개방시대에 있어 외인과 교섭이 빈번한 때에 그 동기로부터 일어나는 것이라. 우리 조선의 실례로써 보면 일찍이 폐문자처閉門自處할 시대에 사색의 당파가 호상 동포상식同胞相食의 악참惡慘이 있었나니 이것은 외계에 대한 상대방이 없는 때에 민중의 쟁투심은 스스로 동포와 동포를 상대로 하여 필경 패국망가敗國亡家의 원源을 초래케 한 것이라. 그러나 이것은 이미 과거에 속한 것이므로 금일 이후는 결코 이러한 원인의 쟁투는 없을 것이요, 현재로부터 최대 주의할 것은 제이 원인에 속한 것이니 민족적 쟁투심이 일시 외계에 향하여 긴장하였다가 점차 그 외계에 대한 항력抗力이 만완漫緩하게 되면 그들의 쟁투심은 외계에 대한 반동으로 말미암아 필경 동포상쟁의 지경에 이르게 되는 것이라. 비유하건대 타인에게 모욕을 받은 용렬한 가장이 그 여분을 문득 가족에 향하여 설치雪恥함과 같이 일 민족 혹은 일 국가의 일도 또한 이와 같아서 외계유사外界有事의 때에는 전 국민의 쟁투심이 대적에 향하여 적개의 심을 일으키나 그러나 하루아침에 그 사건에 실패를 당하든지 혹은 민족의 해결을 부득하는 때에는 그의 적개심은 홀연 내부적인 자기네 동포에 향하여 옴으로 필경 동포가 상쟁하는 불행의 변을 보게 되는 것은 이 세계역사에 소연昭然한 사실이요 또는 어느 국가 어느 민족을 물론하고 다소 이 현상을 면하기 어려운 것이라.

이러한 원인을 추구하여서 현재 우리 조선사회의 현상을 일감一瞰하면 우리의 금일은 모든 경우가 정당 이 불행의 기회에 접촉치 아니하였는가 함을 오인은 심히 절구切懼하노니 보라, 최근 이래 우리 사회에서 소위 신구충돌이라 하며 혹은 사상충돌 감정충돌로써 동일한 단체의 간에 분쟁이 누차 일어나며 연하여 단체와 단체, 개인과 개인 간에 호상 악구악평이 일어났음은 세인이 공지하는 바거니와 만일 이 투쟁이 일층 악화한다든지 또는 일층 만연하여 신구의 문제보다도 혹은 사상의 문제보다도 대외항력의 반동으로 일어나는 순수 악감정의 충돌에 인하여 동포상쟁의 변이 일어난다 하면 불행의 사건이 실로 이에 큰 것이 없을지라.

물론 동포 간 상쟁이 순연한 공분公憤에 난다든지 혹은 파사현정破邪顯正의 관념으로 나오는 것이라 하면 이러한 쟁투는 어느 시대 어느 국민을 물론하고 상유常有한 일이며 또 상유함이 어떤 점에서 그 시대 그 국민을 위하여 이익이 될 점도 없지 아니할 것이나 그러나 일이 이에 나오지 않고 사리사욕과 혹은 당리당쟁으로 침침연浸浸然이 동포구수同胞仇讐의 지경에 이르면 오인은 20세기의 금일에 이르러 다시 사색四色의 추현상을 다시 보지나 아니할까 함을 절공切恐하나니 그러므로 나는 이 시기를 가장 주의할 만한 운회運會인[1] 것을 일언한다. 동시에 형제에게 간절히 악운의 농락물이 되지 않기를 바라는 바이며 따라서 배전倍前의 단결로 더욱이 실력과 실익을 배양하였다가 타일 성공의 기초를 준비하기를 바라는 바이며

둘째 외계에 대하여 크게 주의할 문제는 세계 사조의 추향趨向을 양해하라 함이니 이 조선인의 금일로 크게 괄목할 큰 문제이었다.

일찍이 대전란이 종식한 이후 전 세계의 인류는 문득 군국주의의 악독을 절기切忌함에 이르러 그의 반동으로 정의 인도의 소리가 일시 세계 소약자小弱者의 복음으로 전하게 됨에 우리 조선인도 또한 다대한 기대로써 그를 영합하며 그를 찬미함에 이르러 천하의 민심이 거의 활기가 충일한 기개로써 신생新生의 개선에 착수하여 왔다. 그러므로 파리회의巴里會議를 구가하였고 화성돈회의華盛頓會議를 찬송하였다. 그러나

1) 운수와 기회.

이 유명한 세계적 회합도 필경은 강자와 강자의 호상 권리옹호의 약속 뿐이요 소약자에 대한 직접의 복리는 없었으므로 천하의 민중은 다시 시운을 회의하고 시대를 저주하여 문득하면 실망낙담의 지경에 들게 되었나니 우리 조선인으로도 또한 이러한 경향의 운명 중에 농락되지 아니할까 함을 오인은 의혹하는 바이라.

원래 과거에 있던 오인의 희망은 내부에 대한 자기들의 실력적 문제보다 외부에 대한 사정의 의뢰가 많아 왔다. 우리의 일은 우리가 처판하여야 된다는 문제보다도 외부의 대세가 우리에게 주는 바 그 무슨 기회를 바람이 많았으며 그리하여 그의 희망으로써 모든 활기가 충일하였던 것이라. 물론 식자로서는 근본적 희망과 영구의 활기가 외계의 사정여하에 의하여 변동치 아니할 것이나 다수의 민중은 자력의 자신보다도 타력의 타신他信이 장대한 고로 타력이 미약함에 따라서 그의 방향은 문득 실망의 편으로 기울어질 것은 사정상 그럴 듯한 일이며 또한 상인의 당연한 심리가 될지라.

즉 세계대세를 실망의 편으로 관찰하고 자기들의 원기를 스스로 저상沮喪하는[2] 것이니 만일 이러한 현상이 우리 조선인 간에 유행한다 하면 오인은 통절히 동포의 성급을 책하고 근기가 박약함을 질매叱罵치 아니치 못할 것이라. 원래 세계의 대사大事라 하는 것은 결코 일조일석에 되는 바가 아니며 또는 무슨 사업을 경영하든지 그 경영은 반드시 예정한 사실 하에 낙착되는 것이 아니요 많은 시일 많은 노력을 경과하는 사이에 실패와 성공이 호상 교차한 후에 처음으로 그 결과를 수득케 되는 것은 대개 사업상 보통 원칙이라. 이 점에서 최근 우리 민족의 유신적維新的 활동은 아직도 순비에 조기에 있는 장래 성공의 기조일 뿐이며 선히 자기의 처지와 정도를 양해하며 나아가 세계대세의 추향을 고찰

2) 기운이 없어지는. 기가 꺾여 약해지는.

한 후 동포 한가지로 저저這這히 선善을 축상築上한다면 우리의 전도는 실로 욱일旭日 초승初昇의 기분이 충일하였다 이르지 아니치 못할지로다.

2. 장래세계의 이상적 왕국

이상에 말한 두 가지의 주의건注意件은 요컨대 일면으로 내부의 단결을 튼튼히 하여 실력을 양성함에 전력하라 함과 일면으로 세계대세의 추향을 경솔히 실패의 편으로 해석치 말고 더욱 전도의 광명을 기대하라 함이었다.

그러면 조선인으로 금일 취할 만한 도道는 무엇인가. 조선인은 원래 전쟁적 민족이 아니며 탄식呑食적[3] 민족이 아니니 우리의 역사는 평화적 기분이 충실하였고 우리의 성질은 성선론의 도학에 감화한 미덕을 가진 것이라. 다시 말하면 우리는 정의 인도로 순결한 배달의 구족舊族이니 이것이 족히 장래 세계에 승리를 얻을 점이요 미래의 이상에 선취 특권을 가질 만한 소질이 있다 할지라.

조선인의 이 역사와 이 성질이 어찌하여 최후의 승리를 얻음에 가능하랴 함에 대하여는 오인은 순서상 오인의 흉중에 동경하는 장래의 이상적 왕국을 일언치 아니치 못할지니 오인의 생각한 바의 장래의 이상적 왕국은 국가로의 왕국이 아니요 인류로의 왕국이 이 세상의 상에 출현할 것을 상상함으로써라.

인류의 왕국이란 무엇이뇨. 그는 국가와 국가를 초월하며 민족과 민족을 범위로 하여 세계 전 인류를 일단一團으로 하고 일대 정의 인도의 단결을 이름이라. 그러므로 이 이상적 왕국이 실현함에 이르러는 국가와 국가의 전쟁은 필연으로 그 자취를 절絕할 것이며 민족과 민족의 탄

---

3) 남의 것을 가로채서 삼킴. 다른 나라를 침략하여 병합함.

식呑食은 스스로 그 그림자가 단斷할 것이요 인류가 서로 애愛와 희열로 결합을 견고히 하며 의義와 도道로 만성萬姓의 행복을 공모할 것이니라. 이 경境에 이르면 세계에는 별로 강자가 없으며 또한 약자가 없을 것이요 오직 의리에 높은 자가 만인의 모범이 되어 실로 지상천국의 실현을 보게 될 것이었다.

문득 생각하면 인류의 왕국이라 하는 것은 단지 오인의 이상일 뿐 같으며 또 그가 사실로서 나타난다 할지라도 몇 백 년 혹은 몇 천 년 후에 속한 문제인 듯하도다. 그러나 오인은 이를 철인의 이상에 소구하여 보고 현대 민중의 요구에 의하여 본다 하면 인류왕국의 종자는 그 역사가 어느덧 이천 년 이상의 근거를 가졌고 또 그 성립의 최촉과 준비의 양식은 현대에 이르러 점차 세계적으로 유행함을 암암리에 발견한 바 있도다. 개인으로서 보면 고래 철인의 이상에 따라 창도된 인류의 왕국은 실로 삼천 년의 역사를 가지고 왔나니 석가의 자비로 표현된 평등주의이며 기독의 애愛로 주장한 사해동포주의도 그것이며 서양으로는 희랍에서 일어난 부라톤의 이상향이며 동양으로는 중국에서 유명한 노장의 대자연주의도 또한 그것이었다.

또 최근으로는 조선이 성자 최수운의 인내천주의이며 파사波斯의 각자覺者 빠하의[4] 가르침이 더욱 현저하게 되었다. 이와 같이 인류왕국의 이상은 개인으로서 보면 대를 잇고 시를 따라 면면히 그 사상이 관통되었고 또 그를 국가적 혹은 사회적으로 본다 하면 그의 방식과 이상이야 서로 다르다 할지라도 문명의 추세와 사조의 변천으로써 보면 그 진로가 은연의 리裡에 인류왕국의 형식으로 최촉하였으며 또 그를 준비할 양식을 형성하여 왔음이 명백하니 예하면

4) 1844년 페르시아 젊은이 무하마드 시이드가 기존 이슬람교에 반기를 들어 창시한 바하(Bahai)교를 가리킴 《개벽》 15호(1921. 9)에 실린 〈빠하-교의 선전자 입경〉 참조.

첫째 전쟁상으로부터 이를 본다 하면 태고 미개한 시대에 있어는 부락과 부락이 호상 쟁투를 일으킨 원인은 태반 수욕적獸慾的 생리적 충동으로부터 일어났으며 (현대 소위 문명인의 행위도 그러한 점이 없지 아니하지마는) 또 그 전쟁의 참상은 도저히 인정人情으로 형용키 어려운 참독慘毒이 있었다. 이를 중고中古시대의 중국사로 볼 지라도 진장秦將 백기白起가 항졸降卒 20만을 장평長平에 묻은 일과 같은 것이며 초패왕 항우項羽가 진병秦兵을 참살하며 항왕降王 영嬰을 무고히 살해함과 같은 변은 천고 후 금일에 오히려 그 참혹과 절매切罵치 아니하는 자가 없나니 이러한 실례는 동서전쟁사에 누누이 보는 것이라. 이 참독한 전쟁의 사건에도 또한 인도의 발전이 없지 아니하여 현대 소위 문명한 전쟁법으로 논하면 결코 이와 같은 참학慘虐은 인정하지 못하나니 노국인露國人이 유태인을 학살함에 세계는 이를 인도문제로 책하였으며 최근은 독일인이 독와사毒瓦斯를[5] 사용함에 세계는 이를 야만의 행위로 비난하여 인도문제를 일으켰도다. 이와 같이 전쟁의 상에 인도문제가 유행되어 정의를 주장하게 됨과 같음은 이 실로 인류 존중의 표준으로 볼 수 있으며 특히 적십자군赤十字軍과 같음은 전쟁상 인도주의를 구체적으로 나타나게 한 것이니 전쟁상에 부상한 부로俘虜를 자국의 인과 같이 취급하는 것은 고대인의 몽상에도 불급하였던 바이며 나아가 최근 대전 이후의 경향을 보면 전쟁의 참독을 절실히 감하는 동시에 파리회의에 인도문제가 일어났으며 화성돈회의에 군비축소가 성안成案하였도다. 따라서 세계의 인인지사仁人志士는 전쟁의 절대폐지론을 역설하는 중에 있은즉 장래에 있어서는 전쟁이 수遂히 그 흔적을 끊는다 할지라도 또한 억측이 아닐 듯하도다.

둘째 사상상으로 이를 본다 하면 고대에 있어는 교통 불편상 동서의

5) 독가스.

사상 혹은 학파와 학파의 사상이 호상 고집불통하여 인류로서 스스로 심리적 별천지를 짓게 되었으므로 사상의 충돌은 결국 인류와 인류 간에 호상 구수시仇讐視 함을 면치 못하였고 그 결과 전쟁의 원인도 또한 이에 기인한 바가 적지 아니하였었다. 그러나 문명이 진보한 금일에 이르러는 동서의 사상이 호상 교환되는 동시에 다수 마연磨研을 경과하여 점차 협력의 서광을 보게 되었나니 종교상에서는 유래 자가의 교리만 시인하던 자도 각각 양보의 태도를 가지고 타의 진리를 공인함에 이르러 국가는 자유 신교를 허하며 개인은 자유 토의의 사상을 가지게 되었나니 이스엘교가 구주를 지나 동양에 들어와도 무방하며 인도의 불상이 태평양을 건너서 백인의 사상으로 화하게 됨도 천리이라. 기타 일반 학파의 사상, 사회의 풍교도 호상 교환에 교환을 더한 결과는 사상상에 거의 세계일가주의를 실현한다 하여도 또한 과언이 아니게 되었다. 그리하여 인류왕국상 더욱이 가경할 진보를 이룬 것은 개성발달의 사상이니 이 사상은 드디어 국가 절대주의를 부인함에 이르러 점차 인류왕국의 준비 기초가 형성하는 중에 있음은 묵인치 아니치 못할 사실이었다.

유래 세계의 인류는 어느 민족을 물론하고 국가절대주의를 고집하여 왔다. 국가절대주의라 하는 것은 국가로서 우주의 간에 절대지상권을 가진 것이라 하여 국가로서 하는 일은 무엇이든지 비인도, 부정의로 보지 못하게 되었다. 개인으로서 하는 일과 국가로서 하는 일을 절대로 구별하여 개인으로는 도덕적이 되는 일도 국가로서는 부도덕적이 된다 하였으며 국가로서는 부정의가 되는 일도 개인으로서는 정의가 된다 하였다. 예하면 개인으로 사람의 재산을 빼앗으며 사람의 생명을 살해함은 이 부도不道로 인정하여 극형에 처하나 국가로서는 전쟁에서 사람을 죽이며 땅을 빼앗음은 도리어 이를 충의라 하여 찬양함과 같음이 이것이라. 그리하여 국가절대주의는 어디까지든지 자국의 인류만이 오직 상제의 신명을 봉한 자이요 타국의 사람은 이를 일종의 이물로 간주하여 부로를 노예로 사역하며 금수로 대우함에 이르렀나니 중국인이 스스로 자기만이 중화군자의 사람이라 자처하고 사린을 지목하여 이를 이夷, 융戎, 만蠻, 적狄의 별호를 주어 인류로 대우치 아니함과 같음이며 미국이 흑인을 노예로 사역하여 금수로 여김과 같은 사실이 다 그것이었다. 그러나 이것은 어느덧 과거 진사陣事에 속한 것이요 금일의 사상계는 홀로 자국만이 신성한 인민을 가진 국가가 아니요 타민족도 또한 동일한 천부의 권능을 가진 동포 형제로 보게 됨에 이르러 국가와 국가가 상대한 상대주의로 변하게 되었나니 이 점이 특히 장래 인류의 왕국을 암시적으로 예약한 진보의 제일보로 볼 수 있다.

국가의 표준점이 이미 상대주의로 추락하였다 하는 이면에는 각 국가의 권리도 또한 상대주의로 변하게 되었나니 현금 각국 간에 어떤 이권에 대하여 한 국가가 독점치 못함과 같음은 이 실로 이권상대주의로 볼 수 있나니 예하면 화성돈회에서 세계 각국이 중국 문제에 대하여 호상 이권의 평균을 논의함과 같음이 그것이라. 이와 같이 장래 인류왕국의 조짐은 개인의 사상에만 존재한 것이 아니요 필연의 세로 국가주의의 상에도 암암리의 한 혈맥이 유입하게 된 것은 피치 못할 천리의 유행이라 할 것이다.

3. 인류상대주의와 조선인

이상에 말함과 같이 세계의 추세는 이제 국가상대주의에 이르렀다 하면 이 앞으로 필연 닥칠 만한 일대 사실은 민족상대주의가 될 것이니 조선인 된 자가 이 점을 특히 주의할 요점이 될 것이라. 현금은 국가와 국가가 상대로 하여 그의 체면을 공인하며 그의 이권을 상보하며 그의 대우와 교제를 공인하나 그러나 그의 사상이 한 보를 나아간다 하는 날에는 필연의 세로서 세계는 민족과 민족을 상대로 하여 호상 그 지위를 보존케 하며 권리를 공인케 하며 체면과 예우를 상교케 될 것이라. 국가절대주의의 시대에는 안중에 자국가만 있고 타국가를 인정치 아니하였으며 국가상대주의에서는 안중에 국가만 있고 민족은 없었던 것이 필경 민족상대주의에 이르게 되면 세계 각 민족은 민족으로서 타민족을 공인하여 이에 천부의 양권良權을 호상 공인케 될지니 이 시대에 있어 가장 주의할 요건은 한 민족으로서 민족상대주의에 대한 권리를 얻으려면 그 민족은 세계에 통할 만한 지식이며, 세계에 통할 만한 도덕이며, 세계에 통할 만한 사상을 가져야 하나니 아무리 세계가 민족상대주의가 된다 할지라도 그 중에 한 민족이 세계에 공통할 만한 모든 조건이 공허하다 하면 그 민족의 대우는 드디어 가치를 얻지 못할 것이라. 즉 이와 같은 민족은 민족상대주의에 참여할 자격이 없다 할지라.

그리하여 다음으로 민족상대주의와 반기병행伴起并行할 문제는 인류상대주의이니 인류상대주의는 이상에 일언함과 같이 각 국가를 초월하며 각 민족을 포용하면서 세계동포주의 사해주의로 그 표방을 대擡하고 올 것이라. 그때에는 그것이 단지 종교적으로 있지 않으며 또는 학구적으로 존재치 아니하고 실제적 또 구체적으로 그 형식을 완성할 것이니 이는 인류 필연적 요구의 도달이요 이상의 사실적 표현의 노정이라 할 것이다.

이와 같이 논래論來한다 하여 오인은 국가를 무시하며 민족을 부인하는 것이 아니니 국가는 의연히 존재하며 민족은 항구히 존재한다 할지라도 이 인류의 대왕국은 사회적 풍교에 의하여 건설될 것이요 그리하여 그 시대의 국가와 그 시대의 민족은 이 인류대왕국의 이상에 말미암아 모든 시설이 완성될 것이니 다만 그 시대에 있어서 주의할 만한 요건은 현대에서 모든 시설을 국가의 힘으로 하던 대신에 태반은 거의 사회 공동의 힘으로써 그 진행이 커져 갈 뿐이라. 현대에 있어도 국가로서 각종의 사회사업의 혜택을 입음과 같음은 그의 일례이니 이 인류대왕국의 책임은 실로 국가의 책임에 있다기보다 인류전반의 자각에 있으며 인류 전반의 의무와 책임에 전재하나니 그 시대에서 가장 귀할 만한 것은 국가가 아니며 민족이 아니요 개성 각자의 발달이 될지라. 개성 각자가 원만한 진선미의 성격을 발휘하는 곳에 인류의 왕국은 더욱 그 광영을 얻게 될지니라.

오인은 생각하되 이상과 현실에 너무나 모순을 가진 현대에서는 바로 전 인류에게 이 이상적 왕국의 평화가 오리라 함과 단언치 못하노라. 그러나 이 이상의 실현에 대하여 노력할 자는 오직 현대인이 있을 뿐이니 현대인의 책임은 오로지 이 이상의 실현으로써 가장 많은 쟁투를 계속치 아니치 못할 것이다. 모든 불완전, 불철저로 더불어 쟁투하여 최후의 승리를 얻음에 있는 것이라.

인류는 전쟁으로부터 계급쟁투에 계급쟁투로부터 다시 개성계발의 쟁투로 옮겨가지 아니치 못할지니 개성계발의 노력이야말로 사람의 가장 의의 있는 투쟁이며 그야말로 신과 인류에 대한 신성한 활동자가 되며 그리하여 그 자각한 개성에 말미암아 건설한 왕국이야 인류 최후의 복지를 주는 절대주의가 될지로다. 형제여, 우리는 현대에 있어는 확실한 실패자니라 낙오자니라. 그러나 장래의 임하는 인류의 왕국에 있어는 결코 사람에 뒤지지 아니하는 성공자가 될지며 도덕의 패자霸者가 되며 정의인도의 주인공이 되기를 절원하노니 우리로서 가장 취할 만한 도는 모름지기 정의인도의 활동자가 되라 함이라. 즉 우리의 할 일은 정치적 활동보다도 사회적 운동을 선량히 함에 있으며 그리하여 조선인으로서 위대한 정치가가 되기를 원하니 보다 열렬한 사회지도자가 되기를 바라며 장래 조선으로써 무단武斷적 패권을 가지라 원하니 보다 정의 인도의 조선되기를 희망하는 바이라.

다시 말하면 조선인은 솔선하여 세계인류적 평화왕국을 이 세상에 건설하리라는 사상을 배양하며 따라서 그의 사상으로 정의인도의 활동을 계속하여 사해의 선량한 동포와 한가지로 형제 되기를 기대됨이 이 조선인의 행복이며 진실로 장래 조선을 위하는 선견의 명이라 할 것이다.

—《개벽》 25, 1922. 7.

진리의 체험

역力

일반 물질은 다 같이 힘이라 하는 것이 있다. 그리하여 물리학자는 말하되 물질의 극치는 곧 힘이 된다 하나니 중력을 연구하는 역학자나 질質을 연구하는 물리학자나 그 극치점에 이르러는 전혀 동일하다 하였다. 즉 힘과 질은 극치점에서 한가지라 하는 말이라. 그리하여 힘과 질의 극치점은 물질이라고도 칭할 수 없으며 힘이라고도 칭할 수 없는 일종 불가사의한 신비적 활동이 있다 하였다. 즉 일종 신비적 힘이 우주만유를 지배하게 된다 함이라. 그러므로 식물에는 식물 자체를 생장케 하는 신비력을 가졌으며 동물에는 동물 그 자체를 성장케 하는 신비적 힘을 가졌으며

내지 전기에 전기력이 있으며 증기에 증기력이 있으며 물에는 수력이 있으며 불에 화력이 있으며 바람에는 풍력이 있으며 흙에는 토력이 있으며 필경 일체만유에는 일체만유력이 있다.

그리하여 이 일체만유력을 총섭하는 이법을 가르쳐 오인은 이를 대우주의 만유인력이라 하는 것이다.

이와 같이 대우주에는 대우주를 지배하는 인력이 있으므로 대천성신大天星辰은 운행하되 그 궤를 잃지 아니하고 기타 일체만유로부터 미진

섬개에 이르기까지 생생무궁의 위치를 잃지 아니하고 정연한 질서로서 무궁에서 무궁을 향하여 진화케 되는 것이라.

이 원리를 체體하여 사람에게는 사람적인 힘이 있나니 사람의 힘이라 하는 것은 이 우주의 신비적 힘을 순연히 품부稟賦케 된 것이었다. 사람의 힘은 이를 체력과 정신력의 두 가지로 나누어 볼 수 있나니 사람은 이 두 가지의 힘이 튼튼한 연후에야 완전한 인격이 있다 인정할 수 있다. 체력은 사람의 직접 육체적 생명력을 보증하는 것이요 심력은 사람의 정신적 창조력을 보증하는 것이다. 그리하여 사람의 위대한 것을 증명할 곳은 곧 그 정신적 창조력에 있다 하는 것이다.

공자는 교를 세우되 인仁이라 하였나니 인은 곧 힘이니라.

석가는 교를 세우되 자비라 하였나니 자비는 곧 힘이니라.

야소는 교를 세우되 애愛라 하였나니 애는 곧 힘이니라.

최수운은 교를 세우되 인내천이라 하였나니 인내천은 곧 힘이니라.

그리고 보면 인, 애, 자비 내지 인내천의 주의는 다 같이 사람적 힘을 이름인데 즉 사람의 위대한 정신적 창조력을 이름이었다.

이 사람의 정신적 창조력이 도덕의 방면으로 나타날 시에는 이가 인, 애, 자비 내지 인내천의 주의로 화하여 사해동포주의, 세계일가주의로 위대한 종교성을 발휘케 되는 것이요

사람의 정신적 창조력이 과학의 방면으로 나타날 때에는 이가 연구, 사색, 발명의 이치를 파지하여 위대한 공학적 성性을 발휘케 되는 것이요

사람의 정신적 힘이 문학의 방면으로 나타날 때에는 이가 음영吟咏, 차탄嗟嘆, 찬미의 감정으로 화하여 위대한 미학적 성을 발휘케 되는 것이다.

그리하여 이가 민족적 방면으로 나타날 때에는 그 민족으로 타민족에 대조하여 찬연한 문물을 형성케 하는 것이다.

나는 단언하노니 우주는 힘이니라. 만유는 힘이니라. 인류는 힘이니라. 그리하여 동일한 민족은 힘의 집합이라 함을 마지아니하노라. 이 점에서 조선민족이라 하면 조선민족은 곧 힘이니라. 조선민족을 증명하는 역사는 곧 힘의 역사니라. 조선민족을 증명하는 문화는 곧 힘의 문화니라. 기타 일체로 조선민족을 증명하는 그 모든 것은 다 같이 힘의 집합체니라.

형제여 힘이 없는 민족은 이 죽은 민족이며 힘이 쇠한 민족은 이 약한 민족이니라. 형제여 어찌하면 힘이 강한 민족이 되어볼까?

형제여 민족의 힘으로 가장 강미强味를 발휘하는 점은 무엇이뇨.

첫째 동포가 상결相結하는 힘이니 자기의 민족을 타민족에 비교하여 비교적 강한 단결, 힘 있는 화합으로써 힘을 이에 집중한다하면 약자로서 약자가 아닐 것이요 빈자로서 빈자가 아닐 것이며

둘째 동포가 상부하는 힘이니 비유컨대 일 신체 중에 사지백체가 각각 독립적 기능이 있다할지라도 일 신체를 위하여 공동의 작업을 함과 같이 일 민족 중에 각각의 단체 각각의 사상가가 서로 각각의 기능이 있다할 지라도 그 일 민족을 위하는 점에 이르러는 동포상호 공동의 이익을 도모함이 곧 이것이다.

그리하여 경제로 보든지 교육으로 보든지 기타 일반의 만사로 보든지 한 가지로 동포와 동포, 자기민족이라 하는 힘의 중심을 잃지 아니한 연후에야 처음으로 민족적 힘을 말할 수 있으며 그러한 민족적 힘을 가진 민족이야말로 민족다운 민족이라 할지라.

연戀

이상에서 잠시 힘의 원리를 말하였거니와 인류의 강한 힘의 발표되는 본원에는 연戀이라하는 신성한 애愛의 결합력이 있음을 잊지 말아야

하리라.

나는 근간 야외에서 산보하다가 우연히 연의 힘이 일층 신성하고 강대함을 감각한 일이 있었다. 건조무미한 광야의 중에 다만 잡초가 석양의 만풍에 흔들거릴 뿐으로 나의 마음은 한층 번울煩鬱하여갈 이때이라. 그러다가 우연히 이 무미한 광야 잡초의 중에서 수선화 한 떨기를 발견하였다. 나의 전 정신력은 문득 이 수선화를 향하여 집중이 되었으며 그리하여 나의 전 흥취는 이 수선화 한 떨기에 말미암아 무한의 도발을 받았다. 어제껏 건조무미하던 이 광야는 문득 정취가 충일한 애의 장으로 화하여 이 수선화 한 떨기가 나의 흥취심과 융합하는 곳에 모든 우주는 유정히 보이며 모든 물상은 정다운 태도로 변하였다.

이제야 나는 알 것이라. 마음은 곧 우주의 중심이며 연은 곧 인심의 중심인 것을.

연이 없는 마음의 상태는 이 곧 사막이며 한암寒巖이며 고목이다. 마음은 연의 중심을 얻어 처음으로 활기가 나며 생력生力이 들며 진정한 생명의 원천이 솟아 나오는 것이다.

근래 청년남녀의 간에 흔히 연애신성문제가 유행되어 연애를 절규하는 어조가 높아 감을 보았다. 그러나 나는 남녀의 성욕 간에 생기는 애의 관념으로서만 이를 연애로 보고자 아니한다. 광의의 의미에서 인정으로부터 솟아 나오는 모든 것은 다 같이 이를 연애적 작용이라 한다.

이백은 풍과 월을 사랑하였으니 이는 풍월에 대한 연애성이라 할 수 있으며 도연명은 전원을 사랑하였으니 이는 전원에 대한 연애성이라 할 수 있다. 이 같은 방법으로 추이하면 사람은 자기의 특성에 따라서 일 종 혹은 이 종 이상의 연애의 목적물을 가지지 아니한 사가 거의 없다 하리라. 술을 사랑함도 일종의 연애이며 시를 사랑함도 일종의 연애이며 여자를 사랑함도 연애이며 진리를 사랑함도 또한 연애라 할 수 있다.

이와 같은 광의적 연애의 의미에 있어 한 가지 심고치 아니치 못할 것은 즉 연애의 선택방법이라 할 수 있다. 연애라 하면 결코 다 신성한 것이 아니요 연애를 선히 활용하는 곳에 처음으로 신성의 의미가 발현하는 것이다. 동일한 남녀의 연애라 할지라도 연애의 노예가 되어 필경 자살을 하며 사업을 폐하며 방랑에 흐름과 같은 것은 이 실로 연애의 악용이라 할 수 있다. 이제 나의 이른바 신성한 연애라 하는 것은 이성의 연애를 해탈하고 진리적 연애를 파지하라 하는 것이니 고래 유명한 발명가는 대부분 처를 거느리지 아니하고 오직 독신생활로 일생을 마친 사람이 많았음은 이 곧 진리적 연애를 파지한 까닭이라.

부라톤은 일찍이 이상의 진선미한 경애를 가르쳐 이를 연戀이라 하였고 그리하여 그 연의 목적물을 '이떼아'의 세계라 하였다. 부라톤은 곧 진리의 사색적 쾌감으로써 자기의 연애를 삼았던 것이라. 어찌 부라톤뿐이리오. 고래의 현철이 거의 다 그렇지 아니한 자가 없나니 그들은 일생의 연애를 혹은 진리의 심구에 바치며 사물의 발명에 의하며 도덕의 선전에 기대며 사업의 성공에 봉공하였다.

나는 우리 조선청년의 연애의 신성을 절규하는 자로 삼가 연애적 작용을 남녀의 간에 남용치 말고 사업의 성공방면으로 연장케 하기를 절망切望하는 바이라.

대개 세인이 연애를 신성타 하는 그 이면을 보면 연애 그 물物의 내면에는 사기私氣 없는 애의 결합이 있음이며 마음이 유일에 집중함이며 그리하여 연애는 희생적 정신을 반수함으로써라 하나니 그것이 곧 연애의 신성한 점이라 함이었다. 그러나 그렇듯 신성한 점을 다만 남녀 간의 결합문제에만 응용이 된다하면 그 얼마나 가석可惜한 일이며 유감될 일이 될까. 사업의 성취하는 이면도 또한 이 3대 정신이 없고는 도저 가망이 없는 것이니 우선 사업에 대하여도 애의 결합이 없이는 아니 되는 것이요 일심의 집중이 없이는 아니 되는 것이요 희생의 정신이 없이는 아니 되는 것이다. 이 점에서 나는 연애의 힘을 될 수 있는 대로 활동의 방면으로 옮겨 어떠한 사람이 어떠한 진리의 사업을 파지하였든지 그 진리로써 연애적 애처를 삼아가지고 노老의 장지將至함을 잊는다면 그야말로 연애의 신성을 얻었다 할 것이다.

지금 우리는 민족의 발전으로서 우리의 최고 이상을 삼고자하는 이때라. 우리에게는 별로 다른 연애를 남용할 여가가 없고 우리의 배후에 있는 무량수의 조상 우리의 안전에 있는 무량수의 자손 그들로 결합된 이 조선민족으로 연戀의 이상적 목표를 정하고 그들로 더불어 낙하고 희하고 애하고 노한다하면 그 낙이 얼마나 영원할 것이며 그 쾌가 얼마나 크겠는가. 한갓 성색聲色의 욕구에 추수하는 자는 와서 이 진정 연애의 맛을 음미하여 보라.

생生

어떤 잠풍한 춘일이라. 나는 산보차로 들에 나섰다. 그리하여 광야의 중에서 두대斗大의 석石을 발견하였다. 겸하여 돌의 두변으로부터 이름도 알지 못하는 풀이 연아軟芽를 보았다. 나는 일종의 호기심으로 그의 어린 움을 손으로 잡고 그의 출생처를 알아보았다. 그 연아가 당초 발생하기로 시작한 곳은 돌의 두변頭邊이 아니요 돌의 중앙이었다. 독자여 놀라지 말라. 그 연약한 풀의 싹은 당초에 돌의 중앙부로부터 온기를 따라 발생하기를 시작하였으나 나고 보니 몇 십 관貫의 중력이 상으로부터 하압하므로 그 가련한 연아는 부득이 그 중력과 악전고투를 시작하여 백실과 같은 연아가 뱀과 같이 반굴蟠屈 또 반굴하다가 필경은 돌의 두변으로 그 선봉이 발현하게 되었다. 나는 이것을 보고 생의 힘이 그 얼마나 강대한 것을 알았다. 더욱이 전 우주의 생생의 힘이 그 얼마나 강대한 것을 알았다. 생의 힘이란 도저 어떠한 것으로서도 저항치 못할 것을 알았다. 그 약함이 약초弱草의 연아와 같은 것도 능히 강대한 압력을 타승打勝하고 필경 태양의 빛을 보게 됨이라.

학자는 말하되 의식이라 하는 것은 오직 사람에게만 있는 것이 아니요 일반 식물의 공통하게 있는 것이며 필경 무기물과 같은 금석토괴金石土塊의 중에도 또한 의식이 있다 하였다. 다만 의식정도의 차위가 있을 뿐이라 하였다. 이 말로써 좇아 보면 전 우주의 만유는 도무지 의식적 아닌 것이 없으며 그리하여 그 의식에는 생의 힘이 병수併隨하여 전 우주의 방박磅礴한 힘으로 생생무궁의 이치를 주는 것이었다.

나는 '생'이 그 무엇임은 알지 못 하나 그러나 '생'이라 하는 그것은 영겁 이전으로부터 발전하기를 시작하여 무궁으로부터 무궁에 전하여 가는 물物을 알았다.

그는 처음 무극의 힘으로서 무궁 이전에서 전 우주의 힘을 준비함에 급급하였다.

그는 또 태극의 힘으로서 성무星霧의 배치, 태양계의 조직을 시작하였다.

그는 또 지구로서 생生하였으며 식물로써 생하였으며 생물로서 생하였다.

그리하여 그는 우리의 인류로서 변화하기까지는 영겁무한의 분투 중에서 필경 자기의 성공을 고함에 이르렀다.

인류는 우주생생력의 선봉장이니라. 무한무궁의 우주를 개척하여 나아가는 용맹한 전투사들이다. 이 의미에서 생은 곧 인생이며 인생은 곧 생이었다.

럿셀은 사람의 '생'의 힘을 소유와 창조 두 가지로 나누어 보고 창조충동이 오직 사람의 사람다운 운동이라 하였다. 이 말로 좇아보면 사람의 사람된 '생'의 의미는 전적으로 창조성 여하에 있다 하겠다.

사람은 금전을 욕망하며 명예를 욕망하며 권리를 욕망하며 내지 호의호식을 욕망하며 안락과 편리를 욕망하나 그러나 그러한 것은 도무지가 생의 방편에 불과한 것이요 생의 목적은 아니다. 생의 목적물은 오로지 무엇을 창조함에 있으며 발견함에 있으며 발명함에 있다.

고래의 성자들은 많이 영생을 말하였다. 미래의 생을 말하였다.

나는 이 영생의 말을 가만히 생각할 때에 그간에 무한의 취미를 느낌을 마지아니한다. 생은 곧 영생임을 감득치 아니치 못하겠다. 우주의 '생'의 힘은 우리 인류의 생의 힘으로 화하여 무한한 창조적 목적을 가지고 무궁으로부터 무궁에 전하여가는 것이다. 그리하여 이 인류의 '생'의 힘은 우리 배달족의 생의 힘으로 화하여 그가 역사의 힘이 되며 그가 문화의 힘이 되어왔다. 우리가 비록 개인으로서는 죽는다 할지라도 인류로서는 죽지 아니하며 민족으로서 죽지 아니할 것이다. 연變하는 자로서 보면 천지도 능히 일순一瞬이 못될 것이요 변치 않는 자로서 보면 물物과 아我는 공히 다함이 없다 한 고인의 말과 같이 이 한성漢城은 변하여 창해가 되는 날이 있을지라도, 창해는 변하여 상전이 되는 날이 있을지라도 이 민족의 생명이라는 것은 상전과 창해에 말미암아 없어지지 아니하는 것이다. 이것을 앎이 곧 '생'의 의의를 앎이요, 그리하여 영생의 도를 체험한 자라 하리라. 우리는 누구나 다 같이 영생의 길을 찾아야 하겠다. 영의 도는 오직 하나뿐이다. 동일한 피로 결정한 민족의 전체가 애愛의 결합으로 영원의 생명을 창조함에 있다. 우리가 민족의 발전을 도모한다 함은 이 자기의 영생을 도모함이요 민족의 문화를 향상케 한다 함은 이 또한 자기의 영생의 길을 개척하는 것이다. 형제여 형제의 개체로는 능히 영생을 얻을 수 없으나 또 형제의 미신적 신앙으로는 능히 영생을 얻을 수 없으나 그러나 형제의 사위四圍에 있는 민족적 영의 결정으로는 능히 영생의 도를 길이 개척함을 가득可得하리라.

금金

이조 중엽에 이문언李文彦이라 하는 명재상이 있었다. 그는 어떤 날 깨진 엽전 한 푼을 얻어 가지고 즉시 청지기를 불러 그 엽전의 파편을 때워 오라 하였다. 청지기는 이 말을 듣고 '이 엽전 한 푼을 때워 오려면 두세 푼의 고가雇價가[1]들어야 합니다' 고 여쭈오니 이재상은 웃으면서 '나도 그것을 모르는 바가 아니다. 내가 이제 내 돈 두세 푼을 가첨하여 이 한 푼을 때워 놓으면 나는 손해라 할지라도 국가 전체로 보면 한 푼의 경제가 있을 것이라' 고 말을 하고 기어이 두세 푼의 고가를 주고 한 푼의 파엽전을 때워 왔다는 일화가 있다. 이것은 넉넉히 국민적 경제를 아는 대재상의 도량이 있다 하겠다. 오늘날 우리 조선민족으로 만일 이재상과 같은 경제적 관념이 만 분의 일이라도 있다 하면 아무리 빈약한 우리 민족이라도 가히 부강을 이룰 날이 있다 말할 수 있으리라. 보라. 우리 현재 조선민족의 일용품의 전부가 누구의 지배를 받는가. 입는 것이 타국 물품 아님이 없으며 쓰는 것이 박래품舶來品 아님이 없으며 심지어 먹는 것까지 술, 떡, 과자, 사탕, 빵, 기타 일반요리가 서양 것이 아니면 일본 것이며 중국 것이라. 그리하여 일일시시로 돈냥 돈푼이 날개를 높이 들고 해외로 날아갈 뿐이니 우리의 경제 형편이 점점 그 어떠할 것을 알아볼 수 있겠다. 경제에는 적극적과 소극적 경제 두 가지가 있나니 적극적으로는 산업을 진흥케 하여 수출을 도모하는 방법이요 소극적으로는 수입을 제한케 하고 자가의 물을 애용하는 방법이라. 우리 조선의 현재 형편으로 모든 사정상 비록 적극적 경제를 시설할 수 없다 할지라도 소극적 경제에 이르러는 가히 될 수 있는 한도까지는 가능성이 없다 하지 못할지니 현재 우리 민족으로서는 민족적 극기심을 진발振發하여 비록 사치치 못 할지라도 비록 고가가 된다 할지라도 자

---

1) 품삯.

가의 물품을 애용하여 국민적 경제심을 환기하여야 할지라.

자유

공자가 일찍이 송宋에 위圍할 때에 '태연히 금琴을 탄彈하였다' 하며 소크라테쓰가 일찍이 죽음에 나아갈 때에 처자 및 붕우에게 도리어 위안의 말을 주었다 하며 석가는 만승의 존尊을 버리고 6년 고행을 감행하였다 하며 최수운은 백의재상을 사양하고 일부러 고행을 취하였다 하나니 이러한 일은 다 같이 마음의 자유를 체험한 대사건이었다. 대개 마음의 자유라 하는 말은 자기의 마음을 임의로 개조하여 가장 선한 지경에 이르게 할 가능성이 있다 함이요 그리하여 이 가능성을 사물로부터 해탈케 하여 독립자재獨立自在의 지경에 서게 함을 이름이니 맹가孟軻의 이른바 부귀할지라도 능히 음淫치 아니할 만하며 빈천할지라도 능히 그 지志를 변치 아니할 만하며[2] 백인白刃이라도 가히 도蹈할 것이면 도하며 작록爵祿이라도 가히 사辭할 것이면 사하며 천하라도 가히 취할 것이면 취할 만한 심지를 일러 말하는 것이라.[3] 국가에는 그러한 국민이 많아갈수록 그 국가가 국가다운 국가가 되는 법이요 민족에는 그러한 민족이 많아갈수록 그 민족은 민족다운 민족이 되어 가는 법이라. 만일 개인으로나 민족으로서 그러한 수양이 없는 자로서 능히 사업을 진취한다 하면 그는 허위가 아니면 반드시 일시의 부허浮虛한 마음으로 우러나오는 무근기無根氣한 행동이라 할 수 있다. 다시 말하면 자기의 자유가 없이 사업의 자유를 도모한다 함이 곧 일종의 거짓말하는 가신사배假紳士輩라 하는 말이다. 자기 마음을 능히 동할 곳에 동하지 못하며

2) 《맹자》〈등문공하〉제2장. '부귀가 마음을 음란하게 하지 못하고 빈천이 뜻을 옮기지 못한다(富貴不能淫 貧賤不能移)'

3) 《중용》제9장. '공자께서 말씀하셨다. "천하와 국가를 균평均平히 다스릴 수 있으며, 작록을 사양할 수 있으며, 흰 칼날을 밟을 수 있으되, 중용은 능히 할 수 없다."(子曰 天下國家可均也 爵祿可辭也 白刃可蹈也 中庸不可能也)'

또한 능히 부동할 곳에 부동치 못하며 인내할 곳에 인내치 못하며 분투할 곳에 분투치 못하고 전혀 고집에 깎이며 편견에 빠지며 감정의 노예가 되며 사물의 포로가 되어 날로 질투와 증상과 비방으로써 능사를 삼는 자로서 오히려 능히 의기양양하여 자기 홀로가 천하의 자유를 얻었다 자처하며 천하의 평등을 가졌다 하나니 만일 식자로서 이러한 무리를 보게 되면 가련한 점이 실로 누구에게 있다 하겠는가. 그리하여 결국 멸망의 도를 선전하는 자는 이러한 무리가 아니면 다시 어떠한 사람이 되겠는가.

나는 일찍이 어떠한 장소에서 청년의 수양이라 하는 말이 나자마자 한 사람의 청년으로부터 공연히 색色을 변하여 '우리는 지금 수양 시대의 사람이 아니요 활동 시대의 사람입니다. 수양이라 하는 말은 어느덧 우리에게 필요한 말이 아니요 우리는 어디까지든지 혈血과 권拳과 철鐵로써 직접의 행동을 취하지 아니하면 아니 됩니다' 하는 말을 듣고 나는 그 말 속에 일편의 진리가 있음을 깨달았으며 또한 그 청년의 당당한 용기가 있음을 은근히 기뻐하였노라. 금일 우리의 청년사상계에는 대개가 이 청년의 사상과 같은 사상을 가진 이가 많으며 또한 그러한 용기로써 만사를 해결하고자 하는 이가 많아짐을 아노라. 그러나 내가 진실로 이들에게 부탁하고자 하는 말은 수양이라 함은 결코 그들 청년의 생각한 바와 같이 무릎을 꿇고 눈을 감고 종일 폐문묵좌閉門默坐하여 도학을 공부한다 하는 의미가 아니요 수양이라는 것은 사람의 사람다운 인격을 얻기 위하여 극기와 노력과 분투적 정신으로 실사회와 전쟁을 준비하는 육해군의 평소의 대연습과 같은 것이니 그러므로 수양은 언제 어디서든지 극히 필요한 것이요 더욱이 현재 활무대活舞臺에 분투하는 전사로서는 일각이라도 망각치 못할 바이라. 마치 금은주옥의 패물을 가진 대상大商이 만주의 마적굴을 통과할 때와 같이 잠시도 타기惰氣를 가져서는 아니 될 것이요 어느 때에 급변을 당하든지 그와 용전결

승勇戰決勝할 준비를 하여두는 것이 그 곧 수양의 도라 하는 말이다. 비록 피와 철로써 만사를 해결하는 시대라 할지라도 그 피와 철이 반드시 수양 있는 의용義勇 외 마음으로부터 우러나오지 아니한 것이면 결코 가치가 없는 것이다. 하물며 오늘날 시대는 정의인도로써 약자의 권리를 옹호하고자 하는 이때에 있어 우리민족의 중견되는 청년지사가 마음에 근기가 없으며 달관이 없으며 인내가 없으며 극기가 없으며 도리의 관념이 없으며 진정애眞正愛의 발현이 없으며 인류다운 천성이 없이 곧 그 자기 마음을 자유로 하는 위대한 수양이 없이 어찌 큰일을 첩첩할 수 있으며 동포를 증제할 수 있으리오. 나로서 보건대 우리 민족의 금일의 급선무는 교육의 향상에 있으며 산업의 발달에 있으며 기타 일반문화의 건설에 있음은 동포와 같이 동감하는 바이나 그러나 그 모든 것을 근기 있게 진보할 만한 진정요소는 아직도 민족적 자유심을 힘 있게 고취함에 있다 하나니 이러한 자유심을 가진 민족이야말로 장래를 가히 말할 수 있으며 희망을 가히 도모할 수 있는 것이라. 사리에 명백한 칠십 노인의 실행력보다 천진난만한 소년의 행동이 희망의 점에서 멀리 바람이 많음과 같이 우리 민족의 아직껏 힘쓸 일은 소년다운 원기를 기름에 있으며 소년다운 결백 고상한 도의의 마음을 향상케 힘이 금일의 급무라 할 수 있다.

서書

신량新涼이 이제 교허郊墟에 들었도다. 가히 등화燈火를 친親할 만한 시대가 왔다. 학교는 개학을 시작하고 서생은 간편簡編을 권서捲舒할 시절이 왔다. 만인이 모두 독서의 낙을 탐할 시대가 왔다. 독서는 취미니 독서의 취미를 모르는 자는 어떤 점에서 불행의 인물이라 할 수 있나니 책은 실로 취미의 보고이며 취미의 왕국이라 할 수 있다. 시범하여 나

더러 책의 취미를 말하게 하라.

제일, 독서는 축시술縮時術이니 독서의 취미를 가진 자는 금일에 앉아 능히 천고 전의 의 성철에 면알面謁할 수 있으며 영웅을 볼 수 있으며 재자를 대할 수 있으며 가인을 접할 수 있는 것이라. 내가 논어를 읽는다 하면 공자는 바로 나의 사부가 될 수 있으며 내가 삼국지를 읽는다 하면 제갈량, 주유, 관우, 유비 등 호걸은 바로 나의 모사가 될 수 있으며 내가 미인전을 읽는다 하면 천고의 가인은 바로 나의 호배우好配偶가 될 수 있는 것이라. 그러므로 독서의 취미를 아는 자는 사부가 없음을 한탄치 아니할 것이요 모사가 없음을 한탄치 아니할 것이요 재자가인이 없음을 한탄치 아니할 것이요 또한 지기가 없음을 한탄치 아니할 것이다.

제이, 독서는 축지술縮地術이니 독서의 취미를 아는 자는 실내에 누워 능히 사해를 주유하며 우주를 발섭跋涉할 수 있나니 내가 서양여지西洋輿地를 읽는다 하면 윤돈倫敦, 파리巴里, 백림伯林이 방촌의 간에 배회함을 가득하며 내가 중국여지를 읽는다 하면 한산寒山의 종성鐘聲이 떳떳이 귓가에 있을 것이요 오호五湖의 연월烟月이 어느 때에든지 미간에 부동함을 가득할 것이며 내가 조선지지를 읽는다 하면 금강산은 하필 영동에 있을 것이 아니요 남해의 절경이 또한 일정한 처소에 고정할 물物이 아니었다. 그리하여 내가 천문학을 읽는다 하면 화성계의 형제로 무선전신을 통함도 가득하며 월궁의 항아가 불사약을 보냄도 가득하리라. 그러므로 독서의 취미를 아는 자는, 무전의 여행을 가득할 수 있으며 무금전의 기차, 기선, 비행차를 탐을 가득하리라.

제삼, 독서는 신통술神通術이니 책의 가운데에는 역사 이전 원인의 생활이 있으며 신의 말이 있으며 군신의 작전비술이 있으며 진리의 신비경이 있으며 사리의 절대 묘경을 묘사한 것이라 시범하여 향을 사르고 묵좌하여 손에 주역 한 권을 집으면 천고의 신인이 나에게 신비의 묘경을 내어來語게 되나니 책는 실로 신통술이며 교영交靈의 비결이니라.

원래 인생은 취미라. 취미로써 생기고 취미로써 죽나니 취미는 천태만양千態萬樣이라. 고상한 것도 있으며 비루한 것도 있는 것이라. 고상한 취미에 나아가지 못하는 자는 비루에 취하여 나아가게 되는 것이라. 불행히 우리 조선인은 독서의 취미를 알지 못하는 자가 많은지라. 그러므로 취미의 방면이 스스로 반대방향으로 취하여 음주, 악연, 권세 등의 악덕으로 변하는 자가 비비개연比比皆然하니 조선인 된 자가 삼가 독서의 취미를 체험하여 위僞의 취미로 진眞의 취미에 나아가기를 절망하는 바이라.

—《개벽》 27, 1922. 9.

1924년

세계 3대 종교의 차이점과 천도교의 인내천주의에 대한 일별
조선 노농운동과 단결방법
의문
천국행
현대 청년의 신수양
교외별전

세계 삼대 종교의 차이점과 천도교의 인내천주의에 대한 일별

가. 유 · 불 · 기 3교와 천도교

대개 과거의 종교는 그 기원이 멀리 이천 년이라 하는 긴 세월 이전에 발하였으므로 각 종교가 스스로 각기 시대 영향을 받았음은 물론이요 따라서 그 사상이 스스로 각기 민족의 이상을 근거로 하고 발생하였을 것은 물론의 사실이며 연하여 각 종교의 교리가 다소한 차이가 있게 되었다. 이제 세계 삼대 종교인 유불기 삼자의 차이점을 약거略擧하여 보건대

제1. 유교와 기독교의 차이점으로 말하면

갑. 기독교는 순수 신앙에 의하여 성립된 종교이나 유교는 대체가 덕교德敎인 것이라. 기독교는 지知를 요하지 않고 이론을 요하지 않는 종교이니 다만 신을 믿으며 신의 아들 기독을 믿으므로 내세의 행복을 받는다 가르치는 것이며 유교는 이와 반하여 오륜삼강이라 하는 윤리적 수양과 지식을 얻음으로 교화의 본위를 세운 것이라. 그리하여 신앙방식도 멀리 상이하여 기독교의 의식은 모두가 신이라 하는 초인적 세력에 대하여 기원, 귀의, 희망, 희생 등으로 되었으나 유교는 완전히 윤리상 규칙의 수행으로 그 방식을 정한 것이다.

을. 기독교는 세계의 창조를 믿으나 유교는 우주의 발전을 설說한 것이라. 예하면 기독교의 구약에 실린 이스라엘 신화 중에 신이 6일간에 전 우주를 창조하고 7일 만에 휴식하였다는 것이 기독교의 우주창조설이 되었었다. 그러나 유교는 그렇지 아니하여 무극無極이 생태극生太極, 태극이 생양의生兩儀(천지), 양의가 생사상生四象, 사상이 생팔괘生八卦, 팔괘가 생만물生萬物이라 하는 우주발전의 과정을 말하였다. 물론 둘이 다 정밀한 이론을 요한 것이 아님은 물론이라.

병. 기독교는 내세의 생활을 신앙하나 유교는 현세적 실천도덕을 중히 본 것이라. 기독교의 신앙 행복의 목적은 차세此世를 표준한 것이 아니요 내세라는 사후 천국을 이상理想함으로써 신앙의 표준이 되었으나 유교는 현저히 현세의 영예를 희망하는 덕교이었다.

정. 기독교는 기독 부활의 이理를 설하여 일반 신자가 한가지로 내세의 부활을 믿으나 유교는 그렇지 아니한 것.

무. 기독교는 사람성性은 선천적으로 죄악인 것을 믿으나 유교는 성선을 믿는 것이라. 예하면 기독교에서는 인류의 원조인 아달이[1] 신의 벌책을 받았으므로 자자손손이 그 죄벌에 의하여 차세에 고통을 받게 되었는 고로 야소기독은 이 죄벌을 대속하여 차세에 강림하였다 믿음은 확실히 사람성은 선천적으로 죄악의 과果를 가졌다 함을 신화로써 명시한 것이다. 유교는 이와 정반대로 사람성의 죄악은 거의 후천적에 속한 것이요 사람성 본래 면목은 근본부터 선한 것이라 하여 유교의 대현 맹자가 이를 역설하니라.

기. 기독교는 지나支那의 묵자墨子와 같이 겸애兼愛를 설하였으나 유교는 차별애를 설한 것이라. 기독 성경 중에 일렀으되 적을 사랑하라 하였으며 남이 나의 좌협左頰을 치거든 다시 우협을 향하라 교훈함과 같

1) 아담.

음은 지나 철인 묵자의 겸애와 혹사酷似하나, 그러나 유교는 이와 달라서 묵자의 겸애를 무부무군無父無君의 설이라 하여 소위 '노오노이급인지노老吾老以及人之老 유오유이급인지유幼吾幼以及人之幼'[2]의 차별애를 설한 것이라.

제2. 불교와 기독교의 차이점을 들어보면

갑. 유교는 정적 기분을 가졌으나 기독교는 동적의 기분이 있는 것이니 말하자면 불교는 불변부동하는 태산고악과 같아서 심정유원深靜幽遠한 태態가 있나니 그는 적멸을 목적한 교리, 참선을 수행으로 하는 의식 등 모든 점에서 정적 기분이 있으나 기독교 특히 신교新敎에서는 동적 기분이 많은 것이라.

을. 불교는 이성적 방면이 많되 기독교는 감정적 방면이 많은 것. 불교의 교리는 원래 조직적 연역적(예하면 □성체□聖諦, 팔정도, 기타 인식론적 철학)이어서 철학적 이론이 풍부하고 이성의 지도가 작작綽綽하되 기독교는 그렇지 아니하여 신의 동경적 신념으로 일어나는 감정적 부분이 많으니라.

병. 불교는 무신교로 범신교에 나아가 범신교로 다시 일신교를 포용한 점이 있으나 기독교는 순수 일신인 것이라. 불교는 원래 바라문교婆羅門敎(원시불교)의 다신관적 반동적 사상으로 무신교를 창조하여 허무적멸의 원리를 설하였고 불멸佛滅 후 후대에 이르러 제자 중에는 불佛의 인격적 감화로부터 나온 유불사상有佛思想인 일신교적 관념을 기름에 이르렀다. 그러나 기독교는 처음부터 인격적 상제를 신봉하여 일신교의 교화가 된 것이라.

정. 불교는 신인교神人敎이나 기독교는 신정교神政敎인 것이라. 불교는

---

2) 《맹자》〈양혜왕상〉 제7장. '내 노인을 노인으로 섬겨서 남의 노인에게까지 미치며, 내 어린이를 어린이로 사랑해서 남의 어린이에게까지 미친다'

만물이 개유불심皆有佛心이라 하여 범신관적 관념하에서 사람으로 불佛이 될 가능성이 있다 인정하는 종교이나 기독교는 어디까지든지 신인의 차별성을 말하여 인계人界에 신의 지상명령至上命令인 신정교를 선포함으로 그 목적을 삼은 것이라.

戊. 불교는 몰아교沒我教이나 기독교는 주아교主我教이라. 불교는 개아個我를 몰케 하여 대아즉불성大我卽佛性을 실현함으로서 그 목적을 삼았으나 기독교는 신성과 인성을 차별한 상에서 개성의 집착을 주장한 것이라. 따라서 불교는 어디까지든지 차별상을 몰함으로써 진각眞覺이라 하였고 기독교는 현세와 내세를 구별하여 차별상을 세우게 되였으며 그리하여 불교는 이 몰차별한 평등으로 우주를 무시무종無始無終이라 하였으나 기독교는 차별적 관념으로 우주창조설을 믿게 되는 것이라.

경.[3] 불교는 불을 범신적 우주보편인 이성으로 해석할 수 있으나 기독교는 어디까지든지 신을 인격자로 보는 것이라.

신. 불교는 최후이상의 경애境涯를 열반이라 하였으나 기독교는 그를 천국이라 명명한 것이라. 대개 열반과 천국의 차이점은 전자는 모든 개체아의 차별상을 멸하여 공관空觀을 득함으로써 얻는 경애요 천국은 그렇지 아니하여 자아개성의 신앙적 집착심으로써 이에 도달할 수 있다 함이라. 그러므로 열반은 멸도滅道로써 득하는 것이요 천국은 신앙으로써만 득하는 것이라.

임. 불교는 사람의 재화災禍는 사람 자기의 자업자득인 인과율로 얻는 것이라 하였고 기독교는 이를 선천적 사람의 죄업으로 믿는 것이라. 따라서 불교는 사람의 복과福果를 역시 자업자득으로 해설하였으나 기독교는 이를 신의 혜택으로만 득하는 것이라 해설하였다.

---

3) 원문에는 '기己'가 빠져 있다. 필자의 착오인 듯하다.

이상은 유 · 불 · 기 3교의 차이점을 개술한 것이려니와 이제 인내천이 그 3교의 특색에 비하여 여하한 구별이 있는가를 일언하면

제1. '신'을 범신관적 일신으로 본 것. 인내천주의는 신을 사람성性 무궁無窮과 일치한 것이라 하나니 사람성 무궁이라 함은 사람성과 신성이 일치됨을 이르는 말인데 이 점에서 인내천은 범신관과 일신관의 통일한 경애를 발견할 수 있는 것이라. 인내천은 우주만유를 한가지로 신의 자기창조적 표현으로 본 점에서 범신관의 색채를 가졌으나 결국 사람성이 진화적 이법理法에 따라 만유범신성을 사람성 자체의 가운데 포용하면서 우주 최고 신경말초의 통제적 영장靈長으로 본 점에서 범신교적 일신교라 할 수 있다.

제2. '우주' 만유는 진화한 것으로 보는 것. 인내천 교리에서 이른바 진화라 하는 것은 신 스스로가 무궁 이전에서부터 자기창조적 진화 표현으로 우주가 되며 만유가 되며 마침내 사람성으로 표현한 것이라 보는 것이라.

제3. '이상경理想境'은 지상천국으로 한 것이니 인내천은 신과 사람을 구별치 아니하므로 사람으로서 신성의 생활을 표현하는 날이면 지상이 곧 천국이 된다 믿는 것이라.

제4. '화복禍福'은 사람의 자업자득의 인과율로 믿는 것. 그렇다 하여 불교와 같이 단일아單一我의 자업자득으로 된다 함이 아니요 인류 전체의 전적全的 생활 여하의 인과율법에 의하여 화복의 기로가 생긴다 함이라.

제5. '인성의 선악'은 무선무악無善無惡으로 보는 것. 인내천이 신에 대한 관념은 절대로 보는 고로 절대에는 선이라 하며 악이라 하는 상내 관념을 용납할 여지가 없는 것이며 그리하여 사람성 무궁 곧 사람의 천량天良의 본심은 이 절대무궁의 신성의 표현인 고로 이에 선악을 붙여 말할 수 없는 것이라. 다만 선악이라 함은 신성이 사람의 우성偶性으로

표현함에 따라 상대적 향배기상向背起想을 이른 것뿐.

제6. '신인적神人的 신정교神政敎'. 인내천은 신인교도 아니며 신정교도 아니요 이 양자를 합일한 신인적 신정교로 볼 수 있나니 인내천은 원래 사람으로서 한울 되게 하고 한울 된 사람이 자기의 신심神心으로 인세의 극락을 도모케 하는 신정神政이므로 이를 신인적神人的 정교政敎[4] 라 이르는 것이라.

제7. '몰아적 주의' 인내천은 몰아沒我로써 주아主我를 얻고 주아로써 몰아를 보게 하는 교화인 것. 인내천의 수양은 원래 개체아 곧 사지사욕私知私欲을 몰케 하여 대아大我 곧 신성아神性我를 표현케 하고 인하여 신성아로 주의를 삼는 교화인 고로 몰아적 주아교 혹은 주아적 몰아교로 볼 수 있는 것이라.

제8. '동적과 정적' 인내천은 본래 신성의 진화를 인정하는 고로 무궁의 동動으로 곧 무궁의 진화로 그 이법을 삼은 것이니 이 점이 기독교의 동적 방면보다 일층 광의적이며 또 의의가 상이한 것임은 물론인 것이라.

제9. '내세' 인내천에서도 내세를 믿음은 물론의 사실이나 그러나 인내천의 내세설은 열반과 천당을 이상理想한 말이 아니요 지상천국의 내세를 믿는 것이며 그리하여 사람의 영적 생활도 또한 지상천국의 영적 생활을 믿는 것이라.

제10. '부활' 인내천은 육적肉的 부활을 믿음이 아니요 영적 부활을 믿는 것.

제11. '애愛' 인내천은 애 대신에 경敬을 설한 것이라. 이르기를 사람을 섬기되 하늘과 같이 하라 함이 애의 의미라 하기보다 경의 의미가 일층 많은 것이라.

---

4) '신인적 신정교' 의 오기인 듯.

총괄하여 말하면 인내천주의는 만유의 덕성이 발전 또는 생장의 종점에서 가장 원만하고 가장 완전한 경애境涯를 의미한 것이니 그러한 경애가 아니면 인내천이 되지 못하고 그러한 경애에서야 오직 인내천이라 명명할 수 있을 뿐이라.

나. 인내천과 조직의 철학

'만물萬物을 정관각자득靜觀各自得'[5] 조용히 우주만유를 고찰하여 보면 만유는 각기 만유의 본능이 있어 각각 그 자득한 바 있나니 연鳶의 비飛, 어魚의 약躍 어느 것이 그렇지 아니함이 없다. 그리하여 만유가 각기 각각의 자득이 있는 소이所以는 만유 각자는 그 만유 각자의 형체와 성격이 각기 다른 소이에서 나온 것이라 할 수 있으니 예하면 동일한 잎이라 할지라도 잎마다 각기 형상形像이 상이하며 동일한 꽃이라 할지라도 꽃마다 각기 다른 형상을 가지어서 하나도 동일한 형상을 가진 것은 일개도 없다 함은 식물학자의 증명하는 말이요 나아가 생물계의 형상을 보면 동일한 소, 동일한 개, 동일한 새라 할지라도 각기 형상의 상이함이 마치 우리 인류가 동일한 인류일지라도 비록 부자형제인지라도 각기 형모形貌와 성질이 상이함과 동일하다 할 수 있다. 이처럼 천지만유는 하나도 동일한 형상, 동일한 성격을 가진 것이 없고 각기 특수한 형모와 성격을 가지게 된 점에서 우리는 처음으로 신의 전지전능의 조화력을 탄복케 되는 것이다. 그러면 신은 어떠한 신비력으로써 이같이 무궁한 형상을 별별別別히 창조함을 득하였을까. 이는 다만 진화상 조직적 철리哲理가 있는 소이였나. 즉 우주만유의 특수형모 특수성격은 한가지로 조직의 변화에 의하여 간단으로부터 복잡에 나아가며 복잡으

5) 중국 북송의 대유학자 정호(程顥, 1032~1085)가 지은 시〈추일우성秋日偶成〉의 한 구절. '만물을 고요히 바라보니 모두가 자득하여' 여기에서 '각자득'은 '개자득皆自得'의 오기인 듯.

로부터 드디어 천차만별의 만유를 이른 것이라.

상상컨대 우주의 태초는 무하유의 일물일 것이라. 그 무하유의 일물이 만유를 창조하는 사이는 무궁의 시간, 무궁의 계단을 요하였을 것이며 그리하여 그 무궁의 계단이 한 계단으로부터 다른 계단이 형성하는 묘법은 저간에 실로 서서히 변화하는 조직의 철리가 유행한 까닭이었다. 예하면 원류猿類 계단으로부터 인류의 계단이 진화하였다 하면 원류 계단의 조직이 우주의 창조적 의식의 지배를 받아 심묘한 생의 충동과 자연한 영靈의 발작으로 원류와 유사하면서도 일층 완전하고 일층 철저한 타조직으로 변하게 된 것이다. 이처럼 불완전하던 조직이 보다 완전한 타조직으로 변하고 보면 보다 완전한 조직체는 불완전한 조직체에 비하여 그 성격 그 행위 모든 것에 역시 보다 완전한 발작을 짓게 되며 따라 특수한 형모와 성격을 가지게 되므로 결국 만유의 천차만별을 이루게 된 것이다. 그러므로 진화는 일종의 조직의 변화로 볼 수 있는 것이다. 태초 무일물의 신이 진화적 조직에 의하여 무수한 계단을 조성하는 사이에 금일 천차만별의 형상과 성격을 이루게 되었나니 이에서 개성과 보편성의 구별이 나게 되는 것이다. 개성이라 함은 만유의 조직체로 인한 특수형모 특수성격을 이른 말이요 편성遍性이라 함은 그 특수형모 특수성격을 초월한 유일신의 신성이라. 즉 유일신의 신성이 만유 각자의 본능으로 나타날 때는 이를 개성이라 하고 그리하여 그 만유 개성의 내오內奧에[6] 보편한 본체성은 곧 보편성이 되는 것이다.

이에 조직이라 하는 말은 건조무미한 기계적 조직을 이른 말이 아니요 영묘 불가사의한 유기적 조직을 칭한 것이니 이를 물리학적 변화로써 예언例言하면 동일한 산소와 수소의 화합물이라 할지라도 그 조직의 여하에 의하여 형모와 성질이 판이한 물체를 구성함은 오인이 항견恒見

---

6) 깊숙한 안쪽에.

하는 실례이거늘 하물며 영능적靈能的 조직인 유기물의 변화야말로 오인의 사지사견私知私見으로 어찌 그 경애를 규지窺知할 지력이 있으리오.

만유의 차별이 이처럼 조직의 묘법에 의하여 진화하며 향상하는 것이라 하면 오인 인류사회의 진화법칙도 또한 조직의 개조 여하에 의하여 행복과 재화의 분기점을 얻게 되는 것이라. 동일한 인류, 동일한 사회일지라도 조직이 완전하면 행복이 생기고 조직이 불완전하면 폐해가 생기는 것이다. 가령 이를 정치조직으로 보면 군주독재정치의 조직, 군주입헌정치의 조직 혹은 공화입헌정치조직 등의 차별은 동일한 국가 동일한 인민일지라도 그 조직의 차별 여하에 의하여 인민의 권리와 행복에 미치는 영향이 멀리 형수迥殊한 것이라. 즉 조직된 제도의 차별은 문득 조직의 주체 되는 사람 생활에 막대한 영향이 직접 파급되는 점으로 보면 인류사회의 행불행은 완전히 조직의 능불능에 있다 하리라. 말하자면 현대의 모든 민중운동은 사상운동임과 형식운동임을 불문하고 그 결국의 목적을 사고하면 한가지로 조직의 개조 즉 제도를 목표한 것은 의심 없는 사실이니 이것은 원만한 조직은 원만한 생활을 이룰 수 있음으로써라. 금일 세계를 통하여 무산자의 운동이라 하는 것은 현대 경제조직의 불완전으로부터 생겨난 일종의 조직개혁의 운동으로 볼 수 있나니 현대의 경제조직은 가장 민생의 행복을 불완전한 상태에 빠지게 한 연고임이었다.

인간사회에 있어 가장 완전한 조직을 실행코자 하는 표준점은 무엇이 될까 함에 대하여 누구든지 자유를 말하며 평등을 기리기지 않는 이가 없다. 즉 가장 자유로운 조직, 가장 평등인 조직을 요구하게 되나니 그렇다면 그 소위 자유와 평등이라 함은 어떠한 것을 일러 말함일까.

자유라 하는 용어는 심히 광의로 해석되는 것이어서 무엇이 진정한 자유가 될까 함은 확답키 어려운 것이다. 그러나 우리는 쉽게 자유의 범위를 획정劃定하고 보면, 첫째 두 가지로 대별할 수 있나니 하나는 내적 자유 즉 단인적單人的 자유(의지문제)요 다른 것은 외적 자유 곧 복인적複人的 자유(대인문제)로 볼 수 있다. 그러한데 내적 자유는 본래부터 절연絕然한 구분은 얻을 수 없으나 대별하면 자기 개성에 관한 정신적 자유를 내적이라 볼 수 있고 대타관계인 사람과 사람의 관계조직을 외적이라 말할 수 있으니 이제 내적 자유에 대하여는 본 절의 목적이 아니므로 외적 자유 즉 사람과 사람의 관계조직의 자유를 인내천의 응용상에 비추어 일언하고자 한다.

본래 자유라는 말은 자의와 같이 타인의 간섭을 요하지 아니하는 독단적 행위를 이른 말이니 어떠한 권력이든지 자기의 행위에 대하여 간섭을 가한다 하면 이를 완전한 자유라 볼 수 없게 되는 것이다. 그런데 이에 크게 주의할 것은 자아의 단독적 자유행동이 타자아의 단독적 자유행동과 충돌이 없을까 의려疑慮함이니 만일 자아의 독단적 자유행동이 타자아의 독단적 자유행동을 침범하고 보면 이는 자아 일개인의 자유로써 만인의 자유를 빼앗게 되는 것인 고로 이는 진정한 자유로 볼 수 없고 일인의 전제행위로 볼 수밖에 없는 것이라. 자아의 단독적 행위가 유의식적 혹은 무의식적으로 타자아인 만인의 행위와 협동조화케 되는 것을 이를 진정한 자유라 볼 수 있다 함이라.

자아 독단적 행위가 다른 만인의 행위와 스스로 협동조화케 됨을 이를 진정한 자유라 하여 놓고 우리는 진정한 자유를 획득하고자 하면 어떠한 조직적 방식을 요하게 될까 함이 최후의 고안考案 문제가 될 것이다. 이에 대하여는 먼저 근본적으로 해결치 아니하여서는 안 될 두 가지 문제가 있으니 즉 사람성의 선악문제가 곧 이것이다. 사람성의 선악 여하에 의하여 자유에 대한 제재 부제재의 문제가 나오게 될 것이라.

우리가 만일 인성이 악한 것이라 할 것 같으면 이에는 반드시 그를 제어하여 만인의 공동의 자유를 얻게 하는 조직이 있어야 쓸 것이요 이와 반대로 만일 사람성이 근본부터 선한 것이라 하면 우리는 그 선을 선善히 유도하여 선과 상합할 만한 제도를 만들 뿐이요 하필 사람의 자유를 제재할 혹물或物을 요할 것이 없다 함이라. 이에 대하여 '크로포도킹'[7]은 일렀으되 사람성 중에는 본래 상호부조의 본질을 가졌으므로 인간사회는 그 본질에 따라서만 완전한 협동부조의 자유생활을 얻을 수 있다 설명하고 그는 국가의 권력, 법률의 권력 같은 것을 절대로 불인하였었다. 그런데 우리 사람이 현재에서 사실로 악(강도와 절도와 같은 행위)을 행케 되는 원인이 어디에 있느냐 하면 그는 현 사회의 제도로부터 생기는 죄악일 뿐이라 하였다. 즉 사람이 악을 행케 되는 동기는 사람성의 고유인 것이 아니요 사회제도의 악인습이 사람으로 그 죄악을 범케 한다 함이라. 그러므로 사회의 제도를 완전히 개조한다 하면 각인各人은 악을 행할 외재적 동기가 자연 소멸하므로 인간사회는 하등 제재적 권력이 없더라도 만인이 한가지로 상호부조의 원칙하에서 진자유眞自由의 생활을 할 수 있다 함이라. 이들의 설을 주장한 자는 고래로 그 예가 적지 아니하니 예하면 노자의 소위 '절인기의絕仁棄義하면 민부효자民復孝慈하고 절교기리絕巧棄利하면 도적무유盜賊無有라'[8] 한 교훈은 이에 적절한 말이라 할지로다. 이러한 예를 인내천주의에 비교대조하고 보면 인내천은 본래 신성과 인성을 동일하다 신앙하는 이상에 사람은 사지사욕을 제거하고 안으로 신성의 발휘를 유도하고 밖으로 그 신성과 일치되는 제도의 조직이 있고 보면 시간의 장단은 여하든지 사람은 그 이상理想에서 신자유의 생활을 가득可得할 것이라 확신함이라.

---

7) 표트르 알렉세예비치 크로포트킨(Pyotr Alekseyevich Kropotkin, 1842~1921). 러시아의 혁명가, 무정부주의 운동 이론가.

8) 《도덕경》제19장. '인을 끊고 의를 버리면 백성들이 다시 효성스럽고 자애로워지며, 기교를 끊고 이익을 버리면 도적들이 없어진다.'

다음으로 자유와 평등은 어떠한 점에서 상호 일치되는 계기가 있을까 함을 일언코저 한다. 원래 평등이란 계급의 소멸을 의미하는 말이니 평등이라 하는 표어의 하에는 지배와 피지배를 요하는 계급의 설정을 불요不要하는 것이란 혹시 평등을 비난하는 사람들의 말을 들으면 이르되 사람에게는 원래 완력의 강불강强不强 지력의 총불총聰不聰이 선천적으로 자재한 것인즉 이러한 선천적 차별을 소멸케 함은 이 사람성 자연에 위반이 아니냐고? 과연 그러하다. 평등이라 하여 사람의 선천적 지력을 무시한다 하면 이는 사람성 자연의 평등을 소멸하는 것이요 또 사람으로 하여금 향상발달의 도를 방색防塞하는 것이겠다. 그러므로 인내천주의에 있어 평등이라 하는 말은 계급의 소멸을 의미하는 평등이며 나아가는 인격의 발달을 자유로 하는 평등이다. 인격발달을 자유로 한다 하는 말은 사람들의 선천적 지능을 자기의 생긴 만큼 자기가 되는 만큼, 즉 자아인격의 극단발육을 의미하는 평등이니 비유하면 수목의 지엽이 대는 대, 소는 소 천차만별이 있을지라도 그 대소장단의 지엽은 결코 상호 방해치 아니하고 천연자연의 전적 발육의 힘을 자유로 신장함과 같이 사람성에 있어서도 또한 이와 같이 사람들의 선천적 지력을 자유껏 자아인격의 고유固有한 만큼 향상발달을 의미하여야 할지라. 현재 우리 사람들의 지능으로 말하면 모든 계급 특히 경제계급의 압박에 인하여 재능이 있는 자가 능히 그 재능을 발육할 만한 제도가 없도다. 아무리 유위有爲의 사람이라 할지라도 그 영혼이 한번 무산자의 가정에 떨어지는 날이면 그 유위 재능은 문득 초목과 동부同腐함을 면치 못하나니 이는 사람성의 자유를 방색할 뿐 아니요 또 사람성의 평등발육을 방해하는 것이라. 사람이 선천적 지능에 의하여 피차 지적 차별이 있게 되는 것은 이 계급이 아니요 각자 지능의 본위이니 지능의 본위는 계급과 같이 권력을 요하는 차별이 아니었다. 목마른 자가 물을 마심에 갑은 1작勺을 요하고 을은 2작을 요한다 하면 이를 계급으로 볼 수 없고 그 사람의 해갈정도의 차별에 원인한 것이며 그리하여 갑의 1작의 물과 을의 2작의 물은 그 분량의 차이는 다를지라도 해갈을 목적한 가치 정도에 이르러서는 완전히 평등을 안보한 것이라. 즉 해갈의 목적을 달성하기는 갑을이 순일한 평등으로 볼 수 있다. 이처럼 사람의 선천적 지력을 만족케 함에는 갑과 을이 선천적 능불능의 차별은 있을지라도 각기 자기 되는 만큼 지력의 발달을 목적한 목적의 견지에서 피차 인격 평등을 안보할 것이다.

이러한 이유하에서 자유와 평등은 상호 관통한 일치점을 가졌으며 그리하여 그 자유평등을 극도로 신장케 하는 도법을 일러 이를 사람성 자연의 제도조직이라 하는 것이다.

다. 인내천과 천도天道

천도교에서 말하는 천도의 뜻을 대개 다섯 가지로 나누어 볼 수 있으니 하나는 무극의 의미요 하나는 원만의 의미요 하나는 개벽의 의미요 하나는 무위자연의 의미요 하나는 동귀일체同歸一體의 의미로다.

1. 무극. 천도교의 1세 교조 최수운은 일렀으되 '오도吾道는 무극대도無極大道니라.' 무극은 곧 광대무량의 의미라. 천天의 극광극대한 무량성의 이법이 만물에 나타나며 사람에게 나타났나니 천도는 곧 한울의 무극성을 가리켜 말한 것이라. 그 성性 됨이 처음에 처음을 찾을 길이 없으며 종終에 종을 헤아릴 끝이 없으므로 다만 무극이라 하여 그의 위대함을 우리에게 증명한 것이라.

고인의 가르침에 무극이 생태극, 태극이 생양의라 한 어법으로 보면 무극은 천지만유를 생생케 하는 무량성의 본원임을 알지라.

2. 원만圓滿. 최수운은 일렀으되 '천도는 유불선 기타 모든 것이 아니요 그 모든 것의 대원大源을 이름이라' 하였고 또 이르기를 '오도吾道는

금불문고불문今不聞古不聞의 이理요 금불비고불비今不比古不比의 법法이라'[9] 하였으니, 이로써 보면 천도는 어떤 특정의 종교나 혹은 특정의 철학 또는 과학의 이치에 비교하여 말할 것이 아니요 그 모든 것의 대원에 귀납하여 모든 불원만에 대한 원만을 이른 것이라. 비유컨대 천도는 사람의 전체와 같아 머리, 이목, 수족 등의 국부가 아니요 그 모든 국부를 총합한 전체를 이름이며 또 천도는 물과 같아 강해하천우노성설江海河川雨露星雪이 아니요 그 모든 것의 총성질인 수水 그것을 이름이라. 이로써 보면 천도는 물질이 아니며 정신이 아니며 이상이 아니며 사실이 아니요 그 모든 것의 진리를 총합한 절대이니 천도는 결코 어느 일방에 치우쳐 사고하지 못할 것이요 어느 일단을 들어 그를 단정치 못할 것이라. 강强히 그의 무량성을 형용한다면 오직 원만 두 자로 서기庶幾한다 이를 뿐이다.

3. 개벽. 최수운은 일렀으되 '오도吾道는 후천개벽後天開闢이라'[10] 하였으니 이는 천도로 진화성이 있음을 가리킴이라. 천의 무극성이 한없는 진화의 이법으로써 그가 태극(혼원일기混元一氣)이 되니 태양계가 되며 만유가 되며 나아가 생물이 되고 마침내 인류가 되었는지라. 이를 개벽이라 하나니 그러므로 천도는 고정부동의 체體가 아니요 무궁무궁의 개벽성으로 전 우주의 조직이 순서 있게 전개하며 질서 있게 연장되는 것이라. 이를 인간계의 사리事理에 귀하여 보면 모든 사물이 태고부터 지금까지 일정한 계단을 밟아 역사가 되며 사상이 되어 불완전으로부터 완전에 나아가나니 고로 최수운이 이 시대를 가리켜 개벽운수開闢運數라 한 말씀은 현대는 인류의 사상이 공전空前의 변천을 일러 인문人文개벽을 갱시更始하리라 함이며 그리하여 이 개벽운수를 지배할 만한 힘

---

9) 《동경대전》〈논학문〉의 일절. '오도는 지금도 듣지 못하고 전에도 듣지 못했던 것이요, 지금도 비할 게 없고 전에도 비할 게 없던 법이니라'

10) 《의암성사법설》〈이신환성설以身換性說2〉 의 일절에 보인다. '후천개벽後天開闢의 시기時期에 처處한 우리는 먼저 각자各自의 성신性身부터 개벽開闢해야 하나니라'

은 오직 이 원만무결한 대도의 법칙을 응케 함에 있음이라.

고인이 개벽의 의의를 천개지벽이라 한 의미에 좇아 보면, 이는 원시적 천지조판天地肇判의 개벽을 이른 말이며 지금에 최수운의 이른 개벽은 원시적 개벽을 일컫는 말이 아니요 순수한 인문개벽을 가리킴이니 고로 대신사는 전자를 선천개벽이라 하고 후자를 후천개벽이라 하였나니 후천개벽은 정신 및 물질의 개벽을 이름이라. 천은 정신적, 지는 물질적이라 하여 정신과 물질을 병행 개조하는 의미라. 현재의 세계사상이 정신과 물질의 양극단에 병립하여 각기 그 하나를 고집하고 다른 하나를 배척함은 (유물론적 사회개조파와 유심론적 세계운동자의 병립) 이는 다 중화中和의 진리를 잃은 것이다. 천도는 본래 유물도 아니요 물심 양자를 천도 그 스스로의 가운데에 포용하였으므로 천도의 개벽은 곧 물심 양자의 병행개벽이라 할 것이라.

4. 자연. 최수운은 이르기를 '오도吾道는 무위이화無爲以化니라' 하고 또 이르기를 '화化는 자연自然 중에서 출出한다' 하였나니[11] 이는 천도의 법칙이 무위자연으로 됨을 가리킴이라. 대개 우주에는 일정한 법칙이 있어 만유가 일사불란히 그 법칙상으로 진전하는 것이라. 오인은 그를 칭하여 천도라 하는 것이니 도라 함은 이름과 같이 사물의 당행當行할 길이라. 사시四時의 순환, 만유의 병행이 한결같이 그 도에 당유當由치 아니하면 천지는 일순도 자체의 보존을 얻지 못할 것이라. 그러나 불행히 인간의 지식은 그렇지 아니하여 사교邪巧와 허위와 망상과 사욕으로 자연의 이법과 무위의 대도를 어기어 호상도탄互相塗炭의 구덩이에 빠짐에 마치 장님이 장님을 이끌고 심연에 투신함과 동일하도다. 그러므로 최수운이 먼저 이 천도자연의 법을 인계人界에 계시함이 어찌 우연이라

11) 《동경대전》〈논학문〉의 일절. 본문의 '無爲以化'는 '無爲而化'의 오기. '오도吾道는 무위이화니라. 그 마음을 지키고 그 기운을 바르게 하고 그 성품을 지키고 그 가르침을 받으면, 자연의 가운데에서 화출化出하는 것이다.(吾道無爲而化矣 守其心正其氣 率其性受其教 化出於自然之中也)'

하리오.

5. 동귀일체同歸一體. 최수운은 이르기를 '이 세상은 과거의 모든 성도성법聖道聖法으로써 족히 건지지 못할지요 오직 천도를 널리 세상에 전하여 억조가 일체에 돌아오라' 하였으니 이는 천도의 본원은 본래 한 심법心法과 한 정신과 한 조직 아래서 동귀일체할 본원적本願的 요소를 가졌음을 명시함이라. 그가 항상 우탄憂嘆한 말씀은 오직 각자위심各自爲心이니 동일한 한우님의 심법을 가진 전 인류가 질투, 원한, 진에瞋恚[12]로 서로 합하여 경쟁의 악로를 밟아 멸망의 굴에 나아가게 됨은 이 완전히 각자위심하는 불상사에서 나온 것이라. 그리하여 각자위심하는 대원인은 억조가 천도의 대법을 깨닫지 못함에 있는 것이다.

이처럼 천도는 무극, 원만, 개벽, 무위자연, 동귀일체의 5대 법성을 가졌으며 이 5대 법성을 인계人界에 현현케 하는 작용이 곧 천도교의 교화가 되는 것이다.

— 《개벽》 45, 1924. 3.

12) 성냄. 분노함.

조선 노농운동과 단결방법

계급적 의식 – 정신적 원력願力 – 조직의 완전 – 농민과의 악수

1. 노농운동과 조선의 특수처지

흉이 되든지 자랑이 되든지 알 것은 알아놓고야 할 것을 하는 법이라. 자기의 사정은 사정대로 명백히 밝히고 공정히 관찰하지 아니하면 일에 모순이 생기고 행行에 주저가 되는 것이다. '우리 사정은 이러하니 이러한 경우를 밟지 아니하면 안 될 것이라' 하는 명민한 관찰은 어떠한 운동에든지 필요함과 같이 현재에 정히 세계 대세라 할 만한 이 노농勞農운동에도 극히 필요한 일이다. 다 같은 노농운동일지라도 이가 그 민족 및 국가의 처지와 환경을 따라 취하는 수단방법이 다소 상이할 것은 말할 것도 없는 일이니 이 점에서 우리 사람으로서 노농운동의 전선에 선 자는 먼저 조선의 특수처지를 생각하지 아니하면 안 될 것이다.

원래 노농운동이라 하는 것은 그 명자와 같이 노동자와 농민의 해방운동이라 하는 말이니 무산의 노동자와 무산의 농민이 함께 연결하여 경제적 평등지위를 도득圖得코서 하는 운동을 이름이다. 그러므로 이 운동의 주체는 반드시 그의 주인격 되는 노동자와 농민이 중심이 되어야 할 것이다. 설사 무산자적 지식계급이 먼저 시대에 각성하여가지고 이 운동에 선구자가 된다 할지라도 그는 어느 때든지 간접적 객관의 지

위에 있음을 면치 못할 것이요 정말 실지의 주격은 노동자와 농민을 토대로 삼지 아니하여서는 안 될 것이다. 이 의미에서 노농운동이 순서로 나가려면 노동자와 농민이 자체로부터의 자각이 있고 그리하여 그 자각에 인한 자력적 운동이 있어야 일의 사체事體로 보면 옳기는 옳은 일이다. 그러나 어느 나라에든지 노동자와 농민이 먼저 자각이 있기를 바라기는 도저히 불능한 일이다. 그들은 오랫동안 경제적 압박 아래서 당연히 자기네가 먼저 알아야 쓸 일을 그를 알 만한 지력과 관찰을 가지지 못하였다. 그들은 필연으로 무산적 지식계급의 절규와 지도에 인하여 점차 그 각성이 나게 되는 것이다. 이것은 세계 어떠한 민족이든지 통유한 현상인 데다 조선의 처지에 있어서는 더욱 그가 특수현상 중에 하나가 되어 있다.

다음 조선 노동운동의 특수현상 중에 가히 명약관화라 할 만한 것은 노동자가 소수이요 농민이 다수 되는 그 점이니 이 처지야 말로 조선의 조선된 특수점이라 할 것이다. 누구나 아는 바와 같이 같은 노농운동이라 할지라도 공업이 성왕한 국가에 있어서는 노동자가 거의 그 운동의 본위가 되는 감이 없지 아니한 것이라. 그 연고는 소위 문명국에 있어서는 원체 노동자의 세력이 농민의 세력을 이기며 노동자의 지력 및 활동이 농민보다 우월한 고로 노농운동에는 반드시 노동자가 선봉이 되고 농민이 후군이 되고 있었다. 그런데 조선의 처지는 그와 대단히 다르다. 조선은 공업국이 아니요 농민국인 까닭에 조선의 경제적 주인은 농민이었다. 농민을 젖혀놓고는 노농운동이 될 수 없다. 이것이 조선에 가장 현저한 특수지위였다. 이러한 특수지위에 있는 조선에서 그 운동의 기반은 세불가불勢不可不 농민이 주체가 되어야 할 터인데 이상에 말함과 같이 농민은 어느 곳을 물론하고 보수성과 순박한 품성은 노동자보다 우월하나 개조적 활기에 이르러는 노동자보다 훨씬 낙후가 된다. 이와 같이 노동자가 소수이요 농민이 다수인 조선에 있어서는 하면 할 바가 먼저 무산청년동맹이 그것이 될 것이다. 공업국에서 노동자가 선봉이 되고 농민이 후군이 되는 대신 조선에 있어서는 무산청년의 동맹이 그의 선봉이 되어 농민으로 더불어 호상 협조치 아니하면 안 될 것이다. 이것이 조선청년총동맹朝鮮青年總同盟[1]의 목표가 되어야 하고 중심정신이 되어야 하겠다 하는 말이다. 그것이 조선의 노농운동의 특수지위가 된 것이었다. 일은 정말 잘 되어 간다. 오직 바랄 것은 튼튼한 단결을 요할 것이다. 사체는 바로 맞았다. 그러나 단결이 그 뒤를 이어 튼튼하여야 할 것이다.

2. 단결은 체면이 아니요 모방이 아니다

조선사람들의 피차하는 걱정 중에 제일 많이 듣는 말은 '조선사람은 단합이 잘 못 되니 어쩐 까닭이오' 하는 말이다. 무슨 회會가 생긴다든지 무슨 당이 생긴다든지 하면 우리네는 관용어와 같이 의례히 '그것인들 단합이 잘 될라구' 하고 비소誹笑 겸 걱정을 하는 말이 나오게 된다. 아닌 것이 아니라 우리네는 지금까지 아직 완전한 단합이 있어 보지 못하였다. 하다 그만두기질, 하다 소리없이 잠자기질, 하다 싸움하기질, 하다 협잡하기질, 하다 팔아먹기질 이따위 장난으로 지금까지 살아왔다. 그 현상은 누구나 다 걱정하는 바이다. 그러나 그 걱정의 원인이 어떠한 까닭으로 됨인 것은 너나없이 알지 못하고 지내온다. 원래 민중적 단결이라 하는 것은 체면으로써 되는 것이 아니요 모방으로써 되는 것도 아니다. 먼저 이 원리를 알아야 한다. 체면문제이니 우리도 하여야 한다든시 남이 하니 우리도 하지 않아서는 안 된나든시 하는 박약한 동기로써 민중의 단결을 도모코자 하는 것은 이야말로 체면치레

1) 1924년 220여 개의 사회주의 계열 청년단체가 중심이 되어 결성한 연합회.

에 지나지 못하는 것이요 모방적 허위에 떨어지고 마는 법이다. 단합은 결코 체면이 아니요 모방이 아니다. 단결의 이면에는 적어도 의식적으로나 혹은 무의식적으로나 본능적 충동이 움직이지 아니하면 안 된다. 조선사람의 단결력이 박약한 것은 조선사람 본성이 그러한 것이 아니요 조선사람의 관성이 그러한 것이다. 예의를 숭상한 군자국이라 모든 체면을 돌아보기로써 사체事體의 주체를 삼았으며 타인을 모방하기로 활동의 시종을 일삼았는지라 세부득이 그들의 모든 행위는 형식에 급급하고 실질에 박약하게 되었나니 조선사람의 단결에 시종이 없음도 대개 이에 원인한 것이다.

대개 단결적 행위에는 두 가지 붙어 다니는 문제가 있나니 타력적과 및 자력적이 그것이라. 타력적 단결은 권력을 요하는 단결이니 예하면 국가적 단결 혹 군대적 단결이 그것이며 자력적 단결은 이익을 요하는 단결이니 예하면 영리를 목적하는 상사商社단체와 같은 것이라. 권력을 이용하여 단결한 것은 권력이 해이함에 좇아 그 단결이 소멸하고 영리를 목적한 단결에는 영리가 박약함에 좇아 그 단결이 박약하여 지는 것이요 결코 체면과 모방으로 그 단결을 유지치 못하는 법이다.

권력적 단결과 영리적 단결 이외에 사상적 단결이란 것이 있다. 사상적 단결에는 권력을 요하지 못함과 동시에 영리를 목적한 것도 아니다. 그는 어떠한 이상을 목표로 하고 단결한 단체를 이름이다. 예하면 정치적 이상을 목표를 하였거나 사회적 이상을 목표로 한 그것이다. 그러한 단체적 단결에는 순수한 이상적 자력적 동기가 그 단결의 중추력이 되었으므로 모든 단결의 의미 중에 사상적 단결과 같이 그 실행이 곤란한 것이 없다. 그는 이상이 고원하니 만큼 그 실행도 또 고원한 것이다. 게다가 사상적 단결에는 외부의 압박이 의례히 수종隨從되는 법이다. 외부의 압박이 없는 사상적 단결은 도리어 가치가 박약한 것이므로 사상적 단결이라 하면 의례히 외부적 압박이 쫓아다니게 된다. 이제 우리가 말하고자 하는 조선청년총동맹회는 곧 사상적 단결이다. 그는 권력과 명리名利의 단결이 아니다. 사회개조를 목표로 한 사상적 단결이다. 더욱이 현대 자본국가의 일대 혐물嫌物인 노농운동을 그의 정신점으로 한 점에서 외부 압박도 일층 심할 것이다. 명리적 단결에 체면과 모방이 불필요함과 같이 사상적 단결에도 체면과 모방을 섞어서는 안 된다. 체면과 모방은 결코 외부의 압박을 이길 만한 힘을 가지지 못한 것이다. 체면과 모방은 타력惰力을 기초로 한 동기뿐이다. 그러므로 사상적 단결에는 적어도 사람성 본능의 충동으로 인한 일대 중심세력이 그의 중추가 되어야 한다. 그러면 조선 유일의 사상적 단결인 조선청년총동맹회는 그 단결의 동기가 어떠한 곳에 뿌리를 박아야 할까? 왈 노농운동. 노농운동의 단결중추는 어떠한 방법과 수완이 가장 필요할까.

3. 조선청년총동맹과 단결의 요소

위에 말함과 같이 조선청년총동맹은 권력적 단결이 아니요 또는 영리적 단결도 아니다. 그는 순수히 사상적 단결이다. 사상적 단결 중에도 권력적 단체와 조화할 만한 성질을 가진 단결이 아니요 차라리 그와 대항하여 승부를 결정짓고자 하는 단체이다. 그러므로 거기에는 체면이 없고 모방이 없다. 적어도 본능적이요 충동적 원기에서 나온 단결이 아니어서는 안 될 일이다. 그는 무엇이라야 하나.

제일은 계급의식의 단결이다. 계급이라 하는 말은 적어도 고정불변의 체體를 이룬 대립의 단체를 일러 하는 말이다. 너는 어느 때에든지 저 계급의 사람이요 나는 어느 때에든지 이 계급의 사람이다 하는 고정불변의 의미가 붙어 다니게 되는 것을 계급이라 이른다. 만일 이 계급의 사람이 저 계급의 사람이 될 수 있고 저 계급의 사람이 이 계급의 사람으로 옮길 수 있으며 그리하여 그 변환하는 시간은 일일시시로 될 수 있다 하면 그는 계급이라 말할 수 없다. 계급이란 것은 상전과 노예와 같이 상전이 노예 될 수 없고 노예가 상전 될 수 없는 것과 같이 어느 때에든지 그 계급은 그 계급으로 있다 하는 판 박힌 정도를 일러 말하는 것이며 그리하여 계급의식이라 함은 그 무서운 고정부동의 자기의 지위를 의식하라 하는 말이다. 노예가 자기 자신뿐 아니요 자손 백대라도 노예만으로 한 세상을 지내가리라 하는 진실된 공포적 자각이 생겨나는 의식을 이름하는 말이다. 이러한 의식에서 기인한 단결이야 말로 무서운 단결이다. 생각건대 조선청년총동맹이라 하면 적어도 이 계급의식을 기초로 하고 단결한 단체가 되어야 한다. 현재 문명 각국의 노동단체라 하는 것도 거의 다 이 계급의식으로부터 우러나온 단체들이다.

그런데 이 계급의식에 기인한 단결은 공업노동자라야 쉽게 되는 것이다. 농업노동자도 계급의식이 없는 바가 아니지마는 농업노동자는 그 직업상 노동자가 한 장소에 큰 무리가 되어 있지 못함이 한 결함이며 또는 농업노동자는 대개 전사고풍田舍古風의 아래 길러낸 천질天質인 까닭에 공업노동자와 같이 계급의식이 민활히 발달되지 못한 것이 둘째 유감이다. 그들은 천생 지도자의 보호 아래서만 혁신의 길을 찾게 된 까닭이다. 행인지 불행인지 조선은 이상의 말과 같이 농민의 세계인 까닭에 노농단결이라 하면 세부득이 무산청년의 계급의식적 단결을 얻지 아니하여서는 안 될 일이다. 이 점에서 조선청년총동맹은 더욱이 계급의식 위의 단결이 아니면 안 될 것이다.

제이는 원력願力의 단결이다. 계급의식이 발달된 자는 스스로 원력이 생기는 것이다. 야소가 사랑을 주장한 것과 석가가 자비를 절규한 것도 어떤 점으로 보면 일종 계급의식적 원력의 소발所發이라 할 것이다. 인간만사는 결코 체면으로 되는 것이 아니며 모방으로 되는 것도 아니다. 오직 원력으로 되는 것이다. 간절한 대원력의 아래는 명예, 이익, 권리와 같은 것이 이도 들지 않는 법이다. 원력은 곧 주의主義이다. 생명과 대신하는 십자가이다. 이러한 원력이 지절至切한 밑에서야 처음으로 지절한 단결이 생기는 법이다. 노농운동의 원력이 무엇인 것을 오인은 이미 알았다. 따라서 조선청년총동맹의 원력이 무엇인 것도 대개 저간의 소식을 알 수 있다. 우리는 구태여 그것을 말하고자 아니한다. 그러나 한 가지 부탁할 것은

원력과 정신문제이다. 근대 맑쓰주의를 신봉하는 인사 간에는 대개 만사를 유물적 기계적으로 판단코자 하여 정신문제를 도외에 붙이는 감이 없지 아니하다. 그래서 그들도 걸핏하면 '○○○○의 도래를 필연적 운명관에 붙여버리고 마는 것이다. 맑쓰의 이른바 '○○○이 만일 그들의 해석함과 같이 물질문명이 극도로 발달한 필연적 결과에 생기는 것이라 하면 현재 세계 각 민족의 절규하는 모든 행위는 의심컨대 태반은 무용지사가 되고 말 뿐이겠다. 맑쓰의 유물관이 해석하는 사람에 대하여 양양兩兩의 차위差違가 있는 것은 말할 바가 없거니와 다만 우리들의 절실히 느끼는 바는 경제적 유물관의 이면에는 적어도 정신문제가 포함치 아니하여서는 아니 된다 단언할 수 있다. 유물관의 배후에 정신적 원력이 복재伏在한 점에서 처음으로 만사는 필연적 운명에만 맡기게 되지 아니하고 인간의 의장意匠 인간의 의식적 활동이라 하는 위대한 세력하에 신세계의 건설을 기대할 수 있는 것이다. 요컨대 조선의 현상도 더욱이 정신적 원력을 제각除却한 단결로는 도저히 장취長就의 망望을 붙일 수 없는 것이니 이 점이 적은 듯하나 대단히 크게 생각할 문제일 것이다.

제삼은 조직의 원리이다. 조직 문제는 얼른 생각하면 기계적 문제인 듯하되, 그 실은 기계적이면서 정신 문제를 포용한 것이다. 조직이 완전 또 교묘한 단체는 설사 그 단체적 동기가 박약할지라도 능히 그 수명을 장구히 보전하는 예는 세간에서 누누이 보는 바이라. 이러한 이유

로서 보면 어떤 단결을 물론하고 다만 그 단결의 동기가 진리인 것만 믿을 바가 아니요 나아가는 조직의 방법을 완전 또 조화적으로 하지 아니하여서는 안 되는 것이다.

일찍이 한漢나라의 명장 한신韓信이 한고조에게 이른 말에 폐하는 장수를 통솔함에 능하므로 신이 폐하의 장수가 된 것이나 신은 군대를 통솔함에 능하므로 능히 항우項羽를 패하게 한 것이라 하였다. 장수를 잘 통솔하는 군君이 있고 아래에는 군대를 잘 통솔하는 사람이 있음은 천하를 얻는 대경大經이요 군국적 조직의 완전 또 교묘한 이유라. 이제 사상단체의 조직을 이들의 이유로써 일률하는 것은 혹 어폐가 될는지 알 수 없으나 어쨌든 다수의 민중에는 개성의 차이, 지식정도의 상위相違로 중간에 재在하여 좌우를 조화하는 인물과 좌우에 재하여 상하사방을 견제하는 인물 등, 도대체 조직의 완전을 기대치 아니하여서는 안 되는 법이다. 더욱 이 말은 조선 현상에 있어 극히 필요한 방법이다.

4. 농민과 악수하는 방법을 취하자

노농운동에 대한 우리 조선의 특수지위는 농민인 것을 말하였고 그리하여 조선의 일은 어느 때에든지 농민과 악수하여야 하고 농민과 악수하는 방법은 무산계급의 지식단체가 스스로 다른 나라의 노동단체가 설 지위에 서가지고 계급적 의식과 정신적 원력과 조직의 완전에 의하여서 그의 무보武步를 옮겨야 할 것은 위에 말한 바와 같다. 이제 조선청년총동맹회로서 농민과 악수하는 방법은 어떤 조직이 가장 필요할까? 이는 대체가 조직방법 여하로써 그의 전도前途가 가망可望되고 안 되는 분기점이 되리라. 이상에서 말함과 같이 농민은 다른 노동자와 같이 한 장소에 다수한 사람의 무리가 되어 있지 못한 까닭에 그의 단결방법도 또한 공업노동자의 단결방법과 같은 방법을 취하지 못할 것은 자연의 이치라. 그러므로 그들에게 단결의 효과를 나타나게 하려면 연쇄적 조직방법을 취하지 아니하여서는 안 될 것이다. 예하면 면에는 면의 농민을 지도하는 중심인물 몇 명이 있게 되고 그리하여 그 각 면의 지도자가 군에 집회하여 군의 노농조직을 완성한 뒤에 차제로 도에 미치게 하며 나라에 미치게 하여 이와 같이 연쇄적으로 단결을 하게 되어야 할지라. 어쨌든 조선의 노농운동은 농민과 악수하는 방법을 깊이 사고하여 그에 성공하는 것이 최후의 승리가 될 것을 오인은 부첨하여 말하여 둔다.

— 《개벽》 46, 1924. 4.

의문[1)]

1. 애愛에 대한 의문

'사랑합시다' 하는 말은 어느덧 야소 기독의 독창이 아니요 천하 만민의 공통한 인도적 술어가 되어 있다. 그리하여 '사랑합시다' 하는 말 아래는 누구나 그 말에 점두點頭하고 소허少許의 반항이 없을 줄로 생각한다. 과연 그러하다. 사랑이란 인류의 신성을 보장하는 표어에 있어서는 고금을 통하여 누구나 거기에 이의가 있을 수가 없다. 그러나 우리는 다시 한 번 애에 대한 다른 측면을 철저히 고찰한다 하면 거기에 현저한 의혹이 일어남을 금치 못하겠다.

들어보라. 과거 세상에서 지내온 애의 역사란 것은 대개 계급의 역사이다. 차별로부터 생긴 강과 약, 상과 하, 귀와 천, 부와 빈을 선善한 방법으로 연결코자 하는 역사이다. 이것을 차별애라 하는 것이다. 차별애에 있어서는 일편이 다른 일편은 사랑할 수 있으나 다른 일편은 도저히 일편을 사랑할 수 없이 되었다. 석숭石崇이는 석숭이의 문간에서 잠자는 걸식을 사랑할 수 있으나 걸식은 도저히 석숭을 사랑할 수 없는 애이다.[2)] 상전은 노예를 사랑할 수 있으나 노예는 상전을 사랑할 수 없

1) 목차에는 〈인애仁愛 천명天命 권면勸勉에 대한 의문〉으로 표기되었다.

2) 석숭石崇(249~300) : 중국 서진西晉의 유명한 부호.

다. 지주는 소작인을 사랑할 수 있으나 소작인은 지주를 사랑할 수 없는 애이다. 만일 약자가 강자를 사랑할 수 있다 하면 그는 정당한 애가 아니요 애의 변체인 애걸이며 굴종이며 순복뿐일 것이다. 이 점에서 차별애는 애가 아니요 특권계급의 이익을 옹호하는 권력의 권화權化뿐이다.

그러므로 계급의 세계에 있어 애의 표방이란 것은 곧 차별대우를 의미하는 애에 지나지 아니하는 것이다. 채권자가 채무자를 애한다 함은 채권자가 자기의 채무를 완전히 보존코자 하는 자리적自利的 애에 지나지 아니하는 것이요 지주가 소작인을 애한다 함은 지주가 자기의 이익을 도모하는 방편인 것이며 상전이 노예를 애한다 함은 노예의 노력이 직접 상전의 이익이 되는 까닭이다. 그것이 비유컨대 목축업자가 우양牛羊을 애한다 함은 우양이 목축업자의 직접 이익이 됨에서 나오는 애와 하등 다름이 없다. 그러므로 차별애는 진정한 애가 아니다. 진정 애는 차별의 세계에 있지 아니한 것이다. 차별의 세계를 그대로 두고 애를 절규하는 것은 목축업자가 우양의 보호를 절규함과 마치 한 가지이다.

영리한 세계 사람들은 어느덧 차별애의 폐해를 깨달았다. 그래서 그들은 차별애의 대신에 평등애를 주창한다. 평등애는 곧 인류애이다. 인류애를 실현치 아니하면 애의 가치가 없다 주창한다. 그러나 우리는 다시 한번 생각하여 보자. 평등애를 정신적으로 실현할 것인가 물질적으로 실현할 것인가. 평등애도 역시 정신적으로만 실현할 가능성이 있다 하면 이 역시 차별애의 변체에 지나지 않는 것이다. 석숭이와 걸식을 대조하여 놓고 피차에 평등애를 실현코자 한다 하면 이는 어불성설의 이치가 되고 말 것이다. 그러므로 평등애의 실현은 정신문제에 있지 아니하고 물질문제에 있음을 우리는 깊이 알고 있다.

생각건대 인류의 최고 이상은 애에 있지 아니하고 자연에 있는 것이다. 이상의 세계에는 인류와 인류가 자연의 희열로 결합할 뿐이요 결코 방편과 수단의 가식으로 나오는 그 무엇으로 되는 것이 아니다. 세계는 애를 주창한다. 더욱 인류애를 주창한다. 말은 대단히 좋은 말이다. 그러나 그를 실현코자 하면 그 방법은 애에 있지 아니하다. ××××를 해결하는 데 있다. 그리하여 평등애를 실현하는 새박에은[3] 무애의 경지가 되어야 한다. 무애는 곧 자연이다. 오직 희열과 자연의 충동으로 우러나오는 상호부조의 원칙뿐이다. 차별애로 평등애에 평등애로 무애에 무애로 사람성 자연에 나아감이 인류의 당연히 진행할 순서이다. 사람성 자연에 근거하여 결합되는 인류의 사회는 마치 천연계의 자연이 본능에 의하여 결합함과 같이 애를 초월하는 진자연眞自然의 희열일 뿐이다.

2. 천명에 대한 의문

만사를 천명으로 몰아붙인다 하면 천명도 역시 죄악이라 볼 수 있다. 빈도 천명, 부도 천명, 강자도 천명, 약자도 천명, 맞아죽어도 천명, 굶어죽어도 천명, 이러한 천명설은 얼마나 우리 인류에게 심절한 해독을 주었을까. 천명이란 말은 약자의 입에서 나오니보다 강자의 입으로 더욱 절규하는 말이다. 더욱이 인습의 종교가의 퇴굴적退屈的 위안에서 나오는 말이다. 이 점에서 '천명'은 강자가 약자를 종교적으로 위압하는 술어가 되어 있었다. 천명이란 말은 결코 그러한 경우에 쓸 말이 아니다. 그러나 과거의 세상에서는 천명이 태연히 강자의 권력을 보호하는 최후 지상권위를 가지고 있었다. 이것이 우리의 천명에 대한 의문이었다. 인도신화 가운데 이러한 재미있는 말이 있다.

---

3) 의미를 알 수 없음. 오기인 듯.

어떤 승려 한 사람이 졸연간 일종의 의문이 생겼다. 그는 홀로 자문자답을 이렇게 하였다. 한울님은 전지전능하신가. 또는 지인지자至仁至慈하신가. 그렇다. 한울님은 과연 전지전능 지인지자하신 양반일 것이다. 그러므로 천하 만민이 그를 우러러 숭배하는 것이다. 그렇다 하면 한울님은 어째서 그 지인지자, 전지전능의 힘으로써 인간의 죄악을 구제치 아니하실까? 만일 한울님이 전지전능과 지인지자의 양자 중에 하나가 없다 하면 의문이 없겠다마는 그 양자의 힘을 겸전하고 나서도 오히려 인간의 죄악을 시지불견視之不見한다 하면 한울님과 인간의 관계는 무엇인가. 인간이 한울님을 숭배할 조건은 무엇인가. 그는 이러한 의문 중에서 여러 날 고민하다가 필경은 그 이유를 한울님께 호소하려 하였다. 그래서 그는 선정禪定의 방법으로 자재천自在天이라 하는 한울님 앞에 가 섰다. 자재천은 말하되 나와 같은 자로는 그러한 큰 문제를 해결할 지력이 없으니 그대는 일층 상계에 올라 물어보라는 대답을 받았다. 그래서 그는 환희천歡喜天이라 하는 천주 앞에서 여전한 질문을 발하였다. 환희천은 대단한 난문제를 당한 듯이 한참 주저하다가 이러한 대답을 하였다. 무소부지 무소불능하시고 천지우주의 창조주이신 범천대왕梵天大王이야 그 문제를 해답할 수 있으니 그대는 어디어디 방황할 것이 없이 즉시 그대로 향하라는 것이다. 그는 즉시 범천대왕 앞에 이르렀다. 범천의 위의는 실로 인간세계에서 말할 바가 아니었다. 그는 이르는 길로 이러한 질문을 발하였다. '무소부지 무소불능한 천주여 어째서 인간의 죄악을 시지불견하시나이까' 하였다. 범천은 이 말에 응하여 '나는 과연 무소부지 무소불능하니라. 만물의 어미요 우주의 창조주니라' 하매 승려는 일층 공순히 '네, 대왕의 명성은 인간에서 다 들어 압니다. 그런데 소승이 알고자 하는 것은 대왕의 명성이 아닙니다. 어째서 인간의 죄악을 구제치 아니하시는가 함이외다' 하였다. 범천은 또다시 재삼재사 자기의 전지전능을 자긍할 뿐이요 하등의 정답이 없다가 승을 인도하여 곁방에 오라 하였다. 범천은 조용히 승에게 하는 말이다. '이 사람, 그러한 난문을 만조선관滿朝仙官이 있는 곳에서 물어보면 어찌하잔 말인가. 그러한 난문은 나도 실로 모르는 문제일세. 그러나 만약 내가 그것을 모른다 하면 다인소시多人所視에 체면상 관계이니까 그래서 자네를 이리로 불렀네. 기실 내가 한마디 부탁할 말은 천상계와 인간계는 도무지 관계가 없는 것일세. 인간계의 일은 인간계의 관계뿐이요 천상계에서 하등 간섭이 없는 것이며 따라서 인간계의 죄악도 인간계 자기로서 자작자얼自作自孽[4]한 것이니까 그의 해결방법도 인간계의 민중 자기의 노력에 의하여만 해결할 것이니 그리 알고 돌아가라' 하였다. 승도 즉지卽地에 대각하고 강한 바라문이 되었다 한다.

이러한 말은 물론 일종의 신화요 우언이라 하여 논의할 것이 없다 함은 별문제이나 그러나 우리는 이 우언의 중에 실로 지상의 교훈이 복재伏在함을 알아야 한다. 우리는 지금 천상계(천상계가 따로 있는 것은 아니지마는)와 인간계를 구별하고 살지 아니하면 아니 된다. 인간계의 죄악도 인간계에 있는 민중 자기의 힘으로 해결치 아니하면 아니 될 것이다. 천명이라 함은 곧 민중의 명령이다. 민중의 소리는 곧 신의 소리이다. 민중과 신은 결코 갈라 볼 것이 아니다. 이 점에 곧 종교문제의 해결점이며 민중 정신의 전기점轉機点이다. 모든 것이 천명이라 하여 그에 굴종하고 순복하는 것은 이것이야 말로 천명의 거역이다. 강자의 이른바 천명 인습의 종교가 가르쳐준 천명이라 하는 천명은 '천명도 역시 죄악이라' 하는 신술어新述語로 보아야 한다. 천명이라 함을 합리의 명령, 자연의 명령이라 할 것 같으면 우리는 어찌하여 인간의 모든 모순의 생활을 신의 명령이라 묵인할 도리가 있으랴. 오늘날 인간은 진실

4) 자작얼自作孽, 스스로 지은 재앙.

된 천명으로 살기 위하여 인습의 천명에 반역자가 되어야 한다. 그릇된 천명에 반항하여 진정한 천명을 밝히는 것이 현대 인류의 사명이다.

3. 빈곤과 태타怠惰에 대한 의문

취직난이 점점 더하여 간다. 소작 떼인 소작농이 도시와 북간도로 몰려가고 졸업생이 서울로 몰려들고 실직자가 눈이 벌게 취직의 도를 구한다. '무엇이라도 관계치 아니하니 취직의 도를 주선하여 주시오' 하는 부탁은 나 같은 무세력자에게도 하루에 이삼 인씩 적어 보낸다. 이것이 어떤 무서운 현상이냐. 이것이 뉘의 죄이냐. 사회의 죄이냐, 개인의 죄이냐, 빈곤의 죄이냐, 태타의 죄이냐.

우리는 이제껏 이렇게 믿어왔다. '소부小富는 재근在勤'이요 '근즉필성勤則必成' '일근一勤 천하에 무난사無難事'라 하여 근만 하면 먹을 것이 생기고 입을 것이 생기고 훌륭한 사람이 되고 사업자가 되리라고. 그러나 이것은 왕시往時에 지광인희地廣人稀하고 빈부무상貧富無常한 시대에서 하는 말이요 오늘날 일은 아니다. 오늘날은 그러한 격언과는 완전히 반대의 현상으로 나아가진다. 근한 자가 오히려 기한飢寒에 주리고 태타한 자가 능히 금의옥식에 묻혀 있는 현상이다. 세상 사람은 걸핏하면 빈곤을 가리켜 태타의 죄악이라 몰아붙인다. 타태惰怠는 물론 죄악이다. 그러나 근면을 하려 하여도 근면할 만한 일이 없이 된 사회는 그 얼마나 죄악이냐. 일하지 않는 것이 죄악이라 하면 일할 것이 없는 사회는 더욱 죄악의 사회가 아니냐. 금일의 사회는 결코 태타와 빈곤을 혼합하여 볼 사회가 아니냐. 빈곤은 태타의 죄악이 아니요 사람으로서 사작자얼한 사회의 암흑면이다. 사회는 이 암흑면을 들어 최후의 반항을 하고 있다. 우리는 빈곤을 태타의 결과라 보는 눈을 돌이켜 사회의 암흑면을 볼 혜명慧明을 가져야 한다. 사회의 암흑면은 점점 확대하여 간다. 이 사회의 암흑면을 철폐하는 방법은 단순히 근면에만 있지 않다. 태타의 퇴치에만 있지 않은 것이다.

민民은 이식위천以食爲天이란 말은[5] 만고의 절대격언이라 할 수 있다. 그러나 우리는 이 말에 대한 의미를 한번 더 깊이 고찰할 필요가 있다. 민은 이식위천이라 하면 민이 아닌 천자, 공경, 재상, 도덕가 기타 지식계급은 식食 이외에 다른 무엇을 가진 것이 있다 하는 말이다. 이것이 계급과 계급의 분기선을 짓는 말이다. 민이 아닌 특수계급에 있어서는 민으로부터 제공하는 공록空祿을 얻어먹고 풍부한 여유의 시간을 얻게 됨으로 그에서 도덕을 연구하고 예술을 즐기며 정치를 희롱하는 모든 즐거움을 독전獨專하고 오직 민중에 이르러서는 근근자자勤勤孜孜히 노력을 제공하여 위로 양반을 섬기고 아래로 자신 자가의 의식을 얻을 뿐으로만 천天을 삼으라 하는 말이다.

최해월 선생은 말하되 '만사지萬事知는 사일완食一碗에 있다'[6] 하였다. 즉 밥 한 주발을 평균히 분배함에 있다 하였다. 요컨대 인간 만사는 밥 한 주발로 시초되는 것이다. 현대의 가장 필요문제는 밥 한 주발을 평균히 함에 있다.

가령 어떤 곳에 사람 백 명이 있다 하고 그 백 명에게 밥 백 주발을 주되 누구든지 자기의 힘 자기 완력대로 자유로 그것을 여탈하는 권리를 주었다 하면 결국 문제는 밥 한 주발의 평균을 얻지 못하고 말 것이다. 지금의 세상은 이 비유와 적합한 실례이다. 어찌 한 사람에게는 한 사람의 앞에 밥 천백 주발이 돌게 되고 다수한 민중에게는 밥 한 주발의 불평균을 얻게 되었다.

그러고 나서 민은 '이식위천' 이니 다른 것은 알 것이 없다, 민이 아닌 특권계급에 있어서는 밥 이외에 따로 천이 있지마는 민은 그것에 참

---

5) 백성은 먹는 일을 으뜸으로 삼음. 식위민천食爲民天. 《사기》〈역생육가열전酈生陸賈列傳〉에서 유래.

6) 《해월신사법설海月神師法說》〈천지부모天地父母〉.

여할 권리가 없다 하였다. 만일 민중도 한가지로 다른 향락에 참가할 수 있게 되면 민중에게 밥 이외의 여유를 주어야 하겠다. 그러나 민중에게 여유를 주고보자면 세부득이 특권계급의 여유를 감쇄치 아니하여서는 아니 된다. 문제는 이에서 일어난 것이다. 태타와 빈곤, 근면과 부귀가 순리대로 결화潔化하지 못함은 원인이 이러한 까닭에 있다. 현대 사람의 급선 요건은 정말로 태타한 자에게 빈곤을 주고 근면한 자에게 행복을 줄 만한 사회제도를 희망하는 것이다.

4. 배금종拜金宗과 배인종拜人宗

현대에 확실한 종교가 있느냐. 확실한 종교 신자가 있느냐. 없다. 한 사람도 없다. 만약 있다 하면 이는 배금종이 그것이다. 신도 없고 도덕도 없고 의리도 없고 내지 인정, 경애 모든 것이 다 없어졌다. 오직 있는 것은 금의 세력이다. 금의 신앙뿐이다. 금은 주체요 사람은 객체이다. 사람이 금을 사용하는 시대가 아니요 금이 사람을 사용하는 시대이다. 지위의 표준도 금이요 명예의 표준도 금이요 권력의 표준도 금이요 내지 인격의 표준도 금이다. 돈 없는 영웅이 없고 돈 없는 성현이 없고 돈 없는 혁명가가 없다. 더욱 돈 없는 정치가가 없고 돈 없는 야심가가 없다. 아, 사람 모르는 세상이다.

'사람이 나고야 돈이 있다' 하는 말도 어느덧 고풍쟁이의 초학 훈장의 교훈이다. 지금 세상은 돈이 나고야 사람이 난다. 보아라. 속에 똥만 가득한 자도 돈의 권력으로 회사의 사장, 취체역取締役, 의원議員, 대의사代議士, 무엇무엇 다 되어 세범 사람들을 좌시우시하는 것이 아니냐. 정말 사람은 초목으로 더불어 동부同腐하게 되고 할아버지 덕, 아버지 덕, 사위詐僞의 덕, 착취의 덕으로 쌓아 놓은 돈의 우상을 숭배하는 무리들은 그 권위를 발휘하게 되는 것이 이 세상의 전도가 아니냐. 아, 돈만 알고 사람 모르는 세상이다. 이것이 곧 배금종이다.

배인종이라 하는 것은 금을 주체로 하지 말고 사람을 주체로 하는 제도이다. 금이 사람을 사용하는 것이 아니요 사람이 금을 사용하는 것이다. 사람이 금의 노예가 되지 말자 하는 것이다. 사람이 사람의 노예가 되어도 오히려 원통타 하거늘 하물며 물질의 노예, 기계의 노예가 됨이리오.

배금종의 폐해는 이제 다시 의논할 필요가 없지마는 그중에 가장 절통한 것은 인간성의 결백을 오예汚穢케 하는 것이다. 돈의 우상을 숭배하는 세계에서는 결코 사람성의 결백을 찾아볼 수 없다. 인간성으로 우러나오는 경애, 상호부조 등 모든 미덕이 소멸되고 그와 반대로 질투, 반목, 쟁탈, 서교噬嚙[7] 등 모든 부덕이 유행하게 된다. 문명의 세계는 돈의 세계이다. 돈의 세계는 사람성을 결백케 하는 세계가 아니요 사람성을 오탁汚濁하는 세계이다. 돈의 세계에는 인정이 없다. 부자의 친도 없으며 형제의 의誼도 없다. 보라. 사회의 중에 날마다 일어나는 친족상쟁 형제상탈 붕우상서朋友相噬 그 모든 현상이 어느 것이든지 돈의 인연이 없이 일어나는 것은 하나도 없다. 돈의 세계는 도시의 세계이다. 도시의 세계는 고립의 세계이다. 종로에 뭉키뭉키 몰려다니는 인류의 무리는 돈의 영자影子를 추수追遂하는 음모의 무리이다. 한 사람도 인류의 따뜻한 정을 접하기 위하여 모이는 사람은 일개인도 없다. 이것이 배금가의 현상이다. 아, 돈만 알고 사람 모르는 세상이다. 이것이 현대 문명의 폐해이며 인류멸망의 광고가 아니냐. 참으로 양심 있는 자는 잠잘 시대가 아니다.

— 《개벽》 48, 1924. 6.

7) 물어뜯음.

천국행

1. 하나님의 전제專制와 한울님의 평등

'너는 하나님을 믿느냐 한울님을 믿느냐' 고 물어보는 사람이 있다 하면 나는 '한울님은 숭배하되 하나님은 부인한다' 는 말을 하고 싶다. 그 연고는 한울님과 하나님은 근본에서 소양霄壤의 차이가 있고 따라서 그 두 분의 위력이 인간에 미치는 영향은 운니雲泥의 차가[1] 생길 것임으로써라.

들은 말에 의하면 남양군도南洋群島 어떤 만인蠻人 중에는 인육을 먹는 무리가 있다 한다. 그들이 다른 부락의 만인과 싸워 얻은 포로를 노예로 두었다가 그의 육을 먹을 때에는 저들의 믿는 신에 제祭한 후에 먹는 버릇이 있다는 말을 들었다. 이것이 이를테면 '살인제신殺人祭神' 이라는 이름을 붙여도 관계치 않다. 신은 경외하고 사람은 비열히 아는 심성에서 나온 일이다. 우리가 이 말을 들을 때에 소위 만인의 만행을 질매叱罵치 아니할 사람이 없을 줄로 안다. 그러나 가만히 생각하여 보면 이와 같은 만행은 야만인에게만 있는 일이 아니요 금일 소위 문명인이라 하는 그들에게도 많이 있는 버릇이다. 직접으로 있지 아니하고 변

1) 구름과 진흙의 차이. 서로의 차이가 현격함.

체적變體的으로 있는 것이다. 변체적인 까닭에 사람들도 용이히 그 죄악을 발견하지 못하는 것이다. 보라. 역사의 기록에 소위 종교전쟁이란 것은 과연 무엇을 증명하였느뇨. 네 종교와 내 종교의 충동으로 일어나는 인류 상호의 살벌, 간접으로는 종교적 감정으로써 일어나는 인류의 질투, 시의猜疑 등은 이것이 변체적으로 '살인제신' 하는 악습일 것이다. 다만 야만인은 직접의 행동을 취하고 문명인은 간접의 행동을 취함에 지나지 아니하는 것이다.

종교의 경쟁은 즉 '하나님' 의 경쟁이다. 네 '하나님' 이 진신眞神이냐 내 '하나님' 이 진신이냐 하는 경쟁이다. 그래서 자기의 '하나님' 이 참인 것을 증명하기 위하여 전쟁의 힘으로 사람을 죽이는 것이다. 이것이 '하나님' 을 숭배하기 위하여 인간을 죽이는 것이다. '하나님' 은 말미암아 인간을 죽이는 도구가 되었다. 이것이 '하나님' 의 해악이 아니고 무엇이냐. 나는 생각한다. 사람이 사람을 살리기 위하여 신을 없앤다 하면 오히려 당연한 일이라 하겠다마는 신을 살리기 위하여 사람이 사람 자기의 동포를 죽인다 함은 이치의 전도한 것이다. 물론 사람들이 신을 숭배하는 것은 사람을 광제廣濟하기 위하여 하는 일이라고 종교가들은 자찬하고 있다. 그러나 다시 들어보라. 종교의 효력이 얼마나 전쟁을 방지한 적이 있었던가. 장래는 모르겠다마는 지나간 역사의 기록은 하나님으로 인하여 전쟁이 생긴 사실은 있어도 '하나님' 의 힘으로 전쟁을 막는 증거는 하나도 없다.

계급의 기원이 '하나님' 으로부터 시작된 원인을 한마디 하고자 한다. 현금의 계급은 경제로부터 생겼다. 그러나 계급의 먼 역사는 경제에 있지 아니하고 '하나님' 에게 있었다. 승려제도의 기원은 곧 계급의 기원이라. 사람들이 '하나님' 이라 하는 위대한 대상을 피안에 대하여 놓고 그리고 '하나님' 과 친불친의 관계를 제도로 지어놓고 '하나님' 의 친근한 자는 상이 되고 그에 불친한 자가 하천下賤이 되게 되었다. 신의 아들, 천사, 혹은 천종지성天縱之聖이라는 말은 '하나님'을 머리에 이고 소위 협천자이령제후挾天子以令諸侯 하는 계급의 시초이었다. 승려제도에만 그런 것이 아니라 정치제도에도 역시 그 버릇이 유행되었다. 나라의 임금을 '천자'라 하여 임금은 '하나님'의 직접자분直接子分 되는 관계를 맺어 놓고 그 다음 차제차제 질서 정연히 '하나님' 자분격인 천자와 친근한 자가 봉건적 귀족이 되고 그와 인연이 먼 일반 민중은 하향천민이라 하여 모든 압박과 착취를 하여왔다. 이것이 '하나님'이 귀천의 분을 차지한 장본자가 되었다. '하나님'의 해악이 이에서 더욱 심하여 진 것이다. 하나님을 머리에 인 압박의 역사는 가정에서 사회에서 이같이 한 본本대로 되었다. 일가의 가장은 전 가족을 압박하고 시어머니는 며느리를 압박하고 며느리는 하인이나 머슴을 압박하는 맛으로 살고 하인이나 머슴은 소나 말을 압박하는 맛으로 살아왔다. 사람과 사람이 연결하는 맛으로 산 것이 아니요 사람과 사람이 누르는 멋으로 살아왔다. 이것이 곧 계급의 '하나님'이다.

'하나님'으로 인하여 사람성性이 타락된 원인을 한마디 하려 한다. '하나님'을 숭배하는 일면에는 인간만사를 유일의 천명소출天命所出이라 하여 (전 호에 기술旣述[2]) 선과 악 모든 것을 천명에 붙이게 되었다. 그래서 사람성은 자력적 근기를 잃어버리고 점차 타력적 의뢰성을 치게 되었다. 사람들은 오직 '하나님'이 있음만 알고 사람 자기는 잊고 살았다.

이상에 간단히 말한 '하나님'의 해악은 기실 그 죄가 하나님에게 있는 것이 아니요 '하나님'을 숭배하는 사람들의 자작자얼에서 나온 것

2) 《개벽》 48호(1924. 6)에 실린 〈의문〉 중 제 2절 '천명에 대한 의문'을 가리킨다.

이다. 하나님을 바로 믿지 못하고 그릇 믿는 데에서 나온 것이다. 하나님과 사람과 및 모든 자연을 부분 부분이 갈라놓고 나는 네가 아니요 너는 내가 아니라 하는 고립적 신앙에서 생긴 것이다. 그러므로 이제부터 진정한 사람의 생활은 '하나님' 의 생활로부터 '한울님' 의 생활에 들어가지 아니하면 안 될 것이다.

하나님과 한울님 사이에 무슨 구별이 있느냐 하면 하나님은 인격적 신이며 전제적 신이며 만물과 인연을 끊은 신이며 인간계와 천상계를 구별한 신이다. 그러나 한울님은 그 이름과 같이 한울일 뿐이다. 한울이라는 어의는 조선어에 '한' 은 일대一大라는 뜻이요 '울' 은 울이라는 '울' 이다. '울' 이들이라는 '울' 이다. 모든 동포를 포용한 '울이' 도 될 수 있으며 세계 전체를 포용한 울이도 될 수 있으며 나아가 전 우주를 포용한 울이도 될 수 있다. 그 '한울' 이라는 말은 전 우주를 들어 칭하는 '한울' 이다. 시간 공간 전체를 포용하여 말하는 것이다. 우주 간의 무기無機, 유기有機, 비잠동식飛潛動植, 대천성신大天星辰, 미진섬계微塵纖界 모든 것을 포용한 '울이' 란 말이다. 그러기에 '한울님' 이라 하는 말 아래는 천지만물을 연통하는 의미가 있으며 자연과 인간의 연대책임을 의미한 것이며 인인물물人人物物의 상호부조를 의미한 것이다. 고립의 의미가 아니요 전적全的의 의미이다. 배제의 의미가 아니요 친화의 의미이다. 천지가 한 가정이며 세계가 한 동포라는 말이다. '한울님' 하고 부르짖을 때에는 초목도 들어야 옳고 강산도 들어야 옳고 금수도 들어야 옳다. 사람은 물론이다.

이러한 의미에 있어 '한울님' 의 생활이라는 것은 인간 전체의 생활의 평등, 행복을 의미한 것이며 인간으로부터 구구악착區區齷齪한 계급과 계급의 차별을 일소하여버린 연대책임의 생활을 의미한 것이다. 그러므로 '하나님' 의 생활은 계급의 생활이나 '한울님' 의 생활은 평등의 생활이다.

2. 천국이란 무엇이냐

천국이라는 이상적 동네는 어느 나라 어느 민족을 물론하고 전하여 오는 이름이다. 동양에 있어서는 천국이라는 말 대신에 선경仙境 혹은 연화세계蓮花世界라는 이상향을 동경하여 왔으나 그 의미에 있어서는 천국과 선경이 한가지의 소질을 가진 것이다. 우선 그 위치에서 천국과 선경은 이 세상을 의미한 것이 아니요 천상계 혹은 봉래방장蓬萊方丈이라 하는 세계 외 세계를 일러 말한 것이며 다음 그 소질에 있어서는 천국에 사는 천사의 살림살이와 선경에 사는 신선의 살림살이가 완전히 동일한 취미로 되어 있다.

사람의 이상 중에는 어째서 이러한 천국을 동경하게 되었는가. 사람성性 중에서 천국을 희망하게 된 동기는 무엇일까. 이것은 구래의 종교가 사람들을 가르치기를 세계는 화갱火坑이라 하며 혹은 마굴, 죄악의 혼이라 저주한 소치에서 나온 것이라. 즉 그의 반동으로 나온 것이라. 종교가들이 세계를 가리켜 죄악의 굴이라 일러준 이 말이 필경 세계로 하여금 고통의 종자를 견고케 한 원인이 되었다. 그들이 세계로서 이미 죄악의 굴이라 인정하고 세계의 밖에 일종 가상적 세계를 이상하여 그것으로 인류 최후의 위안을 주게 하였나니 세계의 병독은 이에서 원인한 것이라. 생각하여보자. 가령 이곳에 어떠한 물건이 있다 하여 놓고 그 물건의 성질 됨이 근본적 본질에서 다시 개선할 여망이 없다 하고 보면 누구나 그 물건에 대하여 긴 애착을 붙일 심성이 나지 아니할 것이다. 녹석碌石으로 박옥璞玉을 만들리라는 행념幸念을 가진 사람은 하나도 없을 것이요 부목腐木으로 양옥良屋을 건축하리라 과신을 가질 사람도 한 명도 없을 것이다. 우리는 이러한 이유를 들어 과거 종교가 세계를 근본적으로 죄악의 갱이라 가르쳐준 퇴굴적 소극적 자포자기적 심법을 생각할 때에 스스로 유감의 뜻을 표하지 아니치 못하겠다. 세계를 이미 녹석이며 부목이라 한 이상에야 누가 거기에 근본적 행복의 신념을 붙일 생각을 가지게 되겠느뇨. 세계를 결정적으로 죄악의 굴이라 인정한지라 이러고 나니 이에는 누구든지 죄악이 있어도 불가피할 운명이라 작정할 수밖에 없으며 심지어 살인제신 살인탈지殺人奪地를 하고도 세계 당연의 행위로 알 수밖에 없이 되었다. 생각하라. 천하의 죄악이 이보다 더 가공할 일이 어디 있겠는가. 그러므로 과거 종교신자들은 세계에 대한 모든 고통은 세계의 중에서 해결코자 하는 신념은 추호도 가지지 아니하고 내세라 하는 세계 외 세계에서 그 보수報酬를 구하려 하였다. 이 얼마나 가련한 행위이며 퇴굴적 타락이었던가. 이러한 원인에서 천국이 나왔다. 이 세계를 고통의 갱으로 보아가지고 그의 상대로 안온의 행념을 동경케 된 것이 이 천국의 소종래所從來이었다. 그리하여 천국은 실로 인류의 모든 불행을 해결하여주는 이상향이 되어 온 것이다. 우리가 비록 이 세상에서는 모든 고통을 받는다 할지라도 그는 그 시대 그 시대 사람들의 각자의 잠시간 일이요 영구미래의 천국에서는 그의 고통을 해결할 뿐만 아니요 죄악의 근본성까지 소멸하게 되는 것이라 하였다.

그러면 우리 인류가 오랫동안 이상하여 오던 천국이라는 동네는 과연 어떠한 소질을 가졌을까. 즉 천국과 인국人國의 구별은 어떠한 것일까?

천국은 오직 선善의 평등으로 조직된 것이니 거기에는 귀천의 차별이 없으며 유산무산의 계급이 없으며 전쟁이 없으며 질투, 원한, 분만憤懣 등 모든 고통이 없는 안온의 세계였다.

천국은 오직 선의 자유로써 동작하는 세계니 거기에는 의식衣食의 자연적 구속이 없으며 피아彼我의 인위적 절제가 없으며 화란禍亂의 윤전이 없는 곳이었다.

천국은 영생의 세계니 거기에는 영고부침榮枯浮沉의[3] 세태가 없으며 질병 우고憂苦의 고통이 없으며 마침내 생사의 전륜轉輪이 없는 곳이었다.

우리 이상理想하는 천국의 개념은 대개 이러하다. 이로써 보면 천국이라 하는 곳은 사람들이 생각하는 바 모든 이상적 행복으로 조직된 세계니 사람들이 현생에서 생각하는 모든 상서스러운 일은 한가지로 천국에 다 돌려보내었고 그리하여 그를 천국에서만 구하게 되었다. 즉 사람들이 현재에서 자기의 힘으로 감행치 못할 일과 자기가 하지 못하여 희구하는 일과 이 시대에 아직 되지 못할 일 등은 모두 다 천국에다 보류하여두고 말았다.

이에 이르러 우리는 일대 사고할 문제가 있으니 즉 우리 사람의 사상 중에는 어찌하여 이러한 이상적 세계를 주출做出하게 되었을까. 다시 말하면 사람은 어찌하여 이러한 위대한 천국을 발견하였을까 함을 누가 나에게 묻는다 하면 나는 '사람성의 무궁이 우리로 하여금 그러한 이상을 짓게 한 것이라' 대답하고 싶다. 대개 이상이라 하는 것은 현재에서 사실적이 아닌 것을 관념으로 추측하여보는 정신적 제도이니 사람은 실로 이상의 힘에 의하여 사람 자기의 위대를 증명하게 되는 것이라. 세사細沙가 진주조개의 중에 들어가면 진주조개는 자기 본능의 액을 비출泌出하여 세사를 포용하면서 드디어 미려한 진주를 조출하니 사람성의 이상도 이와 같아서 어떠한 작은 사실일지라도 그 사실의 진맥이 사상을 자극하면 사람성은 문득 사고의 액을 비출하여 그 사실을 포위하면서 마침내 그 사고로써 위대한 이상을 이루게 하는 것이라. 그러므로 우리는 진정한 이상은 이것이 허위가 아니며 환경幻境이 아님을 단언하여두고자 한다. 진주조개의 중에 있는 진주가 허위가 아닌 이상은 오인의 사상 중에 있는 조직적 이상이 또한 허위가 아님을 알지라.

---

3) 성하고 쇠함이 시세를 따라 변천함.

진정한 이상은 실로 미래적으로 성립될 만한 잠재사실이라 볼 수 있다. 사람은 이와 같은 이상의 힘을 가졌으므로 현재의 사실을 미화케 하여 그로 향상케 하며 진보케 하며 그리하여 다시 신사실을 창조케 하는 것이라.

이렇게 생각하고 보면 과거에서 우리 조상들이 천국을 이상하며 극락세계를 동경하며 선경을 추구한 것이 결코 허위가 아니며 몽환이 아님을 알지라. 그들은 장래 세계의 도달할 만한 인류의 전도를 이상적으로 사람성의 중에서 스스로 동경하였던 것이라. 자기네가 자기네의 힘으로써 아직 건설치 못할 것, 자기네의 시대에 아직 출현치 못할 이상을 정신적 무형적無形的으로 예상하여 후세 자손에게 유전하여 준 것이었다.

인류는 이 이상향을 동경한 지 오래였다. 우리들의 현대인은 조상이 유전하여 둔 그 이상을 다만 이상으로만 보류하여 둠이 결코 옳지 아니하니 이제부터 그 보류를 해방하여 실제의 천국을 이 지상에 건설할 여명기가 왔음을 깊이 각오함이 현대인의 무거운 사명이 되리라. (미완)[4)]

—《개벽》49, 1924. 7.

4) 〈천국행〉의 나머지 부분은《개벽》50호(1924. 8)에 실렸으나 검열로 삭제되었다.

현대 청년의 신수양新修養

〈천국행天國行〉의 계속은 그만 당국의 기촉忌觸으로 세부득이 중지하게 되었습니다. 천국행의 본의는 원래 사람의 이상을 그대로 그려보려 한 것인데 유감이나마 발표할 자유가 없고 이 호에 게재하는 '현대 청년의 신수양' 이라는 제목은 천국행에 대한 지도자의 신수양임을 일언으로 부기하는 것입니다.

1

어떤 청년이 나에게 대답한 말이다. '우리는 수양을 말할 때가 아니라. 그리고 수양의 필요가 없다. 그런 썩어진 수양문제는 현대 사람의 생각할 바가 아니요 현대인으로 처할 바 도道는 오직 당면의 파괴문제가 있을 뿐이라' 고. 생각건대 이러한 사고는 조선 청년 전체의 의사인 듯하고 또는 현대 사상계의 새로운 경향이었다. 현대 청년의 사상계가 수양문제로써 썩어진 과거 사람들의 소극적 퇴굴로부터 우러나온 것이라 생각하게 된 원인은 무엇에 있느냐 하면 그는 구도덕舊道德의 쇠퇴로부터 인습과 허위를 배척하는 동기에서 시작한 것이니 우리는 그들의 구도덕으로부터 온 인습의 수양을 배척한다는 데 대하여는 아무 이의가 없다. 그럴 듯한 일이요 또한 그러하여야 쓸 일이라 한다. 그러나 여기에 한 가지 크게 생각할 일은 현대인에게는 절대로 수양을 요할 필요가 없을까? 즉 당면의 충동으로부터 일어나는 경우의 발작 이외에 하등 예기적豫期的 수양을 요할 필요가 없을까. 구도덕의 수양은 하등 거론할 바 못 된다 할지라도 신사상 중으로부터 따로이 신수양을 요할 필요가 없을까 하는 의문이다.

대개 수양이라는 말은 요컨대 인격의 양성을 이른 말이며 개성의 발전을 칭하는 추상적 명사라 할 것 같으면 그의 방법은 별문제가 되려니와 수양 그것의 본체는 어느 때에든지 통용될 일이라 하겠다. 즉 구수양의 파괴와 동시에 신수양의 필요가 생길 것이 아니냐 하는 말이다.

2

누구나 다 보는 바와 같이 조선의 사상계는 갈수록 혼돈상태에 있으며 방향미정의 처지에 있다. 과도기에 있는 모든 비애와 모든 결함을 아울러 맛보게 되는 중에 있다. 질투와 시비 배척과 분열 이것이 조선 사회의 현상이다. 이러한 현상에 대하여 우리의 중에는 두 가지 관찰이 있다. 한 가지는 이것을 극단의 불상조不祥兆라 하여 과도한 비관을 가지고 있는 파당派黨 하나 하고, 하나는 이것이 파괴시대에 당연히 있는 일이라 하여 즉 당연히 있어야 쓸 일이라 하여 무조건으로 그를 긍정하는 파당이 있다. 이 두 가지 고찰에 대하여 오인은 어느 편에든지 좌단左袒할 용기가 없다. 비관할 일도 없고 또한 낙관할 일도 없다. 그렇다고 되는 대로 지내려는 생각도 아니다. 단 우리로서 그러한 현상에 대하여 심절深切히 요구코자 하는 일은 그들에게 새로운 수양을 주어야 하겠다 함이다. 물론 싸울 일은 당연히 싸워야 하고 파괴할 일은 당연히 파괴하여야 한다. 그러나 싸우는 일일수록 대경大經이 있어야 하고 파괴하는 일일수록 대의가 있어야 한다. 대경대의를 어기고는 아무리 정당한 싸움 아무리 정당한 파괴일지라도 필경은 성공을 기하기 어려운 것이다.

근래 자각이라는 말은 아무의 입으로도 상용의 투어套語가 되어 있다. 자각이 없이는 안 된다는 말은 동야東野의 초부樵夫도 이르는 말이다. 그러나 가만히 생각하고 보면 자각이라는 것은 그렇게 용이히 되는 것이 아니다. 적년積年의 경험과 경세經世의 단련이 없이는 자각이 생기는 법이 없다. 다시 말하면 자각은 곧 수양이다. 수양으로부터 일어나는 그의 주의이다. 명예와 권리와 공리功利 등의 모든 외계적 윤곽을 해탈한 개성의 광명이다.

현재 조선에 있어 장래 사회의 건설에 촉망할 인물을 구하고자 하면 우리는 그를 인습의 사회□□ 얻지 못할 것은 다시 말할 것도 없다. 관리도 아니요 양반도 아니요 보천교普天教의 상투도 아니요 인순고식因循姑息의[1] □□□도 아니요 배금종의 착취가도 아니다. 이것도 아니요 저것도 아니다. 그래도 쓰나 다나 바랄만한 사람은 신사상을 포지抱持한 청년 그네이다. 만일 현재의 조선에서 신사상을 가진 청년을 제한다 하면 조선사회는 곧□ 생혼生魂이 없는 한 거대한 시체에 지나지 아니할 것이다. 그러므로 사회가 그들에게 의촉하는 바가 많음과 동시에 그들도 스스로 그 촉망을 보지할 만한 힘을 가져야 하겠다. 즉 수양의 적공積功으로 우러나오는 인격의 힘을 길러야 하겠다.

3

근래 우리들 청년 간에는 경시치 못할 자시지벽自恃之癖이[2] 유행하는 듯하다. 자신自信의 힘에서 가는 것이 아니요 자시의 벽이 생기는 것이다. 그들의 중에는 인산반사를 순유물적으로 해석(유물적 해석이 그르다는 것은 결코 아니다)하여가지고 만사를 유물적인 자연의 해결에 맡

1) 낡은 인습에서 벗어나지 못하고 눈앞의 편안함만 취함.
2)자기의 능력을 스스로 믿는 기벽.

기고자 하는 자시지벽이 유행한다. 마치 유신적唯神的 종파가 인간 일체의 운명을 신의 좌우에 맡기는 신앙을 가졌던 것과 같이 순유물의 신자는 만사를 유물적 필연의 결과에만 종결되리라는 신념에 빠지지 않는가가 큰 의문이다. 그의 결과는 필경 인격수양을 멸시하는 폐단에 이르는 것이다. 유물론을 연구하고 유물론을 신봉하는 것이 결코 비진리이며 불합리하다는 것이 아니요 유물론자로서 유물론자 될 만한 인격이 없고 유물론자 될 만한 소양이 없다 하는 말이다. 즉 그에 대한 수양이 부족하다는 말이다. 유심론자가 유심의 노예가 되는 폐해가 있음과 같이 유물론자가 유물의 노예가 되어서는 아니 되는 것이다. 칼 막쓰를 신봉하는 것은 물론 좋은 일이다. 크로포토킨을 숭배함도 역시 흠이 아니다. 레닌의 제자가 됨도 또한 그르지 않다. 그러나 그들의 노예가 되는 것은 그들을 숭배하는 본의가 아니요 유물론자 될 만한 자격이 없다 하는 말이다. 그는 유물의 도통道通이 아니요 유물의 낙공落空이라는 것이다. 마치 도학자가 낙공의 지경에 있으면서 스스로 도통하였다 자칭함과 같이 유물론자의 그러한 행위도 또한 유물의 낙공이라 할 수 있다.

낙공이란 말은 대단히 의의 있는 술어이다. 공空은 즉 불佛의 이상이다. 소위 열반의 진경애眞境涯이다. 그런데 낙공이란 말은 공에 미급하였다는 어의가 아니요 공의 이상에까지 도달하였다는 말이다. 즉 공에까지 도달하고 만 것이 불 되는 방법에 큰 병이라는 말이다. 공이 즉 불의 이상이라 할 것 같으면 공에까지 도달하고 만 것이 어찌하여 큰 병이 될까 하면 이는 무상無象으로써 유상을 돌아보지 않고 실實로써 정진을 일삼지 않는 정적靜的의 자기自棄임으로써이다. 불 되기를 자원하는 자가 낙공한 것이 큰 병임과 같이 유물론자가 낙공(기실은 낙물落物)한 것도 또한 큰 병이 아닐까 한다. 우주 인생을 유물로 해석한다든지 인간만사를 물질로 판단한다든지 이것까지는 별문제이다. 그것은 어떻게 보아도 좋다. 그러나 우주 인간을 순물질이라 하여 따라서 인간만사를 자연계의 운행우시雲行雨施와 같은 필연의 결과에 맡긴다든가 특별히 개성의 수양을 자포자기의 경우에 둔다 하면 이야말로 낙물이 아니고 무엇이겠는가.

나는 생각한다. 유물사의 원조 칼 막쓰가 필생畢生 심력을 유물사의 선전에 희생하였으며 반생의 공부를 윤돈倫敦 도서관에 기탁한 것이 무슨 의미인가. 그이뿐 아니다. 빡꾸닌[3], 크로포토킨 등의 신사상가가 한 가지로 그 주의를 위하여 자자孳孳히 부절不絕의 수양을 계속한 것은 또한 무슨 의미일까. 그들이 만일 인간만사를 이미 맹목적 유물의 집단이라 하고 또는 그들의 이상이 그들의 일생에 실현되지 못할 것을 각오하였다 하면 그들은 어째서 일생의 생활을 뇌옥고초牢獄苦焦의 중에서 보냈을까 함이다. 이 점에서 우리는 그들의 위대한 점을 깨달을 수 있다. 그들은 유물론의 연구자인 동시에 유물론의 도성자道成者이며 유물론의 덕립자德立者이다. 즉 유물론으로 도성덕립이 된 자이다. 유심론자가 유심의 원리로 도성덕립이 되는 것과 같이 유물론자도 유물의 원리로 도성덕립이 되어야 한다. 이것이 우리의 주장하는 신수양이다. 아울러 현대 청년의 크게 주의할 만한 일이다.

4

일의 대소는 물을 것이 없다. 작으나 크나 소위 개조사업이라는 것은 반드시 세 가지 계단이 있다. 첫째는 선전사업이요 둘째는 파괴사업이요 셋째는 건설사업이 그것이다. 예하여 우리가 풍속을 개조하자 하면 먼저 풍속을 개조하여야 쓰겠다는 선전이 필요하게 되고 둘째는 그 선전이 농숙濃熟하여 일반 민중이 그를 각覺□□□□□되면 파괴가 일어

3) 미하일 바쿠닌 (Mikhail Aleksandrovich Bakunin, 1814~1876) : 러시아 혁명가. 무정부주의자.

나는 법이요 다음은 건설이 생기는 법이다. 이 점에서 적어도 개조의 신사상□□□□ 지도자의 자격으로는 이 세 계단에 대한 예기적 준비와 단련이 없지 아니하여서는 안 되는 법이다.

선전기에 있어 제일로 대상 되는 것은 민중의 사상이다. 즉 민중의 사상 전환이 그것이다. 민중이라는 말은 권력적 행위에 속하지 아니한 일반의 민중을 총칭하여 하는 말이니 대개 다수의 민중이라는 것은 그들이 특권계급의 특권을 가지지 아니하니 만큼 그 반대로 비교적 인습의 단결에 굳건한 것이다. 이 점에서 민중의 의사는 어떤 방면으로 보면 다수는 우愚라 하는 말도 인습의 사회에 있어서는 결코 과격한 이理가 아니다. 선전기에 있는 지도자로는 먼저 이 점에 착의하여야 하는 것이다. 다수의 우를 상대로 하고 나아가자면 거기에는 굳은 결심이 되지 아니하여서는 안 되는 법이다. 고인의 소위 지성감천이라는 대각오를 가지지 아니하면 아니 된다.

현재 우리 조선에 있어 이른바 다수의 민중은 아직도 미迷에 방황하는 형편에 있다. 그리하여 아직도 계몽시대의 초기를 벗어나지 못한 형편이다. 이러한 계몽시기에 있어 소위 지도자로 자처하는 이들은 실로 민중의 의사(민중의 완고한 의사)와 걸어 나아갈 만한 수양이 없어서는 안 될 것이다.

지도자의 책임으로 가장 혐기할 일로 소위 위선이라 할 것이니 일시의 감동으로 개조의 선로에 나선 자, 혹은 형편과 경우의 소사所使로 동지의 한 '또래' 에 섞인 자, 그렇지 아니하면 명리의 충동으로 수단을 농락하는 자, 이런 '따위' 는 다같이 지도자의 책임이 되지 못하는 것이다. 그는 마치 '칠 년 대한大旱에 매일 불우不雨' 란 말과 같이 하등의 사회적 한발旱魃을 제각除却할 효력이 없을 뿐 아니라 도리어 그 해독을 민중에게 주는 점이 없지 아니하리라.

그리고 이상에 말함과 같이 선전의 대상이 일반 민중이라 할 것 같으면 지도자로서 일시도 망각치 못할 일은 민중과 접촉이 그것이다. 즉 민중과 감고를 다하고 침식을 함께 하는 대덕량大德量이 없이는 안 된다는 말이다. 자고로 명장이라 하는 이는 군졸의 중에서 군졸의 감고를 한가지로 하는 자 이외에 한 사람도 최후의 승리를 얻은 이가 없다. 지금 우리 조선에서 어떤 부분에 속한 지도자이든지 그 파별은 말할 것 없이 누구나 그 운동의 행위를 살펴본다 하면 첫째 민중과의 접촉이 심히 소원한 혐의를 면치 못하고 있다. 예하면 부인해방의 운동자가 부인과의 접촉이 없으며 소년운동자가 소년과의 접촉이 없으며 특히 노동운동자가 노동자와 접촉이 없다. 이는 마치 호랑이 굴에 들어가지 아니하고 호랑이를 잡고자 함이다. 자기의 집에 앉아 붓과 말로 호랑이를 잡고자 하면 그에는 특히 역사力士를 가릴 것이 없다. 오직 호언장담이면 그만이다. 생각건대 금일 우리 조선에서 지도자라 자칭하는 이들이 거의 다 방안에서 호랑이를 잡는 사람이 아닌가 하는 생각이 없지 아니하다.

대한大旱에 운예雲霓를[4] 바라는 까닭은 운예 그것을 바라는 것은 아니다. 운예의 중에 잠재하여 있는 감우甘雨를 바라는 것이다. 즉 운예가 화하여 감우 되기를 희망하는 것이다. 만일 운예가 화하여 감우가 될 가능성이 없다 하면 누가 귀치 아니한 부운浮雲을 쳐다볼 사람이 있으리오. 사회가 지도자를 바라는 것도 또한 이와 한가지다. 지도자를 운예라 할 것 같으면 민중은 식물이라 할 수 있다. 운예가 화하여 비가 됨에서 처음으로 식물의 생명을 구함과 같이 지도자가 화하여 민중의 감우가 됨에서 우리는 지도자를 믿을 뿐이다. 그런데 우리 조선의 지도자는 아직 감우를 쏘내치 못한 운예와 같이 운예와 운예가 부질없이 공중에 왕래하는 상태에 있는 형편과 같다.

4) '구름과 무지개' 라는 뜻으로 비가 내릴 징조를 가리킨다..

물론 선전기에 있어 크게 방해되는 것은 인습의 권력이다. 외계의 방해이다. 마치 청년 용장이 시석矢石을 무릅쓰고 전선에 서 있는 상태이다. 누구나 그 경우 그 형편을 모르는 것은 아니다. 그러나 질풍에 강초强草를 아는 것과 같이 그러한 경우가 없으면 개조라는 말을 할 필요가 없다. 수양을 말할 필요가 없다. 또는 성력誠力을 거론할 필요가 없다.

조선은 아직도 문화의 선전기에 있다. 그리하여 파괴는 목전에 접속하였다. 건설은 준비시대에 있다. 지도자의 책임을 맡는 청년은 삼가 찬손餐飧을 더하고 의지와 전술과를 자자히 수양할 필요가 있다.

—《개벽》 51, 1924. 9.

교외별전教外別傳

1. 정신적 동기와 계급의식

어찌하면 동포와 한가지로 혁신의 사업을 철저히 실행하여 볼까 하는 마음 아래에는, 소위 개조의 도정에 나선 자로는 적으나마 먼저 그 마음으로부터 동기가 없지 아니할 터이다. 재언하면 혁신이라든지 개조라든지 하는 최신의 사업을 실행하는 데 대하여 그들의 심적 동기는 무엇이 될까 함이다. 즉 무엇이 가장 중요한 것이 될까 함이다. 예하면 우리가 현사회의 결함을 부르짖으며 현생활의 불완전한 것을 깨달으며 그리히여 그를 증제拯濟할 생각을 두었다 하는 것뿐, 즉 단지 그 뿐만으로써 그 사업을 성공하는 정신적 준비가 다 이루어졌다 할 수 없겠고 일층 나아가서 그 사업을 성취할 만한 신념적 근기를 보충할 이지적이며 숙정적熟情的이며 또 영세불망적永世不忘的인 도덕적 동기動機가 없지 아니하여서는 안 될 것이다. 그는 일반이 다 그러하여야 쓰겠다는 것보다 지도자의 성의로 더욱 그러하여야 하겠다는 말이다. 아니 지도자로는 그러하여야 하겠다는 말보다 필연적으로 그러한 사람이 아니면 지도자의 책임이 없고 혁신의 전도에 나설 자격이 없다 하는 말이다. 나는 이런 일에 대하여 항상 유심히 현대 청년의 심사를 알아보고 싶고 특히 과도기인 금일 조선 청년(지도자적 자격을 가진 이)의 의지를 알아보고 싶어 한다. 알아서 필요하든지 불필요하든지 그것은 문제 외에 두고 그러한 청년이 없는 조선은 도로 아미타불로 이포역포以暴易暴[1]의 조선이 아니 될까 하는 걱정이 없지 아니하다. 이러한 생각으로 우러나온 마음이 먼저 그의 심적 동기는 어떠한 것이라야 가장 현대식이며 또는 시대사조에 순응하며 특히 조선의 경우와 적응한 것이 될까 하는 의문이 일어나게 된다.

먼저 의문 나는 일은 이러하다. 인류는 어째서 선을 감행하여야 할까. 자신을 희생하여서라도 선을 감행하여야 쓸 조건은 무엇인가? 이에 대하여 예로부터 여러 가지 동기를 역설 주창한 바 있다.

제1은 종교적 동기설이니 종교적 동기설은 이른바 신의 상벌을 믿음이 그것이다. 사람은 신의 상을 받아 영생의 복을 구하기 위하여 설사 자기에게 불리하더라도 타를 애愛하며 타를 이롭게 하는 행위를 하지 아니함이 불가하다는 것과 혹은 사람의 행위는 결국 선인선과善因善果 악인악과의 신적 감시가 있는 고로 사람들은 현생에 있으면서 내세의 복을 위하여 저저這這의 선을 행하지 아니함이 불가하다 하는 것이며

제2는 도덕적 동기설이니 이른바 양심의 지도라든가 혹은 이성의 합치라든가 하는 인류 당행當行의 의무를 말하는 것이다. 예하면 유교 도덕에서 이른바 사람이 타동물과 다른 것은 오륜의 실행에 있다 하여 인의예지 등 윤리적 규칙으로 사람들의 상행하는 관습을 짓게 한 것과 같음이 이것이며 서양에서는 칸트철학에 나타난 이성적 도덕설과 같음이 곧 그것이다.

제3은 공리적 동기설이니 이르자면 사람은 어디까지든지 이기관념이 행위의 동기가 된다 함이라. 이기주의자의 말로 논하면 이타의 행위가 일종 이기의 변칙적 행위에 불과한 것이니 타를 이롭게 아니하면 도

---

1) 난폭한 임금을 제거하기 위하여 난폭한 수단을 씀. 피로써 피를 씻음. 백이 · 숙제가 주周 무왕武王을 나무란 말이다. 출전은 《사기》〈백이숙제열전〉.

저히 자기의 불리 되는 바가 있는 고로 사람은 자기를 위하여 타를 이롭게 할 필요가 생긴다 주장함이라. 그리하여 공리적 동기설에 가장 중요한 것은 명예와 향락으로 볼 수 있으니 자기의 명예를 위하여 선을 감행하는 동기가 생긴다 하며 혹은 직접 간접으로 자기의 정신적 향락을 위하여 사업을 감행한다 함이라.

위에 말한 수 종의 동기설은 다소의 사람들로서 선을 행케 하는 기초가 된 것은 물론이며 그리하여 인류 몇 천 년의 역사는 이러한 동기설에 말미암아 우리의 혁신적 동기심을 지탱하여 왔다. 그러나 이러한 인습적 동기론은 시대의 변천과 함께 한가지로 동요를 받으며 또 영원히 파괴의 운명선에 들어갈 것이다. 종교적으로는 내세의 상벌을 염려하여 현재의 선악을 판단하는 사람이 현대인으로는 도저히 가망키 어려운 일이며 그리하여 도덕적 양심론도 구일舊日의 관습과 전례를 무시케 된 금일에 이르러 하등 실효가 없게 되었으며 공리설은 어떻게 생각하면 순수 전제적 권력설의 권화權化인 까닭에 금일인으로는 그를 긍정할 자 없을 듯하다.

이렇게 생각하고 보면 오늘날에 이르러 인습적 동기론은 인류에게 하등의 동적 활력을 줄 생기가 없이 되었다. 즉 인습적 동기론은 그 자체가 스스로 중심력이 마비되었다 할지라. 이것이 곧 사상의 전환기라는 것이며 신구교환의 과도기라는 것이며 혼돈방황의 여명기라는 것이었다. 다시 말하면 인습적 정신 동기가 파괴된 대신에 이에 대신할 유력한 신중심의 정신적 동기가 성립되지 못한 이때에 있어 지도자로의 청년으로는 먼저 이 심적 동기라는 신□□에 접촉치 아니하여서는 안 될 것이다.

그러면 인습의 동기론에 대하여 새로이 인심을 지배할 심적 신동기는 무엇일까? 오인은 이것을 계급의식이 곧 그것이 될 것이라 한다. 계급의식이라 하는 것이 혁신사업에 반伴하는 인류의 정신적 신동기가 되는 것은 금일인으로는 비록 칼 막쓰의 지도가 아니라도 넉넉히 이것을 지적할 수 있다. 즉 계급의식이 혁신의 사업에 성공할 만한 대동기가 될 수 있다.

그러나 여기에 크게 한 가지 생각할 문제는 계급의식과 및 그와 관계되는 양심적 정의의 관념이라는 것이니 만약 단지 계급의식만 편해偏解할 뿐으로 양심의 동작이라는 것을 망각하고 보면 이에는 스스로 의지의 자가당착을 면치 못할 중대한 결함이 생길 줄 안다. 들리는 말에 의하면 금일 우리 조선 청년 중에는 계급의식을 음미할 때에 곧잘 계급의식의 지배 하에는 하등의 이와 반행伴行 또는 밀접할 만한 다른 도리를 그 중에 가상架床할 필요가 없다 생각하여 오직 계급의식이 동하는 사이에는 혁신사업이 이에 반수伴隨할 줄만 알 뿐이요 계급의식이라는 것은 어떠한 동기하에서 생기는 중대한 원인은 경시하는 듯하다.

원래 계급의식이 일어나는 법칙은 그 사회의 조직이 계급적인 고로 그 계급적 생활을 체험하는 고로만 일어나는 것이 아니라 적어도 계급의식이 일어나려면 사람의 양심적 동기가 천지자연의 도리와 부합하여 그 도리의 관념이 사회적 생활과 모순 된 때에 생기는 물건이다.

예로써 말하면 고대 노예제도에서는 상전과 노예의 계급은 이를 천정天定의 대법칙으로 알아온 시대가 있었다. 이것은 상전 되는 계급이 그렇게 알 뿐만 아니요 노예계급 자체에서도 그가 당연한 천리인 줄만 알아왔다. 하다가 이것이 비인도 불합리라 하여 그를 해방하게 된 동기는 사람의 양심(당초는 어떤 일개인의 생각이라 할지라도)상으로부터 먼저 정의적 도리관념이 생겨가지고 그 도리관념과 노예제도의 악폐를 비교대조하는 사이에서 의분義憤이 나타나게 되어 그것이 필경은 위대한 계급의식을 일으키게 된 것이다. 노예제도만 그런 것이 아니요 모든 계급의식이 다 그로 좇아 나온 것이다. 가령 현재 우리 조선의 남녀적 계급, 빈부적 계급으로 말할지라도 여자의 대부분 혹은 빈자의 대부분은 아직도 그러한 남녀적 차별, 빈부적 현격을 이를 천정의 원리로 아는 사람이 많이 있는 것은 사실이다. 이것은 사회에 계급의 현수懸殊가 아직 격렬치 아니하여 그러한 것이 아니요 계급의식이 발달되지 못한 원인이며 계급의식이 발달되지 못한 대원인은 계급의식보다 먼저 일어날 혹은 동시에 반행할 천지자연의 공법公法으로 생기게 되는 도리적 관념(합리적 사상, 평등자유적 이성 등)이 발달되지 못한 까닭이다.

그러므로 현재 조선에 있어 혁신의 사업자로 자임하는 지도자로는 먼저 이러한 동기론에 착의치 아니하면 안 될 것이요 그리하여 지도자 스스로가 먼저 양심적 정의의 관념을 수양할 필요가 있다 함이며 나아가는 일반 민중이 또한 먼저 이 양심적 정의의 관념을 가지게 되어야 한다. 그리하여 그 정의의 관념이 발달되면 발달될수록 계급의식이 강하여지고 계급의식이 강하여지면 혁신사업이 이에 반행하는 것이니 요컨대 현대의 도덕적 동기는 계급의식에 있으나 그러나 그 계급의식에는 이에 반행하는 정의관념이 중대한 심적 동기가 되므로 우리는 그것을 잃어서는 안 된다는 말이다.

2. 김정필사건과 남녀문제

근래 신문지상에 미인의 본부本夫 독살사건이라 하여 세상을 놀랜 일은 천하가 한가지로 아는 바이다. 이러한 독살사건이 어찌 김정필金貞弼 한 사람뿐이리오. 고금 역사 어느 시대에든지 가위 통례로 있는 일이라 하여도 과언이 아니다 하리 만큼 많은 일이다. 그런데 하필 김정필 문제에 이르러는 이와 같이 세상에 소문이 넓게 된 것은 대체가 당시자인 김정필 자신이 미인인 까닭이라 할 수 있다. 과연 그러하다. 온 세상이 김정필 김정필 하고 가련한 사람이다 죽일 년이다 하고 항설속론巷說俗論이 분분한 것은 도대체가 김정필이가 미인인 까닭이다. 즉 미인인 까닭에 그런 줄만 알 뿐이요 김정필사건과 관계하여 우리 세상에는 이러한 인위적 비애가 무슨 까닭으로 복재伏在하였을까를 연구하며 통분히 생각하며 맹렬히 비평할 사람이 몇 사람이나 될까?

내가 이제 김정필에 대하여 일언코자 하는 것은 김정필 그가 미인이라거니 그 사건 자체의 내용이 여하하다거니 하는 말을 하고자 하는 것이 아니라 다만 세상에는 무슨 까닭으로 김정필사건과 같은 사건(김정필의 사건이 사실이라 가정하고)이 있게 될까. 그리하고 그러한 것이 있게 된 것은 김정필의 죄일까 혹은 그의 가정의 죄일까 혹은 회사의 죄일까 하는 문제이다.

세상에 김정필을 욕하는 사람은 그가 막대한 살인죄를 진 까닭이다. 그는 자기 개성의 해방을 위하여 개성과 막용莫容 되는 그의 남편을 즉 남의 개성을 살해한 까닭이다. 나의 개성을 살리기 위하여 부정한 수단으로 남의 개성을 죽인 것이 물론 막대한 죄이다. 죄가 아니라는 것이 아니다. 그러나 세상아, 들어라. 나의 개성을 살리기 위하여 남의 개성을 죽인 것이 이미 죄악일진대 남의 개성 때문에 김정필의 자기 개성이 먼저 죽는 이상으로 고통이 되게 된 즉 이러한 제도 아래서 이러한 고통을 받게 된 이 사회는 그 얼마나 죄악이냐. 그는 실로 죽는 이상으로 성적 고통이 있기 때문에 참다못하여 그러한 일을 감행하게 된 것이다. 그리고 이것이 김정필 한 개인의 사건이냐. 아니다. 적어도 우리 조선 남녀의 보통적 문제이다.

생각하여보라. 방금 우리 조선에는 김정필과 같이 비참한 경우에 처한 여자가 몇 사람이나 되는지 아는가. 다만 김정필은 사실 실행이 있고 기타 방방곡곡 은복하여 있는 모든 준김정필은 실행이 없는 구별이 있을 뿐이다. 즉 김정필은 자기 개성을 살리기 위하여 남의 개성을 죽였고 기타 모든 준김정필은 남의 개성을 살리기 위하여 자기의 개성을 죽이고 있을 뿐이라 하겠다. 그러면 남의 개성을 죽이는 사람이 죄악이냐. 자기의 개성을 죽이는 사람이 죄악이냐. 어느 것이 죄악이냐. 만약 둘이 다 죄악이라 하면 죄악이 아닌 자는 그 누구이냐. 만약 둘이 다 부죄악이라 하면 죄악인 자는 그 누구이냐.

현재의 우리 조선에는 현실의 김정필과 잠재의 김정필이 몇 천 몇 만으로 봉호蓬蒿[2]의 중에서 제읍啼泣하고 있다. 오직 신명의 재판을 기다리고 있다. 사회야, 아는가 모르는가. 사회야, 너의 죄는 장차 어떠한 재판을 받게 될까.

3. 기근과 자선

금일의 사람은 무섭게도 불안공포의 중에 들어 있다. 구주에서는 대전란으로 일본은 대진재로 중국은 대동란으로 조선은 한재旱災로 이렇게 하나도 빼지 아니하고 불안과 공포를 가지게 되었다. 그러한 가지각색의 재난 중에도 너나없이 한가지로 당하는 불안은 기근이라 하는 무서운 재앙을 맛보고 있다. 즉 '밥'으로 생기는 불안과 불평이 일직선으로 현대의 민중을 압박하고 있다.

기근에는 두 가지 종류가 있다. 하나는 천연으로 생기는 기근(예컨대 한재, 수재)이요 하나는 인위로 생기는 기근(예컨대 차별)이다. 천연으로 생기는 기근은 그 형세가 자연에 속한 것인 고로 소위 불가항력의 문제이지마는 인위로 생기는 기근은 완전히 인간들의 자기네의 자작한 죄악에서 일어나는 재앙이다. 이제 이 기근의 구제책에 대하여 무엇이 가장 필요한 문제가 될까 함에 대하여 나는 구구히 지엽의 문제를 논치 아니하고 근본적 구세 원리를 일언하여두고자 한다.

일찍이 맹가孟軻가 전투의 대책을 논하되 '천시天時는 지리地利만 같지

2) 쑥 또는 쑥이 우거진 풀숲. 궁벽한 두멧사람.
3) 《맹자》〈공손추하〉제1장.

못하고 지리는 인화人和만 같지 못하다'[3] 통론하였다. 맹가의 이 인화술人和術은 전국시대의 인화책을 특거한 말이지마는 기근에 대책도 또 인화에 있음을 나는 단언하여 둔다. 즉 기근을 영구히 구제하는 방책이 인화지책을 철저히 실행함에 있다 하는 말이다.

인화라 하면 누가 듣든지 애愛, 자선이라 하는 상애지도相愛之道로 듣기가 쉬우나 그러나 나의 이른바 인화지책이라 하는 것은 정신문제에 속한 관념적 인화를 일러 하는 말이 아니요 물질문제에 붙은 제도적 인화를 이르는 말이다. 깊이 생각하고 보면 자선이라 하는 말과 같이 계급적이요 불합리적 행위는 없다. 자선이라는 이름은 이름부터 상전계급과 노예계급, 지배계급과 피지배계급의 대립을 예상하여놓고 하는 말이다. 즉 부자와 빈자를 대립시켜놓고 나서 그 대립의 중간에서 자선이라는 기형아를 탄생케 하는 것이다. 자선은 결단코 평등의 경우에 쓰는 말이 아니다. 어디까지든지 차별의 중간이 아니고서는 생기는 법이 없다.

그리고 우리의 사회에서는 기근대책에 따라 겨우 자선이라는 미명 아래서 그를 구제할 수밖에 없이 되었으며 그리하여 자선이라는 미명은 부자를 받들어 숭배하는 존호가 되어 있다. '아무 부자님은 부처님이시로다' '아무 부자님은 선관仙官이시로다' 하여 비석을 세우며 존호를 올려가면서 돈푼 쌀되를 얻어내야 겨우 빈자를 구제하게 되었다. 그것이 마치 떡짐을 도적에게 빼앗기고 도로 도적에게 존호를 올려가면서 '떡' 부스러기를 얻어먹는 행위와 마치 한가지다. 그러므로 인화의 방책을 자선의 행위로 나오게 하여서는 아니 된다.

동학의 최해월 선생은 일찍이 이러한 말을 하였다. '만사지萬事知는 만인에게 밥 한 그릇을 평균히 분배함에 있다' 하였다. 이 말이 곧 인화의 극치이다. 인간 만사는 무엇보다도 '밥' 한 그릇을 평균분배케 된 연후에 모든 것이 서緖에 따라 해결이 되리라. 사회가 만약 일인일사-

人一食 만인만사萬人萬食의 전적 생활의 제도가 완전히 실시된다 하면 인위의 기근이 스스로 소멸케 됨은 물론의 사실이요 천연으로 생기는 기근도 인류의 위대한 과학적 노력에 의하여 인화로써 지리地利를 승하고 지리로써 천시를 승하는 위공을 가주可奏케 되리라.

—《개벽》53, 1924. 11.

1925년

적자주의에 돌아오라

사람성과 의식태意識態의 관계

환절기와 신상식

재외동포에게

생의 개적個的 가치와 전적全的 가치

적자주의赤子主義에 돌아오라

그리하여 생혼이 충일한 인종국人種國을 창조하자

1. 인종을 구하는 인종

문제 많던 갑자년(1924)도, 어제까지, 사정없이 가버렸다. 차천자설車天子說[1], 정진인설鄭眞人說도 문제를 바꾸지 않으면, 안 되게 되었다. 태양은 여전히 동편으로 오르고 북두는 의구히 천공에 돌고 있다. 모든 자연이 다 어제와 같이 순서 있는 활동을 하고 있다. 다만 문제 되는 것은 사람이다. 사람 자기네의 일이다. 사람 자기네의 전도가 어찌될까 하고 염려하는 것이다. 갑자년은 그럭저럭 보내었으니 을축년은 어찌될까 하는 문제이다.

나는 생각한다. 현대에 처한 사람으로는 지식가이든가, 문맹이든가, 뿌르쪼아든가, 푸로레타리아든가, 누구든지 말이다. 오직 한 가지 보편된 생각이 있으리라고. 그 생각은 무엇인고 하니 세상이 이보다 변하여지리라 하는 생각일 것이다. 대삼영大杉榮[2]을 죽인 감박甘粕[3] 이까지도 '나도 지금 사회가 완전히 된 것이라고는 믿지 않노라' 한 고백을 보

1) 여기서 차천자란 보천교 교주인 차경석을 가리킴. 보천교는 증산 강일순이 죽은 뒤 생겨난 증산교의 분파들 중 하나.

2) 오오스키 사카에 (1885~1923) : 타이쇼오大正 시기의 사회운동가. 무정부주의 지도자로 활약. 관동대지진 때 아내와 함께 살해당했다.

3) 아마카스 마사히코(甘粕正彦) : 관동대지진 때 오오스키 사카에를 죽인 헌병 대위.

면, 방면과 수단이야 어찌되었든지 현재의 사회가 현재 그대로 계속치 못할 것은 민중의 소리에 의하여 환하게 보이는 일이다.

민중의 소리는 곧 시대의 소리이다. 시대라는 그 활물活物의 예언이다. 현대는 실로 어떠한 미래의 낙원을 바라고 부단의 속보를 옮기는 일대 전환기로 볼 수 있다. 낙원과 지옥의 생활을 갈라놓는 일대 분수령으로 볼 수 있다. 갑자년은 고요히 갔다만 을축년은 어떠할까 하는 의타적 미신을 가지지 마라. 다만 갑자년과 을축년이 한가지로 시대라는 활물이 미래의 낙원을 향하여 속보하는 걸음의 한 과정인 줄로만 생각하여두면 그만이다.

시대는 왔다. 죽을 사람과 살 사람이 갈라서는 날이다. 최수운 선생의 '무병지란無兵之亂 지난 후에 살아나는 제 인생은 ○○○○○○○○'[4] 이라 한 말과 같이, 살아나는 인생은 곧 신시대의 인생이다.

말이 대단히 과격하고 허탄에 가까운 듯하나, 알고 보면 '죽을 사람 살 사람이 갈라서는 날이라' 함과 같이 순탄온건하고, 순리순수順理順數인 것이 없으리라. 사람의 육체가 죽으므로 죽는다는 말이 아니요, 사람의 육체가 삶으로 산다는 말이 아니다. 인종을 구할 만한 능력이 없는 인종과, 인종을 구할 만한 신근기新根氣를 가진 인종이 갈라서는 시대라는 말이다. 구인종과 신인종의 대립을 의미한 말이다. 인종을 구할 만한 인종, 인종의 인종을 의미한 것이다. 몇 천 되의 대두大豆 중에서 종자 되는 대두를 가리키는 말이다.

현대는 민중시대이다. 민중적 신시대를 희망하는 것이다. 이 말까지는 누구나 이의가 없을 것이다. 그러나 여기에 한 가지 큰 조건을 붙여두지 않으면 안 될 문제가 있다. 즉 민중시대라 하면 민중 그것이 문제

4) 《용담유사》〈안심가〉의 일절. '무병지란無兵之亂 지낸후에 살아나는 인생人生들은 한울님께 복록정福祿定해 수명壽命을랑 내게비네'

가 아니요, 민중을 구하는 인종이 있느냐 없느냐가 큰 문제이다.

우리들 청년 중에는 자기의 의사를 미루어 민중의 의사도 그러리라, 경단輕斷하는 급성이 많이 있다. 이러한 급성으로 쫓아 나오는 행위 중에는 정말 민중을 상대로 한다는 행위가 도리어 민중과의 거리가 시간적 공간적으로 멀어지고 만다.

'민중을 상대로 하여야 한다' 하는 표어를, 단순히 신앙하여버려서는 안 된다. 까닭 있고 조갓 있게 음미하지 않으면 아니 된다. 민중을 상대로 한다 하는 표어에는 여러 가지 계단을 두고 생각하지 않으면 아니 된다. 금일의 사람은 금일의 민중을 상대로 하고, 명일의 민중을 상대로 하여야, 즉 그러한 상대라야, 정말 의미 있는 상대이다. 상대에는 방향을 어기면 그는 상대가 아니요, 착대錯代이다. 상대에는 방향이 발라야 하는 것이다. 금일의 사람은 금일의 민중을 상대로 하여야 한다는 말을 잘못 해석하여 금일지사今日之事는 금일행지今日行之하고, 명일지사明日之事는 명일논지明日論之할 것이라 하는 완고한 속담으로 들어서는 아니 된다. 금일의 민중을 금일로 상대하여야 한다는 말은, 금일의 민중을 명일의 민중으로 향상키 위하여 금일의 일을 단연히 금일에 끊어버리고, 다시 반성 주저하지 않도록 깨끗이 금일지사를 청장淸帳[6] 하고 유감없이 금일과 명일의 경계선을 넘어야 한다는 말이다.

민중을 신시대로 인도함에는 으레 세 계단의 표준을 지적하게 된다. 초기를 선전적 계단이라 하면, 차기는 파괴적 계단이 될 것이요, 다음은 건설적 계단이 와질 것이다. 그리하여 이 각 계단은 그 각 계단을 통하여 특수한 민중적 상대가 있을 것이다. 초기에 일어나는 선전적 계단은 소수의 지도와 다수의 완미頑迷한 민중이 상대로 되는 법이요, 파괴적 계단에는 소수의 지도와 비교적 각성된 다수의 민중이 서로 어우러

5) 빚 등을 깨끗이 다 갚아 셈을 밝힘.

지게 되는 법이다. 그리하여 선전적 계단일수록 힘 있고 근기 있고 명철한 두뇌를 가진 인종의 인종이 있어야 한다.

우리 조선에는, 만사가 아직도 선전기에 있다. 인종의 인종을 구할 시대에 있다. 인종을 구할 만한 인종을 각 방면에 파종할 시대에 있다. 민중적이라 하여 광박廣博하게, 몽롱하게, 아무 표준이 없이 민중아 일어나거라 하는 말은, 마치 지혜 없는 용장이 조직 없고, 통일 없고, 애국심 없는, 오합지중을 향하여, 적군을 격퇴하라 명령함과 한가지로 실패에 돌아갈 것이다.

인종을 구하자. 인종을 구하라. 더 나가자. 민중을 상대로 말고, 인종의 인종을 상대로 할 초기의 계단인 것을 힘 있게 의식하자. 고기를 잡기가 바쁜 것이 아니요, 금은을 뜨기가 바쁜 것이다. 민중을 구하기가 바쁜 것이 아니요, 민중을 구하는 인종을 구하기가 바쁜 시대이다. 어떠한 사람이 인종을 구하는 인종이 될까? 여기 소위 인종이라 하는 것은, 구인종어양백[6]이라 하는, 멸망의 후에 남아 있는 인종을 의미한 것이 아니요, 고대식의 영웅주의 철인주의의 인종을 의미한 말도 아니다. 더욱이 권력과 금전과 사지간교私知奸巧를 표준한 우상적 인종을 의미치 아니한 것은 물론이다. 다만 힘 있는 생혼의 약동을 가진 사람이면 그만이다. 과거에 대한 솔직한 부인성否認性이 있고 미래 신사회에 대한 굳건한 신앙심이 있으면 그만이다. 이러한 인종을 가리켜, 적자주의赤子主義의 인종이라 한다. 적자주의로 돌아오는 사람이야 곧 인종을 구할 만한 인종이다.

---

6) '求人種於兩白', 증산교 교주 강일순의 《천지개벽경》〈기유편〉중 일절.

2. 적자주의

장자는 일찍이 〈도척편盜跖篇〉을 지어, 도척은 완력으로 부를 훔치고, 공구孔丘는 인의로 세간을 훔친다 조롱하였다. 이는 공구와 도척을 인습의 도덕 위에서 보지 아니하고, 인습을 초월하여 선악을 신견지에서 발견한 생혼의 작용이다.

칼 막쓰 및 기타 물질론자들은 오인의 심心은 실재 체體가 아니요, 물질의 환영이라 하였다. 물질을 수목樹木이라 하면 오인의 심은 수목의 그림자와 같다 하였다. 수목이 변함에 좇아 그림자가 변함과 같이, 물질적 외계현상이 변함에 좇아 오인의 심리도 변환變幻한다 하였다. 이 말을 진리라 하고 보면 오인의 심리에는 확실히 생혼生魂과 사혼死魂이 병립하여 있음을 면치 못하리라. 즉 생혼을 가진 신세계의 신인종과 사혼을 가진 구세계의 구인종의 대립치[7] 못하리라.

오인의 심리가, 과거사회제도의 인습으로부터 지어진 일종의 환영이라 하면, 현대인의 심리에는 말할 것도 없이 병적 결함이 들어 있을 것이다. 수목의 그림자가 수목의 자태를 따라감과 같이, 현대인의 심리에는 현대사회의 결함만한 그만한 결함이 생겼을 것이다.

오인은 럿셀의 말에 '창조충동과 소유충동'이 오인의 심리를 지배한다 하는 학설을, 유리有理하게 해석하지 않으면 아니 된다. 이 말과 같이 오인의 심리에는 외래적 충동으로 생긴 소유심과 본유적 충동을 가진 창조심이 병립한 것이라 하면, 순물질론자의 '심리는 물질의 환영'이라 한 표어는 심리의 일면을 정확히 간주看做한 대신에 다른 일면에 잠재하여 있는 비물질적 창조심을 망각한 것이다. 소유심이 순전히 외계의 그림자로 된 것이라 하면, 창조심은 적어도 외계를 초월한 자주적 충동이 되지 아니치 못할 것이다. 이 점에서 현대인의 심리에는 현대사

7) 문맥상으로 보아 '대립을 면치'의 오식인 듯하다.

회의 결함으로 생긴 병적 심리를 가진 사혼과 현대사회의 결함을 초월하여 항상 신사회를 창조코자 하는 생혼의 대립을 면치 못할 것이며, 따라서 신사회 건설의 신인종이라 하면, 말할 것도 없이 이 생혼의 소유자를 지칭하여 말하는 것이요, 인종의 인종을 각 방면에 파종하자 하는 말은, 생혼을 각 방면에 파종하여 사기死氣가 충만한 조선으로 생혼이 충일한 인종국을 창조하자 함이다.

현대인이 세상을 살아나가는 인간미라는 것은 무엇일까. 오직 우상숭배 그것이다. 금의 우상, 인습의 우상, 권력의 우상 그것이다. 현대인의 심리로부터 우상을 제거한다 하면 이는 깍지를 남긴 사해死蟹가 될 뿐이다. 이 점에서 현재 세상은 거대한 한 시체에 불과한 것이요 다수의 민중은 시체 위에서 시체의 부미腐味를 빨아먹는 무수의 준충蠢虫들이다. 끔찍끔찍하고, 징글징글한 현상이다. 귀기가 엄엄奄奄하고[8], 망영魍影이 흐르는 현상이다. 아, 생혼이 없는 세상이다. 이러한 사체의 인간을 생혼 있는 인생으로 변환코자 하면 우리는 먼저 생혼 있는 인간을 창조하지 않으면 안 될 것이다.

우리가 먼저 생혼을 가진, 인종의 인종을 창조코자 하면, 우선 주의主義가 있어야 한다. 이에 이른바 주의라 함은, 무슨 주의라고 표명코자 아니한다. 그저 과거를 부인하는 주의이다. 옳은지 그르든지 한번 부인하여버리고, 다시 나는 주의이다. 선택도 아니요, 비평도 아니다. 다시 새로 났으니 과거는 모른다는 태도로 일체 과거를 부인하여 보는 주의이다. 적자주의赤子主義요, 재생주의再生主義이다. 현재의 조선 청년으로 적자주의에 돌아오라는 말이다.

조선에 만일 적자주의를 가진 사람이 있다 하면 그는 대단한 행복이다. 적자주의의 특징은 무엇이뇨. 적자에게는 과거가 없다. 적자에게는

8) 숨이 곧 끊어질 듯한 모양. 생기가 없는 모양.

미래라 하는 광명이 약동될 뿐이요, 아무 것도 소유한 것이 없다. 금전의 소유도 없으며, 권력의 소유도 없다. 소유충동과 소유욕의 발동이 없는 것이 곧 적자주의이다. 그리고 적자는 약한 듯하되 강한 것이다. 적자가 정중井中에 들어감을 보고 구원치 아니하는, 강적이 없고 악마가 없는 것이다. 이 점에서 적자는 강하다. 적자는 소유의 힘으로는 약하나 창조의 힘으로는 강한 것이다. 세상 사람이 적자를 약하다 보는 것은, 이는 소유력을 비교하여 하는 말이다. 적자는 창조력에서 한없이 강한 것이다. 아무 소유가 없는 적자가 무엇보다도 강한 힘을 가진 것은 그에게는 생혼이 약동되는 까닭이다. 적자 일신이 도시 생혼의 약동뿐이다. 그러므로 그는 강한 것이다.

적자주의는 서두에 말함과 같이 공구와 도척을 수평선상에서 보는 대담한 강기를 가져야 한다. 공구와 도척을 일직선상에서 본다 함은 곧 선중견악善中見惡, 악중견선의 신관찰을 가져야 한다 하는 말이다. 이 점에서 적자주의는 무유無有주의이다. 인습과 현대문명을 초월하여, 재생운동으로 신천지 신인을 창조하는 주의이다.

최종에 나는 인종의 인종을 위하여 럿셀의 말한 구절을 인용하려 한다. '대다수의 남녀는 평생 자신의 경우 또는 일반사회의 상태를 전체로 명상하며 혹은 비판치 못하고 그의 일생을 지낼 뿐이다. 저들은 우연히 사회의 한 모퉁이에 나가지고 자기 자신 당면의 직접 접촉되는 필요 이외에는 하등의 사색이 없이 그날그날을 지낼 뿐이다. 저들은 야수와 같이 거의 본능적으로 순간의 만족을 구할 뿐으로 장래를 생각할 만한 원려遠慮도 없으며 또 충분한 노력에 의하여 생활의 진 조건이 변혁되리라고도 생각하지 못한다' 운하였다. 과연 다수의 민중은 이 상태에 벗어나지 못함을 오인은 깊이 각오覺悟치 아니하면 안 된다. 다음 '일부의 사회적 지위를 가진 사람들은 개인적 야심에 몰리어, 자신을 사회의 상류에 처케 함에 필요한 사상과 의지를 노력할 뿐이었다. 그리하여 자신을 위하여 구하는 이익을 진면목으로 만인에게 주고자 하는 자는 전무상태에 있다' 하였나니 이것은 금일 소위 지식계급의 사람이 사회적 지위를 이용하여 자신의 이익을 도모하는 무리들을 가리킨 말이다. 다음 남은 사람은 극히 소수의 사람으로 현재사회를 병적 현상으로부터 구제코자 하는 신인물이 그것일 것이다. 그들의 중에도 태반은 극도의 노고곤비勞苦困憊로부터 근기를 잃은 자 아니면, 거의 다 권력 소유의 압박에 인하여 낙망비법落望卑法에 빠지는 현상이다. 이것이 금일 조선의 현상으로 보아도 과언이 아니다. 민중은 우둔하고, 지식계급은 이기적 야심에 빠지고, 각자覺者는 압박의 곤피困疲에 빠졌다. 이러한 경우로부터 백척간두에 일보를 갱진하는 인물이야 말로 이것이 인종을 구할 인종이다.

—《개벽》55, 1925. 1.

사람성性과 의식태意識態의 관계

기계의식, 계급의식, 초월의식

1. 신성 이상의 신, 금수 이하의 금수

신과 금수를 사람성 표준에서 두 편의 극단으로 갈라놓는다 하면 사람은 신도 될 수 있고 금수도 될 수 있을 만한 두 편의 가능성을 가진 동물이라 할 수 있습니다. 이 점이 사람에게 사람성의 거의를 표시하는 동시에 아울러 사람성의 위험을 표시하는 것입니다. 사람이 만일 목석이나 다른 금수와 같이 한갓 그 가진 바의 본능에만 의지하여 살아나가는 동물 같으면 다른 자연에게 문제가 없는 것과 같이 사람에게도 특별한 문제가 일어날 일이 없을 것이 아닙니까. 그러나 사람은 행인지 불행인지 본능의 생활 밖에 별로히 의식의 생활을 가지고 있으며 그리하여 그 의식적 생활은 자유로 능동적 본능을 가지고 있게 됩니다. 그리하여 그 능동성은 앞으로 나아가는 능동성을 가짐과 같이 뒤로 물러가는 능동성도 가지고 있습니다. 마치 수증기가 기운이 되어 하늘로 올라가는 능동성을 가짐과 동시에 비가 되어 땅으로 떨어지는 능동성도 가졌음과 같이 사람성은 앞으로 나아가 신세계를 창소하는 능동성이 있는 동시에 뒤로 물러가 금수성에 물러앉는 능동성도 가지고 있습니다. 이 점이 사람과 금수의 분기점입니다. 사람은 잘하면 잘할수록 잘될 수 있는 동물인 동시에 잘못하면 못할수록 못되게 되는 동물입니다. 즉 사람은 신 이상의 신으로 향상할 수도 있고 금수 이하의 금수로 타락할 수도 있는 동물입니다.

감히 묻노니 현대인은 신성으로 향상하는 선에 서는가? 수성獸性으로 타락하는 선에 서 있는가? 이것을 판단하는 것이 현대인의 가장 총명한 지식이 될 것입니다.

2. 사람성 중에 발작되는 동물성

진화론의 말을 들으면 사람은 어떤 시대에 돌연히 화생化生한 동물도 아니며 또 전지전능의 인격적 신이 창조한 자도 아니요 무극 이전부터 대우주 대생명의 창조적 본능이 천지만유의 과정을 지나 점차 인류로 진화된 것이라 합니다. 그리하여 사람은 하등동물의 경계를 그 자신에서 경련經鍊된 결과 사람성의 중에는 잠재의식으로 동물성을 가지게 되었다 합니다. 사람 중에는 반추동물의 식도기관과 같이 식물食物을 재차 반추하는 사람이 있으며 혹은 동물의 귀와 같이 이근耳根을 자유로 움직이는 사람도 있어 이를 동물성의 재현이라고 생물학자는 말을 합니다. 즉 인류는 재현성의 법칙으로 먼 옛적의 자체가 경련하여 온 천성을 재현한다 합니다. 이와 같은 동물성의 재현성은 육체적으로 되느니보다 성적性的으로 되는 편이 많이 있으니 럿셀 씨가 구주 대전란을 평하여 동물성 충동에서 나온 것이라 단언한 것도 저간의 소식을 밝혀 말한 것에 하나입니다. 이러고 보면 사람성의 중에는 사람성과 동물성이 병존하였음을 넉넉히 알 수 있으며 그리하여 사람성의 발작이 발흥되는 때는 인간세계는 보다 이상의 행복을 얻게 되고 이와 반대로 동물성의 발작이 강하게 되는 때는 인간의 재앙이 끊이지 않고 일어나게 되는 것입니다.

우리는 이제 이러한 사고로 현대사회를 한번 고찰하여 보십시다. 현사회는 사람성의 발작인가 동물성의 발작인가를?

법률이 무슨 까닭으로 도박을 취체합니까? 그는 물론 법률상 이유가 스스로 있겠지요. 그러나 나의 해석으로 말하면 도박은 순수한 소유욕으로 우러나오는 시간낭비의 죄악이라 할 수 있습니다. 갑의 것을 을이 빼앗고 을의 것을 갑이 빼앗기 위하여 부질없이 시간을 낭비하는 죄악입니다. 사람은 당연히 창조로써 먹고 창조로써 입어야 할 것인데 이미 창조된 것을 아무 노력이 없이 빼앗고자 하는 것이 이 곧 도박의 죄악입니다. 이러한 이유를 가지고 현대사회를 뜻있게 본다 하면 현대 사회조직은 일종의 대도박으로 해석하여도 과언이 아니겠습니다. 왜 그러냐 하면 현대인은 자본주의적 경제경쟁에서 순수한 소유욕으로 우러나오는 시간낭비의 죄악이 있음으로써입니다. 갑의 소유가 을의 소유로 옮기게 되며 을의 소유가 또 병의 소유로 옮기게 되는 것은 이것이 순연한 도박적 성질에서 나온 것입니다. 국가 전체로 보든지 인류 전체로 보면 갑의 소유가 을의 소유로 변하든지 을의 소유가 병의 소유로 되는 것이 아무 창조적 이익이 없지 않습니까. 마치 왼쪽 손에 것을 오른쪽 손이 빼앗고 오른쪽 손의 것을 왼쪽 손이 빼앗는 것이 몸 전체로 보아 아무 이익이 없는 병적 발동임과 같이 동일한 민족이라든가 동일한 인류 안에서 왼쪽 것이 오른쪽으로 가고 오른쪽 것이 왼쪽으로 가게 되는 것이 그 전체로 보아 무슨 이해관계가 있을 것입니까. 순전한 악경쟁이며 순전한 시간낭비밖에 될 것이 무엇입니까. 이것을 도박으로 보지 않는다 하면 아무런 이유를 가지고도 해석할 도리가 없지 않습니까. 대지자연이 우리에게 먹을 것을 주었고 입을 것을 주었고 창조할 재료를 주었을 것 같으면 사람은 너나없이 창조로써 먹고 창조로써 입어야 옳지 않습니까. 그런데 사회는 어떠합니까. 자연이 준 창조의 재료, 노동자가 이미 창조한 공업품, 농민이 이미 창조한 곡식, 즉 이미 창조된 물품을 부질없는 소유적 노력으로 그것을 빼앗기 위하여 간교를 일삼고 허위를 꾸미고 악경쟁을 일으키고 시간을 낭비하는 것이 아닙니까. 이 의미에서 사람성의 중으로 창조적 운동을 제하고 나머지는 태반 도박적 성질을 가지지 않은 것이 없다 하여도 과언이 아닙니다. 이것을 일러 동물성의 발작이라 합니다. 즉 동물이 아무 창조적 노력을 쓰지 않고 자연을 탈식奪食함과 같이 현대인도 태반 창조적 노력에서 살지 않는 동물성의 발작이라 할 수 있습니다. 이것을 동물성의 의식이라 할까요? 이러한 의식이 발달되면 될수록 사람이 소멸되고 동물성이 흥기되어지는 것입니다.

3. 기계의식, 계급의식, 초월의식

인간의 운명은 전체가 인간 자기네의 의식으로 결정되는 것입니다. 어느 시대에 어떤 도덕이 세력을 잡든지 또는 어떤 권력이 행세를 하든지 그는 다같이 그 시대 인간의 의식적 작용에 지나지 아니합니다. 인간사회에는 별다른 고정된 선악이 없습니다. 그 시대 인간의 의식이 곧 그 시대 인간의 선악입니다. 기독교는 기독교의 의식을 가진 기독교인만의 선이 되는 것이요 불교는 불교의 의식을 가진 불교인만의 선입니다. 오륜삼강도 오륜삼강의 의식을 가진 이만의 선이 되고 인도정의는 인도정의의 의식을 가진 이만의 선이 됩니다. 그러므로 행위는 그의 형식이요 그의 근본입니다. 이러한 의미를 가지고 우리가 인간사회의 과정을 훑어본다 하면 인간사회의 역사는 의식계급의 역사입니다. 의식과 의식이 교대하는 무대입니다.

의식이란 무엇입니까. 생활력의 의적意的 활동입니다. 생활력을 떠나 따로 의식이 없는 것입니다. 생활력이 정신적으로 표현되는 것을 이를 일러 의식이라 합니다. 그러므로 각 시대의 의식적 계급을 상세히 알고자 하면 먼저 시대의 생활양식을 바로 알아야 합니다.

봉건시대의 생활양식은 봉건적 의식으로 표현되고 자본시대의 생활양식은 자본의식으로 표현됩니다. 그러므로 생활양식과 생활의식은 차의 양륜兩輪과 같이 항상 붙어 다니는 물건입니다. 생활양식이 변함에 따라 생활의식이 개조되고 또 생활의식이 개조됨에 따라 생활양식이 변하여집니다. 두 편에 어느 것이든지 변함에 따라 다른 한 편은 스스로 변하여지지 않지 못합니다. 이로써 보면 사회개조의 요점은 어느 편에든지 힘 있게 부딪쳐 힘 있게 개조를 힘씀에 있습니다.

이에 한 가지 주의할 것은 생활양식이 파탄됨에 따라 생활의식이 개조되고 생활의식이 개조됨에 따라 생활양식이 변하여지는 것이니 예하면 현대인이 사회개조를 힘 있게 부르짖는 것은 이보다 먼저 생활양식에 파탄이 생긴 증거입니다. 마치 동량이 기울어지게 되매 가옥을 개조할 생각이 나는 것과 한가지입니다.

현대사람의 의식상태를 세 가지로 갈라 본다 하면 나는 이를 기계의식, 계급의식, 초월의식의 세 가지의 이름을 붙여볼 수 있다 합니다. 기계의식이라 함은 의식이 기계화된 의식을 이름이니 의식의 작용이 순진히 자유와 창조적 본능을 잃어버리고 언은 특권행사나 혹은 물질행사의 노예가 된 것을 이름입니다. 예하면 고대 노예사역 시대의 노예적 의식은 전연히 상전이라는 특권자의 사역물이 된 점에서 이를 기계의식으로 볼 수 있으며 특히 오늘날 빈부에 대한 관계에 있어서도 빈자의 의식이 태반은 노예적 굴종의식으로 기계화한 것 같은 것입니다. 그리하여 기계의식을 다시 철저한 도덕적 의미로 고찰한다 하면 현대인은 덕치의 사람성을 소실하고 물지적物治的 소유욕의 노예가 된 점에서 빈부 공히 기계적 노예의식으로 볼 수 있습니다. 그러므로 기계의식은 직접 노예의식으로 해석할 수 있습니다. 현대인간의 의식은 인간 자기의 의식이라 하느니보다 모든 물성의 사용의식이 되어왔습니다. 인간이 물질을 사용하는 의식이 아니요 물질이 인간을 사용하는 의식입니다. 물질은 주체이요 인간은 객체입니다. 인간으로서 사는 것이 아니요 물질로서 사는 것입니다. 인간미를 주고 물질미를 바꾼 의식입니다. 이러한 기계의식이 발호하는 시대에는 인간은 동물로 화하는 것이며 인간의 타락멸망을 영시暎示하게[1] 되는 것입니다.

다음은 계급의식입니다. 계급의식은 기계의식이 기계적 노예성을 각파覺破하는 순간 그를 해방코자 하여 모든 인습적 대상을 반항하고 일어나는 의식입니다. 그러므로 계급의식의 가치 및 목적은 첫째 자기가 어느 계급에 있는 사람인 것을 의식하고 나아가 현대 사회제도에 있어서는 자기가 자기들의 창조적 노력이 아니면 자기들의 행복을 보다 이상의 계급에 인상키 어려움을 확성確醒하는 의식입니다.

그러나 계급의식은 계급의식 단체만으로 성공이 되는 것이 아니요 개체라 하는 부분부분의 계급단위의 입각점이 유기적 체력선體力線을 이루어 단합적 행동이 나타나는 점에서 처음으로 그 세력이 성효成效될 것입니다.

다음은 초월의식입니다. 이상의 술함과 같이 계급의식을 상대적 의식인 점에서 이는 순전히 외래적 의식으로 볼 수 있습니다. 계급이 있으면 이 의식이 성립되고 계급이 소멸되면 이 의식이 소멸하는 것입니다. 계급적 주체요 의식은 그의 그림자입니다. 그러므로 계급의식은 순수한 인간 자유의지의 창조라 하느니보다 사회상태의 파문으로 영사된 투영적 의식입니다. 그러나 계급의식은 기계의식을 타파케 하고 인간 노예화를 방지하는 점에서 확실히 진보한 의식으로 볼 수 있으며 사회 진화를 촉진하는 힘 있는 탄력을 가진 의식으로 볼 수 있습니다. 이 점에서 현대사회의 개조하는 초점으로 계급의식을 고조할 필요가 있으며

---

1) 비추어 보이게

격려할 필요가 있습니다.

계급의식을 고조하며 혹은 그를 강고케 하는 동기에 있어 오인은 특히 초월의식을 추천하고 싶습니다. 초월의식이라 함은 순수 인간의 본능으로 일어나오는 초월동물 초상대적 의식을 이름이니 이 의식이 충일한 사람이야 처음으로 사회 창조적 생명을 파지할 수 있습니다. 계급의식은 사회제도의 투영으로부터 생기는 의식이지마는 초월의식은 우주적 생명 인격적 생명의 충동본능으로 생기는 의식입니다. 창조적 본능으로 일어나는 의식입니다. 만승萬乘의 지위를 버리고 탁발고행으로 인간을 광제코자 하는 의식입니다.

우리는 누누이 이러한 경험을 겪어보는 일이 많이 있습니다. 소위 신사상을 가진 신인新人이라 하면서 자기의 지위와 환경이 변함에 따라 문득 자기가 이제껏 주장하는 주의를 변절하여버리는 사람이 많이 있음을 보았습니다. 예하면 무산계급에 속하여 사회운동을 주장하던 사람으로서 하루아침에 우연적 행운에 의하여 자기의 지위와 환경이 변하게 되면 문득 유래의 주의를 버리고 자본주의를 방조하는 변절적 행위를 가진 사람이 그것입니다. 그것은 계급의식의 기계화된 의식으로 볼 수 있습니다. 계급이 변함에 따라 문득 의식이 변하여지는 증거입니다. 그러므로 사회운동의 방해물로 중산계급의 주생簇生[2]을 혐기하는 것은 이것이 계급의식이 그 의식 자체에서 근본적으로 동기가 박약하다는 증거입니다. 그러므로 오인의 주장하는 인간적 의식은 간단히 계급의식만으로 인간 최종의 의식이라 하지 않습니다. 나아가 계급의식을 영구성으로 지속케 하는 초월의식을 가지지 않으면 안 된다 합니다. 초월의식은 변절적이 아닙니다. 천지의 영원을 이상理想하고 인간의 무궁을 동경하여 우주건곤 대경대법을 파지하고 나아가는 의식입니다.

---

2) 초목이 떨기지어 어부룩하게 남.

초월의식이라 하면 논자 혹은 이것으로 고대 종교식의 성자행위라 비평하는 이가 없지 않을 것입니다. 그러나 초월의식은 정신계에만 필요한 의식이 아니요 물질계에도 또한 필요한 의식이 됩니다. 마치 식물이 육체를 기르는 데만 필요한 것이 아니요 정신을 기르는 데도 필요함과 같이 초월의식을 유심론자만 필요한 의식이 아니요 유물론자에게도 극히 필요한 의식이 됩니다. 깐디에게 필요한 의식이 아니요 칼 맑쓰에게도 필요한 의식이 됩니다. 계급의식을 고조한 칼 맑쓰의 정신 중에는 적어도 초월의식의 무궁성이 약동되었음을 명력히 볼 수 있습니다. 이 점에서 오인은 현대 사회지도자로서는 이 초월의식의 수양을 가져야 쓰겠다 고조하고 싶습니다. 즉 현대 인간은 한 걸음 더 초월의식의 계단에 올라야 한다 합니다.

—《개벽》 59, 1925. 5.

환절기와 신상식

1. 상식의 한계를 정함이 극히 곤란한 것

오늘날 일반으로 널리 쓰이는 말 가운데 '상식'이라는 술어와 같이 보편적으로 된 것은 없다. 걸핏하면 상식의 풍부라든지 상식의 결핍이라든지 하여 상식의 표준으로써 그 사람의 인격을 평정評定하리 만큼 되었다. 그리하여 그 말은 어떤 계급을 통하여서든지 통유通有한 유행어로 되어 있다. 이러한 현상은 민중의 지식향상을 교통적 표어로 고조하는 점에서 실로 기쁜 일이 되겠으며 더욱이 우리 조선사람과 같이 상식이 결핍된 경우에 있는 처지로서는 한층 너 반가운 현상이라 할 수 있다.

대개 상식이라 함은 무엇을 가리켜 이른 말인가. 어떠한 지식적 한도를 가리켜 상식이라 평정할 것인가? 여기까지는 상식적이요 다음은 몰상식적이라든지 혹은 상식을 초월한 전문적 지식이라든지 하는 한계를 무엇으로 표준하여 볼 것인가. 이곳까지는 경기도 땅인데 다음은 황해도 땅이라 하는 한계와 같이 그러한 한계를 정할 만한 상식적 표준을 정하기가 심히 곤란한 문제의 하나이란 말이다. 일국을 경영하는 대재상의 자격도 상식이 풍부하면 그만이라 하는 말도 있는 동시에 '끌레만소'[1])를 양잿물이라 시험 친 일개 순사의 자격도 상식이 있어야 한다는 말에 따라 보면 상식이란 말과 같이 범위가 넓고 한계를 정하기 어려운 문제는 없을 것이다.

위에 말함과 같이 상식이 그와 같이 범위가 넓고 한계를 정키 어려운 까닭은 그 이유가 어디에 있느냐 하면 상식은 공간상으로 다수한 분과를 가졌음과 동시에 시간상으로 각 시대의 진화적 특징을 포용하였음으로써이다. 예하면 한가지로 상식이라 할지라도 과학에는 과학적 상식, 법률에는 법률적 상식, 종교에는 종교적 상식, 기타 분과에는 각기 분과적 상식이 있을 수 있으나 그러한 다수의 분과 중에서 한 과의 상식을 가진 자도 상식자라 할 수 있을는지 혹은 다수한 분과의 제반 상식을 종합한 상식이라야 처음으로 상식자라 할 수 있을는지 그러한 한계를 정함에 심히 곤란한 문제이며 설사 어떠한 정도까지를 상식의 한계를 가정한다 할지라도 그 실질문제에 이르러 하나만 알고 둘을 모르는 것과 둘은 알되 셋은 모르는 것 등의 차등은 도저히 상식의 한계에 있어 어디까지가 상식의 한계라 확정키 어려울 것이다.

2. 상식의 변천

오늘날까지의 상식의 표준이라는 것은 이러한 의미의 인격을 칭하여 말하게 된다. 첫째 중등 이상 교육의 학식을 가진 자, 둘째는 적어도 사회적 경험이 (과거 또는 현재사회를 표준한 경험) 있는 자의 두 가지 조건으로 부르게 되나니 그러한 표준이 확실히 상식의 한계에 있어서 정확한 표준인지는 별문제로 하더라도 여하튼 그 상식은 그 시대 보편적 지식을 표준한 정도로 보아서 여기에는 그렇게 큰 이의를 붙여 말하고자 아니한다. 다만 문제는 시간상으로 본 상식의 표준이다. 시간상으로

1) 클레망소 (Georges Clemenceau,1841~1929) : 프랑스의 정치가 · 언론인 · 의사.

본 상식의 표준이란 것은 무엇일까. 이상에 말함과 같이 상식이란 것도 그 시대의 특징을 나타내는 시대적 산물이라 할 것 같으면 상식도 시대를 따라 변천하는 물건이라 할 수밖에 없다. 예하면 봉건시대에는 봉건적 환경의 상식이 발달되었을 것이요 자본시대에는 자본적 환경의 상식이 발달됨과 같은 것이다. 그러한 이유에 따라 상식은 부절히 그 소질을 변하게 되는 것이다. 마치 우리 조선에서 한문자적漢文字的 상식이 우리 조선인의 행세거리가 되었던 것이 시대가 변천된 오늘날에 있어서는 한문자적 상식은 어느덧 그 세력과 필요를 잃어버리고 그 대신 과학적 상식이 세력을 잡음과 같음이 그의 일례이다. 이처럼 상식이 시대를 따라 변천하며 그리하여 그 시대에는 그 시대에 적합한 상식을 가진 사람이 그 시대의 지도자가 되며 세력자가 되는 것이요 따라서 시대에 적합한 상식이 민중에게 보급됨에 따라 사회는 일층 향상의 걸음을 옮기게 되는 것이다.

이러한 의미로 보아 우리가 부단의 노력을 지으며 부단의 지도를 할 만한 자격을 가지려 하면 우리는 먼저 자기의 입장한 시대를 이해하는 사람이 되어야 하겠고 나아가는 적어도 자기의 현재 입장과 진보거리를 가진 미래사회를 이해하여야 할 것이며 따라서 거기에 대한 상식을 풍부히 준비하여둘 필요가 있다. 즉 금일의 사회를 이해하는 상식과 및 금일보다 장차 한걸음 앞설 명일의 사회까지도 이해하는 상식이 있어야 쓰겠다는 말이다. 같은 사상이라 할지라도 노인의 사상과 청년의 사상이 다름과 같이 마찬가지 상식, 상식 할지라도 인습적 상식을 가진 사람과 인습을 초월하여 신시대적 신상식을 가진 양편이 마찬가지 상식의 사람이면서 그 거리의 차이가 심히 현격한 것이다.

3. 신사상과 신상식

어떤 사람이 기독교 목사에게 이렇게 말을 하였다. 야소는 신의 자식이 아니요 역시 인간인 인류의 혈정血精이니라. 게다가 현세적 정당한 법규를 준행한 정당한 부부의 소생이 아니요 마리아라 하는 처녀의 일개 사생자니라, 함에 대하여 목사는 심신心神을 상실할 듯이 경악하면서 그 자리를 도피하였다 한다. 이러한 예는 우리가 누누이 보는 일이다. 내가 연전에 용천龍川 야소교회당에서 강연할 때에 신화의 예를 들어 말하던 차에 이스라엘 신화 일절을 이야기하였더니 그곳의 차車 목사라는 사람이 교회당 안에서는 그러한 실경의 말을 못한다고 고성대갈하고 그 자리를 퇴거하는 꼴을 본 일이 있었다.

어떤 부인 한 사람이 며느리와 같이 부인해방연설을 듣고 가서 부인해방이라니 여자를 학교에 보내는 것은 망치는 근본이라 하여 며느리에게 일층 외출을 금하고 학대를 심히 하였다는 말을 들었다. 이러한 예는 얼마든지 있다. 내가 연전에 우리 어머니에게 남녀평등설을 말하였더니 어머니의 말씀에 '너는 다른 말은 다 하여도 좋으나 그러한 말은 안 된 말이다' 하고 책망하는 변을 본 일이 있다.

어떤 노동자 한 사람이 빈함이 운명이 아니요 부함이 또한 팔자가 아니라 둘이 다 사회제도의 결함으로 생긴 것이란 말을 듣고 '아니오 아니오 빈부는 천명에 있는 것이오' 하고 격렬히 반대한 일이 있었다. 이러한 예는 얼마든지 있다. 내가 연전에 지상천국의 이상을 말할 때에 교회의 신자로서 조직된 노동구락부원들이 이것은 교리를 ○○○○으로 하는 것이라 하고 조롱하는 말을 들었다.

간단히 예만 들고 그만두자. 종교를 믿는 사람이 자기를 잃어버리고 신 혹은 교조의 노예 되기를 즐겨 하는 것이라든가 여자 된 사람이 여자 자기편의 해방을 싫어하고 도리어 그것이 안 된 일이라 주장하는 것이든지 노동자로서 노동자 자기편의 이익 된 일을 미워하여 이를 조롱하는 것 같은 것은 상식의 결핍이라 하니보다 차라리 병적 현상이라 아니 볼 수 없다. 마치 병에 걸린 사람이 병을 고친 약을 싫다 거절하면 이것이 몰상식이 심한 것임과 같이 병적 사회에 있어서 병적 해독을 직접으로 받는 사람조차 그것이 병적인지를 모르고 지내는 것이 얼마나 몰상식에 심한 것이냐. 교회의 신자이나 부인계의 여자이나 빈자의 처지나 또는 다른 모든 약자의 처지로서 적어도 인간에 대한 상식 아니 새것에 대한 새 상식이 발아되었으면 어찌하여 병 들린 자로 병 고칠 생각이 돌지 않을 리가 있겠는가. 이것을 몰상식이라 부르지 아니하면 무엇이라 명명할 도리가 있겠는가. 물론 이러한 사상은 보는 편에 따라 상식이라 칭할 수 있는 것이다. 교권만능教權萬能을 독신하는 교회편으로 보든지 충신열녀를 도덕의 주체로 보는 구윤리로 보든지 빈부를 천정天定으로 아는 자본주의적 사기행위로 보든지 또는 기타 일체 인습의 사회로 본다 하면 그러한 행위는 상식이라 칭하니보다 도리어 절개 있고 분수를 잘 지키는 도덕적 행위라 해석할 수 있을 것이다. 그러나 이상에 말함과 같이 상식이라는 것은 시대에 따라 변천하는 것이므로 인습의 사회로 보는 상식과 신사상의 방면으로 보는 상식과는 어쩔 수 없는 반대의 방면을 가지고 있게 되는 것이다.

그러면 신상식이라는 것은 대체 무엇을 가리킴일까 함을 일언으로 말하자 하면 신상식은 곧 신시대를 지을 만한 상식을 일러 말하는 것이니 이것은 구사회를 대표한 구상식의 대신에 신사회를 의미한 신지식의 보통화를 표시한 말이다.

우리는 누누이 말하는 바와 같이 현대는 환절기에 있는 시기라 볼 수 있음을 단언한다. 구사회와 신사회가 교체되는 시대인 것을 명확히 의식하고 있다. 마치 엄동이 가고 신춘이 오려 하는 신구교대라 하는 말이다. 이러한 환절기에 있어서 가장 복잡하게 일어나는 문제는 신사상과 구사상의 충돌이 그것이다. 엄동이 그대로 지속될 터이니 솜옷이 아직 절대 필요하다. 완고 부리는 파당과 신춘이 올 터이니 봄살이를 준비하자 예언하는 파당이 갈라 있는 시대이다. 그리하여 전자는 구상식을 가진 사람이라 하는 대신에 후자를 신상식을 가진 사람이라 보는 것이다.

신상식은 환절기의 상식이다. 구사회의 결함을 능히 이해하고 신사회의 광명을 고조하는 상식을 이름이다. 지도자로서만 이러한 상식이 필요한 것이 아니라 일반 민중이 한가지로 이 상식의 보급이 있어야 쓰겠다는 말이다. 너무도 추상적인지는 알 수 없으나 나는 이제 환절기의 상식으로서 반드시 있어야 쓸 만한 한 가지 조건을 들고자 한다.

제1은 환경을 초월하는 상식이다. 환경을 초월한다는 말은 환경의 위에 서서 환경을 비평하는 지식을 이른 말이다. 환경을 초월한다는 말은 도학자의 안목으로 보든지 또는 진부한 수양론자의 의견으로 보면 일반의 평평범범한 범인으로 일약一躍하여 성자 도인이 되라 하는 말과 같이 들을 수 있으나 그러나 오늘날 사람으로는 환경을 초월하여 환경을 비판하라 하는 말은 그렇게 어려운 일이라 볼 수 없으며 그렇게 초상식적으로 볼 수 없으리 만큼 평범적이며 상식적이다. 물론 사회상태가 구시대와 같이 고정적이요 판정적으로 있을 시대에는 초월이라 하는 말은 성자이며 혹은 대각자에만 한하여 쓰게 될 것이다. 그러나 적어도 사회가 오늘날과 같이 이미 동요가 일어났으며 반역이 생겼고 '재금사이작비在今思而昨非'[2]를 깨달을 만큼 진보된 경우에는 불위야不爲也언정 비불능非不能으로 한번만 눈을 감고 초월한 의식을 가진다 하면 조금도 어려운 일이 될 것이 없을 줄로 안다. 즉 보통적 상식으로 이것을 알아낼 만하다. 원래 사람의 사상이 정체되며 인습적이 되게 되는

2) 《동경대전》〈후팔절後八節〉 중 일절. '마음의 얻고 잃음을 알지 못하거든 오늘에 있어 어제의 그름을 생각하라 不知心之得失 在今思而昨非'

대원인은 완전히 환경으로부터 개조하는 것이니 고추에서 자란 벌레가 고추 매운 것을 모르며 똥에서 생긴 구더기가 똥의 악취를 모르는 것과 같이 사람은 대개 환경의 결함을 모르고 환경의 부패를 모르는 것이 환경에서 나 환경에서 자란 까닭인 것이다. 그러므로 오늘날 사람으로 신상식을 가질 제일보로는 환경을 초월하는 명견을 가지는 것이 무상의 양책이 될 것이며 그러한 사람이라야 처음으로 상식적 인물이라 칭할 수 있는 것이다.

다음은 선善 중에서 능히 악을 볼 만하고 악 중에서 능히 선을 볼 만한 상식을 가져야 한다. 사람이 능히 환경을 초월하는 지용知勇을 가졌다 하면 거기에서 필연으로 발생되는 문제는 선악의 임의판단일 것이다. 선악을 고정적 인습적으로 보지 아니하고 절대인류성의 양심에 비추어 선악을 수정하고 선악을 자재自裁하는 식견이 일어나질 것이다. 선악을 자유로 수정하는 동기에 있어 그보다 먼저 착안할 곳은 소위 양심이라 하는 것이니 양심의 수정은 곧 선악의 수정인 것이다. '양심의 수정' 은 양심을 어떻게 수정하는 것일까? 원래 오인의 양심이라 하는 것도 알고 보면 그것도 또한 인습으로 지어진 것이며 환경으로 만들어진 것이다. 그러므로 공자가 본 양심이 묵자가 본 양심과 다르며 톨스토이의 양심론이 니체의 양심론과 반대이며 신사회에서 본 양심설이 구사회에서 본 양심설과 다를 것이다.

이 점에서 양심의 수정은 곧 선악의 수정으로 볼 수 있다. 그런데 신상식상으로 본 양심론은 어떠한 것이 진정한 양심이 될까? 이에는 한 가지 튼튼한 대답이 있다. '양심을 없애는 것이 곧 양심을 기르는 근본이 된다.'

나는 일전에 적자주의라는 글[3]을 쓴 적이 있다. 적자주의는 일언으

3) 《개벽》 55호 (1925. 1.)〈적자주의에 돌아오라〉참조.

로 폐하면 양심을 없애는 주의이다. 봉건적 의식으로 온 양심, 자본주의적 의식으로 온 양심, 또는 기타 부패한 구윤리, 종교 도덕으로 온 양심을 없애는 날이 처음으로 신시대의 어진 사람이 될 것이요 신시대의 각자覺者가 될 것임으로써이다.

다음은 현대문명에 대한 의의 있는 각오이다. 최수운 선생은 이러한 말을 하였다. '나의 가르치는 교화는 고불문古不聞 금불문今不聞이며 고불비古不比 금불비今不比니라' 고. 이 말은 즉 최수운 자기의 사상은 고대의 윤리 도덕에 비추어 생각지 말 것이요 또는 현대문명에도 의지하여 볼 것이 아니라는 말이다. 이 말의 이면에는 은근히 고대 도덕과 현대문명이 둘이 다 한가지로 무서운 결함을 가지고 있는 것을 암시한 말이다. 어찌 최수운뿐이랴. 오늘날 사람으로는 누구나 이러한 사상을 가지지 아니하면 안 되는 것이다. 즉 우리는 현대문명의 속에서 피치 못할 큰 결함이 잠겨 있는 것을 알아냄이 상식의 상식이 된다 할 수 있다. 대개 과학적 문명을 두 가지로 갈라본다 하면 하나는 자연과학이요 하나는 사회과학으로 볼 수 있다. 그런데 이에 이른바 현대문명의 결함이라 하는 말을 자연과학과 사회과학을 혼동하여 듣게 되면 안 된다. 자연과학은 자연과학 그 자신에 결코 병폐를 가진 것이 아니다. 자연과학을 사회과학으로 응용하는 저간에 무서운 병폐가 일어나게 되는 것이다.(미완한 말은 후일 제목을 고쳐서 다시 논함)[4]

—《개벽》60, 1925. 6.

4) 이후 《개벽》에 실명으로 게재된 글에서는 속편을 찾을 수 없다.

재외동포에게[1)]

특히 지도자 되는 여러 선배에게

1

세계를 한집으로 보고 사해를 한 형제로 본다 하면 말이 같고 풍속이 같고 역사가 같고 이해가 같은 한 민족은 더욱이나 한집안 한 형제로 보게 될 것입니다. 설사 하는 일은 세계 전체를 표준한다 할지라도 세계가 하루아침에 한집안 한 형제가 되어가지고 세계 전체의 일을 할 수가 없고 민족과 민족이 어울려져 내 일도 전체의 일이요 네 일도 전체의 일이라 하는 데에서 기실 사해형제의 본의가 실현될 줄로 생각합니다. 그것은 오랫동안 관계를 가져온 한 민족이 스스로 어울려지기 쉽고 관계 맺기 쉬울 경우에 있는 까닭이 아니겠습니까. 스스로 동포와 동포가 손목을 잡고 일터에 나아가게 되는 것입니다. 더욱이 그 민족의 일을 그 민족이 자진하여 하지 아니하면 즉 자기의 맡은 일을 자기가 하지 아니하면 이는 자기에게 돌아오는 밥그릇을 자기가 버리고 스스로 기아에 빠지는 것이 아니겠습니까. 이렇게 생각하고 보면 적으나 크나 우리 조선 동포도 세계의 많은 '동포단' 가운데에 일단一團의 민족으로 되어 있어 우리의 맡은 일을 우리가 스스로 하고 우리가 스스로 밥그릇

1) 목차상의 제목은 〈해외에 계신 동포제씨에게〉로 되어 있다.

준비를 하여야 할 경우이니까 이 처지에서 동포라 하는 진의가 나타나는 것이요 형제라 하는 실지가 보이게 되는 것이 아닙니까.

2

재외형제 여러분 우주는 환경적 변화입니다. 환경에 심리가 변하고 행위가 달라지는 것입니다. 마치 모든 생물이 환경에 따라 형체가 변환함과 같이 사람도 역시 환경의 여하에 따라 심리의 여하를 참작할 수 있는 것입니다. 이 점이 피아彼我의 분기점입니다. 사실이 이렇다 하면 우리들의 같은 형제동포라도 재내와 재외라 하는 환경에 따라 다소의 심리상태의 차이점을 발견할 수 있을 것입니다.

한 동리에 살 때에는 가상면목街上面目이나 있던 사람도 타관에서 만나면 '천리타향봉고인千里他鄕逢故人'[2]이라는 말이 어렵지 않게 나가는 법이요 고향에 있을 때에는 고향이 그립지 않다가도 타향에 나서면 고향생각이 처음으로 간절하여지는 것과 같이 고국을 생각하는 심리도 또한 그러하여 타국에 나서면 더욱이 고국산천이 그리워지는 것이 사람의 상정이어니 이것이 환경에 따라 심리가 변천하는 증거가 아니겠습니까. 이 점에서 고국에 있는 동포와 타국에 나아간 동포 사이에 훨씬 심리의 차이가 있을 줄로 압니다. 그리하여 재외동포가 재내동포에 비교하여 민족을 사랑하고 동포를 그리워하는 감정이 더욱 발달되었을 줄로 생각합니다.

3

재외동포 여러분 아시는 바와 같이 이 시대는 고립적 시대가 아닙니다. 한 영웅의 입으로 모든 생명을 구원하는 시대가 아니며 한 구주의

2) 먼 타향에서 고향 사람을 만난 반가움을 나타내는 말.

믿음으로 많은 생령生靈을 천당에 가게 할 시대가 못 됩니다. 안 되면 망할 것뿐이요 되게 하자면 동포의 생활을 동포 전체의 힘으로 개척하지 않으면 안 될 시대이니까요. 시기야 멀든지 가깝든지 실행이야 쉽든지 어렵든지 어쨌든 이 시국을 건지는 방식은 동포 전체의 협동분투에 있을 것뿐이니까 이 점에서 우리는 재내동포가 재외동포를 잊고 일할 수 없고 재외동포가 또한 재내동포를 버리고 승리할 수 없는 것이니까 내외가 합하여 내에서 못하는 일을 외에서 하고 외에서 못하는 일을 내에서 하여 피차 협동공진하지 아니하면 안 될 줄로 압니다. 그리하여 재외동포는 내지의 사정을 철저히 관찰하여두고 재내동포는 재외사정을 자세히 알아야 쓸 것이 아닙니까. 그런데 불행히 우리들의 지금까지 하여온 일은 그렇지 못하여 외는 내를 불문에 붙이고 내가 외를 무심히 보게 되어 심지어는 내가 내를 불문하며 외가 외를 배척하여 동포상쟁 형제상투 화禍의 소장蕭墻의 안에 상기相起하여 밖으로 외인外人의 수치를 쌓고 안으로 내부의 부패를 일으키는 괴변이 있게 된 것은 내외가 한가지로 반성하고 후회하고 자책하여서 갱신의 도를 열어나아갈 결심을 가져야 할 시기가 아닙니까.

4

재외형제 여러분 내지의 사정은 신문과 잡지의 보도로 다 아실 듯 싶습니다. 여기에는 새삼스럽게 내지의 사정을 특히 소개하려 아니합니다. 다만 내지형편으로 추상적으로나마 한 말씀 드릴 것은 조선을 구제하는 도가 좌단左袒에 있는가 우단에 있는가? 그것입니다. 나의 사사의견이 그렇다는 것이 아니라 내지에 있는 모는 형제의 사상이 그와 같이 되었다는 말씀입니다. 아시는 바와 같이 오륙 년 전까지는 조선 내지의 사상형편은 말할 것도 없이 누구나 민족운동자 아닌 것이 없었습니다. 그러던 것이 최근에 이르러 오면서 시세의 소연所然이든지 사실의 불가피이든지 어찌 되었든 사회운동편이 세력이 커져간 것은 명확한 사실이었습니다. 그러면 내지의 동포가 어떤 연고로 운동의 방면이 그쪽으로 많이 쏠렸을까 하는 원인에 이르러는 우리가 깊은 연구를 갖고 한번 알아둘 필요가 있습니다. 더욱이 외지에 있는 형제가 이것을 알아 내외조화의 도를 취하지 않아서는 안 될 줄로 압니다. 조선의 형편이 이와 같이 돌변하게 된 것은 다만 한때 우연한 일에서 나온 것이 아니요 거기에는 필연적으로 조선 민족의 형편과 경우에 짝하여진 무슨 큰 원인이 있는 것입니다.

당초에는 조선의 조선사람이나 혹은 조선을 평하는 외국사람들이 대부분 말하기를 조선에는 공업이 없는 나라이니까 즉 노동자가 적은 나라이니까 사회운동과 같은 것은 있더라도 큰 영향은 없으리라고 믿어왔습니다. 그런데 사실인즉 이와 반대로 조선의 인심은 그쪽 편으로 많이 쏠리게 되었습니다. 이것이 조선민족과 가히 엄폐치 못할 중대한 인과율이 잠겨 있는 것이 아니겠습니까. 물론 조선에도 공업국과 같이 노동자는 없습니다. 대부분이 농민입니다. 그러나 조선인은 민족적으로 무산계급입니다. 전부가 소작농민입니다. 조선사람에게 매인 소작인도 많겠지마는 외국사람에게 매인 소작인도 적지 않습니다. 동척東拓의 소작인은 말할 것은 없지마는 그 외 직접 간접으로 외국사람에게 달린 노동자와 무산계급이 많이 있게 되었습니다. 이러한 무산자가 날이 갈수록 줄어드는 것이 아니라 연년세세로 늘어가게 된 형편입니다. 그래서 정치로 ○○을 당한 조선은 두 번째 경제로 파멸을 당하게 되었습니다. 어찌 사나 어찌 사나 하는 동안에 경제적 파멸은 더욱 혹독하여지게 됩니다. 그럴 일이 아니겠습니까. 가령 부자 사람에게 매여 사는 머슴이 벌면 벌수록 부자에게 돌아가는 이익이 많아지는 것과 같이 한 민족으로도 빈약한 민족의 처지가 일개 소작인의 처지와 같은 결과를 보게 될 것이 아니겠습니까.

그러니까 이 현상을 하루바삐 막으려는 연구를 하게 될 것이 아닙니까. 이에서 조선 특유의 민족운동자와 사회운동자와의 의견이 다소 상위相違가 날 것은 사실입니다. '우리도 벌자. 부지런하자. 그리하여 미국사람과 같이 되자. ○○을 하자. 그러면 남과 같이 살 것이 아니냐' '죄는 우리에게 있지 타국에 있지 아니하다' 하는 의견은 민족운동 편에 주장하는 말이요 '아니다. 조선의 현재 형편으로는 대세를 순종하는 곳에 있다. ○○을 함이 그른 것이 아니요 일을 함이 그른 것이 아니요 부지런함이 그른 것이 아니다. 그러나 사회제도가 이 현상으로 있고 약육강식이 이 현상대로 내려가는 날에는 우리가 다만 그러한 목표만으로 조선을 구할 도리가 없는 것이다. 조선을 구할 도는 소작인이 부자와 상대하여 부자를 이기고 부자와 경제적 평등을 구하려 하는 시대지時代遲의 사상에 있지 아니하고 소작인과 부자 사이에 관계된 제도를 개선함에 있다. 이것이 빠른 도리요 시대순서이다' 하는 것은 좌단자 편의 하는 말이었습니다. 이 두 가지 말에 조선사람의 귀에 쉽게 들어가게 된 것이 후자의 세력입니다. 그래서 양자가 암암리에 서로 쟁투도 없지 아니하였으나 최근에 와서는 조선사람의 특유한 형편과 경우에 따라 양자의 넓은 양해가 성립되어 니의 주장이 어느 정도까지 나의 주장과 반대되는 것이 아니라 하게 되었습니다. 어쨌든 조선의 사상계는 대개 이러하다는 일언을 참고로 여러분에게 올리는 것입니다.

5

나중에는 재외동포 여러분에게 바라는 한 말씀을 하고 그만두려 합니다. 특히 재외동포를 지도하는 지도자 몇 어른에게 바라는 것입니다.

재외동포라 하면 우리는 순서상 이렇게 꼽으려 합니다. 우선은 남북만주요 다음은 아령俄領이요[3] 그 다음은 미주와 기타 몇 곳에 산재하여 있는 동포를 꼽을 수밖에 없습니다. 수로서 아직 정확한 통계가 없으나 대개 백만으로 헤일 만한 많은 동포가 세력상 이와 같이 순서가 되어 있은즉 그것을 지도하는 지도적 세력도 또한 이 세 부분에 나눠볼 수 있습니다. 이름은 말하지 아니하겠습니다. 남북만주의 지도자를 누구 누구 아령에는 누구, 미주에는 누구 하는 것이 대개 직접 간접으로 이름을 들어 알게 됩니다. 우리같이 촌무지렁이까지도 여러분의 이름을 알게 될 바에야 여러분의 인격과 여러분의 다년간 활동한 공적과 및 성의는 일반 동포가 누가 시인치 아니하겠습니까마는 우리로서 여러분을 생각할 때에는 자유가 있는 외지의 여러분으로는 이보다 더 착실한 공적을 나타낼 수가 있지 아니할까 하는 억측이 들어간다는 말씀이올시다. 물론 그 환경에 있지 않고는 그 환경을 잘 이해할 수 없는 일이지마는 우리의 좁은 소견으로는 그래도 그렇게 아니할 일을 왜 그렇게들 할까 하는 생각이 들어간다는 말씀이올시다.

세상에 제일 무서운 물건이 무엇이냐. 호랑이보다도 독사 대망大蟒[4] 보다도 눈에 보이지도 아니하는 미균微菌과 같이 무서운 물건은 없을 줄로 압니다. 호랑이는 외적으로 공포를 주는 물건인 까닭에 그 방어가 또한 어렵지 아니하나 미균은 내적으로 내부를 부패케 하는 고로 일반 생물의 멸망은 대개 그놈의 작용입니다. 그 이치를 인류와 인류 사이에 인용하여본다 하면 타민족과 이민족은 외적 공포에 머물러 있는 문제이요 동포의 상쟁이라는 것은 곧 내부의 부패 자기의 제일 가까운 위장 가운데 독균이 생긴 것과 같습니다. 그런데 우리 조선민족은 안으로 독균이 생기는 것이 일대 우환거립니다. 주의가 다르므로 싸우는 것은 용혹무괴容或無怪요[5] 또는 경우에 의하여 싸워야 쓸 일을 당연히 싸우는 것도 진화의 보조가 되는 것은 물론입니다. 그러나 이것은 다 조선과

---

3) 러시아령. '俄'는 러시아俄羅斯의 약칭.

4) 이무기. 왕뱀.

5) 혹시 그럴 수도 있으므로 괴이할 것이 없음.

같이 특유의 경우를 가지지 아니한 당당한 자유인들의 말이요 우리들과 같이 특유독존한 형편을 가진 조선인으로서는 능지기일能知其一이요 역지기이亦知其二하는 식견을 가졌다 하면 주의야 다르든지 경우야 어떻든지 어느 정도까지 합치점이 발견되지 아니할 리가 있겠습니까. 그러니까 이제로부터 좀 재외동포통일의 기운機運을[6] 지어봄이 어떠합니까. 먼저 번 남만주 갔을 때에 ○○○라는 기관이 여러 단체의 통일로서 나타난 것을 보고 대단히 느낀 일이 있었습니다.[7] 다른 곳에서 이와 같은 통일의 작용을 하여봄이 어떻습니까.

다음은 부락적 영웅주의를 버려야 쓸 줄로 압니다. 영웅주의라는 말은 인물중심주의라는 말과는 좀 다른 말입니다. 인물주의는 지도자의 인격을 가리켜 하는 말이되 영웅주의는 각자위대장주의各自爲大將主義입니다. 아무 실력이 없는 일부분이 고대식 영웅을 본받아 당랑螳螂의 발로 태산을 막는 것과 같이 민중을 자기 일개인의 완력 하에 복종시키려 하는 주의입니다. 그래서 나도 영웅 저도 영웅 영웅천지에 인간만사수동류人間萬事水東流가 되고 맙니다.

다음은 시대지時代遲[8]의 사상입니다. 이것은 말하기가 퍽 거북스럽습니다마는 적어도 지도자라 하면 일진월보하는 신진의 사상을 가져야 합니다. 십 년 전이나 이십 년 전에 가지고 나간 사상을 그대로 민중에게 지도하려 하는 것은 성의의 여하는 어떻든지 결과의 승패가 사실대로 되지 아니할 것입니다. 미국에 있는 사람이라 하여 신진사상을 가지고 조선에 있는 사람이라 하여 부패한 사상을 가진 것이 아닙니다. 오늘날 시대는 시대의 시대요 토지의 시대가 아닙니다. 누구든지 토지를 타지 말고 시대를 타는 사람이 신진사상을 가진 사람입니다. 밀하

6) 한 시기의 운수. 시운時運.
7) 《개벽》 61, 62(1925. 7~8) 에 실린 〈남만주행〉 참고.
8) 시대에 뒤처짐.

자면 초월하여 가장 시대의 말초신경을 파지하여 나아가달라는 말씀이올시다.

횡설립설橫說笠說 실례가 많았습니다. 후일에 자세한 말씀을 올리려고 그만 끊습니다.

—《개벽》 62, 1925. 8.

생의 개적個的 가치와 전적全的 가치

뿌리박힌 인간을 짓기까지

1

어떤 가을날 야외산보에서 얻은 소감이다. 소조蕭條한[1] 들판에 들국화가 흩어져 있는 속에 가을 나비 한 마리가 다 떨어진 날개를 추풍에 날리며 필사의 기력을 다하여 화향花香을 찾고 있는 것을 보았다. 나는 스스로 자문자답을 하였다.

'저 불쌍한 가을 나비가 무슨 흥에 끌려 화향을 찾아다닐까? 그는 생각건대 살 때까지 살기 위하여 꽃을 찾아다니는 것이겠다. 그는 스스로 자살할 용기를 가지지 못하였다. 그는 고생이 되거나 낙이 되거나 살 때까지 살 수밖에 없다. 생명이 다 할 때까지 사는 수밖에 없다. 살려니까 먹을 것을 구할밖에 없다. 필사의 기력을 다하여 먹을 것을 구하는 것이 저 나비의 생명이다.' 그렇다 하면 저 나비의 존재적 가치는 무엇으로써 찾아볼까. 살 때까지 살기 위하여 꽃을 찾아다니는 것이 나비의 생명이라 하면 나비가 이 세상에 난 존재가치가 어디 있는가. 이러한 구경의 답안은 어떠한 철학적 학구라도 이렇다 할 만한 바른 해석을 우리에게 줄 사람은 하나도 없을 것이다. 어찌 나비뿐이냐. 일체만유의

1) 쓸쓸한 모양. 한적한 모양.

존재를 개체적으로 떼어놓고 생각한다 하면 하나도 그러한 번민을 일으키지 않을 물건이 없을 줄로 안다. 발꿈치에 무심히 밟혀죽는 개암의 생명을 생각하여 보든지 파리통 안에서 무의미하게 빠져 죽는 파리의 살림을 보든지 엽부의 총에 최종의 생명을 마치는 야수라든가 어부의 그물 속에서 생의 약동을 끊는 어족이라든가 모든 것의 존재를 생각해 볼 때에 그들이 무엇 하러 났다가 무엇 하러 죽는가? 도무지 그 까닭을 알아낼 이유가 없다. 이러한 의문은 이른바 천지의 주인공이라 하는 우리 인류에게도 똑같은 사정을 가지고 있다. 모태에서 나와 보지도 못하고 그대로 낙태의 생명을 보든지 10세 전이나 20세 전에 인간미를 알아보지도 못하고 무의미하게 죽어지는 방년자芳年者의 요절을 보든지 기타 병과 기근 전쟁 천변 지재 등 삼재팔난의 물결에 이렇게 죽고 저렇게 죽어 없어지는 모든 인류의 생명을 볼 때에 우리는 거기에서 하등의 존재적 가치를 찾아낼 길이 바이없다. 날 이유가 무엇이며 죽는 이유가 무엇이며 살았을 때에 하는 일이 무엇이냐 왜 그리하느냐 하는 생의 존재가치를 무엇으로써 헤아릴 길이 없다. 개암이 한 마리를 쥐고 무슨 까닭으로 났더냐 파리 한 마리를 잡고 무슨 까닭으로 사느냐 사람 하나를 가지고 무슨 까닭으로 살려고 하느냐 하는 의문은 똑같이 한 문제의 한 답안이 되고 말뿐이다. 하등의 의미가 없고 이유가 없고 모든 이론이 좇아 없어질 뿐이다. 그러면 생물의 존재가치는 무엇이냐. 사람은 그렇게도 무의미하고 무이유한 자연율의 장난거리가 될밖에 없는 물건일까?

2

우리 사람의 사고 중에는 매양 크게 착오된 관념을 가지고 있는 일이 있다. 무엇인고 하니 당연히 전적全的으로 생각하여야만 할 진리를 일상 개적個的으로 생각하는 병통이 그것이다. 원래 전적은 개적의 총합이며 개적은 전적의 분해를 이른 명사이다. 그러므로 개적의 진리를 알고자 하면 먼저 전적의 진리를 토구討究하지 않고는 아니 된다. 이 점에서 우리가 만유존재의 가치를 알고자 하면 그를 먼저 전적으로 토색할 필요가 생기는 것이다. 가령 개암이 한 마리가 무슨 까닭으로 이 세상에 나게 되었으며 또는 그의 존재가치가 무엇이냐 하는 것을 생각할 때에 그를 단순히 개암이 한 마리라 하는 개적으로 생각하여서는 도저히 그 원인을 알 길이 없는 것이라. 개적을 떠나 개암이라 하는 추상적 전적을 생각할 때에 개암이의 존재의미가 생기는 것이다. 사람 일개인의 개적을 따로 떼어놓고 사람의 생의 가치를 찾고자 하는 것도 또한 동일한 오류에 빠지고 만다. 사람은 사람이라 하는 추상적 전적으로 생각하여 보지 아니하면 사람의 존재가치를 알 길이 없는 것이다. 한 예를 들어 말하면 가령 사람의 한 신체의 중에서 손이나 발이나 귀나 눈이나 그러한 한 부분을 떼어가지고 그것을 생각하여 본다 하면 언제까지든지 그의 존재가치를 알아낼 길이 없을 것이다. 이목구비의 각 부분의 존재는 원래 부분으로 존재의 가치가 있는 것이 아니요 전신체라 하는 유기적 생명의 전적 존재를 통하여 생각할 때에 처음으로 그 각 부분의 존재가치가 나섬과 같이 일반만유의 존재도 또한 그러한 것이다. 개암이 한 마리라든가 파리 한 마리라든가 금수초목 모든 것의 존재는 그들의 소속된 종족적 유기생명을 통하여 그의 존재의 가치를 얻은 고로 그들의 존재가치를 찾고자 하면 그들의 소속된 전적 종족의 유기적 대단大團을 생각하여야 하고 나아가는 전우주라 하는 대전적大全的의 융원상통融圓相通한 상호부조의 원리를 생각하는 데서 처음으로 만유존재의 가치가 나서진다 할 수 있다. 그러므로 우리가 버리 한 마리의 생명이나 개암이 한 마리의 생명을 쉽게 없앨 수 있으나 개암이의 전적 생명이나 버리의 전적 생명은 도저히 없앨 길이 없다. 이것이 개적은 오직 전적을 통하여 있는 까닭이다. 개적의 생명은 전적의 생명에 부속된 생명인

연고이다. 이 의미에서 개적의 존재는 순전히 전적의 존재를 위하여 있는 원리인 것을 쉽게 알 수 있다.

각 생물에는 반드시 두 가지 큰 본능을 가지고 있다. 하나는 식욕이요 하나는 성욕이라는 것이다. 그런데 식욕은 개적 존재를 위하여 생긴 것이요 성욕은 전적의 존재를 위하여 된 것이다. 무지한 생물에 있어서도 모든 동물이 무의식으로 종족번식을 위하여 짝을 구하며 자손의 번식을 도모하기로 일삼는 것이다. 이것을 다만 성욕이라 하는 이름을 붙여가지고 생각하지 말고 천지만유가 한가지로 전적 존재를 도모하기 위하여 생기는 본능으로 고찰하여본다 하면 만유는 현실에서 우선 개적 존재를 위하여 생긴 것이 아니요 전적 존재를 위하여 생긴 것임을 쉽게 알 수 있다.

따라서 만유의 존재가치는 개적으로 생각할 때에는 한 분分의 의의를 가진 것이 없으나 전적으로 고찰할 때에는 비로소 심원융고深遠隆高한 진리가 저간에 유행되는 것을 알 수 있다. 이 의의에서 사람은 개적으로 살기 위하여 존재한 물건이 아니요 전적으로 살기 위하여 존재한 것임을 알 수 있다. 그리하여 사람은 어디까지든지 전적 생활을 위하여 노력하는 곳에서 개체의 가치를 찾아볼 수 있고 진인간眞人間의 생활을 얻어 낼 수 있다 할 것이다.

3

현대문명을 심각히 고찰하여 볼 때에 우리는 이 문명의 전도前途는 물질적으로도 한번 전륜轉輪이 되어야 쓰겠고 정신적으로도 한번 전륜이 되어야 쓸 것을 알아보았다. 그리하여 이 두 가지를 종합한 현대문명의 통폐痛弊라는 것을 한마디 표어로써 표명하면 '현대 사람은 뿌리 잃은 인간이다' 하는 말로써 형용할 수 있다. 뿌리 없는 마른 줄기 같이 건조하고 고적하고 냉락冷落한 기분을 가지고 살아가는 인간이다. 먼저 정신방면에서 그러하다. 우주관 인생관에서 그러하다. 현대인은 이상에 말함과 같이 당연히 전적으로 생각하여야 쓸 이치를 개적으로 생각하는 오류에 빠진 결과 인간으로써 드디어 뿌리 없는 인간을 만들어놓고 말았다. 현대인의 가장 자랑하는 과학적 분별지식은 힘 있게 유래하는 조선祖先들의 신화적 미신 인습적 오류를 파괴하여 버렸다. 과학적 분별지식은 일체 유상무상의 오류된 인간상人間像을 깨뜨리고 청천백일과 같은 명백한 과학적 진리를 우리에게 주었다. 그 점은 과학적 가치가 무엇보다 신성한 지위를 가지고 있는 점이었다. 그러나 과학적 분별지식은 필경 인간으로 뿌리 없는 동물을 만들고 말았다. 과학은 우주만유를 부분적으로 분해하여 생각하는 데서 진리를 개적으로 생각할 뿐에 그치고 전적으로 생각하여 보지 못하였다. 우주는 편편냉락한 물질의 집회체이며 자연율법은 무기적 역학법칙에 불과한 것, 사람은 유기적 세포체, 그리하여 전우주는 아무 목적이 없고 의장意匠이 없고 통일이 없는 맹목적 진행뿐이라 하였다. 이 점에서 만유는 기화氣化의 원칙이 끊어져 버렸고 인간은 전혀 근저가 없는 물질괴物質塊의 준동蠢動으로 변하였다. 인간은 고립적으로 살게 되고 개체적으로만 의의를 찾게 되었다. 나는 네가 아니요 너는 내가 아니므로 나는 너를 먹고 너는 나를 먹어야 산다는 생존경쟁으로써 인간막대人間莫大의 생활원칙을 삼게 되었다. 황금만능주의가 일어나게 되었다. 현대문명의 폐해는 이 점에 있다. 안으로 우주관 인생관을 과학적 분별지식에 인하여 정신상으로 인간을 고립케 하고 밖으로 사회국가적 제도를 생존경쟁의 자유에 맡겨 물질상으로 인간과 인간을 고립케 하였다. 그러므로 현대의 인간은 정신상으로도 뿌리를 잃있고 생활상으로도 뿌리를 잃었다. 오지 사람생활의 근저라 할 만한 것은 금력金力의 추이에 있을 뿐이다. 사람의 뿌리를 우상력의 쟁탈 즉 소유욕의 쟁탈에 그 밑층을 대고 있는 셈이나 생존의 동기를 인간성의 전적으로 된 심원한 밑층에 두지 아니하고 우상적 가화합假化合인 개적 흥미에 애착미를 두고 살아갈 뿐이다.

고대인의 정신생활은 대부분이 신화로 생긴 것이다. 신화라 하는 것은 물론 허탄무계의 우언 비사比辭에 지나지 아니한 것이다. 그러나 고대인은 그 유치한 정도에서 또한 진화율의 자연적 계단에서 스스로 신화적 교화에 의하여 인간의 뿌리를 깊이 우주자연의 대회포大懷抱 속에 싸가지고[2] 신화로써 일월성신이 사람과 친근하게 되고 천지자연이 인간과 정교 있는 결합을 하여왔다. 그래서 고대인은 자기의 일개생명과 천지우주의 대생명에 신화에 의하여 연락된 것을 알게 되었다.

이것이 고대에 있어 고대인의 인간적 근저이었었다. 과학은 그것을 파괴함에 신성한 가치와 지위를 가졌다. 그러나 과학은 그것을 파괴하였을 뿐으로 새로운 또는 뿌리 있는 인생관 우주관을 아직까지 우리에게 보여주지 못하였다. 그렇다하여 우리는 고대인의 허탄한 신화적 생활을 찬미하고 현대인의 과학적 생활을 반대하는 것은 결코 아니다. 고대인의 신화적 생활은 시대진화에 의하여 당연히 소멸되어야 쓸 것이다. 과학은 그것을 소멸케 하는 가치를 가졌다. 이제부터 당연히 일어날 정신운동을 과학적 기초 위에서 새로운 우주관 인생관을 발견하여야 할 것이다. 우주 인생과 진리를 분별적 지식으로 연구하여 얻지 못하던 것을 전적 고찰로 토구하여 전적 가치 중에서 개적 가치를 얻도록 하여야 쓸 것이다. 사회운동은 이 점에 있어 가장 새로운 진리가 된다. 사회운동의 철학적 구극究極은 인간으로서 인간의 뿌리를 얻게 함에 있다. 뿌리 있는 인간이 되기까지 그를 심화하고 미화하고 철학화하고 종교화하여 사람의 뿌리는 인간인 동시에 우주전체인 것을 알려주어야 할 것이다. 이렇게 얻은 우주관 인생관 아래서야 정말 의미 있고 근저 있는 새 사회를 발견할 수 있다. 마치 수목의 개개의 잎의 존재가치는

---

2) 원문은 '빠아가지고' 이다.

수목의 전생명을 통하여서만 그의 의의를 찾을 수 있는 것과 같이 사람 일개체의 존재가치는 사회라 하는 전적 생명을 통하여 그 의의를 찾아낼 수 있다. 그리하여 사람의 완전한 생활(물질적 정신적)은 사회의 전적 생명을 살리고 사회의 전적 유기체를 통하여서만 얻게 될 수 있다.

4

현대 사람과 같이 양심의 종자가 마비하여진 것은 없다. 현대 사람은 양심과 양심의 연결로 사는 것이 아니요 남과 나의 비교적 우월감으로 살아나간다 할 수 있다. 우월감이 양심감을 대표하여 발달된 것이 현대 사람의 심리이다. 미개국未開國 반개국半開國 약소민족이라 하는 표어를 가지고 강한 나라 백성된 것을 자세藉勢하고[3] 사는 것이며 무식한 놈 문맹한 놈이라는 표어를 가지고 유식한 사람 된 자세로 사는 것이며 시골놈이라 하는 상대로 서울 사람 된 자세, 농사꾼의 상대로 상업자 된 자세, 여자를 상대로 남자 된 자세, 어린이를 상대로 어른 된 자세, 빈자를 상대로 부자 된 자세, 큰놈은 큰 자세, 권력 가진 놈은 권력 자세, 돈 가진 놈은 돈 자세, 지식 가진 놈은 지식 자세, 자세와 자세로써 대어는 중어를 먹고 중어는 소어를 먹게 되는 자세감으로 인간 최상의 생활미를 삼고 살아나가는 것이다. 이와 같이 자세감이 늘어나가는 한편으로 양심감은 점차 씨도 없이 소멸하게 된다. 이것이 생의 뿌리를 개적에 둔 연고이다.

생의 뿌리를 개적의 이기주의 개인주의에 세운 사회에 있어서는 저들의 소위 양심이라는 것은 거개가 침략주의 착취주의의 변태성을 일러 하는 말이 된다. 즉 침략주의 착취주의를 질서적으로 실행케 할 빙편과 방침이 소위 정의인도라 하는 가명을 빌려서 상대자를 속이고 세

---

3) 스스로 자기 세력을 믿는 일.

상의 이목을 속여가면서 외면 좋게 남의 것을 빨아먹는 방략이 곧 그들의 양심이 되어 있다. 지주가 소작인을 사랑한다는 명사라든지 모든 강한 자가 모든 약한 자를 사랑한다는 그 결과는 소위 사랑이라고 하는 미명을 빌려 저들의 침략주의 착취주의를 이름 좋게 실행하려는 음험간교한 수단에서 나오는 것이다. 이러한 결과의 구극폐해는 현대사회로 사회적 질병을 발생케 한 대원인이 되어 있다.

사회적 질병이라는 말은 사회를 전적 유기체로 생각하여 가지고 개인을 소아小我로 보고 사회를 대아大我로 보는 데에서 일어나는 생각이다. 사람이 만일 진심으로 사회라 하는 대아가 자아의 개체를 나게 하고 살게 한다는 진감眞感이 있고 보면 사회의 어떠한 부분의 고통일지라도 그것이 유기적으로 직접 자아의 고통화가 되어질 수 있을 것이다. 마치 육체가 어떤 부분의 작은 고통이라도 그 고통을 전신체가 감동하는 것과 같이 사회도 사회적 질병을 전적으로 감각하리만치 유기적 조직이 있어야 쓸 것이다. 그리하여 개인 개인이 그 사회적 고통감을 직접으로 느끼게 될 때에 처음으로 진정한 양심이 일어나게 되며 진정한 정의인도의 관념이 생겨질 것이다. 그리하여 이것이 인간으로 뿌리박힌 인간이 되어질 것이요 사회로 뿌리박힌 사회가 되게 하는 초두입문이라 할 수 있다.

사회학의 원리로 이러한 문안問案이 있다. '개인과 사회, 어느 것이 먼저 된 것이냐' 즉 '개인이 사회보다 먼저 생겼느냐 사회가 개인보다 먼저 생겼느냐' 하는 답안에 사회철학은 이렇게 답하였다. '사회가 개인보다 먼저 생긴 것이라' 고. 얼른 생각하면 개인이 모여 사회가 된 의미로 보아 '개인이 사회보다 먼저 생겼을 것이라' 고 할 수 있으나 진리는 결코 그렇지 아니하여 개인이 생겨가지고 사회가 생긴 것이 아니요 사회가 생겼음으로 개인이 생긴 것이라 함이 가장 명백한 이체理諦가 되는 것이다. 본래 사회라 하는 것을 우주존재의 원리로 붙여보면 생명의 전적 대단大團을 일러 하는 말인 고로 생명의 전적 대단은 어느 때에든지 개적 생명의 원산지가 되고 있다. 마치 수포水泡는 대해大海로써 된 것이요 대해는 수포로 되어 나온 것이 아님과 같이 개성은 사회로써 된 것이요 사회는 개성에서 나온 것이 아니었다. 이 이유에 따라 우리는 표제에 밝힘과 같이 개적의 존재가치는 전적에 인하여 된 것을 알 것이며 그리하여 개적의 존재가치를 일층 의미 있게 하고 일층 발달되게 하려면 개적은 그의 전 생명과 전 의식을 항상 사회라 하는 전적 대단을 통하여 살아나가게 아니하면 안 될 것을 안다. 이러한 의식 아래서야 진정한 양심운동이 일어나질 것이며 종교적 도덕적 또는 논리적 제 조건이 근저 있는 변혁이 생겨질 것이라 한다.

—《개벽》 63, 1925. 11.

1926년

문명화한 야만인
갑오동학과 계급의식
생명의 의식화와 의식의 인본화

문명화한 야만인

어떤 부자 아버지가 주의자主義者 되는 그 자식에 대하여

"야, 너는 무엇이 부족하여 그런 것을 하고 돌아다니느냐. 옷이 부족하냐 밥이 부족하냐. 의식衣食이 없는 가난뱅이들은 모르겠다. 시재 먹을 것이 없으니까 사정으로든지 심술로든지 그럴는지 모르겠다마는 너같이 의식이 풍족하고 또는 지위로 보든지 학식으로 보든지 어느 관청 어느 사회에 가든지 행세를 변변히 할 자가 구태여 주의자 소리를 듣고 경찰서에를 출입하며 얏틋하면 감옥에 갈 노릇을 글쎄 왜 한단 말이냐."

자식의 대답에

"나는 정의를 위하여 주의자가 되었습니다."

아버지의 문과 자식의 답이 다 그럴 듯이 이유가 있다. 아버지의 말은 비록 무의식적으로 한 말이지만 그 속에는 확실히 계급의식이 서 있는 말이다. 먹을 것이 없는 가난뱅이들은 주의자가 될 수 있으나 의식이 풍족한 사람은 주의자가 될 필요가 없다는 뜻이요, 자식의 말은 아무리 의식이 풍족한 사람이라 할지라도 양심이 없을 수 없은즉 양심은 빈부를 초월한 것이니까 정의를 위하여서는 부자든지 빈자든지 주의자가 될 수 있다는 뜻이었다. 그리하여 이 문답 속에는 스스로 계급의식

적 운동과 정의적 운동 두 가지를 다 포용한 것으로 볼 수 있다.

본래 계급의식과 정의적 양심 사이에는 어떠한 구별이 있느냐 하면 계급의식은 어떤 대상을 두고 그 대상에 대하여 평등을 구하는 의식인 고로 계급의식 속에는 스스로 정의가 포용하여 있는 것은 사실이나, 그러나 순수한 계급의식이라 하면 계급과 계급이 대립치 아니하고는 안 되는 일이요, 또는 계급과 계급이 대립하였을 뿐으로 계급의식이 되는 것이 아니요 자기가 어떠한 계급에 있는 것을 의식하고 그로부터 정의의 불평이 일어나 그 불평을 해결코자 하는 반항의식이 일어날 때에 처음으로 계급의식이 성립되는 것이요, 정의감도 역시 반항의식을 전제로 하고 일어나는 것이건마는 단지 정의라면 계급을 초월하여 순수 인간적 양심으로 각하脚下의 사회적 결함을 수정 혹은 혁명코자 하는 의식으로 볼 수 있다. 그러므로 계급의식은 그 의식 자체가 협의적인 것 반대로 거기에는 스스로 필연성이 포함하였음과 동시에 동일한 계급에 속한 다수한 민중을 반항의 일 선로 상으로 유인하기가 넓은 것이요, 그리하여 정의적 양심은 그 성질 자체가 보편적인 것 반대로 거기에는 적어도 개성의 자각과 인격적 인물을 초치招致하게 되는 고로 소수에서 다수를 표준하게 되지 못하는 것이다.

대개 어떠한 혁신운동에든지 계급의식이 섞이지 않은 운동이 없는 것과 동시 양심운동도 병행하지 않음이 없으니 이 두 가지 의식은 필요 불가분임과 동시에 또는 자연적 발로라 볼 수 있다. 그리하여 어떠한 혁신운동을 보든지 양심운동이 선발대가 되고 계급의식의 운동이 후발대겸 전승대全勝隊가 되는 감이 있나니 이것은 사정의 필연으로 볼 수 있다. 가령 옛날 노예해방운동으로 말하면 의례히 그 운동 자체가 노예 자신에게 직접되는 일이지마는 그 초기의 운동으로 말하면 노예 자신의 자각에 의하여 그 운동이 일어나지 못하고 노예가 아닌 다수의 정의가正義家의 절규에 인하여 필경 노예 자신의 자각이 생기게 되고 그리하여 그 최후의 전승全勝은 노예적 계급의식으로 마치게 된 것이니 농노의 해방 또는 부인 해방 같은 것도 다 그러한 순서를 보게 되는 것이었다.

근년부터 조선사회에는 흔히 직업적 ○○○라는 말이 많이 들리며 또는 모범적 ○○○라는 말이 있나니 그것은 대개 반대자의 입버릇에서 나오는 말이지마는 그 말 속의 의미는 예하여 말하면 노동운동을 노동자가 직접 하지 않고 부인운동을 부인 아닌 남자가 한다는 말이겠다. 그리하여 그가 직접이 아니요 간접인 데서 아직 시기상조라든지 직업적 혹은 모범적 행위라 비소鼻笑하는 뜻이겠다. 그러나 그것은 모든 혁신운동이 그 초기에 있어 기분운동氣分運動으로 되며 나아가 즉 정의적 양심운동으로 되어 나오는 이치를 알지 못하는 것이다. 그리하여 우리 조선에서는 더욱이나 정의의 운동이 무엇보다도 아직껏 필요하며 그 이유는 다 말하지 못하지마는 어떤 의미에 있어서는 시종여일하게 정의를 일관一貫으로 하고 모든 해방으로 굳세게 하는 것이 조선의 환경 및 경우에 적당할는지 모르겠다.

정의의 운동에는 반드시 불평이 짝하여 있다. 불평에는 반드시 주의가 짝하지 않는 것이지마는 정의에는 필연적으로 불평이 포함하여 있는 것이다. 그 연고는 정의의 운동에는 반드시 사회적 결함을 대상으로 하고 일어나는 까닭이었다.

구양자歐陽子[1]는 일찍이 '물物이 평平을 얻지 못하면 명鳴한다' 하였다. 여름의 우뢰 겨울의 바람 바다의 파도 산의 폭포 같은 것은 다 물物의 불평으로부터 우러나오는 것이다. 그리하여 자연의 미는 다 같이 물의 불평으로 되어 나오는 감이 있다. 자연의 신은 물에게 불평의 본능을 주어 자연의 본연미를 나타내는 감이 있다. 인간도 자연의 일종이다.

1) 구양수(歐陽修, 1007~1072) : 중국 송나라의 정치가, 문인.

그러므로 인간성에도 불평이 없지 못할 것이다. 인간성에는 반드시 불평이 있다. 어떤 의미로 보면 인간은 불평에서 나 불평에서 죽는 동물이라 할 수 있다. 불평이 적으니만치 인간성이 약하고 불평이 크니만치 그만치 인간성이 강한 것을 증명할 수 있다. 그 연고는 인간성의 불평은 이종二種의 불평을 가진 까닭이다. 자연과 같이 인간 본능의 선천적 비애로 솟아오는 불평 하나하고 다음은 인간 특유의 사회고社會苦 및 세계고世界苦로 솟아오는 후천적 불평이 겸하여 있다. 이 이종의 불평은 스스로 인간으로서 인간미를 더하게 한 것이다. 인간미의 우러나오는 곳이 이 점에 있다. 인간은 이 이종의 불평을 잘 조화하는 곳에 향상이 생기고 진보가 생기는 것이다. 자연의 불평으로 솟아나오는 인간미는 이것이 예술 혹은 종교의 형식으로 표현되고 사회적 불평으로 솟아나오는 인간미는 이것이 혁명자의 심리 혁신자의 활동으로 표현되는 것이다. 이 점에서 정의의 운동을 자임한 자는 모든 것이 불평이며 그리하여 그 불평을 민중화하고 사회화하는 것이다.

불평자의 안중에 비치는 사회는 완전히 초월적이다. 어느 때에든지 일두지一頭地를[2] 솟아가지고 사회를 내려다보는 혜안을 가진 것이다. 불평자의 눈과 만족자의 눈은 어느 때에든지 정반대이다.

불평자와 만족자가 대립하여 있는 사회에 있어서는 만족자는 어느 때에든지 지배계급이나 또는 지배계급의 비호 하에서 특수 혹은 필연적인 행운을 얻게 되고 불평자는 그것을 파괴하거나 또는 그들의 혐기의 적的이 되고 있는 법이니 그러므로 만족자는 보편으로 현상유지파가 되며 인순고식파가 되며 조화파가 되며 협조파가 되며 온건파가 되며 부패완고파가 되는 것이다.

만족자에게는 전적 인간이 없다. 그들은 인간을 유기적으로 보지 않

2) '출일두지出一頭地'의 준말. 머리 높이만큼 빼어남. 남보다 한층 높고 뛰어난 것.

고 기계적으로 본다. 그리하여 심히 비열한 개인주의에 타락하고 있다. 통음자痛飮者의 독락과 같이 개인 자신으로써 만족을 구하려는 야수의 행동에 불과한 심리를 가지고 있는 것이다.

만족자에게는 명일이 없다. 어느 때에든지 찰나주의이다. 환경과 경우에 말미암아 환경 중에서 환경과 동화하고 환경과 조화하는 쾌락을 구하고 있다. 그러므로 만족자에게는 애국자가 없고 애민자가 없고 광제창생의 대안大眼을 가진 사람이 없다. 이를테면 만족자는 똥 속에서 노는 구더기와 같이 분통糞桶의 환경 속에서 전생명을 녹이고 있는 무리들이다.

만족자에게는 큰 욕망과 큰 갈망이 없다. 그리하여 열렬한 정서가 없다. 일배一盃 일배 부일배로 일배의 만족은 있을지언정 일배를 초월하여 한 말 대자연을 취하고자 하는 대만족을 구하는 정열과 정서가 없다. 이를테면 만족자는 인순고식이다. 위험을 싫어하고 진전을 싫어하고 대갈일성을 싫어하는 신경의 마비자이며 현상의 도취자이며 아녀자의 품속에서 인생관을 노래하고 있는 비약자卑弱者뿐이다.

그리하여 만족자들에게는 일개의 사이비한 지혜를 가지고 있다. 간교성이며 준하성이며 형식적이며 허위인 모든 유사의 혜교慧巧를 가지고 있다. 그들은 그 혜교를 놀려가면서 교묘히 자기네의 현상 만족을 보충하고 있다. 민중을 속이고 사회를 속이는 일시적 혜교로 한때 한때의 만족을 구하고자 하는 점에서 그들의 심리에는 항상 조그마한 불안적 공포를 가지고 있다. 현재의 만족에서 무슨 불시의 변동이나 생기지 아니할까 혹은 타인 또는 동류배가 자기의 지위를 엿보는 불행이 오지 않을까 불시의 풍우로 기싱의 도담이 힐어지지 아니할까 하는 공포를 가지고 일생을 전전긍긍하고 소심익익小心翼翼하여 대용大勇에 겁먹고 소분小忿에 노하는 비겁한 성질을 기르고 있다. 이것이 도학자의 안목으로 보면 군자와 사인士人의 행위로 나타나게 되고 권력자의 안중에는 온건한 사민 진실한 중인으로 대우를 받고 그리하여 민중에게는 허위와 가식으로 사회를 무위무능의 경애境涯로 끌게 되는 너절한 무리들이었다.

만족자의 심리는 이러하다. 불평자는 만족자와 정반대의 심리를 가졌다. 그들에게는 인순因循이 없고 가식이 없고 모든 비겁이 없다.

사회에 사회적 불평자가 생기는 것은 이 불평자 자신의 불평이 아니요 사회 자체가 인간접人間接으로 불평감을 나게 하는 원인에 있다. 마치 신체에서 병이 생기는 것은 신체 자체가 근본에서 병을 일게 할 만한 무슨 고장이 있었음과 같이 사회적 불평은 사회 자체가 어느 때부터 불평의 요소를 가지고 있었던 까닭이다. 불평은 고통이다. 신체의 불평은 신체의 고통을 일게 함과 같이 사회적 불평은 사회 고통을 일게 하는 것이다. 고통은 불평에 대한 치료의 선언이다. 병 있는 신체로 고통을 느끼지 못한다 하면 이는 진실로 혼 없는 시체이다. 그러므로 사회적 불평은 사회적 고통을 치료하라는 선언이다. 사회적 불평은 일면으로 보면 당 사회의 병적 현상을 고시함과 동시에 다른 일면으로 보면 사회에 대한 무한책임과 부단의 노력을 가지고 있는 가치적 행위이다.

생명학자의 말에 생명의 일반법칙은 공격에 대한 방어라 하였다. 그리하여 이 방어는 부단의 반격 즉 방어적 공격으로 나타나게 되는 것이다. 이것이 생활조직의 반대운동 혹은 자극성으로 유래한 생명의 원시적 본능이었다. 이 본능이 없고 보면 생명의 생존은 아무 가치가 없다. 그리하여 이 본능이 보다 이상으로 발달되고 향상되면 될수록 생존의 의의를 강하게 하는 것이다. 사람의 생명도 역시 이 법칙의 발전으로 볼 수 있다. 다만 사람의 생명은 그가 의식적으로 변화한 점에서 일반의 타생명보다 법칙이 선화善化하고 미화 또는 순화醇化하여진 데서 지나지 아니한다. 이 점에서 모든 도덕의 정의는 생명의 자기방어의 미화이며 선화로 볼 수 있다. 이 점에서 불평자의 행위는 생명도덕의 자기

책임을 긍정한 행위이며 고조한 활동이다. 즉 정의의 행위이다. 만족자와 불평자의 구별은 이러하다. 만족자로 말하면 신체가 마비된 부분과 같이 아무 고통을 느끼지 못하는 열능자劣能者인 동시에 불평자는 고도의 민활한 신경을 가진 생혈이었다. 불평자는 생맥生脈이 있고 활기가 있는 신인종新人種이다. 신사회의 창조를 절규하는 척후대이다.

만족자는 그 종류에서 다종다양이다. 그 나라에 특권을 얻은 특수계급이나 자본을 가진 부자이나 권세를 가진 관료계급이나 이러한 무리들은 말할 것도 없지마는 그 외에도 여러 가지 종류로 분류할 수 있다. 중산계급도 그의 한 축이며 소욕지족小慾知足의 무능무위한 낙천파 기타 예술장이 문예장이 월급쟁이 종교의 목사 신부 도학자의 안심입명파安心立命派 모든 계급 모든 사회에 만족자가 아니 섞인 데가 없는 데서 사회는 용이히 혁신을 얻지 못하고 정의의 운동은 그렇듯이 난관에 걸려 있는 것이다. 우리는 이 현상을 가리켜 문명화한 야만사회라 하고 이러한 무리를 가리켜 문명화한 야만인이라 부르게 된다.

문명인과 야만인의 구별은 오직 조란燥爛한[3] 생활과 야비한 생활을 하는 구별로써만 볼 것이 아니요 오직 순화醇化한 도덕과 포영暴獰한 성질을 가진 점으로만 구별할 것이 아니요 오직 국가 및 사회조직의 안전과 및 그의 불완전으로만 구별할 것이 아니다. 그 외에도 근본적으로 갈라낼 한 가지 조건이 있다. 그는 무엇이냐 하면 창조의 생활과 유습遺習의 생활 그것으로 볼 수 있다. 문명인은 창조의 생활을 하는 반대로 야만인은 유습의 생활만 하는 것이다. 야만인은 천연자연의 유물을 아무 창조가 없이 보수報酬 없는 향락을 받는 반대로 문명인은 그것을 창조하고 발명하는 성능을 가진 것이다. 이 점으로 보아 저것은 야만인이요 이것은 문명인이라 할 수 있다. 이러한 판별상으로 보아 문야文野의

3) '찬란燦爛한' 의 오기인 듯.

차별을 판정한다 하면 우리는 우리의 문명인종 중에서도 다수한 문명적 야만인을 발견할 수 있다. 동일한 영미인 중에서도 문명인과 야만인을 구별할 수 있고 동일한 동양인 중에서도 문명인과 야만인을 구별할 수 있고 동일한 조선인 중에서도 문명인과 야만인을 구별할 수 있다. 이상의 논법으로써 문명인과 야만인을 성능의 창조유무로 구별한다 하면 소위 문명인종 중에서도 다수한 야만인을 발견할 수 있으니 즉 저들이 아무 노작과 창조가 없이 다만 선조의 유물로 보수 없는 향락으로 만족하는 자는 누구나 이를 문명화한 야만인이라 할 수 있다. 저들의 문명의 생활은 선조의 물려준 유물이나 혹은 자기네의 요행적 경우에 말미암아 얻은 말하자면 기생충의 생활을 하고 있는 점에서 그것이 문명화한 야만인이라 하는 말이다.

대개 각 시대상에 세 가지 특종의 범주가 있으니 하나는 역사적 유물이라는 것이요 하나는 현하의 특수문제요 하나는 장래의 맹아를 이름이다. 역사적 유물이란 것은 말할 것도 없이 과거 몇 세대의 조선祖先이 이미 창조하여놓은 모든 유물을 이른 것이니, 이것은 많이 인습의 제도 인습의 풍속습관 인습의 종교도덕 사유제도인 상속권의 법률적 권력 같은 것에 의지하여 현대인의 심리에 깊은 뿌리를 박고 있는 것이며, 현하의 특수문제라는 것은 소위 세계대세라 하는 현재의 사회상의 관계로 어쩔 수 없이 일어나지 아니치 못할 모든 과도기의 잠세력 및 현세력을 이름이니 이것은 현실의 여론에 의지하여 혹 원동력이 되어 나타나며 혹 반동세력이 되어 나타나는 것이니 마치 풍과 수의 접촉으로 파동이 생겨남과 같이 여기에는 노소충돌 신구쟁론 파괴확집의 모든 과도적 충동 같은 것에 의지하여 현대인의 심리를 선전적 또는 자극적으로 다수 민중을 대상으로 하고 동요의 기분 하에서 현상을 교란하는 운동이며, 장래의 맹아라는 것은 현하의 특수문제를 수정 또는 확지確持하여가지고 이미 장래를 위하여 굳건한 이상을 세워 새로운 천지를 발견한 모든 혁신자의 절규가 그것이다. 변동코자 하는 시대에는 어느 때에든지 이 삼상三相이 있고 그리하여 이 시대적 삼상에 따라 스스로 역사적 인물과 신역사적 인물을 두 길로 갈라놓게 되는 것이다. 그리하여 역사적 유물에 의지하여 자기의 천연에 대한 보상 없는 향락과 노력에 대한 상자相資 없는 생활을 하는 자는 이것이 문명화한 야만인이었다. 원시적 야만인을 자연화한 것이라 하면 그들은 조선祖先의 유물을 다만 무보수로 향락하는 점에서 이를 문명화한 야만인이라 할 수 있다. 역사적 서고書庫를 등에 진 야만인이며 전습적 권위를 가진 야만인이었다. 이상에서 말함과 같이 문명화한 야만인은 오늘날 어느 사회에든지 끼여 있다. 국가의 공훈이라 하여 조선의 유훈遺勳으로 얻은 귀족적 특권계급, 조선이 남겨준 유재이거나 또는 기성의 재산으로 금리의 환롱으로 지주권의 명색으로 대사회적 무보수의 향락을 하고 있는 부가자富家者의 계급 같은 것은 말할 것도 없거니와 그의 교화로 군자연君子然히 민중을 속이는 도학자무리 같은 모든 문명화한 야만인 등은 두 번 재말할 것도 없고 더 널리 광의로 해석하면 국가적 권위 하에서 모든 불생산소비를 하고 있는 병속兵屬 이속吏屬 관속官屬 같은 것 태반은 그 무리에 잡아넣지 아니할 수 없다.

문명화한 야만인은 이렇듯 범위가 널려 있고 게다가 현세적 권력을 잡고 있다. 이것이 가치의 전도이요 세상의 망조이다. 문명이 순로로 나아가지 못하고 기로岐路로 횡치橫馳하는 증거이다. 현대의 문명을 부인하는 점은 이 점에 있다. 이 앞으로 나아갈 문명은 이것을 교정하는 데 있다. 그리하여 이것을 깨달은 사람이 구문명인에 대한 신문명인이요 이것을 깨닫지 못한 사람이 신문명인에 대한 야만인이다.

—《개벽》66, 1926. 2.

갑오동학과 계급의식

계급의식이란 무엇이냐. 모든 계급의 대립으로부터 일어나는 사람의 감정을 이름이다. 고래로 도학가나 현인군자라 이름 하는 이의 교훈은 대부분이 의意나 지知로써 수양의 기초를 삼았고 감정이란 것은 극히 비열한 것으로 생각하여 왔다. 더욱이 계급의 대립으로부터 일어나는 감정은 극히 위험시할 뿐 아니라 이를 부도덕불인도不道德不人道와 같이 생각하여 왔다. 그는 윤리상 계급의식에서 더욱이 그러하였다. 아들이 아버지에 대한 것이나 아우가 형에게 대함과 같은 천분상天分上 윤리적 계급의식과 같은 것은 말할 것도 없지마는 인위적 관습 혹은 법규로 나오는 부부 간에 대한 것이나 장유 간에 대한 것이나 군신 간에 대한 것도 거의 천륜상에 대함과 같이 동일한 고정불변의 신적 정규定規로 알아왔으며 그것이 번져가지고 일체의 관습을 모두 다 천정天定의 운명과 같이 생각하였다. 양반 대 상한常漢 부자 대 빈자와 같은 부자연한 사회적 제도까지도 이를 사회형편에 당연한 도리로 알며 또는 인간계의 선천적 약속과 같이 생각하였다. 이것이 지배계급에 있어서는 자기들의 기득한 권리를 확보키 위하여 모든 법규와 권력으로 이를 방어하게 되고 피지배계급에 있어서는 현상을 벗어나서 능히 현상을 비판할 지력을 기르지 못하였을 뿐 아니라 또는 그것을 기를 만한 여유도 가지지 못하였다. 이것은 계급과 계급 사이에 관계된 사정이어서 마치 수화水火의 직접 접촉과 같이 어떤 경우에 크게 위험한 사변이 일어나게 되고 또는 위험한 사변이 일어나지 않는다 할지라도 인간성의 양극단으로 배치하는 부자연한 병적 현상이 사회의 진화를 침체케 하는 고막痼瘼이[1] 되기 쉬운 일이다. 그래서 계급과 계급의 중간에서 이 계급을 조화하려는 중간계급이 생기게 되었다. 이것을 이즈음 말로써 하면 무산지식계급이라 하지마는 이전에 있어서는 그 책임을 맡은 이를 사회가 가르쳐 도학계급 혹은 종교적 승려 형식으로 나타나진 것이다. 이 중간계급은 어느 때에든지 평화적 수단으로 양 계급의 조화를 힘썼다. 그 조화하는 방식이란 것이 지배계급에 있어서는 자선 혹은 애라 하는 명사로 나타났었고 피지배계급에 있어서는 굴종적 극기 복종적 인내도덕으로 나타나졌으며 심하여는 운명적 미신으로 피지배계급의 계급의식을 소멸시키기로 노력하였다. 그래서 어떤 경우에 있어서는 지배계급보다도 피지배계급의 계급의식은 여지없이 소멸이 되고 말았다. 인간의 고통도 당연한 천정의 운명으로 생각하여 유유연唯唯然히 노예적 굴종을 일삼았다. 계급의식이라는 말은 이에서 생긴 것이다. 계급의식은 다만 피지배계급에 있는 사람들의 의식을 이름이 아니며 또 피지배계급이 자기네가 방금 어떠한 계급에 있는 것을 의식함에 있다는 말이 아니요, 계급은 완전히 고정불변하는 것을 의식하는 동시에 그것을 자기네의 손으로 고치치 아니하면 영원히 자기네의 행복을 도모치 못할 것을 알며 또는 계급이란 것은 순전히 인위적으로 나온 것인 고로 고치면 당연히 그 재앙을 면할 소질을 가졌다는 것을 의식하는 의식이다. 예하면 노예가 노예계급에 있는 것을 알 뿐으로만 계급의식이 되는 것이 아니요 노예는 언제든지 노예이다 하는 계급의 고정불변한 폐해를 알고 그

1) 고질병.

리하여 그 계급제도를 자기네의 손으로 개조치 않으면 언제든지 노예상태를 불변하리라 하는 적극적 의식을 가르친 말이다. 이 의식을 주입케 한 본가本家가 갑오동학이다. 갑오동학 혁명의 가치는 순전히 이곳에 있다. 이 의식은 당초에 순수 혁명적 수단으로 들어가진 것이 아니요 종교적 신인생관으로 들어가졌다. 즉 인내천의 신앙이 그것이다. 누누이 언명함과 같이 인내천은 그 근본 의의에서 인류는 절대평등이라 한 인생관을 세우게 된 까닭에 인내천의 신자로는 부지불식간 침침연浸浸然히 평등자유의 사상이 들어가졌다. 계급의식은 반동세력이 있으면 있을수록 커지는 법이라 당시 무지한 관리배가 동학당을 압박하여 생명 재산을 여지없이 탈취한 반동세력은 드디어 갑오동학혁명이 일어나게 된 것이라 할 수 있다.

갑오동학혁명의 가치는 그 내용에서 세 가지 의의가 있다 볼 수 있다.

제일은 정치혁명이니 이상 술함과 같이 무지한 관리의 압박과 당시 우매한 정부의 존재를 전복키 위하여 정치를 개혁하기로 목적하고 일어난 운동이니 그 내용에 있어서는 철저한 정치적 혁명을 의미한 정치혁명으로 볼 수 있으며 제이는 계급투쟁이니 정치혁명을 목적하고 일어난 동학운동은 드디어 계급투쟁으로 변하여 민중 대 양반 민중 대 부자의 학살이 일어나진 것이며 제삼은 이상향의 건설이니 당시의 동학교도는 그 전체 신앙이 이상향의 건설에 있었나니 즉 지상천국의 생활을 희망하고 그를 대번에 조성하리라는 신념에서 그 활동의 세력이 더욱 커진 것이었다. 좌우간 동양에 있어서 더욱이 문약무념文弱武恬한 조선에 있어서 그마마한 민중운동이 일어나게 된 것은 전혀 동학교화의 계급의식으로 나오게 된 것은 최수운 심법의 강력으로 볼 수 있다.
(《수운심법강의水雲心法講義》[2]에서) —《개벽》68, 1926. 4.

---

2) 이돈화의 저작 중 하나로 1924년(포덕65) 천도교중앙총부에서 발간됨.

생명의 의식화와 의식의 인본화

위대한 과학의 힘은 소우주의 미를 발견하는 데 큰 공효를 얻었다. 과학의 예민한 지력은 대우주를 건설하는 데의 위관偉觀보다도 소우주의 시간과 공간을 발현케 하여 인간의 지력을 과학적으로 신비화하는 데 큰 힘이 있었다. 현미경 아래 비치는 모든 미균의 세계 이화학적理化學的 추리 아래 나타나는 원자의 세계 전자의 세계 등의 모든 소우주의 미를 인간의 영대靈臺 앞에 전개하게 되었다. 그리하여 인간은 과학의 힘에 의하여 소우주의 미로부터 일층 생명의 근저를 탐색함에 이르렀다. 생명이란 것은 만유의 근저에 방박磅礴한 소우주의 활력으로서 소우주 자체가 자율적 창조운동으로 자업자득한 영원의 진화결정인 것을 알 수 있었다. 그리하여 생명의 자율적 창조운동은 그 원시상태에 있어서 단순한 약동적 충동의 형식으로 표현되었음을 알 수 있었다. 물질 자체 중에서 분자의 약동 원자의 약동 전자의 활약은 이것으로 넉넉히 만유의 근저에는 대우주 대생명이 무궁의 활력을 가지고 부절히 약동을 계속하고 있는 것임을 알 수 있다.

생명은 약동의 형식으로부터 진화하여 만유의 본능을 조직함에 이르렀다. 본능이라는 것은 인간의 의식작용을 제외한 천연자연의 선천적 충동을 이른 말이다. 본능은 의식작용이 아닌 만유본래의 충동인 점에서 본능은 생명의 약동이 선천적으로 조직화한 개체의 욕동慾動을 이름이다. 식물의 싹이 일광을 향하여 연장하는 것이며 지주蜘蛛가[1] 그물을 치며 의봉蟻蜂이[2] 사회적 생활을 능위能爲하며 유아가 유방을 탐하며 혈액이 스스로 순환하며 이목구비 수족동정手足動靜이 자연히 그 마땅함을 득함과 같은 것도 이 곧 생명이 단순한 약동의 형식으로부터 구체적의 본능의 형식으로 진화한 증거이다. 본능은 학설의 대론代論으로 말하면 그 실질의 의의에서 '불가지不可知'라 하는 말로 대용할 수 있다. 본능은 무엇이냐 하고 질문한다든지 본능의 기원은 어찌하여 된 것이냐 하고 물을 것 같으면 우리는 무엇이라 답변할 지력을 가지지 못하였다. 다만 본능은 사람의 의식이 아닌 선천적 충동이란 점에서 본능은 인간의 의식 아래서는 어느 때든지 불가지라 할밖에 다른 도리가 없다. 대우주의 대생명체가 약동의 형식으로부터 진화된 결과가 본능의 형식으로 된 것이라 할밖에 다른 도리가 없다. 생명은 이와 같이 한 계급으로부터 다른 계급을 창조하는 신비적 진화의 본능을 가진 물건이라 추측할밖에 다른 도리가 없다.

생명의 신비한 활동은 본능의 작용으로부터 고쳐 의식의 작용을 창조함에 이르렀다. 이것이 생명의 의식화한 증거이라.

동물과 인간의 한계는 이로부터 시작되었다. 일반생물은 본능의 작용만으로 활동하는 대신에 인간은 본능의 생활 이외에 의식의 생활이 첨부한 그것이었다. 생명이 무궁수의 시간 내에서 단지 약동의 형식과 본능의 형식으로 진행되다가 한걸음 나아가 의식의 작용을 창조함에

1) 거미.
2) 개미와 벌.

미쳐서는 거기에서 생명의 자기관조라는 것이 생기게 되었다. 생명의 인간체에 와서 의식화가 된 이상 생명이 생명 자기의 본체가 어떠한 것임을 관조한 것이다. 생명의 의식화는 구경究竟 인간人間으로 만물의 영장이 되게 한 것이다. '무명無名은 천지지시天地之始요 유명有名은 만물지모萬物之母라' 한 고인의 말을 빌려 말하면 무명은 생명약동화를 이른 말이요 유명은 생명의 의식화를 이른 말인데, 생명이 자기관조 하에서 생명 자기의 무궁자의 역사를 이름으로 분별하여 생명 자기의 경로와 생명 자기의 실질을 보게 되었나니 이것을 일러 인간의 의식이라는 것이며 그리하여 이 의식의 발동에 종교가 되며 철학이 되며 과학이 되어 인간체의 생활형식을 형성함에 이른 것이라.

생명이 인간의 의식으로 창조한 때의 최초의 형식은 신본위주의神本位主義의 발생이 그것이었다. 즉 생명이 자기관조 아래서 의식적 작용이 이러한 최초의 동기가 의식의 객관화이었나니 이것이 신본위주의였다.

원래 우리 사람의 정신 가운데는 확실히 두 가지 모순을 가지고 있으니 이른바 본능 대 의식의 충동이 그것이었다. 즉 본능의 작용과 의식의 직용 대치가 그것이었다. 인간은 그 자체 중에서 본능 및 의식의 충동의 양개모순적兩個矛盾的 작용이 그것이었다. 다시 말하면 본능은 자연이라는 의미로 대표되는 대신에 의식은 의지자유라는 것으로 대표되는 점에서 사람은 선천적으로 자연의 지배와 의지의 자유라는 모순적 행동이 일어나게 되었다. 사람은 나면서 자연의 지배를 받는 것과 동시에 의지로는 자연의 지배를 제배制排하고 나가고자 하는 자유의지를 가지게 되었다. 이 점이 동물과 인간의 구별인 동시에 인간으로서 인간된 가치를 가지게 되었다. 그리하여 인간의 모든 지적 고통이 일어나게 되었으며 나아가 인간은 이 양개의 모순된 고통을 제배키 위하여 즉 자연의 지배와 자유의지의 배치적 모순을 조화키 위하여 종교를 창설함에 이르렀다. 신의 대상을 창설함에 이르렀다. 자유의지의 요구를 신이라는 초인적 대상의 힘에 의하여 해결코자 한 것이 곧 원시종교의 설립동기이었다.

원시종교적 생활이 초인적 세력인 신에 의하여 인간의 근본적 모순을 해결코자 함에 이르러서 유일의 방편은 실재實在 관념의 선택이 그것이라. 자유의지와 자연본능의 모순적 발작을 조화키 위하여 신적 대상을 창조하여놓고 인간의 모든 고통의 해결을 타율적인 신의 능력에 의뢰케 한 결과는 구경 실재와 환상을 가설하게 되었다. 신은 실재요 만물은 신의 창조인 허환虛幻으로 보게 된 결과는 신은 실재적 주체가 되고 인간은 허환적 객체가 되었다. 이것을 일러 나는 '신본위주의' 라 말하게 된다.

신본위주의에 있어서는 이상에 말함과 같이 신이 실재가 되고 인간이 허환적 투영이 된 까닭에 그 시대의 인간의 노력은 모든 정신상 관념 및 생활상 제도에서 오직 신본위로 나오게 된 것이다. 인간이 인간을 본위로 하고 살지 못하고 신을 본위로 하고 산 시대이었다. 승려계급의 발생은 이에서 생긴 것이었다. 신과 인을 교섭하는 책임으로 승려의 직분을 하게 되었다. 이것이 계급발생의 원인이었다.

신본위주의로 승려계급이 발생하게 되고 그리하여 인간인 승려가 신의 명에 의하여 인간의 화복을 좌우케 한다는 관념은 그것이 농화濃化하며 융화하는 간에 어느덧 영웅본위가 발생하게 되었다. 동일한 인간 중에도 신의 의지를 체득할 만한 사람 그것을 체득치 못하는 일반민중과의 간에는 점차로 영웅인 인간과 민중인 인간의 구별이 현격한 차이를 가지게 되었다. 그리하여 인간 중으로 정치적 권력 혹은 종교 도덕적 권력을 잡게 되면 그것은 곧 천명을 받은 영웅이라 하여 민중은 이름 하여 '천자' 라 존숭하며 이인異人 도인 성자라는 명칭을 붙이게 되었다. 그리하여 천자의 자손이면 그는 인격상에서 민중과 특별한 우월격이 없다 할지라도 신의 의지로 결정된 영웅의 혈족계통이라 하여 일반 민중의 상층에 있게 될 수 있었다. 이것이 곧 봉건계급의 발생이었다. 영웅본위는 인간본위가 아니요 인간 중에서 특권을 가진 영웅을 본위로 한 것이다. 그리하여 그것이 미류연장彌留延長하여[3] 필경은 봉건계급의 진전을 보게 된 것이다.

신본위주의가 인간을 본위로 하지 아니하고 신을 본위로 한 것과 같이 영웅본위는 신본위 대신에 특권인을 본위로 한 것이다. 말하자면 두 가지가 다 인간을 본위로 한 생활제도가 아니요 인간 이외의 신 혹은 특권을 본위로 한 생활이었다.

영웅본위의 파멸은 현대 봉건제도의 파멸로부터 시작하게 되었다. 유명한 불란서혁명이란 것은 그 전책임이 이 점에 있다. 자유평등의 사상으로 인간의 자유를 찾으며 인간의 평등을 주창한다는 명칭 하에서 봉건계급의 파괴를 기도하게 되었다. 그리하여 인간은 신본위주의로부터 영웅본위로부터 다시 경제본위주의로 들어가게 되었다. 이것이 현대 자본주의의 발생이니 이것을 일러 자본본위라 이름 할 수 있다.

자본본위의 발생한 동기와 그 내용의 폐해는 여기에 말할 본분이 아니다. 다만 여기에 튼튼히 일러둘 말은 본위의 무사정無私情한 전환 그것이며 그리하여 본위전도와 본위의 인간화를 예기한 역사적 변천임을 일언할 뿐이다. 신본위가 인간을 망각한 것과 같이 영웅본위가 인간을 망각한 것과 같이 자본본위도 또한 인간을 망각한 생활제도라는 것을 일언하여 둔다. 자본본위는 자본이 주체가 되고 인간이 객체가 된 본위이다. 윤리 종교 정치 모든 생활제도가 자본의 토대 위에서 있는 것이

3) 병이 낫지 않고 오래 끌어.

다. 자본본위의 아래는 부자유친도 없으며 붕우유신도 없으며 민유방본民唯邦本도 없으며 도학 성자 예술 종교도 없다. 즉 그 모든 것이 사람을 본위로 하지 않고 자본본위로 한 제도이다. 크게는 세계 국가 작게는 한 가정 한 개인의 파란이 모두 자본을 본위로 하고 일어나게 되는 그 까닭이 이곳에 있다.

자본본위는 그 성질상 자본집중의 법칙에 의하여 어느덧 자본과 인간의 대립을 보게 되었다. 자본이라 하는 특권과 인간이라 하는 대상과의 사이에 큰 홍구鴻溝를[4] 짓게 되었다. 자본이 인간을 위하여 있게 되지 못하고 자본이 그 자체집중권을 유지하기 위하여 있게 되었다. 그래서 자본적 특권과 인간적 평등의 사이에는 큰 물의가 일게 되었으니 이것이 오늘날 세상이며 그리하여 이것이 자본주의의 실각을 예언하는 것이다. 노골로 말하면 자본본위가 인간본위로 전환되려는 조짐이며 인간이 인간을 본위로 하고 살아나가고자 하는 인간본위의 기원이다. 장구한 세월의 역사적 변천은 본위의 대체적 운동으로 볼 수 있다. 신본위 영웅본위 자본본위 인본위 이렇듯 역연歷然한 경로를 짓고 있다.

인간본위는 말할 것도 없이 자본주의의 인간화를 이름이다. 자본본위의 대신에 인간 자체가 본위가 되어 모든 생활제도를 인간 중으로 환원케 하는 주의를 이름이니 이 점에서 현대의 활극은 인간본위와 자본본위의 환절기인 것을 알 수 있고 그리하여 장래할 사회는 확실이 인간본위에 있는 것을 예언할 수 있다.

'한 사람의 부랑자의 자식이 있었다. 그는 자기를 제일 사랑하여주는 사람을 찾기 위하여 세계주유를 시작하였다. 그래서 외유 10년간에 무

---

4) 한漢의 고조高祖와 초楚의 항우項羽가 천하를 양분할 때의 경계선이었던 강의 이름.

한한 객고를 겪고 한 사람의 친애자도 얻지 못하였다. 그래서 그는 궁경窮境에 임하여 고향으로 돌아와 본가에 다시 오지 아니치 못하게 되었다. 돌아오는 길로 가정에서 10년이나 떠났던 자모를 뵈옵게 되었다. 자모는 그 자식의 목을 안고 감격의 눈물을 흘리는 한 찰나에 부랑자의 자식은 그제야 세계 중에 가장 고마운 이는 자가自家에 있는 것을 알았다' 한 동화가 있다. 이것을 비유라 하면 이 비유는 가장 잘 우리 인간의 행동을 사의寫意한 것으로 볼 수 있다. 인간은 어떤 의미에서 일종의 부랑자이다. 인간은 먼 옛적부터 인간 자기네의 무리를 떠나 외재적으로 고마운 이를 찾고자 하였다. 그래서 인간 이외에 신을 숭배하게 되었다. 다음에 영웅을 숭배하게 되었다. 다음에 자본을 숭배하게 되었다. 그러나 하면 할수록 인간은 인간다운 생활을 하지 못하였다. 그 까닭은 인간에 인간 자기네의 본가를 잊고 산 까닭이었다. 이제로부터의 인간이 인간 자기네의 본가로 돌아오지 아니치 못할 중대한 자각이 생겼다. 인간은 이제 비로소 타력의 폐해가 인간의 도움이 되지 못한 것을 알았다. 신 영웅 자본 그 모든 것의 타율적 허위가 진실로 인간이 인간본위로 돌아드는 투쟁의 최종막으로 인간본위와 자본본위의 전환을 힘 있게 부르짖고 있게 되었다.

인간본위와 자본본위의 전막戰幕은 이미 열린 지 오래다. 그리하여 양자 간에 숙승숙부孰勝孰負는 자각한 인간의 공안公眼 중에 이미 판단한 지 오래다. 다만 그 사이에 취할 바 방편으로는 완화 과격 여러 가지의 수단이 다를 것이지마는 인간 진화의 법칙은 인간의 장래가 숙승숙부에 있을 것은 확실히 알 수 있다.

—《개벽》 69, 1926. 5.

1934년

조선민족성의 신건설
천도교의 공과론

조선민족성의 신건설

'위대한 이상 하에서 엄정한 현실을 개척하자' 하는 말은 인간성을 다른 동물성과 구별하여 낸 추상적 증명이다. 사람이 다른 동물과 같지 않은 점은 여러 가지로 구체적 설명을 요할 수 있으나 그 여러 가지 것을 종합하여 추상적으로 갈라본다면 종종種種의 이상理想을 가진 점과 그리하여 실제적 현실을 의식적으로 개척하는 점이라 할 것이다. 사람은 그 관념에서 초현실적 이상과 혹은 비현실적 공상을 생각하고 있는 것과 현실적 실제계에 있어서도 본능적 충동적 행위로부터 의식적 기술적 동작을 하는 점이 다른 동물과 구별되는 경계선이다. 이 경계선은 동물과 사람뿐만이 아니요 사람과 사람지간에도 몽롱하고 극히 불분명하지만 다소간의 구별을 가지고 있다 볼 수 있다. 이상적 상상력이 비교적 위대하고 현실적 실행력이 비교적 강대한 사람과 그와 반대되는 최저선에 있는 사람 사이에는 그의 동기여하와 그의 환경여하는 별문제로 하고 그의 경계선은 스스로 명백히 나타나는 것이다. 이러한 구별은 민족과 민족 사이에나 동일민족이라 할지라도 역사적 관계 즉 시대진보상 계단에서 이 경계선의 차별을 찾아낼 수 있다. 여기서 미개민족 개화민족 야만민족 등 구별을 짓게 되고 같은 민족으로도 열리지 못하였던 시대의 민족과 열린 시대의 민족의 차이 등을 말하게 되는 것이다.

긴 역사를 등에 지고 흘러오는 인류 군群은 각 시대마다 일정한 특징을 나타내면서 각 시대의 냄새를 후세에 유전하여 준 것은 인류 진화상 대체적 형적이니 이것이 인류성을 지어 놓은 대사실이며 그리하여 여기에 민족성이란 것도 각자의 풍토 습관에 따라 각자의 특성을 나타내게 된 것이다.

각자의 민족성은 비교인류학상에 있어서 상호 장단을 가지고 있으나 그러나 우리는 어떠한 민족을 물론하고 그 민족으로서의 장래에 큰 희망의 실현이 있으리라 믿는 점을 두 가지 원리로 나눌 수 있으니, 무엇이냐 하면 그 민족에게 위대한 이상이 수립 되어 있느냐 하는 것과 그리하여 엄정한 현실을 개척할 만한 근기가 있느냐 하는 점이 그것이다. 즉 위대한 이상 하에서 엄정한 현실을 개척할 만한 민족성을 가졌느냐 하는 것이었다.

위대한 이상이란 말은 곧 그 민족의 정신적 체계와 정신적 발전성을 이름이며 그리하여 그 이상으로서의 골자 되는 점은 민족적 초인성과 민족적 초민족성이 그것이었다.

초인이라 하면 누구나 니체의 철학적 초인론을 연상할 수 있다. 니체의 초인론은 철학적 대이상이니만치 그는 생물진화학상 고찰로부터 현재의 인류가 초원超遠으로부터 우주생물의 신계단을 지어놓았음과 같이 우리들의 현재의 인류 중에도 다시 현재의 사람을 초월하여 신인간을 낳아놓을 초인이 있다한 것이다. 그리하여 그 소위 초인은 힘 만능의 강자가 아니면 안 된다는 것이다. 이 학설은 철학자의 이상이니만치 영원한 장래를 두고 하는 말이며 또 혹은 학자적 공상일는지도 알 수 없으나 이론적 체계로서는 진화를 영원의 철칙으로 보는 법칙에서 결코 허황한 미신이 아니었다.

니체의 초인론이 결국 공상일는지 허황일는지는 별문제로 하고 광의적 해석과 실제적 응용에 있어서는 어느 시대 어느 역사에든지 초인의 사실을 찾아 낼 수 있다. 즉 초인이란 사실을 생물학적으로 해석하지 말고 인류의 역사적 진화과정으로 본다면 한 역사가 보다 이상의 큰 역사를 낳는 점에서 뒤의 역사는 항상 먼저 역사의 초인으로 볼 수 있으며 뒤의 인류는 항상 먼저 인류의 초인으로 해석할 수 있는 것이다.

초인이란 뜻을 이렇게 현실적 역사적으로 해석하고 보면 우리는 여기서 초인적 정신을 실제적 행위로 응용할 수 있으며 그리하여 인간으로서의 인간다운 무한의 희열과 무한의 강력을 탄출彈出할 수 있으며 모든 사기死氣와 정력 속으로부터 생기와 활력을 배출할 수 있으리라 믿는다.

'사람은 항상 금일의 자아보다 보다 큰 자아가 있는 것을 잊어서는 안 된다' 한 타골의 말은 현실적 역사적 해석에서 니체의 초인론과 동곡이조同曲異調임을 알 수 있다. 사람은 금일의 자아에 이외에 더 큰 자아가 없으리라 단념될 때에 그 자아는 곧 사멸에 빠지는 것이며 타락에 들어가는 것이다. 이것이 개인이나 민족을 물론하고 다 같이 타락적 향하선을 밟고 내려가는 무리들이다. 기실 사람은 금일의 자아보다 명일의 자아가 보다 이상以上 크리라 믿고 의식하는 점에서 모든 생기와 활력이 일어나지는 것이다. 그리하여 명일의 자아가 금일의 자아보다 커질 때에 처음으로 그는 초인적 원리를 응용하였다 할 수 있다. 왜 그러느냐 하면 그는 정신상에 있어 명일의 자아가 금일의 자아를 초월하였음으로써이다. 즉 명일의 사람이 금일의 사람을 초월한 것이다.

이와 같은 초인적 진리는 개성의 발전에 있어 거의 본능으로 되어진 것이니 생리의 성장 지식능률의 계발 즉 육체적 정신적으로 명일의 자아가 금일의 자아보다 커져야 하고 또한 커지는 원리를 가졌다 할 수 있다. 그러나 여기에 말하는 초인은 다만 본능적 상태를 이름이 아니요 의식적으로 작지불변作之不變하는 수성적修成的 행위를 가르쳐 하는 말이니 '부지노지장지不知老之將至' 라 한 공자의 격언과 같이 사람은 의식으로서 항상 명일의 자아가 금일의 자아보다 커지는 원리를 각오하고 그리하여 그를 실천하는 데서 인간의 가치는 그 존재가 선명하여질 것이다.

개성으로서 초인은 학자적 혹은 영걸적英傑的 수행을 이름이나 민족성으로서 초인은 이것을 일러 우리는 초민족성이라 이름하고 싶다. 우리가 말하는 초민족성이란 것은 민족성을 무시하는 인류주의를 이름이 아니라 어떤 민족이 현재에 가지고 있는 민족성보다 보다 우월하고 보다 활력이 있고 생기 있고 희망이 충일하고 현실에 조화된 위대한 민족성을 건설하자는 데 있는 것이다.

사람은 금일의 자아보다 명일의 큰 자아가 있는 것을 잊지 말 때에 보다 큰 활력과 보다 큰 사업을 감행할 수 있음과 같이 한 민족도 역시 그러하여 현재의 민족보다 명일의 큰 민족이 있는 것을 잊지 말 때에 처음으로 그 민족의 장래를 점칠 수 있다. 그러한 민족이야말로 금일은 비록 약하나 명일은 강해질 수 있고 그렇지 못한 민족이야말로 금일은 강한 듯 하되 명일은 쇠하여지는 것이다. 우리 조선사람은 민족성으로 보아 하루 바삐 초민족성을 가질 필요가 있다. 즉 과거의 민족성을 초월하여 보다 자립성이 있고 보다 단결성이 있는 민족성을 건설할 필요가 있다.

민족성이란 무엇이냐 하는 것은 여기에 말할 계제가 아니므로 생략하고 말거니와 우리 조선사람의 민족성은 현재의 사실로 보아 극히 유감 되는 일이 많다. 사대성事大性 의타성 당파성 타력성惰力性 등등은 다 같이 우리가 공인하는 흠점이다. 우리는 이러한 민족성을 초월하여가지고 보다 위대한 새 민족성을 건설해야 한다.

보다 위대한 민족성을 기르는 데는 위대한 이상이 전제되는 것이다.

이상이 없는 민족은 명일이 없는 민족이다. 이상은 곧 명일의 사실을 의미하는 말이니 사람은 항상 명일을 위하여 현재를 희생하는 데서 행복의 활로가 지어짐과 같이 민족도 역시 명일의 민족을 위하여 금일의 민족이 진력하는 곳에서 그 민족의 장래를 볼 수 있다.

우리들의 현재는 실로 보잘 것이 없다. 하나 우리는 명일의 민족을 위하여 일하는 조선祖先이 되자는 비장한 결심 하에서 정성 있고 공경 있고 신용 있고 부지런하고 근기 있는 마음으로 장래를 위하여 활동하지 않으면 안 된다. 이것이 우리가 가질 위대한 이상이다. 위대한 이상을 가진 사람은 고苦 중에도 낙이 있는 것을 잊지 말아야 한다.

다음은 엄정한 현실을 개벽하자. 위에 말한 위대한 이상이란 것은 정신 문제에 속한 것이거니와 여기에 이른바 현실의 개벽이란 것은 실천적 행위에 속한 것이다. 현실이란 원래가 냉박冷薄하고 완강하고 무정한 것이다. 거기에는 비굴한 애원과 타력적 불평과 같은 것은 절대적 비상砒霜이다[1]. 현실은 비굴한 애원과 타력적 불평에 대해서는 여지없는 멸망을 주는 것이다. 그는 도리어 완강한 저항 발랄한 활기로써 대하지 않아서는 안 된다.

애마손[2]은 일찍이 악운에 대하는 방법으로 이런 말을 하였다 한다. 악운은 애원으로 대하면 대할수록 점점 그 마력을 발휘하는 것이다. 악운이 오는 때에는 또 오너라 싸워보자 하는 태도로 그 큰 저항하는 곳에 악운의 신은 스스로 물러간다 하였다. 과연 일리가 있는 말이다. 현실은 악운과 같아서 심히 심술궂은 것이다. 그는 애원하면 애원할수록 악운을 내리우는 것이다. 우리는 엄정한 현실을 대할 때에 악운을 대함과 같이 인내 있고 강력 있고 활기 있고 정대한 실력으로써 그와 싸워

1) 비석砒石을 가열하여 승화시켜 얻는 결정체의 독약.
2) 에머슨 (Ralph Waldo Emerson, 1803~1882) : 미국의 시인이자 비평가.

야 한다. 그에게는 비굴한 애원은 절대로 금물이다. 해보자 싸워보자 하는 대장부적 기개로 그를 개척하지 않으면 안 된다.

우리의 현실은 불운의 현실이었다. 경제적 곤란 문화의 저급 모든 이 현실을 무엇으로써 개벽할 것인가? 이것은 우리가 전에 가졌던 사대성 타력성 당파성 등 이러한 비굴한 애원으로서는 절대로 증제拯濟할 수가 없는 시대이다. 어디까지든지 자립自立 자성自誠 자경自敬 자신自信의 정신으로써 내 살림은 내가 한다는 기백으로 침통 과묵 은행隱行 자동 자력으로써 한쪽으로 경제력을 충실히 하는 동시에 한쪽으로 민족적 신문화를 건설하여야 한다. '수인사대천명修人事待天命' 이것이 우리의 현실에 대한 태도이다.

—《개벽》 신간호, 1934. 11.

천도교의 공과론

1

최근 조선에 있어 천도교의 출생은 일대 경이의 존재였다.

옛 없던 동학이라는 새 이름과 옛 없던 천도교라는 새 기치는 그 존재부터가 사회 대중에게 경이의 새 광선을 던짐과 동시에 대중 자신이 또한 그 광선에 대해서 경이의 눈을 뜨게 된 것이었다.

멀리 삼국시대는 제쳐놓고 고려 500년 이조 500년, 천 년간의 조선으로만 본다면 세계대국에 예가 드물리만치 침체한 사상을 가지고 왔다. 다른 사상은 아무것도 가고可考할 만한 것이 없고 다만 종교사상뿐이었으며 종교사상이라도 다만 유교와 불교이며, 불교와 유교라고 할지라도 불교가 일어날 때 유교가 물러가고 유교가 일어날 때 불교가 퇴은해서 서로 병행 경쟁한 적이 없었으며 같은 불교나 유교라 할지라도 기奇를 탐探하고 이異를 색索한 적이 없이 단순한 일파일종一派一宗으로 내려왔었다. 더욱이 이조 500년으로 말하면 유교가 오로지 전권을 잡은 데다가, 오로지 주자 일파의 학설뿐으로 만능의 진리를 삼아온 까닭에, 사상의 경로는 극히 단순하고 기계적이며 규범적이어서 하등의 자유사색과 자유토구가 없었던 까닭에 사상계는 극도로 침체하여 일파 고집적이며, 정와견천井蛙見天식이었었다. 실로 사맥思脈이 음음하고 야색이 침침한 현상이었다. 그렇던 사상계에 옛 없던 새 종교의 이름 새 사상의 부르짖음은 실로 청천벽력적이었다. 즉 동학의 새 소리는 홀연일성 반야뢰忽然一聲半夜雷의 감이 없지 않았었다. 저들 민중으로 동학에 대해서 경이의 태도를 가지게 될 것은 극히 당연한 일이었다.

경이는 지식이 아니요 감정이었다. 그리하여 경이에 대한 감정은 스스로 두 갈래로 갈라지게 되는 것이니 하나는 숭배와 경의이며 하나는 공포와 질투이었다. 그리하여 숭배와 경의의 감정은 경이에 대한 귀의자가 되는 것이요, 공포와 질투의 감정은 경이에 대한 반동자가 되는 것이다.

이러한 경이의 감정은 천도교 70년사에서 여실히 볼 수 있으니 지금으로부터 75년 전 이조 철종 10년 경신庚申(1860) 4월 5일에[1] 경주 한구석에서 최수운 선생의 부르짖음으로 나타난 동학의 소리는 당시 조선사회에 공전空前한 경이의 천뢰天雷를 던진 것이었다. 그래서 조야朝野에 관민은 한가지로 경이의 눈을 들어 동학을 대하게 되는 동시에 한편으로는 동학을 숭배하는 동학당이 일러지게 되고 한편으로는 동학을 반대하는 반동파가 일어나게 되었다. 동학을 숭배하는 동학당과 동학을 반대하는 반동파가 한가지의 경이의 감정으로 생긴 것은 사실이나 전자는 사회 밑층에서 신음하는 일반민중이 대다수인 반대로 후자는 사회 상층에서 관속, 양반, 유생, 부자라는 이름을 가진 사회적 기생물寄生物이 대다수이었다.

저들 반동파가 어찌하여 동학을 공포恐怖하고 동학을 질투하였는가? 묻지 않아도 거기에는 명백한 이유가 있다. 동학사상은 광제창생 보국안민이라는 표방 아래서 자유평등의 신사상을 고취하였음으로써이다. 즉 동학의 자유평등적 신사상 아래는 저들 반동자들이 가지고 있는 기

1) 경신년(1860)은 철종 11년. 필자의 착오인 듯.

득권이 위태하게 됨으로써이다. 그리하여 천도교의 70년사는 동학사상과 그를 반대하는 구사상이 서로 경쟁해 온 경로를 말하는 것이니 천도교의 공죄론公罪論도 또한 이 경로로부터 훑어보지 않으면 안 될 줄로 생각한다.

2

이상에 말함과 같이 과거 조선에는 유교와 불교의 두 사상이 흘러왔을 뿐이다. 그러면 조선에는 유교 불교 사상 이외에는 아무것도 없었던가? 아니다. 조선에는 유교이외에 인습적으로 내려오는 공연한 미신의 숭배가 있었다. 이 공연한 미신의 숭배야말로 기실 조선 대중의 종교이며 조선 대중의 사상이라 볼 수 있다. 그는 무엇이냐 하면 잡신신앙이 그것이다. 유교나 불교는 정치적 표면에 떠오른 깍지뿐이요, 그 실내용으로의 민중사상은 잡신신앙이 가장 큰 세력을 가졌던 것이다. 당시 조선에는 유교가 국교로 되어 있고 유교 이외에는 아무것도 존재를 허락지 않았으나, 그러나 기실 유교를 믿는 사람은 양반급과 유생급밖에는 없었다. 그리하여 유교가 양반과 유생급의 전용적 종교이라 할지라도 그래도 또한 진실한 유교의 신자는 아니다. 표방으로는 사서삼경을 외운 유생이지만은 내적신앙으로 본다면 대부분이 불교나 잡신을 숭배한 것이 사실이다. 유교를 믿는다는 가정의 내용을 들어가 본다면 철철이 불당에 가서 기도를 드리는 일과 한 달에도 몇 번씩 산신, 지신, 조령신祖靈神[2], 수신水神, 지황신地隍神 등, 잡신에게 제사를 드리고 있으며 그 외에도 무당, 복술卜術, 지사地師 등의 숭배 같은 것은 이루 들어 말할 수 없으리만치 그 교가 많다. 오직 유교를 믿는 것은 그들의 양반행세 유생행세를 하는 표준에 지나지 아니하였고 그 실내용은 전부가 잡신을

2) 조상 · 수명보호신의 신격을 지닌 가신家神으로 단지 속에 곡식을 넣어 안방의 시렁 위에 모신다.

숭배하고 왔던 것은 사실이다. 간혹 그렇지 않은 가정이 있다 할지라도 그는 문제도 되지 않으리만치 극히 소수요 유생의 가정 대부분은 전부가 잡신 신앙자이었다. 그리고 불교라 할지라도 기실 불교다운 불교는 심히 드물었다. 지금도 불교를 믿는 사원에 가면 누구나 보는 바와 같이 산신당, 칠성당, 지옥당, 기타 잡신, 심지어 측간신까지 있어서 이것을 보면 불당은 진정한 불당이라기보다 잡신당이라는 편이 오히려 명실상부한 이름이라 할 수 있다. 정정당당한 불교 신앙자라 할지라도 '즉심시불卽心是佛'을[3] 믿는 자는 심히 드물고, 대부분은 불교라는 대신大神을 믿는 동시에 그보다 더 공포의 관념으로 믿는 것은 잡신이었다. 그들은 잡신을 위하는 품이 결코 부처에 못지아니하였다. 이점으로 본다면 조선은 중국과 같이 세계유일의 잡신국이었다.

이런 잡신국에서 인내천이라는 동학사상이 일어났었다. 동학사상의 첫째 조건은 잡신신앙의 타파로부터 시작되었다. 수운 선생은 경전에다 노골로 잡신신앙을 통매痛罵하였을 뿐 아니라, 실제행위에서 잡신신앙을 파괴한 것이다. 그러므로 당시 동학을 믿는 동학교도로서는 첫째 조건이 가정에 있던 잡신 신앙물을 불로 살라야 하고 무당 복술을 들이지 않아야 하고 풍수 사주 등의 미신을 타파하여야 된다는 것이다. 그래서 동학사상이 이르는 곳에는 사상청결이 제일조건이 되어졌다. 사상은 사상으로 막아야 한다는 진언은 실로 동학운동에서 명백히 볼 수 있었다.

3

동학사상은 일면에서 종교사상이며 일면에서 정치사상이었다. 종교

3) 내 마음이 곧 부처라는 뜻. 깨달아서 얻은 나의 마음이 부처 마음과 같으며 그밖에 따로 부처가 없다는 말. 당나라 고승 마조도일馬祖道一이 남긴 말.

사상의 표방으로는 포덕천하布德天下 광제창생廣濟蒼生이 되어졌고 정치 사상의 표방으로는 보국안민輔國安民이 되어졌다. 그리하여 보국안민의 사상은 두 갈래로 나누어서 볼 수 있는데 하나는 문화상 보국안민이며 하나는 정치상 보국안민이 그것이었다. 문화상 보국안민이란 것은 어떤 민족이든지 그 민족적 문화를 발전 향상케 하여 그 민족으로 하여곧 인류의 최고 문명선文明線에 도달케 하는 운동을 이름인데, 수운 선생은 동학사상이야 말로 오로지 그 임무를 맡은 것이라 자신하였었다. 재래의 있던 유교의 문화나 불교의 문화는 역사적으로는 가치가 있으나 그러나 장래할 신사회의 문화적 책임을 맡기는 이미 그 운이 쇠하였고 그 수가 다하였다 보았다. 그래서 그 대신으로 이 사회의 문화의 임무를 맡은 것이 동학사상이라 하였다. 다음 정치적 보국안민의 사상으로 말하면 당시 조선은 세계에 유類에 드문 처녀국이며 전제적 귀족정치국이었다. 그래서 백성이라는 것은 귀족계급의 노예적 대우를 받았을 뿐이니 어느 겨를에 저들이 국가를 생각할 수 있으며 민족을 의식할 수 있으랴. 그러므로 일국의 흥망성쇠와 백성의 사상과는 아무러한 직접관계가 없이 지내왔다. 여기에 대해 동학사상은 귀족 대신에 민중이 야말로 국가의 근본이라는 교화를 가르쳤고 그리하여 일국의 흥폐를 오로지 민중에게 있다 말하였고 그리하여 민중의 힘은 동귀일체의 단결에 있다 하였고 동귀일체의 방법은 오로지 동학주의에 귀의함으로써 성립된다는 조직 있고 체계 있는 사상을 가르쳐 왔다. 이 주의로 인하여 동학당이 결성되고 민권적 사상과 자유평등적 사상은 의외로 크게 발전되었었다. 다만 당시 동학은 근 40년간이나 비밀결사로 있었던 까닭에 눈 밝지 못한 당시의 정부나 사가史家가 그를 인식하지 못하였고 오늘까지도 소위 역사가라는 사람들이 그 내용의 실질을 알아보지 못하고 동학당이라는 것은 일시 우연한 기회로 인하여 발생한 것처럼 생각하는 사이비의 □자□이 있게 된 것이다.

오늘날 와서도 조충소기적彫蟲小技的[4] 피자칭彼自稱 사상가라는 사람들의 천도교의 문제를 가지고 간혹 잡지상에 발표되는 내용을 일별하여 보면 천도교는 수운 이후의 후배들이 현대의 사상을 비부색인比附索引하여 일부러 꾸며놓은 것처럼 생각하는 자가 없지 않다. 그러나 그것은 자가自家의 인식부족을 발표하는 데 지나지 않는 것이다. 왜 그러냐 하면 그들은 천도교의 과거를 문서상으로 조사하여 볼 뿐이요 행위상으로 체험하여보지 못하였음으로써이다. 적어도 천도교의 역사적 내용을 알아보려면 문서의 기록보다도 실행적 교화를 탐색하여야 한다. 이상에 말함과 같이 천도교는 40년이나 비밀결사로 있던 관계로 천도교의 일반교화는 문서로 한 것보다 실제행위로 가르친 부분이 많은 까닭에 오늘날까지도 천도교는 문서교화보다 실제행위를 중히 보게 되어왔다. 말하자면 동학의 보국안민적 사상은 그야말로 이심전심적으로 흘러온 것을 잊을 수 없다. 어쨌든 조선인은 동학사상이 일어남으로부터 민족의식 민권사상 인격적 자유평등의 사상이 혹은 외면으로 혹은 내면으로 길러와진 것은 청천백일보다 밝은 사실이었다.

4

갑오동학운동은 세상이 잘 아는 바이다. 이 운동은 말할 것도 없이 보국안민적 사상으로부터 일어난 민중○○운동이다. 이 운동은 조선이 있은 이후 처음으로 일어난 민중운동이라 할 수 있다. 갑오운동의 성공과 실패원인을 개괄적으로 말한다면

1. 갑오운동의 동기이니 여기에는 대개 세 가지 원인이 있다 할 수 있다. 첫째는 동학교도들의 새사회건설에 대한 희망이니 당시의 그들은 최수운이 가르친 지상천국의 이상이 그들의 무엇보다도 요구하는

---

4) 조충소기 : 벌레를 새기는 보잘것 없는 솜씨라는 뜻으로, 남의 글귀를 토막토막 따다가 맞추는 서투른 재간을 이르는 말.

희망이므로 그들도 일거에 악정부를 개혁하고 자기네의 이상을 실현코자 함이 그의 무거운 원인이며, 둘째는 계급의식이니 원래 동학의 사상은 근본부터 인내천이며 인내천은 실행에서 사인여천事人如天으로 나타났고, 사인여천은 자유평등의 이상적 표어임으로써 당시의 귀천반상의 구별이 심한 데 자극과 그들은 의식적으로 계급타파를 목적한 계급의식이 발달되었던 것이다. 그러므로 당시 동학의 말에 삼불입三不入이라는 말이 있으니 삼불입은 반불입班不入 부불입富不入 사불입士不入을 이름이니 이 세 계급은 동학에 들기를 싫어한다는 뜻으로서 이 말 한마디로 볼지라도 그들이 얼마마한 계급의식이 생겼던 것을 알 수 있다. 그러한 의식의 불길은 그들로 하여금 평등의 세계를 얻고자 하는 혁신사상을 길렀던 것이다. 셋째는 관리의 압박에서 이것은 동학운동의 직접원인이며 도화선이었다.

2. 갑오운동의 효과로 말하면 첫째는 개화사상의 타개로 볼 수 있으니 동방처녀국으로 있던 조선에 갑오운동의 동기로 말미암아 처음으로 백성의 귀가 열리게 되었으며 이에 일청전쟁의 풍운으로 처녀의 꿈이 깨어지고 개화며 문명이란 말이 일반민중의 입으로 나오게 되었으며 조정에서도 이때부터 백성을 천대함이 불가함을 깨닫고 을미경장으로써 정치를 혁신하는 동시에 칠반천역七班賤役[5]을 해방하는 법령을 발포하였다.

둘째는 민중운동의 효시이니 현대식의 자유평등의 민중운동은 불란서혁명과 같이 갑오혁명운동이 순민중적 의미에서의 가치가 있고 조선 사천 년 역사 가운데 산 민중이 있는 표시를 이 운동에서 볼 수 있었다.

셋째는 봉건계급의 타파이니 조선이 봉건적 사상은 반상의 구별이 이 운동으로 말미암아 하화下火되어가지고 드디어 동학당의 제2차 갑신

---

5) '칠반천역七般賤役'의 오기. 칠반천역이란 조선시대에 쓰인 말로 천한 계급이 종사하는 일곱 가지 천한 구실로서 조례, 나장, 일수, 조군, 수군, 봉군, 역졸을 일컫는다.

혁신운동에 의하여 영영 타파되고 만 것은 누구나 잘 아는 사실이었다.

3. 갑오운동의 실패로 말하면 이는 말할 것도 없이 외국의 내정간섭이 그것이며 다음은 동학당이 일치하여 먼저 경성을 직충直衝치 아니하고 충청 일대에는 그해 9월에야 겨우 거의擧義하여 대세를 잃은 것이 그의 원인이라 할 수 있다.

5

갑오운동의 실패로 인하여 동학당은 제2차로 대탄압을 당하였다. 제1세 교조 최수운선생이 대구에서 참형을 당한 후 후계자 최해월 선생의 인격으로 40년간 비밀결사로 양성하였던 동학당은 갑오운동에 말미암아 일패도지一敗塗地의[6] 감이 있었다. 거의 만 명의 전사자를 낸 외에 영수인 최해월도 무술戊戌(1898) 6월에 경성 감옥에서 교형을 받았다. 당시 동학당은 실로 재기할 원기를 잃었다 하여도 과언이 아니었다. 그러나 최수운 선생의 말씀과 같이 천리天理를 받은 동학당이 아무 성공이 없이 그대로 해산할 리는 만무하였다. 동학당은 갑오년으로부터 갑진년(1904)까지 10년 사이에 다시 비밀결사를 시작하여 삼백만이라 칭하는 공전의 대단大團이 되어졌다. 그래서 그들은 갑진 일로전쟁의 풍운을 타가지고 진보회進步會라는 정당을 조직하고 혁신운동을 일으켰다. 혁신운동에 나타난 사실을 간단히 들어보면

첫째는 민중적 정당을 조직하여 민권을 신장하고 악정을 개신하여 현대식의 국가를 조성코자 목적한 것.

둘째는 신문화운동이니 이 신문화운동이야말로 갑진동학운동의 큰 공적이었다. 신문화운동의 외적 발표로서 대담하게 단행한 것은 단발운동이었다. 단발이라 하는 것을 오늘날 사람으로 본다면 심상평범한

6) 다시 일어나지 못할 만큼 여지없이 패배함.

일에 지나지 않는다 생각할 수 있으나 당시의 조선에 있어서는 여간한 대용단이 아니었다. '두가단頭可斷이언정 발불가단髮不可斷' 이라는 표어 아래서 길러진 당시 조선사람으로서 근 일순一旬 이내에 20만이라는 회원이 단발한 것을 생각하면 당시 동학당의 결속이 얼마나 굉장하였던 것을 상상할 수 있다. 그리하여 그들은 현대식의 민회를 조직하고 양복 흑의의 하에서 동의動議 재청再請 연설 강연 등의 공안적公案的 문화운동을 개시하였으며 일변으로 신문 잡지 등 발간이 뒤를 따라 일어났으며, 나아가 신교육운동을 개시하여 대중소학 수십 개를 관리한 사실은 세상이 잘 아는 바이었다. 동학당의 신교육운동은 갑진년에 효시가 아니요 그들은 갑진 이전에 유학생 60여 명을 외국에 유학시킨 사실로 보아도 조선의 신교육운동이 동학당의 각성에 말미암아 발전된 것은 말할 것도 없다.

동학이 삼일운동을 지나 오늘날까지 오는 역사는 세상이 잘 아는 일이므로 여기에 생략하거니와 천도교 사상방면과 실제적 방면의 두 길로 민족적 문화향상운동을 계속해서 오는 중인데 그 표어는

'위대한 이상 하에서 엄정한 현실을 개척하자'

는 것이다. 위대한 이상이라 함은 천도교가 목적한 지상천국운동을 이름이며 엄정한 현실이라 함은 세계 및 조선의 현실을 잘 통찰하여 가지고 그에 적응한 활동을 하여가면서 한 계단 한 계단 위대한 이상을 향하여 걸어 나가자는 의미였다.

'우리 동학운동은 만 리에 초보도 되지 못합니다. 우리의 공은 아직도 앞에 있습니다. 그리고 우리는 성패이둔成敗利鈍을 관계치 않고 그저 인간의 본무本務와 천직으로 근기와 인내와 성경신誠敬信을 가지고 오늘 일은 오늘 하면서 영원에 이상을 향해서 나아갈 따름입니다.'

-(하략)-

—《개벽》 신간호, 1934. 11.

1946년

통곡할 현상과 삼대 실천운동

통곡할 현상과 삼대 실천운동

1. 장래 정국의 전망

지금 이 붓을 든 이 시간은 1946년 2월 1일-조선해방일로부터 5개월 16일이다. 대전이 끝나자 조선의 민중은 무사기無邪氣한 환희에 포위되어 당면한 사생활의 위기도 생각할 여유가 없이 한울의 천사가 행복의 포대를 지고 내려와 호호가가에 행복의 주머니를 던져 주리라 믿었다.

이러한 생각을 가졌다 하여 민중을 우매하다 책하지 말라. 민중이야말로 순결무사한 적심赤心으로 불원장래에 조선의 신국가가 오려니 하고 믿는 신심을 가졌던 것이다.

민중이란 것은 어느 때든지 국가에 의존하는 의존적 존재이다. 옛날 원시 덕치시대德治時代의 덕치생활은 별문제이고, 부락생활이래 현대국가에 이르기까지 수천 년 간 개인은 국가단체에 의존해야만 살 수 있는 의존적 존재였다. 그러므로 인간은 천사나 야수와 같이 고독으로는 살 수 없다. 설사 인간이 상호부조의 본능을 가졌다 할지라도 인류의 본능은 국가의존적 상호부조의 본능으로 화한 것이다.

조선의 해방과 독립은 연합국의 맹약하에 되어졌다. 그러나 조선은 속박 36년 간 상처가 많이 났다는 빙자로 연합국삼상회의로부터 오 개년 신탁통치(후견제)라는 자가 독자의 판단을 내리었다.

이것은 왜인倭人 그것과 같이 속박적 통치가 아니요, 장래 완전 독립을 위한 원조적 통치 독립준비적 통치라는 것이다. 여기에 우리 정치단체에서는 반탁, 찬탁의 양파로 나뉘어 격렬한 논쟁이 일어났다.

찬탁편으로 말하면 이미 연합국이 선의 또는 정의로써 우리 독립을 성장원조한다는 것을 확신하는 바에는 거슬러 그 선의와 정의에 반대할 필요가 없이 그에 순응하여 독립을 촉성케 하는 것이 사리에 정당하다 믿는 뜻일 것이며, 반탁편은 연합국에 대한 호의는 감사하나 그러나 사천 년 역사를 가진 당당한 민족에게 신탁이라는 불명예한 관사를 붙인 것은 우리 민족을 모독한 것이고 그럴 뿐만 아니라 그들은 우리 민족의 의사와 정신적 역량을 모르는 데에서 나온 착오인 즉 우리가 우리들의 의사를 표시하는 데에서 저들의 신탁적 의사를 소멸시킬 수도 있고 또한 신탁이 된다 할지라도 장래 그 시간을 단축케 할 가능성도 있으니만큼 반탁은 민족적 명예로 보나 민족적 공리 입장에서 보나 다같이 영광스러운 일이 아니냐 하는 것이다.

그러나 운명의 신은 제 갈대로 가는 것이다. 그들의 신탁통치준비는 미소공동위원회로 구상화되고 공동위원회에서는 미구에 과도적 임시정부 수립에 착수하게 되었다. 이와 병행하여 우리 조선민중 측에서는 한시라도 빨리 민족통일을 위하여 각 정당 정책의 통일과 그 행동 통일의 갈망이 절정에 이르게 되자 정당 및 기타 단체는 이 잔기殘氣에 몰려 형식적 통일 운동을 개시하여 보았다.

그러나 좌우 양익의 통일은 용이하게 될 가능성이 보여지지 않았다. 좌우 양익은 각각 자가 중심의 정권 수립을 획책하게 되고 그리하여 이 양세력이 대립한 위에 군제임시정부가 군림하리라 추측된다. 물론 위원회가 낳아 놓는 임시정부는 양세력을 초월하고 양진영의 인물을 흡수하여 정부구성요소를 이루게 되리라 가정할 수 있다. 이렇다면 양진영의 세력은 필경 군제임시정부를 낳아 놓는 간접적 산파역에 지나지 않고 그리하여 그 좌우 양익은 세부득이 임시정부 내 자기편의 역원役員을 후원하는 존재에 지나지 않으리라 보여진다.

어쨌든 군제임시정부의 출생은 기정의 운명이다. 그리하여 그것이 저들의 말하는 바와 같이 오 개년 혹 그 이내의 연수를 기한으로 한다 할지라도 어쨌든 역사적 획기적 시대가 될 것은 물론이다. 그리하여 임시정부의 최대 임무는 선의로 보면 무엇보다 오 개년 후 조선 완전독립 준비의 준비정부가 될 것이다. 이 기간 내에 있어서의 조선 형편은 어찌 될 것인가.

1. 선의로 해석하여 남북선南北鮮이 통일되는 것.

2. 교통통일로 인하여 행정통일이 되고 따라서 문화운동 정치운동이 통일될 것.

3. 정치운동의 통일로 인하여 남선南鮮에 국한되었던 정치운동이 전선全鮮 진진포포津津浦浦에 파급되어 전선의 정치적 투쟁이 격렬해질 것이다.

4. 좌우 양익의 영역이 열려지며 또는 교착되면서 민중의 유의식 혹은 무의식적 투쟁이 일어나고 또는 형세의 악화로 혼돈상태를 일으킬 가능성도 있을 것이다.

이러한 투쟁 혼돈의 중에서 오 개년 세월이 유수같이 흘러가리라. 그간에 다소 민중의 훈련은 있을지라도 비약적으로 진보될 것은 없고 그들의 훈련 중에서 정치 도덕적 훈련이 이삼분이라 하면 투쟁적 훈련은 칠팔분이 되리라 가상할 수 있다. 왜 그러냐하면 투쟁의식이란 것은 일방에서 그를 발휘하게 되면 상대편에서도 그만치 투쟁의식이 발달됨으로써이다.

가정상 완전독립 기회가 되어 완전독립이 된다 하고 미소 양군이 각기 철수하여 돌아간다 하면 그제서는 투쟁의식의 수증기가 행동실천의 강우가 되어 내리리라. 이때가 조선 최후의 위기이다. 그러나 그 위기는 장래 장구 평화를 내포한 최후 풍운이라 할 수 있다.

2. 가위통곡지현실可謂痛哭之現實

정치政治라는 것은 정은 정正이며 치는 생生케 하는 것이며 장長케 하는 것이며 화和케 하는 것이다. 그리하여 그는 목전 현실의 위기를 해결하면서 미래의 이상에 도달하여야 한다. 그러하거늘 목하 조선 정치는 어찌 되었는가. 그저 '가위통곡지현실'이라는 이외에 다른 언사가 끊어진다. 미소가 군정을 한다 하더라도 그들은 본래가 외국인이라 조선 현실에 서툰 이들이며 또는 군인적 행정이라 백성의 안타깝고 괴로운 점을 직접으로 양해하지 못할 것이니 그들에게 목하 통곡사정을 호소할 수 없고, 소위 동포 관리란 것은 역불급의 문제도 있지마는 그들 역시 민중의 목하 고통을 돌아볼 여가도 없고 또한 그 의사를 가진 사람조차 드문 듯하다. 그러므로 현금의 대다수 민중은 '누구에게 의존하여야 살아날 수 있는가' 하는 공포, 불안, 위구에 싸여 가위 도탄 중에 빠진 감이 있다. 예를 들어보면 우선 북선 같은 데에는 작년 연사불황年事不況으로 식량부족이 통계표에 나타났음에도 불구하고 그의 대책이란 것을 생각하는 사람은 하나도 없는 듯하다. 그저 관리는 자기 살기 위하여 자생적 도모에 급급할 뿐으로 민생이란 것을 염두에도 두지 못하게 되었다. 이것은 그들 개인이 악의를 가졌다는 것보다 정치체제가 민중생활에 대한 이념을 가질만큼 통일한 유기적 그것이 못 된 것이다. 이상에 술함과 같이 군정은 외국 사정에 서툴 뿐 아니라 무슨 일이든지 임시적 또는 객관적 입장에 나갈 수밖에 없이 된 형편이므로 책임을 그들에게 지울 수 없고 조선인으로는 아직 국가통제가 없는 무정부적 형편이니 민중이 신뢰하여 안심할 곳이 없다는 것이다.

일례를 들어 식량 사정이 최악의 경우에 이른다 할지라도 지금 형편으로 본다면 정치적 기구로 그를 구제해낼 기관도 없고 또 그 역량으로도 불가능한 상태에 있다 보여진다. 간혹 신문지상에 방법론을 게재하는 것이 있으나 그 소위 방법이란 것이 한 번도 민중의 신용을 보여준 예가 없으므로 민중의 불안은 더욱 심하여지고 있다. 이 상태대로 나아간다면 그 중에도 불쌍히 죽을 사람은 선량한 대중일 것이다. 왜 그러냐하면 그들은 강도도 할 수 없고 민란도 일으킬 수도 없고 암취인闇取引도[1] 할 줄을 모름으로써이다.

다음은 민중 대 치안당국 문제이다. 이 문제는 치안 기관 그것의 불충분과 민중이 법령을 준수할 일족한 노선이 확정되지 않은 데에서 당국과 민중 양편이 방향 미정의 행동을 취하고 있는 까닭이다. 이 고통은 삼팔선 이북이 비교적 우심尤甚한 것은 사실이다. 소위 보안당국에 일정한 보안법에 의한 기구가 질서정연하게 서지 못한 것과 또는 보안사무를 맡아보는 대원의 훈련, 학식, 경험이 부족한 데에서 대개가 감정적 추측, 편파적 오해로 인하여 당동當動의 경우에 동하지 않는 수도 있게 되고 부동의 경우에 동하기도 하여 민중으로 하여금 좇을 바를 모르게 한다. 이 점에서 민중과 보안당국은 거의 적대시할 정도로 대립케 된다. 여기서 민중의 원성은 가히 극도에 달하였다 본다. 기실 민중은 공산주의 그것을 반대하는 것은 아니다. 그를 운용하는 당로자當路者들의 반민중적 치안행위를 반대하는 것이었다. 대체로 보면 민중의 정도는 아직도 신주의 신정치에 대한 선전적 설유說喩 지도적 교시 단계에 있음에 불과하고 당국은 지나쳐 공자의 말한 바 전제정치의 원본인 '민民은 가사유지불가사지지可使由之不可使知之' 라는[2] 행정을 실시하는 데에서 치안은 더욱 악상태에 빠진 것이다. 그러나 당국자 그들은 민중의 원성에 반성할 인격의 소유자가 못 되니만큼 그를 의식하지도 못하고

1) 암거래.

2) 《논어》 〈태백〉편, '백성은 따르게 할 수는 있어도, 알게 할 수는 없는 것이다'.

또한 의식할 정치적 도량도 없는 것이었다. 이를 다시 한성漢城의 형편으로 보면 이곳서는 민중의 생활난에 죽겠다는 원성도 들은 체 아니 하고 당국인 관청은 요지부동인 무신경적 냉혹 상태로 있고 소위 정당, 정파는 정권획득이 오로지 자가의 전문이란 듯이 민중의 원성을 경청하는 양심의 정치가가 없으니만큼 정당 대립 투쟁은 그 부산물의 파동으로 폭력 폭행에까지 악화되어 살인행위 간접적 강도행위도 감행하고 있다. 그러나 이것을 책임지고 사전에 예방할 방법은 없다.

일변 민중의 편에서 독립의 희열이 점차 사라지고 따라 환경의 비관에 인한 실망, 낙심, 의구에 지나쳐 자포자기에 떨어져 방랑, 타일惰逸, 질투, 악투쟁 등 부도덕적 행위만 날로 증진하고 있다. 그러나 이것을 교화할 아무 방법도 없고 그러한 인물도 없다.

물가는 한울을 찌를 듯이 올라가고 있다. 그러나 그것을 방지할 도리는 없는 모양이며 또한 그 대책을 연구 실행할 기관과 역량도 없다. 강도와 부정행위자의 생활은 공전의 대성황이라 할 수 있으며 정작 양민의 생활은 불원간 파멸에 당할는지도 모른다.

최후 가장 위험천만의 일이 남아 있다. 그것은 우리 조선인 자체의 지덕 부족으로 나오는 죄악이라 할 수 있다. 수원수구도 할 수 없는 자각부족으로 생긴 것이다. 무엇이냐 하면 취직할 곳이 없어 취직하지 못하는 경우도 있지마는 대개는 방랑, 투기적 모략으로 생활의 원리를 삼고자 하는 무리들이다. 여기에는 부인, 노동자와 같은 직각적 행동으로 행하여지는 풍기風氣도 있는 동시에 소위 정당자류, 정치부로카 등류로부터 내지 관급을 가진 자까지도 이 사상은 거의 사회 전체에 미만彌滿하였다. 양심으로 그것을 끊어야 한다는 진정한 우국자, 진정한 도학군자의 사람은 거의 그 류가 희소하다 볼 수 있다. 건국 시초에 정의의 감을 천하에 기화시킬 대기회임에도 불구하고 그와 정반대로 망국 멸민滅民의 기풍이 일러지고 있다. 보라. 공장은 있으되 공장노동자는 없지 않은가. 물론 여기에는 공장생활과 부랑생활에 차이가 있는 데에서[3] 생긴 현상이다. 이것은 순전히 국가현황 사회현황이 이것을 낳아 놓은 망국현상이라 할 수 있으나 그보다 더욱 통곡할 일은 민중 자체의 국가생활적 자각과 국민도덕적 자각이 없는 데서 자멸 자망 근성에서 나온 것이 아닌가. 이것을 정당자류 사회지도자류가 무엇으로 보고 있는가. 이러고도 보국안민이 순조로이 되리라 믿는가. 옛날 우국자 가의賈誼의 말에 가위통곡자삼可謂痛哭者三이란 말이 있거니와 우리 조선인의 현상을 가의로 평한다면 통곡자가 무수일 것이요 심하면 자살하여도 시원치 않은 일이 있다 보지 않겠는가.

3. 보국안민의 길

이상에 말한 것은 대개 설폐說弊를 일언한 것이다. 그러면 구폐救弊는 무엇인가. 그는 여러 가지 잔소리를 피하고 중점을 취하여 말한다면 대개 3대 운동을 총체적 결사적으로 일으키는 데 있다. 이것은 한 개인, 한 단체의 힘으로는 안 되고 오직 각자가 조선민족이라는 대아를 위하는 뜻으로 또는 대아를 위함에서 소아인 각자가 자자손손의 행복을 도모한다는 식각에서 총궐기하지 않으면 멸망의 길이 곧 안전에 당착하여 있다는 것을 대각하지 않으면 안 되는 것이다.

제일은 항산恒産운동이다. 옛날 맹자의 말에 '민은 무항산이면 무항심無恒心'이라[4] 한 말도 있고 또 한승 번자의 말에 '의식족이지예절衣食足而知禮節'이란 말도 있으며 또 '민이식위왕民以食爲王'이란 말도 있었다. 이것은 지금 세상으로 말하면 유물론과 공산주의 내용과 근사한 말이다. 그러나 이 말 중에는 공산이거나 자본이거나 우선 백성을 살리고 나도

3) 문맥상으로 보아 '차이가 없는 데에서'의 오기인 듯.

4) 《맹자》〈양혜왕〉 제7장. '無恒産而有恒心者 惟士爲能 若民則無恒産 因無恒心 떳떳한 생업生業이 없으면서도 떳떳한 마음을 가지고 있는 자는 오직 선비만이 가능한 것이요, 백성으로 말하면 떳떳이 살 수 있는 생업生業이 없으면 인하여 떳떳한 마음이 없어지는 것이다.' 즉 돈 벌이가 없으면 사람이 딴 맘을 품는다는 뜻.

살고야 보지 않느냐 하는 말이다. 살지 않고 보국안민이 어디 있는가. 이 상태 이 꼴대로 나아간다면 빈부 누구가 한 편만 살고 한 편만 죽는 수 있느냐. 부의 편은 부의 세력을 믿고 산다 할지라도 이것은 다 부자 자신의 미망에서 오는 자멸의 관념에 지나지 않는 것이다. 보라. 대다수의 빈자가 경卿 등을 둘러싸고 감시하고 기회를 엿보고 있지 않은가. 자고로 이러한 형세의 시대에서 먼저 죽는 자가 누구였던가. 부귀자 그들이 아니었던가. 경 등은 아직도 조선의 신운명 판단이 끝난 줄로 생각하는가. 일조에 형세가 바뀔 때에는 경 등의 운명은 실로 조로朝露와 같을 것을 모르는가.

일방 무산자의 편으로 보면 경 등의 유일한 무기는 노동이다. 이것인 인류생활의 기초이며 국가건설의 기초이다. 그럼에도 불구하고 경 등이 다만 빈부 계급타파의 이론에만 몰두하여 유일의 무기를 투척하고 오직 빈부 평균분배라는 이상에만 잠겨 있다면 경 등의 천직인 자활활인自活活人의 의무를 다하지 못하였다는 도덕적 이론은 그만두고라도 우선 경 등의 생활은 무엇으로써 지지할 수 있는가. 조선과 같은 빈약 무쌍한 민족으로서 더욱이 무산자가 팔 할 내지 구 할이 있는 처지로서 다만 근소한 부자들 기름 몇 분 어치를 분배하고 나서는 다음 갈 길은 어디인가. 그러니까 공산共産 공분共分은 조선과 같은 곳은 천생, 부자빈자가 합하여 공산 공분의 생활을 하지 않으면 안 된다.

그러므로 지금부터 우리의 살아나갈 길은 부자도 그의 소유인 부를 해방하고 무산자도 그의 소유인 노동력을 해방하여 가지고 항산운동으로 나아가야 한다. 조선 장래의 완전 독립 문제에 앞서 먼저 해결할 문제는 오로지 항산운동에 있다. 정당, 단체, 지식계급, 교육자, 노동자 총합 삼천만이 일제로 항산운동에 나서자. 우선 최급한 조선의 생명을 살리자. 기계공장이 없거든 가가호호에 베틀, 미명틀[5]이라도 준비해 놓고 원시적 생산이라도 할 수밖에 없고 농업생산은 우리 조선의 특장

特長이니만큼 가일층 증산운동을 일으키는 일대 생명적 결심으로 나가지 않으면 안 된다.

제이는 국민기화氣化운동의 진작이다. 건국 기초의 본성과 민족 결합 진의의를 모르는 이들은 이 문제를 심상히 생각하고 일소에 부칠는지 모른다. 하나 그것은 기화의 대진리와 또 그의 효능을 모르는 이의 천박한 식견이라 할 수 있다. 기화운동이란 것은 실로 국민결합의 대동맥이 되는 동시에 민족통일의 기적적 효과를 나타내는 것이다. 기화운동이란 것은 기화의식의 강조를 이름이다. 한 신체가 기화상태를 보지할 때에 심신의 건강을 유지함과 같이 한 가족이 기화생활을 하는 데에서만 가정 행복을 도모할 수 있는 것과 같이 한 민족, 한 국가도 기화적 풍교가 있는 데에서 그 민족의 융성을 이룰 수 있다. 기화의식이란 것은 계급의식과 대립되는 의식이라 할 수 있으나 알고 보면 계급의식이란 것도 기화의식의 한 방편으로 활용하는 의식이라 볼 수 있다. 예하면 우리가 한 신체의 건강을 유지하려면 기화를 원칙으로 수양하는 데에서 되는 것은 다시 말할 것도 없으나 때로 기화의식이 계급의식을 방편으로 이용하게도 된다. 무엇이냐 하면 한 신체에 병적 부분이 생길 때에 그를 기회로써 달래다가 필경 병적 상태가 전체의 기화를 끊고 생명의 위험이 있게 되면 세부득이 병적 부분인 신체 일부를 수술치 아니치 못하게 된다. 이와 같이 사회는 원칙적으로는 기화상태에만 발전향상을 도모할 수 있으나 그러나 사회의 어떤 존재가 사회 전체 기화를 파괴하게 되면 세부득이 그 일부를 파괴하고 신건설로 나서지 않으면 안 된다. 이것을 계급투쟁이라고도 하고 혁명운동이라고도 한다. 그러나 투쟁이라든지 혁명파괴라는 것은 기화적 치료가 절망이 된 때에 하는 일이요 결코 아무 때나 되는 일도 아니며 또는 할 필요도 없다. 지금

5) 무명틀.

우리 조선 사회의 형편을 질병 상태에 비하여 보면 넉넉히 기화치료에 의하여 그를 완쾌할 수 있는 정도에 있고 최후적인 계급의식적 수술에까지 이르지 않았다. 자본가가 있다 하되 그들이 다른 자본주의국가와 같이 혁명적 수단이 아니면 그가 융화되지 않을 만한 세력도 아니며, 노동자가 있다 하되 농민을 제한 이외의 현대식 노동자는 소수인 점에서 극단의 계급의식적 역량을 발휘할 처지가 못 된다. 더구나 조선은 앞으로 신국가를 새로 건설케 되는 차제에 다수의 기화융합에 의하여 우리의 이상적 국가를 건설할 호기회를 만났다 보는 점에서 기화운동 그것으로 능히 만사를 해결할 수 있다. 기화운동이란 것은 민족애와 민족혼의 융합으로 일어나는 정의심과 민족 생활, 민족문화의 숙명적 결합으로 생긴 신국민도덕의 양성 운동으로 볼 수 있다. 현재 조선에서 국민도덕적 기화운동이 새로운 이상의 이념 위에 이르지 않는다면 민족 장래의 정신적 기초가 형성되지 못한 점에서 조선의 건국은 사상누각과 같은 약체가 될 것이다. 그리하여 신국민도덕적 기화운동이란 것은 다만 도덕적 기화에만 그 영향이 미치는 것이 아니요 신경제건설, 신논리수립, 신정치 및 신문화건립의 기초적 토대에까지 정신적 자료가 되는 것이다. 그러나 이 운동 역시 일조일석에 되는 용이한 소사가 아니요 항산과 병행하여 심신 양면에의 전민족적 운동이 아니어서는 안 되는 점에서 먼저 삼천만 민중이 이에 대한 필요와 의욕이 일어날 만한 기관과 행동일치를 갖지 않으면 안 된다.

제삼은 정치훈련이다. 우리는 민중에게 직접 정치운동을 일으키느니보다 먼저 정치훈련을 일으키는 것이 순서의 정로로 본다. 더욱 조선독립을 앞두고 장래 완전한 정치를 행하려면 먼저 민중에게 완전한 정치훈련을 주어야 한다. '양민의 위에 악정부가 없다' 는 그 소위 관민이란 것을 민주주의 입장에서 말하면 정치사상과 정치훈련이 통달된 양민이다. 이 의미에서 조선에 민주주의적 이상국가를 건설하려면 정치사상과 정치훈련을 받은 민중을 만들어야 할 것이다. 정치사상이 없는 민족은 정치란 것을 오직 정권 획득으로 해석한다. 특히 조선민중에게서 폐가 더하다. 소위 정치가란 사람도 정치와 정권획득의 의미를 알지 못하고 그저 비루한 명예심에 날뛰는 사람이 부지기수이다. 정권획득을 다만 비루한 야심으로 해석할 수는 없다. 대이상 대계획 하에 민중에게 행복을 주려면 현금에는 나만한 인격자가 없다는 절대적(정견正見 정신正信 정행正行) 자신 하에서 그를 표명한다면 그는 과연 숭배할 가치가 있다. 하나 조선인의 정권획득 사상은 자향촌 삼촌 학구로부터 내지 경대부급까지 자고로 부허한 명예나 또는 일시적 권력 행사의 미망에 의한 정권획득사상이었다. 이것은 조선인의 자고自古 사색四色 정쟁 이래 유전사상이다. 유전이 어폐가 있다 하면 관습 사상이다. 그러므로 나는 이런 정치사상은 정치망국사상이라 한다. 그러므로 조선인에게는 이러한 정치망국사상을 개량하여 정치흥국사상을 일으켜야 한다. 이것을 나는 정치훈련이라 한다. (끝)

—《개벽》 74호, 1946.4.

李敦化 사상의 형성과 전개

조남현 (서울대 국문과 교수)

1. 동학 입문의 계기

夜雷 李敦化[1]는 1884년 1월 18일에 함경남도 高原郡 花南村에서 태어났다. 이돈화는 "高原하고도 載靈山밋헤 花南村이라는 산곡유협입니다. 이곳으로 말하면 嶺넘어가 평안도 陽德따이요 산뒤가 永興따입니다. 중간에는 재령산에서 발원한 크도 적도 안이한 花南江이 주야로 자연의 노래를 부르면서 부단히 흘너잇는 태고의 촌락이엇습니다"[2]와 같이 자신이 출생하여 자라난 곳을 아름다운 산수를 자랑하는 벽촌으로 묘사하였다. 이돈화의 고향은 백여호의 촌민이 사는 작은 마을로, 족보도 반상구분도 없었던 것을 특징으로 삼는 곳이었다. 세도가 있으면 굶을 염려는 전혀 없었기에 세도가 있는 사람들을 부러워하고 무서워하는 분위기가 대대로 마을을 감싸 안았다는 점이 강조되었다. 이돈화는 화남촌 안에서도 소문난 부잣집의 자손이었기에 13세때 영흥으

1) 《별건곤》, 1930.5, "名士奇癖展覽會", 123쪽
"이돈화씨는 잠잘 때이면 무슨 소리인지 별안간에 큰소리를 지르고 또 코를 몹시 고는 때문에 엽헤서 자는 사람들이 각금 놀내는 일이 잇다. 그것은 夜雷라는 그의 號와 다소 奇緣이 잇는것갓다. 또 어린이를 특히 사랑하야 길을 가다가도 아희들이 作亂하고 노는 것을 보면 가던 길을 멈추고 가티 作亂을 한다. 말도 雄辯인 동시에 語音이 특이한 것이 만어서 잘 알어드를 수 업는 말이 만타. 그중 멧가지의 예를 들어 말하면 젠젠(全然), 소련회(少年會)……"

2) 이돈화, 〈나의 半生〉, 《천도교회월보》, 249호, 1931.9, 20쪽

로 유학을 떠날 수 있었으며 3년이 지났을 무렵 어른들의 일방적인 혼인결정으로 급거 귀향할 수밖에 없었다.

이돈화는 "자서전"이란 부제가 붙어 있는 〈나의 반생〉(《천도교회월보》, 1931.9~1931.11, 1932.1)에서 수년에 걸친 자신의 방랑생활을 소상히 소개하는데 치중했다. 함경도 평안도 황해도에 걸친 수년동안의 방랑생활은 "무당을 미워하는 버릇, 淫祀나 崇神을 실혀하는 버릇, 神祠 압헤서 밥못먹는 버릇, 四天王이 보기실은 것"[3] 등과 같은 청소년시절의 반신앙적 태도를 동학 입문으로 바꾸어 놓는 결정적 계기가 되었다. 이돈화는 청년 시절의 자신의 '못된 버릇'과 '몹쓸 염증'을 열거해 놓았는데 '못된 버릇'은 재래종교를 싫어하는 경향을 드러내었고 반대로 '몹쓸 염증'은 그가 특정종교에 빠질 수 있는 소질이 있음을 암시하였다. "집에 잇기가 실은 것, 世上이 貴치 안은 것, 모든 것이 草芥갓치 보히는 것, 나아가서는 이 宇宙는 무엇이냐 人生은 무엇하러 낫다가 무엇하러 죽느냐 하는 것 等이 잇는데 이런 생각은 나의 先天的 性質이라 할수박게 업습니다"[4]고 '몹쓸 염증'을 구체적으로 밝히고 있는 이돈화는 이렇듯 불행한 성질을 가지면 자살하는 길과 하늘 끝까지 돌아다니는 길밖에 없다고 하였고 결국 자신은 방랑의 길을 택하게 된 것이라고 고백하였다. 한마디로, 이돈화는 염세적이며 허무주의적인 기질을 이기지 못해 방랑의 길을 나서게 되었으며 후에 고백한 바와 같이 자신의 방랑벽을 충족시켜주고 보장해주는 것이기에 동학에 들어가게 된 것이다. 갑오난리의 실패, 2세 教祖神師 崔時亨의 참형 등을 겪으면서 전국적으로 교세가 떨어진 것에 반해, 동학난리를 겪지 않은 서북양도가 새로운 교세의 근거지가 된 데는 "외국에 계신 道主丈(그때 義庵聖師께서 上海로 하야 일본에 가서 계실 때인데 교인들이 道主丈이라 부른 것

3) 윗글, 23쪽
4) 윗글, 24쪽

이다)을 異人으로 알고 밋엇든 것이다. 道主丈께서는 半人半神으로 明見萬里하는 聰明이 잇고 乾坤을 呑吐하는 度量이 잇고 億兆蒼生을 任意로 살닐만한 大造化를 가진 어른으로 알앗든 것이다"[5]와 같이 의암 손병희에 대한 믿음과 기대가 가장 큰 이유로 작용하고 있었다. 이돈화는 자신의 향리나 다름없는 서북 양도에 동학열풍이 조성된 속사정을 다음과 같이 예리하게 파헤쳤다.

한쪽으로 鄭堪說의 풍설이 津津浦浦에 퍼저서 十勝之地를 차자야 산다는 공포심이 민심을 크게 동요하고 잇슬 때에 동학군들은 그것을 이용하야 가지고 十勝之地며 弓弓乙乙이란 것은 다른것이 안이오 사람의 마음이며 또는 吾道의 眞理이라고 고함치는 바람에 평등자유의 사상을 渴仰하든 西北百姓들은 나도나도하고 東學으로 들어가젓습니다 이때 우리곳에는 東學을 東學이라 하지안코 대개는 '吾道' 라고 부른 것입니다"[6]

의암 손병희를 향한 기대감과 서북도민의 종교적 갈구는 이돈화 개인의 방랑벽과 함께 이돈화를 동학으로 밀어넣는 힘으로 작용하였다. 아들 돌아오기를 축수하는 일념에서 동학에 입도한 어머니, 동학에 들어오면 돈없이도 잘 돌아다닐 수 있다고 하면서 동학입교를 권고한 아버지 외삼촌벌되는 차접주, 38세 나이로 미장가이며 심산유곡에서 도를 닦는 손도통, 평안도 성천에 있는 나용환 대령 등과 같은 여러 존재들도 이돈화를 동학으로 안내하였다. 그는 집에 돌아와 포덕에 종사한

---

5) 윗글, 33쪽

《삼천리》, 1931년 12월호에 실린 〈常春園의 孫秉熙氏〉(15-17쪽)에서 이돈화는 죽음의 의미, 종류, 임종시의 사람들의 태도 등을 설명하고 의암 손병희가 죽음을 공포와 굴복으로 대하지 않고 초월과 극복으로 대하였음을 밝히고, 선생의 마지막 모습을 죽은 것이 아니라 쉬는 것이라고 표현하였다. 이 글을 통해 이돈화가 손병희를 얼마나 존경했는지를 알게 된다.

6) 윗글, 33쪽

것 때문에 한달 안에 접주가 될 수 있었다고 하였다.

이돈화는 1910년 8월에 창간하여 1938년 9월에 폐간된 《천도교회월보》에 180편 가까운 글을 발표하였다. 〈信念의 神聖〉(9호, 1911.4), 〈종교통일은 자연의 勢〉(1911.6), 〈인내천〉(1911.7), 〈사후문제〉(1912.2), 〈東經大全要旨講解〉(1912.6~1912.9), 〈理想中 新光陰〉(1913.1), 〈吾教의 大宗〉(1917.12), 〈종교적 수양과 처세방법〉(1918.7), 〈大神師性靈出世說〉(1918.7~1918.11), 〈신앙성과 사회성〉(1918.11~1919.2), 〈장래의 종교〉(1919.2~1919.5), 〈最後宗教의 大性無量光〉(1919.6), 〈事人如天主義〉(1919.8), 〈新信仰〉(1919.11), 〈개조와 종교〉(1919.12), 〈현대사조와 事人如天主義〉(1920.3), 〈哲人主義의 장래와 新宗教의 가치〉(1920.5), 〈자기해방과 인내천주의〉(1920.6~1920.7), 〈사람性의 無窮을 논하노라〉(1921.4, 1921.6), 〈진화의 측면으로 본 人乃天〉(1922.2), 〈종교의 6대 요소〉(1922.5), 〈문화상 輔國安民이 중요임무〉(1931.1) 등에서 읽을 수 있는 것처럼 천도교를 선전하거나 새롭게 해석하거나 다른 사상과 연결시켜 근대적이며 세계지향적인 종교로서의 가능성을 타진하는데 힘썼다. 이돈화는 1911년(9편), 1912년(11편), 1918년(29편), 1919년(43편), 1920년(27편), 1921년(11편) 등과 같은 시기에 활발하게 글을 발표하였다. 동학에 입문할 때부터 대표적인 이론가로서의 가능성을 인정받아 《천도교회월보》를 이종린과 함께 이끌었던 이돈화는 《개벽》 창간을 주도하여 1926년 8월호 통권 72호로 폐간될 때까지 계속 편집인을 맡아 많은 글을 발표함으로써 종교계와 사상계의 중심에 설 수 있었다. 1920년 6월호에서 1921년 12월호까지는 매호 평균 두 편의 논설을, 1922년부터 1926년 폐간될 때까지는 매호 1편 정도의 글을 발표했던 대신 1923년에는 거의 글을 발표하지 않았다. 《천도교회월보》와 《개벽》지에 발표된 논설을 보면 이돈화는 1918년(34세)에서 1922년(38세)까지 왕성하게 글을 발표했던 것으로 나타난다. 이돈화는

《개벽》 종간 직전인 1926년 4월호로 창간하여 해방 직전인 1945년 1월호 (통권 189호)로 일단 중단된 《신인간》의 발행인과 편집인을 계속 맡음으로써 명실공히 천도교의 대표적인 이론가로서의 위상을 확립할 수 있었다.

2. 천도교 선교자에서 사회사상가로의 이행

이돈화는 《개벽》 창간호인 1920년 6월호에서부터 1921년 3월호까지 9호에 걸쳐 〈인내천의 연구〉를 발표했다. 6번까지는 번호도 붙이지 않고 〈인내천의 연구〉라는 동일제목을 유지하였고 7번부터는 〈의식상으로 觀한 자아의 관념-인내천의 연구 其七〉, 〈의문자에게 답함-인내천의 연구 其八〉, 〈인은 과연 전지전능이 될까-인내천의 연구 其九〉와 같이 번호를 부여하고 부제를 본제로 바꾸고 있어 이돈화가 천도교 교리 선전의 수준에서 벗어나 철학적 사유로 나아가려 한 것임을 알게 된다. 그런가하면 이돈화는 천도교가 민족종교에서 벗어나 세계종교로 자리잡기를 희망했다. 〈人乃天의 연구〉(《개벽》, 1920.6)는 "새 사람이 되라 새 思想을 너흐라 새 知識을 배호라 새 事業을 하라 새 藝術을 創造하라 온갖 것을 새 것으로 벌려노코 새 것으로 搆造하고 새것으로 粧飾하라 나는 새 것을 慕仰하는 者로라 새를 憧憬하는 者로다"(39쪽)와 같이 서두를 연 다음, 동서고금에 걸쳐 새로운 인물로 석가모니, 공자, 야소, 소크라테스, 노자, 니체, 톨스토이, 스토아학파, 루소, 단군, 고주몽, 박혁거세, 을지문덕, 김유신, 을파소, 연개소문, 왕인, 최치원, 이순신, 세종대왕 등을 열거하였지만 "내가 이제 쓰고자 하는 새 사람은 가장 近하고 가장 위대하고 그리하야 종교적 사상으로 조선의 獨刱인 -안이 동양의 獨刱인-광의로 말하면 세계적 獨刱인 人乃天主義 唱導者-崔水雲先生"(41쪽)이라고 글 쓴 의도를 밝혔다. 그리고 공자, 예수,

마호메트를 세계 3대 성인으로 놓고 그들의 기본사상을 논하는 그 수준과 연장선에서 최제우의 생애와 사상을 소개한 것은 이론면에서나마 천도교를 세계종교로 만들려는 열망이 강했다는 의미가 된다. 이돈화는 최제우사상의 비범함을 입증하기 위해 끝에 가서 니체의 사상을 고평하는 가운데 최제우사상을 니체의 "사상적 永遠輪回說"(49쪽)과 연결시켰다. 이돈화는 1930년대에도 분명하게 수운주의자를 자처했다.[7] 〈인내천의 연구 2〉(1920.7)에서는 철학자 훤길이만의 유래종교 쇠퇴원인설을 인용하여 종교의 경전과 사회의 지식급 도덕진보의 충돌, 개인의 신조와 교회의 신조의 충돌, 속인과 승려의 충돌, 교회와 국가의 충돌 등과 같이 여러 가지 원인을 제시했다(64~65쪽). 유래종교의 쇠퇴원인은 교리가 시대의 진보를 따르지 못하는 점으로 요약할 수 있다는 것이다. 니체사상을 소개하는데도 힘쓴 이 글에서는 니체가 유물론자와 육체적 본능주의자로 오해받기도 했다고 지적하였다. 불교, 유교, 기독교가 상호접근하고 융화하여 통일된 새 종교가 자연스럽게 나올 것이라는 일본의 浮田和民의 미래종교론을 소개하기도 하였다. "최수운선생의 사상은 실로 神啓的 大覺으로 초연히 종교통일의 기초를 開한 것이라 할지로다. 그는 선생일대의 신앙과 및 그의 사상행위로써 넉넉히 이를 증명할 자인저"(70쪽)와 같이 이돈화는 최수운주의가 종합종교적 성격을 지향한 것으로 파악하였다. 이돈화는 천도교의 종합종교적 성격을 강조하기 위해 浮田和民의 유교 불교 기독교 삼교합일과 高橋亨의 유불선 삼교합일론을 다 취하였다. 高橋亨의 삼교합일론은 중국 육조시대나 신라의 최치원 등과 같은 선례를 제시하였다. 〈인

---

7) 《삼천리》, 1930.5, 25쪽, "제씨의 성명"
"선생은 민족주의자입니까, 선생은 실행가와 학자 중 어떤 것이 되겠습니까, 선생은 누구의 영향을 가장 많이 받았습니까" 라는 설문을 받고 이돈화는 "1. 나는 수운주의자입니다. 수운주의는 원대한 이상 하에 엄정한 현실을 밟는 주의임으로 그 내용은 보국, 안민, 지상천국이라는 삼계단이 잇습니다. 이 삼계단은 처음 민족XX, 둘재 경제해방, 셋재 지상천국으로 해석할 슈 잇습니다. 2. 나는 두 가지 다 불능한 인물입니다. 하나 생각 뿐으로 학구에 가깝습니다. 3. 나는 최수운선생의 인격을 놉게 숭배합니다"와 같이 대답했다.

내천의 연구 3〉(《개벽》, 1920.8)에서는 최제우가 반기독교적 태도와 삼교합일의 정신으로 동학을 열었음을 구체적인 논거를 들어 주장했다.

哲宗 십사년 庚申年 사월 오일 경주의 崔水雲은 耶蘇敎의 만연을 禦하는 명목 하에서 東學敎를 創開할새 실로 三敎合一을 標榜하엿더라 곳 三敎의 長을 取하야 이를 集成하고 吾敎를 세운다 선언하엿나니 그의 전통의 高弟 崔時亨에게 誥하는 辭에 가르대 「立綱明倫 居仁行義 意誠心正」 몸으로부터 世에 及함은 儒道가 이것이오 「捨利禁慾 宣化救世」 道場을 淸淨히 하야 呪를 唱하며 念珠를 손에 함은 佛道가 이것이오 「究玄校無」 영욕을 除破하고 淸妙를 嚼眞함은 仙道가 이것이라하고 三敎가 共히 우리 교리에 攝하야 廣大無量한 地步를 占하야 널리 조선인으로 하야곰 信仰을 일으키게 하는 바이라(73쪽)

최수운의 동학은 유불선의 삼교합일론에서 이루어진 것이라는 주장을 거친 끝에 〈인내천의 연구 4〉(《개벽》, 1920.9)에서는 최수운의 중심사상이자 천도교의 기본관념을 汎神觀上에 입각한 인내천주의(天의 관념), 萬眞理를 인내천주의에 귀납하야 總合調和한 儒佛仙 合一主義(道의 관념), 인내천 관념에 입각한 靈肉一致主義(敎의 관념)으로 정리했다(46쪽). 도의 관념을 설명하는 유불선 합일주의는 이미 앞의 〈인내천의 연구〉에서 설명된 바 있다. 천도교 내의 제1의 이론가 이돈화에 의해 천도교는 인내천주의를 중심개념으로 하되 범신론, 유불선합일주의, 영육일치주의 등과 같은 사상으로 구체화된다.

일찍이 金璟載는 천도교의 역사와 철학을 논한 〈천도교청년 徒衆에게 與함〉(《삼천리》, 1934.8)에서 인내천주의가 절충주의적 체계를 지닌 것이라고 해석하였다.[8)]

이돈화는 인내천주의를 다른 시각에서 설명하기도 한다. 즉 진화론적 시각에 서서 우주의 발전단계를 물질단계인 우주진화론, 생명단계인 생물진화론, 영적 단계이며 人間格인 사회진화론 등으로 놓고 보면서 인간이 가장 높고 인간 전체 속에는 우주가 들어 있어 사람의 구조는 꼭 우주와 같다고 하였다.[9]

그런 끝에 인내천주의를 "侍天主造化定永世不忘萬事知"라는 13자의 주문으로 드러내었다(49쪽). 이돈화는 인내천사상을 연구한 끝에 "종교는 상대와 절대의 연쇄이며 신과 인의 관계라"하였고 종교의 목적은 "개인의 위안을 與하며 사회의 평화를 圖한다"(50쪽)와 같은 종교본질론과 종교기능론으로 나아갔다. 이돈화는 최수운, 동학, 천도교, 인내천주의를 연구한 끝에 그 당시에는 거의 유일하게 종교사상론을 바탕으로 한 철학사상론이나 사회사상론으로 나아갈 수 있게 되었다. 이 무렵에 발표된 〈자기해방과 인내천주의〉(《천도교회월보》, 118호, 1920.6)에서는 다윈의 적자생존론 소개로 서두를 열면서 당시 전세계적으로 유행했던 데모크라시론과 아나키즘론 중심의 개조사상에 주목하였다. 자기해방의 조건을 의식주의 자주자립, 재능의 자주자립, 의지의 자주자립으로 들면서 의식주의 자주자립은 육체적 방면의 자기해방, 재능의 자주자립은 전공적 업무방면의 자기해방, 의지의 자주자립은 순수정신적 방면의 자기해방이라고 설명하였다(6~7쪽). 이어 〈사기해방과 인내천주의 續〉(《천도교회월보》, 119호, 1920.7)은 자기해방을 경제적 해방인 객관적 해방과 의지의 해방을 일컫는 주관적 해방으로 나누면서 인내천사상은 바로 이러한 자기해방을 수행하는 것이라고 주장했다(1쪽).

---

8) 《삼천리》, 1934.8, 72쪽
"이제 천도교를 논함에 잇서 우리에게 가장 지대한 관심을 갓게 하는 것은 인내천주의란 철학상으로 절충주의적 체게우에 입각하여 잇다는 것이다. 계급과 계급간의 경제적 대립은 필연적으로 서로 대립되는 두 개의 철학적 체계를 형성하게 되는 것이니 유물변증법적 세계관과 각종의 관념론적 철학사상이 그것이다. 그런데 이 양대 계급 사이에서 부단히 상하동요하면서 인내천주의는 유심도 아니요 유물도 아니며 물심양자로 천도교 그 스스로의 중에 포용한 것이다"

9) 이돈화, 〈인내천과 내세〉, 《삼천리》, 1936.1, 186~187쪽

이돈화는 인내천사상을 진화론적 시각으로 보는 태도를 1년 이상 견지했다. 〈진화의 측면으로 본 인내천〉(《천도교회월보》, 138호, 1922.2)에서는 우주는 영원히 진화하는 활동체이며 인류는 우주의 진화적 품성을 가장 능히 발휘해 온 만큼 아직도 한없는 진화의 가능성을 안고 있는 존재라고 하였다. 인간의 무한한 진화가능성은 이미 〈인내천의 연구 5〉(《개벽》, 1920.11)에서 "인간의 만사는 점차 진화하야 오는 고로 종교도 또한 최후로 창건된 종교가 眞의 종교라고 생각한다"와 같은 黑岩周六의 최후종교론을 통해 드러난 바 있다. 이돈화는 신의 문제를 우주라든가 물체의 문제와 연결지어 종교에도 진화개념을 적용한 끝에 최후종교는 범신론에 불과하다는 결론을 내렸던 것이다(52쪽). 이보다 앞서 〈인내천의 연구 4〉에서 천도교의 천의 관념이 범신론에 연결되었던 만큼〈인내천의 연구 6〉(《개벽》, 1920.12)에서 黑岩周六의 범신론으로서의 최후종교가 인내천과 상통하는 것은 당연하다고 할 수 있다.

〈페이엘빠하의 '사람' 론에 취하야〉(1921.4)에서 이돈화는 칼마르크스와 엥겔스에 대하여 공부하다가 그들의 배후에 퍼이에르바하가 있는 것을 발견하게 되었다고 털어놓았다. 이돈화는 퍼이에르바하의 철학사상 가운데서도 특히 '사람주의', 사람과 동물을 명확하게 구분지어 주는 '의식', 인간 스스로가 무한적 성질로 가지고 있는 의식으로서의 '종교' 등에 관심을 가졌다. 퍼이에르바하는 의지, 감정, 이성 등과 연결지어 의식을 논했는데 의식을 "자기 스스로의 완전한 자기증명, 자기확정, 自己自愛"(38쪽)로 성격화하였다. 이돈화는 퍼이에르바하를 알게 되면서 신, 존재, 사랑, 행복, 원망, 기적 등의 문제에 대한 어느 정도의 해답을 듣는 기회를 가질 수 있었다.

마침내 이돈화는 특정종교를 선교하고 해설하는 태도에서 벗어나 인간론과 존재론으로 나아갔다. 〈吾人의 新死生觀〉(《개벽》, 1922.2)은

'의식과 死生', '생명과 死生', '영혼과 死生' 등의 문제를 살펴 본 것으로 조선인을 포함한 세계인류의 공통된 사생관을 (1)사람의 신체를 기계로 보아 그 기계가 쇠퇴함과 같이 육체적으로나 정신적으로나 지속성이 없다고 하는 파, (2)사람의 신체 중에는 일종의 영혼이라 하는 정신적 개체가 있어 육체가 죽는 것과 함께 영혼이 몸밖으로 탈출하야 어느 곳엔지 돌아가는 것이라 信하는 파, (3)영혼의 실재여하에 대하야 회의를 갖고 부단히 그를 연구하는 파로 구분한(118쪽) 다음, 의식상으로 본 사생관을 다음과 같이 정리하였다.

의식은 곳 만리만사의 존재적 기초가 되는 것이라 우리가 종교상 의미에서 神을 信하며 佛을 仰하며 진리를 말하며 실재를 논구하는 것도 다가티 意識의 발원이 아닌 자 업나니 의식의 창조적 표현이 그가 즉 신이 되며 物이 되며 진리가 되며 실재가 되는 것이다. 석가가 涅槃妙法을 說함도 야소가 천당지옥을 말함도 모두가 그들의 의식적 창조라 하는 외에 毫末도 다른것이 잇슬 것이 업겟다. 이와 가티 만사만리의 존재적 기초가 우리의 의식이라 할 것 가트면 우리가 현재 말하는 이 생사문제라 하는 것도 자아의 종말을 死라 하는 것이겟다. 이 의미에서 우리의 이른바 생사관념이라 하는 것도 일종의 의식적 요리에 시내지 아니 한 것이니 영혼의 유무, 정신의 滅不滅, 유령의 윤회전생 등-古來區區한 사후관념도 또한 그들의 의식적 활동의 일종이 잇슴은 명백한 이유이엇다(19~20쪽).

이돈화는 "인내천의 연구 기8"이라는 부제가 붙어 있는 〈의문자에게 답함〉(《개벽》, 1921.2)에서 천도교에 대한 당시의 여러 종교의 반응 중에서도 기독교의 비판과 경계에 특별히 주목했다. 이돈화는 천도교의 범신론적 성격을 재차 강조하여 "범신관은 物卽神, 神卽物, 靈卽肉, 肉

卽靈, 卽物心共通, 靈肉一致主義에 입각한 것이라 物心을 통일하고 영육을 일치케 하는 萬殊一理의 실재가 卽 汎神觀의 神이엇다"(55~56쪽)고 하면서 인내천주의는 萬有神格을 인격적 인내천상에 귀납케 하여 교지를 세운 것이라고 하였다. 그리고 인내천적 신종교의 종교적 소질을 (1)초인적 세력의 신앙, (2)희망, (3)경건의 념, (4)구제의 신념, (5)희생의 정신, (6)인애 등 6가지로 정리하고 각각의 항목을 구체적으로 설명하였다. 인내천주의를 골자로 하는 천도교는 이런 6가지를 사람들에게 안겨 줄 수 있는 것이기에 신흥종교가 될 수 있다는 것이다. 이돈화는 인내천적 신종교의 소질을 설명하는 과정에서 니체사상(1,2,3번), 불교(4번), 유교(6번) 등 여러 철학사상이나 종교사상을 이끌어 왔다. 이돈화는 이듬해에 〈종교의 6대 요소〉를 《천도교회월보》 제 141호인 1922년 5월호에 발표하였는데 이 글은 바로 〈의문자에게 답함〉(《개벽》, 1921.2)의 1-3장에서 제 1장을 뺀 것과 같다.

〈세계 3대 종교의 차이점과 천도교의 인내천주의에 대한 一瞥〉(《개벽》, 1924.3)에서는 유교와 기독교의 차이점, 불교와 기독교의 차이점을 밝히고 난 다음, 인내천주의가 이 세 종교와 어떤 차이를 보이고 있는가를 11가지 측면에서 밝혀 놓았다. (1) '神'을 汎神觀的 一神으로 본 것, (2) '우주' 만유는 진화한 것으로 보는 것, (3) '이상경'은 지상천국으로 한 것이니 인내천은 神과 人을 구별하지 않아 人으로써 신성의 생활을 표현하는 날이면 지상이 천국이 된다고 信하는 것, (4) '禍福'은 사람의 자업자득의 인과율로 信하는 것, (5) '인성의 선악'은 無善無惡으로 보는 것, (6)神人的 神政敎, (7) '沒我的主義', 인내천은 沒我로써 主我를 얻고 主我로써 沒我를 보게 하는 敎化인 것, (8)무궁의 진화로 그 이법을 삼은 것은 기독교의 동적 방면보다 일층 광의적이며 또 의의가 상이한 것, (9) '내세', (10) '부활', 인내천은 육적 부활을 信함이 안이오 영적 부활을 信하는 것, (11) '愛', 인내천은 愛의 대신 敬을 說한 것(52~53쪽) 등과 같이 인내천주의의 기본이념을 재천명하는 방법을 취하기도 하였고 진화론, 내세와 부활관, 사랑관 등의 면에서 기독교와 직접 비교하는 방법을 쓰기도 하였다.

기독교를 비롯한 다른 종교와 천도교의 차이점은 〈천국행〉(4~11쪽)에서 더 잘 드러난다. 이돈화는 〈天國行〉(4~11쪽)에서 하나님을 믿느냐 한울님을 믿느냐고 물어 보는 사람이 있다면 나는 "한울님은 숭배하되 하나님은 부인한다"는 말을 하고 싶다(4쪽)고 하면서 하나님과 한울님의 차이를 밝히는 것을 잊지 않았다. 여기서 이돈화는 하나님을 기독교의 하나님으로만 국한시켜 사용한 것은 아니다. "하나님을 숭배하는 일면에는 인간만사를 유일의 天命所出이라 하야 선과 악 모든 것을 천명에 붓치게 되엿다. 그래서 사람性은 自力的 根氣를 일허 버리고 점차 他力的 依賴性을 치게 되엿다. 사람들은 오즉 하나님이 잇슴만 알고 사람自己는 닛고 살앗다"(6쪽)와 같이 하나님 숭배가 인간의 약화를 가져온 일면이 있다고 하였다. "하나님은 인격적 신이며 전제적 신이며 만물과 인연을 끈은 신이며 인간계와 천상계를 구별한 신"으로 요약하고 '한'과 '울'의 어의를 정리하면서 "'한울'이라는 말은 전우주를 드러 칭하는 '한울'이다. 시간공간전체를 포용하야 말하는 것이다. 宇宙의 間, 無機, 有機, 飛潛動植, 大天星辰 微塵纖界 모든 것을 포용한 '울이'란 말이다. 그러기에 '한울님'이라는 하는 말 아래는 천지만물을 連通하는 의미가 잇스며 자연과 인간의 연대책임을 의미한 것이며 人人物物의 相互扶助를 의미한 것이다"(7쪽)와 같이 한울님의 포용성, 천지만물의 연통성, 상호부조 유도 등과 같은 한울님 역능론을 펼쳤다. 하나님이 인간 위에 군림하는 존새라면 한울님은 인간을 포용하면서 인간세계 속에 들어가 있는 존재라는 것이다. 1930년대에 들어서면서 천도교가 다른 종교들과 부단히 경쟁하는 사이에 자기정체성을 갖추게 되었다고 하는 이돈화의 지적은 객관성을 지향하는 이론가로서의 면모를 보여 준다.

〈천도교의 공과론〉(《개벽》, 1934.11)에서 廣濟蒼生, 輔國安民을 표방한 동학이 다른 종교들로부터 비판받는 사실을 상기시키면서 "천도교 70년사는 동학사상과 그를 반대하는 구사상이 서로 경쟁해온 경로를 말하는 것이기도 하다"(38쪽)고 하였다. 그러면서 유교나 불교가 잡신교화하는 경향을 강조하여 "유생의 가정 대부분은 전부가 잡신신앙자"(38쪽)라고 하였고 불교에 대해서는 산신당, 칠성당, 지옥신, 기타 잡신, 측간신 등을 들면서 불당도 잡신당화하는 경향이 있다고 지적하였다. 바로 이처럼 조선이 중국과 마찬가지로 세계 유일의 잡신국이 되어가는 것을 보고 "잡신신앙의 타파"(39쪽)를 내걸고 동학은 일어났다는 새로운 시각을 보여 주었다. 동학의 종교사상으로서의 특징, 정치사상으로서의 특징, 동학사상의 형성과정, 동학운동이 조선인들에게 가져다 준 영향과 갑오운동의 실패원인 등을 규명하는 동시에 동학운동이 남긴 긍정적 효과를 역설하기도 하였다. 이돈화의 동학론의 특징의 하나는 동학을 계급의식을 구현한 사상으로 찾을 수 있다.

원래 동학의 사상은 근본부터 인내천이며 인내천은 실행에서 사인여천으로 나타낫고 사인여천은 자쥬평등의 이상적 표어임으로써 당시의 귀처반상의 별이 심한데 자극과 그들은 의식적으로 계급타파를 목적한 계급의식이 발달되엿든 것이다. 그럼으로 당시 동학의 말에 三不入이라는 말이 잇으니 三不入은 班不入 富不入 士不入을 이름이니 이 삼계급은 동학에 들기를 싫어한다는 뜻으로서 이 말 한 마디로 볼지라도 그들이 얼마마한 계급의식이 생겻든 것을 알 수 잇다. 그러한 의식의 불길은 그들로 하야곰 평등의 세계를 얻고져하는 혁신사상을 길넛든 것이다(40쪽).

〈천도교의 공과론〉은 《개벽》 복간호인 1934년 11월호에 발표되었던 것으로 1920년 대에 간행되었던 《개벽》이 계급의식을 골자로 한 마르크시즘을 적극적으로 수용했던 배경을 잘 설명해 주고 있다. 이돈화는 마르크시스트를 자임하거나 표방하지는 않았지만 인내천사상을 시대정신에 맞게 해석하거나 실천에 옮기는 방법의 하나로 마르크시즘을 수용했다.

3. 이돈화 사상의 교사들

〈조선인의 민족성을 논하노라〉(《개벽》, 1920.11)에서 이돈화는 모 외국잡지에서 동양인의 심리를 "지나인은 直心, 일본인은 忠心, 조선인은 善心"이라고 평가한 구절을 인용하면서 "근대 오조선인은 선을 넘우도 소극적으로 해석하며 退屈的, 卑劣的으로 해석한 점이 만이 잇다. 徒食無爲를 가르쳐 선이라 하며 退屈自弱을 가르처 선이라 하며 천치적 무능을 가르처 선이라 하며 無主義無主張을 가르처 선이라 하엿다. 이는 실로 李末文弱의 敎化가 선을 惡解하야 玆에 至케 함에 汲汲하엿다. 고로 조선민족은 당초 一善으로써 與하고 다시 善으로써 衰하엿다 하야도 과언이 아니라"(5~6쪽)고 주장하였다. 이돈화는 선이 조선인의 민족성임을 인정하였지만 선을 소극적이고 도피적이고 이기적인 삶의 태도로 설명하는 것은 반대하였다. "독일의 열광적 철인 니체는 일즉 선악을 판단하야 强則善, 弱則惡이라하엿다. 이는 물론 과격의 言이라 오인은 이로써 선악의 표준을 삼을 배 아니나 然이나 這理에는 일종 신성의 교훈이 伏在하엿슴은 忘치 勿할지어다" (8쪽)와 같이 이돈화는 니체의 선악관을 수용하여 자강의 정신을 효과적으로 설명하였다.

"윤리와 동서문명의 융합", "윤리사상의 이대 특점", "윤리와 사교", "윤리와 가정", "윤리와 세계동포주의" 등의 내용으로 "동양식 윤리사상의 변천"을 살펴 본 〈현대윤리사상의 개관〉(《개벽》, 1921.10)의 필자는 백두산인이라는 필명으로 되어 있다. 서양인의 특징을 개인의 자유권리라고 한 반면 동양인의 특징을 계급적 권리의 신성시에서 찾았다(29쪽). 개인의 자유권리는 민주주의로 계급적 권리의 신성시는 봉건주의로 바꿀 수 있다. 윤리사상의 2대 특질로 愛己心과 愛他心을 들고 이를 개인주의와 사회주의로 연결시켰고 애기심과 개인주의의 대표적인 사상가로 니체를 애타심과 사회주의의 대표적인 사상가로 톨스토이를 꼽았다. 그리고 니체의 사상의 골자를 박애와 爲他主義의 부정, 强則善 弱則惡의 논리, 自我發現主義者 등으로 요약하였다. 톨스토이의 사상으로는 勿抵抗主義, 徵兵否認主義, 非戰爭, 裁判權否認主義, 愛他主義 등을 들었다(31~32쪽). 니체의 사상의 문제점은 지적하지 않고 톨스토이의 사상이 개성 나약, 사회 유약, 무정부주의에의 함몰 등과 같은 한계를 지닌다고 한 점에서 이돈화는 니체에 경도된 것이라고 할 수 있다.

〈시대정신에 합일된 사람性주의〉(《개벽》, 1921.11)는 "사람주의 본령", "사람주의는 곳 사람성의 무궁을 증명하는 것이라", "사람주의는 사람성의 자연을 발휘하는 주의" 등과 같은 소제목으로 나누어진다. 이 글에서 이돈화는 자신이 퍼이에르바흐의 유한적 인식론, 다윈의 種源論, 러셀의 소유충동론/창조충동론, 룻소의 자연복귀설, 노자의 무위자연설, 톨스토이주의, 니체주의, 베이컨의 4대 우상론 등의 영향을 받았음을 드러내고 있다. 이 글은 이돈화가 천도교론에서 시작하여 일반적인 종교론을 거쳐 사회사상론으로 나아가는 과정을 명료하게 보여준 것인 만큼 특별히 주목할 필요가 있다. 우선 이돈화는 제1, 사람주의의 본령은 시대의 요구로써 시대의 정신을 체현하야 사람의 의의를 徹底케 하는 事, 제2, 사람주의의 본령은 모든 사람의 이상은 사람자기들을 토대로 하고 起한 자이니 고로 이상과 사실을 다가티 사람자기들의 생활만족에 부합케 하는 事, 제3, 사람자기들의 이상을 실현코저 하랴면 전우주의 偉力과 堪能을 사람자기의 중에 체인하야 사람자기의 권능으로써 모든 福能을 增進케 할 事 (4쪽) 등과 같이 사람주의의 본령을 시대정신의 체현, 이상과 사실의 부합, 인간의 힘에 의한 福能增進 등으로 조목화하였다. 이돈화는 이 글에서 자신이 강조하고 싶은 대목을 굵은 활자로 표시하여 독자들에게 이해를 도왔다. "불완전으로부터 점차 완전에 나아가는 向上進步主義이엇다"(6쪽), "사람은 자기 잘하니만치 그만치 잘되며 자기 잘못하니만치 그만치 못되어지는 동물이라"(7쪽) 등은 사람은 향상이나 진보에의 의지를 본질로 하는 것이라고 일깨워주었다. "제1, 사람은 무궁성을 가젓음으로써 사람의 본질은 영원진화하는 것이라할지며 제2, 사람性은 항상-불완전으로부터 완전에 나아가기 위하야 부단의 창조충동을 일으키는 것이라"(7쪽) 등은 사람에게는 무궁성과 창조충동이 본성으로 작용하는 것이라고 하였다". 사람은 잘하니만치 잘되는 동물, 조선인도 선진문명의 한 사람, 그럼으로 조선인도 저 잘하니만치 잘될수 잇는 소질 즉 인류의 보편성을 가젓슴"(8쪽), "사람性의 자연주의는 인류의 평등을 향상적으로 期成하는 것이라"(9쪽), "사람性의 자연주의는 인류의 자유를 인격적으로 融合케 하는 것이라"(10쪽), "사람性의 자연주의에는 모든 이상의 건설을 사실로 化할수 잇는 것이라"(12쪽) 등은 사람성의 자연주의는 인류평등실현, 인류평등 융합, 이상의 건설 등과 같은 목표를 갖는 것임을 일깨워준다. 이 글은 결론부분에 가서 시대의 정신이 이미 사람주의에 돌아왔다고 선언하였다(15쪽).

〈조선민족성의 신건설〉(《개벽》, 1934.11)에서는 니체의 초인론을 끌어들여 내일의 자아가 오늘의 자아보다 발전되어야 한다는 생각을 펼쳤다. "초인이란 뜻을 이러케 현실적 역사적으로 해석하고 보면 우리는 여기서 초인적 정신을 실제적 행위로 응용할 잇스며 그리하야 인간으로서의 인간다운 무한의 희열과 무한의 强力을 彈出할 수 잇스며 모든 死氣와 惰力 속으로부터 생기와 활력을 排出할 수 잇스리라 밋는다"는 내용의 초인론을 "사람은 항상 금일의 자아보다 보다 큰 자아가 잇는 것을 이저서는 안된다"(4쪽)는 타고르의 말로 보충했다. 초인의 내용을 "이와가튼 초인적 진리는 개성의 발전에 잇서 거의 본능으로 되여진 것이니 생리의 성장 지식능률의 계발 즉 육적 정신적으로 명일의 자아가 금일의 자아보다 커져야 하고 또한 커지는 원리를 각오할 수 잇다"고 설명하면서 초인의 개념을 공자의 不知老之將至란 구절을 빌려 '수행'의 개념과 연결지었다. 이돈화는 초인의 개념을 개인적 차원의 개조나 수행으로 설명하는 것에서 멈추지 않고 민족적 차원의 개조나 수행으로 설명하기도 하였다. 이 글에서도 이돈화는 이상, 명일, 건설 등과 같이 미래지향적인 단어를 자주 사용했다. 그는 우리 조선사람이 事大性, 依他性, 黨派性, 惰力性 등등과 같은 결점을 지닌 것으로 평가되고 있다고 하면서(5쪽) 바로 이러한 단점들을 고치도록 노력하는 것이 중요한 일이라고 하였다.[10] 말하자면 초인사상은 이러한 노력에 분명한 목적의식을 심어주는 것이라고 할 수 있다. 이 글의 끝부분에서는 악운에 적극적으로 맞서 싸워야지 비굴하게 애원해서는 안된다는 에머슨의 말을 인용하고 나서 다음과 같이 비장한 어조로 잠든 민족을 깨우고자 했다.

우리의 현실은 불운의 현실이엇다. 경제적 곤란 문화의 저급 모든 이 현실을 무엇으로써 개벽할 것인가? 이것은 우리가 전에 가젓든 사대성

10)《별건곤》, 1931.2, 127쪽, "근로성이 적다"
"조선사람은 부지런치가 못하다. 현재에는 물론 취직할 곳이 업서서 마로리 부지런이 일을 하랴고 하야도 일터가 업는 것도 사실이지만은 근본적으로 근로성이 적은 까닭에 일을 맛터도 부지런치 못하며 일이 업스면 또 일을 맹길 생각을 하지도 안는다. 노동자만 보아도 중국사람은 비가오나 바람이 부나 치우나 더우나 쉬지 안코 소소한 임금을 우하야 만흔 노동하지만은 우리조선사람은 몃칠 노동을 하고는 놀면서 그 임금을 소비하야 버린다"

타력성 당파성 등 이러한 비굴한 애원으로서는 절대로 구제할 수가 없는 시대이다. 어대까지든지 自立 自誠 自敬 自信의 정신으로써 내 살림은 내가 한다는 기백으로 침통 과묵 隱行 自重 自力으로써 한쪽으로 경제력을 충실하는 동시에 한쪽으로 민족적 신문화를 건설하여야 한다는 修人事待天命 이것이 우리의 현실에 대한 태도이다(6쪽)

톨스토이를 원용한 글로 〈사람성의 해방과 사람성의 자연주의〉(《개벽》, 1921.4), 〈현대윤리사상의 개관〉(《개벽》, 1921.10), 〈시대정신에 합일된 사람성주의〉(《개벽》, 1921.11), 〈환절기와 신상식〉(《개벽》, 1925.6) 등이 있으며 러셀을 원용한 글로 〈최근사회의 新現狀을 보고 道德心의 樹立을 切望함〉(《개벽》, 1921.8), 〈시대정신에 합일된 사람성주의〉(《개벽》, 1921.11), 〈공론의 인으로 초월하야 이상의 인, 주의의 인이 되라〉(《개벽》, 1922.5), 〈진리의 체험〉(《개벽》, 1922.9), 〈적자주의에 돌아오라〉(《개벽》, 1925.1) 등이 있다. 〈사람성의 해방과 사람성의 자연주의〉에서는 사람의 개조와 인심의 해방을 역설한 위인들의 대열에 루소, 궤테, 톨스토이 등을 넣었고 〈현대윤리사상의 개관〉과 〈시대정신에 합일된 사람성주의〉에서는 현대윤리사상의 2대 특점으로 니체주의(개인주의)와 톨스토이주의(사회주의)를 제시했다. 〈환절기와 신상식〉도 니체주의와 톨스토이주의를 대립개념으로 놓고 보았다. 〈최근사회의 신현상을 보고 도덕심의 수립을 절망함〉, 〈시대정신에 합일된 사람성주의〉, 〈진리의 체험〉, 〈적자주의에 돌아오라〉에서는 러셀이 인간의 충동을 소유충동과 창조충동으로 나눈 것을 소개하였고, 〈공론의 인으로 초월하야 이상의 인, 주의의 인이 되라〉에서는 "참된 자유의 인은 자기로써 조성한 이상을 숭배할 뿐이라"는 러셀의 말을 인용하여 이상의 개념을 새롭게 설명하였다.

《개벽》에 발표한 글 가운데 마르크시즘 혹은 계급의식론을 처음 소개한 것으로 〈조선노농운동과 단결방법〉(《개벽》, 1924.4)을 들 수 있는데 이 글은 "계급의식-정신적 원력-조직의 완전-농민과의 악수"를 부제로 삼은 것으로, 조선청년총동맹의 단결의 성격을 계급의식의 단결, 願力의 단결, 조직의 원리로 규명하는 과정에서 "유물관의 배후에 정신적 願力이 伏在한 점에서 처음으로 萬事는 필연적 운명에뿐-막기게 되지 안이하고 인간의 意匠 인간의 의식적 활동이라 하는 위대한 세력하에 신세계의 건설을 기대할 수 잇는 것이다. 요컨대 조선의 현상도 더욱이 정신적 원력을 除却한 단결로는 도저히 長就의 望을 부칠 수 업는 것이니 이 점이 적은 듯하나 대단히 크게 생각할 문제일 것이다"(98쪽)와 같이 맑스주의가 정신문제를 도외시하는 태도를 비판하였다. 〈현대청년의 신수양〉(《개벽》, 1924.9)에서는 근래 조선청년들 사이에서 가볍게 넘길 수 없는 自恃之癖이 유행한다고 하면서 유심론절대론이나 유물론절대에 대해 분명하게 양비론을 취하였다. 특히 유물론을 신봉하다 보면 인격이니 수양이니 하는 개념을 멸시하는 폐단이 생기기 쉽다고 하였고 칼맑쓰, 크로포토킨, 레닌 등의 노예가 되기 쉽다고 하였다(4쪽). 이들의 노예가 되는 것은 이들을 숭배하는 본의가 아니라고 하는 주장은 이돈화 특유의 논리적 성향을 입증한다. "유심론이든 유물론이든 그것 자체로 道成德立이 되어야 한다. 이것이 우리가 주장하는 신수양"이라고 주장한 것을 보면 이돈화에게 가장 중요한 것은 이념이 아닌 도덕이다. 천도교는 유심론도 유물론도 아니라고 한 것처럼 이돈화는 그 어느 한 쪽으로 기울수가 없었다. 〈教外別傳〉(《개벽》, 1924.11)에서는 선행의 동기를 종교적 동기설, 도덕적 동기설, 공리적 동기설 등 3가지로 밝히고 이를 모두 인습적 동기설에 포함시켰고 새로운 동기설로 계급의식 동기설을 제시하였다. "계급의식은 혁신의 사업에 성공할 만한 대동기가 될수 있다"(6쪽)고 한 만큼 또 계급의식은 양심적 동기의 발현일 수 있다고 한 만큼 이돈화는 계급의식 자체에는 긍정적이었다. 이돈화가 지도자들에게 권한 양심적 정의감에는 계급의식이 크게 작용하였다. 이돈화는 유물론이 정신적인 면을 외면한 점은 비판하면서도 계급의식 자체에는 긍정적이었다. 이때의 계급의식 속에는 빈부차이 뿐만 아니라 남녀차별에 대한 인식도 포함되어 있다.

기계의식, 계급의식, 초월의식을 부제로 한 〈사람性과 意識態의 관계〉(《개벽》, 1925.5)에서는 의식을 "생활력의 意的 活動"(5쪽)이라고 정의한 다음 현대인의 의식을 기계의식, 계급의식, 초월의식 등 세 가지로 분류하고 그 의미를 설명하였다. "계급의식은 순수한 인간자유의지의 창조라 하느니보다 사회상태의 파문으로 暎寫된 투영적 의식입니다. 그러나 계급의식은 기계의식을 타파케 하고 인간노예화를 방지하는 점에서 확실히 진보한 의식으로 볼 수 잇스며 사회진화를 촉진하는 힘잇는 彈力을 가진 의식으로 볼 수 잇습니다. 이 점에서 현대사회의 개조하는 초점으로 계급의식을 高調할 필요가 잇스며 激勵할 필요가 잇습니다"(6쪽)와 같이 이돈화는 계급의식이 개인발전, 사회진화, 사회개조를 위해 절대적으로 필요한 개념임을 주장했다. 이돈화는 계급의식을 고조하며 혹은 그를 强固케 하는 동기에 잇서서 특히 초월의식을 추천하고 싶다고 하는데까지 나아간다. "마치 식물이 육체를 養하는데만 필요한 것이 안이오 정신을 養함에도 필요함과 가티 초월의식은 유심론자뿐 필요한 의식이 안이오 유물론자에게도 極이 필요한 의식이 됩니다. 깐디에게 필요한 의식이 안이오 칼맑쓰에게도 필요한 의식이 됩니다. 계급의식을 고조한 칼맑쓰의 정신 중에는 적어도 초월의식의 무궁성이 약동되얏슴을 明歷히 볼 수 잇습이다"(7쪽)와 같이 종교론자답게 종교적 초월의식은 유심론자든 유물론자든 필수사항으로 삼아야 한다고 주장했다. 이돈화는 계급의식과 초월의식의 결합을 이상적인 것으로 생각했다.

계급의식을 강조한 것으로는 〈사람성과 의식태의 관계〉, 〈재외동포에게-특히 지도자되는 여러 선배에게〉, 〈문명화한 야만인〉, 〈갑오동학과 계급의식〉 등이 있다. 〈재외동포에게〉에서는 당시 조선이 정치적으로 파탄하고 경제적으로 파멸한 현실을 지적하고 이러한 현상을 극복하려는 운동의 주체를 민족운동자와 사회운동자로 나눌 수 있다고 하면서 사회주의세력이 더욱 강하다고 하였다. 그리고 재외동포에게 동포상쟁하지 말 것, 부락적 영웅주의를 버려야 할 것, 時代遲의 사상을 지니지 말 것 등 세 가지를 권하였다(8~9쪽). 〈문명화한 야만인〉에서는 부자 아버지가 주의자가 되어버린 자식에게 너는 무엇이 부족하여 주의자가 되었느냐 하는 질문을 하자 아들이 정의를 위하여 주의자가 되었노라고 대답하였다고 소개한다. 그리고는 "계급의식은 엇든 대상을 두고 그 대상에 대하야 평등을 구하는 의식인 고로 계급의식 속에는 스스로 정의가 포용하야 잇는 것은 사실"(16쪽)이라고 하면서 "엇더한 혁신운동을 보든지 양심운동이 선발대가 되고 계급의식의 운동이 後發隊兼 全勝隊가 되는 감이 잇나니 이것은 사정의 필연으로 볼 수 잇다"(17쪽)는 말은 이돈화가 계급의식을 긍정적으로 보고 있음을 확인시켜준다. 그리고 이 사회에는 불평자와 만족자가 있다고 하면서 만족자를 현상유지파, 보수파, 지배계급에의 순종파, 인순고식파, 조화파, 온건파, 부패완고파 등으로 나눈 다음 만족자에게는 전적 인간이 없다, 명일이 없다, 큰 욕망과 갈망이 없다, 한 개의 사이비한 지혜를 가지고 있다(19쪽)고 하였다. 이처럼 이돈화는 바람직한 인간의 필수조건으로 발전의지, 창조의지, 저항정신을 꼽았던 만큼 보수적이고 현실타협적인 인간형을 부정한 것이라고 할 수 있다. 〈갑오동학과 계급의식〉(《개벽》, 1926.4)(44~45쪽)에서는 "노예는 언제든지 노예이다 하는 계급의 고정불변한 폐해를 알고 그리하야 그 계급제도를 자기네의 손으로 개조치 안으면 언제든지 노예상태를 불변하리라하는 적극적 의식을 가르친 말이다 이 의식을 주입케 한 본가가 갑오동학이다"(45쪽)와 같이 갑오동학을 노예의식에서 벗어나려는 최초의 의거였음을 주장하는 것으로 서두를 떼면서 갑오동학혁명의 가치는 그 내용에서 정치혁명, 계급투쟁, 이상향의 건설 등과 같은 세 가지 의의가 있다고 주장하였다(45쪽). 특히 계급투쟁과 연결시킨 대목에서는 "계급투쟁이니 정치혁명을 목적하고 닐어난 동학운동은 드듸여 계급투쟁으로 변하야 민중대 양반, 민중대 부자의 학살이 닐어나진 것"(45쪽)이라고 해석하였다. 그리고 "좌우간 동양에 잇서 더욱이 文弱 武恬한 조선에 잇서 그마마한 민중운동이 닐어나게 된 것은 전혀 동학교화의 계급의식으로 나오게 된 것은 최수운심법의 强力으로 볼 수 잇다"와 같이 최수운주의를 한껏 고평하는 식으로 이글의 끝맺음을 했다. 이돈화의 해석에 의하면 한국 근대사회에서 계급의식은 마르크시즘의 영향만으로 이루어진 것이 아니라 최수운주의의 가르침을 받아 이루어진 면이 있다는 것이다. 이상의 글에서 살펴 본 바와 같이 이돈화는 니체, 퍼이에르바하, 톨스토이, 마르크스 등으로부터 영향을 받았음을 드러내고 있다.[11)]

4. 후천개벽의 실천방안

개조가 된 사회를 이상사회로 본다면 개조가 된 인간은 구제적으로 어떤 인간을 말하는 것이냐에 대한 답을 들려주고 있는 〈공론의 인으로 초월하야 이상의 인, 주의의 인이 되라〉(《개벽》, 1922.5)는 〈신시대와 신인물〉(《개벽》, 1920.8)의 연장선에 있다. 이 글은 "개조라 함은 인류의 영력이 자연의 상에 작용함을 이름이라", "자연압박의 정복이 갱히 인류자가 입빅의 정복으로 변하야 오는 과정", "영웅적 압박시대가

11) 金璟載, 天道敎青年徒衆에게 與함,《삼천리》, 1934.8, 70쪽
"故梁漢默의 생시에는 그는 노자와 장자 등의 허무주의적의 이론을 마저 드리어 水雲主義를 祖述하려고 하얏스며 그후에 와서 夜雷 李敦化는 럿셀, 바구닝 등의 사상도 약간 참고하면서 맑스의 경제이론도 첨부하야 종래의 유불선 삼교의 종합물인 水雲主義를 祖述하려고 햇다"

평민적 평화시대로 변하는 금일", "평민주의에 요구하는 신인물은 여하", "신인물의 구비할만한 자격은 여하" 등과 같은 소제목으로 구성되었다. 영웅주의시대가 사라지고 큰 인물은 나오기 어렵기는 하나 일본 명치유신시대가 평민주의시대의 모범인 것처럼 국민이 발달하면 국가가 커진다는 주장을 펼치고 있다. 이 글의 요점은 신인물의 구비조건을 자주자립의 인물, 실제적 지식을 갖춘 인물, 세계적 지식을 통한 인물, 신념이 확고한 인물 등 네 가지를 제시한데서 찾을 수 있다(20~21쪽). 이돈화는 조선의 근대사회를 만들어 갈 수 있는 동력적인 사상으로 실질주의, 자립주의, 세계지향주의 등을 제기한 셈으로 그만큼 시의성을 지니고 있다. 〈경신년을 보내면서〉(《개벽》, 1920.12)는 신생활, 인도정의, 평등자유, 사회문제, 부인문제 등의 소리도 들어 보고 언론계, 단체집합, 종교계 등을 돌아 보면서 진보의 움직임이 있다고 인정하였다. 그러나 이돈화는 자기의 주장을 추상적으로만 펼친 것은 아니다. 당시의 사회가 요구하는 바를 잘 파악하여 세부적이고 현실적인 발전방안을 제시할 줄 알았다. "사회현상개관"이란 큰 주제 아래 〈나의 생각은 이러합니다〉에서 이돈화는 유년교육책으로 언어의 신중한 사용태도 배양, 유희품 제공, 적당하고 편리한 의복 제공, 보다 많은 유치원과 소년단 건축 등을 제시했고(47~50쪽) 부인교육과 여자교육의 진흥과 사회사업의 조장을 역설하는 가운데 共同貸屋, 학생기숙사, 노동자기숙사, 도서관, 사립병원, 사회극 극장 등의 건설을 제안했다(52~54쪽). 사회사업책을 제시하는 가운데서는 부익부 빈익빈의 문제를 주목하여 부익부 빈익빈을 大惡物이라고 표현했을 정도다(52쪽). 온갖 노동문제, 동맹파업, 공산주의운동, 무정부운동 등은 다 부익부 빈익빈 문제에서 일어난 것이라고 하였다. 그러면서 빈부격차의 폐해를 조화롭게 할 자는 오직 사회사업이라고 하였다(52쪽).

〈생활상으로 관한 경제관념의 기초〉(《개벽》, 1921.5)는 "욕망의 향상과 욕망의 개조", "생존과 생활의 別을 알라", "경제라는 무엇인고"와 같은 소제목으로 짜여져 있다. 이돈화는 제 1장에서 "어찌햇던 사람은 향상을 목적으로 삼는 것이며 향상은 정력의 盛旺을 要하는 것이며 정력은 욕망의 활기를 기달이게 되는 것이엇다. 사람은 욕망의 활기에 의하야써 그 개인이나 그 민족의 前途 행복을 占하나니 오인은 삼가 욕망의 가치를 개조케 하고 욕망의 범위를 향상케 할 필요가 有하겟다"(12쪽)고 하면서 표면상으로 향상의지, 정력, 욕망이 없는 우리 조상들의 山林的 處士生活, 放任誤世, 安貧樂道 등을 비판했다. 〈혼돈으로부터 통일에〉(《개벽》, 1921.7)는 "혼돈, 몽롱, 방황", "개화, 문명, 문화", "의뢰, 고립, 자립", "개척, 정돈, 통일"의 소제목으로 구성되어 있다. 제 1장에서는 현재 우리 조선인들이 과도기에 있어 혼돈, 몽롱, 방황 등을 내보인다고 하였고 둘째 장에서는 과도기를 1894~1904년, 1904~1919년, 1919년 이후와 같이 3기로 나누어 살펴 보고 있고, 최근 2,3년간에 나타난 조선인들의 활동을 보면 자립심이 튼튼치 못해 의뢰심과 고립의 대립적인 면을 지니고 있다고 하였다. 그리고 자립의 양대敵인 의뢰심과 고립이 어떻게 해서 생겨났는지를 잘 파악하고 있다.

과거에 재하야 오등조선인이 심히 고립을 취한 원인은 其一은 계급의 관념이며 기타는 지방적 관념이엇나니 此兩 관념의 餘毒은 아즉도 우리의 感想 중에 남아잇서 人으로써 人을 구별하며 지방으로써 지방을 구별하며 혹은 동일단체의 중에도 질투 嫌忌로써 통일을 圖치 못하는 등은 다가티 고립의 죄라 云치 아니치 못할지라 미안한 말이지마는 우리의 사상적 죄악은 실로 의뢰와 고립에 잇다함을 나는 遠慮업시 말고저 하노라 (중략)蓋 의뢰와 고립은 자립의 양대 적이라 누구던지 자립심이 풍부한 자는 결코 의뢰와 고립을 取치 아니하나니 자립은 즉 의뢰도 아니며 고립도 아닌 순수협동과 專工의 兩調和性이라(8~9쪽).

제4장에서는 자립 이후에 올 개척, 정돈, 통일의 뜻을 설명하면서 개척의 뜻과 개척자의 명단을 제시했고 조선문화의 정돈사업은 첫째도 교회 둘째도 교회라고 주장했다. 정돈사업은 개인이나 교육의 힘만으로 되는 것은 아니라는 것이다. 〈續 兎糞錄〉(《개벽》, 1921.10)은 (1)자는 사자는 짖는 개만 갖지 못하다, (2)동양의 신종교와 서양의 신종교의 대조, (3)현대문명이 과학의 폐해라는 말을 조선인만은 이해하야 들으라, (9)活氣와 生脈 등 14개의 장으로 구성되어 있는데 일부 隱士的派, 소위 관망파, 종교의 구시대적 요소, 위선자, 인격과 열정이 결여된 진리, 조선인의 활기부족, 조선인의 양반적 유물 등을 공격하였다. 공격대상을 보면 이돈화가 무엇을 긍정하고 어떤 상태를 바람직스럽게 생각했는지 알게 된다. 이돈화는 참여파, 종교의 신시대적 요소, 양심바른 인물, 인격과 열정, 활기 등을 긍정하였으며 더 나아가 미래의 조선사회를 살려나갈 수 있는 원동력으로 본 것이다.

〈신조선의 건설과 아동문제〉(《개벽》, 1921.12)는 항상 10년 후를 내다 보고 행동하고 생각하라는 충고로 시작하고 있다. 세계적인 추세에 발맞추어 진행되어야 할 조선의 개조사업은 인물개조을 근본으로 하는 것으로, 사람개조는 아동문제를 근본으로 하는 것이라고 하였다. 아동문제해결책으로는 아동을 존중히 하는 풍토를 양성하는 것과 아동보호기관을 설치하는 것, 소년지도기관을 설치하는 것과 빈곤층 아동을 보호하고 교육시키는 것 등을 급선무로 제시한 것은 미래에 대한 관심을 드러낸 것이다(24~28쪽). 이돈화가 결론부분에 가서 10년후의 조선을 내다 보면서 아동문제에 각별한 관심을 보인 배경은 "조선사람은 넘우도 금일주의, 찰라주의에 각겨 족음도 장래를 위하는 根氣잇는 경영이 업슴이 큰 欠이라"(28쪽)는 인식으로 설명된다. 〈의문〉(《개벽》, 1924.6)은 사랑, 천명, 빈곤, 게으름, 拜金宗과 拜人宗 등의 개념을 근본적으로 성찰한 글이다. 差別愛는 愛가 아니요 평등애가 인류애다, 평등애의 실현은 정신문제에 있지 않고 물질문제에 있다, 천명은 강자가 약자를 종교적으로 위압하는 술어가 되어 있는데 천명은 그런 때 쓰는 것이 아니다, 民은 以食爲天이란 말은 만고의 절대격언이다 등과 같은 주장들은 이돈화가 차별/평등, 물질/정신, 강자/약자 등의 대립관계를 화두로 삼고 있음을 반영한 것이라고 할 수 있다.

〈조선신문화건설에 대한 도안〉(《개벽》, 1920.9)에서는 우승열패의 법칙이 냉정하게 적용되는 이 세계에서 우리 조선사람이 劣者의 하나가 된 것은 엄연한 사실이라고 하면서 여기서 기사회생하는 유일한 방법은 하나하나의 실지건설에 착수하는 것이라고 하였다. 조선사람이 세계의 열패자가 된 까닭은 상공업 열패에서 찾을 수 있다고 한 것은 실질주의에 근거한 통찰력의 소산이다. 신문화건설의 방안으로 제1보 지식열, 제2보 교육보급, 제3보 농촌개량, 제4보 도시중심주의, 제5보 전문가, 제6보 사상통일(9~16쪽)을 제시하였다. 〈신문화는 무엇에 의하야 건설되랴〉(《천도교회월보》, 131호, 1921.7)는 민족문화와 직접관계를 가진 것은 종교가 유일의 중요한 위치에 있음은 역사가 증명하는 바, 서양문화와 기독교의 관계, 동양문화와 유불선의 관계는 세계문화의 2대 조류(1쪽)라는 주장에서 출발한다. 그리고 "조선으로 조선다운 조선문화를 건설하랴면 大神師의 사상을 捨하고는 별로 他途가 업디하노라"(3쪽), "조선의 신문화건설에 취하여 일대 개혁적 사상을 조선인의 뇌수에 주입케 하려면 오인은 대신사의 사상중추인 인내천주의가 그의 가장 신비력을 가졌다 하리라"(3쪽)와 같이 조선문화건설의 최적의 방안으로는 인내천주의를 들 수 있다고 하였다. 그러면서 인내천주의를 (1)자주자립의 정신, (2)평등의 관념, (3)박애의 정신, (4)향상의 정신, (5)원만의 정신, (6)영구의 정신, (7)도덕의 관념 등과 같이 다양한 정신을 포괄하는 것으로 보았다.

5. 주요저서 개요

《人乃天要義》(1924년에 초판발행, 1968년에 複刊 발행)의 복간본 맨 뒷 페이지를 보면 이돈화는 《인내천요의》, 《수운심법강의》, 《신인철학》, 《천도교창건사》, 《천도교체계약람》, 《천도교리독본》, 《수도요령》, 《새말》, 《福念》, 《教政雙全》, 《黨志》, 《천도교요의》, 《天道教史傳》, 《東學之人生觀〉 등과 같이 많은 저서를 남긴 것으로 되어 있다.

《인내천요의》는 제1장 緖言, 제2장 인내천과 천도, 제3장 인내천과 진리, 제4장 인내천의 목적, 제5장 인내천의 修煉, 제6장 인내천에 대한 雜感 등으로 구성되어 있다. 이 중 제4장 인내천의 목적은 제1절 신인관계, 제2절 포덕의 槪義, 제3절 廣濟의 槪義와 같이 구성되어 있으며 제5장 인내천의 수련은 제1절 修煉과 教化의 특질, 제2절 靈符, 제3절 呪文, 제4절 心告, 제5절 誠命, 제6절 八節, 제7절 自然 등과 같이 구성되어 있다. 이 책의 서언에서 이돈화는 종교에 대한 현대인의 견해를 종교적 가치는 과학이나 철학에 밀려 소멸되고 말 것이라는 견해와 재래의 종교는 형식의 변경과 교리의 수정은 있을지라도 그 진리의 신앙은 남아 있을 것이라는 견해로 나눌 수 있다고 하면서 무종교적 태도를 낳은 사상이나 이데올로기의 실체를 밝혔다. 이돈화는 무종교 자체보다는 무종교를 빚어낸 마르크시즘이라든가 아나키즘을 더 강하게 비판했던 것이다.

大槪 이 無宗教的 사상은 금일에 돌발한 것이 아니요 원인은 근대과학 발흥으로부터 일어난 것이며 따라서 오늘에 이르러 그 세력을 助長한 자는 칼 맑스 및 바꾸닌, 크로포트킨 등의 유물사관에 기인한 사회주의적 사상에 의한 것이다. 그리하여 유물사관으로부터 우러나온 무종교적 사상은 一은 우주를 無神으로 본 것이며 二는 인생을 無靈魂으로 본 것이며 三은 禍福의 轉輪은 인위적 사실에 기인한 것이라 하는

것이며 四는 과학적 증명 이외에 진리를 인정치 못할 것이라 하는 것이며 五는 유래종교의 교리및 儀式이 신화적 미신으로 산출한 바이라고 切憎하는 때문이었다"(6쪽)

사람의 생각 가운데서 '무궁'이라는 관념을 제거하기가 어렵다는 점이 종교적 관념을 낳게 한 것이 아닌가 하면서 "사람성의 개성이 무궁에 접속하였음이 곧 종교적 요소가 된다 함이다"(7쪽)와 같이 주장했다. 그러면서도 종교는 시공과 관계된 신념인 고로 새로운 사회는 필연적으로 새로운 사회에 필요한 종교적 관념이 일어나게 되는 것이라고 하여 천도교의 발생을 합리화한다. 이처럼 이돈화는 종교를 영원무궁에 대한 개개인의 본능적 바람의 반영이면서 끊임없이 변하는 시대적 요청의 산물이라고 파악했다. 이어 천도교의 중심개념인 선천시대와 후천시대를 여러 각도에서 대비하였다. 구사회인 선천과 신사회인 후천은 (1)무궁성의 이상적 시대/무궁성의 건설적 시대, (2)사색적 시대/知行的 시대, (3)사람들이 자기네의 본성을 찾기 위하여 공상, 이상, 연구, 사색으로 그것을 토의하는 시대/토의의 결과를 감상하며 선택하여 수정하여 그것을 실제로 개척하는 시대, (4)망원경으로 피안을 探賞하는 시대/피안에 올라가서 거기에 이상천국을 건설하는 시대 등과 같이 대비된다(10쪽). 후천은 후천개벽의 준말로 천도교와 이돈화가 꿈꾸는 새로운 사회를 말하는 것으로 후천개벽의 내용을 구체적으로 제시하였다. 이돈화같은 이론가가 아니고는 이런 구체적 제시는 가능하지 않다. 그리고 신사회에 요하는 인내천의 종교적 요소를 현실신비주의, 위안적 신앙이 아니요 사람性무궁의 실천적 흥미에 기인한 신앙, 타력적 신앙이 아니요 자력적에 기인한 連帶性 통일력의 신앙, 경전적 교리가 아니요 공식적 교리일 것, 이상과 사실을 연결하는 활동 등 5가지를 들었다. 이때의 타력적 신앙은 초인적 세력에 대한 귀의, 희망이나 의지를 가리킨다고 하면서 "금일이후의 종교적 신앙은 결코 타력에 기인치 아니하고 사람성무궁으로부터 기인한 전우주의 연대성 통일력의 신앙이 아니면 안될 것이다. 즉 神佛의 힘을 사람성무궁과 연대통일하는 신앙이라야 할 것이다" (16쪽)라고 갈파하였다. 이상과 사실을 연결하는 활동에 대해서는 "선천적 종교는 이상이요, 후천적 종교는 건설이다. 그러므로 구종교와 신종교의 절연한 구별은 전자는 圖案的 教理임에 대하여 후자는 건설적 교훈인 것을 알아야 한다. 따라서 전자는 이상과 사실을 구별한 활동임에 반하여 후자는 이상과 사실을 연결한 활동이어야 한다"(18쪽)라고 보충설명하였다. 《水雲心法講義》(1926)는 제1장 覺道以前의 行蹟, 제2장 天師問答, 제3장 覺道, 제4장 道理 其一(守心正氣), 제5장 道理 其二(後天開闢), 제6장 道理 其三(新宗教의 소질), 제7장 海月先生講話, 제8장 東經章解로 구성되어 있다.

《신인철학》(1930초간, 1963년 중간)은 제1편 우주관, 제2편 인생관, 제3편 사회관, 제4편 개벽사상, 제5편 도덕관으로 구성되어 있으며 제1편 우주관은 제1장 한울, 제2장 양적 한울과 우주의 본체, 제3장 질적 한울과 至氣一元實在論 등으로, 제2편 인생관은 제1장 인내천의 요령, 제2장 사람성무궁, 제3장 우주에 대한 인간의 지위, 제4장 생사문제 등으로, 제3편 사회관은 제1장 사회진화사상, 제2장 사람성 자연의 사회진화관, 제3장 사회질병설 등으로, 제4편 개벽사상은 제1장 종교적 사상과 今不聞古不聞, 제2장 개벽방식과 삼대개벽, 제3장 삼전론와 개벽사상 등으로 제5편 도덕론은 제1장 도의 존재가치, 제2장 자연계의 도덕, 제3장 인간계의 도덕, 제4장 수운주의의 윤리적 도덕률 등으로 구성되어 있다. 부록으로 〈동학지인생관〉이 있다. 신일철은 重刊辭에서 《동학지인생관》은 강단에서 교인들을 가르칠 때 작성한 것으로 최후저술이라고 하면서 "《신인철학》에서 보여준 태도가 진취적이요 과학적이었다면 《동학지인생관》의 그것은 정관적이요 명상적이었다"고 비교하고 있다. 바로 《신인철학》의 내용은 이돈화가 《천도교회월보》와 《개벽》에 집중적으로 발표한 논설들에서 천착했던 문제들을 반영하고 있는 것이기에 논리적이면서 진취적인 성격을 지닌다. 이때의 《동학지인생관》은 대폭확대되어 1974년에 천도교중앙총부에서 출간되었다. 50여쪽의 분량으로 제1편 우주관, 제2편 인생관과 같이 구성되었던 1930년도의 《동학지인생관》은 1974년도판에 가면 340쪽 가까운 분량에 제1편 우주관, 제2편 인생관, 제3편 인생문제(福念編), 제4편 인생문제(夜雷 대 正菴 問答編), 부록 教政雙全으로 확대개편된다. 이돈화는 머리말에서 이 책 전체는 "人間 其 者의 學"으로 되어 있다고 하면서 "인간 그 자의 학은 살아있는 자아를 전적 또는 근본적으로 연구하는 학인고로 인간학은 자아의 학이다. 즉 자아 그 자가 무엇인지를 깨닫는 학이다. 자아의 본질은 무엇인가? 본질은 어데서 왔는가!(生), 본질은 어디로 가는가?(死), 가면 어떻게 되는가?(來世), 그러므로 현세의 생활은 이렇게 해야 가하다(처세론)는 근본학일 것이다. 이러한 학을 다루려는 것이 동학지인생관이다"(7~8쪽)와 같이 구체적으로 설명했다. "개벽적 새우주론이란 사람으로서 신을 직각한 신, 즉 사람으로써 신에 합일된 신일 것이되 이를 신의 편으로 보면 사람이 신에 귀의 합일된 것이요, 사람의 편으로 보면 신이 인간 속에 귀일된 것이다. 이는 자력도 아니며 타력도 아닌 同化一致의 힘이며, 이는 범신도 아니요 일신도 아닌 인내천의 신이며, 이는 유심론도 아니요 유물론도 아닌 물심합치의 至氣一元論이다. 이러한 학을 인간 其者의 學이라 칭한다"(10쪽)라고 한 곳에서 천도교의 기본사상을 포용과 종합으로 파악하려 한 태도를 알 수 있다. 자력과 타력, 범신과 일신, 유심론과 유물론 등에 대한 양자부정의 태도는 뒤집어 말하면 양자긍정이 될 수도 있는 것이다.

1933년에 편술한 것으로 되어 있는 《천도교창건사》(천도교중앙종리원장판)는 제1편 水雲大神師, 제2편 海月神師, 제3편 義菴聖師, 제4편

衆議制로 구성되어 있는 것처럼 최제우, 최시형, 손병희의 생애와 사상을 소개하는데 목표를 두었다. 제1편의 부록으로 東經大全과 龍潭遺詞가 포함되었고, 제3편의 부록으로 無何說, 明理傳, 天道太元說, 大宗正義說, 無體法經, 後經, 詩文, 夢中問答歌 등이 포함되어 있다.

1884년 함경남도 고원군高原郡 재령산載靈山 부근 화남촌花南村의 부농 집안에서 1월 18일 출생, 서당에서 교육을 받음.

1897년 고원군 인근의 영흥永興에 유학하여 한학을 배움.

1900년 본가에서 결혼이 성사되었다는 연락을 받고 귀향. 농사일을 거들다 방랑벽을 못 이겨 수차례 가출. 술과 도박으로 소일함.

1901년~1902년 3월경 동네 청년 3~4명과 함께 유랑에 나섬. 평안도 양덕을 지나 황해도 수안遂安에 이르러 잠시 금점꾼金店軍 노릇을 함. 황주黃州, 신천信川, 평양, 평안남도 진남포鎭南浦, 함경남도 장진長津을 거쳐 삼포三浦에서 이덕대李德大라는 인물과 금광을 벌임. 이덕대가 살인사건에 연루되자 홀로 도피해 평안북도 강계江界 만포진滿浦鎭에서 투전으로 생활비와 여행비를 마련.

1903년 의주義州를 거쳐 음력 7월경 용암포龍岩浦에 도착. 용암포에 창궐한 콜레라로 죽을 고비를 넘긴 후 고향이 그리워져 10월경 귀향. 어머니와 동학 접주인 진외종조(陳外從祖, 아버지의 외삼촌)의 권유로 동학에 입교. '동학군에 들어가면 돈 없이도 잘 돌아다닐 수 있다'는 진외종조의 다짐이 선택의 주요 원인이 됨. 입교 후에도 한동안 술과 도박을 가까이했으나 일명 손도통孫道通이라 불리던 인물과 친교를 맺은 후 경전을 읽고 수도하기 시작. 양덕陽德의 수접주首接主 이정방李正芳, 해該접주 차씨(車氏,

이돈화의 진외종조) 아래에서 포교 활동을 편 지 한 달 만에 접주가 됨.

1904년 의암 손병희의 주도로 만들어진 진보회進步會에 평의원으로 참여.

1905년 평양일어학교 속성과에 입학. 졸업 후 관북지역에서 교원생활을 한 것으로 추정됨(이돈화의 동료 박달성은 이돈화가 '정주 곽산에서 교사 노릇을 했다' 고 증언하고 있음).

1910년 최남선이 경영하던 '신문관' 에서 잠시 일하다 의암 손병희의 추천으로 '천도교회월보사' 사원이 됨. 《천도교회월보》 창간호(1910.8)부터 야뢰, 백두산인, 창해거사 등의 필명과 실명으로 꾸준히 글을 기고함.

1919년 3.1운동으로 천도교지도층이 검거된 후 교단정비를 위해 결성된 천도교 청년교리강연부에 박래홍, 박달성, 정도준 등과 함께 창립동인이 됨(9월)

1920년 천도교청년회 조직(3월). 천도교청년회 편집부 사업으로 차상찬, 방정환, 김기전, 박달성과 함께 개벽사를 설립하고 《개벽》 발간. 편집인으로 활동. 평안도와 함경도 등지로 순회강연을 다님.

1922년 천도교 중앙총부 편집과 주임이 됨(1월). 《부인婦人》(1922.6~1923.9)을 창간하고 편집인 및 발행인으로 활동(6월).

1923년 《부인婦人》의 후신인 《신여성新女性》을 창간하고 편집인 및 발행인으로 활동. 천도교 중앙종리원 종리사 겸 포덕과 주임이 됨. 박사직, 조기간, 차상찬, 박래홍, 김기전 등과 함께 천도교청년회를 천도교청년당으로 개편하고 강령과 당헌을 제정(9월).

1924년 《인내천요의人乃天要義》, 《수운심법강의水雲心法講義》 간행.

1925년 천도교 신·구파 내분 시 신파에 가담. 《천도교리독본》 간행.

1926년 천도교중앙총부의 기관지 《신인간》 창간(5월). 편집인 및 발행인으로 활동.

1930년 《신인철학新人哲學》 간행.

1933년 《천도교창건사》 간행.

1934년 중앙종리원 대령사의 부대령이 됨(12월).

1935년 《자수대학강의自修大學講義》 간행.

1936년 중앙종리원 대령사의 대령이 됨.

1937년 현기실 상주현법사常住玄法師가 됨.

1938년 《수도요령修道要領》 간행.

1940년 현기사 상주선도사常住宣道師가 됨.

1942년 《천도교사전天道教史傳》 간행.

1945년 《천도교요의》 간행 (필명 白頭山人 사용). 2월부터 이듬해 4월까지 천도교인들을 대상으로 강연 활동.(강연 교재가 《동학지인생관東學之人生觀》으로 묶여 일부는 1963년 《신인철학新人哲學》 중간 시 부록으로 실렸으며, 1972년에 완간됨).

1950년 평안남도 양덕의 천도교 수도원에 머물며 천도교 원로격인 북한천도교 종무원 연원회淵源會 의장으로 활동. 12월 조 중공군의 개입으로 국군과 인민군의 전세가 역전되던 무렵 수도원에 남았던 것으로 알려져 있으나 이후 행방불명됨.

다음은 이돈화 연보 작성에 참고한 자료들이다.

이돈화, 〈나의 반생-자서전〉, 《천도교회월보》 249~251호, 1931. 9~11.

박달성, 〈인내천주의자 이돈화론〉, 《혜성》 1권 9호, 1931. 12. 94~97면.

조규태, 〈천도교 인물열전2-신문화운동의 논객 이돈화〉, 《신인간》 564, 1997. 26~31면.

이광순, 〈이돈화〉, 《한국인물오십년》 9, 일신각, 1978. 259~268면.

신일철, 〈동학사상의 기본자료〉, 《동학사상의 이해》, 사회비평사, 1995. 159~168면.

차웅렬, 〈천도교를 빛낸 별, 야뢰 이돈화〉, 《신인간》 616, 2001. 12. 102~108면.

허 수, 〈1920년 전후 이돈화의 현실인식과 근대철학 수용〉, 《역사문제연구》 9, 역사문제연구소, 2002. 175~181면.

〈三千里機密室-사상계, 언론계 내보〉, 《삼천리》, 1935. 12. 10면.

《天道教會月報》

발표 연도	권 호	제 목	필 명
1911. 1	제6호	勸牖天下失樂者	
1911. 4	제9호	信念의 神聖	
1911. 6	제11호	宗教統一은 自然의 勢	
1911. 7	제12호	人乃天	
1911. 8	제13호	觀感說	
1911. 9	제14호	遏人欲이라야 眞樂生이오	
1911.10	제15호	大雄無畏觀	
1911.11	제16호	因果的神案	
1911.12	제17호	運命說	
1912. 1	제18호	新年에 對ᄒᆞᆫ 新感想으로 新發明을 公告ᄒᆞᆷ	
1912. 2	제19호	死後問題	
1912. 3	제20호	我觀人生	
1912. 4	제21호	宇宙說	
1912. 5	제22호	自修喻人의 解	
1912. 6	제23호	東經大全要旨講解	
1912. 7	제24호	東經大全要旨講解(續)	
1912. 8	제25호	東經大全要旨講解(續)	
1912. 9	제26호	東經大全要旨講解(續)	
1912.10	제27호	靈通力이 事實됨을 解明ᄒᆞᆷ	
1912.12	제29호	靈通力이 事實됨을 解明ᄒᆞᆷ(續)	
1913. 1	제30호	理想中新光陰	
1913. 2	제31호	光의 說	
1913. 3	제32호	默念中三我	

1913. 4	제33호	靈性的 生活	
1913. 7	제36호	我觀苦樂論	
1913. 8	제37호	紀念과 余의 告白	
1914. 1	제42호	個性中心說	
1914. 3	제44호	定州郡教區室實記	
1914. 4	제45호	弔孫鳳奎文	
1914. 5	제46호	韓錫泰君 追悼會席에서	
1914. 7	제48호	幸福이 何如在오 究竟是精神內觀	
1914. 8	제49호	定州로붓터 高原에	
1914.11	제52호	眞理의 根底를 誤解치 勿ᄒᆞ라	
1915. 5	제58호	最高消遣法	
1915. 6	제59호	篤信者의 精靈不滅	
1915. 8	제61호	人生은 神에 生ᄒᆞ야 神에 歸ᄒᆞᆷ 故 人生의 目的은 道를 覺ᄒᆞᆷ에 在	
1915. 9	제62호	金剛山追憶大神師	
1915.10	제63호	大宇宙之大戀愛	
1916.12	제77호	人生	
1917. 1	제78호	人生과 新年	
1917.11	제88호	是我修養	
1917.12	제89호	吾教의 大宗	
1918. 1	제90호	新年과 人生	
1918. 2	제91호	종교의 兩側面	
		是我死生觀	창해거사
		枕上雜感	
1918. 3	제92호	近ᄒᆞ야 오ᄂᆞᆫ 庚申四月	
		信仰上으로 觀ᄒᆞᆫ 吾人의 努力	창해거사
		灯의 下에셔	야뢰
1918. 4	제93호	孤因襲的 主觀에 拘束된 世人의 誤解	야뢰
		偉大한 心의 世界	
1918. 5	제94호	偉大ᄒᆞᆫ 心의 世界 (其二)	창해거사

		兩道師巡回와 關北教友	
1918. 7	제95호	宗教的 修養과 處世方法	야뢰
		大神師性靈出世說(1)	
		任筆錄 (其三)	
1918. 8	제96호	宗教的 修養과 處世方法 (其二)	야뢰
		大神師性靈出世說 (其二)	
		任筆錄 (其四)	
1918. 9	제97호	迷의 信仰으로 覺의 信仰에	
		大神師性靈出世說 (其三)	
		任筆錄 (其五)	
		追悼香山文	
1918.10	제98호	各其所信을 反省ᄒᆞ라	야뢰
		師性靈出世說 (其四)	
		任筆錄 (其六)	
1918.11	제99호	信仰性과 社會性	야뢰
		大神師性靈出世說(其五)	
		任筆錄 (其七)	창해거사
1918.12	제100호	百號 기념에 對ᄒᆞᆫ 余의 感想	
		종교성과 사회성	
		任筆錄(其八)	
1919. 1	제101호	新年元旦	
		신앙성과 사회성(續)	야뢰
		任筆錄	창해거사
1919. 2	제102호	장래의 종교	
		신앙성과 사회성(其四)	야뢰
		蓬萊山 (其)	
1919. 3	제103호	장래의 종교(其二)	야뢰
		我觀東經	
		蓬萊山	창해거사
1919. 4	제104호	默念論	야뢰

		신의 세계	창해거사
		靈通說	
		余의 告白	백두산인
1919. 5	제105호	장래의 종교(其三)	야뢰
		黙念論	
		處世一訓	백두산인
		蓬萊山	창해거사
1919. 6	제106호	진실된 신앙생활	
		黙念論	야뢰
		최후종교의 大性無量光	백두산인
		월미도의 春色	창해거사
1919. 7	제107호	愛의 開放	
		神人의 跡	백두산인
		處世神言	야뢰
		體的 倫理	창해거사
1919. 8	제108호	事人如天主義	
		三世一貫心法	야뢰
		略史及教理	백두산인
		師訓	창해거사
1919. 9	제109호	자각ᄒᆞ야써 其根에 歸ᄒᆞ라	
		略史及教理	백두산인
		자력적 교화	야뢰
1919.10	제110호	今日 以後의 宗教	
		略史及教理	백두산인
		동물원 방문기	야뢰
1919.11	제111호	十月二十八日大祈禱	
		略史及教理	백두산인
		활동주의의 도덕	창해거사
		新信仰	야뢰
1919.12	제112호	改造와 宗教	

		略史及敎理	백두산인
		萬事知	야뢰
		理想의 力	창해거사
1920. 1	제113호	天道敎六十一歲花甲庚申을 迎홈	
		略史及敎理	백두산인
		宇宙의 中心	야뢰
		淚	창해거사
1920. 2	제114호	天道敎靑年臨時敎理講習會에 就ᄒᆞ야	
		眞의 人生	야뢰
		大神師의 法言이 時代의 預言的으로 되야옴	창해거사
1920. 3	제115호	現代思潮와 事人如天主義	
		略史及敎理	백두산인
		經傳의 연구	야뢰
1920. 4	제116호	庚申四月五日	
		混沌으로 나와 混沌에 돌아가는 人生	야뢰
1920. 5	제117호	哲人主義의 將來와 新宗敎의 가치	
		水陸三千里	야뢰
1920. 6	제118호	자기해방과 人乃天主義	
		朝鮮에 特有한 宗敎思想을 論함	야뢰
1920. 7	제119호	自己解放과 人乃天主義	
1920. 8	제120호	拾週年	
		本報의 三界	야뢰
		遺詞中으로 觀한 大神師의 法訓	백두산인
1920. 9	제121호	오로지 法門에 依信ᄒᆞ라	
		呪文의 哲學的 意義	야뢰
		問者의게 答함	창해거사
1920.10	제122호	布德天下는 活誠에 在하니라	
1920.11	제123호	拘束의 宗敎로부터 自由의 宗敎	
		實在論으로 觀한 人乃天主義	야뢰
1920.12	제124호	年齡論	

1921. 2	제126호	布德天下	
1921. 3	제127호	同歸一體	
1921. 4	제128호	사람性의 無窮을 論하노라	
1921. 6	제130호	사람性의 無窮을 論하노라	
1921. 7	제131호	新文化는 무엇에 依하야 建設하랴	
		質疑者의게 答함	야뢰
1921. 8	제132호	萬事知는 卽實行	
1921.10	제134호	천도교의 신도덕관	
1921.11	제135호	우리시대의 창조사업	
1921.12	제136호	중국 북경의 傳敎室問題를 듯고 吾敎의 대외발전을 賀喜	
1922. 1	제137호	新紀元을 劃한 우리敎의 新面目	
1922. 2	제138호	진화의 측면으로 본 人乃天	
1922. 3	제139호	신앙관념의 본체	
1922. 4	제140호	신앙관념의 본체(속)	
1922. 5	제141호	종교의 6대 요소	
1922. 8	제143호	생각나는대로	야뢰
1922. 9	제144호	經傳에 나타난 斷片的 敎理	야뢰
1922.10	제145호	經典에 나타난 斷片的 敎理	
1922.11	제146호	조선인과 사회성의 여하	야뢰
1923. 8	제155호	布德의 개념	
1924. 3	제162호	흘은다 흘은다	야뢰
1924. 4	제163호	宗學院졸업생의게 與하는 言	
1925. 5	제176호	교리문답 후편	야뢰
1931. 1	제241호	문화상 輔國安民이 중요임무	
		水雲主義의 新人生觀	
		怪物은 大物	
1931. 4	제244호	공중에서 웨는 소래 天地가 진동할 때	
		무궁한 이 〈울〉 속에 무궁한 〈내〉 안이냐	야뢰
1931. 5	제245호	正菴은 돌아가섯나	야뢰

1931. 7	제247호	答海雲	
1931. 9	제249호	나의 半生	
1931.10	제250호	나의 半生	
1931.11	제251호	나의 半生	
		묻는 이들	
1932. 1	제253호	세월과 得失(나의 半生 속)	
		甲辰革新運動의 顚末	

《개벽》

발표 연도	권 호	제 목	필 명
1920. 6	제1호	最近 朝鮮에서 起하는 各種의 新現象	
		人乃天의 研究	야뢰
1920. 7	제2호	最近朝鮮社會運動의 二三	
		歐羅巴滅亡說	백두산인
		人乃天의 研究	야뢰
1920. 8	제3호	新時代와 新人物	
		一般의 期待下에 立한 二大靑年團體	백두산인
		人乃天의 研究(續)	야뢰
		家族制度의 側面觀	창해거사
1920. 9	제4호	朝鮮新文化建設에 對한 圖案	
		人乃天의 研究(續)	야뢰
		外來思想의 吸收와 消化力의 如何	창해거사
1920.11	제5호	朝鮮人의 民族性을 論하노라	
		洪景來와 全琫準	백두산인
		人乃天의 研究(續)	야뢰
1920.12	제6호	庚申年을 보내면서	
		文化主義와 人格上平等	백두산인
		人乃天의 研究(續)	야뢰

1921. 1	제7호	세배들입니다	
		意識上으로 觀한 自我의 觀念-人乃天研究의 其七	야뢰
		大食主義를 論하노라 (其一)	창해거사
		槿花三千里를 踏破하고서	창해거사
1921. 2	제8호	民族的 體面을 維持하라	
		科學上으로 본 生老病死	백두산인
		疑問者에게 答함-人乃天의 研究 其八	야뢰
		就職難을 如何히 解決할가	창해거사
1921. 3	제9호	民族的 生命에 執著하라	*검열로 삭제됨
		人은 과연 全知全能이 될까-人乃天研究其九	야뢰
		孫文學說인 '行易知難' 說을 讀하다가	창해거사
1921. 4	제10호	사람性의 解放과 사람性의 自然主義	
		'페이엘쌔하' 의 사람論에 就하야	야뢰
		社會現象概觀	백두산인
1921. 5	제11호	生活上으로 觀한 經濟觀念의 基礎	
1921. 7	제13호	混沌으로부터 統一에	
1921. 8	제14호	最近社會의 新現象을 보고 道德心의 樹立을 切望함	
		副僧正 로차-쓰博士의 亞細亞人 支配論을 讀하고	백두산인
1921. 9	제15호	生活의 條件을 本位로 한 朝鮮의 改造事業	
		續兎糞錄	야뢰
1921.10	제16호	生活의 條件을 本位로 한 朝鮮의 改造事業(續)	
		現代倫理思想의 概觀	백두산인
		續兎糞錄	야뢰
1921.11	제17호	時代精神에 合一된 사람性主義	
		東洋式의 倫理思想變遷概觀	백두산인
1921.12	제18호	新朝鮮의 建設과 兒童問題	
1922. 1	제19호	歲在壬戌에 萬事亨通	
1922. 2	제20호	吾人의 新死生觀	
1922. 3	제21호	輿論의 道	

1922. 5	제23호	空論의 人으로 超越하야 理想의 人, 主義의 人이 되라	
1922. 7	제25호	人類相對主義와 朝鮮人	
1922. 8	제26호	淸凉劑	야뢰
		南海遊記	창해거사
1922. 9	제27호	眞理의 體驗	
1922.11	제29호	朝鮮人과 政治的 生活	창해거사
1924. 3	제45호	世界三大宗敎의 差異點과 天道敎의 人乃天主義에 對한 一瞥	
1924. 4	제46호	朝鮮勞動運動과 團結方法	
1924. 6	제48호	疑問	
1924. 7	제49호	天國行	
		夏休中 歸鄕하는 學生諸君에게-어린이들과 結託하라	
1924. 8	제50호	天國行	*검열로 삭제됨
1924. 9	제51호	現代靑年의 新修養	
1924.11	제53호	敎外別傳	
1925. 1	제55호	赤子主義에 돌아오라	
1925. 2	제56호	사람의 힘과 돈의 힘	
1925. 5	제59호	사람性과 意識態의 關係	
1925. 6	제60호	換節期와 新常識	
1925. 7	제61호	南滿洲行	
1925. 8	제62호	海外同胞에게-特히 指導者되는 여러 先輩에게	
		南滿洲行(第二信)	
1925.11	제63호	生의 個的價値와 全的價値	
1926. 2	제66호	文明化한 野蠻人	
1926. 4	제68호	甲午東學과 階級意識	
1926. 5	제69호	生命의 意識化와 意識의 人本化	
1926. 7	제71호	綠陰凉話 盜跖	야뢰
1926. 8	제72호	綠陰凉話 盜跖 (續)	야뢰
1934.11	속간호	朝鮮民族性의 新建設	

		天道教의 功過論	
1946. 1	제73호	朝鮮完全獨立까지의 吾人의 期待와 準備	
1946. 4	제74호	痛哭할 現狀과 三大實踐運動	
1948. 1	제76호	憧憬하는 新世界	
1948. 3	제77호	民族的 氣魄과 建國	
1948. 8	제79호	統一을 指向하는 人類社會	

《新人間》

발표 연도	권 호	제 목	필 명
1926. 4	창간호	新人間을 憧憬하면서	
1926. 6	제2호	新人間 第一回說法	
1926. 7	제3호	東學의 史的考察	
		布德에 뜻둔이에게	야뢰
1926. 8	제4호	東學의 史的考察	
1927. 1	제9호	三種의 人	
1927. 3	제11호	萬事知의 實行은 敬一字	
1927. 6	제13호	새동무와 새일군들에게(권두언)	
1927. 7	제14호	한울을 爲한다 함은 엇던 뜻인가	
1927. 8	제15호	天道教와 宗教	
		東學魂	야뢰
1927.11	제18호	누가 나를 부르나	
		내가 天道教를 밋는 까닭-保國安民하기 위하야	
1928. 3	제22호	昔時無地見 今日又看看	야뢰
1928. 9	제27호	不動의 悲哀	
1928.10	제28호	講習生諸君을 보내면서-活用을 잘 하라	
1928.11	제29호	秋窓雜感	야뢰
1928.12	제30호	一年 中 데일 愉快하얏든 일 깃벗든 일-운림(雲林) 폭포에 갓든 일	

		年末雜感	야뢰
1929. 1	제31호	天道敎七十年	
		講談後天魂	야뢰
1929. 2	제32호	(講談)後天魂	야뢰
1929. 5	제35호	後天魂(講談)	
1929. 6	제36호	三戰論	
		(講談)後天魂	야뢰
1929. 7	제37호	財戰과 道戰	
		(講談)後天魂	야뢰
1929. 8	제38호	敎育의 道와 勞動의 道	
		後天魂(講談)	야뢰
1929. 9	제39호	主我와 沒我	
		後天魂	야뢰
1929.10	제40호	生死問題에 對하야	
1929.11	제41호	意識上으로 본 生死問題	
		(講談)後天魂	야뢰
1929.12	제42호	生命上으로 본 生死問題	
		孫義菴과 全琫準(講談)	야뢰
1930. 1	제43호	社會進化思想과 사람性	
1930. 3	제45호	사람性 自然의 社會觀	
		義菴의 苦行(講談)	야뢰
1930. 4	제46호	宗敎的 思想과 今不古不	
		後天魂	야뢰
1930. 5	제47호	宗敎와 生活革新	
		後天魂(講談)	야뢰
1930. 6	제48호	目的論及非目的論에 對한 無爲而化論	
1930. 7	제49호	우리道의 無爲而化論	
1930. 8	제50호	紙上避暑-나의 消夏秘訣	야뢰
1930.10	제52호	宇宙生活의 顯顯	
1930.11	제53호	令汝長生布德天下	

1930.12	제54호	怪物은 大物	
1932. 5	제55호	新人間의 象徵	
1932. 6	제56호	新人論	
1932. 7	제57호	巨物의 眞像과 小人輩의 見解	
1932. 8	제58호	人間의 本質과 不動의 悲哀	
1932. 9	제59호	組織의 哲理	
1932.10	제60호	누구를 爲하야 사느냐?	
1932.12	제62호	精神更史	
1933. 2	제64호	天道教史	야뢰
		人乃天與人本思想關係	
1933. 3	제65호	人乃天與人本思想關係	
		天道教史	야뢰
1933. 4	제66호	人乃天與人本思想關係	
		天道教史	야뢰
1933. 5	제67호	後天創造의 始祖임을 自負하자	
		創建史及創建錄刊行의 趣旨	
		天道教史	야뢰
		牧丹峯神靈은 아주 갓는가	야뢰
1933. 6	제68호	人乃天與人本思想關係	
		天道教史	야뢰
1933. 7	제69호	經史刊行飜譯과 社長就任에 對하야	
		天道教史	야뢰
1933. 8	제70호	經史講座-東經講義, 天道教史	
1933. 9	제71호	經史講座-東經講義, 天道教史	
1933.10	제72호	生命延長	
		東經講義	
		天道教史	야뢰
1933.11	제73호	宣傳布德에서 生命延長布德으로	
		經史講座-東經講義, 天道教史	야뢰
1933.12	제74호	東經講義	야뢰

		天道教史	
1934. 1	제75호	東經講義	야뢰
1934. 2	제76호	言下直覺、卽地發福	
		經史講座-東經講義, 天道教史	야뢰
1934. 3	제77호	東經講義	야뢰
1934. 4	제78호	東經講義	
1934. 5	제79호	東經講義	
1934. 6	제80호	東經講義	
		靈의 春坡의 絕叫	야뢰
1934. 7	제81호	時言數題	
		東經講義	야뢰
1934. 8	제82호	海月神師를 배우자	
1934. 9	제83호	無言의 降話	
1934.10	제84호	宇宙의 意志와 大神師의 誕生	
1934.12	제86호	降靈祈禱를 斷行하자	
1935. 1	제87호	宇宙生活과 生의 擴充	
1935. 2	제88호	神機人行과 人乃天의 意義	
1935. 3	제89호	神機人行과 人乃天의 契機	
1935. 5	제91호	修道의 祈禱化와 法悅	
1935. 6	제92호	人生七大福	
1935. 7	제93호	人生七大福	
1935. 8	제94호	人生七大福	
1935.10	제96호	人生七大福	
1935.11	제97호	人生七大福	
1935.12	제98호	人生七大福	
1936. 1	제99호	後天開闢七七年 새아침	
1936. 2	제100호	信仰更生의 教理觀	
1936. 5	제102호	所懷一端	
1936. 6	제103호	한울님을 모시는 법	
1936. 7	제104호	靈的 神識과 福念	

1936. 8	제105호	福田	
1936.10	제106호	災害와 相互扶助	야뢰
1936.11	제107호	天命에 대하야	
1936.12	제108호	道路哲學	
		布德에 對하야	야뢰
1937. 1	제109호	道路哲學	
1937. 2	제110호	法身의 存在를 確認하자	
1937. 3	제111호	悲哀의 極 法悅의 初	
1937.4,5	제112호	法界, 法光, 法悅	
		龍潭淵源	야뢰
1937. 6	제113호	淵源系統	
		侍日講話-黙念	야뢰
1937. 7	제114호	余豈好辯哉	
		侍日講壇-道通	
1937. 8	제115호	余豈好辯哉	
1937. 9	제116호	時局의 正解	
		長見	야뢰
1937.11	제117호	戰爭과 平和	
1937.12	제118호	永遠의 生命	
1938. 1	제119호	風道林虎故從風	
1938. 2	제120호	春來消息	
1938. 3	제121호	主者與父母同事者	
		한울님의 試驗	야뢰
1938. 4	제122호	如是功德을 如是自享	
		苦行陰德의 海月師母	야뢰
1938.5,6	제123호	如是功德을 如是自헌 如是功德을 如是自享	야뢰
1938. 7	제124호	三大長生	
		萬事知	야뢰
1938. 8	제125호	自立的信仰	
1938. 9	제126호	修道와 衛生	

1938.10	제127호	朴大接의 說教一場	
		心修來知德	야뢰
1938.11	제128호	朴大接의 說教一場	
1938.12	제129호	朴大接의 說教一場	
1939. 1	제130호	吾道八十年	
1939. 2	제131호	玄法眞人에게 答함	
1939. 3	제132호	玄法眞人에게 答함	
1939. 5	제134호	四方賢士의 質疑	
		鏡投萬里眸先覺	야뢰
1939. 6	제135호	四方賢士의 質疑	
1939. 7	제136호	四方賢士의 質疑	
1939. 8	제137호	四方賢士의 質疑	
1939.10	제139호	動中靜觀	
1940. 1	제142호	飛龍在天之年	
1940. 3	제144호	義人乎其人乎	
1940. 5	제145호	同歸一體	
1940. 6	제146호	宇宙文化의 繼承	
1940. 7	제147호	來世의 觀念	
1940. 8	제148호	全體主義思想의 一考	
1940. 9	제149호	道學一致	
1941. 1	제152호	天主와 侍天主	
1941. 7	제157호	東經大全解說	야뢰
1941. 8	제158호	東經大全解說	야뢰
1941. 9	제159호	東經大全解說	야뢰
1941.11	제161호	東經大全解說	야뢰
1941.12	제162호	東經大全解說	야뢰
1942. 3	제164호	東經大全解說	야뢰
1942. 5	제166호	東經大全解說	야뢰

《별건곤》

발표 연도	권 호	제 목	필 명
1926.11	제1호	大宇宙와 趣味	야뢰
1926.12	제2호	西王母	야뢰
1927. 2	제4호	西王母	야뢰
1927. 3	제5호	西王母(續篇)	야뢰
1927. 4	제6호	西王母(續篇)	야뢰
1927. 7	제7호	編輯局員總出 내가 第一 창피하얏든 일, 記者 1人 1話, 外三寸 小祥에	
		西王母(續編)	야뢰
1927. 8	제8호	戰史上의 最大痛快!, 薩水大合戰의 奇話	
1928. 5	제12·13호	東西無比 朝鮮人情 美談集-남편 위하야 호랑이 잡고 殉死한 山中佳人	야뢰
1929. 1	제18호	連作講談 아츰	
1929. 2	제19호	新神話 〈開闢以前〉	야뢰
1929. 6	제21호	青春辭	
		二十一歲때에 進步會員으로 貪官汚吏를 膺懲하든일	
1930. 5	제28호	成人教育을 提唱함	
1930.12	제35호	一問一答記(1)	
1931. 1	제36호	甲午東學亂의 第一聲, 聞慶 李弼의 亂	
1934. 4	제72호	隨感錄(其5), 生의 實現	

《삼천리》

발표 연도	권 호	제 목	필 명
1931.11	제3권 제11호	西伯利亞의 回想, 雜誌 〈이러타〉 所論에 對하야	창해거사
1935. 3	제7권 제3호	先驅者를 우러러, 偉大한 史上의 큰 어룬들	

《조선농민》

발표 연도	권 호	제 목	필 명
1925.12	제1권 제1호	農事짓는 농부님네(朝鮮의 主人公은 누구냐)	
1926. 2	제2권 제2호	農村無産青年의 서름	
1926. 3	제2권 제3호	不死藥에 아들 죽어	야뢰
1926. 6	제2권 제6호	사람의 眞情한 幸福은 田園에 잇는가 都市에 잇는가	
1926. 9	제2권 제9호	盜跖(秋窓夜話)	야뢰
1927. 8	제3권 제8호	農夫陶淵明記	
1928.11	제4권 제6·7·8 합병호	언문책을 無料로 쌔렷으면	
1928.12	제4권 제9호	溫突夜話(修養雜談)	
1929.12	제5권 제7호	(打場날) 農夫 秋正實의 思考	
1930. 5	제6권 제3호	文弱, 拘束, 虛僞, 守舊	

《학생》

발표 연도	권 호	제 목	필 명
1929. 3	제1권 제1호	놀 째에도 朝鮮을	
1930. 4	제2권 제4호	階段及目的	

《혜성》

발표 연도	권 호	제 목	필 명
1931. 4	제1권 제2호	團體生活과 意志力	
1931. 5	제1권 제3호	죠선을 싸러먹는 무리들…온、파-레드	백두산인
1931. 8	제1권 제5호	朝鮮民間新聞功罪論	야뢰
1932. 1	제2권 제1호	薩水大戰의 奇話	야뢰
1932. 4	제2권 제4호	人乃天主義者 崔水雲	

책임편집 **조남현**

1948년 인천 출생.
서울대학교 문리대 국문과, 대학원 졸업, 문학 박사
현재 서울대학교 인문대 국문과 교수
현대문학상, 김동리 문학상, 대산문학상 등 수상
저서:《소설신론》《한국현대작가의 시야》《한국현대문학사상 논구》
《한국 소설과 갈등》 등이 있음.

범우비평판 한국문학·38-❶

시대정신에 합일된 사람성性 주의(외)

초판 1쇄 발행 2007년 3월 10일

지은이 이돈화
책임편집 조남현
펴낸이 윤형두
펴낸데 **종합출판 범우(주)**

기 획 임헌영 오창은
디자인 김지선
등 록 2004. 1. 6. 제406-2004-000012호
주 소 413-756 경기도 파주시 교하읍 문발리 출판도시 525-2
전 화 (031) 955-6900~4
팩 스 (031) 955-6905
홈페이지 http://www.bumwoosa.co.kr
이메일 bumwoosa@chol.com
ISBN 978-89-91167-28-5 04810
978-89-954861-0-8 (세트)

* 책값은 뒤 표지에 있습니다.
* 잘못된 책은 바꾸어 드립니다.

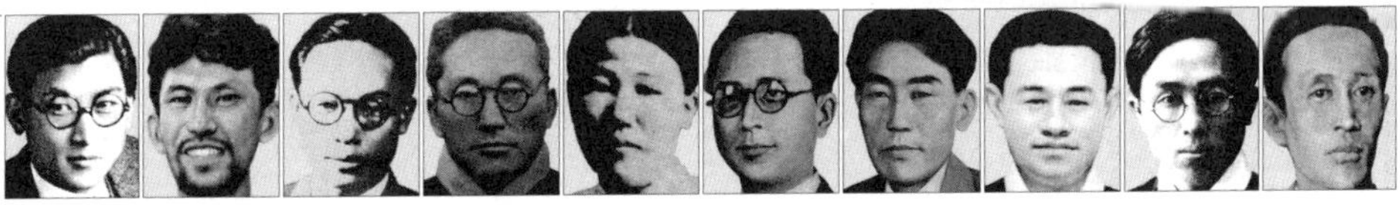